# SEA WIND

2017 全国戏剧
创作与评论
高级研修班
作品集

上海市剧本创作中心 编
Shanghai Creative Center of Arts & Culture

剧本篇

上海人民出版社

**图书在版编目（CIP）数据**

海风：2017全国戏剧创作与评论高级研修班作品集.
剧本篇 / 上海市剧本创作中心编. —— 上海：上海人民
出版社，2018
ISBN 978-7-208-15039-3

Ⅰ．①海… Ⅱ．①上… Ⅲ．①中国文学 – 当代文学 –
作品综合集②剧本 – 作品集 – 中国 – 当代 Ⅳ.
①I217.2②I230

中国版本图书馆CIP数据核字(2018)第042798号

# 编委会

**编委会委员：**（按姓氏笔画）杜竹敏　何　畏
罗怀臻　陈健莹　杨瑞娴　俞永杰　赵振华
钟冀昱　海　博　高　源　钱佳瑜　徐正清

**主　编：**罗怀臻　杨瑞娴

**副主编：**陈健莹　钱佳瑜

**特邀编审：**徐正清

# 目 录

（按剧名笔画顺序）

# 出版说明

　　为深入贯彻落实党的十九大精神，担负起繁荣基层文艺创作的使命与责任，鼓励和支持基层一线创作人员扎根基层、深入生活，创作出更多传承与弘扬中华优秀传统文化、体现中华民族伟大复兴中国梦，并被广大人民群众所接受的原创作品，在文化部人事司主办，公共文化司、艺术司支持下，由文化部全国文化干部培训（上海）基地——上海市文化广播影视管理局人才培训交流中心与上海市剧本创作中心、上海市群众艺术馆共同承办的第三期全国戏剧创作与评论高级研修班于 2017 年 10 月下旬至 11 月上旬在上海举办。

　　本期高研班聚焦群文小戏小品创作，旨在帮助基层一线创作者不忘初心、感悟时代、更新观念、提升能力，对具有修改潜力的原创作品进行重点孵化指导，得到了全国各地基层创作人员的热情响应与积极参与，共有 31 个省、自治区、直辖市的 188 位作者提交了 258 件小戏小品原创剧本。上海市剧本创作中心及中国剧协、上海剧协（虹口）小戏小品基地组织专家严格遴选，从思想性、艺术性、创新性和时代性等多个角度进行综合评审，最终录取 30 位学员。

　　在此，我们将本期高研班学员作品集结成册，以《海风——2017 年全国戏剧创作与评论高研班作品集、演讲集》呈现给大家，既是对 15 天高强度培训的精彩与温暖的一次集体回忆，也是对 10 多位知名专家无私关爱基层创作的一声衷心感谢，更是全体学员不忘初心、牢记使命、为人民抒情、为人民抒写、为人民抒怀的再次整装出发。

　　2019 年是新中国成立 70 周年，第十二届中国艺术节和第十九届中国上海国际艺术节将在上海举办。作为全国文化干部培训（上海）基地，上海市文化广播影视管理局人才培训交流中心和上海市剧本创作中心将秉承追求卓越的理念，坚持面向基层的定位，一如既往地办好高研班，为更多基层创作者的能力提升提供学习平台，为更多优秀原创作品的脱颖而出提供孵化平台。

《海风》编委会

戏　曲

# 一封休书

编　剧　赵煜君

（根据京剧《义责王魁》改编）

晋城市上党戏剧研究院

# 人　物

**敫桂英**　王魁之妻，新婚不久王魁进京赶考，独身在家

**老管家**　王府老管家，看着王魁从小长大

**莺　儿**　丫鬟，曾与敫桂英在青楼共患难，主仆名义，姐妹情谊

[敫桂英教着莺儿写字、认字，时不时地抬头朝外看。

敫桂英　（唱）桂英抬头盼，

　　　　　　　一封家书函。

　　　　　　　相公把考赶，

　　　　　　　妻我心不安。

　　　　　　　怕只怕，玉簪脑后挽，

　　　　　　　王郎一去不复还；

　　　　　　　忧只忧，险恶饥寒伴，

　　　　　　　丢了性命为哪般？

莺　儿　（写完一字，抬头）小姐……（放下笔，上前大声）小姐！

敫桂英　（吓一跳）唉，前几日，同乡托来口信，言说老管家今日将带相公家
　　　　书回还……

莺　儿　那不正好一解小姐你的相思之愁。

敫桂英　你这丫头！还不赶紧去迎迎老管家。眼见晌午已过，却不见来信，真
　　　　是百爪挠心，无有心绪。

　　　　[莺儿做个鬼脸，俏皮下场。

　　　　[老管家上，前前后后，犹犹豫豫，终于来到桂英房前，不敢进门，
　　　　又退出。

老管家　哎！为王家当了一辈子差，可哪知到头来却让我做这不仁不义、不公
　　　　不平的恶事！

　　　　（唱）叫声少爷长哀叹，

　　　　　　　一入京城把亲攀。

　　　　　　　功成名就翰林院，

　　　　　　　舍旧娶新忘当年。

　　　　　　　只愿这一封休书愁情断，

　　　　　　　可我是有嘴无理口难开。

　　　　[老管家拿出信，哀叹。

　　　　[屋内，敫桂英听见屋外动静。推门，出。

敫桂英　（看见老管家，惊讶）呀，是老管家！

　　　　[老管家没料到敫桂英出门，吓得慌了神。

〔敫桂英一低头，看见老管家手里拿着一封信。

敫桂英　（激动不已）呀！信！

〔敫桂英伸手抢信，老管家誓死不予。

〔敫桂英松手，老管家一个趔趄。

〔敫桂英哭起来。

老管家　啊呀，少夫人，我这里一字都未说，你怎么到先哭上了？

敫桂英　你还用说什么？你有信在手却不忍让我看，定是相公在外遇到什么难处了！

老管家　（面向观众）嘿，她以为是我们少爷在外遇到难题了！哎，也罢，我便借此敲她一敲。如若她先退缩，我也好顺水推舟将休书给她，不让我这老人家为难作恶。

敫桂英　老管家！

老管家　哎，少夫人。

敫桂英　老管家，你尽管照实说来。我敫桂英五岁丧父母，七岁入青楼，风风雨雨一十三载，如今还能有多大的愁苦撑不起来？

老管家　如此，那少夫人你先听好，老奴我一一道来。少爷他——

敫桂英　相公他怎么了？快快讲来！

老管家　（唱）少爷他——

　　　　　　为功名倾家荡产，

　　　　　　到如今名落孙山。

敫桂英　（唱）休要提钱财尽散，

　　　　　　只疼惜枉费心田。

老管家　贤妻啊！

　　　　（唱）若少爷——

　　　　　　孤身外残茶剩饭，

　　　　　　少不了骨病身残。

〔敫桂英一阵眩晕，老管家急忙扶住。

敫桂英　（唱）猛然间心如刀剜，

　　　　　　恨不能侍奉上前。

老管家　少夫人莫急，少夫人莫急，我这只是这般假设。

敫桂英　（唱）若是他半生残喘，

　　　　　　为妻我一世难安。

老管家　哎呀呀，就是打着灯笼，可到哪里去寻这样的良妻哪！

　　　　（唱）若少爷——

半道上路遇莽汉，

少夫人可愿意互换心肝？

敫桂英　我的老管家啊，你可是说实话了？

　　　　（唱）再不要满口试探，

快与我指路向前！

〔敫桂英拉着老管家欲走，老管家罢手。

老管家　淑妻有此，夫复何求？

少夫人啊，若是——若是——

　　　　（唱）少爷染指垂涎，

有了个一妻半妾——

敫桂英　（停步）什么？有了——有了——个——一妻半妾？那我——那

我——

〔敫桂英取下玉簪。

敫桂英　（唱）那我就身如玉簪，

舍他个玉碎香残！

老管家　好德行！

敫桂英　老管家，你快告诉我，相公他到底怎么样了？

老管家　唉，好一个贤良淑德妻！我怎忍心告诉她实情。少爷他——

敫桂英　相公他——

老管家　（面向观众）都说世人皆是势利眼，若帮少夫人找个好人家，或许能

少些伤害？

　　　　（唱）少夫人呐——

老奴我——

心有疑惑向你坦，

再问几句敢不敢？

敫桂英　老管家平日里待我如父，在桂英心中重若泰山，有什么话尽管讲来，

哪来什么敢与不敢？

老管家　少夫人呐——

　　　　（唱）东家少爷张三远，

进士出身上金銮。

敫桂英　他？

　　　　（唱）抵不上你家少爷我家汉，

不过是白面儒冠。

进官场不为苍生为自身，

中饱私囊人贪婪。

老管家　哦，那找个帅的。

　　　　（唱）西家有郎赛潘安，
　　　　　　　才气直逼诸葛肩。

敫桂英　（唱）不是我家相公面，
　　　　　　　管他诸葛还是潘。

　　　　老管家，你这问了我东家问西家，到底是想说什么呀？

老管家　莫急莫急。这东西不行，还有南北嘛。待我好好想想。

敫桂英　什么东西，什么南北？老管家，你真是叫我越听越糊涂。

老管家　糊涂？老奴我也是不得不糊涂啊。

　　　　少夫人啊——

　　　　（唱）你莫嫌老奴我胡搅蛮缠，
　　　　　　　只耐心听我说不要厌烦。
　　　　　　　南家有二少爷威风八面，
　　　　　　　品性好模样周海纳百川。
　　　　　　　北府上大公子能谋善断，
　　　　　　　位子高权力重如日中天。
　　　　　　　我看这两个人面相不凡，
　　　　　　　不知道少夫人情往哪偏？

敫桂英　老管家！

　　　　（唱）越说越笑越胡辩，
　　　　　　　桂英岂是红杏颜？
　　　　　　　吃里扒外忘情义，
　　　　　　　南拉北扯甚东西！

老管家　少夫人——

敫桂英　休得再提半句别家好。你可知相公一人在外举步维艰，你与我二人却在此算计他无钱无权、无相无貌，可对得起这天地良心？

老管家　少夫人，我——

敫桂英　老管家，我念你人老昏花不错怪，可再不得提此半句言。你若嫌弃这院小门窄，我与相公说你年老体衰，与你结清钱财，你便去寻你的南北亲家。

老管家　不是啊，少夫人，是这书信——（举起书信）

敫桂英　啊，对！相公的家书！你这东拉西扯的，差点儿误了正事。

　　　　〔敫桂英上前取书信，老管家仍犹豫不决。

[莺儿上，见两人拿信，急忙上前一抓。"刺啦"一声，信被撕成两半。莺儿与敫桂英一人一半。

**敫桂英** 呀，好你个莺儿！老管家没迎回来，就先撕了我的家书！

**莺　儿** 哎呀，还说呢，我一出门就赶紧往北跑，哪知一到了，才听见街坊说老管家已从南门进来归了家。老管家，你也真是的，没事绕远道干嘛？来来来，我帮少夫人看，最近我可是跟着少夫人学了不少字呢。（打开，指信）这个我认识，是诗书礼仪的书。那，那一半肯定就是家啦！

**敫桂英** （娇羞笑而不语。展开，观看，惊呆，退后）
　　　　休……

**莺　儿** （疑惑）休？（惊讶）什么什么？休书？
[桂英、莺儿惊呆，齐看向老管家。

**老管家** （唱）老奴我老眼昏花看稀罕，
　　　　　　自古道山盟海誓比金坚。
　　　　　　哪承想一入京城良心散，
　　　　　　只得是休书一纸断情缘。

[敫桂英走向莺儿，把另一半休书拿来，对齐，双手颤抖，紧闭双眼。

**老管家** （小声）少夫人……（欲搀扶）
**莺　儿**

[敫桂英晃晃悠悠，伸手拒绝，把两张并在一起认真再看。

**敫桂英** （唱）猛见休字炸入眼，
　　　　　　手搅罗裙泪湿衫，
　　　　　　抬步想走腿发软，
　　　　　　转身欲退步蹒跚。
　　　　　　本以为日日思来都是念，
　　　　　　没承想字字写成皆情散。
　　　　　　展开信细细读躲躲闪闪，
　　　　　　多日忧找不到一丝悯怜。
　　　　　　往日情半句未现，
　　　　　　近况事不愿多言，
　　　　　　一半写再无挂恋，
　　　　　　一半说有苦难言。
　　　　　　曾记否，
　　　　　　一曲红绡现君面，

痴情数载枉纠缠。
　　　曾记否，
　　　红袖添香慰寒暖，
　　　十年空窗守孤寒。
　　　至如今，
　　　丢失了青春容颜，
　　　落得个无依无牵。
　　　我不该污浊之身把亲攀，
　　　我不该紧逼功名把君劝，
　　　我不该功名利禄心生羡，
　　　我不该忠言逆耳口多言。
　　　我不该掏心掏肺把心换，
　　　我不该执迷不悟错家安！
　　　错上加错错人选，
　　　欺人自欺惹人嫌。
　　　闻所未闻负心汉，
　　　忍无可忍桂英惭。

　　　〔敫桂英情绪低落，莺儿、管家上前挽扶，敫桂英看两人，满是感激。

**敫桂英**　老管家，他……他可还有别的什么话？

**老管家**　（摇头）无有。（突然想起）还有……

　　　〔敫桂英探头盼。

　　　〔老管家从怀中掏出几张纸，打开递给敫桂英。

**敫桂英**　（接过）300两……哈哈……

　　　〔敫桂英放声大笑。

　　　〔老管家、莺儿以为敫桂英惊傻，上前阻拦。

**敫桂英**　（唱）一两银子一两欠，
　　　一份关心几文钱？
　　　一贯一桌置酒宴，
　　　才得千里相见缘。
　　　谁记当年千金散？
　　　香阁赎身求凤鸾。
　　　推夫进京把考赶，
　　　一贫如洗筹措难。
　　　休书不把旧情念，

情债想靠银两删。

一笔笔一桩桩清清来算，

三百两情义债岂能还完？

[敫桂英将休书撕碎。

**敫桂英** 还轮不到他这不仁不义之徒来休我！（将撕碎的休书扔向空中）今日里，我要——好女休夫！

[敫桂英镇静。莺儿上前，摆好纸墨笔砚。老管家站在桌前。敫桂英大笔一挥，写下休夫书。

**敫桂英** 立永绝休书。敫桂英，有夫王魁，因应试落第，遂至此地。与我相遇，结为夫妻。谁料进京赶考，一举得魁，却破除盟誓，欲另娶新妻。他远走高飞，却不曾问家中寒暖；他心生二意，却不敢来赤诚相见。无忠无孝，不仁不义，无法劝导，亦无度日之心。决意休黜，永断葛藤。倘有悔心或狡辩，有休书为凭，有亲朋为证……

[敫桂英停笔，抬头望向老管家、莺儿。

**敫桂英** 老管家待我如父，可愿以老父之身为证？

**老管家** （犹豫）少夫人……罢（上前按下指印）我就以叔父之名休黜孽子。

[敫桂英感激点头，再望向莺儿。

**莺 儿** 小姐……哦，不，姐姐放心，妹妹见他定打他个落花流水，不容他迈进我家门槛半步。

[莺按下指印，敫桂英叠好递给管家。

**老管家** （装好）少夫人尽管放心，老奴一定送到。

[老管家转身走。

**敫桂英** 且慢。

[老管家、莺儿看向敫桂英。桂英把定情玉簪拿出，齐齐掰断！

**敫桂英** （唱）万念全俱散，

有苦难开言。

从此恩怨断，

玉碎香不残。


[剧终。

小 品

# 开往春天的列车

编 剧 郑娇娇

山东省戏剧创作室

地点　列车车厢

## 人　物

**赵大姐**　55 岁，7053 列车长，即将退休（以下简称赵）
**龚大爷**　70 岁，淄博村民代表，7053 列车常客（以下简称龚）
**乘　客**　30 多岁，男，急事赶车的外地乘客（以下简称乘）
**大学生**　20 岁，女，享受生活的现代年轻人（以下简称学）

〔7053 次列车停靠在站台。大雨。

〔赵大姐在车厢内外忙碌，她拿起值班日记快速写着，忽然慢下来，长出
　一口气，看了下表，紧紧将值班日记抱入怀中。

〔大学生撑伞上。只顾看手机不小心走过。

学　哇哦！这就是传说中的 7053 吧？

赵　快上车吧，姑娘。

学　列车长！您比照片看起来年轻多了！

赵　不年轻了，马上退休了——（被大学生拉过自拍留影）

学　（对手机）亲爱的驴友们，我坐上绿皮小火车了，一大波照片正像你们逼
　　近！（上车）

〔龚大爷挎篮子边走边望上。

赵　（笑迎）龚大爷！

龚　（笑）找到了，找到了！

赵　（帮提篮子）您这篮子可真沉！（扶龚大爷就座，将袋子塞入车座下）老位
　　置，不晕车！

〔大学生与大爷合影。

龚　孩子，出来旅游？

学　爷爷，您怎么知道？

龚　头戴太阳帽，手拿机关炮（比划相机），背上大背包，准是游客跑不了！
　　我们这风景怎么样啊？

学　原生态，纯天然！爷爷，你知道啥叫驴友吗？你们这在我驴友圈里火
　　了——

赵　（在车厢门口）7053，7053 的乘客还有吗？

〔赵正准备上车关门，一乘客淋雨奔上。

乘　等一等，等一等！

赵　别跑别跑！

学　（拿手机拍）这么快，不要命了！

乘　（上车）可让我赶上了！（舒气，夸张造型）完美！

赵　小伙子，你这样太危险了。

乘　不好意思，有急事！（在龚大爷身边坐下，惊吓跳起）什么东西摸我脚？

（看座位底）这，谁家的鸡啊！

龚　我的，我的！

赵　怪我，刚才没把口袋扎紧。

〔赵整理口袋。乘客换座到学生旁边。

〔火车缓缓开动。

赵　（热情）各位旅客，欢迎乘坐由淄博开往泰山去的7053次列车，我是列车
　　员赵新华。刚上车的乘客，请买票。

〔龚大爷起身掏钱，赵忙走近大爷。

赵　龚大爷，好久不见了，还是去南博山看外孙？

龚　（笑）不用咱看啦！今年考上大学，跟他爸妈旅游去了！闺女，一张
　　泰安！

赵　爬泰山？

龚　（笑）老喽，爬不动啦！

学　（好奇）现在连公交车都自主投币啦，咱们这车上还有售票员？阿姨，下
　　一站一张。

赵　咱们7053在淄博、莱芜东和泰山车站售票，剩下的都是上车补票，老规
　　矩，也是咱们车多年来的特色。

龚　这个特色好啊。咱们沿途各村都得了方便！

乘　一张泰安！这个特色，完美！要不这会我还在售票厅排队买票呢！人生
　　最幸福的事情，莫过于在火车开动前的最后一秒踏上你将要乘坐的车次，
　　耶，完美！（陶醉）咱们这车几点到泰安啊？

赵　准点到达泰山站的时间是中午12点41！您的车票！请收好。

乘　12点41，耶，完——（忽然愣住）你刚刚说什么？

赵　（纳闷）您的车票，请收好。

乘　不是不是，前面一句！

赵　准点到达泰山站的时间？（乘客期待）12点41。

乘　我的天哪！现在是8点41，你的意思是，我们从这个什么黑旺站到泰安，
　　竟然要走整整四个小时？

赵　准点的话是这样。

乘　不准点呢？

龚　碰上给快车让路，还要多走一会！

乘　（愤怒）我的天哪！这是火车还是老牛破车！我要下车！

赵　车已经开了，您不能下车！

乘　你们耽误我大事了！（欲爬车窗）

[赵大姐和龚大爷拦，学生用手机拍。

学　愤怒乘客为赶时间，行车途中爬窗跳车！发到朋友圈，哇，这么多人，秒赞！

赵　请您千万别激动，有什么问题，我们尽力解决！

乘　我的天哪！（语无伦次）我本来没打算坐这趟火车，我要去泰安乘坐12点35分的火车，我本来没打算坐这趟火车，可是这该死的天气，汽车停运，出租车叫不上，没办法我才来坐这趟火车。我紧赶慢赶终于在火车开动前赶上这趟火车，可是上了火车我才发现我不该坐这趟火车，因为我坐上这趟火车根本赶不上去泰山转乘的火车！我根本没想到在现在这个年代，竟然还有速度这么慢的火车！我的天哪！（沮丧）

龚　（对大学生）你听懂了吗？（大学生摇头）

赵　小伙子，你说的我都听懂了。你要去泰安乘坐12点30的火车，可是我们这趟车抵达泰安的时间是12点41。

乘　人生最悲摧的事情，莫过于赶上了一趟火车，却发现它不会在你想要的时间抵达！我的天哪！

赵　别着急，泰安站车次很多，您要去哪里，我们可以帮您退票改签。

乘　（掏钱）大姐，我出钱，我包车，咱中间不停，直接到泰安行不行！我必须赶上火车！我必须准时抵达深圳！

赵　小伙子，该快快，该慢慢，该停停，这不是钱不钱的问题！我先联系泰安站吧。

龚　小伙子，大爷我坐这趟车快四十年了，没有小赵解决不了的问题！

乘　他们必须解决！都是这破车害的！（绝望）我，我要投诉！（激动）我要向你们济南局投诉，我要向你们总公司投诉！

赵　（没想到）你说什么？

乘　我要投诉，我要代表广大乘客投诉，取消7053！（掏出电话欲打）

龚　（阻拦）小伙子！

赵　您不能及时赶上火车，我很遗憾。您有权利投诉，但如果一定要投诉的话，我希望您投诉的是我个人，而不是我们的列车。

乘　放心！不管是你还是你们列车，都有份！（打电话）

龚　（夺过电话）不许胡闹！小伙子，打这个电话，也许会让你觉得心里解气，可你还是赶不上你的火车，你的个人意见也不会左右一趟列车的开停，但是，作为一名7053的老乘客，我不允许你抹黑它！

乘　抹黑？我抹黑了吗？大家看看，看看，我们的车厢一共坐了几个人？没有广播，没有风扇，看看这座椅，年龄比我都大吧！每小时30公里，还有谁能忍受这样的慢速度！

龚　慢就一定不好吗？

乘　谁不喜欢快呢？寄信，要寄快递；拍照片，要立等可取；坐车，最好是高速，高铁；坐飞机，最好是直航；做事，最好是名利双收；创业，最好是一夜暴富；结婚，最好是现房现车！快是财富是资本，快是机遇是机会，快是能力是水平！快，有时就是时间，就是一条生命啊！快节奏讲速度的年代，这样一趟比蜗牛还慢的火车，竟然还厚颜无耻地存在，根本就是在为铁路蒙羞，扯中国速度的后腿！

龚　（激动说不出话）你——（被大学生和赵大姐劝住）

学　快，快，快！您要那么快，不就是想多挣钱吗？您眼里是不是只有钱了！

乘　我是代表乘客！你们怎么还帮着她说话！

赵　小伙子，咱们这趟火车跑得慢，它没法快啊。

学　又是桥梁，又是隧道，100 多公里的路程，大大小小 24 个站，高铁咋跑啊？

龚　现在到处都在建设提速，这趟车不挣钱，铁路上年年倒贴 400 万，可它还得跑！40 多了，俺村里的人出山、上学、上班、卖山货，靠的就是这趟车，它就是我们庄户人的专列，庄户列车！

赵　工作 37 年来，有一大半的时间是在这车上度过的。（音乐渐起）37 年，我看着很多孩子，坐这趟车去上学，看着他们背着行李出门去闯世界，又看着他们带着媳妇和孩子，大包小包的回家过年。一眨眼，37 年过去了，7053 老了旧了，车厢越来越少，票价越来越低，在车上工作的我，也越来越老。时间真快啊，明天我就退休了，7053 也总会有退休的那一天，可是今天，我真希望 7053 慢点开，再慢点，让我和它的时间多一点，再多一点——（哽咽）今天这件事，我很遗憾，但请你理解，7053 在我们心中的分量！

龚　闺女！别说了，我懂！我们都懂！知道你要退休，大家伙心里不舍得，这不，非要我来做个代表，陪你一起坐到终点！

赵　大爷！

龚　（从篮子往外掏东西）这是北牟村你唐大哥让捎来的，这个是霞妹给你带的，还有这个，南博山冯大娘亲手做的——

赵　（感动）唐大哥腿脚不好，还跑那么远让您捎东西，霞妹子打工赚不了几个钱，冯大娘——你看，你看，给大家添麻烦了，我——（哽咽，静场）

　　［电话响，众人四处寻找。龚大爷忙把手机还给乘客，不小心外放。

女　（女声画外音）老公，到哪里了？闺女一直在念叨着你，问爸爸到哪里了。

老公，孩子上手术台前，你能赶回来吗？我，我好怕——（小声哭泣，突然停止，转笑）老公啊，闺女说要跟爸爸说话！

宝　（画外音）爸爸，你到哪里啦？你快回来了吗？

乘　（隐忍）宝宝，爸爸坐的是最快最快的火车，爸爸马上就能见到宝宝了。

宝　不，我不要爸爸早点到。爸爸每次回到家，很快就会走。爸爸，就让你的火车慢慢开吧，这样，我一想到爸爸离我越来越近，我就好幸福好幸福哦……

乘　（听不下去，捂嘴痛哭）

　　〔赵大姐电话响。

赵　喂，是吗？太好了！谢谢，谢谢你们！（对乘客）好消息！从济南直达深圳的高铁开通了！今天是首次运营！

龚　那小伙子——

赵　从泰安转高铁，不到 12 小时就能到深圳！

乘　手术前，我就能到了？

学　太快了！高铁速度，中国速度，完美！

乘　（握住赵大姐的手）大姐，谢谢你！我刚才太冲动了，我对不起！对不起你！

学　（拿手机拍）太感人了，必须发个朋友圈！文字就写："庄户列车"慢，它慢出了列车员与山里百姓的深厚感情，慢出了千家万户的生活方便，慢出了绿皮火车的残存佳话，慢出了中国铁路的精彩剪影！

乘　慢出了千山万壑的一路风景，慢出了美好善良的人性闪烁！

龚　再加上句：啥叫扶贫？拉着乡亲们一块奔好日子，这就叫扶贫！

众　说得好！

学　（看窗外）啊，雨停了！快看，外面，风景好美！

乘　我的天哪！

众　完美！

　　〔众人一起向外观看，造型。

　　〔火车隆隆声。

　　〔剧终。

小 品

车 位

编 剧 陈 杰

湛江市赤坎区文化馆

时间　现代
地点　某单位宿舍

人　物

王　强　40 岁左右，某单位干部。
葵　花　38 岁左右，小王的太太。
李局长　小王单位局长。
保　安　小区保安。
长　毛　葵花的弟弟。

〔幕启。

〔舞台摆设着道具奥迪牌小汽车。汽笛声。王强上。

王　强　公车改革，俺买小车，自家的车开着就是舒服。这车有了，这车位就难。这不，连咱这院子里的车也是乱停乱放。前几天，咱单位院子给大家划了线，每户一车位。这回好了，没有乱停乱放，没有乱停……

〔见自己车位上的奥迪车。

（白）这谁的车？这谁的车？不是开过会了吗？谁车停谁的车位。这人的素质怎的啦？

〔气得准备用手拍打车门。车"嘟嘟"响。葵花上，咳嗽声。

王　强　哼！（惊讶，见是自己的媳妇，松了一口气）

王　强　老婆，你干嘛！你干嘛！（葵花笑）你是不是觉得我这样做，没素质啦？违背社会主义核心价值观了？（葵花点头）我跟你说，这与社会主义核心价值观没关系。这叫做"以其人之道还治其人之身"。这不，昨天刚刚开过会，又开始乱停乱放。是你的车？（葵花点头）喂！你哑巴！

葵　花　我是说，有监控！（指监控）你站高遮住监控，我来！（拿出铁锤）这太不像话了！（制止）

〔咳嗽声，两人惊，藏铁锤。保安上。

保　安　啥事啦？啥事啦？王科长？是你啊！

王　强　呃，什么科长，还是副的。叫强哥。保安，这谁的车？这车位可是我的。

保　安　你的车位？刚才我看见是一年轻姑娘停的车，还跟我说："哈罗"。

葵　花　"小三"？好你一个王强，你还真有小三了。看姑奶奶怎收拾你。（拉王耳朵）

王　强　哎哟！放手，放手！（葵花松手）什么"小三"？是"海归"。

保　安　呃，嫂子，（制止）对，对，对！是"海归"。（保安制止两夫妻。）

葵　花　啊呀！"小三"还带"海归"。你……

王　强　葵花，你听我说。

保　安　对！好像她进来时，说是她老爸就住在这里。我得去查查是谁的车？（下）

王　强　那你得赶紧查查，是谁的车，让她赶紧开走。我们的车没地方放。

葵　花　她老爸住这里？"海归"？老公，不得了，那是局长的女儿的车。是局长女儿的车。

王　强　对对对！我们单位传说我们局长的女儿就在外国读书。哎哟！我的心肝宝贝，我的饭碗！

　　　　〔王强从皮包掏出毛巾抛给葵花，两人各在车的两旁边抹车。

葵　花　呃！老公，我说呀，这车要是局长的，咱就不计较了，卖个人情给他。咱把这车位让给他女儿，调你去那个发改科当个啥正科长。

王　强　哎哟，对，媳妇太聪明了，车位换职位。

葵　花　那是，现在"八项规定"出来，送礼不好送。

王　强　那为啥要送礼呢？

葵　花　问题是，不送礼不行啊！

王　强　问题是局长都不吃饭了。呃，不对，是局长不接受请客吃饭。

葵　花　小王，我说你，就是读书读坏脑筋了吧？你在高级饭店请吃请喝，哪个敢去啊！

王　强　那去啥地方？

葵　花　我告诉你啊！（耳语）

王　强　你哪里学来的旁门左道？

葵　花　上微信，上朋友圈啊！

王　强　这网上的垃圾也不少。不说了。咱还是先说这车位吧！

葵　花　这车位有啥好说？是局长女儿的车，就卖个人情给他。年底，你那上个啥正科长的职位，不比去请客吃饭，花钱送礼的好吗？

王　强　那也得让局长知道是我的车位啊！

葵　花　那是那是！用啥办法呢？写纸条！

王　强　写纸条？低能！

葵　花　那你想想有啥办法？

王　强　那就写纸条吧！

葵　花　低能！那就写吧！（从包里拿出纸和笔，写字。）局长，这车位我就送给你了。局长……

　　　　〔保安内叫：王科，我查清楚了，这车主人不是女的，是一男的车主。

花、王　男的？（停住擦车，丢掉毛巾）

葵　花　不是局长的车？那是谁的车啊！

王　强　是局长……

　　　　〔李局长：谁叫我啊！（由饰演保安的演员扮演局长上）

王　强　嘻嘻嘻！局长，您出去啊？

李局长　嗯！（走过。葵花拉王过一旁，小声地）

葵　花　等等！老公，你说，这车会不会是局长的啊！（王强悟。）

王　强　停住！（局长吓了一下。王强转语气）局长！

李局长　小王，有事吗？

王　强　啊！没啥事！没啥事！呃，局长。不，你不开车啊？

李局长　不开！去附近办点事。不开车。（欲走）

王　强　不开车？呃！局长！

李局长　小王，还有事吗？

王　强　呃……没事！

葵　花　局长，这车……（局长回头看看）

李局长　嗯！这车不错，就是耗油了点。没事，我走了。（下）

王　强　"嗯！这车不错，就是耗油了点。没事，我走了"。呃！媳妇你说，这
　　　　车到底是不是咱们局长的呢？

葵　花　呃！对对对！是咱局长。呃，不对！（学着局长的语气）"嗯！这车不
　　　　错，就是耗油了点。美事，我走了"。呃，老公，这话在恭喜你买了
　　　　新车啊！

王　强　媳妇，你就别逗了，我哪有这么漂亮的车？

葵　花　局长说的是"美事"？要不，他就是在恭喜你抓阄抓到一个好的车位。
　　　　这车就是局长的。

王　强　局长说的是"没事"，这车就是局长的。

葵　花　对，就是局长的。哎哟，我的心肝宝贝，我的饭碗。（两人捡起毛巾，
　　　　换位置开始擦车。）

葵　花　那是，局长的车就是漂亮，人家的车是四个环的标志，你的车标志是
　　　　五个环了。

王　强　这不，人家车是奥迪牌，我的车奥运牌嘛！

葵　花　等到你哪一天也混上局长了……

王　强　照你的招数，我就进监狱了。

葵　花　说啥呢？说啥呢？我就喜欢你当局长。

王　强　好，好，我当局长。我当家长还是副的呢！

葵　花　不行，这车位，我得跟你们局长说，这车位就送给他，你不就提上正
　　　　科长的位置了？

王　强　哎！我们局长不是出去了吗？刚刚出去！

　　　　〔李局长出。

李局长　谁叫我了？

王　强　局长，你又回来了。

李局长　小王，你也知道，现在公车改革了，不能开那么漂亮的车。单位的"车补"有限。

王　强　那是！那是！局长，这车位……

李局长　这车位是你的啊！这我知道。你这个人安分守己。好了，我要回家了。（下）

王　强　喂！媳妇，听局长的口气，这车不是局长的。

葵　花　这你就不知道了，中华文化源远流长，有的事只能做，不能说。有的事只能说，不能做。我看，这车就是局长的。

王　强　你哪里学的这么多理论啊！

葵　花　上微信啊！

王　强　又是垃圾理论。

葵　花　呃，就是牛论！牛顿说的。

王　强　牛顿的苹果掉下来，把你砸傻了吧？这车不是局长的。

葵　花　这车就是局长的。（李局长上）

李局长　这车是局长的。

葵　花　看！这不就是局长的车嘛！谁说的？（看见局长）李局长，我就知道这车是你的。你看，逢年过节的，我们家小王不像别的人，要买点啥的烟、酒啊送个礼……

王　强　（推开葵花）说啥呢？说啥呢？送啥礼？你说，咱局长是那种人吗？局长，这车位就先让给你的车放着。

葵　花　（拉开王强）你看，这车位俺也送了，那我们家小王科长那个职位……

李局长　呃！这车位与职位怎么就连在一起了。

葵　花　这猫与狗还连在一起呢。

李局长　有意思。葵花，你们家小王工作积极得很呢！组织上会考虑对他的安排，不用你操心了。

葵　花　那还要烟酒烟酒（研究研究）不？

李局长　考察是要的。不过，咱下班不谈工作。好了。我得把车开出去修理一下。（找向角落的车位）

王　强　呃呃呃！局长，这车不是你的吗？（指自己车位的奥迪车。）

李局长　这车不是我的。

王、花　这车不是你的？这车不是你的？

李局长 这辆车才是我的。这个车位才是我的。

王　强 （看）哟！这车撞坏了。

李局长 刚才倒车停车时撞坏的。是我技术不好。

葵　花 不是技术不好，是这车位，给谁谁都撞车。局长，你怎么分到这个车位啊？

李局长 当时不是你抓的阄，你不要了。大家都不要，我就只好要了！

王　强 局长！你真是好人！（激动地）

李局长 哎！这年头啊！大家为了一个车位在争，为了一个职位在争，为了一丁点工资在争。作为领导，我只能让啊！为了大家，领头羊不容易啊！

王　强 局长，我们错了！可是，这车位我们就让给你了。

葵　花 对对对！我们家王强技术好。

李局长 不是技术不好，这车位，给谁谁都撞车。

葵　花 那局长咱们家王强那个科长的职位没希望了？

李局长 有希望！

葵　花 哦，那就好，这车位就让给你了。

李局长 不后悔啊？

王、花 不后悔！

李局长 谢谢了。不过，我告诉你，我接到调令，调到别的城市了。这车位你们就留着吧！

王、花 啊！调走了？

李局长 怎么？后悔了？

王　强 啊！不后悔，恭喜局长！

葵　花 恭喜局长！

李局长 谢谢了！哈哈哈！你们家小王就等消息吧！（边说边下）

　　　　〔两人站在那里左右不是。

葵　花 呃！可是这车是谁的呢？

　　　　〔长毛出。

长　毛 是我的！

王　强 小舅子？

葵　花 你啊！你这小娃子，败家仔！哪来的钱？（揪住耳朵）

长　毛 姐，姐夫，股票涨了，股票涨了。（下）

葵　花 涨了涨了？我看是你的心涨了。你这败家仔！（追下）

　　　　〔灯暗。

　　　　〔剧终。

戏　曲

父母心

编　剧　丁　杰

常州市文化艺术研究所

时代　古代

# 人　物

县令（生）
夫人（旦）
婢女（小旦）
书童（丑）

[夜间，某县衙后堂。夫人穿着民妇的服装，带着婢女风尘仆仆上。婢女提着包裹。

婢　女　夫人，老爷今日要大失所望了。

夫　人　梅香，我也十分烦恼。

　　　　（唱）自从老爷登金榜，

　　　　　　　十年未能回故乡。

　　　　　　　最牵挂公婆失依傍，

　　　　　　　风烛年行医走四方。

　　　　　　　我代夫回家望双亲，

　　　　　　　想接来二老长供养。

　　　　　　　谁知万言千语劝不动，

　　　　　　　待相见，怎对老爷说端详？

[书童上，倒茶。

书　童　夫人请少坐。老爷还在问案呢。

夫　人　这等辛劳。

书　童　（悄问）梅香，太老爷，太夫人呢？

婢　女　不来了。

书　童　不来享清福，儿子白养了。

婢　女　多嘴。

夫　人　童儿，我走之后，府中可有新鲜事？

书　童　老爷还是老样子，天天鸡叫忙到鬼叫。

夫　人　府中可有生人来往？

书　童　都是公务来往。

夫　人　府中可添了物件？

书　童　添了。

夫　人　何物？

书　童　不是金的银的，不是吃的穿的，也不是那娇娇滴滴……

婢　女　你这油嘴！还不快讲！

书　童　为了孝敬太老爷，太夫人，添了此物。（作翻纸动作）

夫　人　（沉吟）呀！是银票？老爷当真……

（唱）难道公婆所虑果不差，
　　　他为孝敬爹娘去贪赃。
　　　一时如坠冰窟里，
　　　思前想后心发慌。
　　　我要相劝老爷行正道，
　　　莫让他临崖落万丈。

书　童　老爷回后堂了！
　　　　〔知县上。

夫　人　（迎上）老爷。

知　县　夫人！夫人千里奔波，辛苦了。

夫　人　老爷公务繁忙，消瘦了。

知　县　夫人，爹娘身在何处？

夫　人　还在家乡。

知　县　这……家中境况如何？

夫　人　一切如常。

知　县　爹娘身体如何？

夫　人　十分康健。

知　县　既如此，爹娘何不同来？

夫　人　二老说，在家乡住惯了。

知　县　爹娘生我单丁独子，就不想老来有靠？

夫　人　公婆说，只要你立身正道，他们就放心了。

知　县　呀！夫人言语支吾，定有缘故，待我细细问来。啊，夫人，爹娘吃得
　　　　如何？

夫　人　还好。

婢　女　就是田里种的，树上长的，圈里养的。

知　县　住得如何？

夫　人　还是那三间茅屋。

知　县　是否操劳？

夫　人　……无日无夜。

知　县　啊呀，这等辛劳！

夫　人　老爷啊。

　　　（唱）公婆是，多年行医在乡间，
　　　　　　一生勤俭传家风。
　　　　　　妙手仁心受人敬，

年老愈加德望重。

为救人不分路途远与近，

为救人不顾更深霜露浓。

不辞粗茶与淡饭，

不计报酬轻与重。

说道是，但愿天下人康健，

何妨一家独贫穷。

知　县　啊呀！爹娘胸怀实实可敬！

夫　人　但愿家风能传，方慰二老之心。

知　县　卑人十载为官，尽忠，尽节，尽义，堪慰二老之心。只恨十载未归，
　　　　不能尽孝！

夫　人　老爷可还记得，孟懿子问孔圣人，何为孝？

知　县　子曰：无违。

夫　人　是啊，无违。老爷若不违背二老心意，便是大孝了。

知　县　呀！

　　　　（唱）听夫人，弦外有音费思量，

　　　　　　　看夫人，神色凝重非寻常。

　　　　　　　难道爹娘对我生埋怨，

　　　　　　　怪我为官多年无奉养？

　　　　　　　怪我至今才想起老爹娘，

　　　　　　　故而不愿来此将清福享。

　　　　（到一旁招手）梅香。

婢　女　（过去）老爷。

知　县　夫人此番回乡，做了何事？

婢　女　夫人么，代老爷尽孝啊。

知　县　怎样尽孝？

婢　女　晨昏定省，问暖问凉。每日下厨，亲做羹汤。

知　县　贤德的夫人！

夫　人　（上前）你们讲些什么？

知　县　啊夫人，梅香言道，夫人十分贤德，代为夫尽孝了。

夫　人　哪有此话，公婆对我十分不满。

知　县　夫人说笑了。

夫　人　千真万确。

　　　　［婢女在一边点头。

| | |
|---|---|
| 知　县 | 这是何故? |
| 夫　人 | 老爷啊。 |
| | （唱）并非我，公婆差遣应声迟， |
| 知　县 | 定不会如此。 |
| 夫　人 | （唱）也不是，堂前侍奉失礼仪。 |
| 知　县 | 更无有此事。 |
| 夫　人 | （唱）并没有，搬弄口舌生是非， |
| 知　县 | 夫人不是这等人。 |
| 夫　人 | （唱）我却是助纣为虐不贤女。 |
| 书　童 | 哎呀，夫人倒成了姐—— |
| 知　县 | 嗯? |
| 婢　女 | 打嘴! |
| 书　童 | 小的说错了。 |
| 知　县 | 真是——从何说起啊! |
| 夫　人 | 公婆便将我赶了回来。 |
| 知　县 | 赶了回来? 啊呀，夫人定是受尽委屈。莫非爹娘对为夫不满，连累了夫人? |
| 夫　人 | 二老十分挂念你。 |
| 知　县 | 爹娘怨我十年未归，无人尽孝，故而迁怒夫人。 |
| 夫　人 | 老爷，公婆不曾怨你。 |
| 知　县 | 夫人…… |
| 夫　人 | 公婆有几件东西命我带回，老爷看了便知公婆心意。 |
| 知　县 | 什么东西? 在哪里? |
| 夫　人 | 梅香，打开包袱。 |
| 梅　香 | 是。 |
| 夫　人 | 老爷。 |
| | （唱）第一件是家乡田中物， |
| | 　　你自幼饮食长成人。 |
| | 　　水有源来树有根， |
| | 　　你春风得意莫忘本。 |
| 知　县 | （唱）离家为官有十载， |
| | 　　一片乡情寄白云。 |
| | 　　江南风土常入梦， |
| | 　　今日见物更思亲。 |

［书童小心从他手里接过。

夫　人　（唱）第二件，公婆亲开一药方，
　　　　　　　　都为你公务操劳须补身。
　　　　　　　　二老细问你起居细书写，
　　　　　　　　你莫负拳拳父母心。

知　县　（唱）记得年少多病候，
　　　　　　　　是爹娘，针灸汤药亲劳诊。
　　　　　　　　而今人在千里外，
　　　　　　　　手捧药方暖在心。

夫　人　（唱）第三件，临行公婆细叮咛，
　　　　　　　　此物虽小最要紧。
　　　　　　　　再三吩咐你亲拆取，
　　　　　　　　老爷呀，你要仔细看来仔细忖。

　　　　［夫人拿出了一个小盒子。

知　县　（接过）这是何物？（掂掂）十分沉重。（拆开）哦！竟是一方端砚，
　　　　　分明家中旧物！想我为官端州，多的是此物，爹娘何苦命你千里
　　　　　带来。

夫　人　公婆定有深意。

知　县　这深意么……（左看右看）哦，还有一封书信。

夫　人　是公婆亲书。

知　县　哦，是万金家书！待我看来。（拆看）
　　　　（唱）我儿为官在四方，
　　　　　　　　父母行医在乡村。
　　　　　　　　各自忙碌难相见，
　　　　　　　　托贤媳捎带千里信。
　　　　　　　　儿为知县责任大，
　　　　　　　　饮食起居当留心。
　　　　　　　　老夫妇，长住乡间多安适，
　　　　　　　　丰衣足食不须问。
　　　　　　　　只有一事常挂心，
　　　　　　　　还望我儿仔细听。
　　　　　　　　乡间行医几十载，
　　　　　　　　对病患常怀父母心。
　　　　　　　　常担忧一时不慎将人误，

常担忧一时不查害人命。

你身为一县父母官，

百姓安危系你身。

我一时不慎误一人，

你一时不查伤一县百姓。

你为官当怀父母心，

一举一动须问心。

万不可，贪赃枉法来孝爹娘，

让爹娘难以见人愧终生。

啊呀！爹娘！这一番良苦用心，孩儿明白了。请受孩儿一拜！

［知县望空而拜。

夫　人　老爷明白公婆送这端砚的用心了？

知　县　明白了。细细想来，爹娘用心良苦。送我端砚，是怕我为官一任，取了民脂民膏。

（唱）想当年，包公为官在端州，

离任不带砚在身。

清知县门庭无私谒，

心正方能立身正。

不拘细行累大德，

一失足成千古恨。

我今为官在端州，

也当一身清白不染尘。

夫　人　老爷明白公婆为何不来了？

知　县　明白了。爹娘怕我为孝敬他们，贪赃枉法。

（唱）我自幼家中蒙教训，

离家虽远也记得清。

父母为儿作表率，

离家日久更自警。

勤谨廉明坐县衙，

一身正气不沾尘。

不愧苍天不负民，

定让爹娘放宽心。

夫　人　这就好了，还望老爷知过即改，亡羊补牢。

知　县　为夫错在何处？

夫　人　你细细想来。

知　县　待我想来……没有啊！

夫　人　童儿，你来讲。

书　童　啊呀，小的实在不知啊。

夫　人　你刚才说道，老爷为迎接太老爷、太夫人，准备了何物？

书　童　哦！是此物！（做翻纸动作）

夫　人　是何物？

知　县　夫人，你道是何物？

夫　人　孝敬爹娘之物。

知　县　是啊，爹娘生性淡泊——

书　童　不爱金的银的，不爱吃的穿的，只爱……（做翻纸动作）

夫　人　医书么？

知　县　夫人当真聪慧！

夫　人　（欣喜）原来虚惊一场！

知　县　夫人，为夫错在何处？

夫　人　这……

知　县　我一定知过既改呀。

夫　人　错在不善保养，消瘦不少。待为妻替你煎药。

知　县　哈哈哈……多谢夫人！

夫　人　为妻只怕助纣为虐。

知　县　夫人实有内助之贤。

　　　　〔众人笑。

　　　　（合唱）从今不忘父母心，

　　　　　　　　在世一日当修身。

　　　　　　　　从今不忘父母心，

　　　　　　　　为官一方造福苍生。

　　　　〔剧终。

# 戏 曲

# 火龙袍

编 剧 黄立平

（取材于民间故事）

广西壮族自治区百色市地方戏曲传习所

时间　古代

地点　财主家

## 人　物

卜　伙　智慧、善良有正义感的穷苦年轻人

老　爷　贪婪、狡诈的地主

夫　人　愚蠢、狠毒的地主婆

阿　云　地主家的苦命丫鬟

［幕启。

［冬天。屋外大雪纷飞，屋内气温寒冷。

［磨坊里，阿云正在吃力推着磨盘磨玉米。

阿　云　（唱）冰冷天，夜更寒，

　　　　　　　四壁通风直冷颤；

　　　　　　　孤苦伶仃命黯淡，

　　　　　　　何年何月有个盼？

　　　　　　　当年逃荒一路走，

　　　　　　　爹娘饥饿死村口；

　　　　　　　无奈卖身葬亲人，

　　　　　　　从此囹圄无自由。

［卜伙提着扁担走了进来，看到阿云觉得惊讶。

卜　伙　阿云，那么晚了怎么还不歇去？

阿　云　卜伙哥，我得把活干完。

卜　伙　一担玉米，你磨到天亮也做不完。

阿　云　那也得磨，要不然又得受饿挨打了。

卜　伙　怎么？你东家又打人了？

阿　云　嗯。做丫鬟就是这个命。

卜　伙　来，我帮你把玉米磨了。

阿　云　不不不，我自己能行。

卜　伙　我来我来。

［卜伙和阿云争抢磨把子时，不小心碰到了阿云被发簪扎伤的手，阿云痛得惊呼。

卜　伙　怎么了？

阿　云　被夫人发簪扎的。

卜　伙　啊？太恶毒了——

　　　　（唱）看罢阿云伤如此，

　　　　　　　恶毒财主真无耻；

　　　　　　　欺负善良太可恶，

　　　　　　　丧尽天良遭天谴。

　　　　　可惜无辜的阿云啊，
　　　　　身子柔弱尽受苦；
　　　　　我定设法把她救，
　　　　　打开柳笼让鸟自飞。

阿　云　你怎么又到磨坊里来了？

卜　伙　嘿嘿，是财主想谋我的东西，留我在磨坊过夜呢。

阿　云　他们心眼最坏，连一担柴火也不放过。

卜　伙　哈哈哈，不只是一担柴，还有别的宝贝。

阿　云　阿哥你可要当心。

卜　伙　我要让他们偷鸡不成蚀把米。来，我们赶紧把活做好。

阿　云　好，谢谢阿哥。

　　　　　〔卜伙和阿云一个推磨一个放玉米粒，忙活起来。

阿　云　（唱）阿哥好心来帮忙，
　　　　　　　心中感激泪涟涟；

卜　伙　（唱）阿妹不必来感恩，
　　　　　　　我俩同样苦命人。

阿　云　（唱）阿哥身世比我好，
　　　　　　　山川河流自由鸟。

卜　伙　（唱）世间豺狼猛似虎，
　　　　　　　同样吃苦受欺负。

阿　云　（唱）哪里才有清静地，
　　　　　　　你我生活无忧虑。

卜　伙　（唱）天下乌鸦一般黑，
　　　　　　　幸福日子靠自己。

　　　　　〔一声鸡鸣声从远处传来，天已拂晓。

卜　伙　好了，终于磨完了。

阿　云　嗯，谢谢阿哥了，看你都出汗了，我帮你擦擦汗。

卜　伙　别别，我留着它还有用，你赶紧收拾回去。

阿　云　那你呢？

卜　伙　我得再跑几圈，让汗出得再多点。

阿　云　你这是想干嘛？辛苦了一夜够累了。

卜　伙　别担心，到时你就明白了。

阿　云　那我回去了？

卜　伙　快走快走。

[看着阿云收拾好家什离开。

卜　伙　好呀——

　　　　（唱）天将破晓灰蒙蒙，

　　　　　　　屋外夜莺已噤声；

　　　　　　　明晨斗智既要勇，

　　　　　　　定与豺狼把气争。

　　　　　　　但愿救得阿云去，

　　　　　　　从此还她自由身。

[卜伙在磨坊里跑了起来，跑得一头汗水，才满意地爬到磨盘上，假
装睡了起来。

[这时财主夫妇偷偷摸摸地来到了磨坊外偷窥，只见卜伙卧躺在磨盘
上，大汗淋漓，嘴里梦呓"好热啊"，夫妻俩禁不住一阵狂喜。

夫　人　老爷，看来真是啊，真是个宝贝呢。

老　爷　淡定淡定。

夫　人　你看看，你看他那热气直冒，汗水直流。

老　爷　看来，他说的不错，他穿的真是件火龙袍。

夫　人　这火龙袍你要先下手为强啊，被别人抢去就完了。

老　爷　抢抢抢，谁能抢去啊。

夫　人　万一……

老　爷　行了，看我的。

[财主夫妇走到卜伙旁边，咳嗽了几声，卜伙还是没有反应。夫人一
把拧了卜伙一下，卜伙夸张地叫了起来。

卜　伙　哎呀老爷啊，我正梦着躺在雪地里凉快凉快，你怎么打搅我了呢？

老　爷　卜伙啊，你怎么睡磨盘上了呢？那磨盘那么硬。

夫　人　是啊，睡床上才是嘛。

卜　伙　（环看四周）床？

老　爷　哦呵呵——石磨凉快，正适合你呀。

卜　伙　老爷，这天也亮了，你把那担柴的账结了，我好回家。

老　爷　不急不急，卜伙啊，昨天你说你这件衣服是……

卜　伙　是昨天热昏头了，乱说的。

夫　人　你敢骗老爷？

卜　伙　老爷啊，我就一件衣服啊。

老　爷　我又不是要你的衣服。

卜　伙　哦，不要就好，不要就好。

老　爷　是换！

卜　伙　啊？我不换。

老　爷　换一头大水牛！

夫　人　一头大水牛。

卜　伙　不不不，这可是我祖传的火龙袍，换不得。

老　爷　换得了！

卜　伙　老爷呀！

　　　　（唱）家传宝衣火龙袍，

　　　　　　　传至我辈不能抛；

　　　　　　　还盼宝衣耀我族，

　　　　　　　得以兴旺家业好；

　　　　　　　如若贪图眼前利，

　　　　　　　死后无颜见父老。

老　爷　（唱）守着件衣服有什么用？

夫　人　（唱）不如换点实惠过安康。

老　爷　（唱）过了这村没有下个店，

夫　人　（唱）看你可怜才想帮你渡难关。

卜　伙　这个——这个——

夫　人　哎呀，什么这个那个的，一头大水牛你不亏了。

卜　伙　我死后怎么跟祖宗说呀。

老　爷　你现在过得好了，管他祖宗不祖宗的。

卜　伙　我还是觉得换不得。

老　爷　换得。

夫　人　怎么换不得？

老　爷　来，你脱下了。

夫　人　赶紧脱！

　　　　〔财主夫妇七手八脚上前扯卜伙衣服，卜伙围着磨盘躲闪。

　　　　〔一去一来，你抓我闪，夫妻夹击，气喘吁吁。

卜　伙　打住！打住！

夫　人　你站住！

老　爷　今天你换也得换，不换也得换。

卜　伙　哎呀老爷啊——

　　　　（唱）家父临终有叮嘱，

　　　　　　　留得宝衣娶媳妇；

　　　　　三代单传别断根，

　　　　　凤愿难成不瞑目。

　　　　（白）老爷，我年近三十，是打算用它娶媳妇的呀。

夫　人　牵着牛回去，就找到老婆了。

卜　伙　太穷，没人愿嫁。

夫　人　那我也没办法呀。

卜　伙　娶不到老婆，我怎么敢换掉火龙袍？

老　爷　怎么办呢？

夫　人　怎么办呢？

　　　　［财主夫妇一筹莫展，来回想折，卜伙一旁暗自高兴。

夫　人　（对老爷兴奋地）你看这阿云——

老　爷　不不不，没有这丫头使唤，我不习惯。

夫　人　我看行！

老　爷　不行！

夫　人　（恼怒地）你对她动手动脚的以为我不知道吗？想娶二房啊？换！

老　爷　你，行行行，你说什么都行。

夫　人　（喊）阿云——

　　　　［阿云急出。

阿　云　夫人。

夫　人　（夫人拉过阿云）卜伙，就把这丫鬟给你做老婆了。

卜　伙　她——

夫　人　哎呀，帮你找都不错了，还嫌弃？

卜　伙　也不知道她愿意不愿意？

夫　人　这由不得她！

卜　伙　那好吧。

老　爷　这就对了，赶紧把衣服脱下了。

　　　　［卜伙正想脱衣服，又停了下来。

夫　人　你又磨蹭什么？

卜　伙　哦，老爷，我的柴火钱你还没给。

老　爷　给给，马上给。

　　　　［财主掏钱数铜币，交给了卜伙。

　　　　［卜伙正想脱衣服，又再次停了下来。

老　爷　又怎么了？

卜　伙　老爷你看，我一脱掉衣服给你，还不得冻死啊？

夫　人　你什么意思？

卜　伙　夫人啊，外面可是下着大雪啊，还是我火龙袍好。

老　爷　（对阿云）去找件衣服给他。

卜　伙　我看算了，没有什么衣服可以比得上这件火龙袍了。

老　爷　找死！你敢戏弄我？

　　　　［卜伙绕着财主夫妇转圈，最后目光停在了老爷身上。

卜　伙　老爷这大衣不错啊。

老　爷　不行！绝对不行！

卜　伙　那我不换了。

老　爷　嘿嘿，不换？你能出得了这个门吗？

　　　　［卜伙一下子跳上了磨盘上。

卜　伙　老爷啊，不要逼我，逼急了我把火龙袍撕烂，大家都别想要！

夫　人　别别别，别激动别激动。

　　　　［夫人拉过老爷在一旁嘀咕。

夫　人　老爷啊，你就给他吧，反正你得了火龙袍，也用不着这衣服了。

老　爷　对啊，我怎么没想到？

夫　人　就是嘛，给他好了。

老　爷　卜伙来来来，不就一件衣服嘛，我给你。

卜　伙　给我了？

夫　人　给你了。

　　　　［卜伙从磨盘上跳了下来，跟老爷互换衣服，卜伙穿起大衣，牵着阿
　　　　云的手阵阵窃喜。

卜　伙　走！我们牵牛回家去。

　　　　［财主夫妇看着卜伙一离开，禁不住一阵狂笑。

老　爷　好宝贝啊。

夫　人　老爷赶紧穿上它。

　　　　［老爷正要穿上，但感觉很脏，不禁皱起眉头。

老　爷　太脏太腻，洗干净再穿。

夫　人　嗯，洗干净再穿。

　　　　［切光。

　　　　［财主家的大厅里。

　　　　［财主穿着卜伙的火龙袍在屋里不停地走动，缩着身打着冷战不住地
　　　　打着喷嚏。

夫　人　老爷，好点没有？

老　爷　我快冻死了，卜伙怎么还没到。

夫　人　家丁去找了，很快就来。

老　爷　（狠狠地）这兔崽子，敢骗我，看我不打死他！

夫　人　对！打死他都不解恨。

　　　　　［卜伙出。

卜　伙　（唱）财主派人把我寻，

　　　　　　　　心知此事已败露；

　　　　　　　　头尾经过无破绽，

　　　　　　　　依计而施惊无险。

老　爷　卜伙，你找死！

卜　伙　老爷，你怎么了？

老　爷　我怎么了？

　　　　（唱）你敢糊弄骗老子，

　　　　　　　拿件破衣充宝物？

夫　人　（唱）敢叫老爷贴身穿，

　　　　　　　弄得冰冻把病患。

老　爷　（唱）你不把事讲清楚，

夫　人　（唱）定叫你来得回不去！

卜　伙　怎么可能呢？

老　爷　怎么不可能？你看，（冷战）啊哟，冷死我了。

卜　伙　我看看。

　　　　　［卜伙围着老爷转了几圈，边看边摇头。

卜　伙　这件衣服不是我家那件火龙袍。

夫　人　怎么不是？

卜　伙　肯定不是。

老　爷　你想耍赖？看我不打死你。

卜　伙　老爷啊

　　　　（唱）祖传宝衣颜色旧，

　　　　　　　油油腻腻汗味重；

　　　　　　　衣裳开洞露棉絮，

　　　　　　　明显此物非宝衣。

夫　人　呸！那脏味那么重，谁穿得了？

卜　伙　啊？你把它怎么了？

老　爷　你说怎么了？

卜　伙　怎么了？

老　爷　我把它洗了。

卜　伙　（急切地）洗了？

老　爷　洗了，泡了三天三夜才把污渍洗干净。

卜　伙　（跌坐地上）啊！

　　　　［卜伙目光呆滞地坐在地上。

夫　人　别装蒜！起来！

卜　伙　（痛哭流涕地）宝衣啊宝衣，你们把宝衣给毁了啊……

夫　人　怎么可能？

老　爷　不可能！

卜　伙　（唱）火龙袍怎么能碰水？

　　　　　　　　无知浸泡把火灭；

　　　　　　　　实在愚蠢把它毁，

　　　　　　　　心疼我那祖传宝衣啊。

　　　　（白）我不换了，你们把火龙袍原样还我——

夫　妻　啊——

卜　伙　火龙袍啊，我好后悔啊。

老　爷　谁知道火龙袍不能泡水啊？

卜　伙　还我火龙袍啊。

夫　人　喂喂喂，我们是说好的，牛你也牵走了，老婆也帮你娶了，你还能
　　　　反悔？

卜　伙　我，那可是我祖传的宝衣啊。

老　爷　呸！什么祖传？把他赶出去！

卜　伙　不不，老爷啊，我把东西还你，你还我火龙袍。

老　爷　滚滚滚，再不走就关门放狗！（卜伙下）

　　　　［财主夫妇对着脸，感到十分懊悔。

老　爷　（对夫人吼道）都是你！

夫　人　（委屈地）怎么怪我了呢？是你说要洗干净的。

老　爷　是你！

夫　人　是你！

　　　　［内唱歌起。

　　　　（唱）机关算尽人财失，

　　　　　　　　财主贪婪吃了亏；

　　　　　　　　春风得意卜伙笑，

假哭偷乐把家归。

　　［财主夫妇相互埋怨，不停地争吵，这时老爷几声喷嚏，争吵立停。

**老　爷**　（歇斯底里地）快拿衣服来，冷死我了……

　　［剧终。

戏 曲

# 古戏台前

编 剧 臧宝荣

滨州市艺术创作研究所

**时间**　六月初六凌晨

**地点**　古戏台前

# 人　物

**时老汉**　65 岁，老箱倌儿，跛足

**小　翎**　27 岁，时老汉女儿

**小　关**　29 岁，村里的挂职干部，第一书记

[月色溶溶，微风习习。

[老戏台前，时老汉晾挂戏服。后驻足凝望戏台，摩挲台柱。

时老汉　（唱）云如墨，浓淡晕染自飘荡，

　　　　　　　月似钩，悲欢抛却天阶凉。

　　　　　　　风过处，仿佛锣鼓声声响，

　　　　　　　衣衫动，好似生旦袖飞扬。

　　　　　　　望戏台，饱经岁月换模样，

　　　　　　　抚台柱，处处斑驳挂沧桑。

　　　　　　　孤零零，土墙院内老箱倌，

　　　　　　　冷清清，古戏台前晒衣箱。

　　　　[小翎、小关扛工具轻手蹑脚上。

小　关　（唱）高高抬，轻轻放，

　　　　　　　深夜行动心内慌！

小　翎　嘻嘻……瞧你，就跟做贼似的！

小　关　（害怕地）嘘——（唱）

　　　　　　　你莫取笑莫出响，

小　翎　好好，（唱）

　　　　　　　不是做贼是扒墙！

小　关　谁、谁扒墙？

小　翎　谁扛工具谁扒墙！

小　关　啊？

　　　　[小关下意识一扔，"哐当"一声响。

小　翎　（急中生智）喵喵——

　　　　[时老汉机警地起身查看。

小　翎　（一指土墙）爬吧。

小　关　你没钥匙啊？

小　翎　钥匙？这土墙围的是啥？

小　关　古戏台啊。

小　翎　古戏台是啥？

小　关　你爹的命！大叔把这古戏台看得比命还重。

小　翎　啧，还啥都知道！我能有钥匙吗？

小　关　那不白来了？

小　翎　跳也行，爬也行。麻利点儿，进去三下五除二喊哩咔嚓，该拆拆，该扒扒，清理完，走人。

小　关　我以为请来个小诸葛，谁知是个猛张飞！

时老汉　（细听）呵呵，来了。

小　翎　这叫生米煮成熟饭，再不乐意，也就这样咧！反正这块地方也不是他的私有财产。

时老汉　好啊，闺女大了不中留。

小　关　你这不是让我犯错误吗？

小　翎　眼看着文明乡村成泡影，倒不如先斩后奏学雷锋。

小　关　咦，咋恍恍惚惚院里净人影呢？

小　翎　啊！（害怕地扑进小关怀里，慢慢抬头看，忽推开小关）大惊小怪！没见过世面！知道六月六啥日子不？

小　关　牛郎会织女提前了哇？

小　翎　晒箱的日子，说了你也不懂。

小　关　我还真懂，六月六晒戏箱是咱剧团祖祖辈辈的传统。

小　翎　懂就好，看过《玩会跳船》不？

小　关　当然，还会呢。

小　翎　跳船，跳墙，差不离，跳吧。

小　关　不行，百姓不自愿的事，就不能强制。

小　翎　不跳？

小　关　不能犯错误。

小　翎　（摁下小关）蹲！（踩其肩上）起！（翻入土墙内，坐地不起，捂脚喊）哎哟，哎哟——

小　关　怎么了？

小　翎　崴着了……

小　关　让你逞能！要紧不？

小　翎　哎哟，怕是骨折咧！

小　关　啊？这、这得上医院啊！（一拄铁锨，飞身跳入，关切地欲捧足观看）

小　翎　（一下跳起）嘻嘻，书记跳墙，好身手哇！

小　关　你——

时老汉　咳咳……

小　关　哎呀……你爹！（躲藏一戏服后）

时老汉　黑灯瞎火翻墙头，是贼还是偷？

　　　　［一下开灯。戏服、盔头、髯口等挂满院子。

小　翎　爹，是我。

时老汉　大姑娘翻墙头，不怕嫁不出去！

小　翎　正好，我和爹过一辈子。

小　关　（急）那我呢？

小　翎　你……自愿，不强制。（用身子遮挡小关）爹，你咋半夜就起来呢，
　　　　太早了吧？

时老汉　爹哪年不是半夜就起来？倒是你今年来得有些晚啊？

小　翎　嘿嘿，不兴俺有点自个的事哇？自斟自饮呢，咦，咋三酒杯呢？

时老汉　箱倌、土墙、古戏台正好仨。

小　翎　（小声嘟囔）对古戏台比闺女亲！（对时老汉）我敬爹一杯。（敬酒）

时老汉　（一饮而尽）俗话是实话，（唱）

　　　　桃木梳子三五寸，

　　　　闺女大了向外人。

小　翎　（唱）三寸五寸一块木，

　　　　　　　小翎还是跟爹亲！

　　　　（再次斟满，端给时老汉）

时老汉　（干杯）啥时候我小翎这嘴甜得跟抹了蜜似的？

　　　　［小关欲悄悄翻出土墙。

时老汉　（唱）影影绰绰土墙上……

　　　　［小关急忙滚下趴着不动。

小　翎　（唱）风吹树叶动，没人真没人。

时老汉　有动静（起身）……

小　翎　爹，真没人！

时老汉　我去看看……

小　翎　哎，也许……（扬声）是头驴！

　　　　［小关会意学驴叫。

时老汉　哈哈哈，还真是头听话的驴！

小　翎　爹，再喝一杯。

时老汉　再喝我就醉……醉了……"马大宝喝醉了酒忙把家还，只觉得天也旋
　　　　来地也转……"

　　　　［时老汉趁小翎不注意，将酒洒于地下，装醉。

小　翎　爹，爹？再喝一杯吧。（见其没反应，忙起身到土墙下）"马大宝喝醉

了酒……"

小　关　"忙把家还"……

小　翎　哟，这你也会唱？

小　关　吕剧之乡长大的，张口就是这个味。

小　翎　别显摆咧，快动手吧。先拔草，还是先扒墙？

小　关　咱得先征求大叔意见，大叔同意才能扒。

小　翎　不是征求过了吗？

小　关　大叔不同意啊。

小　翎　那还征求什么啊？建文化大院那么好的事，你们鞋底都磨薄了，他就是不理解。

小　关　不理解也正常，毕竟这是他守了几十年的古戏台。咱再做做思想工作。

小　翎　喏，我爹都醉成这样了，你怎么做思想工作啊？

时老汉　（一个寒战）喯喯……好凉的风啊。（摸外套，披于身上，半醉半醒状）小翎，躲墙根底下干啥呢？

小　翎　（顺手拿一戏服罩住小关）啊？这……戏服咋天不亮就挂出来了呢？

时老汉　过去还有个小跟屁虫帮我，现在就我孤老头子一人，不早着点行吗？哎，乜件怎么掉下来了？

　　　　〔时老汉伸手欲拿盖在小关身上的戏服。

小　翎　（忙大喊）爹！

时老汉　（一哆嗦）你爹脚残耳不残！（低头看到铁锨）呀，一把铁锨？（抓起铁锨冲过去）

　　　　〔小翎忙遮挡，小关慌乱中套上女披。

时老汉　出来！（抢铁锨）

　　　　〔小翎急关灯。

时老汉　灯咋灭了？

小　翎　啊……风刮的！

时老汉　不对。

小　翎　啊，咋不对？

时老汉　（故意装醉凑近小翎）是……鬼——吹——灯！

小　翎　（吓一跳）啊！爹你醉了吧？

时老汉　没有，刚才那个有胳膊有腿儿分明像个人影！

小　翎　……对呀！（迅速扯过一女披，也似小关样套上）就是个人影子，就是我的影子呀！

〔身穿女披的小翎小关做着同样的动作。

〔三人各怀心事背唱。

时老汉　（唱）小丫头这一回如何偏向？

小　翎　（唱）看小翎唱一出明帮暗帮！

小　关　（唱）也只能跟鼓点装模作样，

时老汉　（唱）老箱倌和小鬼对对花枪！

　　　　（揉揉眼）影子？（故意的）还真像咧！

小　翎　（故意岔开话题）爹，知道不？俺小时候最盼望的一天，就是六月六
　　　　跟爹一起晒戏箱！

〔拽着时老汉穿梭在戏服间。

小　翎　（唱）六月六，晒戏箱，

　　　　　　　大衣箱，二衣箱。

　　　　　　　箱箱轻开又轻放，

　　　　　　　满园红绿青白黄。

时老汉　（扯住小关衣袖）继续！

〔小关咧咧嘴，小翎示意他当真人自己当影。

小　关　（尖起嗓子，唱）

　　　　　古戏台上坠琴响，

　　　　　家家来听吕剧腔。

〔小翎上前，小关当影。

小　翎　（唱）为看戏，乡亲追着剧团跑，

　　　　　　　为听唱，老少宁愿饿肚肠。

〔二人兴起，轮番互当影子。

小　关　（唱）二大娘，饼子贴到门框上，

小　翎　（唱）三大爷，烟袋磕在咸菜缸。

小　关　（唱）四哥哥，裤子编进柳条筐，

小　翎　（唱）五姐姐，锥子扎在梨木床。

小　关　还有那小弟弟，（唱）

　　　　　放下碗，扛起板凳撒欢跑，

　　　　　来台前，一腚坐下就听见汪汪汪汪声凄凉！

〔三人谈起吕剧兴致高昂都忘了"演戏"。

小　翎　怎么了？

小　关　（唱）原来是，错把小狗当板凳，

时老汉　哈哈哈，（唱）

吕剧迷，就是如此很痴狂！

小　关　（唱）现如今，乡亲又想常听坠琴响，

　　　　　　　还都愿，登上戏台唱唱吕剧腔。

时老汉　想也是空想！

小　翎　怎么是空想呢？人家小关……关书记一来就说修缮老戏台，翻盖小仓
　　　　房，建成文化大院，让乡亲们有个文化活动娱乐休闲的地方。

时老汉　呵呵，说的比唱的好听！

小　翎　人家说的哪件事没落到实处哇？

时老汉　当说客来了？

　　　　〔时老汉"啪"地拉开灯。

二　人　呀！

　　　　〔小关小翎尴尬万分。

小　翎　若是说客，那也是实事求是、实话实说的说客！（唱）

　　　　　　一街一景不重样，

　　　　　　文化长廊戏曲墙。

　　　　　　你再看，硬化、美化、绿化、亮化，

　　　　　　还有这，城乡环卫一体化，小关哪件玩片儿汤？

　　　　　　小关说了，（接唱）

　　　　　　建起新大院盖起新厢房，

　　　　　　古戏台全面修缮换新装！

时老汉　刮大风，盖酱瓮，姥娘妗子哄外甥。

小　关　您是怕，（唱）

　　　　　　一个将军一个令，

　　　　　　墙上画饼一阵风。

时老汉　（摇头）不是。

小　翎　（唱）爹是怕小关是个挂职的，

　　　　　　　人走茶凉文明措施跟着停？

时老汉　（摆手）也不是。

二　人　那是？

时老汉　（唱）为什么非得围着古戏台？

小　关　（唱）古戏台凝结乡亲老感情。

时老汉　（唱）为什么过去没人当一景？

小　关　（唱）为幸福小康路上忙攀登。

　　　　　　忽略了精神需求心中梦，

现如今文化生活上日程。

　　　　　　谁都愿文明新风满乡村，

　　　　　　谁都盼村里再响吕剧声。

小　翎　（鼓掌）说出了大伙的心声！这土墙早就该扒，这古戏台早该修！何况这古戏台是村里的地方，不是爹的私有财产。爹只有看管的义务，没有处置的权利。

时老汉　（唱）为什么我不同意，

　　　　　　你就不扒不强行？

小　关　（唱）尊民意，重民主，

　　　　　　才是乡村真文明。

时老汉　（唱）为什么对钉子户，

　　　　　　和气商量挺宽容？

小　翎　爹，你喝多了吧？让你享受文明，给您尊重，你倒不习惯了？按你说的，你这钉子户就该抓起来、绑起来啊？

时老汉　抓起来、绑起来……（勾起回忆，冷笑）呵呵！（唱）

　　　　　　那一年鬼子进村来扫荡，

　　　　　　我爷爷冒死周旋抢戏箱。

　　　　　　众乡亲舍生忘死来掩护，

　　　　　　才使这戏箱免于遭祸殃。

　　　　　　解放后当家作主心欢畅，

　　　　　　白天开大会晚上唱起吕剧腔。

　　　　　　干起农活不觉累，

　　　　　　敲罢锣鼓梦也香！

　　　　　　谁想到十年动乱大祸降，

　　　　　　高嚷着拆戏台、烧戏楼、砸掉老戏箱！

　　　　　　我和爹逆时顶风拼命来阻挡，

　　　　　　寒冬月被绑台柱父子都冻僵！

　　　　　　俺爹一病不起含恨死，

　　　　　　我也落下这跛足脚伤……

小　翎　爹……

小　关　大叔……

时老汉　（唱）十年前村里招商搞开发，

　　　　　　投资商要扒戏台建工厂。

　　　　　　乡亲们，护戏台，

当夜齐心垒土墙!

从此我日夜守护,

寸步不离钉在铆在戏台旁!

小　翎　(唱) 古戏台,见证了乡亲抗日护箱舍命,

古戏台,见证了岁月流转文脉传承。

小　关　(唱) 三代箱倌历经沧桑不辱使命,

百年传承舍生忘死令人动容!

时大叔,您不同意,我不动这里一草一木!

时老汉　(唱) 你不怕文明村牌拿不到?

你不怕先进荣誉要落空?

小　关　(唱) 不强推不让百姓陷困窘,

好事情也要群众有选择、有尊严,从从容容心认同!

时老汉　(唱) 千百年谁把草民来尊重?

千百年哪朝百姓能从容?

　　　　〔时老汉感慨万千。

　　　　〔伴唱:

最珍贵一个"尊重",

最难得一份"从容"。

　　　　〔时老汉递杯。

时老汉　关书记,喝酒!

小　翎　爹,你不烦他咧?

小　关　真烦我,就不摆下这酒了。(一饮而尽)

小　翎　(一语双关地) 爹还没说愿意呢……

时老汉　天都亮咧,甭跟你爹玩鬼吹灯了! 鬼丫头,戏不孬。(抄起铁锨)

干活!

　　　　〔小翎踢一脚小关。

小　关　(会意地) 爹,我来!

三　人　扒墙!

　　　　〔三人造型。

　　　　〔剧终。

小　品

# 龙湖水上是我家

编　剧　蒙莉莉

（根据彩调剧《农家乐》改编）

上林文化馆

**地点**  上林县大龙湖风景区

## 人　物


**阿　桂**  男，50多岁，农民，外号"老顽固"

**姐　爱**  女，50多岁，阿桂妻

**芳　芳**  女，20多岁，某自行车俱乐部领队

［幕启：台上左右两边各挂一条印有"姐爱自摘草莓园""特色农家饭店"的横幅，姐爱喜气洋洋地上。

姐　爱　上林风光美如画，龙湖水上是我家，乡村旅游前景好，我也办起农家乐！今天是双休日，天气又好，不知道有多少人到乡下来摘草莓、打土鸡窑、红薯窑喔！大把钞票啊，又进口袋啰！哈、哈、哈！耶，我家那只花母鸡呢？（吆）咕、咕、咕……哎呀，放它出来就去隔壁找公鸡，那公鸡有什么好啰，就知道去外面撩小母鸡了（吆）咕，咕，咕……（下）

阿　桂　（上，数板）离婚已经两年多，
　　　　外出打工几奔波，乡村旅游前景好，回乡办起"农家乐"。
　　　　嘻嘻！哪里飞来一只花母鸡，可能是花母鸡孤单，找我的公鸡做伴啰！哈，哈，哈！

姐　爱　（上）咕，咕，咕！哎呀，原来我的花母鸡在这里。

阿　桂　你的花母鸡过来跟我的公鸡谈情说爱咧！

姐　爱　呸！哪个跟你谈情说爱！

阿　桂　老婆啊！

姐　爱　哪个是你老婆！

阿　桂　哎呀，喊你一声以前的老……老婆，得咩？

姐　爱　你这个厚脸皮！

阿　桂　你的脸皮才厚！以前你对我讲：阿桂哥，我……喜欢你！

姐　爱　那你还对我说过你爱我的！

阿　桂　好好好，是我说是我说，但是，是你的母鸡先过来的呗。

姐　爱　是你的公鸡先过来！

阿　桂　是你的母鸡先过来！

姐　爱　是你的公鸡在先过来！

阿　桂　是你先过来！

姐　爱　是你先过来！

阿　桂　是你！

姐　爱　是你，是你，是你（醒悟）啊，我们都成鸡啦！

阿　桂　哎呀，不要吵了！爱爱啊——

想当年我们俩情投意合，夫唱妇随家庭和睦幸福快乐，如今缘分到了尽头，一个家分成了两个窝，我种田也是为了生活，你我离婚到底是谁的错？

姐　爱　你这老顽固——怪就怪你老脑筋不灵活，别人种草莓办起乡村旅游，我们辛辛苦苦种田汗流成河收入都没有别人多，跟你这样笨的男人什么时候才过得上好生活？你脑子跟不上形势，年年田里种稻谷，除了买农药，买种子、肥料，剩下的钱只够买油盐！你这个老脑筋老顽固，我还要你干什么？

阿　桂　不要就不要，哪个又怕哪个！

〔入内拌鸡料

姐　爱　（撵鸡）哼，回去！回去！

芳　芳　（快板）上林草莓大又甜，上林空气最新鲜，

　　　　　　　　田园风光美如画，难怪游客爱来游。

阿　桂　（递篮子）阿妹，摘草莓还是打土鸡窑、红薯窑？

姐　爱　（也递篮子）阿妹，这边草莓又大又甜，过来咧过来咧！

阿　桂　（递名片）大哥大姐，你们好，我是柳州骑行俱乐部的。今天我们有一个100多人的驴友，想到你们上林的大龙湖乡村休闲游。他们要来摘草莓，吃农家饭，打土鸡窑、红薯窑。我先来打前站，看看哪家比较好。

爱、桂　欢迎！欢迎！热烈欢迎！

姐　爱　阿妹，欢迎你带旅游团来我这摘草莓、打土鸡窑、红薯窑。

阿　桂　阿妹……小姐，打土鸡窑最讲究放配料，我的土鸡味道特别的好，包你们满意！

姐　爱　我的草莓又大又甜，鸡是正宗放养的农家土鸡，卫生又比人家搞得好！阿妹，打土鸡窑65块，红薯窑25块。

阿　桂　（拉扯芳芳）小姐，我的土鸡配料才是专业水平。闻了我的土鸡味啊，神仙也要流口水！土鸡要60块，红薯窑20块，比人家便宜！

姐　爱　莫听人家乱放炮，潲水也讲是配料！

阿　桂　呸！（欲打）哪个乱放炮？！（笑）阿妹……小姐，正好今早有几个顾客订了一只鸡，我马上给你品尝品尝（急下，复上）小姐，你尝尝看好吃咩？

芳　芳　（吃了一口）哗！太好吃。

姐　爱　阿妹，你也尝尝我的，味道怎样？

芳　芳　（吃了一口）味道没比大哥的好吃啵。

姐　爱　（对众）这个死野仔耍了什么鬼花招，莫非他……进嘴的肥肉不能给
　　　　他抢了，得想个办法。（笑）阿妹，我的草莓 8 块一斤，土鸡窑打八
　　　　折优惠价，（做点钱动作）还要给你这个。

芳　芳　你是讲给我回扣？

姐　爱　对！现在是市场经济，就按市场规律办事嘛！

芳　芳　大姐，乡村游最重要的是给顾客吃得好，玩得好，游客舒服，大家才
　　　　有生意。

姐　爱　对！那你就带来我这。

阿　桂　小姐啊，刚才你也品尝过了，还是我的土鸡好吃吧。小姐，你带旅游
　　　　团来我这，免得啊，没有后悔药的啵！

芳　芳　刚才我品尝又细瞧，你们两家各有各的好。

阿　桂　我的草莓也不小，土豆配料有绝招。

姐　爱　我的草莓数第一，环境卫生搞得好。
　　　　（两人左右拉扯芳芳两三回合）

芳　芳　哎呀，别扯来扯去的，哪有这样抢生意的？这样吧，我再看看几家，
　　　　看哪家最好。（下）

姐　爱　（看着芳芳走远，自言自语）哎呀，现在乡村旅游竞争好激烈，再不
　　　　调好土鸡配料，明天就难搞了啵！
　　　　阿桂，你那手艺从哪学来的？

阿　桂　我出门拜师学手艺，学好手艺才发财。

姐　爱　以前喊你搞乡村旅游，你反对；现在你学好手艺办"农家乐"，来跟
　　　　我作对！

阿　桂　以前我以为农村旅游没得搞，现在国家越来越关心农村，农村也有农
　　　　村的搞，我才没去打工，办"农家乐"的，我们上林交通方便，高速
　　　　路又开通了，嘀……一个小时就到南宁。办乡村旅游有优势，我去学
　　　　好手艺，提高档次，还准备搞民俗风情表演，搞创新才更有搞头！

姐　爱　哎哟，你这个老脑筋急转弯了啵。

阿　桂　不转弯就死火啰！现在啊，农民也要换脑筋啰！

姐　爱　阿桂，一日夫妻百日恩，教我一招该不该？

阿　桂　爱爱呀，夫妻本是同林鸟，教你一招理应该。

姐　爱　怪就怪我脾气太坏，一对夫妻两分开！

阿　桂　怪我老脑筋！穷得你去吃满月酒也没有一件好的衣服穿，离婚害得我
　　　　抱着枕头睡了两年，活该！

　　　　〔姐爱窃笑

姐　爱　阿桂——！

阿　桂　爱爱——！（两人欲牵手，又迅速松开）爱爱，我教你调配料。

　　　　〔拿配料盆教爱姐。爱爱认真地看，不时点头。

芳　芳　（上）哎哟，刚才还为了抢客差点打架啵！哦，原来你们是……

阿　桂　原来我们是老两口的！

姐　爱　是老两口，老两口的。

芳　芳　这就对了嘛。家庭和睦，家业才兴旺。大姐啊，我看了好几家，还是
　　　　觉得你的草莓又大又甜，大哥的土鸡味道特别好，闻了香味就流口
　　　　水。如果你们两家合成一家，那就是最好的了。这样吧，我订 20 个
　　　　土鸡窑，先付 1000 块钱订金，摘草莓，吃农家饭，到时再一起结账
　　　　好咩？（给姐爱）

姐　爱　（收钱）好！好！（写了一张收据给芳芳）。

芳　芳　（扬着一张条子）拜拜。（下）

爱、桂　拜拜！

姐　爱　（高兴地跳秧歌步）哎哟，100 多个人采摘草莓，吃农家饭，打土鸡
　　　　窑，想不发财都难啰！

阿　桂　莫颠咯。你看，你的母鸡又跑过来了啵。

姐　爱　可能是我家母鸡饿了，我撵它回去喂。

阿　桂　哎呀！还撵什么，它俩、我俩还是再共一家算了。

姐　爱　母鸡也想做新娘。

阿　桂　断了姻缘再相连。

姐　爱　我俩重新入洞房。

阿　桂　同心协力奔小康。

姐　爱　老顽固，还不快点做准备，要不然就来不及了啵！

阿　桂　还喊我做"老顽固"吗？

姐　爱　（不好意思地）老……老公！

阿　桂　哎！

爱、桂　（合唱）解放思想大转变，
　　　　　　　　破了的家庭又重圆，
　　　　　　　　夫妻携手谱新篇，
　　　　　　　　共建富裕文明和谐的新家园！

　　　　〔剧终。

小 品

# 礼 物

编 剧 王 娇

上海市普陀区桃浦文化馆

时间　2017 年初春
地点　紫藤苑小区的花园内


# 人　物


**张阿姨**　女，70 岁，独居老人
**小　王**　女，40 岁，紫藤苑居委会社工
**刘建民**　男，27 岁，报社记者

[舞台中央一把长椅，长椅旁边是一株美丽的紫藤，张阿姨坐在长椅上，手边放着一个单肩包。

张阿姨 （不时起身向旁边张望）怎么还不来呀？

小　王 张阿姨！

张阿姨 哎！小王？只有你一个人？（向小王身后张望）

小　王 张阿姨，您不用看了，杨书记他没和我一起过来。

张阿姨 我记得我在电话里讲清楚了呀，我要找杨书记！

小　王 我知道，张阿姨，您在电话里讲了五遍呢！说要找您儿子杨书记嘛！

张阿姨 （沪语）是啊，是啊，是啊！

小　王 可是不巧了，今天杨书记来不了，我替他来看您。

张阿姨 哦，居委会事情多，他肯定忙得一塌糊涂。不要紧，他来不了，我去居委会找他。（作势要走）

小　王 （赶紧拉住）您等等，您先坐下。（扶张阿姨坐下）张阿姨，您找杨书记是不是因为遇到什么难了？您有什么难处尽管告诉我，您放心，我这个社工不是白当的，我一定尽我的全力为您排忧解难。

张阿姨 我……我没有难处。

小　王 没有难处？

张阿姨 你们居委会的干部和社工对我都很好。头发长了，你们上门给我理发，天气凉了，你们提醒我加衣服，生病了你们还给我送药，你说我还有什么困难解决不了？

小　王 那您今天找杨书记是为了什么呀？

张阿姨 为了……我不好和你讲的。

小　王 张阿姨，我知道您信任杨书记，您甚至都把他当成儿子看待。我可能没杨书记做得那么好，但是我一直以他为榜样，我心里也一直把您当成妈妈一样，您有什么事情告诉我，好吗？

张阿姨 好的。我告诉你哦，我其实是有任务在身的。

小　王 什么任务呀？

张阿姨 我们孤老群里的这些老头老太交给我一个任务，让我一定完成好。我们群主，就是27号楼的刘阿伯，特意交代我，不能告诉别的居委会干部……（抬头看到小王，反应过来）我差点就任务失败了。

| | |
|---|---|
| 小　王 | 张阿姨，您究竟有什么事情不能讲呀？ |
| 张阿姨 | （为难地）其实也没什么大事情……我还是去居委会找我儿子吧。 |
| 小　王 | 杨书记他不在居委会。 |
| 张阿姨 | 他不在？昨天刮台风的时候他打电话给我，提醒我关好窗户。当时我问他，明天在不在，他说他在的。 |
| 小　王 | （为难地）……今天突然有急事，他出去了！ |
| 张阿姨 | 哦，突发事件？ |
| 小　王 | 突发事件！ |
| 张阿姨 | 一时半会回不来？ |
| 小　王 | 一时半会回不来！ |
| 张阿姨 | 不要紧，我就坐这等他。我这个孤老婆子啊，现在啥都没有，就是有时间。（坐下来，拿出收音机听起来） |
| 小　王 | 张阿姨——（电话铃声响起，接电话）喂！好的，我马上过来。 |
| 张阿姨 | 你不要管我了，你先去忙吧！ |
| 小　王 | ……那您先坐一下，我去去就来。 |
| | ［小王下。刘健民上，手握录音笔，身挂记者工作证，拎着照相机。 |
| 刘建民 | （对录音笔）主编让我报道紫藤苑居委会党总支书记杨××。关于他的报道有很多，但是我不想人云亦云，我要通过自己的眼睛去发现事实，考察社情。暗访，是最好的方式。（突然发现自己戴着记者工作证）先把工作证拿下来。（对张阿姨）阿姨，这些花开得真好看，它们叫什么名字呀？ |
| 张阿姨 | 小青年，这个花和我们小区是同名同姓，你想想看它叫什么呀？ |
| 刘建民 | 这里是紫藤苑，那这种花就叫紫——藤——花？ |
| 张阿姨 | （沪语）是啊，是啊，是啊！ |
| 刘建民 | 阿姨，这个小区真漂亮。您住在这里吗？ |
| 张阿姨 | 我在这里住了几十年喽，你别看这个小区现在这么美，以前可不是这个样子的。 |
| 刘建民 | 以前是什么样子的呢？ |
| 张阿姨 | 以前呀，这把椅子拿掉，停几辆破车子，那棵树拿掉，放一个垃圾堆。噢哟，臭气熏天，乱七八糟。 |
| 刘建民 | 小区后来是怎么变得这么好的？ |
| 张阿姨 | 后来呀，多亏了居委会的干部们，他们一边联系物业，一边自己动手，就那么一点点地把这里变得又整洁又漂亮。 |
| 刘建民 | 太棒了！（拿出照相机拍照片） |

［张阿姨的手机传出微信语音：老张，你见到杨书记了没？

张阿姨　（对着手机）报告群主，我正在等他呢，保证完成任务。

刘建民　阿姨，您在等的杨书记是杨××吗？

张阿姨　（沪语）是啊，是啊，是啊！

刘建民　这么说，杨书记马上就会过来了？

张阿姨　来不了，居委会的小王说了，他一时半会过不来。

刘建民　那您岂不是要等很久？

张阿姨　不要紧的，反正我有时间。

刘建民　（对着录音笔）让一位老人久久等候，这是一位好干部应该做的事吗？到底是怎么回事？我就是要了解最真实的情况。（对着张阿姨，做出记者采访状）阿姨，这位被称为"草根书记"的杨××，被评为第四届全国道德模范，您认为他是否称职？或者说您觉得他最打动您的地方在哪里？

张阿姨　我认为……你是记者吗？

刘建民　不是！绝对不是！我怎么可能是记者呢？您看我像记者吗？

张阿姨　我看你非常像！那你是干吗的呀？

刘建民　我是……路过的……摄影爱好者。我这不是看您等人太无聊，陪您聊聊天嘛。

张阿姨　聊天好，我最喜欢有人陪我聊天。

刘建民　那我们来聊聊杨书记吧。我在报纸上看到他的事迹，知道他做了许许多多的好事。我很好奇，从个人角度来讲，您觉得他做的这些事情怎么样？

张阿姨　从个人角度……什么意思？

刘建民　就是从您自己的立场，实话实说。

张阿姨　可以自私一点？

刘建民　可以非常自私。

张阿姨　那我觉得……他不如不做那么多事。

刘建民　（对着录音笔）剧情反转了。一位普通的社区百姓内心真实的想法竟然是这样的。她和杨××之间究竟有怎样的矛盾，暗访正在继续。（对张阿姨）阿姨，您为什么这么说呀？

张阿姨　你想想，这个小区那么大，原来的环境是脏、乱、差，这里住的居民，又有很多老、弱、病、残和失足人员，想管理好这个小区，解决好每个问题，可不是一天两天的事，忙起来没个头啊，最后苦的人是谁呀？

| 刘建民 | 是谁呀? |
|---|---|
| 张阿姨 | 还不是我儿子吗！这几年，我眼看着他越来越瘦，我心疼啊。谁的身体都不是铁打的，这样下去吃不消的呀。 |
| 刘建民 | 我明白了。我知道您儿子是谁了！（对着录音笔）原来老人的儿子是杨××……手下的社工！ |

［小王带着一把雨伞急匆匆地上。

| 小　王 | 张阿姨，我记得您以前说过家里一把大雨伞坏掉了，这把伞送您，绝对够大，能保护您的收音机不被淋湿。 |
|---|---|
| 张阿姨 | 谢谢你哦，小王。 |
| 小　王 | 不用谢，我们社工就是为大家服务的。 |
| 刘建民 | 你是社工？你好，我是路过的摄影爱好者。 |
| 小　王 | 你好! |
| 刘建民 | 既然你也是社工，那么你和这位阿姨的儿子就是同事了？ |
| 小　王 | 儿子？哦，对的，是同事。 |
| 刘建民 | 太好了，我正想和你聊聊。 |
| 小　王 | 你想和我聊什么？ |
| 刘建民 | 聊聊关于杨书记的事情。 |
| 小　王 | 杨书记？可以。不过能不能等一下？ |
| 刘建民 | 没问题。（对着录音笔）太棒了。对社工进行深度采访，一定能够挖掘出更多的内幕。 |
| 小　王 | 张阿姨，我先送您回家吧，等会要是像昨天一样突然下起暴雨，您老人家很容易感冒的。 |
| 张阿姨 | 我不能回去的，我还要完成任务呢。 |
| 小　王 | 张阿姨，杨书记他今天不回来了，您坐在这里也等不到他的。 |
| 张阿姨 | 他去哪里了？他是不是去解决小区排水问题了？去新开张的敬老院了？去帮刘阿伯办理入院手续了？ |
| 小　王 | （连连摇头）都不是。 |
| 张阿姨 | 他不是出什么事情了吧? |
| 小　王 | 其实……也没有什么大事情。 |
| 张阿姨 | 小王，你别吓我哦，不行，我得去看看他！ |
| 小　王 | （赶忙扶住张阿姨）您慢点! |
| 张阿姨 | 看不到他，我会担心的! |
| 小　王 | 张阿姨，您别激动，您先坐下。事情是这样的，昨天刮台风，杨书记不放心小区里的安全，拖着重感冒的身体，带病工作，一天下来已经 |

发起了高烧，他硬是顶着高烧加班到晚上，结果发展成了肺炎，现在正在医院住院。杨书记不让我告诉您，也是怕您担心。

张阿姨　我的好儿子呀，真是苦了他了。我就说嘛，身体很重要，身体是革命的本钱啊。

刘建民　等一下，杨××是你的儿子？你是杨××的妈妈？

小　王　（将刘建民拉到一旁）我们小区的孤老比较多，张阿姨就是其中之一，杨书记对这些老人特别照顾，就像对待自己的亲人一样，很多老人亲切地称呼杨书记为儿子。

刘建民　原来是这样啊！（对着录音笔）内幕消息其实是个烟幕弹。

小　王　你是？

刘建民　对不起，我其实是名记者（拿出记者证）。我今天是为了报道杨书记，专程前来了解情况的。刚才为了暗访说谎，实在是出于无奈，请你们原谅。

张阿姨　小青年，我同你讲，你想要了解真实的情况，说明你是追求真、善、美的，那你就要相信真、善、美。

刘建民　阿姨您说得对。

张阿姨　你想了解情况，我讲给你听。你们知道我今天为什么一定要见杨书记吗？（对着刘建民）你知道百家宴吗？我是个孤老婆子，我们小区还有几个和我一样的孤老和独居老人。小年夜那天，杨书记把我们这些老人聚到一起，居委会的干部和志愿者每人准备一道菜，凑成一桌百家宴，让我们过了一个热闹的小年夜。

小　王　这个百家宴是我们小区的传统。

张阿姨　当时杨书记的衬衫被一位老人弄脏了。（拿出一件新衬衫）我们几位老人就一起合买了一件新衬衫，我今天就是想把这件衬衫送给杨书记。

小　王　张阿姨，杨书记是不会收的。

张阿姨　是啊，这件衬衫，我送了几次他都不肯收。这就是我们的一点心意，杨书记对我们这么好，我们就是想为他做点什么，可除了送东西，我们还能做什么呢？

小　王　张阿姨，您听……（手机播放语音）
（画外音，杨××的声音）小王，你帮我跟张阿姨说声抱歉，我出院了就去看她，这几天天气不好，提醒老人们少出门，在家里关好门窗，一定要帮我照顾好他们。

张阿姨　（认真地听着）我这就回家。（对着手机）小伙伴们，照顾好自己，让

　　　　　杨书记放心哦！

小　王　张阿姨，我送您回去。

刘建民　我也去。（边走边说）阿姨，我还想继续采访您。

张阿姨　好啊。我有很多话想说的。


　　　　　［三人下场。

　　　　　［剧终。

小 戏

# 老 兵

编 剧 刘振峰

菏泽市地方戏曲传承研究院

**时间** 当代

**地点** 鲁西南某村


# 人　物


小　丁　女，30 岁，丁三的孙女，村支书

刘大胆　男，25 岁，修路队队长

丁　三　老民兵，83 岁，守护无名烈士坟 70 年

小　李　现役军官，一班长孙女，35 岁

工人甲乙

〔幕启。

〔舞台上有一座草棚，帘门破旧。棚上立一面国旗，也是旧的。画幕上有一座孤坟，无碑。

〔舒缓音乐起。

〔小丁坐在草棚外的一张板凳上。

小　丁　老丁同志，迁坟吧，县民政局已经下了红头文件，同意将无名英雄迁入烈士陵园。

丁　三　（内声）见不到一班长，谁也迁不动这座坟。

小　丁　没名没姓，就知道他是游击队一班长，不好找。

丁　三　那是你们不够重视。

小　丁　县委县政府非常重视，但这事都过去七十年了，找不到啊。

丁　三　那你就去市里，去省里反映。

小　丁　老丁同志你……

〔刘大胆戴着安全帽跑上。

刘大胆　（边喊边跑上）小丁书记，小丁书记，咱村的路还修不修了？

小　丁　修。

刘大胆　这座坟啥时候迁啊？

小　丁　手续我已经办下来了。

刘大胆　（接过）还真是，那咱撸袖子动手吧。

小　丁　还不行。

刘大胆　咋了？

小　丁　还差一个关键人物。

刘大胆　谁？

小　丁　游击队一班长。

刘大胆　游击队？都啥年代了？还游击队。

小　丁　七十年前领导过咱村保卫战的游击队一班长。

刘大胆　啥一班长二班长的，你看我这个修路队队长行不行？

小　丁　说来话长……算了，我赶紧再去找人。

刘大胆　你快点吧，工人和乡亲们都等着呢。

小　丁　刘大胆，我不回来，你不能轻举妄动。这里面埋的可是烈士。

刘大胆　我知道了。

小　丁　还有，别靠近那个草棚。

刘大胆　咋了？里面有炸弹啊？

小　丁　嗯……对，有炸弹，还是个一点就着的炸弹。凡事等我回来解决，我走了。

刘大胆　行了，行了，你快点吧。

　　　　[小丁下。

刘大胆　就这么个小坟头，还用得着这么麻烦？

　　　　（唱）犹豫不决犯迟钝，

　　　　　　　啥事都得晚三春，

　　　　　　　修路队长刘大胆，

　　　　　　　先点炸弹再迁坟。

　　　　我看看这炸弹长啥样？

　　　　[刘大胆掀起帘子，一把铁锹架在他脖子上。

刘大胆　啊！

丁　三　（内声）有事？

刘大胆　没……没事。

丁　三　（内声）滚。

刘大胆　好。（赶紧退出）我的个娘哎，这是谁啊？老头，你是干啥的？

丁　三　（内声）守坟人。

刘大胆　哦，钉子户啊，想讹钱吧？嗨嗨，别想好事了，你看，县民政局红头文件，特批的迁坟手续。

　　　　[刘大胆把文件递进草棚，却被揉成团扔出来。

刘大胆　哎，你咋不听劝啊，你出来。（捡起纸团又掀门帘，被打出来）哎哟，你这是暴力抗拆。你等着。（对对讲机）喂喂，遇上高手了，来人来人。

　　　　[工人甲乙应声而出：来了。

刘大胆　拔了旗拆棚子。

　　　　[丁三倒提一把铁锹出，锹把捶地，掷地有声。他虽老迈，但一身英雄气。

丁　三　没有一班长的命令，休想。

工人甲　刘大胆，这就是你说的高手啊？

刘大胆　少废话，上。

　　　　[工人甲乙和丁三战作一团，被打倒在地。刘大胆扑上，也被打倒。

　　　　　丁三抡起铁锨要拍下……

刘大胆　别打！

丁　三　哼。

　　　　　〔丁三收手，坐在板凳上捶背。

工人甲　队长，咋办啊？

刘大胆　（打滚爬起）给我调过一台挖掘机来，收拾完这个老头，挖坟！

工人甲　好。（下）

　　　　　〔压路机轰鸣。

丁　三　烈士老哥哥，他们不重视你的事，咱今天就搞出点大动静来。

　　　　　（唱）赵子龙七进七出长坂坡，

　　　　　　　　老民兵坚守阵地有一搏，

　　　　　　　　没怕过鬼子的机枪坦克，

　　　　　　　　想挖坟先从老汉身上碾过。

　　　　　〔丁三横握铁锨，站在坟前。

小　丁　（喊上）住手。

刘大胆　小丁书记，这个老头疯了。

小　丁　刘大胆，你真大胆！

刘大胆　我是为了修路。

小　丁　爷爷，你没事吧？

刘大胆　爷爷？

丁　三　打过鬼子的老民兵，吃不了亏。（腰背酸痛）

小　丁　你就别逞能了，快歇着吧。

　　　　　〔小丁扶丁三进草棚。

刘大胆　你管他叫爷爷？

小　丁　不对吗？

刘大胆　小丁、老丁，还真是。你们一家人真有意思，一个砸锅卖铁要修路，
　　　　　一个同归于尽钉子户。

小　丁　你不明白。

刘大胆　到底咋回事啊？

小　丁　（唱）爷爷他今年已过八旬，

　　　　　　　　一辈子坚守一座烈士坟，

　　　　　　　　修路利民的道理都已说尽，

　　　　　　　　他心中清亮却苦等一个人。

刘大胆　谁？

| | |
|---|---|
| 小　丁 | 爷爷讲，（唱）七十年前鬼子摸进村， |
| | 民兵连自发战斗保卫乡邻， |
| | 八路军游击队率众驰援， |
| | 流血牺牲救下全体村民。 |
| | 为防敌人挖尸掘坟欺烈士， |
| | 牺牲战士就地埋葬不立碑文， |
| | 我爷爷那年十二岁也想参军， |
| | 一班长婉拒他留下个重任。 |
| 刘大胆 | 守坟？ |
| 小　丁 | （点头）（唱）从那后这座坟就是他的阵地， |
| | 由一个少年娃坚守到如今， |
| | 一个人，一座坟，一份责任， |
| | 一个命令，守一生，七十春。 |
| 刘大胆 | 哦，明白了，现在只要找到一班长，让他给你爷爷再下个命令，就一切OK！ |
| 小　丁 | 对。 |
| 刘大胆 | 一班长家住哪里？我去请！ |
| 小　丁 | 一班长，没了。 |
| 刘大胆 | 没……没……没了？ |
| 小　丁 | 县委领导非常重视这件事，经过多方寻找，刚才通知我，一班长早就过世了。 |
| 刘大胆 | 啊？ |

［丁三拿着一摞报纸出，搬起板凳走向烈士坟。

| | |
|---|---|
| 丁　三 | 老哥，又到了每天读报纸的时候了。时政要闻，民生百态，咱看看今天有啥好新闻。 |
| 小　丁 | 解铃还须系铃人，这一下，他心里的疙瘩，真解不开了。 |
| 刘大胆 | 这事瞒不住，早说早死心，我去说。 |

［刘大胆凑到丁三跟前。

| | |
|---|---|
| 刘大胆 | 丁爷爷，这路还得修，都是为了老百姓。 |
| 丁　三 | 死人为大。 |
| 刘大胆 | 你就没想过，这么多年过去了，为啥一班长不回来找你？ |
| 丁　三 | 你想说啥？ |
| 刘大胆 | 兴许一班长年纪大了，已经不在了。 |
| 丁　三 | 放屁。 |

| 小　丁 | 爷爷，有这种可能，你得有心理准备。 |
|---|---|
| 丁　三 | 编瞎话骗老人，你就不怕遭雷劈！ |
| 小　丁 | 爷爷，你从小教育我要听党话跟党走，现在扶贫脱贫是国家政策，你这是在和国家作对。 |
| 丁　三 | 你别抬举我，我就是个老民兵。 |
| 刘大胆 | 迁坟和找一班长没有矛盾，咱可以先迁坟，再找一班长啊。 |
| 丁　三 | 着急了？ |
| 小　丁 | 能不着急吗！ |
| 丁　三 | 呵呵，你们越是着急，我就越是高兴。 |
| 刘大胆 | 这是啥逻辑？ |
| 丁　三 | 着急的人多了，事就好办了。 |
| 刘大胆 | 嗨！这就叫死人挡了活人的路！ |

　　　　　　〔丁三听闻此言，愤怒地冲过来。刘大胆害怕地跑到小丁身后。

| 刘大胆 | 你干啥？ |
|---|---|
| 小　丁 | 爷爷，话虽然难听，但这是实话呀。 |
| 丁　三 | 孩子，咱可不能说这话呀。 |

　　　　　（唱）游击队舍生忘死救下乡亲，
　　　　　　　　没有烈士哪有你们后来人，
　　　　　　　　英雄不图报，但咱得知恩，
　　　　　　　　不能让烈士丢命还要伤心。

| 小　丁 | （唱）迁孤坟入陵园叶落归根， |
|---|---|
| | 　　　那里有曾经的战友伴亡人， |
| 刘大胆 | （唱）让英雄灵魂安息得瞑目， |
| | 　　　在天有灵也会同意动土迁坟。 |
| 丁　三 | 哼！（唱）说什么安息瞑目， |
| | 　　　道什么叶落归根， |
| | 　　　烈士无名陵园进， |
| | 　　　"无名英雄"刻碑文。 |
| | 　　　一方无名英雄碑， |
| | 　　　他乡黄土盖在身， |
| | 　　　命运盖棺下定论， |
| | 　　　谁还关心他家住何处是何人？ |
| | 　　　世人都有姓名籍贯， |
| | 　　　那是四海游子一条根， |

英雄征战为国为民，

怎能让英灵抱憾做游魂。

都是爹生娘养世间人，

愧对谁都不能愧对心，

为英雄解心结找家寻根，

老民兵为他还愿定要见当年人。

我要见一班长，是想为烈士找到家，人家为了咱牺牲的，咱不给人家找到名姓，你们，忍心吗？

[一句话问得两人哑口无言。

刘大胆　对啊。

小　丁　是呀。

[小丁电话响，接起。

小　丁　喂，好好。（挂电话）一班长的家人已经找到，你马上去村口接人。

刘大胆　好。

[刘大胆跑下。

丁　三　哈哈，老哥哥，听见吗？一班长找到了，七十年没白等啊。

小　丁　爷爷，找到的不是一班长，是他的家人，一班长真的已经不在了。

丁　三　你……一班长临走的时候跟我说过，等我长大，等他回来，他就赠我军装，带我参军入伍，南征北战。

小　丁　爷爷，你越这样说，我越担心。

丁　三　担心啥？

小　丁　担心你……

刘大胆　（边喊边上）到了，人到了。

[刘大胆带身着军官服的小李上。小李手托一班长当年的血衣军装。

小　丁　你是？

小　李　我是一班长的孙女，你们叫我小李就行。

丁　三　像，真像。

小　丁　这是我爷爷。

刘大胆　老民兵丁三。

小　李　丁爷爷，我们一家人找您找了七十年，今天终于见到您了。

丁　三　你爷爷呢？

小　李　当年爷爷离开咱们村，在后来的战斗中，英勇牺牲了。

丁　三　牺牲了？

刘大胆　那无名烈士的姓名籍贯，他说了吗？

| | |
|---|---|
| 小　李 | （摇头）爷爷走得太突然，没来得及。他临终的时候，说要把自己这一身血衣军装，送给小丁……就再也没有醒来。 |

　　［移交血衣军装，丁三面对军装，动情洒泪。

| | |
|---|---|
| 丁　三 | 一班长啊，我和烈士老哥哥等了你七十年啊，你咋说走就走了呀。 |

　　［丁三血衣掩面、痛哭不止。

| | |
|---|---|
| 小　李 | 丁爷爷，我替我爷爷给您道歉了。（鞠躬） |
| 丁　三 | 这不能怪他呀。他是英雄，干的是上阵杀敌、为国捐躯的事，生死难料啊。（抹把眼泪，向烈士坟）老哥哥呀，起来敬礼吧，一班长来看咱了。 |

　　［丁三一阵眩晕，小丁赶紧扶住他。丁三摆摆手。

| | |
|---|---|
| 小　丁 | 爷爷…… |
| 李、刘 | 丁爷爷…… |

　　［丁三摆摆手，兀自走向烈士坟……

| | |
|---|---|
| 小　李 | 我们一定想办法保住这座无名烈士坟。 |
| 刘大胆 | 哎哎哎，这可难，一半以上的工程要返工。 |
| 小　李 | 感恩烈士应该保坟。 |
| 刘大胆 | 修路是为了百姓脱贫。 |
| 小　丁 | 别着急，我问问乡亲们。（对台下）我做村支书的第一天就说过，凡事我听大家的意见，咱们和无名烈士做邻居七十年了，该迁不该迁？大家说。 |

　　［一片沉默。

| | |
|---|---|
| 刘大胆 | 乡亲们咋说？ |
| 小　丁 | 一片沉默。 |
| 丁　三 | 沉……默？（清唱）沉默里冷风阵阵， |
| 小　丁 | （清唱）沉默是对致富的热忱， |
| 丁　三 | （清唱）你们选择忘记过去， |
| 小　丁 | （清唱）唯有你固执守坟。 |
| 丁　三 | 我固执，那我就当这个固执的老混蛋。 |
| 刘大胆 | 丁爷爷，修改方案劳民伤财，几乎不可能。 |
| 丁　三 | 我一步一步修。 |
| 小　李 | 历史档案我都查过了，找不到烈士信息。 |
| 丁　三 | 我挨家挨户找。 |
| 小　丁 | 爷爷，咱得面对现实。 |
| 丁　三 | 你再说这种话，我就不认你这个孙女。 |

| 小 丁 | 你为什么不给烈士读读今天的报纸? |
|---|---|
| 丁 三 | 你管不着。 |
| 小 丁 | 头版大标题:"退伍老兵和老民兵要在新时期,找到新的阵地,打赢扶贫攻坚战。"这是国家的召唤,是国家给您的新命令。 |
| 丁 三 | 烈士老哥,她说的没错,新命令!可是一想起你的牺牲,我就犯难。是我害死了你呀! |

丁 三

(唱)二更天鬼子机枪掩护来发难,

　　　村民们土炮长矛相送还,

　　　三更天鬼子增兵包围战,

　　　游击队伐倒了松柏挡在前。

　　　四更天头上炮弹如星坠,

　　　地窖里你们藏住妇女孩子和伤员,

　　　黎明前军民与敌肉搏战,

　　　夫妻同死,父子共亡,地狱一般。

　　　我隔着窖口门缝吓破了胆,

　　　一声尖叫生了大乱,

　　　鬼子闻声枪口转,

　　　你突然冲到窖口边。

　　　你打光了子弹,

　　　你受尽了折磨,

　　　你堵住了窖口,

　　　刺刀都扎进了门板。

　　　我娘捂住我的嘴又蒙我的眼,

　　　她让我哭灵守灵跪灵棺,

　　　我为你守坟找身世,

　　　其实是心中有愧还债七十年。

　　　你安葬在当年的阵地,

　　　保命的地窖就在坟下边,

　　　当年你在外我在里,

　　　今天我却难保你平安。

| 小 李 | 返工修路困难多,但咱不能让烈士和老英雄再做牺牲。 |
|---|---|
| 刘大胆 | 今天修不成路,老百姓就还得过苦日子。 |
| 小 丁 | 此路不修,穷根不除。 |
| 丁 三 | 老哥哥,当年咱们打抗日保卫战,现如今咱该换换阵地了,该打扶贫 |

攻坚战了。

  （唱）一班长英雄早离世，

     咱找家的愿望难上难，

     我已是岁月稀松活到槛，

     别怪我自作主张不把你成全。

     觉悟你比谁都高，

     道理不必我多言，

     咱换个阵地再征战，

     真要怪你就怪丁三。

     当年你为百姓献出了命，

     现如今你又得把身世放一边，

     我一把老骨头也给你许个诺言，

  （戴上军帽，白）民兵也是兵，我给你下个军令状，为你找名找家直到丁三腿脚不便疾病身缠心停气断只当一命相还。

  〔丁三郑重地敬礼。

丁　三　（发现异常，脱帽）小丁啊，这帽檐上有东西。

小　丁　（展开字条，读）是烈士信息……

丁　三　他姓什么？

小　丁　姓名王小虎。

丁　三　家住哪里？

刘大胆　1921 年出生在山东郓城县，父母惨遭日军杀害，自愿参军，1945 年在反扫荡中光荣牺牲，请妥善安葬。

丁　三　王大哥，找到了。你叫王小虎，你家距这里不过二百里。

小　李　（继续读）民兵丁三。

丁　三　（戴军帽，立正）到。

小　李　你守护烈士坟多年，坚决执行命令，你愿意舍生忘死跟我走吗？

丁　三　我愿意。

小　李　现在我命令你……

  〔丁三立正。

小　李　撤出——阵地。

丁　三　是。王大哥，你放心吧，我这就带你回家看一圈，再在你爹娘的坟上磕几个响头。高兴吧？呵呵呵呵……你，瞑目吧。

小　丁　爷爷，我陪着您。

刘大胆　咱们一起去。

小　李　对，一起去。

　　　　　[四人聚在一起。

丁　三　好，好。王大哥，搬家喽！

　　　　　[幕落。

2017 年 6 月

小 品

# 价 值

编 剧 杨 迥

上海静安区文化馆

# 人　物

王　星　35 岁，某商务会展公司总经理，卖房子创业者

李佳妮　35 岁，王星妻子，事业单位职员

张斌峰　35 岁，保安，家中有几套房

努力永远赶不上房价，那努力还有什么价值！


　　[起光
李　老公快点！现在要争分夺秒！
王　岗位不分贵贱，这保安工作没几天就辞职了，是不是家里有什么事，
　　能帮助的我们尽可能帮助。
李　看！就是这片！网上在传要造新的生活广场，消息如果确定，这房价
　　又要上涨。所以这房今天必须拿下。
王　还有，通知所有兄弟们，晚上一起加班，这项目今天必须拿下。
李　听我说话没？
王　听了。
李　我说什么了？
王　……
李　和一堵墙说话都比你强（走）。
王　别走这么快……
　　[张上，打电话
张　妈妈，这家公司要求上班准时到，加班不准闹，站岗必须要微笑，请
　　假必须打报告。太严格了。所以我辞职了，没事的，我没瘦……
　　[李上。
李　有人吗？
张　我知道啦，再说吧，挂了！
李　我们是来看房的。
张　进来吧，随便看，不是说下午嘛，怎么突然改这么早？（王上）
王　现在也不早了，都 10 点了，兄弟。
张　（发现王，敬礼）Good morning，王总！
李　呀！你们两个认识啊？
王　你是？
张　我是保安室的张斌峰。
王　对，张斌峰，你是那个辞职的保安。我正好要找你，你来我们公司两
　　个月，怎么就突然辞职了，是不是有什么事？
张　也没什么特别事。

王　没什么原因为什么辞职？

张　王总，你那太严格了，又无聊。我这个人没什么大志向，就想生活刺激点，你那儿不适合我。

王　小张啊，听我一句劝，我们还年轻，我们要有目标，要有担当，我们要让我们身边的人过上更好的日子，所以不管在任何岗位，我们都要老老实实、勤勤恳恳，干出自己的价值来。你说我说的对不对？

张　对……

王　那期待你的改变，谢谢，再见。（走）

李　站住！干嘛来了？

张　对啊！王总你今天干嘛来了？

王　看房……我今天是看房来了，那小张你是？

张　我是房东……

李　你是房东？都怪你，你在那胡说八道什么，人家是房东。

王　我哪知道，而且我说的都是工作。

李　你就知道工作，工作，工作。

张　（尴尬）要不，你们先商量下，我去梳头。

　　〔张下。

李　这是你们公司的保安？你们公司的保安住600万的房子？

王　你淡定一点。

李　我没法淡定，你卖房创业8年，现在还要贷款才能买得起房。到头来还不如一个保安。那你这些年的努力还有什么价值？

王　你这是什么思路？怎么会没价值，我跟你说我们公司已经上正轨了，只要再给我5年……

李　跟得上房价吗？我就知道这房子如果现在不买就离我们越来越远了。

　　〔张上。

张　王总，房子看得怎么样？

李　小张，房子我们很满意，您看这个价格上能不能便宜点？

张　不行呀，这个价格我妈妈已经定好了，620万。

王　不是600万吗，中介和我们说的是600万，你挂牌也是600万，怎么就突然涨了20万？

张　600万那是一个月以前的价格，我妈说了，这片区域可能要造新的生活广场了。

李　行！这定金怎么付？

王　什么就这么定了？这条消息还没被证实，一条传言就涨20万？这不合适!

张　我妈也说了，就是因为没被证实所以只涨20万，如果证实了那就不止涨几十万了。这套房子就是活生生的例子：这套房子是我妈当时花了100万买的，谁知这几年又造地铁，又被划为学区房……

李　（打断）8年涨6倍。

张　对呀，我妈的嘴都笑歪了。大嫂，你做过功课啊，这么清楚。

张　所以我妈一直拿当初那个卖房的傻帽教育我，现在这个社会如果要过上好日子，关键是要抓住时机。别像那个傻帽一样，在房价最便宜的时候卖房。估计那傻帽现在正顶着房价愁着怎么买房呢。我们是联系不上他，不然一定要好好感谢他，给他发个锦旗，真是个好人！

李　是呀，真是个大好人。小张，你说的我们都懂。但是这房子毕竟是一楼，有缺陷。

张　那我觉得还是先带你们看看房子吧，你们不了解这房子。

王　我们真的很了解这房子。

张　不可能……我妈说了，只要了解这房子的人，肯定直接就把钱甩我脸上，就想当初我们把钱甩到这傻帽脸上一样。把这房子买走了，哪还会谈价钱嘛。来！我和你们介绍下哈，我妈说我们家是一楼，一般底楼最大的问题是阳光不足，但是……

李　（打断）靠近天井那间房间装了落地窗，每天的阳光都能洒进屋子。

张　对对对，还有这个地板，我妈还说一楼最怕潮湿……

王　（打断）这个地板用的是多层实木地板，里面的第三层纤维板是从工厂厂房里拿过来的，防潮性能是其他的3倍。

张　星哥是行家呀。这些都不是重点，我妈说关键是天井。

李　双南天井，一半已经搭成阳光房，就等于多了一间将近20平方米的储物空间。

王　还有一半留有砌起来的泥地，里面可以种很多的植物，最适合种（一起）辣椒！

张　没错，刚搬来的时候都是辣椒，被我都铲了，所以说，我们这么好的房子，怎么会有缺陷。

李　你妈有没有告诉过你，靠近天井的那个落地窗其实并不防盗，所以有被盗窃的风险？

王　你妈有没有告诉过你多层实木地板虽然防潮，但是本身时间久了很容易开裂？

李　你妈还有没有告诉过你那个阳光房其实是违章的？

王　说不定哪天物业和城管就会下达通知要求整改。

张　你们怎么知道的比我妈妈还多？

李　因为那扇落地窗是我选的。

王　这个地板是我铺的。

李　这个阳光房是我设计的。

王　那个泥地也是我们一起挖的。

张　我明白了……你们以前是干装修的……不是啊……

王　不用想了，你妈一直挂嘴边的大傻帽就是我。

张　妈妈，那个大傻帽，找着了，赶紧叫人做锦旗，上面一定要写真是个好人！太刺激了，让我捋捋，就是说，8年前你们为了创业100万卖了这套房子。8年后你们创业回来又想花600万把这套房子买回来。您这一出一进500万……我妈回消息了，说你们有钱任性，那就别再纠结这20万了吧。

李　小张，其实我们并不是你们想象的这样。这些年你们王总没日没夜地干事业，我呢也跟着伺候老的，照顾小的。到头来，还真不如你房子一出手，随随便便600万。但这套房子真对我们有特殊的意义，你就便宜点卖我们吧，就当嫂子求求你了！

张　行吧，嫂子，我给我妈妈发个微信，要不610万卖给你们？

李　你看看，霸气，爽快。（对王星）还不谢谢小张，定金怎么付？

王　谢谢……

张　我妈来微信了，我妈说了……房子不卖了！

李　什么！

王　小张，不是刚刚都谈好了，这都准备付定金了？

张　我妈说，不卖了，她说……两区合并了。

王　什么意思？

张　我也不懂，我妈说什么……撤二建一了。反正意思就是以后我们这地方会发展得更快更好更美丽，这房价一定会"嗖"地往上飞涨，所以现在不能卖。

李　你再跟你妈商量商量，这都说好了，现在又不卖了，我们定金就要付了，要不就620万嘛，620万！

王　行了，人家不卖了，大不了我们再去看看其他房子不就得了。

李　还有你，当年我就不同意卖房，你非要卖。现在后悔了吧。

王　不后悔。

李　我后悔，你一天到晚忙工作，搞得现在家不像家，婚姻不像婚姻，到头来连家都买不回来，那这些年我们一起吃的苦还有什么价值？

王　你问价值，我告诉你什么价值。我创业，我的公司提供了就业岗位，我上交税款，这是我作为社会人的价值。我攒一批和我志同道合的朋友！这是我在行业领域的价值。这八年我明确我的目标，努力向我的目标靠近，这是不是我活着的价值？我这些价值是你能用房子来衡量的吗？

李　这些就是你活着的价值？那我呢？家人呢？家呢？我告诉你，我是你老婆，我愿意为你的价值吃再多的苦受再多的累，但是我也希望你能为我想一想！我的要求不高，我就想有一个家，一个可以让我们停下来，好好休息的家！我想你停一停，看着你天天熬夜，身体一天比一天差，我心疼。

张　说得太好了！我妈说了，身体是革命的本钱，我妈还说了，家和万事兴……

王　对不起，老婆！我后悔了，我后悔当初一心就想着创业把房子卖了不顾及你的感受。我后悔一心只想着工作，忽略你的存在。我更后悔，刚刚才发现我生命中最重要，最有价值的人……是你……

张　哇——（大哭）太感人了。你们的生活太刺激了，和你们比起来，我就像朵温室里的小花。王总你是纯爷们，我决定向你学习！（微信）妈！我决定了！我要卖房创业。

　　〔剧终。

小 品

# 寻美记

编 剧 汪圆圆

芜湖市艺术剧院有限公司

# 人　物

李小钢　32岁，某公司部门经理
李小钢（婚前）　22岁，大学生
何心薇　21岁，大学生
阿拉灯神丁　传说中阿拉丁神灯的弟弟
豆腐西施　李小钢穿越后遇到的女人
大明湖畔的夏雨荷　李小钢穿越后遇到的女人

［幕启

［李小钢拿着手机打着电话上。

李小钢　喂，心薇啊，晚上应酬，不回家吃了啊！我知道，我知道，10点之前
　　　　肯定回去，行吗？都和你说了，今天是张总请我们吃饭，不喝酒怎么
　　　　可能呢？好好好，我少喝，少喝！没有，怎么会嫌你烦呢。我知道你
　　　　是关心我。好了，不说了，我得去接王总了。

［李小钢挂断电话，再按钮打电话。

李小钢　喂，华子，搞定！当然说是应酬啦！哈哈，什么？美女？我上哪找美
　　　　女去？哎哟，真没有，要不你把那天那两个小美女叫上啊，对！就上
　　　　次和你一起的……好，see you！

［李小钢边打电话边往前走着，脚下踢到一个罐子。

李小钢　哎哟……谁这么缺德啊？

［一脚把罐子踢跑。

［一阵烟雾中，阿拉灯神丁出。

神　丁　哎哟，谁啊？差点把我堂堂神丁大人，踢得半身不遂！谁啊？谁敢
　　　　踢我？

李小钢　嘿，踢个破罐子还能遇到个碰瓷的？不教训教训你，真当我这些年都
　　　　白混了。那个破罐子是我踢的！怎么，你还讹上了？

神　丁　是你踢的？

李小钢　是啊，就是我踢的，怎么了？

神　丁　你……你……（一把抱住李小钢）主人！哦，主人，我等您等得好苦
　　　　啊！主人……

李小钢　停停！怎么了？现在碰瓷都流行这种风格了？

神　丁　主人，我不是碰瓷，我是您的仆人。请叫我阿拉灯神丁……大人！

李小钢　阿拉灯……神丁？还大人？

神　丁　对的，主人！

李小钢　等下，我只知道阿拉灯神灯，什么阿拉灯神丁，假冒伪劣产品？

神　丁　NO，NO，NO，阿拉灯神灯是我哥。我是阿拉灯神丁。

李小钢　什么神灯，神丁，我快被你说神经了。

神　丁　主人，这些都不重要，为了报答您，我可以满足您三个愿望。

李小钢　三个愿望？你说的是真的？

神　丁　当然，这是我的终极使命！

李小钢　嘿，我来试试。那华子不是说要带美女吗？今天我也带个美女长长脸。喂，我说神丁，你能给我变个美女吗？

神　丁　美女？

李小钢　就是身材要这样的，脸蛋要这样的！

神　丁　哦……（比画）这样的……这样的……懂了！般若波罗密——

　　　　［音效起，烟雾中，豆腐西施推着卖豆腐的车上。

西　施　卖豆腐卖豆腐，谁要吃我的豆腐？有没有人要吃我的豆腐？

李小钢　嘿！这么快！这是——豆腐西施？哇，这神丁，品位可以啊！

西　施　这位爷，你要吃我的豆腐吗？

李小钢　我要……我要吃你的豆腐！（盯着西施）想必你就是传说中闭月羞花、沉鱼落雁的豆腐西施了？

西　施　哎，那都是江湖传说而已。爷，我的豆腐你吃还是不吃啊？

李小钢　美人的豆腐，我哪能不吃啊！你的豆腐多少钱？

西　施　二百五！

李小钢　靠，二百五？你这是卖豆腐吗！

西　施　爷，这就嫌贵啦？想当年，那王大官人，可是花了一千两银子才买了我一块豆腐。

李小钢　一千两？

西　施　当然了。那王大官人真是阔气啊，为了吃上我现做的豆腐，还请了八抬大轿抬着我去的。人家那房子，上有雕梁画栋，下有亭台楼阁，花园里种的是奇花异草，屋子里处处都放着奇珍异宝。

李小钢　哈哈……

西　施　哈哈哈——哈什么哈？我现在虽不比从前，可我这豆腐依然是白如冰雪，嫩如凝脂……

李小钢　行！二百五就二百五。

西　施　好咧，爷，您要几块啊？

李小钢　我要……一块。

西　施　一块？哎哟，我说这位爷，您要是没钱，就别在这里装阔气，我可没空陪您在这耍嘴皮子。（转身）穷鬼还想学人家玩排场，切！

　　　　［豆腐西施推车下。

李小钢　喂……别走啊，你给我说清楚，你说谁是穷鬼呢？也不看看你自己是个什么样？神丁，你给我出来。

〔神丁出。

神　丁　主人，刚才那个怎么样？

李小钢　叫你给我找个美女，你给我变个败金女。看看她那一副贪财的嘴脸，
　　　　真倒胃口。

神　丁　那我再给主人换一个？

李小钢　哎，你可得给我看仔细了，要再找个那样的，我就把你塞回那个破罐
　　　　子里。

神　丁　主人别生气，让我想想……有了！波若波罗密——

李小钢　每次都来……

〔音效起，烟雾中，大明湖畔的夏雨荷手持一把纸伞，边走边唱，出。

李小钢　这……这是哪儿？

夏雨荷　想来公子可是第一次来这大明湖吧？

李小钢　大明湖？那你……

夏雨荷　小女子姓夏名雨荷。

李小钢　大明湖畔的夏雨荷？

夏雨荷　正是小女子。

李小钢　OH MY GOD！神丁真是好样的！这个可是和我想象的一模一样。夏
　　　　姑娘果然人如其名，美！

夏雨荷　七年了，我在这里等了七年。

李小钢　夏姑娘在等人？

夏雨荷　世间男子，果真都如此薄情吗？

李小钢　怎么会呢？

夏雨荷　那为何他让我苦苦等了七年？当初那些海誓山盟都是谎言吗？

李小钢　夏姑娘不要这么伤感嘛。这世上的好男人多了去了，何必在一棵树上
　　　　吊死呢？

夏雨荷　公子所言差矣。

李小钢　怎么会差矣？

夏雨荷　情之一字，一念而生，一生不悔。雨荷一生只等此一人，哪怕痴心错
　　　　付，也会一直等下去。

李小钢　你也太执着了，等这种男人，你傻不傻啊？

夏雨荷　傻？哎……公子你不懂情字。

李小钢　说我不懂情字？想当初我谈恋爱的时候，可是把她迷得团团转啊！

夏雨荷　看来公子是只知索取，不懂付出。当然不会懂得雨荷的苦。

李小钢　我怎么会没有付出？这么多年，我辛辛苦苦在外面打拼，赚钱买房买

车，让她过上好日子，这难道不是付出吗？

夏雨荷　听公子所言，那个她应该比雨荷幸福。不像雨荷，只能日日在此等候，等候那个不知何时才会回来的人。

李小钢　日日等候……不知何时才会回来的人？

夏雨荷　公子，珍惜眼前人。雨荷告辞了。

　　　　〔夏雨荷下。

李小钢　你什么意思啊？哎，雨荷——神丁，你给我出来。

　　　　〔神丁出。

李小钢　让你给我找个美女，你都给我找的什么人啊？搞得我一点心情都没有了。

神　丁　主人，我好冤枉啊。我可都是按照您说的要求找的啊！

李小钢　我说要那种不败金，又温柔似水、善解人意的，你给我找的这……

神　丁　主人，其实您说的这种女人，就在你身边啊。

李小钢　在我身边？怎么可能？我怎么不知道我身边还有这样的美女。

神　丁　主人，你看，波若波罗密。

李小钢　哎哟，每次都这样……

　　　　〔另一光区中。

　　　　〔李小钢（婚前）出，何心薇跟在后面。

何心薇　李小钢，你给我站住。

李小钢（婚后）　这是我？和心薇。

李小钢（婚前）　何心薇，你别跟着我了！我在信上说得还不够清楚吗？

何心薇　够清楚。不过，我是不会和你分手的。

李小钢（婚前）　你，我不是说了吗？毕业后我不可能留在这里，我得回去。

何心薇　我知道。

李小钢（婚前）　我父母身体不好，我得找工作，还得照顾他们。

何心薇　我知道。

李小钢（婚前）　就算是找到不错的工作，我也不知道要过多少年才能买得起房子。

何心薇　我知道。

李小钢（婚前）　你都知道，那还……

何心薇　那我是怎么想的，你知道吗？

李小钢（婚前）　我……

何心薇　毕业以后，你去哪，我就去哪。

李小钢（婚前）　你——

何心薇　你努力找工作，我也会努力找工作。你父母身体不好，我和你一起照顾。我会和你一起赚钱买房子。

李小钢（婚前）　心薇，我不值得你这样。

何心薇　值不值得，我说了算！我就问你最后一句，你还爱我吗？

李小钢（婚前）　心薇，（将她拥入怀中）我爱你，当然爱你！我李小钢这辈子决不做对不起你的事！

　　　　　〔二人相拥。

　　　　　〔另一光区灯暗。

神　丁　主人。

李小钢　这么多年了，平淡琐碎的生活让我忘记了从前，忘记了那个曾经义无反顾地爱着我的姑娘。虽然，岁月改变了她的模样，却没有改变她的心。可我……却逐渐迷失了自己，挑剔着她的毛病，把她的关心当作唠叨，找各种各样的理由把她丢在家里……让她变成了那个日日等候，却不知我何时才会回家的人，我……

　　　　　〔电话铃声响起。

神　丁　主人，加油哦！

李小钢　心薇，今天的应酬取消了，我现在就回家。心薇……我爱你！

　　　　　〔剧终。

小 品

# 纪检与宣传

编 剧 於国鑫

南通市如东县文化馆

**时间** 当下
**地点** 某出租公司经理办公室

# 人 物

**李小凤** 女，45岁，出租车司机，党支部纪检监察员
**朱建设** 男，50岁，出租车公司经理
**陈欣文** 女，30岁，某媒体记者

[起光。办公室布景。朱建设拿着"拾金不昧奖"的大信封侧幕上，走到门前，探头看了一下，关门。

朱建设　上面还不错，拾金不昧奖励了2000块，太多了。（扣出1000放自己兜里，再数出两张）1000块，有200就够了，剩下的800给记者。（塞一小信封里，嘟囔）哪个佛都得烧香呐。

[朱建设得意地捋捋头发。李小凤悄悄地上，突然说话。

李小凤　朱经理。

[朱建设被吓坐下。

朱建设　（指责，掩饰）你呀，走路一点声音没有的！

李小凤　找我什么事？

朱建设　（拿出一个钱包，人五人六样）保卫科送过来的这个钱包是不是你前两天交公司的？

李小凤　对，就是它，那两个小赤佬找到没有？

朱建设　手往哪比划呢，哪个小赤佬？

李小凤　丢包的小赤佬。

朱建设　丢包的失主，不是小赤佬。

李小凤　拉倒吧。（从经理桌上的茶叶罐里往自己水杯里倒茶叶）那两个小赤佬打上我车，不光嘴里不干不净，还动手动脚，还赖我69块打车钱！（越说越气）小赤佬。

朱建设　过会记者来了可别一口一个"小赤佬"。

李小凤　记者来干嘛呀？

朱建设　今天是3月5日，特意来采访你这个拾金不昧的正面人物儿。

李小凤　我就一开出租车的老娘们，什么人物儿不人物儿。（去给自己倒水）

朱建设　你怎么不是人物，你是我们党支部的纪检员。

李小凤　哎哟，对哦，我是纪检员。

朱建设　作为一名党员，过会儿一定要尽量配合记者。

李小凤　行，服从组织工作。对了，经理，丢包的那两个小赤佬真的一点消息都没有？

朱建设　怎么又"小赤佬""小赤佬"的。记者来了，你是个人物儿，你是公司形象，你是纪检监察员！

| | |
|---|---|
| 李小凤 | 被戴高帽了，（喝水）哎，咱们让记者帮着找找？ |
| 朱建设 | 找不找得到，不就 69 块钱嘛。（轻描淡写） |
| 李小凤 | 不光是钱的事…… |
| 朱建设 | （烦了）好了，不管找不找得到，公司一定会奖励你。 |
| 李小凤 | 奖多少钱？（伸手拿"拾金不昧奖"信封） |
| 朱建设 | （挡李小凤）你这个财迷，提到钱眼睛就放光。 |
| 李小凤 | 谁跟钱过不去。（晃晃钱包）想想我就来气，那两个小赤佬还打算对我动手动脚，老娘…… |
| 朱建设 | （喝止）李小凤！"小赤佬""小赤佬"还没完，你又"老娘""老娘"的。过会记者来了，你注意形象！ |
| 李小凤 | 这不记者还没来嘛。 |
| 朱建设 | 记住，你是正面人物儿。 |
| | ［陈欣文扛摄像机，背照相机、提示板，带个自拍杆的手机上。 |
| 朱建设 | 陈记者，欢迎欢迎。 |
| 陈欣文 | 朱经理，捡钱包的的姐来了吗？ |
| 朱建设 | 这位就是。 |
| 李小凤 | 你好。 |
| 陈欣文 | （把提示板塞给李小凤）赶紧把稿背一下，过会镜头一开，照着说。（对朱）咱得抓紧录，我还有事。 |
| 朱建设 | 不急，水总得喝一口。 |
| 陈欣文 | 不喝了。（架摄像机） |
| 李小凤 | （看见记者的器材，嘀咕）哟，尽是高科技。 |
| 朱建设 | 倒水去。 |
| 李小凤 | 人家不喝。 |
| 朱建设 | 不喝你也给我去倒。 |
| | ［李小凤去倒水，朱建设掏出信封靠近记者。 |
| 朱建设 | 陈记者，（拿装钱信封捅了捅陈欣文）车马费。 |
| 陈欣文 | （自然地收红包，指着办公桌前）的姐，就这儿，来拍照。 |
| | ［朱建设把拾金不昧的大信封做样子递给李小凤，李小凤拿着，摆姿势，拍照。朱建设挤进镜头，陈欣文对他挥挥手。 |
| 陈欣文 | 没你。 |
| | ［朱建设赖着不走。 |
| 李小凤 | 她说没你。 |
| | ［推开朱建设，陈欣文拍好照。 |

| | |
|---|---|
| 朱建设 | 这照片用哪? |
| 陈欣文 | 晚报用,题目是《的姐拾金不昧,公司重金奖励》。 |
| 朱建设 | 这题目好! |
| 李小凤 | (掏出信封里的钱,晃晃大大的信封)好什么好,才200块钱。朱经理,公司也太抠了。 |
| 朱建设 | 精神大于物质,你是党员,做好事也不是为了钱,对吧? |
| 李小凤 | 党员也得吃喝拉撒买买买,再说了,公司每月收我几千块钱份子钱为什么呀?(拿车钥匙,欲下) |
| 朱建设 | 回来,还没录像呢。 |
| 李小凤 | 还要录什么? |
| 陈欣文 | 录条晚间新闻,再录条网络视频。 |
| 李小凤 | 什么网络视频? |
| 陈欣文 | 拿这自拍机录的视频,录完直接就发网络上。 |
| 李小凤 | 今天晚上能看到吗? |
| 陈欣文 | 一发完手机上就能看到。 |
| 李小凤 | 好,我看那小赤佬往哪跑? |
| | 〔李小凤摸自拍杆。 |
| 陈欣文 | 这个键可不能碰,一碰就发出去了。(拿过自拍机)这个是录的,这个是发的。 |
| | 〔李小凤乱摸,陈欣文把自拍机收一边去了。 |
| 李小凤 | (看表)抓紧了。一会赶上晚高峰大堵车,份子钱都挣不出。 |
| 朱建设 | (不耐烦)你就知道钱钱钱,背稿去。 |
| | 〔陈欣文调试机器。 |
| 李小凤 | 经理,这采访怎么还背稿呢? |
| 朱建设 | 你别管,赶紧背吧。 |
| 李小凤 | 我是纪检监察员,我不做假。 |
| 朱建设 | 我这也是宣传党员先进形象,你怎么就不能配合一下,别忘了,你是党员。 |
| 李小凤 | 记不住。 |
| 朱建设 | 你是党员,你都记不住? |
| 李小凤 | 我记得住,我是党员。我是记不住这词。 |
| 朱建设 | 忘了词我给你提。 |
| 李小凤 | 可是…… |
| 朱建设 | 一会就晚高峰了。 |

陈欣文　好了没？

朱建设　好了。

〔陈欣文指挥拍摄准备。

陈欣文　欢迎大家收看《新闻现场》，今天为大家报道的是"的姐拾金不昧"的故事。（对李小凤）接下来，我问，你照着板子上的稿说。（问李小凤）说说你捡到钱包时的第一反应。

朱建设　（指提示板）往这看，往这看。

李小凤　（不太熟练）很激动，很惊讶，很犹豫，不知道是该上交还是不上交，毕竟是第一次捡到这么贵重的东西。不对……

陈欣文　哪里不对了？

李小凤　（认真）我不是第一次捡到东西，我这是1、2、3……（自己算数）

陈欣文　（对朱建设）你们这事是真的？

朱建设　怎么可能是假的呢！

陈欣文　那好，你说说你捡到钱包时是什么心情？

李小凤　我开心！我开心得不得了。

陈欣文　（引导）你为什么开心？

李小凤　这就叫报应。

陈欣文　（惊讶）报应？

李小凤　两个大男人打车不给钱，满嘴脏话动手动脚，好吧，把钱包丢了吧，这就是现世报！

朱建设　李小凤，你瞎说什么？

李小凤　我没瞎说。

朱建设　你再瞎说，收回你的奖金。

李小凤　行行行，让怎么说怎么说。

陈欣文　那我们还是按稿来录。

　　　　准备，开始，你有什么想对大家说的？

李小凤　当时我只是觉得自己在做一件很普通的事，找到失主之后，看到失主激动地拿回钱包。不对。

朱建设　怎么又不对了？

李小凤　（惊问）你不是说没找到那两个小赤佬吗？

朱建设　失主！总会找到的。

李小凤　没找到就是没找到。

朱建设　（拍了拍提示板）你就按稿说。

李小凤　那上面全假的，没找到就是没找到。

朱建设　找不到就算了。

李小凤　你不找，我要找到的。

朱建设　你怎么这么犟！

李小凤　他还欠我 69 块车钱呢。

朱建设　公司刚刚奖励你 200 块。

李小凤　200 块钱是奖给我拾金不昧的，69 块钱是欠我的车钱，一码归一码。

朱建设　你个财迷，你还有点党员的样子吗？（拍桌子）

　　　　〔静场。

陈欣文　（他俩吵架的时候，陈欣文忙着拍钱包的特写，拍完看他们还在吵，
　　　　冷冷地问）还拍不拍了？

朱建设　拍拍拍。

陈欣文　不就一破皮包，折腾……

李小凤　破皮包？这里还有两万多块钱呢。

朱和陈　两万多块钱？

李小凤　对呀。（拿过钱包，掏出钱）保卫科的人没和你说？

朱建设　（接过钱，摸钱）没有呀，我以为这钱包里没什么钱，再说，要是有
　　　　钱的话，你一个财迷……

李小凤　我财迷怎么了？我财迷怎么了？（拿回钱）什么钱该拿，什么钱不该
　　　　拿，我心里明明白白。我是党员！我是纪检监察员！

　　　　〔朱建设、陈欣文下意识摸了摸自己的口袋。

陈欣文　（掩饰）好，好，（解围）我今天拍了五条捡钱包的，总算碰到一个
　　　　真的。

朱建设　我们这事就是真的。

陈欣文　（看下李小凤，再看眼经理）这条新闻得好好做，大力宣传。

朱建设　好，我们全力配合。

　　　　〔陈欣文坐下写提示板内容。

朱建设　李小凤同志，我现在代表公司授予你年度优秀标兵！

李小凤　有奖金吗？

朱建设　至少五百块。

李小凤　行，那咱们赶紧拍。记者，咱拍吧。（催促）

陈欣文　李姐，你听我说，报道你这么一个大好事，咱们不能着急。

李小凤　我急，拍完我还得出车，马上晚高峰了……

陈欣文　好新闻一定要慢慢做，不能急。

朱建设　对！陈记者，我看咱这新闻能不能这么做，先在这拍李小凤的讲述。

陈欣文　再找两个人模拟一下乘客坐车的场景。

朱建设　再去派出所拍报案的镜头。

陈欣文　派出所一有消息就去后续报道。

朱建设　好的。

陈欣文　你们公司要挖掘李小凤从小学初中高中做过的一系列好事，我们要把她做专题片、系列片。

朱建设　我们公司要给她发奖杯，做雕像。

陈欣文　她捡到的是2万还是20万？（暗示）

朱建设　（领悟）20万。

陈欣文　那这稿得重新写。

朱建设　重写。

李小凤　写个屁，你们这不骗人嘛。

陈欣文　哎——（正色）你怎么能说我们是骗人呢，正面宣传是我们一贯坚持的原则。

朱建设　对对对。

李小凤　拉倒吧。

朱建设　添油加醋而已。

陈欣文　（纠正朱建设）源于生活，高于生活。

李小凤　经理，我不拍了。

朱建设　你又怎么了？

李小凤　几天都出不了车，份子钱挣不出。

朱建设　你得配合，公司给了你奖金的。

李小凤　这奖金我不要了。

朱建设　行，（拿起大信封，掏出钱）拾金不昧这事你赖不掉，又一面锦旗会挂在我的办公室，奖金是你自己不要的。

李小凤　（抢回钱）我要我要。（把两百块揣兜里）

朱建设　哼，我还治不了你！

李小凤　我不要还不定归哪个小赤佬呢。

朱建设　你……

陈欣文　朱经理，你把稿拿过来我们计划一下。

〔朱建设拉过陈记者讨论报道。

李小凤　（把记者的自拍杆拿过来，偷偷躲到角落）大家好，我是的姐李小凤，前几天有两弟兄喝醉了酒坐我的车，满嘴脏话，中途跳车，最后把包落我车上了，如果你俩看到这条新闻，赶紧和我联系。

朱建设　李小凤，你过来。（发现李小凤在干什么）

李小凤　（对自拍）你俩来的时候，记得把欠老娘的 69 块车钱带过来，一分不
　　　　能少，一块也不要多。（拿这自拍器对朱建设和陈欣文晃了晃，放下
　　　　自拍器下）我是党员。

陈欣文　（气急败坏地冲出来）这是什么党员呀！（扛起器材下，转身回来，把
　　　　红包退给朱建设。下）

朱建设　唉，唉，（追了两步，停下来，掏出自己口袋里的信封，一手一个信
　　　　封。）咋就砸了呢！唉……

　　　〔滑稽的音乐起，一束定点光打在朱建设身上。

　　　〔画外音，指责与批评。

　　　〔朱建设羞愧地低下头，蹲下来。

　　　〔音乐和画外音压混，渐弱，收光。

　　　〔剧终。

小 品

# 我不当贫困户

编 剧 罗 丹

通江县文化广播影视新闻出版局

## 人　物

狗　娃
狗娃的舅舅（简称舅）
帮扶干部李胜（简称李）

〔启幕。

狗　娃　村里有个姑娘叫小芳，长得好看又善良……

　　　　（唱，狗娃打工回家进屋）

　舅　（叫喊）狗娃——

狗　娃　我来啦，我来啦——（穿着花花衣挺时尚，出门迎接）

　舅　（舅径直往里走，与狗娃错位）狗娃——（继续喊）

狗　娃　（大声）舅，我在这儿！

　舅　耶！狗娃，你打了半年工就装洋，你马上给我换咯。（推搡狗娃要
　　　　进屋）

狗　娃　舅，你咋的咯？

　舅　当农民就要有农民的样子。

狗　娃　农民该是啥样子？人是个桩桩全靠衣裳，去年三娃儿就哄了一个
　　　　婆娘。

　舅　要不得。

狗　娃　啥子要不得，你是饱汉不知饿汉子饥。

　舅　你说啥子唉？你！（生气）你的事我不管了。装，继续装，讨个婆娘
　　　　喝米汤。（要走）

狗　娃　舅，你话都没说完就走，坐，坐。（拉舅回来坐）舅，我知道今天你
　　　　来一定有好事。

　舅　有啥好事，给我气受，我本来还想帮你，你看你！

狗　娃　舅，你说嘛，我听你的。

　舅　先去把衣服换咯。

狗　娃　换就换。（离场）

　舅　（对观众）你说他穿成这样，还需要帮扶，你信我都不信。现在要当
　　　　个穷人，嘿，还没那么容易。又是算账，又是评议……（狗娃出场）
　　　　狗娃，恭喜你，你被评为全县的扶贫对象了。

狗　娃　啥？全县的扶贫对象，你还恭喜我。

　舅　也不是恭喜，是祝贺，不，不，也不对，反正别人想当都没当成。

狗　娃　舅坏了，坏了。

　舅　啥？我坏了。

狗　娃　不是，哎呀舅，你们要把我那个女娃儿整脱。（生气）

舅　　哪个女娃要脱？你说啥子哦？我是在帮你。

狗　娃　你是在害我。十里八村，都晓得我狗娃穷，你又给我整了个全县出名扶贫户，要是那女娃儿晓得了，你说是不是要整脱？

舅　　讨老婆是大事，不过你讨得起，怕是养不起哦。

狗　娃　啥子养不起，为了她我要蛮气挣钱，不出两年，我就把债还完，到时候我就接她回家过年。

舅　　争硬起气，你争！为了当这个贫困户，那个张老三和李老四还打了一架。

狗　娃　哪个想当就让他当，反正我不当。不行，我要找村长把我整脱。

舅　　听说要给好几万咯。

狗　娃　（止步）啥子哎？舅你说啥子？好几万。

舅　　就当我没说。

狗　娃　舅，嘿嘿我一年才挣两万多。

舅　　（捂住狗娃的嘴）莫乱说，你说两万多，贫困户要整脱。

狗　娃　舅我真的挣了两万多。

舅　　狗娃！（大声呵斥）不行，我们要演练下，怕你到时乱说。

狗　娃　还演练？

舅　　我是那个啥李局长。

狗　娃　你是我舅。

舅　　演练，我说我是来帮扶你的李局长。

狗　娃　哦，你要真是个局长那就好了。

舅　　你，你，快回到屋里去。

狗　娃　哦。（有精神地走路）

舅　　回来，你这像中了彩票，哪像个贫困户？要两眼无精打采（狗娃学）脚酸手软，（双手揣在袖子里，狗娃学）说啥啥不会，只说缺点钱。（狗娃点头）

狗　娃　舅，你说这不是好吃懒做嘛！

舅　　你懂个啥？这叫唤起同情心。

狗　娃　骗子！

舅　　骗你个头！看你穷，可怜，说不定还要多给。

狗　娃　啥！还多给？

舅　　狗娃待会有人来，要他喊三声你才开门，记到没有？莫给我精扯扯的。

· 114 ·

狗　娃　哦。（进屋）

　舅　李狗娃。

狗　娃　一

　舅　你，那个叫你喊出声来嘛？

狗　娃　哦。

舅、李　李狗娃（同声）

　舅　这么快干部就来咯！（慌忙离开）

　李　李狗娃

　　　　［狗娃没精打采慢慢出来，看也不看来人。

　李　你就是狗娃？

狗　娃　你明知故问。

　李　我是来帮扶你的，我叫李胜。

狗　娃　假的，是我舅。

　李　啥？假的。

狗　娃　继续演练。

　李　啥？继续演练？耶！这帮扶对象神经有点问题。

狗　娃　你才神经……（原来是搞错了对象），稳住（自语）（拐手叫坐）

　李　狗娃，你这房子咋住啊，也该找人修修了。

狗　娃　嘿嘿，缺点钱。

　李　我知道，狗娃啊，你看你穿的这衣服，洗洗干净，再缝缝，也不至于
　　　　这个样。

狗　娃　嘿嘿，缺点钱。

　李　缺点钱，缺点钱……狗娃啊，我口渴了，先找点水喝。

狗　娃　嘿嘿，缺点钱。

　李　啥？喝水都缺钱。

狗　娃　不不，不缺钱。

　李　不缺钱？

狗　娃　不不，我马上给你倒。

　李　（对观众）哎，现在个别贫困户，一说扶贫就是要点钱，要是不从思
　　　　想上解决问题，就算是给点钱也不能解决贫困问题。

狗　娃　李干部喝水。

　李　好好。

狗　娃　嘿嘿，都带了嘛？

　李　啥带了？

狗　娃　嘿嘿，那个包。

李　　　哦，包带来了。

狗　娃　你把包给我你就算帮扶结束了。

李　　　啥？包给你？

狗　娃　包里的……

李　　　包里的……

狗　娃　你明知故问。（做捻钱的手势）

李　　　狗娃啊狗娃，哪个说的扶贫就是给钱？

狗　娃　啥子哎，没得钱？我舅说的扶贫有好几大万。舅，舅——（喊舅）

李　　　（纳闷）大叔，扶贫不是给点钱那么简单的事。

舅　　　我看也不复杂。

李　　　大叔啊，扶贫更多的是政策扶贫，智力扶贫，精神扶贫。

舅　　　你莫说空话，不搞点实惠咋叫扶贫。

李　　　大叔，你是扶贫户不？

舅　　　我好脚好手咋是扶贫户。

狗　娃　舅，我也是好脚好手。

舅　　　你不一样。你看我这嘴巴。

李　　　狗娃啊，我看你也是好脚好手，哪能张口要钱，闭口要钱？

狗　娃　哪个张口要钱，闭口要钱？我只说的缺点钱。

舅　　　李干部，狗娃他不一样。

李　　　有啥不一样？人要有志气，要自身努力。你看你这个样，哪个瞧得
　　　　起？你，你，我们不扶你这样的懒人。（生气）

狗　娃　你说啥？哪个是懒人？

李　　　你就是懒人！

狗　娃　我不是懒人！我不当这个扶贫户！（狗娃被惹火了）

李　　　那刚才？

狗　娃　（吞吞吐吐）舅叫我装的。

李　　　装的？

舅　　　李干部，你莫生气，狗娃不是懒，也不是莫志气。我这侄儿，父亲害
　　　　病花了几万，人财两空，时隔三年，娘又走了……挣点小钱还在还
　　　　债，连个老婆都没讨上……

狗　娃　舅，你别说了，我不怕穷，只要我努力，一切都会好起来。

李　　　对，你说得好，贫穷不可怕，只要努力！狗娃，是我错怪你了。

狗　娃　李干部，是我不该……

李　　哎，狗娃，我都明白了，你说现在你最缺点啥，需要啥？我一定
　　　帮你！

狗　娃　嘿嘿。

舅　　说嘛。

狗　娃　嘿嘿，讨个老婆。

李　　我帮你。

狗　娃　生个娃。

舅　　我帮你，哦，不，不，不。

李　　好，狗娃啊，我们一起帮你讨个老婆生个娃，建个产业把家发！

舅　　对对，我也就是这个意思。

　　　［剧终。

小 品

# 岔道口

编 剧 张红霞

鹤岗市群众艺术馆

时间　除夕夜
地点　北方，某城郊铁路岔道口

## 人　物

老刘头　值班员，六十岁
小男孩　十一岁

［幕启　值班室有桌、椅、长凳、电话等用具。

［一声火车鸣笛声响过，隆隆列车开过，老刘头满身雪花从室外上。他边走边拍打棉衣上的雪。

老刘头　（放下手中信号灯）哈哈！又是安全正点！（几分感慨地）一晃三十八年啦！（看看钟）刚才，我就这么咔嚓两下，扳完了最后一次道岔。再过半小时，就下岗离场退休喽！

老刘头　（铃响，接电话）喂，调度长嘛？是我，刘正泰！安全正点！好，好。口号是：上好岗，守住场，风雨不走样！好的，谢谢！（放下电话，拿起信号灯擦着）老伙伴你也该去历史博物馆喽——

［脱下棉衣，拿出小平板电脑打电话。

老刘头　喂，是老伴吗？啊，我是老刘。今天是年三十，我正式退休了。好，也祝——你和姑娘、姑爷新年快乐！我在祖国给你们拜年！好好——谢谢！

老刘头　（放下小平板）如今这信息时代，发展就是快。拿着小平板，就能跟美国的姑娘、老伴面对面地说话。这日子真是大姑娘上轿——美死啦！就说我们这岔道口吧，再过一会就改换电脑操控系统啦！我呀，是最后一道风景喽！

老刘头　（依恋不舍地）这回我的生活也到岔道口了，我可不能像这扳道员似地也让新时代给甩掉哇！姑娘说我想去美国看外孙必须学英语。学就学！咱年龄大，记忆差，就学蚂蚁啃骨头一口一口吃！OK！

［打开平板电脑，里面传来新年钟声：铛—铛—

老刘头　过年了，过年啦！现在正式开始过年！（取出冻饺子、花生米、酒，开始煮饺子）哈哈——饺子就酒，饺子就酒，越过越有！

［开锅盖，观察。听见旁边长椅上有打呼噜声。发现报纸盖着睡觉的小男孩。

老刘头　模样还不错，睡得挺香啊？（欲叫醒又不忍心）这小东西挺会找地方啊——（开锅声惊醒对方，小男孩猛爬起，揉着眼睛，怯生生望着对方）醒啦！

小男孩　对不起！老……（欲退下）

老刘头　等等，觉都睡了，还有不好意思的。这大年三十来串门就是缘分！一块过年——吃饺子！

小男孩　哦……（几分感激地）我……

老刘头　（拉对方坐下）来吧——（端饺子给对方）吃！

　　　　〔一列火车掠过。老刘头去关门。小男孩狼吞虎咽地吃光。

老刘头　（瞥见对方狼狈吃，见饭碗空，忍不住笑笑）好吃吗？

小男孩　好吃——（看碗空不好意思）我……没给您留……

老刘头　没关系！没饱——我再煮！（又打开一包煮上）大年三十，你不在家
　　　　过年，跑这来干嘛？

小男孩　我……我家……没人。

老刘头　爸爸妈妈呢？

小男孩　妈妈去外地打工啦！

老刘头　爸爸呢？

小男孩　死了。（怨恨地）

老刘头　哦……那你来……

小男孩　……（无语）

老刘头　（几分判断地）你准是想来岔道口接夜里 22 点 07 分车的吧？

小男孩　……（点头）

老刘头　好孩子，真懂事！没接到妈妈——正好！咱俩一块过年！

小男孩　这——那……

老刘头　什么这——那的，不愿意陪我？

小男孩　（突然爽快地）愿意！

老刘头　（开心地又捞出饺子，拿出烧鸡、小菜，打开饮料）来！为新年干
　　　　杯！（两人碰杯饮）

小男孩　老爷爷，你真爽！

老刘头　（喜欢地）小男子汉！来吃个鸡腿！（递给对方）人哪，不能装假！喜
　　　　欢吃就吃！

小男孩　（咬口又放下）我……

老刘头　吃呀？怎么，是爷爷说错话了？

小男孩　（猛然跪下）老爷爷——我刚才说谎啦！骗您的！

老刘头　（心疼地）孩子，快起来慢慢说！

小男孩　我爸爸他没死。

老刘头　哦……

小男孩　他跟一个有钱的女人跑了。扔下妈妈和我，妈妈为了挣钱供我上学，
　　　　去深圳打工了。我姑姑因为我不好好上学，常泡在游戏厅里，就不管

我了。学校要停我的课。其实，我是想妈妈……才打游戏的……姑姑把我打游戏的事告诉了妈妈，妈妈说我不改掉这毛病，她就不要我啦！（难过地）

老刘头　（扶起，对着孩子）孩子，你能说真话，说明你信任我！从现在起，你就是我好朋友！你同意吗？

小男孩　（爽快地点头）同意！同意！

老刘头　那咱们从明天起，你去我家，咱们俩一块补课学习，好不好！

小男孩　Very good！坚决不打游戏啦！

老刘头　不！学习功课之后，也可以玩玩！（拿出平板电脑）这个学英语打游戏都好用，送给你。游戏厅咱不去了。

小男孩　（几分天真地看着老刘头）真的？

老刘头　说谎是小狗！（做拉钩动作）——来！（两人拉钩）

小男孩　爷爷你是真够朋友！

老刘头　人哪，一走神就会走岔道，可有朋友帮你一扳道岔，你就走上正道啦！你说对吗？

小男孩　对。爷爷你真会扳！（几分天真渴望地）那你能把妈妈和爸爸的岔道也扳回来吗？

老刘头　（沉思半晌）嗯，我可以试试！

小男孩　（跳起来）爷爷，你真棒！（扑进老刘头的怀里，平板电脑里传来"我想有个家"的歌曲）

老刘头　（对观众）你们瞧，我这退休的扳道员又上岗啦！哈哈！安全——正点！


〔切光　剧终。

小 品

# 卖鸡蛋

编 剧 李 杰

山西省吕梁市歌舞剧院有限公司

地点　某矿小区
时间　某天上午


# 人　物


胡二旦（简称男）
大　嫂（简称女）

**男** （骑自行车叫喊着"卖鸡蛋"上场）

　　鸡蛋来……蛋……，鸡蛋来……蛋……

**女** （打手势不让胡喊叫）

**男** 嫂子，要称些鸡蛋？

　　（打手势不要）

**男** 不要？不要你朝我招什么手啊！

　　（掉头欲走）真倒霉，一出门就碰上个哑巴！

**女** 你才是个哑巴！我们家上班的还在睡觉！

**男** 咱们俩上楼到你家睡觉？不合适吧！

**女** 呸！谁要跟你睡觉了？你这人，真混蛋！

**男** 红蛋？有哇！有红蛋，有白蛋，想要甚蛋有甚蛋……

**女** 甚蛋也不要，你早点滚蛋……

**男** 公蛋？哎呀，公蛋母蛋现在可分不清，你得买回去孵出小鸡仔儿来才能知道是公蛋还是母蛋了……

**女** 瞎扯淡，别吵了啊！我们家上夜班的还在睡觉呢！

**男** 噢！上夜班的睡觉，睡就睡他的吧，总不能叫我这不上夜班的跟上睡觉吧！（大喊）卖鸡蛋……

**女** 哎！你这不是成心捣蛋吗？

**男** 对不起，上不卖飞机导弹，下不卖萝卜葱蒜，也不卖鸭蛋、鹅蛋、恐龙蛋，咱卖的是正经营养东西——鸡蛋！

**女** 我不听你胡说，走走走，我这儿不能卖鸡蛋！（推胡走）

**男** 放开，诈唬老乡啊！听说过不让卖枪支弹药的，听说过不让卖洋烟毒品的，还没听说过不让卖鸡蛋的了。

**女** 谁不让你卖鸡蛋呢？我是说你别大声喊叫！

**男** 不让我大声喊叫？（无声）卖鸡蛋，卖鸡蛋！这是卖鸡蛋了？这是偷鸡蛋了！这能卖了一颗鸡蛋了？卖鸡蛋就要喊叫了么，不喊能卖了么？

**女** 这可不行！你跑到我家门前叫唤，我就要和你说个长短。

**男** 说个长短，我就不信你能吃了个人。

**女** 告你，你要是敢再喊一声，我就砸烂你的蛋。

**男** 砸鸡蛋啦？砸吧！来，用秤砣砸，这个带劲，有钱你就砸，照价赔偿就行。

**女** （放下鸡蛋）哎！我说这位大哥啊，我也不是成心搅你的买卖，为了我家那口子能休息好，我求求你了，你到别处去卖好不好？

**男** 好嫂子了吧，你们上班的多睡一阵儿觉，少上一会儿班没关系，可我要是卖不了鸡蛋，一天就等于白干，回家开不了晚饭，老婆孩子还不饿成傻蛋。

**女** 那你也不能光顾赚钱吧？

**男** 快悄悄地吧！现在是市场经济，不赚钱喝西北风呀？

**女** 喊吧，喊吧，喊也没人要你的鸡蛋！

**男** 不可能，我看还是声音小，再大点声肯定卖得哗哗地，鸡蛋……

**女** 卖没啦！

**男** （看了一下鸡蛋篓子）瞎说，有了么，鸡蛋……

**女** 卖没啦！

**男** 哎哎哎，咱俩到底是谁捣蛋了，明明满满的一篓子鸡蛋，你说卖没了？

**女** 哈哈，你是卖鸡蛋的，我是卖煤炭的。就许你卖蛋，不许我卖煤啊？

**男** 啊，是这么回事，你卖煤我卖蛋，咱井水河水两不犯！（拿出喇叭）卖鸡蛋……

**女** 大哥，干脆你的鸡蛋我买了。

**男** 真的？

**女** 啊！

**男** 你看你不早说，害得我哗哗地吼了这半天，吼得嗓子干的。

**女** 你这鸡蛋多少钱一斤啊？

**男** 啊，不贵不贵，四块五。

**女** 人家都是四块二，你卖四块五呢？

**男** 哎，一看你就不知道最近的鸡蛋行情，四块二的鸡蛋哪能跟四块五的比呢？我这个鸡蛋，据有关专家测验，这里头含有丰富的 VCD……不是不是，维生素 ABCDEFG，HLMN，OPQWC……

**女** 兄弟，WC 是厕所。

**男** 管它是厕所，还是茅房，反正是营养大了。

**女** 好……别说了，我说不过你，我去拿个篮子啊，你可千万别喊啊。

**男** 放心吧，你赶紧去吧。哈哈！平时卖四块一、四块二，今天碰了个好主户，一斤就多挣三毛钱，这叫——姜太公钓鱼，愿者上钩！

女　哎，你说谁上你的钩呀？

男　篮子上钩了，回一下皮啊！

女　哎呀，不用回了，三两，给我称十斤。

（两人往篮子里捡鸡蛋）

男　嫂子，我就闹不懂你们城里人，为了让老公睡个懒觉，下这么大的功夫，你就不怕把他惯坏？

女　我可不是惯他睡懒觉，是为了让他上好夜班，确保安全生产！

男　你家那口子是干甚工作的了？

女　是矿工。

男　啊！挖煤的。

女　他是矿上的瓦斯检测员！

男　那可是个重要岗位！

女　那可不，白天要是睡不好，晚上一不留神出个岔子，那可是人命关天的事啊！不瞒你说，我弟弟原来也是煤矿工人，搞的是爆破工作。有一次值夜班，他们在坑下工作面准备操作爆破，谁知道炸药突然就爆炸了，他当场被炸得面目全非、血肉模糊，幸亏抢救及时，命算是保住了，可还是因为伤势太重，两只手被做了截肢手术，失去了劳动能力。他上有老下有小，往后的日子可怎么过呀！（哭泣）后来才知道，是因为白天没休息好，晚上才闯下这么大的乱子！

男　甚也不用说了，嫂子，我的鸡蛋不卖啦，我走呀。

女　你为啥走呀？

男　我觉得自己太不像话啦，自己挣两个钱，拿上别人的性命开玩笑了，我走呀，再也不惹你生气了！

女　不不不，也怪我态度不好……兄弟，你的心意我领了，可是鸡蛋还是要买的，也不能让你白跑一趟啊，再说你的鸡蛋是笨蛋，笨蛋吃着香，营养价值又高，来来来，称一下。

男　嫂子，我这鸡蛋是笨蛋，人也是个笨蛋。

女　你可不笨，你要是笨蛋，我们全都是傻子。

男　十斤一两，一两咱就不算了，算十斤。

女　十斤……四十五？

男　嫂子，为了表示歉意，我按成本价算您，四十就行了。

女　哎！不行，你这一身汗两腿泥，不容易呀，就四十五！

男　那公公道道市场价，收你四十二！

女　行！哎呀，兜儿里零钱不够了，我打电话让孩子送下来！

男　哎……嫂子，你看看你，你打电话把我大哥的懒觉惊了怎么办！再说了，你用微信支付不就完了吗？

女　哎呀！我怎么把这事儿给忘了呢？来，我扫你……

男　嫂子，干脆加我微信吧，这样联系起来方便！

女　干嘛？院子里嚷嚷还不够，还要在手机上烦我？

男　您误会了，咱俩成了微友之后，你再要买我的鸡蛋就方便了，只要动动手指，我就给您送货上门，省得您下楼受累。您要是把我的鸡蛋广告发到朋友圈，点十个赞，我就送您一颗蛋。点二十个赞，送您两颗蛋。点三十个蛋，送您三颗赞……

女　哈哈哈……

男　你们小区的人有福气呀，咱这可是绿色环保笨鸡蛋！
　　大家都用微信来买鸡蛋，我的叫卖声将会在你们小区彻底消失。"悄悄的我走了，正如我悄悄的来；我挥一挥衣袖，不带走一棵白菜"。

女　语文是体育老师教的吧？人家是"一片云彩"。

男　不管是白菜还是云彩，只要我走了，你家我大哥，不就能安安稳稳地睡懒觉了吗？

女　照你这么说，我还得感谢你？

男　那倒不必，感谢这个伟大的时代吧！嘿嘿嘿！

女　鬼精鬼精的！真是拿你没办法！那就加呗！

男　好嘞！嫂子，你家住几楼，我把鸡蛋给你提上去吧！

女　不用了，你呀，还是赶紧走吧。

男　哦！（推车子顺口喊道）卖鸡……

女　（回头怒）嘘！你！

男　（不好意思地）对不起，习惯啦！

　　［剧终。

小 戏

# 明镜岭

编 剧 莫 非

济南艺术创作研究院

**时间** 当代

**地点** 明镜岭山峪，镇卫生院 B 超室门前

# 人　物

白　灵　女　21 岁，护士

晋　前　男，54 岁，卫生厅长

娜　娜　女，27 岁，某宾馆领班

〔幕　启

〔明镜岭卫生院，院门对面立有明镜石。

〔B 超室门前，桌上放有电话和检查单。

白　灵　〔喜气洋洋上，手中拿文件夹，边走边翻着单子。

（唱）门外喜鹊喳喳叫，

　　　　医疗改革制度好，

　　　　院里引进新设备，

　　　　不出大山得诊疗。

今天是周六，一上午有十几个人来做 B 超，马上就下班了，看看还有
没有病号。

（从门前桌上拿起单子）还有两张。

16 号钱娜娜准备！

娜　娜　（内应）来了！

　　　　〔现代女性时髦装束，手持登山杖上。

（唱）春风拂面登山岭，

　　　　游山玩水心放松，

　　　　忽见山中卫生院，

　　　　有心探查胎儿情。

　　　　但愿求得神保佑，

　　　　腹内有个男儿种。

老公，你别磨蹭了，快来呀！

晋　前　〔一身名牌运动装，戴着墨镜遮遮掩掩上。

娜娜你太不听话了，本来带你出来玩，是享受二人世界，怎么一阵心
血来潮，非得查胎儿呢，真是没事找事！

娜　娜　这还不怪你呀，你晋大厅长领导的省城医院，都不给咱查胎儿性别，
这种小地方肯定能给查。

晋　前　给你说过多次了，是男是女我都要……当然了，男孩更好！

娜　娜　肯定是儿子（夸张地摸着腹部）看看，咱儿子又动弹了……

晋　前　才三个月哪会动呀，让我听听。

娜　娜　不让你听！你还没答应我，怎么好好待咱儿子呢。

晋　前　好宝贝儿，我肯定不会亏待你们娘俩，该给的都给你们。

娜　娜　这还差不多。（吻他一下）

晋　前　（躲闪着）娜娜我告诉你多少次了，对外一定要低调，这其中的利害
　　　　关系……

娜　娜　（不耐烦地）知道，知道，对外一定维护你廉洁奉公的形象！你让我
　　　　辞去宾馆领班就辞职，你找了个房子不让人出门就少出门，我都快变
　　　　成笼中鸟了。

晋　前　宝贝儿你必须给我记住——
　　　　（唱）为官自有为官道，
　　　　　　　人前背后莫混淆。
　　　　　　　厅里上班咱最早，
　　　　　　　见到属下面带笑。
　　　　　　　勤政为民树新标，
　　　　　　　领导赏识职升高。
　　　　　　　一身正气做报告，
　　　　　　　拒绝腐败廉洁好。
　　　　　　　兔子不吃窝边草，
　　　　　　　省城永远拒红包。
　　　　　　　想敛财物下县要，
　　　　　　　来者不拒乐逍遥。

娜　娜　好了，知道了，你说过多少遍了，烦不烦？

白　灵　（拿单子上）
　　　　16 号钱娜娜随我进屋，17 号钱进准备！

晋　前　（从口袋里掏出一叠钱）这个给查体的大夫，山里人没见过世面，
　　　　2000 块就不少了。快去吧！

娜　娜　知道了，等着我。（收过钱放进一个红包里，把手杖递给他，一个飞
　　　　吻）拜拜，过会见！

晋　前　（不安地来回踱着步子）想我晋前，出身贫寒，一路拼搏才有今天。
　　　　虽是厅级干部，在人前光耀，却有美中不足，老婆只给生了一个闺
　　　　女。每次回农村老家，爹妈就给我要孙子。但愿娜娜这次能给我怀上
　　　　儿子……

白　灵　（从 B 超室出来）谁是钱娜娜的家属？钱娜娜的家属来了没有？

晋　前　（稍一犹豫）我……我是。

白　灵　（一皱眉头）你是她什么人？

| | | |
|---|---|---|
| 晋　前 | 我……我是她父亲。（立刻弯腰拄杖做老态） |
| 白　灵 | 大叔，你孩子身体有点不太好。 |
| 晋　前 | （焦急地）那孩子怎么了？ |
| 白　灵 | 不是肚子里的孩子，是你孩子…… |
| 晋　前 | （大惊失色，私语）她怎么知道是我的孩子？（急忙辩白）那孩子不是我的！ |
| 白　灵 | 我说的是你闺女钱娜娜。 |
| 晋　前 | 噢……（松了一口气，顺势撒谎）我女婿出国了，只好让我陪她来…… |
| 白　灵 | 你们不是本地人吧？ |
| 晋　前 | 对，来山里走亲戚，走亲戚。 |
| 白　灵 | 你闺女钱娜娜的下腹部有肿块，建议进一步排查。 |
| 晋　前 | （震惊）肿块？肿瘤？癌……癌症！ |
| 白　灵 | 别着急，咱们进一步排查才能确诊。这情况最好先别告诉她本人。 |
| 娜　娜 | （从 B 超室出来）哎呀，护士你在这儿啊！（故作亲热）我听大夫叫你白灵，白灵妹妹（掏出红包）一点小意思，能告诉我怀的是男是女吗？ |
| 白　灵 | 我们有规定，不能告知胎儿的性别。刚才大夫已经跟你说了，胎儿健康，胎心、胎音都没问题，胎位也正常。 |
| 娜　娜 | 我只是想问问是男是女！（再递红包，又被拒绝。恼怒地）这些山里人怎么这么犟呢？从大夫到护士都是软硬不吃！ |
| 白　灵 | （气愤地）怎么说话呢？山里人怎么了？ |

（唱）山里人心似明镜，

　　　　有一说一最实诚，

　　　　违规之事咱不干，

　　　　你送红包也难行。

你别把山里人看扁了，以为只要用钱什么都能做？告诉你，不可能！看见院门口的明镜石了么——

（唱）明镜岭上立明镜，

　　　　人妖是非辨分明。

　　　　清白做人气要正，

　　　　青山绿水润百姓。

我们卫生院是省卫生厅模范单位，一切工作都遵守规章制度！

| | | |
|---|---|---|
| 娜　娜 | 省卫生厅？你们厅长就…… |

晋　前　（急忙上前阻止）娜娜，你闭嘴！护士同志，你别和她一般见识。

白　灵　哼……下一位来就诊，17 号钱进，钱进来了没有？

娜　娜　噢，来了，来了！

白　灵　请跟我进去！（回身进 B 超室）

晋　前　（四处张望）她叫的谁？你就乱答应。

娜　娜　还没告诉你，刚才我顺便给你也开了 B 超检查单。

晋　前　莫名其妙，我做什么 B 超？

娜　娜　你前几天不是老咳嗽么？人家不放心嘛，既然这里机器先进，费用比省城还便宜，你就检查检查呗，我随便给你起了个名字叫钱进。

晋　前　胡闹，简直是胡闹！我怎么就成了钱进？

白　灵　[从 B 超室探身出来。

　　　　钱进，怎么还不进来？

娜　娜　来了，马上进去！（推晋前）去呀，你快去呀……

白　灵　（出来催促）大叔头一次做 B 超吧？别害怕，对身体没伤害，快进来吧！

晋　前　（悻悻地瞪着娜娜，无奈地）好，好……

白　灵　不用拿拐棍了，我扶你进去。眼镜也摘了吧！

晋　前　不用，我眼怕风，摘下来会流泪。

　　　　[晋前没好气地把手杖扔给娜娜，随护士下。

娜　娜　一个小破医院，有什么了不起的？连胎儿男女都不告诉……也无所谓了，反正孩子是老晋的，我只要缠住他，及时享乐就行。（无聊地掏出手机摆弄）刷刷朋友圈，再看今日快讯：反腐倡廉，又一大老虎落网！（长叹一口气）唉！老天保佑晋前可千万别出事呀。

　　　　（唱）最近反腐呼声高，

　　　　　　　老晋官运怕难保。

　　　　　　　有心先把钱财捞，

　　　　　　　防他倒台失依靠。

白　灵　（走出 B 超室）钱娜娜，你爹马上就出来，我先告诉你做个思想准备，他肺部有阴影。

娜　娜　阴影是什么？

白　灵　现在还不能确诊，需要进一步排查。出于对病人的健康考虑，过会他的检查单出来，你自己拿主意，可以缓一步告诉他。

娜　娜　（大吃一惊）难道阴影就是肿瘤？

白　灵　（同情地摇摇头）咳，这一家人的日子往后可怎么过呀！也奇怪了，

这几天查出的肿瘤病号比平时是有些增多。（返身回 B 超室）

娜　娜　（六神无主）怎么办？这可怎么办？

晋　前　[拿着化验单上。

　　　　娜娜的结果出来了。这事真棘手，绝不能让她知道。

　　　　她腹部那肿块要是恶性的就麻烦了……她要住院，我不去看她，她准得找我闹。要是常去医院，省城的大夫们都认识我，我和她的关系万一曝光，后果不可设想……唉！

娜　娜　（回过神来）他长病的事先来个瞒天过海，把我这几年的损失补回来再说。（调整情绪）老公，你干嘛愁眉苦脸的？哦，B 超的结果出来了，给我看看。

晋　前　（迅速把单子放进口袋）不用看了，刚才护士不是说了么，一切正常！

娜　娜　噢，你是为不知道胎儿是男是女生气吧？

晋　前　（敷衍地）不是……是……

娜　娜　老公，你说过孩子是男是女都喜欢。

晋　前　（不耐烦）谁知道是这种结果，走吧，回去再说。

娜　娜　急什么？你的结果还没出呢，我去给他们要。

　　　　[下班铃声响起，白灵手拿单子和饭盒上，把单子递给娜娜。

晋　前　给我看看。

娜　娜　（迅速地看了一眼，收起单子）有什么好看的，你本来就没病。

白　灵　是啊，就是感冒引起的肺部纹理有些粗糙。大叔，没事，先找大夫看看开点药，平时要多喝开水。

晋　前　好，谢谢！

白　灵　快晌午了，下午再来找大夫详细看吧！（拿饭盒下）

晋　前　谢谢！（长叹一声）唉！

娜　娜　你怎么老唉声叹气的？唉什么唉？

晋　前　（无奈地敷衍）爱你呀！

娜　娜　（唱歌）如果爱我请你拍拍手，

　　　　　　　　如果爱我请你跺跺脚，

晋　前　行了！别闹了！

娜　娜　不行，你之前说过不管孩子是男是女，都给我 50 万养胎费，等生下来再给 100 万……现在查完了，养胎费该兑现了吧！

晋　前　兑现，兑现，你就知道要钱。有完没完？

娜　娜　没完，没完，就没完！（扭头悄声）过了这个村，就没这个店啦！（转换柔和口吻）老公，跟你商量个事行不？

晋　前　（没好气地）说！

娜　娜　要不然你把养胎费和生产费一次付了吧？我少要点，一共给100万行么？

晋　前　（警觉地）你什么意思？

娜　娜　没什么意思，你反正有的是钱，把他们别人进贡给你的卡随便给我几张就行了。

晋　前　（略加思索）娜娜，我也和你商量个事，要是给你这些钱，咱俩从此一刀两断行么？

娜　娜　什么？他为什么要和我一刀两断？难道他察觉自己有病？怕连累我？老公，别开玩笑了，咱俩断了，那孩子呢？你儿子也不要了？

晋　前　你还年轻，找个人嫁了，总比偷偷摸摸跟着我好。至于孩子么，随你便……

娜　娜　那我得考虑考虑……钱是一定得要！这孩子么……

　　　　〔白灵拿着饭盒上。

白　灵　哟，我都吃完饭了，你们还没走啊！

晋　前　这就走，就走……

白　灵　（观察二人的异常表情，有些疑惑）这爷儿俩怎么了？

　　　　（唱）这对父女不正常，

娜　娜　（唱）老晋又搞啥花样？

晋　前　（唱）甩掉累赘把法想。

白　灵　（唱）别人家查出病来泪汪汪，

娜　娜　（唱）他不要亲生孩子为哪桩？

晋　前　（唱）我只有破财免灾将她诓。

白　灵　（唱）他爷俩既无悲来也无伤，

娜　娜　（唱）我不能乱了阵脚无主张，

晋　前　（唱）悔不该拈花惹草投罗网。

白　灵　（唱）清官难断家务事，

晋　前　（唱）当断不断狠心肠，

娜　娜　（唱）再次试探无情郎！

　　　　老……老爹，说破天来，这孩子我也得要，他是咱的亲骨肉呀！

白　灵　（如释重负）咳，原来是他爹沉不住气，把检查结果告诉闺女了。也难怪，哪个当娘的能舍得亲生骨肉？唉，我多管闲事劝劝她吧……钱娜娜……

· 138 ·

白　灵　干吗？

小护士　其实你不用着急，腹部的肿块不会影响胎儿。

娜　娜　你说什么？谁的腹部有肿块？

白　灵　你还不知道？咳……怪我多嘴了，对不起，真对不起！

晋　前　（气愤地）多此一举！什么医德？

娜　娜　（一愣）老晋！你把我的化验单给我！

　　　　（与晋争夺化验单）

白　灵　（懊恼地）都怨我，都怨我，我这不是好心办坏事了么……你俩别吵
　　　　了！（过去劝架）

　　　　（电话铃声响起，回身接电话）

　　　　主任，我是白灵……什么？需要病人复查？（对两人喊道）你们声音
　　　　小点行么？我电话都听不清楚……（拿话筒背身接听）

　　　　〔娜娜看过化验单，与晋前厮打。

晋　前　娜娜，你这是干吗？咱有话回家好好说……

娜　娜　不行！（举起化验单）你这狼心狗肺的东西，知道我有病了，就想把
　　　　我甩开，没门！（拉他走到明镜石前）刚才那小护士不是说这石头很
　　　　灵验吗？就让它照照你的黑心！

晋　前　（大喝一声）娜娜，你别不识好歹！

　　　　（唱）一人得道都升天，

　　　　　　　我把你家安排全。

　　　　　　　农村户口转城市，

　　　　　　　个个住上新楼盘。

　　　　　　　你哥成了公务员，

　　　　　　　你爹混个事业编。

　　　　（白）至于娜娜你——

　　　　（唱）披金挂银水晶钻，

　　　　　　　时尚衣物随身穿，

　　　　　　　名下公寓有两套，

　　　　　　　开着宝马满街转。

　　　　　　　你真是

　　　　　　　人心不足蛇吞象，

　　　　　　　贪婪没够的臭小三！

娜　娜　什么？你竟敢骂我臭小三？（忿然拿出另一张化验单）老晋，既然你
　　　　无情，也别怪我无义了，睁开你的狗眼看看吧！

晋　前　（仔细看单子，大吃一惊）不可能！不可能！是误诊了吧？我的肺上怎么会有阴影呢……（跌坐在岩石下）也难讲，是因为雾霾……不行，还是抓紧时间回省城做进一步检查吧！（欲下）

娜　娜　（上前阻拦）想走，没那么容易！

晋　前　（恼怒地）你还想干么？

娜　娜　已经到这个地步了，咱把话说明白！你刚才不是想和我分手么？好，我答应你，给我 200 万，从此一刀两断！但是有一条，回到省城，你得给我安排最好的医院，找最好的大夫给我治病。

晋　前　娜娜，你是狮子大开口呀！我要是真得了肺癌，自身难保，上哪里再去弄这么多钱？我的病还不定治好治不好呢，哪有空管你？

娜　娜　老晋，一句话，我提的要求你答应不答应？

晋　前　不答应又怎么样？

娜　娜　不答应我就去找你老婆，找你单位，上卫生厅去闹……（越说越激动，把他拉到明镜石前）对！直接找纪委，举报你这个违法乱纪、受贿贪财、披着人皮的大老虎！

晋　前　（震惊）好一个娜娜，你简直是喂不熟的白眼狼！

娜　娜　（得意洋洋）这叫以牙还牙，害怕了吧？反正光脚的不怕穿鞋的，我比你年轻，肯定不会死在你前头！

　　　　〔两人继续厮吵。

白　灵　〔兴奋地转过来。
　　　　哎呀，哎呀，你们爷俩别吵了！

娜　娜　谁和他爷俩……

晋　前　（厉声喝住）娜娜，我还没死呢！

白　灵　别吵啦，别吵啦，谁也不会死，是 B 超机出了毛病！
　　　　（晋前娜娜震惊，上前拉住白灵，同声问道）
　　　　诊断错了？

白　灵　（唱）刚接主任来电话，
　　　　　　　新进机器出了差。
　　　　　　十人里面仨肿瘤，
　　　　　　省城再查全没啦！
　　　　　　病号投诉要打假，
　　　　　　上级立案做调查。
　　　　　　器械本是小厂造，
　　　　　　进口外壳来包装。

官员层层吃回扣,

三无器械滥天下。

坑害病人太缺德,

人命关天需严打!

晋　前　（倒吸一口冷气）是 B 超机有问题?

白　灵　对! 听说是官商勾结,营私舞弊。太缺德了,真该千刀万剐! 有多少个家庭因为这个误诊结果,遭受精神打击,甚至弄得家破人亡啊……

娜　娜　（凑到晋前身边,耳语）该不是你吧?

晋　前　（慌乱地摆手）别胡说! 别胡说!

娜　娜　这么说刚才的诊断是错误的,我俩都没病啦?

白　灵　极有可能,你们最好再去省城医院复查一下。

娜　娜　（拉住晋前想重归于好）刚才是我不对,你别和我一般见识呀!

晋　前　（厌恶地）离我远点……

白　灵　大叔,别和闺女生气了,要怨就怨那贪赃枉法搞腐败的王八蛋吧! 你说对不对?

晋　前　（心虚地）对,对,对! （颓废地抱头自叹）这次可真是自食其果了!

白　灵　依我看就该把那些腐败的贪官揪到明镜石前,让他们在明镜前剥去伪装,原形毕露,照出他们的丑恶灵魂,还天地一片洁净!

（白灵仰望明镜石,晋前畏缩恐惧,娜娜心虚躲闪。）

　　　〔切光

（女声伴唱）明镜岭上悬明镜,

　　　　　　人妖明辨警世醒,

　　　　　　利剑出鞘斩腐败,

　　　　　　扬善除恶保安定。

　　　　　　浩然正气贯长虹,

　　　　　　天地之间还洁净,

　　　　　　荡涤邪恶扬善美,

　　　　　　山秀水清享太平。

　　　〔剧终。

小 品

# 牧羊女和旅行者

编 剧 尼玛顿珠

西藏自治区话剧团

地点　美丽的藏北草原


人　物


**牧羊女**　十三岁，当地牧民，美丽善良
**旅行者**　三十多岁，从内地来的游客

[雪山、草原、蓝天、白云，如诗如画。

[舞台一处露出一顶牦牛帐篷。

[一曲欢快的草原歌曲中，美丽聪明、天真烂漫、身穿羊皮袄、满头扎着小辫子的牧羊女，随着歌曲的节奏，跳着舞上来。

[她跳完舞后，右手挥着鞭子，左手的手指插在嘴里，吹了一个非常清脆的口哨。

[羊群"咩！咩！"地叫了起来。

**牧羊女**　（数羊）一只，两只，三只，四只，五只……（好像发现了什么）那是什么？奇怪，难道母羊产羊羔？不会呀……（跑去）

[稍候，牧羊女抱着一只受伤的小藏羚羊上来。

**牧羊女**　原来是一只失散的小羚羊。多可怜呢。（对小羚羊）你的妈妈呢？

[牧羊女站在高处，眺望远处，寻找羚羊群。

**牧羊女**　怎么不见羚羊群呢？……是谁打散了羚羊群？难道附近有坏人？

**牧羊女**　（回来抚摩着小羚羊）可怜的家伙，你被妈妈抛弃了？你的妈妈不要你了？……什么？你说什么？……你是说妈妈会回来找你？那好，我们在这儿等吧！但愿你的妈妈没有被坏人杀掉。（发现小羚羊脚上受伤）怎么？你受伤啦？多可怜呢！

[牧羊女忙撕开自己衣服的边角，包扎小藏羚羊的伤口。

**牧羊女**　你饿了吧？（忙从自己的包里拿出糌粑袋，给羚羊喂糌粑）你吃吧！我自己还没吃呢，你先吃吧，因为你受伤了。（喂完）好了，现在你在帐篷里躺着睡觉吧，我去找点盐巴来。擦上伤口你就没事的。

[把小羚羊放在帐篷内，自己找盐去了。

[旅行者背着旅行包，迈着蹒跚的步子上来。到处在找跑去的小藏羚羊。

**旅行者**　跑哪儿去了？刚才还在这儿呢，躲到哪儿去了呢？它受了伤，一定跑得不远。肯定在这附近。（到处找）咩……咩……跑哪儿去了。

[牧羊女出来，看见旅行者，她有些害怕。

**牧羊女**　（对观众）这个人在寻找什么呢？他肯定在找小羚羊，小羚羊的脚肯定是他打伤的。怎么办？附近又没有人。

**旅行者**　（发现牧羊女）哎，小姑娘，你好。你看见一只小藏羚羊从这儿跑过没有？

［牧羊女装傻，摇摇头。

**旅行者** 你能听懂汉语吗？藏羚羊，（做羚羊状）你明白吗？脚上受伤的。

［牧羊女有些害怕，但壮着胆继续装傻。

**旅行者** 噢！你听不懂我说的话呀？咦！这个小女孩我好像在哪儿见过。（思索）想不起来。

［旅行者继续找。这时他发现小帐篷，准备进去。

**牧羊女** （一急之下）站住。

**旅行者** 原来你会说汉语呀！我问你，你看见一个小藏羚羊吗？

**牧羊女** 我没看见。

**旅行者** 刚才往这边跑过去了，你肯定看见的。

**牧羊女** 我说了，我没看见。

**旅行者** 它受伤了，应该不会跑远，肯定在这个地方。

［他找来找去，还是觉得羚羊在帐篷里边。于是准备进去。

**牧羊女** （忙去挡着他）你要干吗？

**旅行者** 小藏羚羊肯定在里边，我进去看看。

**牧羊女** 这是我的帐篷，你不许进去。

**旅行者** 好好，我不进去，我只从门口看一下里边有没有藏羚羊躲着。

**牧羊女** 不行，不许看。里边什么也没有。

**旅行者** 肯定？

**牧羊女** 肯定。（做挡住门的姿势）

**旅行者** 噢！我知道了，肯定是你把它藏起来的？是不是？

**牧羊女** 没有。反正你不许进我的帐篷。

**旅行者** 小姑娘，我知道你把藏羚羊藏在里边。你快把它抱出来好吗？

**牧羊女** （固执地）我不知道，你赶快离开这里。如果你不走，我就喊我的狗了。

**旅行者** 小姑娘，我求求你，快把它抱出来吧。

**牧羊女** 我不知道。

**旅行者** 你听我说……那个小羚羊受伤了。

**牧羊女** 我不知道，我不知道，我不知道……

**旅行者** 小姑娘，你看，（拿出膏药）你看，这是药。

**牧羊女** 药？（忙过去拿药）太好了……（准备进帐篷，忽然想到了什么，转身打量着旅行者，把药还给他）给你。

**旅行者** 你快把它抱出来，我们一起给它上药，好吗？

**牧羊女** 别装好人。假慈悲，拉倒吧。要是可怜它，一开始你就不应该伤害它。

| | |
|---|---|
| 旅行者 | 咦！小姑娘，你可别冤枉啊！我可是好人。这个小羚羊可不是我打的啊。我这不是要救它吗？ |
| 牧羊女 | 救它？你这种狡猾的人骗不了我。你们这些人面兽心的，为了赚钱，残酷地捕杀野生动物。你知道吗？残害生命的人，死了以后一定会打入地狱的。那些被你们杀害的动物的灵魂会来报仇的。 |
| 旅行者 | 小姑娘，你误会了。我不是来捕杀动物的，我是来保护草原上的野生动物的。 |
| 牧羊女 | 谁信呢。 |
| | ［旅行者知道小姑娘不会轻易交出小羚羊，觉得想个办法才行。 |
| 旅行者 | （拿出一个音乐随身听）小姑娘，你看，这个多好看呀！ |
| 牧羊女 | 这是什么？ |
| 旅行者 | 你听听就知道了。 |
| | ［旅行者把耳机塞在牧羊女的耳朵里。里边传来美妙动听的音乐。 |
| | ［牧羊女随着音乐跳起了欢快的舞蹈。 |
| 旅行者 | 小姑娘，你喜欢吗？ |
| 牧羊女 | 这个东西多好啊！我很喜欢。大哥，你就把它卖给我，好吗？我给你一只羊。 |
| 旅行者 | 一只羊？一只什么羊？ |
| 牧羊女 | 你看，满山坡的全是我们家的羊，你随便挑。 |
| 旅行者 | 不，我要藏羚羊。小姑娘，快把小羚羊交给我吧！这个东西就归你了。 |
| 牧羊女 | （把音乐随身听忙仍给他）什么？你想用这个东西来换小羚羊？休想。（喊狗）黑熊，快过来。 |
| | ［牧羊女吹一口哨，响起了凶猛的狗叫声。 |
| | ［旅行者惊叫地到处乱跑。 |
| 旅行者 | 小姑娘，我真的不是坏人…… |
| | ［旅行者跑来跑去，牧羊女在一边看他，一边笑着。 |
| | ［旅行者跑过去了。 |
| | ［牧羊女发现旅行者的包落在这里。 |
| 牧羊女 | 哎，你的包拿回去。 |
| | ［牧羊女准备把包送过去。 |
| 牧羊女 | 咦！这药我得用上了，对不起。 |
| | ［牧羊女打开包，找药，发现里边有一本书。 |
| 牧羊女 | （把书拿在手上看，忽然看见一张照片，惊讶地）怎么？我的塔杰叔叔。（忙喊狗）黑熊，别咬了，放开他。快放开他。……（狗声越来 |

越远去)

　[旅行者瘸着腿上来。

旅行者　这狗真厉害。小姑娘,你怎么可以这样呢?差点把我的整个腿给咬
　　　　掉了。

牧羊女　(有些奇怪地问)大哥,你怎么有我叔叔的照片呢?

旅行者　怎么?你认识塔杰烈士?

牧羊女　他是我的叔叔。

旅行者　原来你就是塔杰烈士的侄女白玛措姆?

牧羊女　你怎么知道我的名字?

旅行者　这个书里写得很清楚,这里还有你的照片呢!(翻开书页给她看)你
　　　　看,这不是你吗?怪不得我刚才觉得你很眼熟。

牧羊女　那你是……

旅行者　小姑娘,我是一个你叔叔的崇拜者和支持者。是一个动物保护组织的
　　　　志愿者。

牧羊女　原来是这样。(伤心地)可是他现在已经不在了。

旅行者　这我知道,你的叔叔为了保护草原上的野生动物,跟偷猎分子搏斗牺
　　　　牲的。当他的事迹刊登在报纸以后,深深地打动我的心。从此我决定
　　　　要学习你的叔叔,励志自己也要成为一个保护野生动物的卫士。

牧羊女　原来是这样的。大哥,我错怪了你,对不起。因为这几年草原上来过
　　　　很多坏人,所以我不得不怀疑你。

旅行者　没事。其实,我从你的行为中看到了你也跟你的叔叔一样,是一个舍
　　　　身保护草原上每一个生命的人。

牧羊女　那好,大哥,小羚羊在里边,我们进去看看吧。

旅行者　好。(对观众)我来西藏之前,总是为这里的野生动物担心,我以为
　　　　这里经济落后,人们的保护意识一定也很糟糕。可是来了之后我发
　　　　现,生活在这片高原的人,个个都对生命是那样的热爱,对生命那样
　　　　的尊重,这里人和动物是那样的和谐共处。所以,我回去以后会告
　　　　诉我的朋友,我们不必担心,在这祖国的高原上生活着一个淳朴善
　　　　良,热爱生命的民族,只要他们生生不息,这里的野生动物也决不会
　　　　灭绝。

　[欢快的乐曲响起,两个演员翩翩起舞。

　[舞毕,两个演员鞠躬、谢幕。


　[剧终。

# 小 品

# 送礼新高度

编 剧 龚党英

乳源瑶族自治县民族文化传习馆

# 人　物

王　丽　某局局长

李宏伟　教师，王丽丈夫

宋　前　房地产老板

| 宋　前 | （提着一袋东西上）我，宋前，在这山城里做个地产老板，也算是事业有成。就是现在生意难做啊，这不，为了学校工程招标的事，弄得我茶饭不思，坐立不安。无奈，今天只好厚着脸皮找上门。还好，这个工程项目的负责人是我老战友的儿媳妇，看能不能帮上忙。（敲门） |
|---|---|
| 李宏伟 | 谁呀？（开门） |
| 宋　前 | 宏伟，是我，你宋叔。 |
| 李宏伟 | （开门，笑）宋叔，什么风把您这个大老板吹进我家来了？ |
| 宋　前 | 呵呵呵呵呵，宏伟呀，别笑你宋叔了。 |
| 李宏伟 | 宋叔，我凭什么笑你呀？你看看你的公司，在这个小县城里算是企业的龙头老大了。 |
| 宋　前 | 哪里，哪里。呵呵呵，你过奖了。我就在这里发点 小财。 |
| 李宏伟 | 不是小财吧？放眼望去，县城里那几个大的楼盘，不都是您的大作吗？特别是你那个别墅区，依山傍水的，福地呀！ |
| 宋　前 | （马上顺着李的话说）那是。开发到现在，小区的入住率已达到90%了。宏伟，你如果有空的话，就和你爱人一起过去看看，有没有你们中意的？ |
| 李宏伟 | 好啊，既然宋叔那么有心，我就找个时间过去瞧瞧。 |
| 宋　前 | 欢迎欢迎，择日不如撞日。明天是周末，那就明天？ |
| 李宏伟 | 那好，那好，哈哈哈哈哈。 |
| 宋　前 | 宏伟，你也知道，如果不是现在的生意难做，我也不会厚着老脸来找你，就请你看在我和你爸是老战友的分上，你这次就帮帮我吧！ |
| 李宏伟 | 宋叔，您别那么客气，能帮上忙的我会尽力去帮，您放心。 |
| 宋　前 | 那宋叔先谢谢你了。看你现在住的地方……咋说也是一个堂堂的教育局长家，却还住在这么旧，这么窄的地方，而且小丽局长也怀孕了。这个（拿出房钥匙）换到我特意留着的锦江公寓那边去，已经装修好了，可以直接入住。 |
| 李宏伟 | 宋叔，那不行，这大手笔的…… |
| 宋　前 | 拿着吧，算是我给未来的小侄孙的礼物。而且我欠你爸爸的情，这套房子都还不清呢！（把钥匙放进李宏伟的手掌中） |
| 李宏伟 | 宋叔，那怎么好意思啊？ |

| 宋　前 | 跟宋叔还客气什么呀。 |
|---|---|
| 李宏伟 | 那我就——不客气了。我替孩子谢谢宋叔咯！（把钥匙放在桌子上，此时开门声响） |
| 王　丽 | （撒娇）老公，我回来了。 |
| 李宏伟 | 哎呀，你怎么那么晚才回？ |
| 王　丽 | （伸手一抱李）老公，抱抱！ |
| 李宏伟 | （心惊惊，手慌忙接住）哎呀，我的妈呀，孩子，孩子，你等等，等等。宋叔来了。 |
| 王　丽 | （一惊，这才看到宋前，尴尬） |
| 宋　前 | 呵呵呵，王局长。 |
| 王　丽 | 哎呀，宋叔，叫什么王局长，还是和以前一样叫我小丽比较中听。 |
| 宋　前 | 我——小丽，那么晚才回来，怀着孩子，要注意身体哟。 |
| 王　丽 | 谢谢宋叔，孩子很好。宋叔，您老别站着，坐吧。（看着宋坐下来）宋叔，您晚上大老远的来我家，有事么？ |
| 宋　前 | 我确实有事找你。 |
| 王　丽 | （支开李宏伟）老公，你能否去帮我煮点粥？我还没吃饭勒。 |
| 李宏伟 | 你呀，老是这样，不为你自己，也该为肚子里的孩子着想呀，你！（王对着李瞪一眼）好，我去煮点好吃的给你。（下场） |
| 王　丽 | 宋叔，您有事说说吧。要是我能办的，我一定帮你。 |
| 宋　前 | 那我就不客气了，就是新建第一小学工程招标的事，能否关照关照？ |
| 王　丽 | 这事得由招标中心按招标程序去做，我们不能插手。 |
| 宋　前 | 你也知道，现在生意难做啊！你就帮帮我吧！ |
| 王　丽 | 我理解你的心情。 |
| 宋　前 | 请王局长相信我们公司，绝对有实力按质按量按时完成工程的。 |
| 王　丽 | 宋叔，你不要急。 |
| 宋　前 | 小丽，你一局之长，又是宏伟的爱人，就看在我和宏伟父亲老战友的交情上，帮宋叔这一次吧！ |
| 王　丽 | 宋叔，我知道你和我家公是老战友、老朋友，可是，这些事情不是我一个人能够说了算的。 |
| 宋　前 | （有些急了）这些我懂，我也实在是没办法，只好求你帮帮忙了。 |
| 王　丽 | 我也请求您理解我的难处，如果每个工程都是"帮帮忙"的话，还要公开招标干什么？况且我也没有这个权力啊。 |
| 宋　前 | 这——小丽——王局长，唉……你已说到这分上了，我也不为难你了。 |

王　丽　这就对了。宋叔，谢谢你的理解啊。

宋　前　小丽，那就不打扰了。

王　丽　好的。说真的，宋叔，根据你公司的实力和技术力量，中标的可能性还是比较大的，要相信自己呀。

宋　前　谢谢你啊，小丽，借你吉言，那我就不打扰了。你和宏伟有空要来我楼盘参观参观，我等着你们。（对着里面说）宏伟，我先回去了，代我向你父亲问个好。（宋前告辞，宏伟端着粥出来）

李宏伟　宋叔回去了？

王　丽　嗯，是为了新建第一小学工程招标的事来找我帮忙。

李宏伟　他公司应该没问题的呀。

王　丽　（边喝粥边说）我也认为问题不大，可他就是不放心。

李宏伟　嗯，宋叔也不是外人了，小丽，你看能帮就帮吧，也就是你一举手一点头的事。

王　丽　（看着李，放下粥，用手摸着肚子）对，很容易，可这手一举，头一点，等待我们的结果你是知道的。

李宏伟　还能不能好好聊天了？

王　丽　好，好好聊天。（撕开香蕉，突然不动了）

李宏伟　怎么啦？（王丽拿着香蕉给李宏伟看）钱！

王　丽　这……

　　　　（李宏伟把那一袋香蕉全提过来，一条条地打开，里面全是钱）

李宏伟　（1、2、3……）15条15捆！宋前、送礼？还真是送出新高度了！（再去提宋拿进来的袋子，还有一条烟，一瓶酒。全打开，装的都是钱）

王　丽　宋叔他还真挖空心思哪，烟酒盒装钱我是听说过，可没见过香蕉也能装。估计这有两三万吧。

李宏伟　嗯，刚好可以用来装……

王　丽　装装装，装什么？赶紧退给他。要不，我跳进黄河都洗不清了！噢，我的天，还真是名如其人，宋前，这是送命的毒药啊！电话，电话！（不通，再打，还是不通，更急了）宋叔这样做，不是要害我吗？（跺脚，急得团团转）

李宏伟　老婆，老婆，别激动，别激动。宋叔不是别人，而且，当年如果不是我老爸帮他出了那么多好点子，还出面找人帮他，他能有今天吗！再说这些礼品手信，都是正常往来。老婆，不必紧张。

王　丽　呵，我能不紧张吗？还正常往来？你头脑进水了？（突然发现桌子上的钥匙）李宏伟，这是什么钥匙？

李宏伟　（心虚）什么？

王　丽　你——说——呢？

李宏伟　老婆，（停了停）好吧，这是宋叔送的房子的钥匙，说是给未出生孩子的礼物。

王　丽　哈，哈，哈。李宏伟，你怎么能这样做？你这不是要让我们家散了吗？你——你——老公，不用我多说也知道怎样去做。快快退回去！

李宏伟　老婆……

王　丽　（大声）别婆了，李宏伟！（发觉自己反应过度，顺了顺）宏伟，宋叔有事求我们，送这些他觉得没什么，可你想过我们和孩子的将来吗？你想孩子一出生就没娘吗？如果我们因一时的贪念收下了这钱和房，等待我们的会是什么？——肯定会是牢房！不仅毁了家，也会毁了孩子一生的，难道你想这样吗？

李宏伟　老婆，你说得对，我们不能这样做，让我想想——想想——对了，明天是宋叔生日，我们带上这些去贺一贺？

王　丽　（竖起大拇指）嗯，好，我们就把他送过来的礼物带去贺一贺。


［剧终。

小 品

# 党小组会

编 剧 杨玉萍

新疆生产建设兵团第八师石河子群众艺术馆

时间　2016 年的夏天
地点　三分公司办公室


# 人　物


**黄建疆**　男，45 岁，党支部书记（简称黄）
**陶　红**　女，35 岁，政工员（简称陶）
**田学军**　男，40 岁，党小组长（简称田）
**马翠花**　女，38 岁，连队棉花承包户，田的妻子（简称马）

黄　人到齐了，党小组会开始。今天的主要议题是两学一做……（田的手机响）关了！关了！关了！你看（拿起手机），我带头关了。（田将手机静音，黄接着主持会议）前面我们认真地学习了党章党规及系列讲话，今天党小组会主要落实做合格党员的具体做法……（田的手机震动响）

田　（手机震动）哎哟……哎哟……震到我痒痒肉了……（陶在一旁笑，黄一脸的严肃）

黄　严肃点，这是在开会。

田　不好意思，又是我老婆打来的。

黄　关机啊？

田　好，好，好。（田关机）

黄　接着开会。每个党员必须做三件以上，为职工办实事的看得见的……（马急匆匆跑上）

马　你敢关老娘的机！（对着办公室门口大声吼叫）田学军！（田吓得掉凳）田学军！你给老娘出来！

黄　老天爷呀，你这是咋回事啊，你老婆这是冲击党小组会啊，还懂不懂规矩啊？

田　我这老婆子今天这是咋了？

马　听到没有？出来！

陶　黄书记，让老田去一下吧，他家里肯定有啥急事。

田　我出去看看，一会儿就回来。

黄　我的娘啊，这是开的啥会呀？去去去，快去快回。

马　田学军，你出不出来？

田　来了，来了，来了！（一出门）我的娘啊，你吼啥吼啊？几十里都能听到你的声音。

马　我不吼你能出来吗？

田　（小声）我们在开党小组会。

马　啥时候了，你还在开会。我们家的棉花已经连续 7 天高温暴晒，都要旱死光了，你还有闲心在这里开会？

田　哎呀，你声音小一点。开党小组会那是雷打不动的事。

马　我管你动不动，眼看着今年就要喝西北风了。我问你，安排浇水的事是谁安排的？

田　连领导定的。

马　是不是连长？

田　我咋知道，我又不是连干部。

马　那你还是党小组成员呢，你看到咱家的情况你都不管吗？

田　你这不又是在瞎扯吗，我就是普普通通的一个党员嘛。

马　你管不管？

田　（无语）……

马　你哑巴了？你哑巴了？那好，我找黄书记去！（转身就往办公室走，田阻拦，两人拉拉扯扯，最后马把田一脚端进去了，田一个趔趄趴在了办公桌子上）

黄　哎哟，俺的娘啊，你这是干啥？

陶　（尖叫）侬！我的那个娘，你咋进来的？

马　是我把他一脚端进来了。

黄　这是咋回事啊？

田　（伤自尊地）你这个死老婆子，看我今天不收拾……（举起板凳欲砸向老婆，马绕着桌子转，田在后面追，黄书记一把抓着凳子）

黄　（大声地）住手，什么事情不能坐下来说嘛，怎么都打到了党小组会上来了，太不像话了！

马　（耍赖地坐在地上）俺那个娘啊，这日子没法过了！人家的地是地，俺家的地就不是地了！这80亩棉花眼看着就要旱死了……俺的个娘啊……这叫人咋活呀……

田　闭嘴！（马动作定格）咱们能不能回家说？（马将田推倒）

马　回你娘来个脚呀，还没有给老娘解决问题呢，老娘不回！（接着哭）俺那个娘啊……这叫人咋活呀……

黄　（大声地）好了，（走到马的跟前）有啥事情好好说嘛，哭啥哭？

马　我不哭你们能给我解决问题吗？

黄　这就是你解决问题的办法？

马　嗯。

黄　那好，一、二、三，哭！

马　（欲哭）俺的个娘……（发现不对）你叫俺哭，俺还不哭了。

黄　哎……这就对了。起来吧，有啥事情好好说嘛。

马　（对田）也不拉俺。（田将马拉起）

田 哎呀，这个死老婆子，（老婆子仍然盘着腿）腿放下去，不像话。（说罢三个人坐回原来位置）

马 起开！（马又将田打开）老娘哭了半天，你还不让老娘坐会儿吗？

陶 大姐啊，书记在这儿，你给书记说吧，今天是党小组会，有啥事说出来。

马 那好，我家的旱情你们都看到了吧，本来轮到我浇水的，那连长为啥把我家排到后头了？

黄 不是连长安排的，是我安排的。

马 （站起）啥？是你？（田上前挡，马又抬起脚来，吓得田躲开，走到黄书记跟前）我还以为是连长呢，指导员，凭啥？（喷了指导员一脸，指导员猛拍了一下桌子）

黄 规矩点！你家那块地，本来就不旱，看到别人浇水你就急，你就是那种典型的见水亲。咋了，这党员的家属还要和职工抢水吗？

田 （低头不语）……

马 你不要党员不党员的，和他没有关系，那是我的地。

陶 马大姐，你们家的情况我们都知道。为啥要给别人先浇水，你看他们家的是沙土地，棉花又矮，现在这段时间又是高温，扛不住啊！可是在连队党支部讨论时，还是你家老田站出来的，主动让出去的……（发现说漏嘴了）

马 啥？好啊，罪魁祸首原来是你？（田像兔子一样跑到一边，陶上前阻拦）

田 啥事不能回家再说啊，我这开会呢，这么多人看你在这闹，赶紧回家去！

马 那地是我的，凭啥你说让就让了？凭啥？我看你是有想法！

田 （猛地拍桌子，把马吓住了）你还有完没完？（慢慢走近马）你给我坐下！（马坐下）你这人脑子一根筋，咋说都听不进去。那去年咱俩都下地，孩子一个人在家，孩子玩火把人家的鸡圈都烧掉了，人啥也没让你赔，这事是嘴上说说就能过了的？做人能这样么？还有，她家男人去年得了一场大病，把家里仅有的积蓄花了个见底，家庭困难，咱不得帮人家一把？得理不饶人？人呐！要懂得感恩啊！所以我才主动让出来的。除此之外我还主动提出来和她家结对子。

马 啥？什么结对子！你准备干啥？

田 你看你又急！能不能听人说完话？把你这臭毛病改改！这结对子是随叫随到，帮她家干活！咋啦？

马　你？自己家的活没干完，你就想着去帮别人干活了？

黄　你看，我们党员主动让，体现出了党支部一班人的高风亮节。老陶让了，因为支部成员带头，其他的党员也都在让，如果大家都这样，连队不就和谐了嘛？所以，小田这个头带得好！

马　哎呀！（惭愧地）那他也没有告诉我呀，他要是告诉我了，我会不同意吗？

田　你我还不了解吗，刚给你说点啥，话都没说完，你就一蹦三尺多高，我怎么给你说嘛。

马　你把我当啥了？我就这么不讲理吗？那平时她家里有个啥事叫我，我不都利利索索地去帮忙了吗？好了好了，你们快开会吧，弄得我怪尴尬的，我走了啊。（转身走）

黄　站住！你说来就来，说走就走啊？你当这是啥地方啊？

马　（疑问地）指导员啊，那、那指导员还有啥指示嘛，我这，我不是不了解情况么！这可不关我家老田的事啊！有事，你冲我来！

黄　下面我宣布对你的决定！让我们对党员家属对我们工作的支持表示感谢，大家鼓掌！

马　（不好意思地）啥？给我鼓啥掌，给我鼓啥掌啊！应该给共产党员老田鼓个掌！（大家鼓掌）你们接着开会，我走了！

众　你走好！

马　咦！俺的娘……！

　　［谢幕。

　　［剧终。

小 品

圆 梦

编 剧 杨 茜

湖北省十堰市群众艺术馆

**地点** 家中客厅
**时间** 暑假里的一天


人　物


**奶　奶** 60多岁，退休教师
**杨　雪** 18岁，小保姆，高中毕业生
**张雅琴** 18岁，重点高中毕业生

［杨雪穿着朴素，坐在沙发上写日记。

［奶奶上场，杨雪顺手将日记本丢在沙发上。

奶　奶　（心事重重）小雪，在呢？

杨　雪　是呢，奶奶！你起来了？吃药了吗？我去给你拿。

奶　奶　（表情严肃）不用不用。来来来，坐下。奶奶跟你聊一会。

杨　雪　奶奶，您是有事吗？

奶　奶　来，坐，坐下跟你说。

杨　雪　奶奶，是不是我做错什么了？还是觉得我打扫卫生不干净，手脚不麻利？我改！（哀求）你可千万别赶我走。

奶　奶　你坐下，奶奶很喜欢你。（从兜里掏出信封）这是你这个月的工资，给你，拿好。

杨　雪　给我发工资了？（高兴、激动地跳了起来）我终于有钱了，有钱了！

奶　奶　（惊讶）发工资了这么开心啊？准备怎么用啊？

杨　雪　我准备攒着。

奶　奶　来，过来坐，奶奶问你。（去拉杨雪）小雪，按照你这个年纪你现在应该跟我小孙女一样，也是才高中毕业吧？

杨　雪　嗯，是的，奶奶。

奶　奶　那怎么不继续上大学呢？

　　　　（杨雪突然站起来，感觉被奶奶看穿的样子，走到一边）

杨　雪　（欺骗的口气）奶奶，我从小学习成绩就不好，没怎么读过书。家里还有个弟弟比我学习好，我就没有读书了，出来打工给弟弟赚学费。

奶　奶　哦，是这样。那你参加高考了吗？

杨　雪　没，没有。我这学习成绩哪有资格参加高考。哦，奶奶，你该吃药了吧，我去给你拿药。（下台拿药）

　　　　［奶奶看了看茶几上的裙子，是小孙女雅琴很久都没有穿过的一条裙子。

奶　奶　小雪、小雪，快来。

杨　雪　（上台，端着药和水杯）哎，奶奶，给你的药。

奶　奶　来，小雪，把这个试试。这是雅琴不穿的裙子，你试试，感觉你穿一定好看。

杨　雪　不，不，不。我们乡下姑娘咋能穿这种裙子？

奶　奶　你这话说的，怎么不能穿？奶奶做主，把这裙子送给你了！

杨　雪　不不不，真的不能要，奶奶。

奶　奶　雅琴的外公外婆给她买，姑姑叔叔给她买，还有舅啊、姨啊……她哪
　　　　里穿得完。

杨　雪　（羡慕地）雅琴真有福气。

奶　奶　她再这样下去，会被宠坏的。你赶紧试试，来，快拿着，再不拿着，
　　　　奶奶可要生气了。

杨　雪　奶奶，我真的不能要！

　　　　［奶奶拿起裙子给杨雪比着大小，感觉有点大了。

奶　奶　小雪，你会针线活吗？还有那台缝纫机，你会用吗？

杨　雪　会的。从小我妈就教我针线活，我和我弟弟有好多衣服都是我自己做
　　　　的呢。

奶　奶　那好。来，把这条裙子改一改，改成你的尺寸试试。

杨　雪　奶奶，这可是雅琴的裙子。

奶　奶　有什么不好的，奶奶做主送你了！你在我们家待了这一个月，奶奶是
　　　　打心里喜欢你，送你一条裙子怎么了？（把杨雪拉到缝纫机前）快，
　　　　让奶奶看看你的手工。

　　　　［两人很快融入到了亲情中。雅琴背着书包，抱了一个礼盒上场。见
　　　　状很不愉快，咳嗽两声，见两人还是无反应，一生气将书包扔到了茶
　　　　几上。杨雪和奶奶吓了一跳。

杨　雪　（连忙起身）雅琴回来了。（下场）

奶　奶　（责怪，头也不抬）雅琴，你总是这么冒冒失失的。（埋头整理裙子）

张雅琴　奶奶……奶奶……你怎么看都不看我。（蒙住奶奶眼睛）

奶　奶　好好好，奶奶看你，奶奶看你。

张雅琴　（拉起裙子转一圈）奶奶，你看漂亮吗？

奶　奶　怎么？今天又买一条新裙子？

张雅琴　这是今年的流行款。小雪，你看这个裙子好看吗？（杨雪上场）

杨　雪　好看好看，我去给你拿水喝。（下场）

张雅琴　土老帽。

奶　奶　瞧你这孩子，成天在想些什么？心思一点也没放在学习上，我可告诉
　　　　你业精于勤，荒于嬉！

张雅琴　奶奶，我现在不是已经考上重点大学了嘛！再说离家又那么近，很多
　　　　人都羡慕我呢。像我这么聪明的人，您就别操心了。我现在去收拾东

西了（来到茶几前找裙子）唉？谁动我桌子上的东西了？

奶　奶　你是在找这个裙子吗？

张雅琴　对对对，我就是在找它，（拿过裙子）奶奶你知道吗？我把这条裙子放在网上卖掉了，你猜猜卖了多少钱？

奶　奶　你卖了？不行不行，这条裙子奶奶已经做主把它送给小雪了。

张雅琴　什么，送给小雪了？这条裙子我可是卖了500块钱呢。不能送给她，我再给她找条别的穿。

奶　奶　这条不能卖，不能卖，我已经让小雪把这条裙子改成她的身材了。

张雅琴　什么，已经改大小了？（生气）杨雪，你给我出来！

　　　　［杨雪端着水上场。

杨　雪　雅琴，给你水。

张雅琴　不喝！少在这献殷勤，谁让你动我东西的？

杨　雪　我……（看看奶奶）

张雅琴　你知不知道我已经把这条裙子放在网上卖了，卖了500块钱，现在倒好，你给我改了！我今天就要给别人寄出去了，我怎么卖？

杨　雪　（慌张）雅琴，对不起，对不起，我真的不知道你已经把这条裙子卖给别人了，真的对不起。

奶　奶　雅琴，既然改都改了，你就跟别人说一下，咱们这裙子不卖了。

张雅琴　不卖了？奶奶你知道吗，这500块钱对于我来说有多么重要吗？我跟对方买家说了半天，告诉他我卖这条裙子的原因，他才愿意500块钱收这件二手裙子的。

奶　奶　什么原因？你要500块钱，奶奶给你就是了。

张雅琴　我不要，我要靠自己的努力赚得这500块钱，可是眼看这钱就要到手了……就是你（对杨雪），赔我500块钱！（伸手去抓小雪）

杨　雪　雅琴，我真的不是故意的，我也没有500块钱给你啊。

张雅琴　不是故意的？那又怎么样，现在裙子卖不出去了，你得给我赔。

杨　雪　我……

奶　奶　雅琴——你太过分了！

张雅琴　我哪里过分了？这裙子本来就是我的。（对杨雪）我要把它卖了，你倒好，改成你的大小，叫我怎么卖？对了，今天你不是要发工资了吗？正好也有钱了，赶快赔我500块钱。

杨　雪　（急得哭出来，去拉雅琴的手）雅琴，我的工资真的不能给你。

张雅琴　不能给，那你说怎么办？

奶　奶　这钱我来给！这裙子是我让小雪改的，这钱我来出。

张雅琴　奶奶！你这也太护着她了！（对杨雪）杨雪，看不出来，土了吧唧，还真会装。我告诉你，今天你让我这裙子卖不出去，这500块钱，必须你来出。

杨　雪　我……

奶　奶　（拉开雅琴）这裙子你本来就不穿了，我作主送给小雪了，这钱我来给。

张雅琴　不行，奶奶，我不要你的钱。杨雪，你倒真会讨奶奶喜欢！自从你进了我们家的门，奶奶对你比对我都好。我告诉你，这钱你必须出。一个连高考都没参加过的乡下姑娘，你来我们家当保姆，算看得起你。我考上的可是重点大学。前天我去学校报到，得知我们寝室还空着一个位置，那也是留给一个乡下姑娘的。可是人家是县里的高考状元，人家也是没有钱，但是有骨气，不像你，没钱想吃天鹅肉，处处讨好奶奶，离间我和奶奶的关系。矫情！没出息！

奶　奶　（生气）雅琴，你有完没完？

张雅琴　我敢没完吗？（扭身对杨雪）去把拖鞋给我拿来。

奶　奶　小雪，让她自己去拿。

张雅琴　我为什么要自己去拿？有人生来就是一副保姆命，保姆不拿谁拿？

杨　雪　（哭着跑下）我去拿，我去拿！

奶　奶　（心疼）小雪——小雪——雅琴，你太过分了！（追下）

张雅琴　（坐沙发上）哼，现在才是坐标到位。我还是我，她还是她。（屁股下坐着笔记本了）哎哟，我的屁股。这是什么？

张雅琴　（拿起笔记本翻看起来，随口念道）"妈妈，这一个月过得真快。今天我没有哭，但是一想起我的录取通知书……"（自言自语）偷看人家的东西，没教养。（将本子丢到一边，准备收拾，却心神不宁，看了看本子，自语）录取通知书？（忍不住又拿起来，边走边看，音乐起，追光）

杨　雪　（画外音）妈妈，这一个月过得真快。今天我没有哭，但是一想起我的录取通知书，要不让我的眼泪流下来该有多难啊！张奶奶的小孙女雅琴，和我一样大，也考上了那所大学。雅琴告诉她奶奶，她的寝室还空着一个位置，是给一个迟迟未来报到入学的乡下姑娘留着的。妈妈，您知道吗？这个位置是你女儿的，是我的啊！我不怨家里。我知道您和爸爸都挺不容易。雅琴的奶奶今天就要给我发工资了。我全部寄回家，作为弟弟这学期的书本费，弟弟的学习成绩比我好，无论多难，也绝不能让他辍学，一定不能让他走我的老路。我一定要供他上

· 166 ·

大学。

（音乐止，灯光亮，雅琴被震惊了，呆站着）

奶　　奶　（手拿拖鞋上，丢给雅琴）雅琴，你的拖鞋。

张雅琴　奶奶，我不要拖鞋了。

奶　　奶　（不满）你怎么又不要了？

张雅琴　小雪呢？我要跟她说说话。您能帮我叫她出来吗？

奶　　奶　你还没折腾够啊？

张雅琴　不是的，你不叫，那我叫了哦。

奶　　奶　好好好，我叫我叫。（轻声地）小雪，小雪……

　　　　　〔杨雪上，见拖鞋，拾起给雅琴。

杨　　雪　（忍住泪）雅琴，拖鞋。

张雅琴　（接过拖鞋，一时不知道说些什么）小雪……原来……原来……你就
　　　　　是那位高考状元啊？

奶　　奶　你说什么？小雪就是那个高考状元？真的吗，小雪？

杨　　雪　（不知所措）奶奶，我不是故意想骗你的，我怕你不让我在你家干活
　　　　　了，让我去上学。我们家现在这个情况，我必须要好好赚钱，供我弟
　　　　　弟上学。

奶　　奶　小雪，真是难为你了！

张雅琴　（拉起杨雪的手）小雪，你不用在我们家打工了，你可以去上大学了。

杨　　雪　真的吗？可是我还没有学费呢？

张雅琴　你上大学不用掏学费了。你知道吗？我们学校得知了那位高考状元的
　　　　　家庭情况，组织我们新生提前到校，讲述了你的故事。学校团委号召
　　　　　我们开展"手拉手、献爱心活动"。我们相信全班几十双手，全系几百
　　　　　双手，全校上千双手，一定会让那个农村姑娘实现上大学的梦想。（拉
　　　　　起杨雪的手）可是我做梦都没想到，那个人原来是你啊。这几天，我
　　　　　为了筹集帮扶学费，想尽了办法，我想我自己的衣裙多，可以放到网
　　　　　上处理几件，用自己的能力，为高考状元的学费献一分力。（拿起裙
　　　　　子）这条裙子就是为帮助你才卖的，卖出去的钱帮你筹集学费的，没
　　　　　想到今天因为这条裙子，让我得知我们帮助的人居然就在我的身边！

奶　　奶　雅琴，你卖裙子原来是为了帮助小雪，你真棒！

杨　　雪　谢谢你们，谢谢学校！（鞠躬）

奶　　奶　雅琴，裙子奶奶作主送给小雪了，你就当是奶奶买了这条裙（掏出
　　　　　500元）这500块钱你拿去，就当我们为小雪的学费助力了。

杨　　雪　奶奶，谢谢你，谢谢你！

张雅琴　奶奶，那我就收下了。对了，小雪，我的衣柜里还有好多连衣裙。马上就快开学了，你也要穿得漂漂亮亮的去上学。今天你可随便挑，算我个人送你的。（不好意思）我今天说的话、做的事有点过分，（拉起杨雪的手）请你原谅我。

杨　雪　（激动地）雅琴……

　　　　［两人紧紧拥抱在一起，奶奶含泪注视着她们。

　　　　［音乐起。落幕。

小　品

# 健康一家人

编　剧　杨　莹

绥江县文化馆

时间　当下
地点　晚会节目选拔现场


# 人　物


大　张　男，40岁，文体局工作人员
小　李　男，30岁，文体局工作人员
美　丽　女，38岁，大张妻子
玲　珑　女，10岁，小李女儿
翠　花　女，60岁，文广局走帮扶对象

［幕启。

　　［大张、小李上。

小　李　元宵晚会太火爆了，今天才只是节目选拔，就有观众排队进场来
　　　　观看。

大　张　这可是我们局十多年的品牌活动。老百姓一到春节，就盼着这场晚
　　　　会，大家都夸它是咱们的本土春晚。

小　李　就是，刚才那个观众说了：元宵晚会年年看，年年都有新花样，要是
　　　　哪年看不上，心头就是不舒畅！要是能上台来演一演，那才叫美好生
　　　　活真实现。（学演员表演动作）

大　张　（拦住小李）你答应别人了？

小　李　嗯，答应了。

大　张　局长说了，今天的报名节目已经超标又超标了，最后一个名额已经用
　　　　完了。

小　李　我答应他今年肯定有的看。

大　张　吓死我了。今年报名的群众真是一串接一串，海选海得我头昏脑涨腿
　　　　脚发麻，关键是……

小　李　（举起手中用 A4 卷起的纸筒）一切完美结束，PK 的结果都在这里面，
　　　　赶紧把它交给晚会组，我俩就解散！

大　张　其实，还有一个名额。

小　李　还有一个名额？你不是说没有了吗？

大　张　我……

小　李　我什么，你就说。

大　张　这个节目是留给体育节目的。

小　李　晚会上演体育节目？

大　张　（拿出手机）看局长短信：为激励和促进广大群众积极参加体育锻炼，
　　　　提高百姓健身意识，掀起全民健身运动的热潮，今年元宵晚会再增加
　　　　一个有关全民健身的群众节目，体育股已通知参选队伍到比赛现场，
　　　　请你们根据晚会需要选出最佳节目上报。

小　李　得，刚才还说解散，咱俩得继续坚守岗位！我去买方便面。

大　张　选节目买什么方便面？

小　李　体育节目？那不得广场舞、健身舞、团体操、儿童健美操都来。不买方便面，过会不知道选拔到几点钟。等肚子饿了，你请我吃蹄花？

大　张　你就知道吃，不要有情绪。这个节目加得好，就应该让观众们明白不仅要参加喜欢的文艺表演，也要多参与体育活动，大家都应该有"体育就是生活，健身就是健康"的理念。

小　李　我懂。"我运动、我健康、我快乐"，这个张哥最有心得！嫂子就是你最成功的案例！

大　张　对了。得谢谢你小子哪。你嫂子又不想锻炼了。

小　李　为啥？

大　张　她刚刚来电话了，她们接到通知来参加这个体育节目的比赛。如果这次能上晚会，就继续锻炼；不能上，练了没得劲。

小　李　那就把这个名额给嫂子嘛。

大　张　其他人会有意见。

小　李　我就给他们讲嫂子的故事：那是很多很多天以前，大概一年前。嫂子每天忙工作忙家务，忙来忙去就从来没有想过锻炼身体，我们的大张一次次提醒她要运动，要重视身体健康，提醒一次就挨揍一次。

大　张　一走进咱家，我的妈呀！五花八门的按摩器、经络仪，还有一大堆保健品，简直就是一个保健品商店了。

　　　　　[两人说得正起劲时，美丽已走到大张身后。

小　李　可是有用吗？还不是一坐下来不是这疼就是那痛，大张跟着心痛！

大　张　心绞痛！保健品可贵了！还是你有办法，让我给她报了健身会所，只交了一个月会费，骗她说是一整年，还说规定不退钱。

小　李　嫂子那财迷，那个抠，那个心疼钱，只有去锻炼！

大　张　坚持了这一年，身体好了，精神好了，连脾气也好了，再也不揍我了。

小　李　哥，咱这是曲线救国。路不通时，就选择拐弯（手做拐弯动作伸出前方，发现手指着人，抬头一看）嫂子！

大　张　（回头看惊讶）老婆，你怎么来了？

美　丽　我不来，怎么知道你们有这么多的高招啊？（看大张和小李）

小　李　（胆怯）哥，你们聊！我先去看看参选的两个队来了没有。

　　　　　[小李急忙下场。

大　张　（讨好）老婆，别生气，别生气……

美　丽　（咬牙切齿）大张，你们居然骗我！当初想着一年的会费拿不回来，从来不锻炼的我是咬着牙去了健身会所，上跑步机才三分钟，我就喘得跟狗一样，但我告诉自己，我走也要走上半个小时，最起码我消费了电费，磨损了机器。老师教健身舞，再难我也不缺课，下课我也揪着她练习，就想着要把一年的会费一点点学回来！刚开始的一个月，好些时候走到会所门口我就想掉头，但想想一年的会费，我又硬撑过去了。

大　张　当时也怕你坚持不了，才把一个月说成一年，我看你坚持下来了，一个月后就把一年的会费都给补上了！

美　丽　（大叫）啊！别提会费，我现在听到这两个字，就想打人！

大　张　老婆，你打我吧！我骗你不对，可是不骗你，也许到现在你都不能感受到运动带来的快乐和健康！

美　丽　也对，现在每天再累，但一运动起来，周身都放松了，不去健身我还不习惯。今天教练带领我们会所的一帮姐妹来参加比赛，就是希望舞台上跟随动感音乐激情舞动的我们，尽情展示运动带给我们的健康快乐和美丽自信，唤醒更多像我们一样平凡的家庭主妇，不要因为忙生活和事业而放弃锻炼，为了更加美好的生活，百忙之中也要为自己的健康加油。

大　张　说得好！老婆，刚才小李说了，这个进入晚会的名额给你们。

美　丽　一言为定！晚上回去给你煮蹄花。

　　　　〔小李上。

小　李　等会。

大　张　咋了？

小　李　为了公平公正，这个节目得选拔。

大　张　刚才咱们不是说好的！

小　李　你们看谁来了？

　　　　〔玲珑上。

玲　珑　爸爸。

小　李　闺女，你猜张叔叔有没有答应把名额让给你？

大　张　我，那，啥，问阿姨。

美　丽　玲珑真漂亮，玲珑真听话，玲珑一定会把名额让给阿姨。

玲　珑　阿姨，错了，是阿姨把名额让给玲珑。

美　丽　为什么呀？

玲　珑　我们班的少儿健身操通过学校海选，是代表我们学校来参加今天的选拔。老师说我们一定可以参加元宵晚会的表演！因为我爸爸就是负责选节目的！

大　张　行，咱就让给玲珑。

美　丽　（掐大张）我也和我们舞蹈队的人说了，说我老公是负责选节目的，肯定能选上。选不上我请大伙吃蹄花。我们舞蹈队80多个人。80根蹄花，你说得多少钱？

玲　珑　爸爸，爸爸，我要上晚会。

美　丽　老公，老公，必须上晚会。

玲　珑　（哭）爸爸，你平常忙得从来不照顾我，开个后门吧。

美　丽　（假哭）老公，你平常忙得从来不管我，主要我是心疼钱。

小李、大张　好了。

　　　　　〔王翠花上。

翠　花　大老远就听见你们又哭又笑的。

大　张　王大妈，你咋来了？

翠　花　药没了。

小　李　药没了，你打电话啊。我们走帮扶工作组每个人的电话都可以打，随时随地为您服务。

翠　花　随时随地给我服务？

大　张　必须的。

翠　花　那你老婆呢？你闺女呢？你们对我们太照顾了。我们不能夺人好哪。

美　丽　大妈，这话说的，咱是一家人。他俩忙，我陪你买药去。

玲　珑　我也陪奶奶去。

翠　花　不用了。我这药没了，但是药也停了。

大　张　药不能停！

翠　花　我原先就是活动太少。你们文化走帮扶，带着大家跳舞唱戏演节目，骨头现在活动开了。不用吃药了。

小　李　真的？走帮扶还治上病了。

翠　花　可不是，不光治标还治本。骨头好，节目也练熟了，这不，上你们这里来报名参加晚会了。

玲　珑　（哭）又来了个竞争对手。

翠　花　小宝贝，这事我还真不能让着你，因为我是代表我们村老太太健身队的，健身队现在跳得很红火，能参加一次晚会，以后就更红火了。

小　李　不对，不对，不对。

大　张　怎么不对了？

小　李　一般小品演到这里，都会是老少三代互相谦让，最后一家亲，怎么今天三个人互相抢来抢去。

翠　花　你呀，这就不懂女人了。但凡有展示美的机会，女人不分年龄、工作、学历，一律往前冲。

大　张　那行，咱们就来个公开公平公正的选拔。

美　丽　那就比赛吧!

小　李　首先出场的是：嫂子健身会所队。

　　　　〔健身会所队表演。

大　张　(悄悄对小李)结婚这么多年，我从来没看你嫂子跳过舞，这一年她在会所再怎么折腾，也不可能有你姑娘"舞功"高，一会儿不用我们说，她们自己看了都会认输。你会曲线救国，我也会缓兵之计。不对，我媳妇跳得不错耶，哦，不错。真的很不错。老婆，加油……

小　李　请评委给嫂子会所队打分，打分不亮分。有请向阳小学少儿健身操。

　　　　〔小李和大张分别在纸上打分。少儿健身操比赛。

小　李　我就知道嫂子肯定不错，我们家小屁孩才学几天，别看还考过两次级，动作能做齐就不错了。哎哟，我闺女跳得不错哪! 真是遗传我的基因了。(对大张)你看，这就是基因的伟大! 闺女，加油……

小　李　请评委给向阳小学广播操打分，打分不亮分。有请喇叭沟喇叭村老年健身队。

小　李　虽然我闺女跳得不错，还是把名额让给嫂子吧。咱们都欠家人一点关心。

大　张　虽然我媳妇跳得很美，还是把名额让给孩子吧。咱们都欠子女一点关爱。

大张、小李　哎哟。翠花大妈跳得不错嘛。翠花，加油，加油，翠花。

小　李　请评委给喇叭沟喇叭村老年健身队打分，打分不亮分。请主评委大张宣读最后成绩。

大　张　我，呃，我，呃。我宣布，嫂子健身队，10分，0分，去掉最高分10分，去掉最低分0分，最后得分：没有分。向阳小学，10分，0分。去掉最高分10分，去掉最低分0分，最后得分：没有分。喇叭沟喇叭村，10分，10分，去掉最高分10分，去掉最低分10分，最后得分，也没有分。

翠　花　再见，拜拜。(下)

大　张　等等。由于喇叭沟总分是20分，喇叭沟最终胜出。

翠　花　这不公平。

小　李　是你胜出了!

翠　花　我们赢了，才是对她们不公平。她们明明跳得比我们好，是她们更应该参加这样的晚会。让我们胜出，是你们对我们太关心，她们更需要你们的关心。

[静场。

小　李　我有个主意。咱们最后一个节目串烧。

大　张　怎么个串烧法？

小　李　孩子们先上，嫂子们再上，最后大妈们上，三代女人三代的美。

翠　花　你们也得上！男人女人一起跳才最美。

美　丽　最后台上台下、电视机前一起跳更加美！

众　人　对对对！

玲　珑　那咱们节目的名字叫什么？

众　人　叫什么呢？

翠　花　就叫"健康一家人！"

大　张　那就让我们跳起来吧！

[音乐起，舞蹈。

小 戏

# 爱心传递

编 剧 尹 露

淄博市艺术创作研究所

时间　冬天
地点　翟老师家


# 人　物


小　英
小　军
翟老师

[桌子一张，椅子一把。

[小军上场。

小　军　大家还记得我吗？俺就是那年高考后没法继续上学的山里娃——孟小
　　　　军啊。

　　　　（唱）忆起前年心伤痛，

　　　　　　　　思绪如潮脑海冲。

　　　　　　　　高考喜讯入山村，

　　　　　　　　爹娘眉头紧皱隐悲情。

　　　　　　　　我知道是为大学高费用，

　　　　　　　　穷山村难供我这大学生。

　　　　　　　　为俺读高中，全家省俭用，

　　　　　　　　一张通知书，实际千斤重，

　　　　　　　　我怎能将重担推给家庭？

　　　　　　　　眼看着出土嫩芽遭霜冻，

　　　　　　　　小山村吹来了爱的春风。

　　　　　　　　国家助学金，资助贫困生，

　　　　　　　　大学翟老师，带头送捐赠。

　　　　　　　　让俺圆了大学梦，

　　　　　　　　山里凤凰飞进城。

翟老师　小军，小军——

　　　　[翟老师从里屋上场。

小　军　翟老师。

翟老师　我刚把饺子馅准备好，待会咱们一起包饺子吃。

小　军　谢谢老师。

翟老师　什么时候学的，还跟我客气？

小　军　翟老师，有个事儿我一直想跟您说。

翟老师　正好，我也有件事要跟你说。

小　军　那您先说。

翟老师　你先说吧，说不定咱俩说的是一个事呢。

小　军　一个事？

翟老师　听老师的，你先说。

小　军　老师，我……我……

　　　　［小军把钱往翟老师手里一塞。

翟老师　钱？小军，你耽误上课，就是为了这个？小军，有事可不能瞒着
　　　　老师。

小　军　翟老师，我不想老让您给我钱了，我知道，您……您也不容易。

翟老师　我……我给钱？

小　军　翟老师，不用瞒了，这是您邮给我的信——

　　　　（唱）前年接到一封信，

　　　　　　　字里行间如亲人。

　　　　　　　信封夹着钱三百，

　　　　　　　署名两字是爱心。

　　　　　　　从那月月来汇款，

　　　　　　　钱到账不知汇款人。

　　　　翟老师，我知道您就是那位——爱心，我不能继续要您的钱了。我
　　　　就……

翟老师　你就，你就去旷课打工？

小　军　我想把钱早点还给您。

翟老师　小军，老师在学习上帮助你，是为了你能安心上学，不是为了你去逃
　　　　课打工。

小　军　可是我……

翟老师　从今天起，老师给你安排了晚上去图书馆帮忙的工作，你耽误课去挣
　　　　钱这个事没有商量！再说，这钱也不是我给你寄的。

小　军　不是您？

翟老师　对！不是我，把信给我，我看看——

　　　　（唱）手捧来信细琢磨，

　　　　　　　字迹生疏没见过。

　　　　　　　信中唯有一句话，

　　　　　　　爱心接力到了我。

　　　　　　　似曾相识七个字，

　　　　　　　想起前年改作业。

　　　　　　　这句话出现在作文内，

　　　　　　　可就是……谁的作文不记得……

　　　　是她——脑海出现人一个，

　　　　　　没错！就是这位女同学。

小　军　是谁啊？翟老师，您快说啊。

翟老师　你……（唱）你让我仔细再琢磨，

　　　　　　　　　　该不该此时对他说？

　　［小英上场，右手提着礼品，左肩挎包。

小　英　（唱）忙碌的日子眨眼过，

　　　　　　　两年来最怀念大学生活。

　　　　　　　最喜欢翟老师的语文课，

　　　　　　　讲古论今善解惑，耐心没得说。

　　　　　　　昨晚梦中在上课，

　　　　　　　翟老师正在讲台敲课桌。

　　　　　　　梦醒仅记一句话，

　　　　　　　爱心传递到了我。

　　　　　　　还记得当年爱心动员会，

　　　　　　　这一句是您亲口说。

　　　　　　　第二天作文自选题，

　　　　　　　我借用此句做作业。

　　　　　　　您亲笔加上感叹号，

　　　　　　　那情形至今还记得。

　　　　　　　今上午推掉业务来圆梦，

　　　　　　　小英子再登师门来大学。

　　　　　　到了。翟老师——翟老师——

翟老师　一定是小英。

小　军　小英姐？

小　英　翟老师。

小　军　哎呀，大师姐！毕业两年，大变样了呀！

小　英　小军也在这里？变样？我能变成啥样啊？

翟老师　我把你刚当上部门经理的事告诉他们了。

小　英　翟老师，我还差得很远呢……

小　军　是差点儿……差了点。

翟老师　还是社会生活锻炼人，小英子样子成熟多了！

小　军　翟老师偏心大师姐，刚才还在批评我踏入社会……

小　英　不用猜，一准是你逃课了，挨剋了是吧？别不好意思，姐是过来人，
　　　　　　你现在挨的剋，姐都挨过。

翟老师　没想到小英子还是个记仇的同学。

小　英　翟老师——

　　　　（唱）老师教诲哪能忘？

　　　　　　　昨夜梦中忆面庞。

　　　　　　　您站立讲台滔滔讲……

小　军　翟老师讲了什么？

小　英　（唱）正讲到低年级同学需要帮。

　　　　　　　一旦见谁把课旷，

　　　　　　　动口动手没商量。

小　军　老师会让你动手？

小　英　算了，不逗你这小孩子了——

　　　　（唱）老师说爱心传递到了我，

翟老师　停！

　　　　（唱）这一句你把行为全曝光！

小　军　曝光？莫非……

小　英　曝光？我能有啥见不得光的？

翟老师　小军，你去给小英倒杯水。

小　军　老师……

小　英　哎哎，快去倒水，去倒水。

　　　　〔小英推小军下场。

翟老师　小英你过来。

小　英　翟老师。

　　　　〔翟老师把信递给小英。

小　英　信？

翟老师　（唱）这句话你曾经写在作文上，

　　　　　　　莫不是你在暗中把小军帮？

　　　　　　　做好事不留名值得赞赏，

　　　　　　　雪藏梅花透暗香。

　　　　这上面的字是你写的吧？钱是你寄的对吧？

小　英　钱？啥钱？翟老师，我现在是不缺钱……

　　　　〔小军端水上场。

翟老师　你帮小军又不想让他知道，对吧？

　　　　〔小军冲上前。

小　军　小英姐！姐，谢谢你，姐……

小　英　小军，你把姐卸零散了……

小　军　我知道是你，姐……

　　　　[小英扶起小军。

小　英　小军同学——

　　　　（唱）看样子你遇上好人相助，
　　　　　　　想知道是哪位菩萨心肠。
　　　　　　　小英我当年与你一个样，
　　　　　　　家贫穷多亏遇到别人帮。

小　军　（唱）人帮你你帮我爱心传递，
　　　　　　　我小军却不能看成应当。
　　　　　　　滴水恩报涌泉古人所讲，
　　　　　　　你不该把我瞒不漏水汤。

翟老师　（唱）传爱心一代代不负所望，
　　　　　　　大中华传统美德该弘扬。

小　英　（唱）翟老师传下爱心接力棒，
　　　　　　　小英我哪敢丢弃在一旁？
　　　　　　　可就是实事求是您曾讲，
　　　　　　　我不能替你认下好心肠。
　　　　　　　这句话是您讲台亲口讲……

小　军　还是你翟老师？

翟老师　绝对不是我！

小　英　（唱）我小英抄一遍你记心上。
　　　　　　　看看字迹像不像？

翟老师　这个字体没见过，不是我教过的学生。

小　英　（唱）心一动想起事一桩。
　　　　　　　难道是她？

翟老师、小军（合）　是谁？

小　英　（唱）毕业那年去照相，
　　　　　　　留意同桌王小芳。
　　　　　　　她脸上没有笑模样，
　　　　　　　眉头紧缩神彷徨。

　　　　我悉心问了下，原来她父亲出了车祸，医院正催交押金，我就当场发动同学爱心捐助，用的就是翟老师讲过的这句话：爱心传递到了我！

小　军　王小芳？我当年最爱唱——

（唱歌）村里有个姑娘叫小芳，

　　　　长得好看又善良。

　　　　一双美丽的大眼睛，

　　　　辫子粗又长……

　　　　记得她还和我吵了一架……

小　英　可能正是那场架留下了记忆，让她开始关注你。

翟老师　不可能，据我所知，王小芳出国一年多了，再说了，信上的字迹也绝
　　　　对不是她的。

小　英　翟老师，当年你在班级大会上讲的这句话，听过这句话的人有多少？
　　　　让小军哪里去寻找？

小　军　但今天我知道了，这根爱心接力棒的第一棒是谁，我们的……（与小
　　　　英合）翟老师！

翟老师　不，第一棒我们不会查到是谁——

　　　　（唱）当年我也上大学，

　　　　　　　为筹学费多奔波。

　　　　　　　多亏恩师资助我，

　　　　　　　这句话就曾从他口中说！

小　军　（唱）小军我发誓追根来求索，

　　　　　　　我不信追查不到谁帮我。

小　英　（唱）小英帮你上网络，

　　　　　　　大海捞针下海摸！

翟老师　（唱）我想咱们全都错，

　　　　　　　没明白人家究竟为什么。

　　　　　　　好心人匿名来助学，

　　　　　　　为的是将来祖国栋梁多。

　　　　　　　若只想滴水之恩涌泉报，

　　　　　　　反倒显我们心胸不开阔。

　　　　　　　小军你更应安心来上课，

　　　　　　　用成绩报答爱心更适合。

　　　　　　　小英子莫要频繁来看我，

　　　　　　　新岗位新环境辛勤工作。

　　　　　　　记住这爱心传递到了我，

　　　　　　　把爱心这火炬传递传播。

　　　　　　　让世界爱心熊熊如野火，

新时代红彤彤崭新生活。

小英小军　翟老师！

翟老师　我相信，帮助你们的人，看到你们的努力和感恩，一定会打心里高兴的。

小　军　小英姐、翟老师，你们放心，我一定会努力学习，相信我，我会成为爱心接力棒的下一棒，一定把爱传递下去！

翟老师　对！让我们一起来感谢，感谢所有伸出双手传递深情和爱心的好心人们！

　　　　［音乐起。

　　　　［小英和小军携手到台前。

小英小军　所有关心和帮助过我们的人，谢谢你们！我们一定让爱不断，用自己接过爱的手，把爱永远传递下去！

　　　　［剧终。

小 品

# 酒吧奇妙夜

编 剧 惠 烨

上海长宁文化艺术中心

时间　秋夜
地点　路边小酒吧

## 人　物

夏　梦　警察，女，30岁
大　齐　酒吧老板，男，35岁（女警男友）
露　露　醉客，女，35岁

［酒吧画外音：汽车声，"大齐，大齐"。老板赶紧躲进吧台，女客马上趴在桌上装醉，门突然被打开，女警进屋后查看醉客，大齐探出头。

**老　板**　我的警花同志，你怎么才来啊？累坏了吧，我先给你倒杯水。

**女　警**　不用了，你也累一天了，这就是你说的那女的？

**老　板**　是啊，喝得不省人事，叫都叫不醒，这都大半夜了，还得打烊呢。我想我一大男人送她回家，实在不方便，万一有什么误会都没嘴说去，这不，有困难我就来找警察同志您了。

**女　警**　（走近，低头轻拍醉客）女士，你能起来嘛？

**醉　客**　（头也不抬，含含糊糊地）我的酒呢？满上……酒……

**女　警**　（转头面对老板，拿起桌上空酒瓶）喝了这么多？！看样子醉得不行了。

**老　板**　是啊，点了两瓶威士忌，一杯接着一杯在那喝。

**女　警**　两瓶？你以前见过她吗？

**老　板**　以前……好像没见过，（摇头）你知道我的，看到美女从来都是少说，少看，少打听。

**女　警**　那这样吧，反正你酒吧也要打烊了，帮我把她带回所里，等她清醒点了，再送她回家。另外，我有事和你说。

**老　板**　你先别着急走，我还有新情况要汇报。前面你没来的时候，我瞅她有点不对劲，自己在那儿自言自语，说的那些个内容吧，根据我的推理，她很可能……很可能有犯罪倾向！

**女　警**　犯罪倾向？她说了什么？

**老　板**　……反正说得挺吓人的。

**醉　客**　（突然冒出一句，带比画，又趴下）这个杀千刀的，我杀了你。（喝酒）

**老　板**　（吓到咳嗽）你看我没说错吧。

**醉　客**　（以为是暗号，站起抱住老板）啊呀，帅哥，你长得真帅，真像我前男友。

**老　板**　（赶忙眨眼睛，推搡着让醉客坐下）

**醉　客**　啊呀，又不像了……（女醉客意识到，尴尬地松开手回到桌上）

老　板　你看，都喝出幻觉来了，真没少喝。

女　警　（走到醉客前，扶起靠在椅背）喂，你能抬起头来吗？

醉　客　（微微抬起头）我没醉，你坐下，陪我喝一杯（端起酒杯）。

女　警　你不能再喝了（拿过酒杯给老板），你住哪儿？我送你回去。

醉　客　把酒给我，还没喝完呢。（夺酒）

女　警　你能告诉我你住哪儿吗？我送你回家。

醉　客　不用你送，我自己能走。（借机起身欲离开）

女　警　你自己一个人太危险了，我有责任确保你的安全。

醉　客　真的不用，我走条直线给你看。（起身走了个折返）你看，我又走回
　　　　来了。

女　警　女士，你有带身份证吗？

醉　客　啥？身份证？

女　警　对，身份证。

醉　客　（迟疑）对！（向老板眨眼）帅哥，她问我要身份证。

老　板　啊，给她啊。

醉　客　（激动站起走向老板）你没听懂我意思吗？我是说，她问我要身
　　　　份证！

　　　　［老板不知如何是好，愣神。

醉　客　（抱住老板）啊呀，帅哥，她问我要身份证！

老　板　（扶住醉客坐下，对女警）幻觉，严重的幻觉，我看她可能遇到感情
　　　　问题了，一个人想不通。

女　警　（不悦，感觉有点不对劲）我看你自己真的能走了，我问你要身份证
　　　　没别的意思，只是想送你回家。

醉　客　我不要你送，我已经叫人接我了，一会人就来了。（想走）

女　警　那给接你的人打个电话。

醉　客　我……我手机没电了。

　　　　［醉客的手机突然响了，醉客紧张按掉，气氛尴尬。

醉　客　（尴尬地笑）智能机，关机了还能自己补电。

　　　　［女警转身要走，被老板拦住。

老　板　梦梦，你听我说。（解释不下去，暗号咳嗽示意醉客来缓解尴尬）

女　警　行了，你俩真无聊。

　　　　［醉客摊开双手对穿帮表示无奈。

女　警　（生气）你觉得逗我玩很开心是吗？我没想到你这么幼稚。

老　板　你先别生气，听我解释。

老　板　（女警欲离开又被老板拉住）你知道今天是什么日子吗？还有十分钟我们在一起就整整两年了，如果我不撒谎你今天会来吗？我早上就给你打了电话，然后眼巴巴地等了一天，你都没来，我只是想在这个特殊的日子里见到你，我有错吗？

警　察　倒是你有道理了？好像撒谎是天经地义的一样，我来晚了是有原因的……

老　板　我知道，你总是有这样那样的原因。值班，备勤，巡逻，检查，警察就不是人吗？警察就不能像正常人一样谈恋爱吗？我爱上一个警察就应该是这样的待遇吗？有时候三周都见不了一次。每次约会的时候，常常一等就是一小时、两小时，这都无所谓，可你知道我有多担心你吗？

女　警　我知道你担心我，对不起，不是我不想陪你，可是选择了警察这个职业，就意味着责任。

老　板　有时候我就想不明白，真的需要这么忙吗？真的要把你我所有私人时间都牺牲掉吗？

女　警　我们在一起两年了，我想你还是不懂我。

醉　客　（打破尴尬）呵呵，我能说两句吗？我自我介绍一下，我是大齐的同学露露。你不要生他的气，我们就是和你开个玩笑。大齐他想你了，想见见你。

女　警　我知道你们肯定有事瞒着我。

醉　客　没有，没有，没有，绝对没有，我们之间清清白白，要有大学的时候就有了（动作自然地勾住大齐，意识到不对赶紧松手），不会等到现在。大齐他那么爱你，你不相信我，你还不相信大齐吗？不过作为大齐的朋友，我是要替他说两句，你们警察真的连谈恋爱的时间都没有了？

大　齐　露露（打断）。

女　警　你以为我不想和别的女孩一样可以和喜欢的人在一起吗？哪怕只是晒晒太阳聊聊天这样简简单单的事。我也渴望被爱，我也知道爱情需要付出，我也知道争吵会彼此伤害，我不想这样，可你知道我为什么要做警察吗？

老　板　我记得，你说过想成为像你爸爸一样的人。

女　警　小时候我问我爸爸，警察是干什么的呀？他问我，你走过大桥嘛？我点头，他又说，你过桥的时候会扶护栏嘛？我摇头，不一定每次都会扶，他又问如果没有护栏你会害怕吗？我点头。他说警察就像是大桥的栏杆。有了警察，老百姓才不会害怕，有了警察，生活才会过得更踏实，这就是我想做警察的原因。其实不光我一个人，我和千千万万不眠不休的警察一样，用自己的牺牲换来更多家庭的幸福平安，我们也是普通人，可是这样的牺牲我无怨无悔。

　　　　大齐，我知道今天是我们在一起的纪念日，我没有忘，我来晚了是因为想给你一个惊喜（从口袋里拿出两张旅游单据），我申请了很久请了一周的年假，今天去旅行社确定了去云南的行程和机票，那是你心里的彩云之南，我想和你一起去，可我没想到你对我有这么多的埋怨和不理解，可能我们还是需要彼此冷静下来再考虑一下。（走）

老　板　（一把抱住女警）我不考虑了，刚才我是迫不得已才对你撒了谎，你怎么惩罚我都可以，我可以用我一辈子去补偿。（从口袋里掏出戒指单膝跪下）其实这才是我今天的目的。今天这个机会我等了很久了，一直在想什么时候什么样的场合向你求婚，一直想着有天能给你戴上。你知道吗？工作的时候，你特别真诚，特别有魅力，你第一次穿着制服出现在我面前的时候，我就爱上你了，我想做你背后的肩膀，想做你的护栏，我不想让你总是保护别人，我想保护你。夏梦，嫁给我吧，我想给你一个家。

女　警　你真的想好了吗？

老　板　我都想好了，为了不让你为难，其实酒吧我已经盘给露露了。

醉　客　我还想你怎么舍得这酒吧，好啊，大齐，连我也瞒着。

女　警　我想要更有诚意的求婚方式，这次撒谎的不算。

老　板　好！我们一言为定。

　　　　［剧终。

小　戏

# 验　驴

编　剧　史赟慧

山西省孝义市艺术研究室

**时间**　当代

**地点**　牛家圪塔，贫困山村

# 人　物

**牛二蛋**　男，52岁，贫困户，有车祸后遗症

**杨红梅**　女，50岁，二蛋的老婆

**赵志刚**　男，45岁，县委下派的第一书记

［幕启，牛二蛋家的两间塌窑洞，院子里乱七八糟。

［音乐中，杨红梅背着闹红火的跑驴上场。

**杨红梅** 二蛋，二蛋——

　　　　［牛二蛋坐在院子里修补一个笸箩。

**牛二蛋** 红梅，你这是闹红火去了?

**杨红梅** 我哪有心思闹红火了，咱家里也够红火的了。

**牛二蛋** 那你这背上跑驴干啥去?

**杨红梅** 你忘了赵书记告诉咱们的话了? 等扶贫贷款下来，叫咱们先把驴买下。

**牛二蛋** 他叫咱干啥咱就干啥?

**杨红梅** 那扶贫贷款是人家赵书记担保的。

**牛二蛋** 那，那就买么。

**杨红梅** 拿啥买哩? 那贷款还没捂热，就还了债了。

**牛二蛋** 那咋办?

**杨红梅** 我听说赵书记今天要来查验那扶贫贷款使用情况，我借来这跑驴顶当一时。

**牛二蛋** 怎么顶当了?

**杨红梅** 来来来，我告你，（与二蛋耳语）记住啦?

**牛二蛋** 嗯，知道啦。

**赵志刚** （幕后）牛二哥……

**杨红梅** 赵书记来了，快，快回屋。

　　　　［杨红梅拉着一瘸一拐的牛二蛋回屋，赵志刚上。

**赵志刚** （唱）山高地险路崎岖，

　　　　　　一身汗水两脚泥。

　　　　　　全市打响精准帮扶脱贫攻坚战，

　　　　　　志刚我服从安排当了这第一书记。

　　　　　　牛家圪塔小山村，

　　　　　　缺少资源地贫瘠;

　　　　　　全村总共八十户，

　　　　　　贫困户就有三十七。

我带着脱贫路径十二条，

精准帮扶解难题。

牛二蛋申请扶贫贷款已获批，

他想利用荒山荒坡种黄芪；

一到两年可还贷，

良性循环不成问题。

今天又带来好消息，

助力脱贫离不开高科技。

二哥，二嫂——

［赵志刚停车，杨红梅从窑洞内走出。

杨红梅　呀，原来是赵书记来了。来来来，快请坐！

［一着急把笸箩当成板凳。

赵志刚　这？

杨红梅　拿错了，拿错了。（再拿出板凳）快请坐！

赵志刚　二嫂，牛二哥呢？

杨红梅　他呀，赶会去了。

赵志刚　二哥好兴致呀。

杨红梅　哦，他呀，是去跑市场访行情去了。

赵志刚　扶贫贷款拿到手了吧？

杨红梅　拿到了，太谢谢你了！

赵志刚　拿到就好，我今天就是来……

杨红梅　验驴？

赵志刚　对，验驴。哈哈，咱们这山地坡地搞种植，耕种收都离不了驴。（往院子里看了看）驴买了吗？

杨红梅　买了买了。

赵志刚　拴在哪里？

杨红梅　拴在屋里。

赵志刚　屋里？

杨红梅　哦，我们家也没个圈，在外面又怕把驴冻着，只好先和我们住一起了。

赵志刚　哦，这可是个问题。我进去看看。（要进院）

杨红梅　（阻拦）赵书记，我们家这屋里乱七八糟，连个落脚的地方都没有。

赵志刚　没关系，我就看一眼。

杨红梅　我这窑洞里不通风，又湿又潮，怕把赵书记阴着。

赵志刚　二嫂，放心吧，我还没娇嫩到那个程度。

杨红梅　那驴在屋里又拉又尿，糟蹋得实在不能进去。

赵志刚　那你们怎么住？

杨红梅　我们是粗人，怎么都能对付，赵书记，你就在这院里看一看算了！

赵志刚　这……

杨红梅　赵书记——

　　　　（唱）这两眼破窑洞塌倒不堪，

　　　　　　　又养下一头驴臭气熏天。

　　　　　　　驴认生怕受惊乱踢乱掀，

　　　　　　　虱子跳蚤就爱往人身上钻。

　　　　　　　你贵人不要踩贱地就在这大门外看上一看，

　　　　　　　那些个表表册册回去再填。

　　　　　　　一来是你的牛皮鞋不能把泥水沾，

　　　　　　　二来怕柴草灰脏了你的白衫衫。

赵志刚　哦……（若有所思）

　　　　（唱）他家的危房改造尚未落实，

　　　　　　　又怎能人畜共居实在不堪。

　　　　　　　杨红梅左拦右挡躲躲闪闪，

　　　　　　　一定是有情况她刻意隐瞒。

杨红梅　赵书记，你是大忙人，你快去忙你的吧。

赵志刚　不急不急，二嫂，我不进去了。

杨红梅　这就对了么。

赵志刚　你把驴牵出来让我看看。

杨红梅　（迟疑）这……

赵志刚　怎么？

杨红梅　我们家的这个驴太内向了，见了生人就害羞，惹毛了吧又踢又咬的。

　　　　这样吧，我让它在窗户上露露面算了。

赵志刚　哦？这么听话？

杨红梅　（悄声向内喊）二蛋，二蛋——

　　　　〔牛二蛋举起跑驴在窗户配合。

杨红梅　赵书记，你看——

　　　　（唱）黑丹丹的毛毛大眼睛，

　　　　　　　高高的鼻梁白嘴唇；

　　　　　　　尤其是它的叫声很迷人，

［牛二蛋学驴叫了两声，赵志刚已看出破绽。

杨红梅　（唱）尾巴巴一甩抖精神。
　　　　　看见了吧，我们家的驴漂亮吧？
赵志刚　（故意地）哦，漂亮漂亮。快让你家的驴歇一歇吧。
杨红梅　（摆手示意）二蛋——
　　　　　［"驴"离开窗户。
赵志刚　（若有所悟）二嫂，你可真是教"驴"有法！
杨红梅　嗨，顺毛毛摩挲。
赵志刚　（大笑）哈哈哈……二嫂，今天我还给你们带来一样高科技。
杨红梅　高科技？
赵志刚　（拿出手机）你看，这是县政府送给贫困户的智能手机。
杨红梅　送给我们的？赵书记，快别开玩笑了。我听说那玩手机要花钱哩，我
　　　　　们哪有钱玩手机。你拿回去吧。
赵志刚　二嫂——
　　　　　（唱）这台智能手机功能强，
　　　　　　　　山沟沟里也能上互联网；
　　　　　　　　信息时代供需信息及时通，
　　　　　　　　在家就能联系销路和市场。
　　　　　　　　两年内放心使用别担心，
　　　　　　　　电信扶贫免费送流量。
杨红梅　（惊喜）这，这不是又欠下人情了？
赵志刚　快拿着吧！
杨红梅　（瞥着屋里）敢要？
　　　　　［牛二蛋在家里应声"要"。
赵志刚　二嫂，你家的驴说话了？
　　　　　［牛二蛋继续学驴叫"吆——吆——"
杨红梅　那我就谢谢了！（接手机）
赵志刚　（抽回手来）呀，差点忘了，还要给你两口子拍照建台账呢，二蛋哥
　　　　　偏偏不在家。
杨红梅　啊？那怎么办？
赵志刚　这样吧，过几天我再给你们送一台来，这一台先给了春生吧。（假意
　　　　　要走）
杨红梅　你再等等，他马上就回来了。（惊叫）二蛋，你咋回来了？啥时候回
　　　　　来的？

　　　　　　［杨红梅使劲摆手让二蛋出来，二蛋不好意思地走出来。

赵志刚　啊？原来二蛋哥在家呀。

牛二蛋　我，我，我……

杨红梅　刚回来。

赵志刚　我怎么没看见。

牛二蛋　我，我，我……

杨红梅　爬墙进来的。

赵志刚　就二哥这腿脚还能爬墙？

牛二蛋　我，我，我……

杨红梅　狗急了还跳墙呢。（捂嘴）

赵志刚　（忍着笑）呀！二嫂，我才想起来，这驴也要拍照建台账呢，还得牵出来！

杨红梅　（尴尬地）牵不出来，哦，大概它正在午睡。

赵志刚　驴也午睡？

　　　　　　［杨红梅挤眉弄眼，牛二蛋气呼呼地把跑驴提出来扔在地上。

牛二蛋　拍吧。

杨红梅　你个死鬼！

赵志刚　我早就看出来不对劲。你两口子演的这是哪一出呀？

牛二蛋　兄弟，我就实说了吧，那买驴的钱没有啦！

赵志刚　（一惊）啊？

牛二蛋　那扶贫贷款两万元让你二嫂她，她还了债了。

赵志刚　（意外地）什么？二哥二嫂，那扶贫贷款是国家贴息贷款，把扶贫贷款挪作他用，就等于诈骗呀！

杨红梅　这都是我的主意，不怪二蛋。

牛二蛋　不！都怪我——

　　　　（唱）三年前塌天大祸从天降，

　　　　　　　　拖拉机翻下沟命难保全。

　　　　　　　　做手术花光积蓄还不算，

　　　　　　　　医保报完还欠下饥荒两万元。

　　　　　　　　又多亏红梅她喂饭喂药端屎倒尿里里外外一人硬扛，

　　　　　　　　我才能死里逃生活到今天。

杨红梅　（唱）咱也是本分人要脸要面，

　　　　　　　　危难时借人钱怎能不还。

牛二蛋　（唱）只可惜我这半爿人百无一用，

赚不下钱还要拖累老婆受熬煎。

杨红梅　（唱）万不得已挪用了扶贫贷款，

牛二蛋　（唱）有罪责判刑坐牢我一人承担。

杨红梅　二蛋！不能，不能呀！

赵志刚　二蛋哥，你们家的情况我了解。中药种植是我特意帮你选的项目。
我原想趁今年秋天没有上冻，你们先把荒坡地开出来，明年春天把黄
芪、柴胡、金银花都给它种上，到年底赚个两三万不成问题，到那时
还债也不迟。

杨红梅　这不是当初借给咱钱的一位远房表哥，人家孩子结婚，也紧等着用
钱。我怎么好意思不还？我想先还给人家，咱再想办法。

赵志刚　还有什么办法？

杨红梅　我出去打工赚钱。

赵志刚　二蛋哥谁来照顾？

牛二蛋　要不然把这破窑烂院也卖掉吧。

赵志刚　你这破窑烂院谁买呀？能卖下两万元？

牛二蛋　这？……我去自首！（欲出门）

赵志刚　慢着！我差点忘了咱们的高科技。（亮手机）

牛二蛋　兄弟，这手机里能有钱？

赵志刚　真让你说对了，有钱！

杨红梅　啊？

赵志刚　这手机里有咱们县政府开发的产业扶贫 APP。

牛二蛋　什么屁？

赵志刚　就是一个精准帮扶的市场营销软件。今天上午我已经帮你们注册，刚
才还有一个深圳客商要预订中药材，并且已经预付订金两万元。

牛二蛋　哎呀，这，这个屁屁这么厉害？

杨红梅　这地还没开，订金就给咱了？

赵志刚　这可是我给你们担保的哦！

牛二蛋　又让赵书记担保，这心里真是过意不去。

赵志刚　没关系，党和群众在一条船上，咱们要同舟共济，精准帮扶是死命
令，跑不了你也走不了我。

牛二蛋　真是太谢谢你了！

杨红梅　这手机……

赵志刚　哦，（递给杨红梅）你们拿着，我给你们拍个照。

　　　　〔牛二蛋杨红梅摆造型拍照。

赵志刚　咱们现在就去买驴吧。

牛二蛋　行，这钱怎么才能取出来？

赵志刚　不用取钱，直接刷手机！

杨红梅　这高科技真神奇，菩萨也不如咱救苦救难的赵书记！

赵志刚　菩萨什么时候管过老百姓的死活？只有党才是群众的主心骨！

　　　　（唱）党中央把群众的疾苦挂心上，

　　　　　　　习总书记下命令扶贫攻坚战役来打响。

　　　　　　　全国下的一盘棋，

　　　　　　　贫困户大小困难第一书记要担当。

牛二蛋　（唱）谁愿意过这穷日子，

　　　　　　　谁不想摘掉穷帽子。

杨红梅　（唱）艰苦奋斗加高科技，

　　　　　　　成就了贫困家庭无限希望。

赵志刚　（唱）中国梦是老百姓的富裕梦，

牛二蛋　（唱）老百姓盼着民富国也强。

杨红梅　（唱）只要咱干群拧成一股绳，

赵志刚　（唱）保证在三年内……

三人齐　（唱）咱全部脱贫致富奔小康。

　　　　〔造型，收光。

　　　　〔剧终。

小 品

# 惊魂记

编 剧 杨 婷

玉溪滇剧（国家非物质文化遗产）传承保护展演中心

**时间** 当代

# 人　物

**巍　子**

**心　魔** 巍子的心魔，可由一名男旦演员扮演。一身黑袍、水袖，戴面具，
在剧中随情境变化分饰路人、妻子、孩子、父亲等不同角色，或由
其他群演扮演。

它所要表达的并非一个生活故事的起承转合，而仅仅是关于人心的撕裂、对抗与挣扎……

[幕启　舞台是一个空旷的空间，分一明一暗两个基调，表达人物内心的挣扎与对抗。
[画外音　观众朋友、彩民朋友，您现在收看的是中国福利彩票第1029期的开奖现场。第一个中奖号码为12，第二个中奖号码为5，第三个中奖号码为9，第四个中奖号码为3，第五个中奖号码为23，第六个中奖号码为21，特别号码为8。

巍　子　（手拿彩票）中奖了！中奖了！
　　　　（唱）霎时间胸中惊涛骇浪涌，
　　　　　　　气急促头晕耳鸣眼蒙眬。
　　　　　　　谁曾想竟然真把大奖中，
　　　　　　　池中鱼纵身一跃成蛟龙。
　　　　　　　哎！可是这彩票……
　　　　（接唱）莫不是上天故意来捉弄，
　　　　　　　　眼看着花落他家一场空？
心　魔　空与不空，全在你一念之间。
巍　子　你是谁？
心　魔　我是你的心魔。
巍　子　心魔？你来做什么？
心　魔　自然是来给你指点迷津。
巍　子　什么迷津？
心　魔　六千万大奖让你摇摆不定。
巍　子　啊！你怎么会知道？
心　魔　你任何心思都逃不过我的眼睛。
巍　子　那你说我该怎么办？
心　魔　彩票在你手里，这就是天意！
巍　子　（欣喜地）你是说这钱应该归我？
心　魔　不然呢？
巍　子　其实我也是这么想的，这个彩票毕竟是我买的……（转念）不对不对，

　　　　　 这彩票是老刘让我帮他买的。

心　魔　嘘！对任何人都不要再提起！

巍　子　但这中奖的数字是他亲手写给我的。

心　魔　快把那字条撕碎，撕碎了他就再无凭据，这彩票不就是你的了。

巍　子　不不不，这岂不是背信弃义，是要被人戳脊梁骨的呀！

心　魔　信义？哈哈……

　　　　（唱）问你信义什么样？

　　　　　　　　长的是圆还是方？

　　　　　　　　若是拿到市场卖，

　　　　　　　　称得几斤和几两？

　　　　　　　　他能让你填饱肚？

　　　　　　　　还是能让你住洋房？

　　　　　　　　它就是水中之花镜中月，

　　　　　　　　是你心中的迷魂汤。

巍　子　可是等老刘发现了，我要怎么跟他交代？

心　魔　这还不简单，就说忘了买。

巍　子　这可是六千万呀。以前我从来都没有忘记过，偏偏这次一中大奖我就
　　　　忘记了，他怎么可能相信。

心　魔　不信又能怎样，他有人证？

巍　子　好像没有。

心　魔　他有物证？

巍　子　除了他亲手写的字条。

心　魔　那还有什么好担心的，只要你撕了字条，再一口咬定就是忘了买，他
　　　　既无人证又无物证，就算是闹上天也没有办法。

巍　子　不行不行！我这心咚咚直跳，我下不了手啊。

心　魔　想想那六千万，那可都是红彤彤的钞票啊。你真舍得把这含在嘴里的
　　　　肥肉给吐出来？

巍　子　我……

心　魔　一念之差，会给你带来翻天覆地的变化。难道你还想一直蜗居在这租
　　　　住来的小房子里？难道你还要骑着车去打工，被人呼来唤去？难道你
　　　　还没有受够这世间的白眼？难道你还想让你的老婆孩子跟着你一辈子
　　　　穷下去！

巍　子　不！我穷够了！

心　魔　那就不要犹豫！抓住良机就能华丽转身，变成人人艳羡的有钱人！

巍　子　有钱人……

心　魔　只要心一横，你的人生将从此改写。只要有了钱。

（水袖）

（唱）旧事一去不复返，

人生从此翻新篇，

别墅豪车人艳羡，

美女如云伴身边。

名包名表随心换，

大牌加身风度翩。

人人把你脸色看，

一言九鼎气不凡。

众星捧月把繁华享，

逍遥自在度百年。

巍　子　对！我要做人上人，享尽荣华富贵！我要让那些曾经看不起我的人向我低头赔笑！

（唱）我也是堂堂七尺男子汉，

也曾是名校学子成美谈，

我也想事业有成人敬仰，

我也盼日进斗金万贯缠，

为理想斗志昂扬入商海，

未曾料四处碰壁行路难。

败光了父母毕生血和汗，

十余载一事无成尽枉然。

恨世道人人只把权贵捧，

谁人管你明珠暗投非等闲，

钱撑腰方能不被人轻贱，

我定要翻身蜕变傲世间。

我有钱啦！我有钱啦！

［心魔分裂成路人、妻子、父亲、孩子等角色。

路人甲　就是他，见钱眼开，背信弃义！

路人乙　就是他，财迷心窍，真是个不仁不义的小人！

路人甲乙　去举报他，让他坐牢！

巍　子　不！我不要坐牢！

妻　子　曾经我们的日子虽然清苦却幸福和睦，自从你有了钱，也有了数不清的女人，家不像家，我们离婚吧！

巍　子　老婆，你别走，我真心爱的还是你呀……

父　母　你这个不孝子，竟然干出这见不得人的勾当，真是有辱家门，我们没有你这样的儿子！

巍　子　父亲，母亲，你不要和我断绝往来，我还想为你们尽孝啊！

孩　子　爸爸，幼儿园的小朋友都欺负我，不跟我玩，说我是骗子的娃娃。

巍　子　你不是骗子的娃娃，是他们胡说八道。

孩　子　你就是个骗子，我不要你做我爸爸！

巍　子　孩子……孩子……不！不！不！

　　　　（唱）为什么转眼众叛又亲离，

　　　　　　　为什么世人苦苦将我逼，

　　　　　　　都只言有钱能使鬼推磨，

　　　　　　　谁人知受尽折磨身心疲，

　　　　　　　难道说苍天果然有法眼，

　　　　　　　直教人善恶得报终有时。

　　　　我的头好疼！是谁？谁在背后盯着我，那眼神让我不寒而栗？是谁？谁一直在我耳边议论纷纷，说我见钱眼开泯灭良心？你们是谁？为什么都要用那样的眼神看着我？你们快给我走开！走开！是哪里警车在叫？越来越近了，是来抓我的！是来抓我的！不！我没有错！我没有错！人为财死，我有钱，我给你们钱，（撒钱）你们为什么不要钱？你们为什么不要钱？！心魔，你在哪里？快来救我呀！

心　魔　我帮不了你，我只不过是你的心魔。做什么样的人，走什么样的路，你自己选择吧。哈哈哈……

巍　子　不！不！（猝然倒地）

　　　　［灯暗。复明，巍子从地上慢慢爬起。

巍　子　救救我！救救我！（惊醒）原来是个梦啊。（看见彩票）不！这不是梦！老刘真的中奖了！

　　　　［巍子陷入沉思，慢慢拿起手机拨通了电话。

巍　子　喂……

　　　　［切光

　　　　［剧终。

小 戏

# 喇叭声声

编 剧 李伟东

广东省梅州市文化馆

时间　清晨
地点　街市上


## 人　物



旺　嫂　30多岁，老板娘
大　叔　50多岁，人称"馒头张"
小　伙　20多岁，城管

[天边略见晨曦。街边一间醒目的店铺，上有"旺嫂日杂店"招牌。

[幕后歌：朝阳徐徐映彩霞，

　　　　　晨风阵阵鸟喳喳；

　　　　　喇叭声声闹洋洋，

　　　　　街市嚣嚣真繁华。

[幕后传来扩音喇叭声：北方馒头！正宗北方馒头……

[旺嫂伸着懒腰、打着哈欠来到店门前。

旺　嫂　（唱）楼下叫卖闹喳喳，

　　　　　　　吵得人心如针扎；

　　　　　　　一会有人喊卖菜，

　　　　　　　一会有人喊卖瓜；

　　　　　　　最可气的"馒头张"，

　　　　　　　卖馒头还用大喇叭；

　　　　　　　为了一己蝇头利，

　　　　　　　每日清晨扰大家。

　　　　（四处看）唉？刚才还"北方馒头"呢？哪去了呢？

[小伙穿城管制服，手拿扩音喇叭四处张望上。

旺　嫂　城管兄弟，你总算来了，这大清早的，这叫卖声你可得好好管管。

小　伙　大嫂，你放心，我们会处理好的。

旺　嫂　特别是那"馒头张"，天天用喇叭喊"北方馒头"！就该把他赶北方卖
　　　　馒头去！

小　伙　呵呵。对了，刚才还听见"北方馒头"呢，哪去了呢？

旺　嫂　早没影儿了。你说猫一出动，耗子能不跑嘛。

小　伙　呵呵。大嫂你忙，我去那边看看。（下）

旺　嫂　哼，这回看你"馒头张"哪儿跑。（打开店门，入内）

[大叔推着馒头车上。扩音喇叭声：北方馒头！正宗北方馒头……

大　叔　（唱）热腾腾的馒头白花花，

　　　　　　　"馒头张"的手艺人人夸；

　　　　　　　香甜可口又实惠，

　　　　　　　薄利多销便千家；

我不怕晴天顶烈日，

更不怕雨天踏风沙；

最怕遇见城管队，

喇叭一响我心发麻。

〔幕后喇叭声：卖菜的！卖肉的！赶紧收起来！还有你，卖馒头的！

大　叔　呸，我这乌鸦嘴，说城管城管就来了。（关掉喇叭、推车就跑）

〔幕后喇叭声：卖馒头的，别跑……

大　叔　嗐，谁家的破车停胡同口干什么？往哪跑？（情急之下推进旺嫂店里）

旺　嫂　（从内出）喂，大叔，你这是——

大　叔　嘘——老板娘，城管来了。谢谢啊。（不管是否同意，径直推入藏在
　　　　布帘后）

旺　嫂　你——？（直摇头）

〔小伙手拿扩音喇叭上。

小　伙　（对着喇叭）大嫂，看见那个卖馒头的往哪跑了么？

旺　嫂　我不聋！你把那玩意儿关啦！

小　伙　（移开喇叭）对不起。大嫂，您看见刚才那个卖馒头的往哪跑了么？

旺　嫂　没看见！

小　伙　奇怪了，怎么一转眼就没影了呢？（左看右看，下）

〔远处传来喇叭声：卖馒头的，看见你了，快出来……

〔一束追光下，呈现布帘后大叔蜷缩的剪影。

旺　嫂　（看着布帘后大叔的身影，摇头）哎——

（唱）看他一副可怜相，

实不忍心告他状；

起早贪黑为生计，

顶风冒雨串街巷；

小本生意不容易，

一分一厘血一样；

虽不算邻居和街坊，

举手之劳理相帮。

（白）大叔，城管的走了，出来吧。

大　叔　（推车出来）多谢了。老板娘，这天刚蒙蒙亮就起来开店？

旺　嫂　被猫抓耗子吵的，睡不着。

大　叔　还没吃早餐吧，（拿出几个馒头）刚出锅的，好吃着呢。

旺　嫂　不用不用。

| 大　叔 | 你就拿着吧，不要钱的。（推车出店） |
|---|---|
| 旺　嫂 | 大叔，你听我说…… |
| 大　叔 | 说什么呀，不就几个馒头嘛。（推车走） |
| 旺　嫂 | 不是，那个……哎……钱！ |
| 大　叔 | 什么钱不钱的。（远去） |

[远处传来扩音喇叭声：北方馒头！正宗北方馒头……

旺　嫂　嘻，又"北方馒头"！我怎么就这么让他走了呢？

　　　　（唱）刚刚遇到好机会，

　　　　　　　几个馒头堵住了嘴；

　　　　　　　都怪我贪人小便宜，

　　　　　　　想想现在真后悔；

　　　　　　　我不能错过好时机，

　　　　　　　要当面与他道原委。（拿起馒头出店门）

[传来扩音喇叭微弱的声音：北方——馒头，正宗——北方——馒
头……

[大叔拍拍喇叭，无奈地摇摇头，向旺嫂这边走来。二人差点相撞。

| 大　叔 | 哎哟，老板娘。 |
|---|---|
| 旺　嫂 | （返回店里）大叔，你来得正好，我正想去找你呢…… |
| 大　叔 | 哎，就几个馒头嘛，低头不见抬头见的，拿去吃就是啦，不够还有呢。 |
| 旺　嫂 | 不是，你听我说…… |
| 大　叔 | 还是你听我说吧，我这喇叭没电了，卖几节电池给我。 |
| 旺　嫂 | 没电了好啊，就别用了呗。 |
| 大　叔 | 这还好啊？这附近楼层高，不用喇叭怕他们听不见啊。 |
| 旺　嫂 | 你在这卖了一个多月馒头了，不用喇叭大伙也知道。 |
| 大　叔 | 那可不行，喇叭不响，他们还以为我没来呢，要不就以为卖完了，随便煮点挂面、米粉什么的就当早饭了，那我这馒头卖给谁去？ |
| 旺　嫂 | 呵呵，分析得还挺详细的。 |
| 大　叔 | 知己知彼，百战百胜嘛！嘿嘿，（掏钱）拿两节电池。 |
| 旺　嫂 | （犹豫一下）哦，没有。 |
| 大　叔 | 呵呵，电池都看见我了，在那摆着呢。 |
| 旺　嫂 | 哦，那、那是我留着自己用的。 |
| 大　叔 | 反正你现在还没用呢，就先让给我用吧。（伸手去拿） |
| 旺　嫂 | 不行。哦对了，这电池昨天刘大妈就交定金了，一会起床就来拿。 |

大　叔　我说老板娘，什么意思？你这分明就是不卖给我！

旺　嫂　大叔，不是不卖给你，的确是有原因嘛。

大　叔　什么原因？哼，就是看不起我"馒头张"！

旺　嫂　大叔，你这是哪的话？

大　叔　（唱）我老张虽说穷光蛋，

　　　　　　　　苟且之事绝不干；

　　　　　　　　做人做事守本分，

　　　　　　　　靠的是手艺来吃饭！

旺　嫂　（唱）大叔勤俭又能干，

　　　　　　　　没人会把你小看。

大　叔　谁小看我？哼——

　　　　（唱）我供一双儿女上大学，

　　　　　　　　学费杂费堆如山；

　　　　　　　　老母常年住医院，

　　　　　　　　一分一厘不能欠；

　　　　　　　　这些都靠我一双手，

　　　　　　　　多少血泪多少汗？

旺　嫂　（唱）大叔赚的是血汗钱，

　　　　　　　　贴补家境实可怜。

大　叔　（唱）你别看人下菜碟，

　　　　　　　　矮檐压不倒光棍汉！（欲走）

旺　嫂　（唱）我话到嘴边肚里咽，

　　　　　　　　不忍给他再添乱。

　　　　（白）等等。大叔，谁家这么早开店呀，这电池……你拿去用吧。

大　叔　这、这怎么好。那，（递钱）钱你拿着。

旺　嫂　不用了大叔，刚才你的馒头不是也没要钱嘛。（帮他安电池）

大　叔　那馒头是我自己做的，不值钱。可这电池你又不会做。拿着。

旺　嫂　（不接）大叔，真的不用。（电池安好，按开关）

　　　　〔喇叭传出：北方馒头！正宗北方馒头……

大　叔　嘿嘿，这玩意儿就像我们家乡的牲口，给它喂饱草料就往死里干活。

旺　嫂　大叔，这是新电池，电足，小点声。（调小音量）

　　　　〔小伙拿着扩音喇叭上。

小　伙　（对着喇叭）卖馒头的，这回看你往哪跑！

大　叔　坏了，这喇叭声又把城管招来了。（关掉喇叭）

旺　嫂　先躲里边去。

大　叔　馒头车还在外面呢。

旺　嫂　没事，有我呢。（推大叔躲到布帘后，从柜台下拿出电池摆好）

小　伙　（到馒头车旁）人呢？怪了，刚才还"北方馒头"呢？会飞？（到店门口）大嫂，您看见……（发现不对，移开喇叭）您看见卖馒头的吗？

旺　嫂　小伙子，你看见过警察抓小偷二里地以外就拉警笛的么？你大老远的就用喇叭喊，等你到了，人家早没影了。

小　伙　（拿着喇叭对着远处喊，喇叭发出微弱的声音）卖馒——头的，再不——出来——馒头——都丢啦。（用手拍拍还是不行）没电了。

旺　嫂　你都喊一早晨了，还能有电。

小　伙　（走近柜台）大嫂，卖给我两节电池。

旺　嫂　呵呵，没有。

小　伙　大嫂，电池都看见我了，在那摆着呢。

旺　嫂　呵呵，不卖。

小　伙　大嫂，你这是——？

旺　嫂　不卖就是不卖。
　　　　（唱）我是本店老板娘，
　　　　　　　这个家应由我来当。

小　伙　（唱）大嫂实在不讲理，
　　　　　　　我没空与你论短长。（欲走）

旺　嫂　（唱）你们工作很辛苦，
　　　　　　　百姓眼里看周详。

小　伙　（唱）买你电池你不卖，
　　　　　　　无需你来唱高腔。

旺　嫂　小伙子，其实你们的工作也挺辛苦的，这些我们都知道。

小　伙　知道还不卖我电池？你说我们容易么？乱摆乱卖的不管好，就阻碍交通，就得挨群众骂；管好了吧，还得挨摊贩骂；谁理解我们的苦衷？
　　　　（唱）为了百姓更安康，
　　　　　　　我们顶烈日，汗水湿衣裳；
　　　　　　　为了环境更和谐，
　　　　　　　我们冒着雨雪斗风霜；
　　　　　　　几多摊贩能理解？
　　　　　　　几多辛酸我们吞落肠。

旺　嫂　（唱）城管和摊贩捉迷藏，

扰得居民每天清晨睡不香；

喇叭声声耳边响，

声音一浪高一浪；

孩子早读受影响，

老人更是心发慌；

城市怎样得安宁？

居民如何享安康？

小　伙　（看着手中的喇叭、叹气）这，我、我……

　　　　（唱）没想到　我这喇叭声，

　　　　　　　　把居民甜美的梦惊醒。

大　叔　（唱）没想到　我这喇叭声，

　　　　　　　　扰得四邻不安宁。

小　伙　（唱）无意之中在扰民，

　　　　　　　　我内心羞愧难抚平。

大　叔　（唱）无意之中在扰民，

　　　　　　　　我深感自己不该应。

　　　　（愧疚地从内出）我……我对不起你们，对不起附近的居民啊。小伙
　　　　子，我就是那卖馒头的，罚多少我认了。

小　伙　大叔，我没说要罚你呀？

旺　嫂　那你追他干嘛，看把大叔吓得？

小　伙　大叔，大伙都知道您的馒头好吃，我们好多同事都吃过您的馒头呢。
　　　　前面的市场竣工了，以后街边摆摊的就可以到里面经营了，还专门给
　　　　您的"北方馒头"留个摊位呢！以后再也不用站街叫卖了！

大　叔　这、这太好了！（卸掉电池）老板娘，电池还给你，以后这喇叭不
　　　　用了！

小　伙　（卸掉电池）我这喇叭也不用了！

旺　嫂　呵呵，好，以后我们不用喇叭沟通了，用心沟通！

众　人　对！用心沟通！

　　　　［幕后歌：喜鹊喳喳尽欢鸣，

　　　　　　　　　　喇叭无声人有情，

　　　　　　　　　　人人高唱和谐曲，

　　　　　　　　　　街坊四邻笑盈盈。

　　　　［众人造型。剧终。

小 品

# 等诗阳光

编 剧 袁汝桀

天津市群众艺术馆

场　　景　深夜，盲女的家
道具设置　一副道具窗户，简单的桌椅家具


# 人　物


盲　女
窃　贼

［一身黑衣的窃贼用折刀撬开盲女家的窗户，打亮手电敏捷地跳到室内，但着地时还是发出了声响。

盲　女　（身着睡衣入场，自语）什么声音？

窃　贼　（迅速躲到墙边，关闭手电同时举起了刀，做好搏杀的准备）

盲　女　（摸索着走到窗前）奇怪，窗户傍晚时我是插好的，怎么这会儿却打开了呢？

窃　贼　（惊恐地看着盲女）

盲　女　（似有察觉，一步一步走近窃贼，行至咫尺时停住了脚步）你从窗户进来的，对吗？

窃　贼　（本能地想闪开）

盲　女　你别躲了，没有灯的情况下你不如我灵敏。

窃　贼　（被盲女的话震慑住了，呆立在原地，不知如何是好）

盲　女　我知道你就在我对面，我已经感觉到你的呼吸声了。

窃　贼　（下意识地举起了刀）

盲　女　你别伤害我，我不会喊的。你要有手电就打开吧，放心，我看不到你的模样，我的眼睛是坏的。

窃　贼　（大着胆子打开手电，同时用刀在盲女的眼前试探性地晃动）

盲　女　这回你该放心了吧？你手里要是有刀的话，你就先把它收起来吧，家里就我一个人，你用不着它。

窃　贼　（收起了刀）

盲　女　钱和存折都在抽屉里，厨房里有吃的，你需要什么就只管拿好了。我不会阻碍你的。

窃　贼　（镇定了许多，他好奇地围着盲女转了一圈）

盲　女　你很奇怪吗？其实我这么做就是不想让你伤害我。

窃　贼　（愣住了）

盲　女　你也许认为我是因为害怕。你看我像吗？

窃　贼　（下意识地摇了摇头）

盲　女　你还没拿东西，对吗？

窃　贼　（点点头）

盲　女　你如果不急的话，能听我说会儿话吗？我眼睛看不见，平时没事很少出门，也没有朋友来我家，很少有机会跟别人说话的。

窃　贼　（略显轻松，又下意识地点了点头）

盲　女　我们坐下来说好吗？

窃　贼　（忙不迭地拿过椅子，扶盲女坐下，自己小心翼翼地席地而坐）

盲　女　我有个要求：你别出声，只听我说，因为我的眼睛虽然坏了，可我的
　　　　听觉很灵敏，我不想让今晚的一切和你的声音联系起来。你不说话，
　　　　我的记忆中就没有你的声音。这样如果我们今后还能再见面的话，你
　　　　再和我说话，我就会认为你是另外一个人了——一个与今晚所发生的
　　　　一切毫不相干的人了。

窃　贼　（表情有所感动）

盲　女　我猜，你肯定是遇到了什么难处，对吗？不！你别出声，不用回答我
　　　　的，我都知道，因为我的爸爸当初就是和你一样……

窃　贼　（表情吃惊）

盲　女　（起身，从桌前摸出一条红色的围巾，将一端递给窃贼）给，抓住这
　　　　头儿，你要喜欢听或是同意我的话的时候就用手拨动一下围巾，我能
　　　　感觉到的。

窃　贼　（非常配合地接住了围巾的一端）

盲　女　好了，我接着说。在我很小的时候，一场大病使我失去了光明。为了
　　　　给我治病，父母花去了所有的积蓄。钱花光了，我的眼睛仍没见好，
　　　　他们开始变卖家里的东西，当家中最后一点值钱的东西被卖掉后，我
　　　　的眼睛还是没见起色。为了给我一双能够看得到阳光的眼睛，平时老
　　　　实巴交的父亲一念之差背着我和妈妈，像你一样地铤而走险了。

窃　贼　（轻轻地拨动着围巾）

盲　女　但是，当他还没得手的时候，就被人发现了。为了逃跑，他惊慌失措
　　　　地杀了抓他的人。

窃　贼　（慢慢起身，脱下外套披在了只穿着淡薄睡衣的盲女身上）

盲　女　谢谢，你在听吗？

窃　贼　（赶忙抓紧了围巾拨动了一下）

盲　女　你很想知道后来的情况？

窃　贼　（拨动了一下围巾）

盲　女　后来父亲被判了死刑。

窃　贼　（握围巾的手开始发抖）

盲　女　所以，在我童年的记忆中，父亲和阳光一直是个空白。每当我向与
　　　　我相依为命的母亲问起父亲时，母亲就将一张父亲的照片放到我的

手上，让我摸一摸。对于我来说，那是一个无比幸福的时刻。摸着照片，我的脑海中便有了父亲的形象。我想他该是一个高大健壮的男人，有坚硬的胡茬和宽厚的肩膀，我甚至能感觉到他的爱抚和微笑。可是，当我情不自禁地对着相片喊出"爸爸"的时候，回答我的总是无情的沉寂。一到这个时候，我就恨我的父亲，正是因为他的一念之差，使我永远地没有了父亲！每当我问起阳光时，母亲就扶我到屋外让我自己感觉一下。因为阳光我是摸不到的，所以我只能用鼻子闻，我知道那炙热和温暖的气息就是阳光，对吗？

窃　贼　（激动地用力拨动了一下围巾，随即擦拭了一下眼泪）

盲　女　我不知道你的年龄，也不知道你有没有妻子和孩子。可我真的不希望你伤害我，我不想因为由于我的被伤害使他们失去亲人。

窃　贼　（动容地拨动着围巾）

盲　女　一会儿，你需要什么，就只管拿，我不会报警的。

窃　贼　（泪流满面地将围巾颤抖着扔在了地上，然后起身直奔窗户）

盲　女　（起身大声）不！

窃　贼　（面对窗户停住了脚步）

盲　女　你现在不能走，更不能从那走，天黑危险！况且，这时候你从那出去，被人看到会拿你当坏人的。

窃　贼　（没有转身，双手痛苦地抱住了头）

盲　女　（温柔地说）天快亮了，你再等一等，等阳光出来的时候我给你开门，你从这出去，回家……

窃　贼　（猛回身，拾起围巾的一端重重地拨动了一下）嗯，回家……

　　　　〔音乐响起，《回家》的旋律在全场回荡……

　　　　〔剧终。

小　品

# 温暖驿站

编　剧　张宝琦

鹤岗市群众艺术馆

**时间** 大年初一晚上，大雪过后
**地点** 家兴超市

# 人　物

**李家兴** 超市老板，32 岁左右
**小　丽** 家兴媳妇，27 岁左右
**环卫工人甲（简称工人甲）** 男，50 岁左右
**环卫工人乙（简称工人乙）** 女，50 岁左右

[舞台前方是一个刚下完大雪的超市门口，中间是超市内部，LED显示货架、柜台、各色商品。

[李家兴走到超市门口，看见不远处正在清雪的环卫工人。他回身去取折叠桌子和塑料凳子，准备邀请工人进屋休息。

[待环卫工人走近，出门打招呼。

李家兴　大爷，进来待会吧，暖暖手。快来！没事儿，快进来吧！

[环卫工人甲、乙上，犹豫地走向超市。

工人乙　这样好吗？大过年的，去人家屋里。

工人甲　走吧，附近的商店都关门了，咱们就进去暖和一会儿。

[李家兴迎出来。

李家兴　大爷，嘿嘿，快进来暖和暖和。

[李家兴给他们搬凳子，放在暖气旁边。

[环卫工人看见雪白的地砖，不好意思往里走，站在超市门口。

工人乙　小伙子，俺们在这暖和一会儿就行了。你这地这么干净，俺们就不往里走了。

工人甲　谢谢你。

[环卫工人踮脚进店怕踩脏地板。

李家兴　嗨！哪儿的话？地脏了再擦呗！不费事的，快进来坐会儿吧！

[李家兴拉着环卫工人进屋，甲、乙小步移向凳子。

李家兴　大爷大妈，这场雪不小啊，你们又要受累了。

工人甲　哎呀！天气预报说这几天都有雪，还是暴雪。我们黑天白天的干，它是黑天白天的下，怎么整也整不过它呀。

工人乙　可不是，还赶过年。俺们啊，加班加点地清雪，这年都过得稀碎。

李家兴　都说瑞雪兆丰年，大家看着雪都高兴，你们看着雪要头疼了。

工人甲　何止头疼，浑身上下都疼。疼也没办法，还得好好干，干完活好回家呀。

工人乙　我说小伙子，这附近的商店都关了，你这咋还开着呢，不回家过年啊？

李家兴　呵呵，我家就我和媳妇两人，在这小店里过年也是一样的。

李家兴　大爷大妈，你们先坐着，我手里还有点活，一会就回来。

［李家兴下。工人乙跟过去看了看，又回头问甲。

工人乙　王大哥，这人咋对咱这么好呢？

　　　　［工人甲环顾四周，像是在做分析研究。

工人甲　据我观察分析，整条街就这一家店开业，指定有原因。

工人乙　啥原因啊？

工人甲　挣钱呗。

工人乙　那跟咱有啥关系啊？

工人甲　你看你这脑子！他对咱这么热情为啥？（比划花钱的手势）

工人乙　忽悠咱花钱？

工人甲　对了！大过年的忽悠咱消费呢。

工人乙　哎呀妈呀，咱才挣几个钱啊，哪敢乱买东西！

工人甲　他哪管你那个！这种情况就是，哄你进来坐一坐。

工人乙　（边思考边重复甲的话）坐一坐……

工人甲　陪你说话唠闲嗑。

工人乙　唠闲嗑……

工人甲　主动端茶又倒水。

工人乙　还端茶倒水？

工人甲　给你拿吃又拿喝。

工人乙　（认真地听）拿吃拿喝……（慢速反应）然后呢？

工人甲　然后？兜有多钱都得往这搁！

工人乙　哎呀！那可咋整啊？别说俺没带钱，带钱也不能这么花呀！

工人甲　别着急，咱俩也冻够呛了，先在这待会儿，看看情况。你就看我眼色
　　　　行事吧。记住，给吃不吃让喝不喝！

工人乙　嗯呐，记住了！

　　　　［两人站也不是坐也不是很尴尬。

　　　　［李家兴上。

李家兴　大爷大妈，咋不坐着呢？快，请坐。

工人甲　（悄悄对工人乙）你看，让座了吧。（大声说）站这缓缓就行了。

　　　　［李家兴非常殷勤地请二位工人坐下。

李家兴　着啥急，咱们唠会磕儿。

　　　　［李家兴回身去找小塑料凳。

工人甲　（悄悄对工人乙）第二步，唠闲嗑儿。

　　　　［工人乙稍显紧张。

工人乙　哎呀妈呀！

李家兴　大爷大妈家里都挺好的吧?

工人乙　(紧张地、突然地)挺好,就没钱!

李家兴　(稍愣一下)钱?(比划后面的柜台)啊,现在挣钱都不容易,我这一
　　　　天了也没什么生意。呦,你看光说话了,还没给二位倒杯水喝,稍等
　　　　一下。

　　　　[李家兴起身去倒水。

工人甲　(起身,自信地)第三步,端茶倒水。

工人乙　(惊讶,起身)俺的亲娘呀,都对上了!(着急)小伙子,俺们不喝
　　　　水,俺们这就走。

李家兴　(看看表)这都到饭点了,别着急干活了,吃了饺子再干吧。

　　　　[工人乙使劲拉了一下工人甲。

工人乙　(激动)拿吃拿喝了!

工人甲　(万分着急)小伙子,俺们真不吃,俺们这就走。

　　　　[小丽端饺子上。

小　丽　饺子好了,老公快趁热吃。(看见工人们)这是……

李家兴　啊,这是在附近清雪的大爷大妈。我看他们冻坏了,叫他们进来暖和
　　　　暖和。

小　丽　哦!(看见满是泥水的地板,有些不高兴)那就暖和一下吧。(转身
　　　　要走)

李家兴　小丽,再煮一锅饺子,咱俩和大爷大妈一块儿吃。

　　　　[小丽有些愠气,把李家兴叫到一边。

小　丽　李家兴,你认识他俩啊?

李家兴　不认识啊。嗨,啥认识不认识的,大过年的还在工作都不容易。

小　丽　你让他们进屋暖和一下也就行了,干吗非要一起吃饭呢?你看他们踩
　　　　的地上多埋汰,身上、手上都不干净,不能一起吃饭。

　　　　[小丽回身去找拖布要擦地,被李家兴一把抢过来。

李家兴　手不干净可以洗干净啊!

小　丽　那,那万一偷东西呢?他俩杵在这儿,一个没留神就有可能拿走
　　　　点啥。

李家兴　咋能呢?都是劳动人民。你今天怎么这么多事?

　　　　[小丽还想说什么,被李家兴打断了。李家兴满脸堆笑地打算继续留
　　　　住环卫工人。

工人乙　小伙子,俺们真不吃饺子,俺们走了。

李家兴　大过年哪有不吃饺子的。

[两个工人吓得直摆手。

工人甲　不不不，俺们啥也不要，俺们没带钱！

[工人乙看工人甲说错话，赶紧拍他。

工人乙　不是的，俺们——吃过了。

[工人们说着往门口退。小丽看出端倪。

小　丽　（态度冷淡）吃过了啊，那就不送了。

李家兴　你这不是撵人吗？

小　丽　撵了，怎么了？你要留人家吃饭，人家都没把你当好人。你热脸贴个冷屁股，有意思吗你！

李家兴　你怎么说话呢？

小　丽　（一直憋着的气爆发出来）我就这么说！我早就想说你了，大过年的不回家，在这破地方守着，能多挣几个钱？你个守财奴，你守就守吧，煮个饺子的功夫你又弄俩小黄人儿来！你，你跟他们过年吧，我回家！

[小丽转身要走。李家兴拦住。工人们感觉到李家兴不是坏人。

李家兴　站住！谁是小黄人儿？跟大爷大妈道歉！

小　丽　我道什么歉，你疯了！

[工人们看两口子要吵架，感觉误会了李家兴。

工人乙　小伙子，你媳妇没说错啥，不就说个小黄人儿嘛，没事儿。

工人甲　俺们是小黄人儿，俺们是，不用道歉。

工人乙　（转身向甲）啥是小黄人儿？

工人甲　不知道，咱穿的黄色儿，可能就是黄人儿吧。那啥，俺们真走了啊。

[工人们推门，李家兴喊住。

李家兴　大爷大妈别走！我就是真心实意地想请你们吃顿饺子。

[所有人不动，李家兴着急得像个孩子。小丽气冲冲地走过去。

小　丽　李家兴，你还要留他们呀，你爹妈是死得早，那你也不能见谁都当是你的亲爹亲妈呀！

李家兴　住口！

小　丽　你——

李家兴　够了！

[悲伤的音乐起。

李家兴　是，我是个孤儿。我爸没得早，妈妈曾经也是环卫工人。十年前的大年初三，那天雪下得特别大，妈妈包完饺子还没来得及吃，上级就通知出去清雪。天儿太冷，她的手脚都冻麻了，附近又没有可以休息取暖的地方，干完活她艰难地往家走。那时候没有反光服，她过马路的时候出了车祸——

[音乐继续。

李家兴　那盘饺子我一个也没吃，就等着妈妈回来和她一起吃。可是妈妈再也没有回来。这么多年了，每过一次年，我的眼就肿一回，每下一场雪，我的心就疼一次。那时候我就想，等我自己有能力了，不管干啥，只要碰到大雪天儿，只要看见环卫工人，我一定喊一嗓子，拉一把。不为别的，就觉得不这样做就对不起我死去的妈妈。就为了别让我妈的悲剧再重演！

小　丽　老公，你不是说你妈去世是因为病吗？

李家兴　对不起，媳妇儿。我一想起这事儿，心就特别疼，所以我不愿意说。今儿要不是这种情况，我也没打算告诉你。

[音乐渐弱。

[李家兴走到工人面前，握住他们的手。

李家兴　大爷大妈，你们就留下来吃饺子吧。当我看见你们的时候就像看见了我的亲爹亲妈一样！

[音乐至《搭把手》高潮部分。

[音乐渐弱。

工人甲　小伙子，俺们错怪你了——俺们谢谢你！（鞠躬）

工人乙　（和甲一起说）谢谢你！（鞠躬）

小　丽　（羞愧地）大爷大妈，对不起了，我不该嫌弃你们。（向李家兴）老公，明儿我就挂个大牌子，上面写上"温暖驿站"，欢迎大爷大妈和他们的同事一起到咱家超市歇脚儿取暖！

李家兴　这才是我的好媳妇。（狠狠在脸上亲了一口）

[工人甲、乙羞涩转头。

工人甲　哎呀，现在这年轻人咋这生猛，都不背人儿。

工人乙　可不咋地，他俩才是小黄人儿呢。哈哈哈！

[众人笑，谢幕。

小 品

# 糊涂亲情

编 剧 钟一鸣

辽宁省艺术研究院

时间　白天
地点　老人的家


　　　　　　　　　　　人　物




张大力　曾有盗窃前科，现改过自新送外卖
老　人　退休老师，有健忘症的老人
女　警　老人资助过的女学生，实习民警

[老人的家。旧房子，餐桌上有照片，还有沙发和柜子。

[升光。大力在门外换保险丝，屋里灯亮，发现门关，大力无奈。

大　力　哈，亮了！哎？开门啊，开门啊！这老爷子，才一会，又睡着了？（想起手里剩下的半截保险丝，拿出来）哎呀，这活好长时间没干了。（犹豫，发誓）不为钱来不求利，只为好人做到底。苍天在上，我吴大力是为做好事，才开锁了啊！

[女警上，发现大力正在鬼鬼祟祟地撬门压锁。大力把门打开，刚要得意，女警又给关上了。

大　力　哎？干啥啊？你谁啊？

女　警　我是谁？我还要问你是谁呢？光天化日，鬼鬼祟祟，撬门压锁，非偷即抢！看我怎么收拾你！

大　力　完了，误会了。（被女警扭住）哎呀呀呀！要死了，要死了！

女　警　给我老实交代，第几家了？

大　力　那么多家，谁能记住啊？

女　警　惯犯！

大　力　你咋知道我外号呢？我是习惯性送饭，简称"惯饭"。

女　警　少跟我这贫嘴。

[大力忽然虚晃逃脱，女警又抓，大力灵巧地躲开。

大　力　（得意地）哎！这回没逮着我吧！

女　警　（已经拿着大力的裤腰带）跟我走一趟吧。

大　力　（裤子往下掉，忙提住）啥，我就跟你走？我活还没干完呢！

女　警　嚯！提着裤子还贼心不死？

[女警将大力按在门上，老人开门，二人跌进屋里。

老　人　我帽子找不着了。

[女警吓一跳，松开大力。大力一个趔趄，裤子又往下掉。

女　警　吴老师，您离远点，看我来制服这个家伙。

大　力　不是，我是……

老　人　帽子，帽子。

大　力　这份乱啊，不在你头上戴着呢嘛。

老　人　（摸头）咦，你啥时候给我戴上的……

女　警　吴老师，这是……

大　力　这都看不出来？告诉你，躺下睡不着，坐着打瞌睡；眼前的事记不住，过去的事忘不了；天下事全知道，自己家找不着；亲人全不认识，生人见着就亲！学名叫那个阿什么来着？阿拉丁什么磨磨叽叽综合征。

女　警　（震惊）阿兹海默综合征？

大　力　对，就这磨叽病！

老　人　孙子啊，她叨叨咕咕啥玩意儿？

女　警　孙子……你是？他孙子？（笑）他孙子我见过，有二百来斤。

大　力　我……减肥了……你管得着吗？

女　警　他一米八。

大　力　我……黑衣服，不显个，不显个（跳）。

女　警　窜，可劲窜，看你窜月亮上去有没有一米八？（对老人）吴老师，你到底认识不认识他啊？

　　　　［老人不停地点头，摇头。

大　力　别问了，问也问不明白。（裤子往下掉）你就把裤腰带还给我！

女　警　怎么的？怕被揭穿啊？告诉你……

老　人　不许欺负我孙子！你是谁啊？

大　力　爷爷，你别过去，一会把你裤腰带也给抽了！

女　警　去（把大力推一边）吴老师，我是小丽啊！

老　人　（戴上花镜）小丽？谁家孩子？

女　警　您忘了？那时候，咱班好几个贫困生，一直都是您资助的。（拿过桌上照片）看，这是咱们的合影！

老　人　（抚摸照片）多好的孩子呀！哎！这就是小丽！

女　警　这就是我呀，吴老师。

老　人　小丽啊，学习好，懂事，总给我写信。不过，你不是小丽，她是个小姑娘，没你这么大，也没你这么结实。

女　警　这都四五年了，我都长大了！

老　人　你俩合伙骗我呢，是不？（冲大力）孙子啊，你是不是又背着你爸搞对象了？

大　力　我的妈呀，我哪敢找她这样的啊？驴哄哄，二了吧唧的！

女　警　说谁二了吧唧呢？就你好，跟个没长开的茄子包似的。

大　力　茄子包咋的了？那我也是个正经茄子！不像某些人抽别人裤腰带。哎，我说，你嫁不出去也别冲我这……

女　警　说啥呢？你！（欲打）

老　人　（拦）正常，正常，你奶奶过去一跟我急眼就抽我裤腰带，这是传统！

大　力　啥传统啊，老爷子你就别在这添乱了，赶紧把饭吃了，然后我就走了啊！（对女警）把裤腰带还给我。

女　警　这么着急走？想逃窜？没事，一会跟我走一趟。

大　力　谁啊？我怕啥，我这叫身影不怕……穿什么鞋，不对。

女　警　给自己绕腾进去了？

大　力　爷爷，你咋不吃呢？

老　人　（放下筷子）小两口有话好好说，别急眼哪（要哭）。

大　力　哎，别哭啊，没急眼，没急眼（向女警使眼色）。

女　警　吴老师，不是，爷爷，这样，要不，咱一起合个影吧！那个……孙子！

大　力　你管谁叫孙子？

女　警　我是说，他孙子，过来，一起拍照！

大　力　我不和抢我裤腰带的女人照相！

老　人　孙子，快过来，跟爷爷照张相！

　　　　［大力不情愿地过来，三人摆好姿势，女警在手机上点了几下。

女　警　爷爷，我给您带了点东西。

老　人　孙媳妇啊，咱是一家人了，别乱花钱，你俩还得攒钱结婚呢。

大　力　爷爷，您甭客气，这家我做主，想要啥就直说，我让她买，她挣得多。咱家是不还缺台奔驰？

老　人　挣那么多啊！孙媳妇在哪工作啊？

女　警　派出所。你忘了？我考上警校了。（大力一哆嗦）害怕了？

老　人　我孙子，好人啊，老实、本分，还特别手巧。

女　警　是，前三样没看出来，手巧倒是看出来了。

老　人　你咋知道呢？

女　警　刚才开锁的手法，一看就是老手！

大　力　那是，就这点爱好！甭管是咬齿的，磁性的，芯片的，电子的，门的、窗的、保险箱的，只要它是个锁……

女　警　功夫没少下啊。

大　力　貂蝉小技，不足挂齿。

女　警　貂蝉小技？没想到你还会使美人计呢！那叫雕虫小技！

大　力　是吗？我就说嘛，怎么小技和貂蝉还整一块去了？

女　警　有了这点小技，进千家入万户如入无人之境啊！

大　力　在我眼里，那些锁它就是摆设……哎，你绕晕我！

女　警　终于说实话了，说吧，你进过多少家？

大　力　我……我没有……

老　人　咋没有？我孙子，那是进了这家进那家，白天进完晚上进……

大　力　爷爷，您吃饭吧，我得走了。（对女警）裤腰带……（女警眼睛一瞪）你留着吧……（一只手提搂着裤子，欲走）

老　人　回来！搞对象了，钱不够花了吧？

大　力　够花……

老　人　你不总说你没钱吗，也是，你那爸妈连我都不管！等着，爷爷给你拿钱！

　　　　〔老人下，女警看手机。

女　警　现在我明白怎么回事了。

大　力　我得走了，真不赶趟了！

女　警　你走不了了！多好的老人，他都这样了，你怎么忍心！张大力！

大　力　到！（惊）你咋知道我的名字？

女　警　你那点"貂蝉小技"还骗得了人民警察？我把刚才的合影传给我同事了：张大力，23岁，曾因入室行窃获刑！（大力欲语）你不思悔改，盗窃兼诈骗！冒充吴老师的孙子，以送饭为名入室行窃，骗取钱财！今天，我要捍卫人民利益，把你这个不法之徒绳之以法！（欲抓）

大　力　（躲闪）事弄清楚了吗，你就捍卫？爷爷！爷爷！（老人上）

老　人　嗨，别别，小两口生气别动手啊。（女警欲语，大力阻止）

大　力　（扶老人坐下）爷爷，快吃饭吧，孙子还得跑不少家呢。您关好门，水龙头啥的都别碰。您不是想吃红烧黄花鱼吗？晚上我给您带来。要是出门，您就把名卡带上，没啥事早点回家。

老　人　那你晚上早点过来，和我唠唠嗑。（大力点头）你裤腰带被你对象抢去了，你系我的……（解裤腰带）

大　力　爷爷，我有裤腰带……

女　警　使劲演。怎么演，你也是个贼！

大　力　我是个贼！不，我曾经是个贼。从里边出来后，社区安排我送外卖。顺便给吴老师送饭。他糊涂了，又没人照顾，每回都把我当成他孙子。头一回送饭没人开门，我把饭放门口了，第二天过来一看，饭还在那。我问他昨天吃饭了吗，他说吃了……他连自己吃没吃饭都记不住了！我就想，我这样的人都有人帮助我，吴老师他是多好一个人啊，怎么没人记着呢？从那起，每次我都看着他吃完才走。

女　警　（受到感动）可吴老师还不清醒，光听你说不行。这样吧，你和我去趟派出所，把事情搞清楚。

老　人　姑娘不搞对象就不搞，抓我孙子干嘛！

女　警　吴老师，我不是抓他。

老　人　那也不行，不能让我孙子走！

女　警　他也不是您孙子！

老　人　我知道他不是我孙子！

女警、大力　（一怔）什么？您知道？

老　人　我知道我糊涂！可我这心里啊，透亮着呢……我老伴死得早，子女又都在外地工作，一年回来不了几趟，这家里成天空荡荡的，心里也就空落落的。我就想找个人说说话，唠唠嗑。我当了一辈子老师，临了了这没人说个话，还挺不适应的。这孩子，聪明、勤快、心眼好使。来到社区送饭，腿勤嘴甜办事利索，老头老太太们都稀罕他。我叫他孙子，他真就答应。自从孙子来了，就觉得吃啥都香，我爱吃啥他都知道。我就天天盼，盼着吃饭的时候跟他唠几句，我心里就舒坦。有时候，为了能多跟他唠两句，我就故意吃得慢点，哎，他就笑呵呵地在那等着。你说这么好的孩子，你要是抓走了……

女　警　吴老师，我没要抓他，我是……

老　人　我吃，我吃饭还不行嘛！（大口吃饭）

大　力　爷爷，您好好吃。（冲女警）咱们走吧！

女　警　往哪走？陪你爷爷把饭吃完。

大　力　啊？哎！

老　人　不走了？

大力、女警　不走了！

老　人　太好了，太好了，孙媳妇，陪你吴老师坐坐。

女　警　这是啥人物关系啊！吴老师……爷爷，我以后也常来看您。

老　人　你们和好了？

女　警　是误会解除了。

老　人　那还不把裤腰带还给我孙子？

女警、大力　嗨，他还记着这事呢！

　　　　　〔剧终。

戏 曲

麒麟诀

编 剧 张雪莉

上海越剧院

[弘光元年（1645 年），四月二十四日，夜。

[扬州，梅花岭。

[洞箫古曲《苏武牧羊》幽远，悲怆。

[台侧一盏"史"字姓灯，渐渐亮起，照出微弱温暖的光区。

[追光。

[光区内，尹夫人缝补战袍，聆听箫曲，入神。

[另一侧追光。

[高台上，史可法着书生装，月下吹箫。

尹夫人　（低诵）苏武天山上，田横海岛边。万重关塞断，何日是归年。

史可法　（沉吟）亭伯去安在，李陵降未归。愁容变海色，短服改胡衣。

尹夫人　（猜测）卧薪尝胆？

史可法　（自忖）忍辱含垢？（拂袖）唉！

　　　　[尹夫人提字姓灯，缓步上高台；

尹夫人　督师大人，终于得暇了。

史可法　（迎）车马劳顿，夫人辛苦。军务稠繁，有劳久候。

尹夫人　督师大人，一纸万金，索此战袍，不敢怠慢。只是这——书生襟怀，
　　　　月下箫咏，真个是好月色，好雅兴也。

史可法　夫人可知方才箫咏何曲？

尹夫人　督师大人以为知是不知。

史可法　哦？

尹夫人　嗯？

　　　　[二人忍俊，相对而笑；

史可法　（笑）来来来，夫人请上坐。

尹夫人　如此大礼，必有深意。

史可法　望夫人莫辞。

尹夫人　麒麟未奉，如何坐得？

史可法　是是是，末将恭奉麒麟战袍！（双手接战袍）

　　　　[尹夫人双手缓献战袍，欲献忽止。

　　　　[史可法暗惊。

尹夫人　（轻缓）暮春四月，暑气初升。虽着夹衣，尚且汗下。这袭战袍，充

棉填絮，用之隆冬，可御霜寒。督师万金相催，所为何来？

史可法　（语塞，转念）夫人速出城回乡——

尹夫人　（截断）督师心意既定，何作箫咏反复之声？

史可法　……尚有白发老母在堂。

尹夫人　非也。

史可法　……死国本乃丈夫之责。

尹夫人　亦非也。

　　　　　〔史可法犹豫着取出帛书。

尹夫人　（阅，念）先生为我收拾江南，当不惜重任也。多尔衮。

史可法　左良玉呕血而死，其子梦庚，率其全部投降满清。继而，盱眙降清，
　　　　淮安降清，泗州城陷，扬州被围。今天，又送来这幅劝降书。

尹夫人　所以，督师大人的心，乱了。

史可法　一人荣辱，何足为道。可惜了，这城中数十万百姓的性命——

尹夫人　督师大人能保之几何？

史可法　一旦城破，绝难万一。

尹夫人　倘若献城降清——

史可法　人为刀俎，岂有回旋之地。

尹夫人　所以，督师大人的心，早就决断了。

史可法　也许——

尹夫人　也许？

史可法　（摇头）没有也许。（回避）没有，没有了……

　　　　　〔史可法背身而立，仰面长叹。

　　　　　〔尹夫人轻展战袍，覆于史可法之肩上。

　　　　　〔史可法缓拍夫人之手背，推却战袍，久久不肯回头。

尹夫人　（轻叹）宪之你呀——

　　　　（唱）你向风一声长叹息，

　　　　　　　悲从中来却沉寂。

　　　　　　　君拂铁衣清霜色，

　　　　　　　性情未改书生气。

　　　　　　　恰似你，少年题名初登第，

　　　　　　　雄心纵横千万里。

　　　　　　　我绣成战袍玉麒麟，

　　　　　　　配得你，骏马英才冠第一。

史可法　那时，书生意气，雄心万丈。

尹夫人　那时，国是凋敝，举步艰难。

史可法　那时，大明还有一线希望。

尹夫人　从此，你为国奔走，横戈百战，衣不解甲，铁马秋风。

　　　　〔回忆的灯光色调，分隔出现在与过去的时间走廊。

　　　　〔史可法、尹夫人进入回忆空间。

史可法　那一年，你还是闺阁女儿。

尹夫人　那一年，你还是清流年少。

史可法　我从恩师左公游学，谈经阅世，习读《春秋》。

尹夫人　世事沉浮，左公罹难，你冒死探望，泣血而别。

史可法　恩师言道，国事艰难，莫昧大义，莫复轻身。

尹夫人　你说，治国顽疾，需求良药，国石万钧，铁肩承担。

史可法　夫人你，就为我绣成了这副战袍。

尹夫人　战袍绣成之日，就是你戎马出征之时——

史可法　（唱）我别你，愁满关河，

　　　　　　　悲风起兮，白马黄金时已暮。

尹夫人　（唱）我眼中，锦衣将军，

　　　　　　　书剑平生，雄姿英发绝今古。

史可法　（唱）我眼中，蕙心知己，

　　　　　　　芳年静好，未许锦瑟安弦柱。

尹夫人　（唱）别离矣，战袍如我，

　　　　　　　知冷知热，随君尘沙越山阿。

　　　　〔尹夫人为史可法重新披上战袍。

　　　　〔史可法如少年姿态，自我检视，尹夫人频频打量。

　　　　〔沉浸于回忆，似别离，似重逢，似欢愉，似惊喜，忽振作，忽意气昂扬。

　　　　〔隐约的炮声，惊醒了回忆中的人。

　　　　〔光影褪去，月色清冷，洒落发鬓，如雪如霜；两两相望，悲喜莫辩，互指而谑，抚掌而笑。

　　　　〔各自转身，忧郁的身影陷入消沉。

　　　　〔史可法滞重而缓慢地解下战袍，托于臂上。

史可法　夫人，我配不上这副战袍呵。

尹夫人　清兵入关，降者大半。这江南半壁，你独木难支。

史可法　夫人不明白。这，是我无能呵。

尹夫人　你又何必自苦？

史可法 （笑）最苦者，莫过于乱世之苍生，流离之百姓。我，食君之禄，忠
　　　　君之事，苦从何来，苦从何来啊？（自嘲地笑）若说是苦，百姓苦呵，
　　　　我大明朝的万亿百姓，苦啊——（长笑至泪下）

尹夫人 食君之禄者，非你一人，忠君之事者，岂你一个。何不传檄四镇兵
　　　　马，解这扬州之围呢？

史可法 传檄诸镇，发兵援救，然，无一至者。

尹夫人 他们坐视自保……那甘肃镇总兵李栖凤、监军道高歧凤，四千兵马入
　　　　城——

史可法 他们穿城而过，只为劝降。

尹夫人 （惊）他们可是封疆大吏，国之栋梁啊！

史可法 我大明朝，就多的是这种贪生怕死的封疆大吏、卑躬屈膝的国之
　　　　栋梁。

尹夫人 （惊怔，喃喃）不，不对。错，错了。宪之，宪之！（焦急无措地胡乱
　　　　指着）他们，还有他们，还，还有吴三桂，洪承畴，他们都还——
　　　　（愕然，疑惑）你——不对，不对了。一定是你错了，是你错了！

史可法 （阻止）夫人！

尹夫人 为什么他们都能活，为什么他们都能好好地活着，而你却不能，为什
　　　　么，为什么？

史可法 （语速快）夫人无须死国，我即刻派人送你出城——

尹夫人 我要你活着！

　　　〔死亡般的安静。

　　　〔史可法伫立得像一座雕塑。

尹夫人 （哀求）我要你活着……我要你活着，我要你活着！

　　　〔战袍垂及在地，沉重得没有了生命。

　　　〔史可法动作极度哀缓，伏身去拾战袍。

　　　〔尹夫人绝望地俯视着他，在他的手触及战袍的一瞬间，果断地将战
　　　袍拖至距离他很远的另一边。

　　　〔定格。

史可法 夫人也觉得，可法不配了。

尹夫人 你敢死，却不敢活着。

史可法 夫人失望了。

尹夫人 你宁可让这扬州为你殉葬，也不愿扬州城中的数十万百姓，苟且地活
　　　　下去。

史可法 苟且地活下去，是生不如死。

尹夫人　可那大明朝的武德与文功都还活着。

史可法　如果是那样，我就愈发地配不上夫人你赠给我的这副战袍了。

尹夫人　所以，你是要我，用这副千针万线，日夜不眠，熬疴双眼，亲手绣成的战袍来为你——我的夫君，收葬吧。

史可法　知我者，夫人也。

尹夫人　（取出家书）这就是你一封家书，十万火急，除却战袍，不著一字，催我到此的良苦用心。

史可法　知我者，夫人也！（跪）

　　　　〔尹夫人震惊、委屈，欲用家书摔打丈夫，但，终不忍落下。

　　　　〔忽然，她清醒似地看向自己高高举起的手臂。

　　　　〔她的手掌在空中，显得那么苍白，那么瘦小；她手中的家书，显得那么轻，那么薄。

　　　　〔她无声地笑了，笑到痛，笑到撕心裂肺，笑到喘不过气，笑到泪如雨下，却发不出一点声音。

　　　　〔家书被撕扯得粉碎，飘摇着落在地上。

尹夫人　（端详着自己的双手）你为什么要绣呵，哈？你为什么要绣这样一副战袍呀，啊？为什么啊？为什么要绣这副战袍，亲手绣出这副战袍，送他去死——送你的夫君去死啊——

　　　　〔尹夫人撕扯战袍，大笑，嚎哭，癫狂，摔倒，颤栗。

　　　　〔史可法拥紧了妻子。

　　　　〔战袍，如血，如伤；家书，如灰，如灭。

　　　　〔月光，如死影的网，笼罩着月下的人。

史可法　（唱）一纸家书半纸空，
　　　　　　　　清泪尽在不言中。
　　　　　　　　不敢写，我去望妻自珍重，
　　　　　　　　不敢写，我死望妻莫哀恸。
　　　　　　　　无有一字叙离情，
　　　　　　　　抵得过，多少字，一寸愁心墨正浓。
　　　　　　　　与妻偕老头白也，
　　　　　　　　这襟上，麟麟玉色，与侬俱老冷溶溶。
　　　　　　　　相看处，一线一缕结发情，
　　　　　　　　死生诀，千丝万行赋挽送。
　　　　　　　　它鉴我，曾经壮怀烈西风，
　　　　　　　　它证我，当时书生锥心痛。

　　　　　　它残破，尚有我妻为我补，

　　　　　　我大明朝的伤痕，破碎，惨痛，谁堪收葬谁堪缝？

**尹夫人**　这战袍，像你，也像你的大明朝。

**史可法**　夫人愿为我收拾残局吗？

**尹夫人**　督师大人的心中，大明朝重过白发老母，重过结发妻子。可是，在我的心中，我的夫君，每一句嘱托都比山海还重。

**史可法**　夫人！

**尹夫人**　（恍惚）我想听那支箫曲了。

**史可法**　一曲洞箫。

**尹夫人**　断人肝肠。

　　　　　　〔炮声渐渐清晰。

**尹夫人**　（清醒）天快亮了。这战袍残破，我要快些缝补，以赠夫君。

**史可法**　有劳夫人。

　　　　　　〔史可法移过字姓灯为尹夫人照明。

　　　　　　〔尹夫人收拾战袍，在灯下仔细缝补。

　　　　　　〔由远而近的炮声。

　　　　　　〔温暖的灯光中，史可法重拾箫笛。

　　　　　　〔隆隆的炮声。

　　　　　　〔洞箫古曲《苏武牧羊》幽远，悲怆。

　　　　　　〔字姓灯照出微弱温暖的光区。

　　　　　　〔晨曦微透。

　　　　　　〔尹夫人缝补战袍，聆听箫曲，入神。

　　　　　　〔幕后唱　苏武天山上，

　　　　　　　　　　　田横海岛边。

　　　　　　　　　　　万重关塞断，

　　　　　　　　　　　何日是归年。

　　　　　　〔剧终。

# SEA WIND

2017 全国戏剧
创作与评论
高级研修班
作品集

上海市剧本创作中心 编
Shanghai Creative Center of Arts & Culture

演讲篇

上海人民出版社

**图书在版编目(CIP)数据**

海风：2017全国戏剧创作与评论高级研修班作品集.
演讲篇 / 上海市剧本创作中心编. —— 上海：上海人民
出版社，2018
ISBN 978-7-208-15039-3

Ⅰ.①海… Ⅱ.①上… Ⅲ.①中国文学 – 当代文学 –
作品综合集②演讲 – 作品集 – 中国 – 当代 Ⅳ.
①I217.1②I267

中国版本图书馆CIP数据核字(2018)第042796号


**责任编辑**　赵蔚华
**封面设计**　陈　楠



**海　风**
——2017全国戏剧创作与评论高级研修班作品集(剧本篇、演讲篇)
上海市剧本创作中心 编

出　　版　上海人民出版社
　　　　　（200001　上海福建中路193号）
发　　行　上海人民出版社发行中心
印　　刷　常熟市新骅印刷有限公司
开　　本　720×1000　1/16
印　　张　30.25
插　　页　8
字　　数　551,000
版　　次　2018年4月第1版
印　　次　2018年4月第1次印刷
ISBN 978-7-208-15039-3/I·1702
定　　价　98.00元

# 目　录

专题讲座

# 罗怀臻

中国戏剧家协会副主席
中国文联全国委员会委员
上海市剧本创作中心艺术总监
上海戏剧学院教授

　　自20世纪80年代起，致力于"传统戏剧现代化"和"地方戏剧都市化"的创作实践与理论思考，剧本创作涉及戏曲、话剧、歌剧、舞剧、影视，重要舞台剧作品有淮剧《金龙与蜉蝣》《西楚霸王》《武训先生》，昆剧《班昭》《影梅庵忆语》，京剧《西施归越》《建安轶事》，越剧《真假驸马》《梅龙镇》，甬剧《典妻》，川剧《李亚仙》，琼剧《下南洋》，芭蕾舞剧《梁山伯与祝英台》，舞剧《朱鹮》，话剧《兰陵王》等。出版著作《西施归越》《九十年代》《罗怀臻剧作集》《罗怀臻剧作自选集》《罗怀臻戏剧文集》。

# 中国戏剧版图上的海派戏剧

罗怀臻

各位新朋友、老朋友，有幸我们今天能有半天的时间交流一下有关戏剧，有关上海，有关当下的话题。我想大家在前面的开班仪式中已经能够感受到一点，就是我们未必做得最好，但是我们十分用心。研究中心为了举办这个班，可以说做了很长时间的准备，也调动了很大范围内的优质资源，就是同学们在到来之前他们做了大量的工作，你们离开上海以后，他们还有很多的工作要做。大家可能会从各个细节当中感受到一种温暖，一种责任。我想办各种班最主要的就是要有情怀，要爱这个班，爱这些同学，爱他们的作品。因为有这份爱，至少在我所见证的他们前两期当中，都留下了感情，留下了美好的记忆，也催生出了一批人才和作品。因为我们知道，很多班办完了也就办完了，而办得好的一些班，它会有一种能量和热情在燃烧、延续，它不会随着办班的结束而戛然而止。

大家一起配合吧，珍惜在上海的两周的时间，尤其对外地的朋友来说。我觉得这次有一点很宝贵，去年瑞娴主任跟我们在策划办班的时候，我们就达成了一个共识，我们要错位办班。不能和中国文联的各个协会，不能和文化部以及国家艺术基金一样，去举办面对一个时代的最优秀的人才的那个班。我们应该是落差补位。我们计划聚焦三个方向，第一年就是面向基层。如果有一些省一级研究院所艺术院团的人进来了，我觉得你们非常侥幸，因为这是有一些评审老师坚持的结果。因为按照我们办班的意愿，我们不打算录取任何一名省一级机构的学生，因为你们的机会太多了，我们最希望的是县乡一级的，至多是地市一级的，让这些人多一些学习的机会。因为各个省都会垄断，有一两个省我们知道，没有向基层下发通知，在省里就把这名额指定了。所以像这种情况我们拒绝录取，我们一定要看到来自最基层的报名表，所以大家能来到这里，应该感谢瑞娴主任他们所坚持的这样一个动机。明年、后年还将分别办少数民族班，要真实地去面对少数民族；还打算办非遗班，就是非物质文化遗产这样的稀有的曲种、剧种的班。希望大家能感觉到这份用心。

各位来到上海，希望不要把心思仅仅放在课堂的学习上，同时也要关注主办方煞费苦心所安排的这个时段。这个时段就是国际艺术节的开办期间。这期间希望大家不要仅仅聚焦于传统的剧场演出，还要关注到艺术节的一些子项。比如青年艺术家的扶持计划。昨天我就在上戏端钧剧场看了来自重庆303戏剧坊的川剧《聂小倩与宁采臣》，让我们感觉到戏曲在80后、90后的年轻人眼中，已回归到了本来应有的身份，就是所有的戏剧它都是为了表达人对生活和情感、对外部环境乃至于对自身的一种认识，而戏曲的演唱、表演，是他传达这种认识的手段。因此，昨天端钧剧场座无虚席，演出过程笑声不断，彩头不断，掌声不断。这些戏也许比我们在大剧场，在传统的演出空间里感受到的东西还多。当然像这样的演出，扶青计划有一批这样的剧。

还有一些就是民间的街头的。我们要让舞台艺术重返它的前世，它的前世可能是来自民间和街头，让它重新回到街头，也伴随着今年的新一批街头艺人的上岗。这一点希望大家能够了解。中国街头艺人最先在法律上予以承认，并且给他们发放证书，让他们作为一个堂而皇之的职业，在这个城市街头卖艺，是从上海开始的。在开放街头艺人演出的事情上，我个人起了一定的作用。我在十年上海市人大代表的履职期间，几乎就做成了这一件事。所以你们也不妨关注上海街头艺人的表演，那可不是展示一条伤腿，拉个二胡，不是这样的；它是真正意义上的有品位、有格调、有责任的街头艺术。所以我希望大家除了课堂，多关注一点东西，包括关注城市的空间。在城市的地铁、剧场、博物馆、展览馆，你都可能感受到一种上海的风情。我们了解一个城市，有的时候已经不是从它的建筑来入手了，因为现在千城一面，在建筑上已经很难判断一个城市的风貌。可能我们在这个建筑的空间里，在人文的接触当中，会感受到一个城市的意味。这点意味你可能喜欢，也可能不喜欢，但是它是留下你对这个城市记忆最重要的方面。就像我们不会仅仅记住一座城市的某一栋高楼、某一个卖场，我们会记住某一座城市的一种气味、神态、声音、表情，我希望大家在两周时间里收获得更多。

今天讲座的提纲已经提前发给大家了。昨天上午我又重新修改了提纲，我增加了很大一部分，就是把我这几天学习习近平总书记在十九大报告中有关文艺论述方面的学习体会跟大家交流。这个交流不是我们通常意义上的学习中央文件，学习十九大报告，是作为一个文学艺术家的学习本能。因为我们每一个人都是要做着当下的表达。作品的好坏，我们写作的分寸感如何，其实是看我们的当下感如何，而当下感不是由我们个人决定的，它很重要的一方面的推力就是来自中央，来自执政党的某种意志。执政党对文艺创作方面的指导性要求，我们应该了解，因为它将影响着对我们作品的评价，也将影响着一个时期的观众、读者在接受我们作品时的心情。于是我想把近几天光明网、文艺报、艺术报分别刊载了我的一些零星的感悟与大家分享。

习总书记对于文学艺术方面所作的表述，这三年来集中的有三次。第一次，是三年前的2014年10月15日，在北京的文艺座谈会上。这个讲话传播以后，（还不能说传达，因为它没有正式的途径传达，也没有及时在报纸上发表，发表是一年以后的事情。）让我们感觉到，我们文艺创作的理论有了一些新的成果，这个成果就是从革命党向执政党的转化。虽然我们经过了这么多年，可是我们的主要文艺理论还是七十多年前毛泽东在延安时期，在一次座谈会上讲话的主要精神，那是革命党的时期。就是革命党时期的文艺理论一直影响着执政党时期的文艺创作。到了习近平的讲话以后，我们感觉到这种理论有了科学的发展。第二次，是2016年10月30日，习近平总书记在第十届全国文代会和第九届全国作代会上所作的讲话。作为中国文联全委会委员，我有幸在主席台上聆听了他的这次讲话，而他的这一次讲话是对他两年前的讲话更精粹的提炼、更精准的表达，与两年前讲话后整理发表的讲稿相比，又有了发展提升。第三次，就是前几天即2017年10月18日上午，他在十九大报告中对于文艺方面所作的论述。我觉得习近平总书记三次有关文艺的讲话，它构成一种整体精神，这个精神就是一次由革命党向执政党文艺理论方针的转换。如果说革命党时期，它的最高任务是获取政权，那么在获取政权的过程中，文艺宣传就是它的重要手段，而文艺本身不是目的。因此我们在重温毛泽东文艺座谈会讲话的时候，你会感觉到那些工具化、宣传性的特征，尽管毛泽东本人也是一位文化大家、诗人、文论家，但是对他而言，当时的主要任务还是要带领全党同志获得执政权。

在中国共产党获得执政权的68年之后，党的总书记在重新论述文艺的时候，我们看到了他希望文艺回到文艺本身，看到他提出的"追求真善美是文艺创作的永恒标准"的表述。他甚至在表述人民的概念时，跟以前完全不同，"工农兵"这种表述已经没有了，他不再是从社会阶层的角度来表述"人民"的概念。以往的很多文艺作品或文艺批评，一说到人民就说成农民，说成工人，说成军人，可是今天的农民是谁？农民就是农民工的家属；今天的工人是谁？工人就是农民工。比如现在传统意义的上海市民，还在工厂里做着产业工人、第一线工人的有吗？很少很少。上海城里的工人基本上是外来的务工人员，也就是我们所说的农民工。农民在乡下种地的，目前它的主体是什么？就是这些农民工家属们，农民工进城了，家里只有两三亩地，老人、家属在家里种种就够了。解放军的各个歌舞团、文工团被大量裁减。军人就是要打仗。以前军人也要从事文艺，这是鼓舞战斗情绪的宣传工具，现在的军人就是要训练怎么打仗，而不是要他们唱歌、跳舞、写诗。传统的工农兵概念都已经发生了转型，如果我们自己的脑子里还想着过去意义上的工农兵，我们就要落伍了。

习总书记说人民不是空洞的概念，人民是有希望、有理想、有追求的，同时也有挫折，有痛苦，有忧伤。大家听听多文艺，忧伤，很"小资"是不是？人民当然也包括很有"小资"情调的人，所以人民就是我，就是你，就是他，就是每一个普通生活中的人的总和。

习总书记关于文艺工作的三次讲话，我们应该很好学习。在我个人看来，我最感兴趣，几乎我每次谈体会我都要说的，但这次它就更加鲜明，就是我们看到刚才在开班仪式上，几位领导都提到了的"两创思想"，即"创造性转化"和"创新性发展"。如果在今天之前对这10个字还没怎么注意的，现在要开始注意了。习总书记在2014年表述"两创思想"的时候是有前提的，是放在中华传统文化的与时俱进方面来表述的。可是在文艺界的"两会"上，这10个字已经成为他报告的标题，而且这不仅仅是针对传统文化的，它也是针对革命文化，针对外来文化的。根本上说，它是一种"转型"的概念。十九大报告中，"两创思想"是和"二为方向"、"双百方针"并列论述。以前我们只提"二为方向"，即为人民服务，为社会主义服务；"双百方针"，即百花齐放，百家争鸣；现在又增加了"两创思想"，即创造性转化，创新性发展。他把党在不同时期对文化艺术创造的精神归纳为三个方面的理论，所以这个"两创"的思想，在今天来说，就尤其要引起大家的关注。十九大报告当中，对"两创"作了两个层面的表述，一个层面是针对传统文化的当代性转化，第二个层面就是对"二为"、"双百"、"两创"的并列表述，所以将来在相当长的时间内，我们会面对这10个字频繁地出现，但它出现的前提是什么？是新时代。大家已经感觉到这几天"新时代"可能是最热的词了吧？那"新时代"是针对什么呢？它不是针对旧时代，我的理解，应该是针对"新中国"、"新时期"来提出"新时代"的。

"新中国"应该是1949年以后，中国共产党获得执政权以后，文学艺术进入了一个新的时期，所以可以说新中国的文艺。到了1978年十一届三中全会以后，通常是我们所说的"新时期"。大家在当代文学艺术各个方面的史论，都会看到新时期的概念，好像新时期是有起点没有终点的一个文艺理论概念，起点就是十一届三中全会，现在新时期仿佛有了终点，终点就是十八大之前。十八大以后，也就是进入了以习近平为核心的新的时代。伴随着这三个时代，有一种新的提法，中国人民从站起来到富起来到强起来。站起来就是新中国，富起来就是新时期，强起来就是新时代。因此我们的"两创思想"是在新时代产生的，我们将来的创作和评论要不要放在当下的语境中？我们要从事文艺创作，我们要评价当代的文艺作品，我们必须要有一把尺。那么这把尺是什么时候的尺？现在是十六两制还是十两制还是公斤制的？我们必须有把当下的尺。没有一个杰出、优秀的作家、艺术家，不关心当时的政治话语。关心当时的政治不是说我们要去干预政治，更不是要投机政治，而是要理解当下文艺的创作环境和话语环境。习总书记的讲话，高屋建瓴，学习讲话要善于把握总体精神，不能断章取义。就如习总书记讲了三个半小时，有人就听见了一句话，要鼓励创作现实题材；有人就听见了另一句话，要重视传统文化。于是就拿着这一两句话到处耀武扬威，指手画脚，这些都是片面的、狭义的和不足取的。

"两创思想"用来做什么？用来讲好中国故事。如何讲好中国故事？我用三句话来表述我对讲好中国故事的理解。

第一句，"把古代的故事讲给现代人听"。昨天的川剧就是把古代的故事讲给现代人听。那个宁采臣，那个老妖婆婆问他，你是干什么职业的？他说我的职业就是把这一样东西从这个地方搬到那个地方，从那个地方再送到那个地方呢，她说那叫什么呢？他说那叫快递小哥，于是大家哄堂大笑。我们看到的就是一个快递小哥和一个作女之间的爱情故事，点点滴滴都是现代生活的隐喻。我们一讲古代的故事，就罔顾现代人的价值观，罔顾现代人的审美趣味，有时甚至调动行政手段强迫人来接受，比如现在我们很低端地送戏到校园，学生们可能会看到某种好奇的东西，包括画个大花脸，水袖、扇舞等，觉得这很稀奇。可是这些表演背后所要表达的人生观、爱恋观、生活态度已经没有了，那就是说它跟学生们的生活无关，只是供人玩味、鉴赏。如果他或她不喜欢戏曲咿咿呀呀说话，扭扭捏捏走路，那他很可能就喜欢不上戏曲，和戏曲真正的精神其实没有发生关联。

为什么我要说把古代的故事讲给现代人听？而不说讲给当代人听？当代人未必是现代人。当代人只是在当代的时间概念中存在的人，现代人是经过现代科学、现代民主法制理念武装起来，熏陶过的，代表着当代价值取向的人，所以我说要把古代的故事讲给现代人听。就像我们要重新讲王宝钏的故事一样，因为现代人不能接受一个十八年对虚妄爱情的守望，她必须守望着一段真实的爱情。王宝钏十八年忍受凄苦生活，因为她心里有一盏明灯，因为她有爱恋的男人。他们相约他会回来，她等他，她不是等名牌服装和豪华别墅，也不是等她高档的化妆品，她等待的就是那份感动，那份别的男人都不能替代的喜欢，因为王宝钏本人是富二代、官二代，她什么都不缺，什么都有，就是没有快乐。这个快乐是要我自己寻找的，让我兴奋。结果十八年以后，回来能给她的感觉都是她不要的东西，就是那个人变成了一个规范的人，变成了十八年间她成堆地拒绝的人，而且还有个附加条件，不但有二奶，而且上位了，那个二奶用的都是高档的化妆品，穿的都是当季的名牌，而她十八年只能是井水洗脸，由一个富家小姐、贵族千金变成了黄脸婆。十八年以后的这个结果是她所需要的吗？我想任何一位现代女性都不会接受。王宝钏的故事虽然讲了上千年，但是它要想继续讲下去，就必须接受现代人的价值观和审美观的检验。这个古代故事需要经过现代人的认可。

第二句，"把革命的故事讲给年轻人听"。徐克拍《智取威虎山》就试图做这件事。美国拍《血战钢锯岭》就在试图做这样的事。现在美国最火的舞台剧《汉密尔顿》，需要提前半年预订票，还必须得摇号，比北京拍车，比上海拍牌照难多了。现在你说我办个护照到美国去看戏，没有这么简单。你根本看不到，你必须提前半年预订，还不见得能预订到，这就是他的主旋律。哈密尔顿就是华盛顿时期的财政部部长，就是美国的主旋律，美国的开天辟地，里边的角色都是美国的第一代党和国家的领导人，这些故事都是革命的故事，它要讲给年轻人听。你把革命的故事讲给老年人听他相信，他一听《白毛女》，"北风那个吹"，他眼泪就下来了。他从那个年代过来的，他相信。可是现在这个年代的年轻人，他不相信，现在 20 多岁、30 多岁甚至 40 岁左右的人，还不理解国民党、共产党都是中国人，他们为什么要打？我们终于把日本人打败了，这个时候大家坐下来讨论问题，为什么共产党、国民党还要打，为什么把自己的兄弟赶到台湾去？现在他们还不理解。就像我们十九大有个台湾的代表，她现在在我们复旦大学。她在台湾生长、成长，十几年前来到上海，现在是复旦大学的教授。她说请大家不要再用 1927、1937、1947 年的思维来理解台湾和大陆、国民党和共产党。我们要给现在的青年人一个交代，国民党代表着什么？为什么共产党可以那么快地赢得人心？国民党溃败之前，国民经济全面崩溃，一大捆纸币买不了几斤粮食，人民群众真正是生活在水深火热之中。而代表着未来光明的共产党，就是在这种背景下形成了气候，获得了成功。不了解生活在旧时代中的人对新时代的向往，就说服不了年轻人对革命甚至战争行为的理解认同，你的革命故事就讲不到人的心里去，就没有讲故事的效果，所以，你要善于"把革命的故事讲给年轻人听"。

我们一些主旋律作品，一写主旋律就是非人性的人，就是不认爹娘、不认祖宗的人。单位要搞科研项目，家里父亲癌症晚期；孩子面临高考，他却偏偏要去抗洪救灾；总之，家庭和工作总是对立的。结果大都是科研成功了，工作完成了，回来后老爸变成一抔黄土，孩子不仅高考没考上还吸毒了，然后他说我很内疚，把自己狠狠责备一番，好像家庭和工作、人性与党性，从来就是对立的，有他没我，有我没他。这样写出来的文艺作品往往都是骗人的作品，都是虚假的。一个连自己的亲人都不爱的人，对工作会那么有责任心和使命感吗？

第三句，"把中国的故事讲给全世界听"。中国是有中国特殊的语境的，中国也有中国特殊的历史，五千年的文明积累下很多宝贵的文化遗产，同时也有很多糟粕。以前有一句话，"越是民族的就越是世界的"。那么宫廷里的阉人，也是中国几千年特有的文化，非常民族化，它国际化吗？女人的小脚，中国多少男人玩味女人的小脚，又玩味出多少文艺作品，你说这个也能国际化吗？说"越是民族的就越是国际的"，前提是必须经过现代文明的过滤。你要接受人类共有的价值取向、审美观念，它才可能成为国际的，把这个前提抽去就不行了。戏曲出国演出，很多年来就是《闹天宫》《贵妃醉酒》，外国人很喜欢，像看杂耍一样地看中国的东西，可是它的内涵呢？它表达的精神呢？今年是中国话剧诞生110周年。110年了，我们还在说民族化问题。话剧在日本就是日剧，在韩国就是韩剧，它没有说我要韩国化、我要日本化。可是只有中国，原封不动地按照西方的镜框式舞台演话剧，演了110年。这110年间，中国没有一个话剧团没演过外国剧作家的剧本，没有一个外国的剧团演过中国剧作家的剧本，好惭愧。就如110年了，人家请客你一次都没落下，你却一次都没请人家吃过饭，是不是这样？110年了，突然发现中国话剧其实没有参加世界话剧的大循环，中国需要借助话剧把中国的故事讲给全世界听。

昨天，我所尊敬的上海越剧院的傅全香老师过世了。在她的身上，我们看到一代又一代外地人对上海这座城市的向往，一代又一代的外来人在上海这座城市里的奋斗，有些人最后成了上海文化的标志。比如傅全香等越剧十姐妹都是来自浙江绍兴地区的女孩，从十五岁到十七八岁，最大没有超过二十岁，带着对当时刚刚魔幻般崛起的上海都市的好奇和向往，来到这个城市抱团取暖，彼此戒备着这个城市，十里洋场，同时又睁着好奇的眼睛。这里可以看到好莱坞的电影，可以看到芭蕾舞，听到交响乐，可以看到话剧，可以看到梅兰芳的演出，充满了好奇，充满了想象。一批小女孩叽叽喳喳窥视着这个世界，同时又提防着这个世界，然后把他们对这个世界的好奇心，对自己的自律心幻化为那个时候的作品。我们就看到他们不经意间传达出了我们那个时代最期待的新文化，不经意间看到了中国的地方戏终于结束了广场的演出，进入了剧场，也终于看到通过口口相传那样的一种继承关系所掌握的传统戏进入了每一个戏都是对当下表达的原创。傅全香老师就是其中的一位，所以我们说我们纪念她，是纪念我们曾经拥有的那个原创的时代，那个作为时代的代言者的时代。而今天无论是上海越剧院、上海越剧、上海的戏曲艺术都或多或少和这个时代有一种隔膜感，因为我们已经不能像当年的傅全香那样准确地传达这个时代，或者我们把他们的传达当成了我们的传达，而我们置身在不同的时代。从傅全香老师身上也看到了其他人，如湖北汉剧的陈伯华、河南豫剧的常香玉、安徽黄梅戏的严凤英，某种意义上，他们都是那个地域的傅全香，他们开创了一个时代，而我们需要在这个时代通过创造性转化、创新性发展，创造出这个时代代言者的形象和声音。

如果说北京是一个崇尚经典的地方，上海就是一个打破经典的地方。如果说北京是守望高度的地方，上海就是逾越这个高度的地方。包括京派的代表人物，包括梅兰芳先生和四大名旦，也包括李少春先生，他们真正地走向全国都是通过上海，形成他们的流派，他们表演风格的最重要的代表作品也是完成于上海。所以上海这个城市它就是一个变化的城市。回到北京的梅兰芳后来成为京派的代表，事实上他的代表作品是在上海这个地方催生和完成的，他代表的其实是一个时代的风范。那么在北京成名、后来定居在上海的另一位大师周信芳先生则成了上海海派戏剧的象征。大家想想梅兰芳和周信芳，你们看过这两个人的照片吧？或者看过他们有动态感的一些音像作品吧？你们会感觉到梅先生身上那种安静、安闲、安详，中国古代良家女子的那种气息，妙相端庄，目不斜视，梅先生甚至都不提倡塑造人物，他是只表现一种风范，他是民间艺术精致化的典范。而周信芳先生身上洋溢出来的那种气质就是变化，你看周信芳的音像和照片，没有一张照片是安静的，都是东张西望，左顾右盼，惶惶不安，提心吊胆。

北京有一种皇家气概，上海则是十里洋场，置身上海每天都要寻求新奇的变化。大家看到上海有文化领袖吗？如果谁试图成为上海的文化领袖，这个人最终就会被逐出上海。为什么上海出现了"海派"的概念，那就是清朝末年宫廷艺术、文人创作、小众审美趣味之外，有一种新的审美导入了，这种导入伴随着我们的国际化的视野，有一批欧美西洋的、日本东洋的现代艺术，包括他们的古典艺术，主要是绘画，后来是包括音乐，再到后来才是戏剧，就通过上海和广州这些大的国际港口登陆了。登陆了以后，它影响到了上海的画家、广州的画家，形成了最早海派概念的就是海派的绘画。这个海派绘画它也就是一种可以批量生产的，可以和时代共进的一种绘画，可以拿到市场上去卖的绘画。我们古代怎么会把那些名人字画拿到商行去卖呢？上海有了这样的一种，也有把西方的技法和绘画材料运用在他的创作中的这样的一些绘画，所以最早是有海派的画派。海派的画派，不仅仅是一个地域的画家，它也包括广州的，也包括有些在北京、天津、武汉的这些画家，他们创造了一个非宫廷审美、非文人审美、带有时代的商业审美的一种画作。所以海派这个概念起先它是标志着创新和另类的，标志着不守传统规矩的一种风格，慢慢地它发展为各个艺术门类的创新，以上海为重镇，波及全国主要的一些沿海城市，特别是一些文化大码头。

海派戏剧它同时给上海带来了什么呢？带来了二十世纪舞台艺术的转型，也就是说带来二十世纪的创造性转化和创新性发展。主要表现在二十世纪的上半叶，主要的创造高峰时段是上个世纪的二三十年代。十九世纪末二十世纪初，有一批西方镜框式的舞台和标准化的符合声学要求的音乐厅建筑在上海率先开建了。上海在上个世纪初造了一批镜框式的舞台，包括音乐厅，还有游艺场，就是我们今天看到的如上海大世界。上海大世界是和美国的百老汇、英国的西区、法国的红磨坊几乎是同时期建造，代表着那个时候商业演艺最好的设施和环境。镜框式的舞台带来了一种什么样的效果呢？就是中国的戏剧由乡村走进了城市，由广场走进了剧场，由戏台走上了舞台。镜框式的舞台必然带来综合性的表演的要求，它不再是几盏灯笼几盏灯照明的传统戏台的表演，它对空间、声响、光线和在舞台上营造生活假定性的可能有了新的期待。所以你看梅兰芳先生的几部代表作品，其实是剧场艺术。他和其他几位，特别是和荀慧生、尚小云不一样，他们的代表作品其实更多是戏台上的作品，梅兰芳是剧场里的作品。他的《贵妃醉酒》《霸王别姬》《天女散花》其实代表了一种转型的审美。上海越剧十姐妹的戏曲改革了不起，甚至比延安平剧改良还要早，它叫改革，延安革命党的创新还称为改良，越剧十姐妹大胆地叫做改革。越剧最重要的改革就是建立了它的编导制度，开始演原创作品。我在上海越剧院工作的时期，中国最好的舞台美术家苏拾风在上海越剧院，中国最好的戏曲作曲家顾振遐在上海越剧院，中国最好的戏曲导演吴琛、黄沙在上海越剧院……可以说各个行业最好的人才都集中在上海越剧院。现在的上海越剧院已经今非昔比了。曾经率先走进剧场的越剧，今天能不能率先走进现代的演艺空间？上个世纪的上半叶，上海戏剧包括上海越剧为中国舞台艺术的转型作出了积极的贡献。因为上海开了先河，此后镜框式的舞台、音乐厅才在全国开始建造。

上海大剧院也是要早于国家大剧院若干年。上海在20世纪以后的21世纪，可能是在硬件设施方面，可能在作品传播方面，依然还保持着20世纪的势头；但是在作品的原创方面，在杰出人才的成长方面，我们已经不如曾经的上海。大家对上海的认识，对于海派的认识，就是创新，就是讲究，不是将就。海派不希望端着身段，希望放下身段，希望有观众和市场，希望受到当下时段的欢迎。当然，海派也有"恶性海派"之说，也就是在上世纪40年代，上海又进入一种机关布景连台本戏的时代。我觉得今天音乐剧舞台上所尝试的各种手段，它的原始版，上海在三四十年代都试过了：大变活人，在舞台上游泳、摩托车、吉普车开到舞台上，当时还没有直升机，如果有，上海舞台上一定会呈现。总之，各种商业化的演出在上海层出不穷，导致了表演艺术已经处于一种附从的地位，舞台上主要展示所谓的机关布景，所以上海这个地方它是传统艺术的交汇地，是一个注重保存传统的地方，同时它又是让这个传统为今天服务的地方。我们去过意大利罗马。我们去它的大浴场、斗兽场，我们会感觉到传统在我们面前是开放的。我们可以在传统的遗址上行走。甚至我在罗马的时候，我在晚上就看了一场在大浴场上搭建舞台的歌剧片段演唱。我们是席地而坐，坐在古人行走过的土地上，不是在这弄把椅子，弄个沙发，没有。我们就坐在土地上，然后看了现代艺术家的演唱。历史就成为我们现代的场景。在法国，任何一幅文艺复兴时期的绘画，我们都可以站在它面前看，任何一幅雕塑其实我们都可以用手去触摸它。我们这不行，是要隔离开的，是不让你看到的，传统跟我们现代是没有关系的。而他们对传统保存的理念就是：传统是现代的一部分，传统是延伸到现代来的。所以上海这座城市是传统和现代结合的。当然今天我们有种感叹，觉得北京越来越海派，上海越来越京派，就是北京现在越来越强调创新，从它30年前在圆明园一带集结了一批画家，到后来在三里屯一带集结了一批现代的音乐家。当代艺术、摇滚乐，很多现代艺术主要的集散地是在北京。20年前，再早一些，中国的流行艺术是在广州。那英、孙楠，包括那一代的流行歌曲的词作者、曲作者好像都在广州，但是后来衰落了。那么上海呢？我们现在就在回忆上海。上海在这二三十年当中，它没有成为现代艺术的滋生地，你就会感觉到上海像一个大卖场、集散地，它有着深厚的人文传统，可是你看不到近些年可引领时代风气的上海的电影、上海的电视、上海的绘画、上海的音乐、上海的歌曲，包括上海的戏剧。

办这样的班，我们起先的动机是一样的。是什么？我们是希望输血补钙吸氧，你们带来的是一种钙质，是一种鲜活的血液，是清新的没有霾含量的氧气，带来原生态最好的食材，上海有加工的能力。如果说功利，希望"十二艺节"群星奖的评奖获奖作品中有一部分来自这个班的作业。上海会给你找最好的剧团、演员和导演来体现。可这种生命的感动要你们带来，对生活的认识要你们带来，因为我们这的人已经不太会大惊小怪了，逐渐地盆景化了。盆景化就是比那个花卉的叶子还要绿，比那个花还要红，但是它的生命力不强壮，晚上在阳台上忘了搬进来，第二天头就搭下来了，病态就出来了，它和野生的花卉植物不一样，所以我们要找回这样的生机，这就涉及对于上海文化整体形象的认识。

我们都知道上海是个码头，其实各位心中并没有把上海当码头，把上海当作一个原创地，引领着时代风气的地方，可上海在很长时间当中过于强调自己是一个码头。我记得我来到上海30年，上海在我心中就是一个艺术殿堂。我来到上海以后，就不断地有一些想法，就是我要寻找我记忆中的上海，怎么我眼前的上海不是我心中的上海？所以《解放日报》采访我，让我回忆与傅全香老师的交往。我说过，我曾经如此迷恋地投奔了上海越剧院，又曾经如此执着地想离开上海越剧院，因为我认为我要离开时的上海越剧院已经不是我心中的上海越剧院。你想 1987 年，正好 30 年前，把一个外地人，三无人员，无学历、无背景、无户口，当时我还一部作品没有上演，能拿出来的学历是电视大学的毕业证书，户口也不在上海，要把这样的人引进上海，也只有上海越剧院有这个能力。可是我来到上海以后，我觉得上海越剧院怎么越来越不是我心目中的上海越剧院了。我要离开这个地方，表面上的吸引是淮剧团给了我一套住房，其实另外一种原因就是我在那里不开心。我创作的《西施归越》作品，上海越剧院当时不能理解我，我要离开这个地方，去寻找我心中的上海，结果在淮剧团找到了我心中的上海。淮剧团演了我的《金龙与蜉蝣》。不是说哪一个人让你失望，而是感觉到某种理想改变了。

上世纪末，上海提出要建设一流城市、一流文化。可什么是一流，一流的参照系是什么，是国内的大城市还是国际的大城市？标准是不清晰的。后来上海改为要建设国际文化交流中心，因此中国上海国际艺术节开始在上海举办。那时候我已经做了人大代表，我说国际文化交流中心就是办一个大卖场、大超市吗？然后国内、国际的文化项目都可以到我们这里来交流，可是真正的文化大码头，真正的交流中心，你首先得有自己的原创作品，你才撑得起这个码头来，得有百年的老字号，又不断地研发出新产品，你才能叫个大码头。你成为码头的同时，你首先得是个源头。20 世纪二三十年代就提出来上海是一个文化大码头，它有这份自信的原因，它首先是源头，有上海的电影制作，这个电影几乎可以跟好莱坞同步。上海交响乐团快到 160 周年了，话剧则连名字都是上海给它起的，是洪深先生。越剧、黄梅戏、淮剧、扬剧、锡剧，名字都是上海起的，越剧来上海之前不叫越剧，叫绍兴文戏，叫小歌班，五花八门，不都是来自越地操着越语吗，就叫越剧吧。上海的媒体当时比北京、全国的媒体辐射力都大，上海还有电台，电台的频率那时候是覆盖全国的，所以你要出名就像我们今天要上春晚，上中央电视台一样，当时你要去上海，要去上海广播电台。

正好 10 年前的 2007 年，也就是习近平主政上海，担任上海市委书记的时候，召开了中共上海市第九次党代会。在这次党代会上，习近平报告提出上海文化建设的定位是建设国际文化大都市。这个定位一出来，大家一片欢腾，觉得这个定位非常符合上海的实际情况，因为上海作为国际文化大都市已经 100 多年了，今天只是补办了一张身份证而已。上海今天的地位和今天的追求也是要继续成为国际文化大都市，未来的方向也是，而且它的参照物非常明显。参照谁呢，纽约、伦敦、巴黎，起码也要参照香港、东京、莫斯科，因为这都是公认的国际文化大都市，所以这个定位非常准确。后来韩正书记又进一步作了表述，他认为上海文化要讲好三种语言，本土语言，中国语言，世界语言。舞台艺术很好理解，本土语言就是沪剧、评弹、滑稽戏、民间说唱、金山农民画；中国语言包括外来的剧种已经本土化的越剧、淮剧，也包括京剧、昆剧、话剧；世界语言就是芭蕾舞、交响乐、歌剧。三种语言又是彼此渗透的，就是外来的欧美过来的芭蕾舞要有中国的气派，上海风情，歌剧也是如此；京剧要有海派京剧，昆曲要有上海风格，所以你看一下子就表述清楚了。上海不仅是码头，它也要成为源头，国际文化大都市的定位在相当长的时间内，它会成为上海文化的一个科学的描述，一种自觉的定位。但不是说我们今天已经完成了，我们还是给它定一个小目标，这个小目标就是在 2020 年第十三五规划完成之年，希望上海国际文化大都市的这个格局初步形成。初步形成就是要一系列的数字来完成，也就是说 2020 年上海必须人均达到多少个博物馆、剧场，人均达到什么样的受教育程度，人均达到每个人一年要看多少场戏、多少场电影，看多少次展览。当然其中比如海派戏剧的概念，也许不作为一个名词、热词在表层中出现了，但是海派和这座城市的精神要一致起来，也就是在中国戏剧的整个大色块、大版图、大方针当中，上海的戏剧乃至舞台艺术是要独一无二的。这个独一无二就是要率先实现当时没有今天有的这个热词——创造性转化、创新性发展，实现 20 世纪初上海这座城市在戏剧艺术中对中国的独特贡献，即那次转化之后要完成一次新的转化，那次转化我认为主要是空间、环境的转化，由广场到了剧场，由戏台到了舞台，由乡村到了都市。

优秀是上海的起评分，你没有 90 分、没有 100 分，你来上海干什么？在你那个地方达到了 100 分你可以来上海，但在上海它就是常态，上海必须要出现 100 分上更高的分值，上海才为它叫好，为它喝彩。我心中的上海就是追求卓越。优秀的尚长荣并不用来上海，待在陕西就可以了，来到上海创造了《曹操与杨修》才走向卓越。新世纪以来上海所公认的三部作品，京剧《曹操与杨修》、淮剧《金龙与蜉蝣》、话剧《商鞅》，都毫无愧色地当得起"卓越"。

上海要催生卓越，为卓越叫好。上海市委要求在今后五年内，在六大门类里，即文学、影视、舞台艺术、美术、群文、网络，用五年的时间，在六个门类中打造 100 部精品佳作，到 2021 年，中国共产党建党 100 周年的时候，这 100 部作品要在上海宣布，要到北京去展演、展播、展映、展览。所以我希望在座的都能积极关注，积极参与。100 部作品光靠上海户籍的人做一点可能都没有，上海文艺是我们心中的文艺的时候，一定是全国乃至全世界的华人艺术家共同参与下才能够完成的。百部精品中要求舞台艺术，包括群文的小戏小品在内，要不少于 30 部，尽管是六个门类，舞台艺术是主要的部类，所以要不少于 30 部，要争取达到 1/3，这光靠上海的创作队伍怎么可能完成。坦率地说，我们办这个班有个重要的任务，就是为"十二艺节"的群星奖物色题材。你们入选进班的这三十几部作品，都是我们作为群星奖关注的选题，希望大家在这两个星期的学习中，完成修改方案。上海是"十二艺节"的主办方，这个机会可遇不可求。

各位学员，讲堂上是师生，讲堂下是朋友。感谢这个班，第三期全国创作评论班，让我们又结了一次缘，有些是新结的缘，让我们彼此激励，彼此珍惜，后会有期。谢谢！

# 张曼君

国家一级导演
国务院终身特殊津贴专家
中国戏剧梅花奖获得者

　　主要代表作有：采茶歌舞剧《山歌情》《八子参军》，湖北花鼓戏《十二月等郎》，京剧《马前泼水》《水上灯》《钦差林则徐》《青衣》，昆曲《一片桃花红》，越剧《梅龙镇》，评剧《凤阳情》《红高粱》《母亲》，河北梆子《晚雪》《孟姜女》，歌剧《八月桂花遍地开》《青春之歌》，川剧《欲海狂潮》，湘剧《李贞回乡》《月亮粑粑》，晋剧《大红灯笼高高挂》，蒲剧《山村母亲》，黄梅戏《妹娃要过河》《小乔初嫁》，锡剧《二泉映月》，秦腔《花儿声声》《狗儿爷涅槃》《王贵与李香香》等。曾多次获中宣部"五个一"工程奖，文化部文华大奖，文华导演奖，国家精品剧目奖，中国戏剧节优秀导演奖等。

# 戏曲现代化的实践与思考

张曼君

大家好，上课之前，先给热个场，看 10 分钟关于我剧目的介绍。（播放视频）

这个视频做得比较早，要加上最近的剧目，还差三四个，而且还是有比较大的反响的剧目。比如说我刚排了一个歌剧《青春之歌》，同时还有一个秦腔叫《王贵与李香香》。为什么讲到这个戏？因为今天在车上我才知道，在座的各位很多都是来自基层，来自文化馆系列。那个剧目恰恰是和文化馆的合作，我把李季的红色经典长诗《王贵与李香香》和秦腔结合在一起，用当场演唱的方式，把它表现出来的。当地组织了将近 80 人的合唱团，替我完成了这一次的演出任务。这是和基层的合作。他们都是来自最接近生活层面的一些演员们或者一些艺术工作者，他们介入到我们所谓专业工作者的行列里面，更让我们体会到生活的源泉是在哪里，更让我们体会到来自生活的声音应该是怎样的一种声音，更让我们知道，生活的声音更应该是当代的声音，应该是实现现代性的声音。

其实我来这主要是来参加上海国际艺术节的一个专业论坛的，作为四个主讲嘉宾之一，昨天完成了一个论坛上的主题演讲，也是针对"关于戏曲现代性的实践和思考"这个题目来讲的，当然那个会议上来的都是非常专业的一些人员。面对着今天的一个课堂，我就觉得非常奇妙地就把专业和生活的关系、和来自基层的关系、专业人员和来自基层工作者共同的努力，都融汇到一种"接地气"创作的关系上去了，我以为这才是更为具体的思考所谓现代化创作的一个平台。

而戏曲这个行业，不知道在座的大家熟不熟悉，因为群众文化好像与这个传统的行业离得比较远。我们可以跟戏剧有关联，我们可以跟音乐有关联，我们可以跟舞蹈有关联，我们可以跟其他的种种晚会组织有关联，而跟真正的戏曲，作为一个承接着五千年文脉的这样的一个领域来讲，好像是有点远的。

加上从"五四运动"以来，我们对中华文化基本上是持一种批判精神的，而少有找回自己文化归属的感觉。现在在谈到文化自信的时候，借着党的十九大的春风，我们就有这个胆略，而且有这个时机来谈论这个问题了。其实戏曲的现代性和所承载着几千年的中华文化文脉，走到今天，它是一定能够迎来辉煌的，它是有当代思考的，它是能够通过我们的作为，转化为我们继承的力量，转化为我们今天可以贡献的一些成果的。

所以今天我要做一点修正。我不跟大家讲一个导演对戏曲的时空概念是什么，而是大概地讲一个大家可以感兴趣去认知的范畴。我想，这大约多是基础概念的东西，说得清楚些或让大家初步理解，方可展开我们深入的话题。

（一）

戏曲这个东西承载着几千年的文化文脉，好几百年的锻造，形成了我们中华民族独特的一种审美习惯、一种审美的方向，就是它以舞台假定性、虚拟性去创造幻觉，通过演员主体的表演，去带动观众产生共同的想象，合力去完成对一个事件的描述，对一个心态的表达，对于一个环境的转述。它是通过演员的表演来呈现的。

戏曲在舞台上不像影视那样，可以直接地给你环境的实感，但是它可以通过演员来告诉你什么叫做心灵的诉说，所以这已经是超过了实际环境空间的一些制约。它能够将舞台上的表演转向更大的人的心灵，人的情感，甚至转化到对宇宙的一种对话，所以它可能是无所不能的。其实戏曲的一些表达方式，呈现出的是以演员表演为中心的一种自由表达的状态。"自由"两个字非同寻常，有了这样的自由表达，我们在舞台上就可以创造无所不能的奇迹。我们导演界有一个大咖叫林兆华，他说"多么希望我们的戏剧能够做成中国的传统戏剧一样无所不能"。我想这就在根本上肯定了我们中国戏曲承接过往、面对现在、走向未来的国际化的可能。在这种情况下重拾我们的文化自信，这里就包括我们对戏曲重新的认知。

我在年纪很小时已经是宣传队的演员了，然后接着我进的剧团叫做文工团。文工团是什么？就是歌唱、跳舞、对口词、朗诵、小话剧（也就是现在的小品）、小歌剧、小舞蹈都做过，后来发展到用我们的方式去演唱各种的剧种。比如说我是学唱歌的，那就用我的这种发声方法去唱湖南的花鼓戏，唱北方的评剧，唱样板戏，而且因为我也是南方人，我是江西人，不知道什么叫做京剧味儿，就按照我歌唱性的理解唱我的京剧，结果别人说你怎么没有京剧味儿呢？我很长一段时间不知道什么叫做京剧味儿。

即使改革开放之后，我还用我的这样一种舞台实践，去演过一些恢复的传统戏，比如说古装传统戏《皮秀英四告》，跪在堂上去告状，因为告的人都是越过身份名讳的，所以要告一次打一次，但她百折不挠地告，终于达到了惩恶扬善。就这样，我还演过赣剧《望江亭》，演过越剧的《乔老爷上轿》。

就在那块土壤上，我能够野生野长。在野生野长当中，我体会到了艺术创造它最有底蕴的一种能力，那就是面对着生活、面对着具体的观众，我们实践了一次次具体的剧场观演的勾连，并在即时的反馈中逐步了解了舞台。

当然以后我越走越专业，越走越"象牙塔"，但是我经历当中的一些经验告诉我，我必须不忘初心地保持俯身面向生活的状态，把体会到的走过的生活成为积淀的创造动力，用生活的感悟去实践我的现代之歌。当然这是现在的认识，而在从前我不是这样的。记得我第一次作为江西青年演员调演参加全省比赛时，我演了一个小戏叫做《怎么谈不拢》，两个人的对手戏。我饰演一个有一点私心的小妻子，怎么样对待集体与自己的矛盾，演了那样一个"私心多了一点，公心少了一点点"的被教育者。其实中心事件就为借不借自己家里装粮食的麻袋折腾了老半天。完成演出任务后，就留下观摩学习，看省级京剧团、赣剧团演员的比赛。结果因为他们展现的舞台技能性非常强，比如要表示这是个武生行当的演员，他走出来就是那一番程式化的东西（后来知道那叫"起霸"），锣鼓不停地敲着，技巧一套一套地展现，又是朝天蹬，又是打出手，非常见功夫。又因为每个演员出来都要重复那么一段或一套，所以就敲了一个下午的锣鼓，我就在这样的敲打声里被震得头皮发麻，当天晚上就高烧。我当时就发誓再不看这种戏曲了。

可是，我第一次考进中央戏剧学院导演系时发现，我进的班竟然是"戏曲导演干部专修班"，我们班上就有很多的戏曲导演在里边，我就有些傻眼了。但是有一天，他们把我拎到了剧场，看了上海昆剧团计镇华和梁谷音老师演的《烂柯山》。我就呆了，感叹原来戏曲也讲内心体验的。他们也能在规定好的戏剧情境下，真实地去表现涌动的内心的委屈、隐忍和爆发，他们会那样的真实交流着，而且他们的手眼步伐是那样的讲究，那样的好看。从那一刻起，我就知道了戏曲并不光是技能形态的一种表达，它是从生活出发，通过自己的表演，让你接纳他的内心、向你倾诉他的情感、让你接受他们的遭际的高级艺术。它是可以让观众与之一起产生共同感触的艺术，是观演现场共鸣的艺术，是有生命体验的艺术。它很现实很现代啊。

尽管我对戏曲的了解有些后知后觉，但是回观我自己走的道路，我就觉得其实我早就在里面走了，只不过我自己当时浑然不知罢了。我是在基层的文艺团队里，通过出演各种节目，才达到了对戏剧舞台的认知，才知道了什么叫做舞台，实践过舞台的"假定性"属性。在一种当众的"假"中去"乱真"，真是一件非常有意思的事情，戏剧的根本魅力就在于此——在承认这个假定性的前提下，以自己真实的体验和外化的点送，引领观众进入一个真实的幻觉里。

所以我们就看见舞台上即使空无一物，但通过演员手这么一招，然后他这么一闻，陶醉在香气里，我们就"看见"他手里的那"一枝花"；就像演员拿着一个马鞭，他扬马走起的时候，我们相信他一定是骑在马上，或手里牵的是一匹马；当演员行走起来、流转起来的时候，我们叫圆场的时候，两组演员通过不同的队列变化碰面，我们知道他们从不同的方向经过千山万水，在舞台的这"一亩三分地"里他们碰面了，是非常奇妙的真实。

但是，何谓生活的真实呢？我觉得没有真正意义上的真实，只能相对而言。影视里带来场面的切换，永远让你在一个非常真实的情况下，接受一些故事。我们的舞台上却是通过演员的指示和表现，来让你产生幻觉。我们知道他来到一间房屋前，做个推门动作，门就成立了，然后演员再做个关门动作，这门就关上了。舞台的空间幻觉就形成了。更重要的是：戏曲不光是像话剧一样，光是说，光是很自然地体验和对白，它是载歌载舞的。当一个形态需要有歌唱甚至有形体的表达的时候，这个就是属于戏曲舞台的，所以以歌舞演故事，以诗情演故事，是咱们中国戏曲的根基。有一条我们一定要记住，就是我们在针对技能形态表达的时候，比如说我们的圆场和手位手势，可能有的人不太懂它的代表意义，因为它是通过对生活观察以后，提升、提炼甚至蒸馏出来的一种表达。这种欣赏是要你具备了这个知识，你才能知道。这种经过格式化提炼以后的手眼身法步就是程式。这个表演是高级的，是需要观演共同认知的，是需要心领神会、形成一种约定俗成认知的，这是充满着中国人智慧的东西。在一定程度上，它体现了我们中华民族的一个文脉理念，就是道家学派的一种"太一万物"的现象，以此为美学思维形态来处理"留白"及"空的空间"，所以我想我们争论来争论去，不要光停留在技能形态上，更要在思维形态上审阅我们民族的审美根源。只有这样我们才能充分认知戏曲的假定性、虚拟性美学基础，才能获得属于我们的文脉，获得充分的舞台自由，才能进一步地让它走入我们的生活，走入时代的需求，进入所谓现代性的思考。

（二）

戏曲现代性的思考和践行，在基本了解了戏曲表现形态的文化脉络之后，我们更要把观念的现代性植入才能产生真正意义上的前行，才能获得真正意义上的与现代观众产生的共鸣。因为这种现代性还不光是歌唱的、形体的、载歌载舞的技能探讨，它更要求有我们对人生、对世界的价值观的前行，即需要价值观（世界观）的现代性发现和表达。像我编导的京剧《马前泼水》，是以传统戏《烂柯山》的旧本改编的，说的是朱买臣被妻子崔氏逼写休书，崔氏嫌贫爱富，硬让丈夫把她给休了然后好嫁人，但朱买臣功成名就之后她又拦着马要求朱买臣把她收回去，结果出现了马前泼水的故事——朱买臣说这个水你泼出去能收得回，那就可以破镜重圆。在"覆水难收"的窘迫中，崔氏遭到一系列的羞辱，得到了惩罚。我看到的计镇华的那一场《烂柯山》就是崔氏逼迫丈夫写休书的一折，作为一个男人，朱买臣被羞辱到了极致，但是等他高中了以后，自然崔氏也得到了他的羞辱，最后她好像是跳水自杀了。还有很多版本，如张继青老师的《痴梦》就在想象朱买臣怎么接受她怎么成了诰命夫人等等。而在这个戏里，却给了我另一个思考：凭什么一定要让一个女人去承受生活这么多的压力和所有的谴责呢？当然嫌贫爱富是不对的，但是生活是具体的，人性在面对着艰难和磨难的时候，它是会产生各种各样的表现的，而我们的职责就是向世界去展示我们对人的认知、剖析人的丰富性、微妙性、复杂性。我们也许不可能充当解决问题的法官，我们只是告诉大家，人有无限的可能。他面对各种遭际时，会作出各种反应，有的时候往良性走，有的可能就往恶性走，所以才会有那么多犯罪，但也有那么多可歌可泣感人至深的故事。这就产生了所谓现代的思考。

崔氏和朱买臣这种关系，我们用现代的眼光来解读它的时候，是会用充满着对人的体恤来认识的。我以为这就是需要重新注入的现代的思考，这就是我认为的戏曲现代性的一个比较重要的点。它不光是说我把你的程式化变得歌舞化，让大家更加接近于生活便于理解，而是将一个古典的故事，把古典精神转位到了一个与当代能够对接思考的渠道当中去，就成了有当代价值感的作品。在此中，我们可以去思考人应该怎么样面对各种各样的困苦，我们可能要讨论，人应该警惕怎么样的选择——我们改了一个主题也就变通了一个新的接近现代的价值取向。这个作品后来被北京京剧院发现，做成了中国第一例的小剧场京剧，演后的观感谈中，留下的大都是年轻人，他们与我们一起探讨这个"生活残酷骨感"的主题，探讨"人哪，你应当警醒不失善良"的问题，反响相当大，所以十几年过去一直演着，还很受关注。它是在小剧场这个充满着现代思辨和实验性的环境当中，完成了一次古老的剧种与现代的结合。

当然我改编剧本的结构也是大大不同的。我从拦马要求回归开始，遭到丈夫羞辱崔氏泼水开始，然后一次一次地闪回前因，直至转到新婚之夜的构想。这是完全添加的一场戏，新婚之夜崔氏秉烛为朱买臣伴读，希望他能科举高中，然后改变命运，夫贵妻荣。两人情意笃厚发出了"般配"的慨叹！可是回到"泼水"现场，就产生了一个"原先般配，现在为什么不般配"的问题。从这个问题出发，引来更多的思考。在演出的 70 分钟里，在一遍遍的反复和追问当中，朱买臣也受到心灵的拷问——这盆水泼还是不泼，它是个问题！在一个开放性的结局中，我们把思考的能量置放在一个贴近现代关照下来做，使得戏曲现代性的意义在这出传统戏里得以伸展。

在样式上，自然也有更为现代的表达。我把文场和武场都放上舞台上。什么叫文场呢？文场就是操京胡的乐器，武场就是打锣鼓的。他们就在现场表演。因为京剧演员的演奏人员本身就有一种表演状态，这样就充分运用了舞台的假定性原则。在这样自由的空间里，他们可以是演奏者，也可以是演员，甚至是人物。比如表现新婚时他们可以站起来做司仪，烘托了洞房的喜兴氛围。当这个夫妻两难的选择难以做出评判时，我们也觉得需要发出我们的思考评判声音时，这时文场演员可以非常激愤地拉起胡琴，激越的旋律似乎在面对苍穹发出即时的"天问"，武场在此时也配合着发出对应的声响，两个演员面面相觑无言以对，也进入了一种追问和思索，这样全场就充盈了新的诉说方式。虽停止了演员的歌舞，却在这样的空间里，"跳出"了一个现代性的表达。

当然在此中我还是利用了古典的虚拟表演特点，把唯一的一个长斗篷贯穿在全部的表演里。演员们依托着它，变化着各种所需要的支点。比如一会儿让它是"一盆水"，挥洒之间似水溅四处，演员接住了它，就似乎阻止了水的泼洒；当它黑色向上平铺在地，显示的是一个"贫穷的老屋"，当它红色向上平铺时就会是新房的灿烂……我把这个斗篷一以当十，在假定中体现了"太一万物"，获得了舞台表现的自由，也获得了新的表达陌生感。

## （三）

其实对戏曲的空间掌握和现代性思考，我还在没有专职做导演就开始了，只是我自己没有自觉意识罢了。我第二次考进"中戏"上研究生班之后，在导演系办公室里，老师和我们一起讨论舞台调度，大家便在一种交流实践体会的气氛中开始了自己的体会诉说。我就只讲了一个从中国戏曲美学出发，排的一个戏叫《试妻》的剧目。那是我在江西赣南剧院的经历，很有意思。

80年代初，我们江西要把赣南采茶戏带到北京去展示，说能够代表江西特点的是赣南采茶戏。大家耳熟能详的《十送红军》《小小竹排》《夜半三更盼天明》都是赣南采茶戏的曲牌，现在大家听到的只是改了歌词，旋律上一个音符没有动过。赣南采茶戏是一个民间小戏剧种，它是以民间歌舞性见长的剧种。

当时剧团也准备很多剧目，有些传统小戏就要复排新演。当时那么多戏，却让我去演一个补皮鞋的老妈妈，那个时候我又不到30岁，就觉得挺不甘心的。我就和领导说，让我翻翻传统戏的家底子，看能不能找到一个适合我演的角色。这样我就发现了一个《试妻》的剧本，也是两个人的对手戏，那个小媳妇很适合我演。这个故事讲的是：女主人公长得漂亮，男人不放心。这男人是搞生意的，女人为了让家庭过得更好，这一天就硬着心肠赶走一天到晚黏在自己身边的丈夫，叫他好好出去做生意，但她这样做反而引起了丈夫的怀疑，所以他扮成了一个富家公子，晚上去试探自己的老婆，结果当然是最后试出来了一个很贞洁的好老婆，这是一个喜剧。当时的传统本子是真的试出了女人有问题，一试就试出了好几个呢。但遇到这样的剧本完全可以从现代性上去改。我不能去写一个这样被嘲笑的妇女，我要通过这个故事，写一个"世界本无事，庸人自扰之"的主题，写生活中屡见不鲜的那种小人物的烦恼。这是生活中经常发生的故事，是每个人都可以亲切熟悉的人物关系的故事，这就是现代性的考量，不一定是多么深远，却一定与我们的生活息息相关，引发我们即时的思考。

当年在排练这个戏的过程当中，我发现导演在做完导演阐述后基本不管我了，由着我自己琢磨自己排练。这当然使我困惑，也使我开始行使了导演的职能。传统戏曲一般来说，一桌二椅就是空间的所有概念，在这里也就是个家庭的概念。我就用一把椅子、一张桌子造成房间的感觉，同时因为省略了一把椅子，对空间的概念要求就更极致了。我将用这把椅子"幻觉"出所有的空间支点。采茶戏有个特点，用彩扇舞蹈。我就把这个彩扇多样使用，在它上面托放一个茶杯它就是茶托，我用它翻动花样扫着桌子它就变成了抹布，我将两把扇子粘在一块，它就变成了一个圆圆的绣花绷子。我要用此来表达这个女人的勤劳，同时实践了传统戏曲的一物多用原则，也便于载歌载舞。在处理她把丈夫推出去做买卖以后，她操持着家务开始喂鸡、绣花同时进行，让这个妇女的手脚不停来表现妇女的能干和勤劳。你看啊，她这边喂着鸡，这边还要绣花，轰鸡回窝时她数鸡，发现少一个，然后寻找到了小鸡——原来是因为门槛太高了进不去被阻挡在门外，这样我又用一个虚拟动作小心地把它放在扇子里，让它越过门槛送到房间里……你看，整个的空间概念通过演员的表演全部确立，而且我手中这个道具它已经在以一当十地发生各种各样的变化。后来她就着油灯开始绣花，这个时候丈夫扮的公子来敲门，她很惊慌，她就用这把椅子首先在舞台的正中，表示堵住门，这时门的幻觉概念便成立了。然后随着"假公子"跑到窗户位置大声喊叫，我又把椅子搬到他面前去，一脚蹬上椅子做一个关窗的动作，窗户就成立了。最后设计让骚扰者"钻狗洞"，我就把这个凳子转一个向，朝下指指，"狗洞"也就成立了，整个房间的结构位置都通过表演和这把椅子丰满了。于是戏就在这样的空间幻觉里展开——丈夫在外面受到了一次又一次试探之后，一开始遭到拒绝他是高兴的，因为老婆贞洁啊，但他想一直试下去结果居然会被答应，而且告诉他用什么样的方法才能进来的时候，喜剧就在这个时候开始产生了。丈夫生气，气得不行，用手摸一摸"狗洞"溜滑，还大叫这不知道有多少男人钻了，进去了非要打死她不可，产生了极好的剧场效果。

所以他按老婆的吩咐先把脚伸进去了，这个时候的女人就把扇子一抓，做一个绳子绑起来的动作再亮好相，就表现了他给绑起来了，我演的这个女人这下就开始从从容容地坐在椅子上惩罚骚扰者了。她这边狠狠地抽打，外面的丈夫被打得很疼。却一面叫着哎哟一面叫着打得好，打得心里好舒服，剧场效果达到了最强的喜点。结果这个丈夫实在被打得受不了了。他说老婆不要再打了，是我呀，你看看早上你亲手给我做的鞋正穿在我的脚上呢。女人这才知道此事的真相，把丈夫从狗洞里拖了进来，进来后不依不饶跟丈夫辩理，一直到丈夫认错，甚至丈夫诙谐地说，了不起我就再钻一次狗洞让你消消气。女人破涕一笑，双方和解。就这样，在这样的一种表演范式中，修改了旧本的庸俗，表达了戏曲的灵动之美，又通过表现这一对小夫妻的这件小事，表达人应当尊重的互相信任的主题，展现庸人自扰之的可笑和荒唐。

我用这个事例来讲一个惯见的戏曲舞台调度，是想说明戏曲的舞台调度就依仗于这样以一当十的表演方式，使整个舞台空间成了自由开放式。舞台上只看得到一个桌子、一把椅子、一把彩扇，却是都可以幻觉出丰盈的表达。这个戏成了赣南采茶戏的保留剧目，成为招待国家领导人最多的戏。在解释这样的文本时，我们找到了一个更现代性的表达，同时我们又用这样的古典的精神去散发现代剧场的魅力。它是一种对接的关系，而不是一种对抗的关系，它是我们中华民族文脉的戏曲审美的绝对方向，它是诗性的，它是想象的，它是在通过演员的表演为载体去完善的，这就是我认为的舞台上的戏曲现代性的实践。我们谈了多少话剧的民族化，我们不是学几个锣鼓点，不是说就是让话剧演员做一做戏曲的身段就叫做遵从了民族的审美，而是说，对意象的把握和诗性的表达，都是通过戏曲这样的一种逻辑来完成的。

川剧《欲海狂潮》是根据美国著名剧作家奥尼尔《榆树下的欲望》改编的，全剧只有五个人。"中国化、戏曲化、川剧化"是改编的追求。故事是这样的：一个年轻的女子被一个七十八岁的爱财如命的老人娶过来，而这个女人出于报复或欲望，跟这个老头的三儿子产生了爱情。两个人隔壁而居想要幽会。舞台上其他什么都没有，就是两把椅子，一把椅子代表一个空间，一把椅子再代表一个空间。当然，作为一个大戏，我用了竖形的七块地板升起落下，形成了舞台的空间，当它全部放平的时候，舞台上是平的，因为川剧演员一身的功夫，他表现人受到折磨的时候，他要翻，他要打，他要没有障碍，所以我要给他提供这样的平台，让他在翻和打中去表现对抗自然、对抗心灵风暴的外化。

当时又要有一定的环境空间依托才行。因为这个小寡妇嫁过去，她就是看重了他们家的那几套房子，这个房子它是作为一个具体的戏剧物质存在的。那我怎么来表达呢？所以我要用这个板子升起来，形成一个占据五米见宽的"房子"，那就是他们家最好看的房子。当两个五米升起来，中间留着一块小板子的时候，就有一墙之隔的两间房的概念了。这时我把两把椅子一边一把放着，就加强了这种"比邻而居"的空间关系。在这样的简洁的布置中，两间房的戏开始了。两个人通过试探，幻想着报复和情欲，也经受着心灵的风暴，同时又有两个年轻人炙热的感情在这碰撞，所以打开不打开自己的门成为一场戏。戏曲就这样好啊，它不用讲太多事件，只要有一个事件的点就可以往深处走，就像面对一个小窟窿，不往宽处刨，却往深处抠，抠啊抠，抠啊抠，抠出一个幽深的小洞和小井，一股清泉或地下水就冒了出来！这是深挖的能力代替的宽处开掘的能力，让你把唱念做打去丰富的能力。所以在处理这场戏时，两个演员面对面"摸墙"，感受到彼此站在面前，就互相地背身贴墙，最后情不可遏，就想着我怎么能够穿越过去见面才好，最后处理的想象穿墙相会是这样的——把两把椅子往中间这么一横倒，两把椅子就形成了一个"小平台"，也是他们的穿墙"桥梁"。他们两个就站在上面表达我们两个可以这样相爱相拥……但只要一回到现实，那个叫"欲望"的出现，两个椅子分别搬开，又回到了两个空间，于是又开始了又一次的挣扎……你看这么一件事情用这样的手段，就可丝丝入扣地展示人心灵的复杂性、微妙性和丰富性，假定性的表演很有魅力甚至很有魔力。

这样的一些思维形态带来的形式感，使得舞台的空间充满了诗性的美感，而不是那样写实，其实我们也达不到很写实来做一些事情。现在晚会上的那些LED或者是视频做底蕴的东西，倘若所有的空间布置依赖于它，那就从根本上违反了我们以假定性为基础的舞台表达的，况且我们要做到这样的真实是不可能的，现实中谁说话唱着说呢？谁会那样手舞足蹈在生活中行事呢？哪怕你不是戏曲，不需要唱、不需要跳，话剧的舞台感也是带着浓烈的腔调的，你说平时讲话哪有人这样？嗓门那么高，是不是？

### （四）

我第一次进"中戏"时那个戏曲导演干部专修班上，大多数都是专业戏曲演员，我还算是歌舞和话剧并重的杂牌军，他们可是受过严格戏曲训练的。在以斯坦尼教学大纲为主的中央戏剧学院，怎样来带我们这个戏曲班呢？师资都比较难应对。结果安排我们班的师资结构是这样的——指导教师郦子柏，跟随导演徐晓钟排练过很多作品的资深老师。班主任老师叫蔡金珏，之所以让她来带我们，是因为她是大家闺秀，满腹的古典诗词，还会一些昆曲。虽然她是搞话剧的，但这也算靠近戏曲，就由她受命当班主任了。还有一个任课老师李保田，就是演《宰相刘罗锅》的。他搞过戏曲的，但也是文工团出身，他甚至到过我原先的母团赣州文工团学过歌剧，他还会走矮子步，他的思维跟一般的话剧演员不同。你看在这样的安排下，可以想见当初的"中戏"是怎样用敬畏谨慎的态度带我们这个班的。

我们进了学校就有三个阶段的训练，从小品做起，这就跟你们现在的创作很接近，所以今天我就说要改编话题方向，来介绍下这些基本的小品训练过程。也许大有裨益。小品训练一般分三个阶段，一是事件小品——由一个事件引发一系列的舞台行动；二是画面小品——选一幅画，以它为基点发挥你的故事想象，高潮点落在这幅画的造型上，这叫画面小品；最后是音乐、音响小品——就是音乐和音响效果能够促使发生舞台事件，产生舞台行动，它也是挥洒人的心态的外化的一种重要的手段，经过这样三个阶段的训练后，就基本知道了舞台表现的特点。

我们的班里很多同学是几"进宫"，很多人不知道参加过多少次的进修班，而我这个"土老冒"在1985年之前还不知道北京有个中央戏剧学院，跟着他们完成作业着实有些吃力。在事件小品的汇总汇报时，我惊讶地发现，别的一个组，也就是李保田老师带领的那个组的汇报个个充满着生活气息，而且多是方言小品，你想那时候都是字正腔圆地说着训练过的普通话的呀，哪像现在这样多的方言喜剧小品？保田老师恰恰根据我们班的特点，依从现实及生活，让学生用山东话演、用湖南话演，用各种各样的方言演，非常生动非常有情趣，一下子就把干巴巴的训练还原到了生活的表达！比如1987年那个时候，有个大家都觉得很诧异的现象，送孩子上大学的场面蔚为壮观。所以我们有个小品就表现这个现象：孩子轻松地戴着个耳机听着上场，父亲跟在后面肩扛手提，甚至嘴巴上还咬着装脸盆的网兜，一下子就把那个年代的特点表现出来了。孩子说着普通话，父亲说着山东话，儿子极不耐烦还担心别人听见，直至父亲诺诺听着，然后千叮咛万嘱咐地不放心，及至父亲转身离去。而在此时儿子看到父亲背影，突然停下脚步没马上进学校的大门，在一愣神间有泪光在闪烁……其实通过这样的过程展现，已经不是一般地讲"代沟"和"宠溺"，而是讲亲情的温暖和微妙，讲每一个人的那种渴望知识改变命运的人生理想。扩大一点说，当时这样普遍的现象，恰恰表达了我们民族普遍的文化理想。这个感悟我后来把它用到了湘剧《月亮粑粑》中。

还有一个是讲"黄昏恋"的事件。两个同学都是湖南人，用极为克制的语言，几乎没有形体调度的样式，在"寂静表演"中含蓄内敛到极致，但处处感觉到充满温馨，"黄昏恋"的乡土夜晚，道地的湖南话，让你忍俊不禁又让你感到阵阵心酸，因为经历过种种的选择，会在小心翼翼的体贴中显得格外珍贵，非常棒。而且因为你是戏曲演员，心里的节奏多有锣鼓点的作用，只要丢掉那种亮相感，那些停顿效果，就可以超过其他经历的演员。可以讲，我们这个班，可能就是因为它与生活经历有关，与戏曲训练有关，有生活经历和阅历积累，一经老师们认同和点拨，就焕发了新生的力量，更具备现代感染力量。

到了音乐、音响小品，诞生了两个经典小品，一个小品叫做《咕咚》，它是根据汪曾祺先生的小说《受戒》写的，是一个对人的青春期的审视和剖析作品。这个作品的作者是后来担任上海戏剧学院戏曲导演系主任的宋捷，他是我们班长，曾是北京京剧院的样板戏《沙家浜》里的"十八棵青松"之一，而且是里面的形体编创之一，很有才华。他写这个《咕咚》就是象声词组，就是井水里一个青蛙跳进井里的那种声音。最绝的是里面几乎没有台词，完全通过音乐、声响来表达内心。他写一个小和尚去打水，正打水的时候，来了一个小女孩儿，唱着"栀子花开"的歌上来了，小和尚谦恭地退开一边，请施主先打水。小姑娘打水时不小心把一双鞋给泼湿了，走路反倒不便了，她就索性把一双鞋脱放在井边晾着，然后就挑着水走了。但留在井边的小和尚有些不安了，因为他看到了另外一个世界，感觉到一个年轻的女孩子给他留下的不一般的感觉，青春期对异性的好奇和懵懂青涩，附着在这个小和尚身上。他看着那双留在井边的鞋，觉得格外的可爱，觉得有责任"守护"它直到主人回来。这时他低头看着一只只小脚印，觉得特别好奇，好奇得心痒难禁。他打量着它们，盯视着它们，用他的大脚去试那个小脚印，可是小和尚要把自己的大脚缩成一团，才能"挨着"那个小脚印。在大小之间的比划中，这人物内心状态就呈现出来了，而且是充满温馨的美感的，是细腻入微的。然而导演还不仅仅止步于这样的动作，他推进一步地让小和尚趴在地下，让他用手指头去摸地上的那个小姑娘脚印，五个指头，手掌与脚掌，一个一个挨着，一步一步摸着，性感十足但绝不猥琐，看得我们眼睛都是潮湿的，因为这是个出家的和尚啊，他在想他在生活中不能实现的东西。更绝的是小品写到这里还远远不够，编导必须让观众听到人物内心的声音，这就是那个青蛙跳水的声音。所以，当要外化一个人内心的时候，托梦就是一个很好的办法。通过梦境表达心灵的方式，也是我们戏曲经常采用的，如梦幻、鬼魂、疯癫等等。通过这样的情境，就能够让不正常不可能的现实表达，变成一种有逻辑支撑的表达。著名的"临川四梦"就是这方面的典范。好，我们再说这个小品——左等右等这小姑娘没有及时回来，小和尚就倚在井边打了个瞌睡。在蒙眬入睡当中，他梦见自己变成了一只好大的青蛙，"咕咚"一声的声浪，使得他健壮无比。他看到小姑娘轻轻盈盈回来了。小姑娘看了看高大的"青蛙"，一点也不反感，反而与他好奇地接触，甚至伸出手去摸了摸他的光头。在这个小手摸上去的时候，小和尚的眼里泪光闪闪，不知不觉竟然像见到了妈妈那样，俯身在小姑娘的怀中……这时候的性爱的好奇被推后，我们感动这没有任何龌龊的依恋，我们感动人的需求通过"异变"才能得到的时候，那一声声"咕咚"的青蛙跳水声音，抒情地温情地找到了托放我们情感的地方，使得我们在这样的抒情中体恤地塑造了一个人，真实的人，独特又普通的人。在这里请注意，此时没有一句台词，只是音乐在宣泄升腾，而那个一阵阵"咕咚"青蛙入水声，分明直达地让我们看到了一个青春期的少年的心态，听到了他的心跳，感觉到了他的期盼。在某一些程度上，更会让我们有一点点哽咽，因为这是梦境里的温情，很可能就是现实中的绝情，他是和尚啊。果然，当梦醒之后，小姑娘回来了，规矩地行礼，照旧地唱着栀子花开离开时，"咕咚"声响继续，伴随的音乐不再附响，就这么结束，隽永深长。这个《咕咚》的立意全在不言中。应当着重告诉大家的是，这个小品，基本可以归类现在的"肢体剧"，没有形体表现能力是做不到的，戏曲演员却手到擒来，因为他从小练功，身上有玩意儿啊。

　　还有一个小品叫做《宽肩膀》。写一个什么呢？写一个放映员到山区去放《红楼梦》电影。山里边有一个叫春妮的姑娘，她就追着这个电影，从一个村看到另外一个村。这也是两个人的对角戏。演放映员的同学，长得很俊，很高，一米八几，特别帅，算是我们班上的"门面"。演春妮的就是作者本人，我的师姐，现在也是一个响当当的导演。她个子矮矮的，当时年纪已经大大超过了角色的年龄，保田老师居然让她和班上的"门面"对着演，而且说河南话。这一天，放完电影后放映员本来要坐拖拉机到另外一个地方去放映，但是这次拖拉机坏了，所以这个放映员就一时走不了。留下来等待拖拉机修理好的空当，他百无聊赖，索性就和农村小姑娘春妮搭讪起来。设立这个放映员角色是有讲究的，他走南闯北见多识广，会给相对封闭的乡村带来许多新鲜的消息，所以可能会拥有像现在的"粉丝"。就在这种状态下，我们的这个放映员面对土里土气的春妮有些漫不经心的挑逗，甚至有些玩世不恭。而春妮却真诚地表达着对他的尊重，甚至把对电影故事的痴迷转嫁在放映员身上，于是这个小品故事也就是一个痞子和一个老实的小村妞的一段插曲故事。我们要反映当时整个生存环境闭塞的同时，要表现寻求精神食粮的饥渴，还有人心善、丑的思考等等。设立这样的一种两极的人物关系，戏剧性的张力可想而知。

　　戏开始时，正式电影放完，放映员收着电线准备转点。他用河南话骂着脏话，因为看过电影后撤离的场地很脏，地上的电线粘上了痰，骂着骂着，也道出了对乡下人的鄙视和恼火。这时突然一个声音说："马哥哥，你吃鸡蛋吗？"把他吓一跳，原来是一直没离开的春妮坐在黑暗当中，把捂热着的两个鸡蛋递了上来。看着一时走不了闲着也没事，放映员就开始逗这个女孩子。春妮的每次回答都是真诚的，当然也是懵懂的，幼稚的，天真的，没有见过世面的，引得放映员一阵阵大笑。最后听见春妮欣赏宝黛爱情，他忽然来了坏劲儿，他问道春妮你知道接吻吗？她说我不懂。放映员说我教你，没想到春妮说："中"。"中"就是河南话可以的意思。放映员虽然有些意外，但仍想继续逗下去，他凑过嘴去，但面对春妮一双纯净的眼睛，一副你叫我干什么我都会干的样子，反而让这个玩世不恭的男孩子下不了嘴，他感到了自己的可耻，终止了他的取乐。然后在有一搭没一搭的对话中，放映员看到了一个农村小姑娘对山外世界的渴求，因为春妮说我就喜欢看你的电影啊，我跟着你已经看了好多地方了，并且还会唱几句呢。然后她就放开粗野的嗓子唱，惊得四处的狗吠声声。放映员觉得听不下去，把手一放在她的头上，意思叫她别唱了，歌声是止住了，但是春妮突然近乎痴迷地说："马哥哥，你的手恁大，你的肩膀恁宽……"是啊，这么近距离接触到英俊的放映员，单纯的她有了像醉了的感觉，也道出了一个女孩儿朦胧的但是真实的情感，于是在旷野里的犬吠声中，在拖拉机发动机时响时段的声音里，一个男孩儿的心灵在受到一次撞击，也受到一次纯净向善的洗礼。

在这样的一种细腻的言语不多的小品当中，完成的人物心理一次又一次的挣扎和碰撞。这里面没有玩什么梦境意识流，而是让所有的声音，拖拉机的声音、狗叫的声音，来衬托不同的心态，来表达我们对这个故事的感觉。它有对我们闭塞的农村极需要精神营养的一种呼唤，同时又有托起人物心灵微妙的功能。我们看到了一个女性命运在她的生存环境当中是怎样的在挣扎和向往。我们看到了一个貌似玩世不恭的男青年身上，怎样受到了一次一次纯真善良的启迪。所以在拖拉机修好，放映员离开，小丫头抱着她的小板凳目送"马哥哥"远去，却执着地唱起了"上天入地我跟着你……"那句唱词，留下了我们对人物命运的深深怜惜。

说这些个范例，仅在说明现代审美与民族审美的联系，无关剧目大小，无关题材优劣，只是就着戏曲审美的话题，转入民族审美的视角，而且与在座的职业更贴近一些。在创作上，专业的业余的都要面对一样的问题。

我们面对的创作当然还不仅是审美的考量，无论哪里，可能都有一个题材取舍的问题。所以下面应大家要求，谈谈我们面对的许多现实的问题。这里可能首先要谈的是所谓"命题作文"的问题。

## （五）

不可否认，尤其对于业余的创作，配合宣传的命题取材是个很普遍的现象，在一定程度上，也是我们必须担当的责任。但是不管如何，千万千万不要忘记，我们首先做的现代性的思考，一定是要把我们的职能放在对人的本体上去，这才是我们文化创作的自觉，这才是我们创作的本体。在任何情况下，不管惯性思维会如何控制我们的手脚，我们都要提醒自己我们是做什么的。我们不能去做国务院政策办公室的工作，我们不能取代报纸新闻，我们的职能是写人，写人的情感，表达人的心性，我们是在展现更有现代的、更有与当代对话的一种戏剧。哪怕它是小，小而主题不小，它的思想涵盖力不小，这样的话我们才会有我们存在的价值感，我们才能够在做的过程当中，不但是启迪观众一起认知我们作为人的存在是个什么，同时也启迪自己对于人性和人的情感的认知。这话讲来讲去，还是回到我经常讲的话题，叫做匡正观念，回归常识。这个观念就是如何把一个宣传品变成一个艺术品，如何把一个应景之作变成一个传世之作，如何在一个表层的好人好事、真人真事中，去展现人的情感，人的情怀，去挖掘人性的张力，去完成我们对世界的认知。而且我们可能仅仅是提出一个问题，而不是提供解决问题方案的。

其实一切的艺术都是人学。这个观念是常识，我们不能忘记了初心，忘记了我们为什么出发，忘记了我们应该固守的是哪块阵地，忘记了我们手中那一支笔应当朝哪里发力才有价值，忘记了我们应该存有的一种职业自信。

这次我从最切身的实践出发跟大家交流，我觉得可能会好一些。关于戏曲现代化，其实更宽泛一点地讲，我们应该讲戏剧现代性的问题，在实践和思考中，是我这些年来经常要琢磨的问题。我和一般戏曲导演不太同的是，一般人家很愿意在传统戏的改编或者古装戏上面去创作，但是我恰恰对现代戏相当有感觉，所以我的作品多半是现代戏。大家看到的《马前泼水》，只不过是那个阶段，用古典的剧目作为基础，进行了一次翻版，而且我的结构方式是学的荒诞派大师品特的剧本，它叫《背叛》。我是遵从他的结构方式改的。他是写一对情人，第一场的时候是两个人早就分道扬镳的状态，然后他不断地闪回，闪到最后的高潮戏是他们初见的时候。它是倒装着的蜕皮结构，脱离了线性的故事链条，整出戏看下来就有许多的陌生的断层感，我就觉得这种断层就有了荒诞性，它会使人找到一种思辨的跃层，这也产生了现代性的对接，让思考辨析进来了，这也是戏曲现代性的重要方面。

进行这种现代化或者现代性的思考当中，重要的还真的不是戏曲如何改变所谓的形体的问题或者音乐的问题，它一定是一个理念的问题。就是说，我们现在对现代的一些题材，对现代的一些故事或者是古典的故事，我们要有现代的解释，要有对接于现在人们心灵需求的一种表达方法，所以这些年来我的一些作品，逐步地引起了一些关注。在去年艺术节上，各个省报艺术节的剧目，六个省都是报了我的戏，结果进行征选之后，很可惜把一个《孟姜女》拿掉。

《孟姜女》是一个古老的古典故事，是河北省河北梆子职业学校演的，还不是专业院团，把它去掉有点可惜，因为里面把一个古典的民间传说故事，用四季歌的情态表现的，同时对修筑长城的评价也采取了开放式的情态，即，官方与民间不同的视角。这比较符合当今人对长城的认知。好，这个且不论吧，希望它以后让更多的人看到。五台戏入选中国艺术节，这五台戏一个是秦腔《狗儿爷涅槃》，知道一点戏剧史的人会知道，这是话剧的一个经典，现代戏。我把它改为戏曲秦腔《狗儿爷涅槃》，一个是湘剧《月亮粑粑》，它是写现在的山村教育的问题，是现代戏。还有一场是大家看到的《红高粱》，莫言改编的，再一个就是《小乔初嫁》，还有天津评剧院的戏叫《母亲》。这是根据真人真事改编的，写北京密云县的一个叫邓玉芬的妈妈，她在抗日战争的年代里，牺牲了六个亲人，其中有五个是她的孩子，一个是她的丈夫。在纪念反法西斯战争的纪念日当中，习总书记点名谈到了这个人。所以中国评剧院就抓住这个契机，排了《母亲》这个戏，我现在就着重给大家讲一讲这个剧目的诞生，来印证我主题的演讲。

邓玉芬的事迹，其实很多年前就有人给我讲过。北京市河北梆子有一个重量级泰斗级的演员叫刘玉玲老师，她说现在北京市都说要导自己的当地题材的东西，她觉得可以演这个母亲邓玉芬的角色就找到李默然的儿子李龙吟，现在也是著名的评论家，当时他还是集团老总，张罗起这个事。当时他们先找到刘锦云老师。刘锦云老师是"北京人艺"的前院长兼党委书记，也是《狗儿爷涅槃》的编剧，请他来写这个剧本。刘老师说，我不是太懂戏曲，也没有兴趣，因为对于宣传真人真事的戏，哪怕是高尚的，确实是值得我们敬仰的，但是如果派任务要我们来进行创作的话，那会没有意思，更担心的是我们面对这样的题材，将怎样发出怎样的现代的声音呢？比如我们怎么来看待战争呢？我们除了讴歌我们这个民族不屈不挠的精神、甘于奉献和牺牲的精神之外，我们可不可以有更加现代的解读，比如反战的解读？这个解读可能就要聚焦到这一场战争当中去，聚焦在讴歌一个牺牲了儿子丈夫的真人真事上去。这行得通吗？战争这个人类现象，是反人性的，它是剥夺人的生存的。所以我们讲怎么来写这种战争？一个母亲怎么就能让自己的五个孩子都死了，要是我怎么做才能让人相信啊？她是一个普通的人，她怎么会有这样的一种作为呢？我们要解决这一些动机。当然，家仇、国恨这是我们可以找到的一些依据，但是在某种程度上，我作为一个女人，我也是一位母亲，你让我去讴歌她的牺牲，欣赏她的惨痛，我不忍。那么我怎么来做？

直到有那么一个节点，我听刘锦云老师说了一个传统戏。他很小就扒在草台班子的戏台上看戏，记了好多的戏词。这也就是为什么后来我要和锦云老师多次合作的原因，因为我发现他特别懂戏曲，比我还懂，还教导我要看《杨门女将》《四进士》什么的，叫我赶紧补课。那天锦云老师说起了一个叫《五子哭坟》的河北梆子戏，是说五个孩子受尽了后母的凌辱，然后到母亲的坟前去哭诉的故事。

请注意，这个场景会是怎样的感人和催人泪下，我们可以感受到的。河北梆子，燕赵悲歌，撕心裂肺的，老大哭了老二哭，这个哭当然是唱，老三、老四接着哭，到了老五上来也哭，那个演员自己还是个孩子，可能只有六七岁左右，刚好换牙，门牙没有，他就裂开个嘴唱。这下台上台下哭成一片，抱着深深的同情。我们可以想见这个场景是怎么煽情。

哭累了的五个孩子，他们睡过去了，趴在母亲的坟边睡过去了。这个时候坟里面就出现了母亲。这就是中国戏曲，对不起，阳世间不能表现的我们就阴间来表现。母亲阴魂出现，对着她的五个孩子这一顿抚摸、难过、演唱，引得台上台下哭声哀哀，动情全场！听得当时的我也流泪了。在那一刻起，我就知道我作为一个艺术家，应该抓住这样的点去表现人类的这种普遍情感，去抒张这样的生死离别。我要把这个点放在亲情的撕扯上面去展现，展现人的感情和亲情，以此来实现书写人的命运、情感的自觉。就在这样的感动中，我决定了接手创作的任务，这才有了后面的《八子参军》。在创作中，我们从当时的民歌《十月怀胎歌》中找到了母子的关系扭结点、象征点，把它作为主线贯穿下去。于是在战场上我们铺张的不是战场本身，而是临终的遗言抒情——比如老大牺牲时，母亲出现在远处的小河旁。在老大的诉说里，满是对母亲的愧疚："老大我食言啦……我没有听你的话先走啦。夏天我不能给你摇蒲扇，冬天我不能给你披一层纱……"；老五死的时候没有说红军战士多么不怕牺牲，而是在诉说对生的怀念，在"十月怀胎歌"的歌声中，让他跌跌爬爬跟着幻觉中打柴的母亲诉说着。在情感的空间里，他扒着柴火对妈妈说，妈妈我好害怕，如果那天我听了你的话，我就有了一个女人，那可能我就留下了，我留下来就可以生很多的娃，叫你奶奶叫我爸爸……。这样的处理我以为是高度人性化的，是真实感人的，同时站在戏曲假定性的根基上，也丰富了戏曲的现代张力。这个戏使我得到了一种启迪，就是没有糟糕的题材，只有糟糕的和不智慧的和忘记了初心的我们。所以我想有了它，有了《五子哭坟》，又有了《八子参军》的经验，我觉得我可以接《母亲》这个戏了，我要抓着母子的情怀去做文章，以此去引发对那场战争的反思，对于我们国家的灾难的反思，所以就这么接下来了。

## （六）

当然，在这个过程当中我们就是用自觉的态度，去直视人的情感和人的行动，去追求戏曲现代化和现代性的。首先站在母亲的命运来展开一个叙述的层面，然后再进入一个戏剧诗情的层面。舞台的时空的概念是遵从于我们中国戏曲的美学，是自由地随着主旨流动灵动的。空间环境要求做到表演带来的无界辐射，即自由地在叙事和抒情之间行走，自由地在叙述中改变迁换物质环境和心理环境。那么我们是怎么结构这个戏的呢？我们采取的还不是线性的结构，而是在一曲"望儿归"上串联起情感的题旨，来展开我们的戏剧行为。用母亲的叙述、旁边小仔儿的叙述，来完成整个家庭命运的展现。这个小仔的设立是个神奇之笔。为什么呢？因为这个小仔儿是早已死在母亲怀里面的一个婴儿。我们用这个死去的灵魂来担纲叙述主体，本身就给这个戏的结构样式找到了一个假定的出处，一个虚拟的可以调节各阶段的灵动之处。这个小仔儿的原型是窒息而死的，是因为日本人来的时候，当时有一些八路军和伤员都要躲到山洞里面去，小仔儿怕、饿，他要哭，母亲为了不暴露，在喂奶时不慎把他堵死在怀里，很惨。我们以小仔儿来作为一个叙述载体，使得整个空间叙述自由地打开了，因为它再也不是给你讲故事，而是叫你迅速地看主要情节，更重要的是看心灵。

小仔儿的设立使这个故事有了传奇和地狱打通的色彩，有中国戏曲美学里面那种高度的诗性原则。戏开始时小仔儿就跳出来了，然后朦朦胧胧间死去的老伴儿也来了，你看，都不是正常人开始出现，是阴阳相隔的相见。所以他们说的话就有特定的语境——"老太太你这么老了"，"老汉你怎么还是这样？"因为丈夫死的时候还是壮年。而小仔儿面对自己的父亲居然就不认识，说"他是谁？我怎么不认识他？"因为他是个遗腹子啊。看小仔一脸茫然的样子，所以老汉提出来说，"来来来，儿子，你看看当年我怎么娶你的妈妈的。"我们的戏剧就在这样的传奇甚至是神奇中展开了，让小仔儿去目睹他的父母是怎么结婚的，而且参合他们的结婚。母亲是一个大脚，生怕嫁不出去，她还要装小脚，结果被父亲看出了破绽，不要她了，她就伶牙俐齿地说了一顿大脚的好处。而且我们的舞台处理也是，她说得一时兴起的时候，小仔儿还在旁边给她的母亲竖起大拇指。这个时候老汉被折服了，张开双臂抱住了母亲。

就在这个节点，我们再让饰演母亲的演员在老汉紧抱的造型定格中，走出当时的规定情境，回身看着自己的老汉，唱道："就因为甜甜蜜蜜的这一抱，抱出了五个虎头虎脑的小精灵"，在歌声中，她死去的儿子一个一个就出来了，并且自报家门——老大是谁、老二是谁、老三是谁、老四是谁，紧接着就是老大自己说我在战场上已经牺牲了，老二说我也随着哥哥走了，老三、老四说我们的热血洒在长城下，然后老汉也站起来说，老汉我也是遭到冷枪命归阴……小仔儿说，怎么会这样啊？母亲回答："庄稼人平平稳稳过日子，哪承想宛平县起炮声……"然后出现了后来的"民国二十六年，华北起狼烟，小小的日本来到了咱们这边，搅闹咱中原"的场面，迅速把叙事交待到日本人的暴行上去，展开人群被圈到集中营里，关在一个叫做人圈的地方，在人圈里面受到的那种亡国奴的虐待和屈辱。接下来又迅速地把笔墨集中在人圈里边的困苦，展开母子的情怀：四个儿子，一天被强迫去做劳工，晚上回来的时候，尽管饿得发慌，但为了母亲，今天他们决定舍下一口馍让妈妈去吃，因为当时日本人的配给制非常苛刻，大家吃不饱啊。在亲情当中写困苦，然后再补上去一笔，让一个未成年的小喜鹊穿着红衣服红褂褃到处找妈妈，结果今天她回来全身被撕破了，原来她被三个鬼子给凌辱了，这是一个没有长开的花骨朵啊，她就疯了。当时在写那些个场景时，我说灾难性的表现一定要有重量。我们怎么样来表达呢？而当时我还是想执行一条在舞台上不出现反派的路子，因为着眼点放在直面敌人多有尴尬，一则容易脸谱化，许多手撕鬼子的戏就是这样出来的；二是我不想在这样的戏里，让观众看那些一目了然的叙述，而忽略了对人物心灵起伏的关注，剧场里只有两个小时的时长啊。所以我的很多戏，甚至包括评剧《红高粱》，连被日本人剐皮的场面都没有出现一个日本人的。

在这个情况下，只有让选中的事件具有穿透力才行。如在这个戏里要表现人圈的苦难和我们遭受的屈辱。我们设置的小喜鹊被凌辱是经过充分准备的，因为通过她的遭遇来说明为什么要去投八路，才能产生人物命运的重大转折点。原先我们写的是一个寡妇遭受了凌辱，最后自杀，引起了大家的反抗，但这显然给人的撞击感没有对这个花骨朵的戕害强烈，而且最后让其在疯癫中想走出人圈被乱枪打死，再表现母亲的激愤鼓励儿子们参军，这样逻辑层次都在情感的饱和点上递进，这才急速并有力地奔向了主线的叙述。这时我们有打破线性的结构安排，让小仔儿跑出来说也想去当八路，母亲说你还没出世呢，上早了，一下子就利用舞台的假定性省略了枝蔓空间，紧接着就是"现在时"的母亲与"过去时"的四个孩子的告别，在并置的两个时空中，完成了参军的过程，并在"过去时"的空间里，出现一个通过小仔儿"看见"的人物——八路军的小郭。一下子就把情节转到了母亲跑出人圈，在石头屋前与自己老伴见面的场景上来了。你们看，这样处理舞台，舞台多么灵动，简直可以呼风唤雨了。

母亲逃回自己的石头沟，在自己的石头屋前，过了一个"中国人的中国年"，因为殖民地里是不允许过中国年的。为什么要书写这个年夜呢？除了节奏舒缓的需要，我们要让小仔儿不但看见自己的父母结婚，哥哥们出现，还要让他看见什么时候有了自己。所以我们让年夜时小仔儿出现代替哥哥们给父母拜年，自然母亲又告诉他还没你呢？然后他问妈妈"什么时候才有我呢？"母亲幽默了一下"问你爹去"。小仔儿果真转身去问他爹，说"爹，什么时候才有我呢？"爹憨憨地一笑，捅一捅老太太："就今天吧。"特有意思。所以在静悄悄的年夜里，小仔儿看着飘逸着的梦幻般的雪花，看着小石屋温暖的光亮，向观众介绍已经有了他啦……。然后一群母亲走了上来，举着对联和祈祷平安的剪纸，期盼着阖家团圆，太平安康。当然这在当时只能是奢望，一声枪响，战场上风云陡现！

在表现战争中我们的处理是：一群母亲眼中的战争。通过母亲们的盯视，让她们看见他们的孩子在怎样地浴血奋战，她们的孩子怎样中弹倒下。一个母亲和一群母亲的语汇是不同的，它可以扩大传递我们对战争的思考。在这里，诉说要强过叙事。我们力争要在这样的节点上来展现母子的情怀、生命的挽歌、亲情割裂的痛苦。所以舞台上除了像《八子参军》那样抒发母子情外，更注重了对这类题材的现代性思考，并利用新音乐的概念使得剧种的现代表现力扩大起来。戏曲里面原来没有重唱这些东西的，但现在基本上沿地方歌剧的路子往前奔，希望在站稳剧种的语言特点的基础上，扩大剧种的语言表达方向，而剧种表达的重要部门就是音乐。一场战争之后，先是母亲两个儿子的牺牲，他们与母亲的话别是男声重唱，后是母亲的另一个儿子牺牲，那是咏叹调的独唱，但充分地表现了对生命的惋惜，因为这时候他喜欢的小喜鹊竟然在他的畅想中，唱着"小媳妇，大圆头；走过来，我瞅瞅"的儿歌向他走来。在演唱中小喜鹊撒着一把红豇豆，这儿子接着这把红豇豆："你给我的那把红豆豆，至今我还藏在我的衣兜兜"……在这样的事情回忆中，是小喜鹊的倏然离开，是又一个年轻生命的消失。紧接着在群体母亲的痛惜中，死去的儿子都站了起来，他们用重唱合唱烘托的形式，再次高歌民族的畅想，安慰自己的母亲，然后逐一离开。此时转入孤独的母亲一人留下，哑声给观众叙述："他们就这样走了，走得我肝肠寸断，走得我来不及告诉我的老汉，可是我老汉……"另一个空间里，运粮的老汉走来，遭遇冷枪倒地，也走了。母亲甚至还来不及哭诉一声，满身是血的老大就搀扶着受伤的八路军战士小郭走上来——下一场的"献子"又要开始了。

这样急促的叙述节奏，旨在腾出更多的空间去展现重要的场面，去抒发更细腻的心理情感，同时这正是在创作中，匡正观念和尝试回归的现代性思维上完成的。有人称道我的舞台上的表达，是用民间歌舞、民间习俗、民族精神，所谓的"三民主义"构成的、非程式化歌舞演故事。虽从专业理论来说，可能还需要有更加完善的认知，但我是感激这样的关注的，起码他让我意识到，这就是我进入了所谓戏曲现代性的思考。

接下来的场面是全剧的时间高潮戏，也是惊心动魄的一场戏。八路军小郭在母亲的调养下，今天要和母亲的老大一起回部队了。我们省略了那个调养过程，急速地把母与子的命运推前——就在这一天，鬼子突然扫荡，围住了村子，绑住了老大和小郭，要母亲认领一个回家，另一个自然会被杀害。这种选择是虐心的，但情节却是传统戏里惯见的。那我们怎样来表现戏曲的现代性呢？首先，没有鬼子现身的认子，却要处处让观众感觉到森严和残酷；第二，要在仅有三人的场面里，集中地让观众看母亲与儿子的纠葛；第三，要有丰富的潜台词来表现母亲的暗示，母亲的两难；第四，要让儿子中的一个重要代表"老大"，表达出扎实的母子永别痛殇，用具体的事实来表达对战争反思的主旨。

舞台上，两根粗绳滑动而来，老大和小郭抓住它造型。激烈的音乐声中，母亲被逼着走上台前，具体情境的尖锐感直逼眼前；然后在稍稍舒缓的音乐中，是捆绑的两个男孩儿交换着位置回应母亲的盯视，绳子在他们的调度中扭结在一起，起到了外化此时无声的绞杀的效果。母亲因为小郭老大都出来承认是八路而甩向小郭一个重重的耳光，用"从小不够疼你，今天你竟敢不认娘亲"来坐实小郭是"亲子"，救下小郭，并在一声声的逼骂中，字字血泪地展现了一个母亲的剧痛，还有母子听得懂、观众听得痛的画外之境，言外之意，甚至是母亲为放手老大发出的道歉。此时老大永全再次制止了小郭的挣扎，开始了他的控诉和担当。在戏曲的行当里，我们把老大设置为净行，就是花脸，他用这样的行当的声音托住了人物的厚实，表达了我们需要的儿子们的总体的体量感，扎实地以一当十地完成了八路儿子们的群像意义。在撞击的大鼓声中，老大走下，全场沉静无声，母亲缓缓走向捆绑的绳子，茕茕独立于空旷。这时小郭叫了声妈妈，向她重重跪下，母亲这才如梦方醒般嘶声叫喊："我的永全啊……"大放悲声！音乐悄悄传递的是抚慰的大提琴，哭喊和抚慰就这样交织着，把剧中人的情感命运和创作者们共同的表达结合在一起，有了多重的现实意义。

在这个节点上，我们又把延续剧情的线条拉回到唯一的儿子小仔儿身上。目睹认子后的小仔儿看到惨痛的一幕，憋不住再次跑了出来，说妈妈我要为哥哥报仇，您快生了我吧！母亲闻声便是一阵肚子疼，叫来了接生的女人们，抓住两根绳子，有语汇意义地展现了一个顽强民族的生生不息的力量。于是在小仔儿的目睹下，看着母亲生下了自己。在"望儿归"的主题歌中，在"待到五更天发白，娇儿扑进母亲的怀"的歌声当中，小仔儿告诉观众："我就这样来到了人间。"接下来承接的是最后的事件呈现，仍然是小仔儿叙述："可是，还是一个那一天，鬼子又来了，乡亲们跑反"。"跑反"是当时一个躲避鬼子扫荡的说法。小仔儿随着怀抱在襁褓中的他和母亲，一起跟着人群来到了山洞里面。舞台上的几位是安静的。我们省去了激烈音乐，甚至连戏曲的打击乐都省略了，只让大家静悄悄地走进山洞，再轻轻坐下。而小仔儿和抱着襁褓的母亲前后造型着，坐在前列。在一片死一样的寂静中，组织的是一段小仔儿与母亲的对唱与重唱——"这是哪里呀？静悄悄没有一点儿声息"，"妈妈我害怕，妈妈你让公鸡打个鸣吧，怎么那么黑啊？"母亲回答："我的小仔儿我的乖儿子，妈妈抱着你躲在山洞里。""你千万别哭别喊，山洞里有众乡亲，有重伤员，有兵工厂……"可小仔儿还是害怕，他说"妈妈我还是很害怕，我还是想哭，"母亲："别哭，你吃奶吧。"情急中，母亲用乳房堵住了他，小仔儿挣扎着："妈妈你堵住了我……"而母亲却因为他的挣扎更加用力地抱紧了他，小仔儿就在这样的挣扎里表现被窒息。

本来，我们只是想到用对唱、重唱的样式来推进介绍剧情，虽然有些效果，却总觉得在歌舞并重的戏曲表现当中有些欠缺，很难在这样的关键时刻呈现全剧的情感高潮，前面的认子已经非常强烈，现在表现小仔儿的死去应当更进一步才行。那么如何地让舞台上有更加强烈的效果呢？此时想到了戏曲身段形体的许多程式表演。戏曲往往利用道具和服饰来表现许多的情感细节，比如水袖延伸了手位的表现，比如髯口表达了气息的力量，比如甩发表现了挣扎的痛苦。对，"挣扎的痛苦的歌舞"一下子就涌了上来！我想，怀抱在母亲怀里的襁褓是不是可以抽出一段一段的红绸呢？由小仔儿拿在手上舞动不是可以是水袖的感觉吗？放在头顶舞动不就是甩发吗？有源有头，有根有据，戏曲的歌舞与现代的象征意义也可以出来了！那根象征母子的脐带似的红绸会被小仔越抓越长，他甩出去像传统的水袖抛洒，鲜血淋漓。然后又收放在头顶狂甩，如甩动长发般甩出鲜血四溅！前面的母亲死死地抱着襁褓安慰小仔儿，后面的小仔却在后面疯狂地舞动挣扎，这挣扎舞动的状态是美的，在美中的惨烈是最揪心的惨烈，直至小仔儿把红绸绕在脖子上最后窒息而亡。此时音乐是解脱般的安静流淌，小仔儿对着还在抱着襁褓的母亲告别："妈妈我听话，妈妈我走了……"，他消失了。但那根落在地上的六米多的红绸，却无声胜有声地传递着一种痛彻心骨的哀伤。

戏到这里情节连跳全部展示完毕，进入了我们的反思篇。在舞台中央的大石块上，通过投影出现了日本投降的影像，那是一片欢腾的影像。周边的人也在欢腾，跑旱船，扭秧歌，奔走相告……但这一切都好像与母亲没有关系。我们用无声来表现了胜利，其实表现的是母亲不可弥补的痛殇。母亲的眼睛里只有那根小仔儿留下的红绸，她收在怀里紧紧抱着，固执地认为小仔儿还可以活着："小仔儿，怎么你还在睡呢？你看太阳都出来了，公鸡也打鸣了，乡亲们在跳、跑，他们在干什么呢？鬼子投降了？鬼子投降了。鬼子投降了！"母亲笑了，但那是怎样的笑声啊！观众悲怆的情感此时到达顶点！接下来的大段咏叹调，才是一个母亲的怀念和追问。因为在一片欢笑声中，母亲的小石屋只有她一人，她的老汉，她的骨肉，她的亲人却一个个不在人世了。为什么会这样？所以她才有后面的"玉芬并非心豪横，庄稼院里一女人。自幼看惯了高山流水石头树，没出过方圆五里小山村。石板炕生儿养儿是本分，期盼着多福多寿多子孙……打鬼子血战八年得胜利，一片祥和小山村……唯有这小石屋冷冷清清空四壁，我的夫我的儿哪里找来哪里寻……归来吧，俺的儿子和老汉，归来吧，俺血肉相连的六个亲人"！她发出了"同归来，吃一顿甜甜美美团圆饭，同归来，把缝好的单夹棉衣穿上身。同归来，过咱团团圆圆好岁月，同归来，享咱太太平平四季春"的呼喊。在舞台上，我们让她的亲人们一一走上，母亲在畅想中想与他们倚在一起，他们又倏忽不见，最后母亲发出了"人团圆，享太平"的呼唤，全剧的主旨也在人物这样的表达里推送出来了。

有人在总结这个戏时说，你这是魔幻现实主义结构。其实不管什么结构，现代性的现代戏我更愿意说它依存的是心理现实主义。我们只有活在当下表达当下才会贴近观众，引发当下的共鸣是戏曲现代化的目标。我们在接受创作任务的时候，尤其要动这样的脑筋。第一我们匡正观念，回归常识，以"人学"为目标而不要以概念写作创作，要着重于在写人的命运和感情中找到艺术的表达渠道；第二我们要在民族文化审美中找到兴趣，恢复文化自信，了解学习掌握民族审美的能力和知识，只有知道了其中妙趣，才有可能去欣赏、创作属于我们语汇的东西；第三要尽量做到打通与现代的关联，做出现代的读解方式，找出更贴近现代意蕴、现代考量的方向；第四也要身体力行地在自己的根基上去创造我们的现代舞台形式，比如像《母亲》这种剧目，要尽量地去发挥演员带动着整个舞台上表演的活力，尽量地把一些新歌舞概念扩容我们的舞台表现力。这是时代赋予我们的使命，也是我们实现人生价值的平台。

是的，其实所有的这些目的，其实都在完成一个基本的存在，就是我们作为人生一世，必须留下自己的几行足迹，尽管雪泥鸿爪，却也是人活一世的痕迹。必须为自己的生命留下一点自己的声音，不管这个声音对与错，它总是作为一种存在留下来，而且是值得纪念地有价值地留下来，使得我们中国的文化能够延续它的文脉，走下去，走向更好的未来。

以下是与学员的互动提问记录——

学员：我是文化馆的一名编剧，我想问主旋律跟喜剧结合的问题，我听您的课特别有感觉，因为我们最大的困难是我们一直很难找到小作品，很难找到合适的喜剧、导演。我们尽量去写一个喜剧结构的东西，最后导出来一个正剧的东西。我们找不好这个点，尤其是靠主旋律的东西，喜剧跟这个怎么糅合？编剧要做哪些事情？我碰到两次，我做的是喜剧结构的剧本，排成之后，别人看起来本身不是这样，立起来就很尴尬。观众看的时候会笑，但就咧嘴微微一笑，点不够大。我就想编剧应该怎么做？

张曼君：回答这个问题有些难度，因为我排的喜剧很少，而喜剧创作是最难的，但是我仍然认为可能先要在语言的锻造上多下功夫。为什么"二人转"会引起那么大的反响？东北人说话妙趣横生，对接的话语可以做到绝不落地，就是这人说一句话已经是绝句了，对方却能一下子接过来而且可以把对方逼到绝地。这样"道高一尺魔高一丈"地你接我，我接你，全是笑料的包袱，把个剧场搞得热热闹闹，甚至沸沸扬扬，事件并不会多大起伏，倒是语言一句赛一句地出色。再一个上海的滑稽戏，我在原来的剧团学演过上海的滑稽戏，移植成赣南采茶戏来演，什么《你我他》《出租的新娘》，演过好几个，它都是靠语言在那卖很多关子，剧场效果相当的好。当然离奇的机趣的故事结构也是很关键的，比如《出租的新娘》，讲的就是一个贪图享受爱慕虚荣的女孩子，怎样阴错阳差把一个真正的富家子弟给放弃了，最后搞得啼笑皆非。莫里哀的喜剧是鼻祖，也是在误会偶然中凸显笑料的必然，但是它们的语言都是非常有意思的，甚至是高超的，所以我以为在一些惯见的误会、偏差、偶然的戏剧套路当中，如何表达就是关键中的关键，而我们的语言在写作中往往是跟不上去的。还有我们的演员、导演本身就没有什么喜感，一副活得分外沉重的样子，包括我自己在内，只会正面单调思考，没有迂回表达、巧答的能力。演员的表演也没有充分解放自我，矜持着，僵硬着，还生怕观众不笑就大声嚷嚷，反而把喜剧的那份轻巧丢掉了。这可能今后要在编剧和导演的共同发力中，去调试演员，解放演员的天性。

在我的排练经历中，只有一出戏叫做《闹龙舟》，湖北花鼓戏剧种，写的是一个不经意参加所谓国际龙舟比赛的农民得了金奖之后的命运变化。他居然因此选上了省政协委员，老百姓都认为他当了好大的官，都求他办事，他就不管什么事都硬着头皮接下，就闹出了力不从心的一系列的笑话。这里有我们对于官文化的崇拜的批判，对人的虚荣心的批判，也有对主人公代表的农民文化的思考。但要告诉大家的是，剧本的语言相当出色，幽默的喜剧是这个戏的特点。语言忍俊不禁的包袱一个接一个，事件也是很有荒诞性的。在力不从心的承接当中，这个男主人就像不让着地只能盘旋半空的孤鸟，搞得筋疲力尽，出现了这样的问题和那样的问题。其间，他还差一点被一个女色诱惑，造成了与他真正的相好小寡妇的伤心，他也没脸见人地躲了起来。在这种情况下，大家为了龙舟赛能够顺利进行，就纷纷做起了他的思想工作。这一天大队书记来了，开始了他的劝说，当时劝说的语言却是非常有意思的，说到男女作风问题，书记开口就说："这种事情嘛——我也想啊……可是想的做不得，做的想不得，矛盾对立又统一……"你看他的语言多机巧，所以在哄堂大笑里，我们看到了乡村党务工作者是怎么个做思想工作的，怎样朴实地传递一些道德理念的。最后通过大家的努力，让他继续振作起来，参加了那个划龙舟的国际比赛。现在还记得剧本在描述踏入比赛的过程当中的对话。因为正是开放初年，见到老外的老百姓相当的惊诧，笔墨一转，在本来的亢奋激昂当中，有本能的一些怯懦，"呀，红头发、蓝眼睛，胸前一片毛茸茸，这个样子吓死个人。""哟，壮鼓鼓，矮墩墩，胸前一个圆疤疤，一看就是日本人。"这时有人就喊起了口号"打倒帝国主义！"小知识分子的女婿表示他的国际视野，说："友谊第一，比赛第二"，这个男主角就马上反驳说："什么友谊第一，比赛第二？！打得赢他才是第一，打不赢他就没有友谊"……很生动地传递了民族生存道理。听说这个戏是先给湖南湘剧院排的，结果他们没时间赶出来，在乡下演出时，演员一个人拿一个话筒就念台词，对台词，台下的老百姓笑得前瞻后仰。还有，在某种隐性批判中去展示喜剧的反讽力道。那个农民临赛按惯例去拜屈原祠，找屈原的庙祈福胜利。当时那个时候"文革"结束没多久，庙被破坏得差不多，好不容易才稍稍修缮起来。还有跪拜的蒲团，他的女婿是一个小知识分子，赶紧拿了几份报纸给他做蒲团。好，一个农民跪在科技报上拜菩萨的场景就出来了，你看有多么的好玩。

我给湖北排这个戏时是 1996 年。那个主演当时 28 岁，长得白白胖胖，我认为没有需要的喜感，想找一个又老又丑的，结果找来他的师父，但是台词记不住，就只好罢了。后来这个演员凭此剧得了梅花奖，剧目也把全国的专业比赛奖项拿遍了。所以我还是觉得喜剧还是一个需要充分发挥想象的门类，是一个需要解放肢体、解放本性的门类，需要发挥语言智慧的门类，需要在通俗中有心领神会的机巧的门类。我们这个民族实在太需要好的喜剧了。

**学员：**去年参加艺术节，看了您的《小乔初嫁》。这个戏是让我想得最多的，而且是跟老师们讨论得最多的，各方面的想法都有。我想听到您从导演的角度切进来，对于《小乔初嫁》是怎样的导演阐述，包括剧本是怎样的认知？

**张曼君：**坦率地说，《小乔初嫁》是我一个字没有改就排练了的剧本，因为它密不透风的结构，它缜密的逻辑、它的主题主旨都是非常有现代切入感的，因为在我看来，它让我们在有限的史料的想象里，看见了符合我们认知的小乔，看到了几乎是全民认知的一种约定俗成，就是它很符合这个人物的调性和气质。你看，小乔没有绯闻，她是贵族出身，她很美丽，她有美满的婚姻，和周瑜两个人的关系非常好，非常般配。基于这样的认识，剧作家在这个基点上，和黄梅戏民间特点结合，把传统戏里《打豆腐》的王小六两夫妻组织进来，形成一种"袍带戏"与"民间传说"特别融洽的结构气韵，使她有了"地气"又不失贵气地成全了人物带给我们的所有想象。一个善良的享受爱情的女子，一个与民间来往体恤着民生艰难的女子，一个美丽、智慧，内敛又有胆识的女人，而不管怎样，她都是一个很女人的女人。这个人物决定了所有的基调，温婉而有张力，高贵而不高冷，智慧而不张扬。和平、恩爱、友善成为了戏的主旨。

然后在惯见的三国戏当中，我们看到了真正的现代精神的落地，没有把重点放在战争与争天下，而是写一个女人的命运故事，她在低言窃笑中化解闺蜜的家庭矛盾；她与周瑜合奏琴瑟，含泪唱着"送郎调"为周郎送行；她为了爱情为了家国为了击破曹操的反间计，从容过江到曹营，轻言细语把个曹操搞得好不狼狈尴尬。可是最后一笔相当精彩，吴国上下振作精神千帆竞发直逼曹营，接着是曹营着火，急得曹操痛风病发作，而此时医治痛风的华佗已被曹操自己打伤，没有人给他治疗，痛得在地上翻滚。这时候的小乔在手握刀片抵御曹操伤害的关键的时刻，却不由自主地刀片落地，用她在华佗那里学来的针灸疗法给曹操扎针，解除他的痛苦。请注意，这个刀片的落地是小乔的一种本能，这是个怎样的善良温婉的女人啊！为了救人，体恤生命是最高的价值，就是这个剧目的最具现代性的表达。用善良化解邪恶，用和平呼唤人性，是很高的一种境界！

还有，《小乔初嫁》的多空间并置的结构也是拓展现代舞台的一个挑战。一场戏里常常要并置几个空间，到了过江一场，干脆就是心理空间，当时它们都是有非常写实的逻辑的。编剧盛和煜是个大家，他已经把影视的结构融入了舞台的表达。前面的《闹龙舟》也是他写的。最近我们还合作了湘剧《月亮粑粑》，结构也很独特，共有三幕。第一幕是1985年，第二幕是1997年，第三幕的2015年，前后衔接的是整整三十年，说的是一个乡村女教师的坚守故事，而唯有这样的结构，方可突出我们设定的"时间反动作"——因为光是好人好事的呈现是不足以表述主题的。在这样的结构当中，第二幕里他把香港回归的历史事件，和黄荆树小学在电视上观看三军仪仗队进驻香港并列在一个里面去表现。后来还把一个观看聚会的视屏放在最后的高潮戏去表现，盛和煜在这个地方他为难了导演，却让我们硬着头皮必须去开辟一块属于舞台多空间处理，也让我的戏曲精神得到了新的出路。《小乔初嫁》里面写了一个真正的女人，而且这个女人没有违反历史上我们对她共同的认知，所以当她遭到一些所谓历史虚无主义批判的时候，我们是不服气的，什么叫做历史？难道三国演义是历史吗？它本来就是演义，何况我们并没有说把小乔写成一个政治家，而且好多人写她是政治家，怎么辅佐周瑜完成他的大业的，我觉得那些都能认可上演，为什么我们的女人小乔就是不能呢？我们有没有说吴国的胜利是小乔赢来的，那千帆竞发，那火烧曹营不是决定性的举措吗？当然《小乔初嫁》我觉得自己排得并不漂亮，在多空间并置的处理上，因为剧本过于密实，使很多好的想法挤不进去。我觉得还可以排得更唯美一些，我要采取近乎极端的手法，去描摹那种诗一样的美丽，去疏朗那些过于密实的场面，去用更加唯美的歌舞画面演绎这个女人中的女神，让一个仁爱美丽的女子的形象，散发出我对此剧的现代的解读，也可能是剧作家需要的解读。

# 陆 军

二级教授、博士生导师

博士后合作导师

上海戏剧学院编剧学研究中心主任

上海市教委系统劳模创新工作室——陆军编剧学创新工作室主持人

国家社科基金艺术学重大项目首席专家

　　1990年加入中国作家协会，出版个人专著12种，主编专业图书20余种（100余册），上演大型戏剧31部，获省市级以上奖项50余次。曾被授予"全国文化系统劳动模范""上海市劳动模范""文化部优秀专家""上海市科教系统优秀共产党员""宝钢优秀教师奖"等荣誉称号。享受国务院政府特殊津贴。

# 怎样写好一个剧本

陆 军

大家可能知道，近年我创造了一个新的编剧教学法——"百·千·万字剧"编剧工作坊，在校内外做了十来期培训。虽然今天讨论的话题是"怎样写好一个剧本"，但这个讲座跟"百·千·万字剧"编剧工作坊也有些关系。

"怎样写好一个剧本"？这是我问自己的问题，同时也希望同学们问问自己。实际上，这不是个人问题，它现在已经成为大家关注的问题。我主持的一个国家重大课题，名称就叫"戏曲剧本创作现状、问题及对策研究"，可见这个问题已经变成国家的话题了。

为什么有这么多人喜欢写剧本？因为我们的剧本写得太烂了。很多人认为这么烂的剧本都可以拍，可以演，那我也可以写啊！所以吸引了更多人来写剧本。很多现在退下来的老领导，他们都要主动拜我为师，要做编剧。他们以为编剧很简单，特别是写电视剧，钱又多，又可以出名，何乐而不为？其实哪有那么容易。实际上创作是一项严肃的劳动，戏剧创作更是最严肃的劳动。不是通过关系，玩票性质的。所以，我的观点是，我们要重视剧本创作，但一定要抱着严肃的态度来进行剧本创作。

现在开始我的话题。这是我最近几天在云南班上课中想到的话题，还没有经过非常认真的思考，先把初步的想法分享给大家。怎样写好一个剧本？先要了解我们国家每天产生的那些剧本的质量如何？大概的类型有哪些？为此我做了一个初步的归纳，把它们分成了4类16态。

第一态：无"发现"，无戏剧性。"发现"是指你的文本能发现生活中大家没有注意到，或者注意到没有写出来的东西，这是最珍贵的。戏剧要有发现。没有发现，也没有戏剧性，这是一类。虚假的戏剧性，实际上也属于没有戏剧性，这类作品非常多，不客气地说，我们许多培训班同学的作品，大体上属于这类，虽然有些戏剧性，但那是虚假的。

第二态：无"发现"，少戏剧性。我们戏剧学院的学生，全国这么多戏剧院校的学生，每年写出来的作品成千上万，大都属于这一类。还有许许多多戏剧爱好者的作品也是在这一类。他们知道用戏剧的方式反映自己对生活的理解，但是写出来的东西没什么发现，具有较少的戏剧性，这类作品不太有价值。它的价值仅在于训练过程中阶段性的技术收获。

第三态：无"发现"，有戏剧性。现在我们国家的大多数院团创作演出的作品就属于这一类。你不相信去梳理一下，百分之八九十是这样。从戏剧的保存与发展的角度看，为了培养演员，获得市场，留住观众，这样的作品也有一定的价值，但从剧本创作角度看，是远远不够的。

第四态：无"发现"，很有戏剧性。我们经常看到的一些所谓的喜剧与闹剧，似乎是很有戏剧性，但却庸俗不堪，毫无意义，更谈不上"发现"。

总而言之，上述第一类创作，剧本价值都不大。想想看，你们现在创作的作品有没有达到第一类里面的第三第四态？而即使走到这一步，也要花很大的努力。这一点你们要认识到。

第五态：少"发现"，无戏剧性。就是戏剧作品里有一些对生活的发现，但是没有戏剧性。分两种情况：一种是不懂，还有一种是他知道要有戏剧性，但是他不知道戏剧性表现在哪里。他懂得用这个方式，但是他没有能力。一般来说转行之作，比如一些导演、演员、搞文学的，或搞艺术管理的，转行搞编剧，就会出现这种情况。这些转行的人很可能有对生活的基本积累、有文学素养、有阅历、也有对生活的发现，但是他不懂戏剧创作。

第六态：少"发现"，少戏剧性。这类作品很多都是探索之作。其实，严格意义上讲，我们国家没有先锋戏剧，因为我们的创作者还不具备这样的能力。我们的剧作家既没有这样的哲学准备、文学准备、艺术准备，也缺乏对社会与人性的深刻洞察力。所以很难创作出非常有思想意义的作品，或者有探索精神的所谓荒诞戏剧、先锋戏剧。

第七态：少"发现"，有戏剧性。比如获各类大奖的作品，你说没有"发现"吗？里面还是有一点的。其实只要有一定的发现就可以得奖，我们获奖的门槛并不高。

第八态：少"发现"，很有戏剧性。这样的作品就可以获大奖。

上述为第二类。

第九态：有"发现"，无戏剧性。很多时候，可能是编剧"身份"的较量，他对生活有独到的理解，他所阐述的观念、人与事，具有一定的开创性。如果剧作者是了不起的学者、专家、领导或其他的有身份的人，他的作品尽管没有艺术性，但是别人会刮目相看，别人会尽可能从作品里面寻找他们认为的戏剧性。当然，这个不是我们要讨论的，也不是希望大家要做的事情。

第十态：有"发现"，少戏剧性。这是"身份"与"运气"的较量，可能十年或者二十年后这样的作品会出名。所以戏剧批评能力是非常重要的，比如说阿尔比的处女作《动物园的故事》就是如此。

第十一态：有"发现"，有戏剧性。这当然是我们要追求的目标。

第十二态：有"发现"，很有戏剧性。这是戏剧界的扛鼎之作。

上述是第三类。

最后是第四类。

第十三态：有重要"发现"，无戏剧性。这种作品要等待研究和评价的重要机遇。有的作品就在那个时代有价值，离开了那个时代就没有什么价值了。

第十四态：有重要"发现"，少戏剧性。契诃夫很多作品都属于这一类。当然，也有人说，契诃夫的戏还是有戏剧性的。

第十五态：有重要"发现"，有戏剧性。这当然非常难得。

第十六态：有重要"发现"，很有戏剧性。如《哈姆雷特》《牡丹亭》《玩偶之家》等，这种作品不仅仅是一个剧，完全可以承担哲学家、军事家、政治家、人类学家、民俗学家、文学家等各类艺术家共同的使命。它不仅仅是发现了生活中有价值的思想、意义，还有一条，就是找到了用戏剧的形式来表现这个作品思想意义的独特形式。它也承担了发现形式的任务。

我把现有的剧本创作用 16 种类型的方式分类，是来启发大家考虑一个问题：我现在创作的作品在哪个位置上，我有没有可能从一类到二类，二类到三类，三类到四类？因为有具体的目标，可能对于我们创作有一定的帮助，主要是出于这样的原因。这样的分类没有太大的科学性，仅仅是个人在短时期之内思考的一点浅见。

今天讨论的是"怎样写好一个剧本"，说说我的标准：

好剧本是剧作家以戏剧的方式，表达一份属于自己的"真实"、"生动"、"独特"的人生识见，是通过艺术探索去发现人，描写人，塑造人，并用人性之光去照亮生活的心血之作。


**第一，我们先来说说"真实"。**

真实是艺术的生命。考察戏剧作品真实与否，我设置的维度有两个：一是常识，常情，常理；二是更真，更美，更善。如果说得稍稍有些理论性的话，那就要搬出恩格斯致玛·哈克奈斯的那封信了，他通过对一部小说的评论阐发了现实主义理论原则，强调细节真实和真实地再现典型环境中的典型人物及其相互关系，即强调艺术的真实、生活本质的真实。这些原理，至今管用。

从实践意义上说，我有一个个人化的观点：一部戏剧作品难免有不够真实的地方，但是，核心冲突、人物情感变化、关键的情节与细节不能有假。换句话说，如果将构成一个戏的最重要的要素去掉这个戏就不成立，那么，这个要素必须经得起推敲。

真，是一个很残酷的话题。很多作者对这个问题考虑得不多，只要有戏什么都敢写。告诉大家我对戏剧的一个基本判断：我们现在的大部分戏剧作品基本上在"真实"这第一关上就倒下来了。或者说，至少有一半以上是不真实，不符合常情、常理的。即使是非常成功的作品，也经常有硬伤。所以，我们要提醒自己注意三个问题。第一，基本冲突不能假；第二，重要情境不能假；第三，性格逻辑不能假。

我举一个例子。我负责的国家课题开题会那天，我说这个课题要做一件事，把古今中外所有戏曲剧本做一个梳理，挑出 20 个可以拿到世界上任何一个国家展示的剧本，这是中国最优秀的传统文化。韩流、日漫都不是我们的对手，因为我们古老的戏曲里面蕴含着一切有价值的思想与艺术。那天晚上很多专家提出样板戏中的京剧《沙家浜》算一个，当时我表示不同意。我现在刚刚定下了 20 种剧目，上海人民出版社已经把它列入 2018 年重点出版书目，其中现代戏我一部都没有选，新中国成立以来的作品选的都是古典戏剧的改编本。我说《沙家浜》很好，但不太真实，当时北京有一位著名教授说，我从来没有听说过《沙家浜》不真实，你说说看。那天我说了四条，今天因为时间关系我就说一条。

《沙家浜》里面有一场重要的戏，陈天明到春来茶馆去传达县委指示。这个故事大家都知道，抗日战争时期郭建光带领着十八个伤病员在沙家浜养伤，日本鬼子来了，他们躲到芦苇荡里。本来日本鬼子走了，他们就可以回来了，没想到胡传魁变成了汉奸，他的部队成为了日伪部队，驻扎在沙家浜。

芦苇荡里面没有粮食，没有药，伤病员撑不了几天。因为胡传魁他们驻扎在沙家浜，所有船只都不能放出去。在这样危险的情况下，县委书记陈天明来了，他带来了一个任务，告诉阿庆嫂把伤病员转移到红石村。

沪剧《芦荡火种》写得很好。"开方"就是一个经典片段，你们可以回去看看。但革命样板戏把开方的情节拿掉了。开的什么方？就是藏头诗。"防风水香与没药，当归天冬不能忘，最要紧寄生红花与石蜜，村醪半斤赛高粱"，这是沪剧里面很重要的一个戏眼，但是移植到京剧里面没有了。因为有了这个戏眼，我们从民间性的角度去推敲衡量这部作品时，有些不真实的地方也就可以忽略了。沪剧版《芦荡火种》民间色彩很浓。复旦大学中文系主任陈思和与宋光祖教授他们两个曾经发表文章，拿这两个戏做比较。当然，他们没有说不真实，只是觉得京剧版的民间色彩不如沪剧版好。

那么问题在哪里？问题是陈天明告诉阿庆嫂将伤病员转移到红石村这个指令真实吗？他明明知道这里的船一只也开不出去，明明知道阿庆嫂身处困境，你把这样的重担交给她，你不是为难她吗？你既然有能力打入沙家浜，为什么自己不到红石村去说呢？既然你红石村可以承担这十八个伤病员生命安全，你为什么不和他们讲？让他们把伤病员转移出去就可以了，为什么要把这样的难题抛给阿庆嫂？这合理吗？不合理，但这又是一场非常精彩的戏。问题出在核心情节不真实，就属于硬伤了，非常可惜。

再举一个例子，淮剧《小镇》，取材于马克·吐温的小说，这个戏得了文华大奖，在我国现在的戏曲舞台上，它获得这个荣誉是应该的。但这么一个优秀的戏，在我看来，至少有三个核心要素的真实性需要重点考量：

一是本剧矛盾冲突的发起者，即用500万悬赏寻找当年施恩者的企业家姚遥（含其父亲）的思想、情感与行为逻辑的真实性；二是悬赏的接受者，即"十佳教师"朱文轩的思想、情感与行为逻辑的真实性；三是本剧情节构成、主题体现的关键性人物朱老爹的思想、情感与行为逻辑的真实性。

首先看第一个核心要素，本剧矛盾冲突发起者的动因。

按照本剧设计，姚遥的父亲在30年前人生落魄、濒临绝境时，在小镇受恩于一个男人。当时这个男人不仅给了他钱，更说了一句勉励他能走到今天的重要的话。但遗憾的是，他已记不起那个男人的面容，所以，只要那个男人能说出那句曾经对他说过的话，就可以拿走500万元。停神一想，姚遥父亲这段真实的经历是否有些离奇？对一个在自己的生命经历中如此重要的恩人，却忘了他曾经的相助，忘了恩人的模样，是否已埋下了虚假的隐患？当然，在马克·吐温的小说里也有类似的情节，所不同的是，持币悬赏者是试图报复这个曾经伤害过他的小镇，所以报恩的故事是编的。而利令智昏的人们根本没有心思去细究那个事由的真实性，全部的注意力与热情都为那巨额金币所吸引。两者相比较，拙以为，原小说真实性优于现在的淮剧。

再来看第二个核心要素，冒认的可能性。

冒认，是原小说与淮剧最重要的情节，因此，它的真实性会直接影响作品的生命力。

先看淮剧。姚瑶发布以500万元报答恩人的信息后，小镇沸腾了。当年的好心人到底是谁？大家猜测，有可能是朱文轩。但朱老师坚决否认。就在这时，发生了一件事，朱老师儿子代人担保，有500万元缺口急需偿还。儿子求助父母，以死相逼。父母舐犊情深，一时慌不择路。朱老师妻子薛小妹要求丈夫为了儿子去冒认这500万元。朱文轩犹豫再三，终于答应，拨通了朱老爹的电话……（后来，镇上又有几位"德高望重"者前去冒领）

朱老师冒领，可信吗？他一向为人师表，在小镇享有盛名，且刚刚获得市"十佳教师"称号，就因为儿子的偶然事件去冒领？在冒认前，他难道没有考虑过这样几个常识性的问题：

一是，30年前那个晚上，那个真正的施恩人对那位绝望者说了一句什么话？那句号如同联络暗号，是唯一的相认证据，朱文轩到时将如何应对？

二是，除了这句重要的话，在对证相认时，受助者会不会问更具体的问题，比如那个晚上是在春天秋天，还是冬天夏天？相见的地点是桥头河边，还是巷口树下？如果提问，朱文轩将如何回答？

三是，朱文轩冒认了，会不会在正式对证时，那个真正的施恩者出现了？

四是，朱文轩有没有想到，这个施恩者就是朱老爹？

还有，儿子替人担保酿成大祸，但决不是灭顶之灾，担保与债权人毕竟是两个概念。面对这一情况，作为一方绅士的父亲，应该寻找更多合法的途径来帮助儿子渡过难关，而不是铤而走险，去做比儿子更傻的冒天下之大不韪的冒认之事。

那么在原作里面，马克·吐温是如何处理同样的冒认的呢？首先，作家设计了一个关键性的"坎"：那个晚上，施恩于落魄者的最有可能的是一个老人，因为第一，那个老人一生乐善好施，是出名的道德楷模；第二，在当时能掏出如此大额的钱资助别人的，只有这个老人有经济能力。最重要的是，这个人早已经死了，他不会再冒出来，这是一个最重要的前提。其次，悬赏者给每个人一封信，信的内容都一样：如果你去认领，唯一需要认证的就是那个晚上你说的那句话，而写有那句话的纸条就在钱袋子里。这就是说，小说原著给了冒认者最大的安全保障：即已拿到证据，而且真正的施恩者又已经死了。而每一个冒认者又都不知道其他人也收到了同样的信。还有一条，为了报复这个小镇上的人，原著小说中，悬赏者经过充分的调查，确认这十九个对象有更多的道德自信。因为他们是小镇上大家公认的君子。如果道德人品不好，他拿到信以后一定觉得这是有人在恶作剧。当然，做这件事的人还需要一个前提，那就是他还要有文化，或者有丰富的人生阅历。因为是他的一句话改变那个人的命运，这句话要刻到人家心里去，没有一定文化与人生阅历就可能说不出来。而这些条件，这十九个人都具备。你看，马克·吐温小说在铺排一个重大情节时，作了如此缜密严谨的铺垫。

概括起来说，在小说里，冒认者已获得的信息与正常的认知告诉他们，冒认是没有风险的。而在淮剧里，朱文轩去冒认是充满风险的。

当然，这样说并不是全盘否定朱文轩冒认的真实性，而是说，淮剧不如原小说真实，正因为如此，要求剧作家在真实性上再下些功夫。

最后看第三个问题，朱老爹真实吗？

在《小镇》人物图谱中，朱老爹是个举足轻重的人物，既在情节意义上具有不可替代的作用，又在剧作家所希望传递的剧作立意上负有重要使命。所以，这个人物真实与否，至关紧要。

非常遗憾，至少我解读这个人物时有些另类的感受。

首先，他太工于心计。朱老爹年事已高，小镇需要乡绅文化的价值引领，他选择了朱文轩作为他的传承人。于私，朱文轩曾在他最困难无助时给他以帮助，他要报答他（这一点与小说中牧师感恩理查兹的帮助一样）。于公，朱文轩在小镇有良好口碑，最近又获得"十佳教师"荣誉。但令他意外的是，朱文轩也成了五个为人所不齿的冒认者之一。面对现实，朱老爹有两个选择，一是当众撕下朱文轩的面具，如同对另四位曾是一方绅士的冒认者一样，二是为朱文轩讳。他选择了后者。结果是，这场电视直播的效果有两个：一是小镇的道德形象毁了，竟然有四个冒认者（顺便说一下，秦镇长要重塑小镇形象，在直播前知道不知道有四个实际上是五个冒认者。如果知道，他怎么会同意继续这样的仪式。如果不知道，朱老爹不是要与他唱反调，要出小镇的丑吗？）。二是有一个人从此成了朱老爹的精神奴隶，那个人就是朱文轩。

最后的结果必然是，朱文轩经过内心煎熬，自我反省，最终承认自己的丑陋，同时也向公众宣布，当年真正的施恩者是朱老爹他自己。最终朱老爹达到了多个目的，一是让四个曾经的乡绅负辱离乡，二是让朱文轩成为他的替代品，三是让小镇人看到了一场闹剧，四是使朱老爹由人升华至"神"。这一切都完全都在朱老爹的掌控之中。这样一个老人，你不感到他的可怕吗？

其次，朱老爹有伪善的嫌疑。《小镇》为朱老爹设计了这样一个身世，四十年前，一个外乡人在小镇丢失一百斤全国粮票，正好被他捡到，由于当时正值穷途，他一时生出贪念，将粮票占为己有。谁知外乡人闹事，要天天敲钟，坏小镇的名声。镇长为维护小镇形象，要求全镇人捐粮票。此时朱老爹挺身而出，卖掉祖屋，一人将一百斤粮票全"捐"了，"保村民免遭饥荒积功德"，还捐助修建学校，四十年布衣素食，寡言少语，终身赎罪，神坛高座。

且不讨论四十年前那个特殊年代发生这样的故事的可信度有多高，就朱老爹终身赎罪的心理依据与逻辑动因就值得推敲。正常情况下，朱老爹当年没有做到拾金不昧，尽管有误，但他及时反省，立即纠错，并且以卖掉祖产的极端手段来弥补错误，惩戒自己。人非圣贤，孰能无过。应该说他已做到知错就改，可亲可敬。事后四十年神情凝重，不苟言笑，如苦行僧一般，实在是过于苛求自己了。虽然可以用"这一个"来解释他的行为，但如果认同或普及这样的人生态度，就值得怀疑了。更重要的是，他明明知道一个在道德上高度自律的人有了过失将终生煎熬，那么，他为什么要让朱文轩也复制他的人生经历呢？

相比之下，在马克·吐温的小说中，牧师这一形象就没有这样的阅读与欣赏的障碍。

**第二，我们再来说说"生动"。**

生动，即或有趣，或动人。

生动，按照马克思的说法就是"莎士比亚化"，而恩格斯概括莎士比亚化的特征就是"莎士比亚剧作的生动性与丰富性的完美结合"。生动，在戏剧创作中，我对它的最简单的概括是两个字："有戏"。

还是以《小镇》为例。作为一部戏曲现代戏，无疑是有戏的，既好看又好听，特别是唱词，写得非常好，许多段落可以作为戏曲剧本写作的范例来赏析。但是，如果与马克·吐温的原小说相比较，原小说还是有许多值得我们学习借鉴的宝贵经验的。

凭我的记忆，不妨梳理一下小说的情节脉络。有一试图让赫德莱堡蒙羞的外乡人把四万金币放在老妇家里并写了一封信，这是第一个动作。第二个动作，他同时给镇上的十九个头面人物写了信，并告诉其领取金币的核心秘密。第三个动作，揭秘公示那天，牧师当场念出那句"认证"的话以后，没想到后面还有一句，大意是，如果你改好了就有两个选择，第一是下地狱，第二是成为赫德莱堡的人所认为的那种人。我建议你宁愿下地狱也不要成为赫德莱堡的人。而这句话是所有人都不知道的。第四个动作，四万金币是假的。第五个动作，所有的一切都是假的。这一招更厉害。为什么这么说呢？三十年前，根本没有这件事情，这是我杜撰的一件事，用这种方式来报复你。第六个动作，将这不值钱的金币拍卖，换来四万元真币，这也是一个意外。第七个动作，这四万元里面有一万元要给老夫妇，他们是十九个人里唯一没有站出来冒认的（其实是有牧师保护）。第八个动作，更想不到的是，报复者当着所有人的面告诉大家我要把一万元给老人，因为他值得尊敬，是唯一一个没有被金钱所诱惑的。但是当理查兹夫妇拿到支票时才发现，不是一万元而是四万元。第九个动作，更令人想不到的是，他要求理查兹只能去其他小镇取这笔钱，因为他对小镇人不抱希望。如果让他们知道你拿了四万元，肯定又会经历一场风波，一场灾难。马克·吐温的魅力就在于，他通过事件的发动者匪夷所思的一个个动作，把我们的猜测与想象一层一层挫败，在这个过程中他写了各种各样的人，展示了社会众生相与人生百态图，实在称得上是"莎士比亚化"在小说艺术中的经典范例。

当然，如前所述，戏曲与小说是两种不同的形式，淮剧更有自己的限制，剧作家只能在有限的时空内表达自己的选择。但不管怎么说，大师们对人性的洞察力与艺术的表现力，是值得戏剧家们去学习，去研究，去借鉴的。

关于生动，我还要说三点要求：

一是"自然而然"。这是莎士比亚基本经验。要通过剧情本身的进程使作家的动机、作品的主题，生动地、自然而然地表现出来，而相反地，要使那些论证性的辩证，逐渐地成为不必要的东西。这句话简直就是针对中国剧作家说的。我们笔下的作品总是怕说少了，怕观众听不明白，在那里拼命交待。

其实即使是歌颂性剧作，也可以做到"自然而然"。好像是1984年，有一个小戏叫《小两口算账》，我觉得就是一个非常好的成功案例。作品写农家小夫妻两人闹矛盾。老公回来就是不干家务，老婆辛辛苦苦干活，抱怨老公懒。老公生气了，说你是女人，女人就应该干家务活。女人听了不服气，就开始算账，我养鸡养鸭，搞种植，去市场交易，一算，赚钱比老公多，老公才服了气。这笔账你背后算的是一个大时代。小两口吵架，歌颂的是一个时代，很生动。

二是"表现他怎样做"。这是莎士比亚第二个经验。举一个例子。曹禺《原野》中有一场面，仇虎为焦花氏戴花，记得吧？仇虎在十里地之外采了一朵野花要送给金子。仇虎把花扔在地下，让焦花氏捡起来戴，这就是仇虎。哪有这样的男人？而焦花氏是什么样的人？她怎么愿意捡起来？她说你给我戴上，戴上和捡起来这个冲突，写了2000多字。常五在门外叫，在这样尖锐的戏剧形势下，仇虎才乖乖地把这朵花戴上去。

我有一个忠告，写戏不要太快，不要老是想编织情节，要学会停下来琢磨人物，人物在此时此刻有没有可能有一种更准确、更生动的表达方法等着我们去开掘？我相信，这是一条重要的经验。

三是"宝贵的背景"。这也是莎士比亚基本的经验。彼得·布鲁克有一部戏叫《情人的衣服》，曾在"上戏"演出，我很钦佩。世界上写第三者的戏铺天盖地，过去有，现在有，将来还会有，在座的也会写。因为它有戏、有情，当然是戏剧材料之一。我认为，《情人的衣服》是我看到的同类题材里面最独特的一部，它好就好在有宝贵的背景。

简单说一下情节。一个黑人灰领居住环境非常恶劣，如果起床晚了，要等三十几个人上完厕所之后才能轮到他，所以必须在很早的时候就起床，才能保证每天准时上班。他每天很早起来就打理自己，还特地喷香水，怕白人嫌弃他的体味。他很爱自己的妻子，临走的时候总要吻别。这天他在公交车上，同事说，每天早上你上班以后就有一个男人在你家的床上。怎么可能有这样的事情？他不相信，但还是不放心，从车上跳下来，回到家里一看，真的有一个男人在自己床上。他看着那个男人，脸上带着笑，没有说一句话。这个男人看到情人的丈夫回来了，就马上跳窗户逃走了，留下了一件西装。丈夫没有骂更没有打老婆。晚上吃饭了，丈夫说，从今天开始，我们要善待这件西装，吃饭的时候，这件西装放在第三个椅子上，让老婆一勺一勺喂"他"，说让客人吃好了我们再吃。晚上睡觉的时候，他把西装放在他们的中间，跟他们一起睡。上街，让女人拿着这个西装，用一个衣架这样托着……就用这样冷暴力整自己的老婆。开始老婆以为开玩笑，后来发现真的已经成为每天的功课。好不容易等到生日这一天，妻子想改善关系，请亲朋好友一起来参加聚会，妻子唱了一首很深情的歌，唱歌的时候老公却要求她擎着那件西装唱，结果所有一切都暴露了。丈夫的心理也稍稍平衡了，在这个过程中他的男同事一直劝他要放下，要忘却。但是他放不下，也忘不了。第二天晚上他下班回家之后发现，老婆已经死了，自杀了。就这样一个故事。我一个博士生看了以后说，老师，我要把它改成一个小剧场话剧，在上海演出。我说你怎么改？他说环境就放在上海。我说你这样写，是在批评一个心理变态的男人，用冷暴力的方法对待一个出轨的女人，这样的戏有什么意思？没有意思！我说你没有注意到这部戏里面最宝贵的背景。在这个戏里，像标点符号一样随处皆是黑人在种族歧视下备受蹂躏和欺压的点点滴滴，以及和他们生活经历有关的各种情节、构思、细节。比如电台天天会播出，今天一个黑人歌手被剪断舌头，一个钢琴家十个手指被一个一个剪断。又说这个小镇马上要搬走了，所有黑人要被赶到另外一个荒凉的地方去。有关黑人生存环境恶劣的各种故事、细节都在作品情节推进的过程中时不时传递过来。我说这个戏表面看是写一个男人的变态，实际上要鞭笞的是在这样一种极其恶劣的环境里面，一个正常黑人男人的心理发生了畸变。他做出这样的选择，账要算在白人所干的种族歧视的各种恶劣行径的头上。这个戏不是写冷暴力的故事。不是单纯的第三者的故事，成功就在于有一个非常好的背景。我那个学生听我这么一说，觉得有道理，放弃了原来的想法。

所谓宝贵的背景，不仅仅指戏剧作品的物理环境，更重要的是一个社会环境。关于环境的营造，大致有如下几种方法：时代更替，职业变迁，社会情绪，精神心理，人物行动，角色冲突，等等。

**第三，我们最后来说说"独特"。**

什么是独特？独特的戏核，独特的戏眼，独特的戏骼，独特的情节构思，独特的人物塑造，独特的艺术表达，独特的形式体现，这些都很好。但我认为，最重要的是要写出独特的人物形象来。我们还是以《小镇》为例吧。马克·吐温小说的伟大，不是仅仅在于情节的合理性、生动性与丰富性，最主要的是他写出了人物的独特性，而这一点最重要的表达就体现在小说的结尾，相当于《小镇》的最后一场戏。

小说结尾是这样写的：前面所有的铺排都让理查兹夫妇感到自己也许应该拿这个钱，回到家里第一个晚上相安无事，第二个晚上理查兹无法忍受了，他明明知道自己不该拿这个钱。这个道德的自我谴责真的像灵魂的过山车，他要去教堂忏悔，看到邻居每个人的目光都似乎充满怀疑。第二天拿到支票后，他又收到了牧师写来的信。信的原意大概是说，我用谎言的形式维护了你的形象。我知道这是凡夫俗子不光彩的行为，但我想做个知恩图报的人，所以在这两个选择里面，我选择了保护你。请注意，牧师前面的话非常重要，不像朱老爹那样没有判断，牧师首先承认这是不光彩的。看了信，理查兹开始无法面对所有的生命，终于有些精神错乱。最后理查兹还是向人们说出了真正的事实：我不是当年那个施恩于外来落魄者的人。他完成了自我救赎，当众对自己犯过的错误表达了忏悔。但他临了还无意间伤害了牧师，说牧师这样是做天经地义的，并没有报复他的意思。而实际上理查兹已将牧师拉入了泥潭。这样的处理既是艺术构思的极致，更是对人性的深度开掘的极致。这就是伟大作品的魅力所在。

我们来看看，《小镇》最后一场与小说《败坏了赫德莱堡的人》的结尾有哪几点异同？

先看相同的：

一是朱老爹与牧师都庇护了冒认者。

二是朱老爹与牧师都把赏金给了冒认者。

三是两个冒认者最后都说出了真相，并都作了忏悔。

再看不同的：

一是出发点不同。牧师出于报恩，朱老爹出于为重整小镇形象而培育新的道德偶像的宏愿。

二是冒认者结局不同。理查兹因为羞愧，因为良心谴责，在愧恨中死去。朱文轩在众人的赞赏声中敲响了代表道德尊严的大钟。

三是牧师与朱老爹结局不同。牧师因被理查兹无意中说出真相而陷入窘境，从此难免被人诟病。朱老爹则在众人的喝彩声中由道德高人走向无人企及的道德神坛。

两种处理，孰重孰轻，值得我们思考。

当然，我不是说《小镇》也一定要这样写，编剧最后没有让朱老爹站出来说，我这个小镇的道德老人也是假的，这肯定有编剧自己的道理。特别要指出的是，在戏曲创作不景气的今天，能有这么一出好戏问世，已经是一件欢天喜地的大事了。我对《小镇》的苛求也只是爱之弥深的另一种表达，所谓的"真实、生动、独特"更是我个人鉴赏戏剧的一点体会，姑妄言之，不足为训，想来编剧徐新华友是有雅量容忍我的浅陋与鲁直的。

关于写出独特的人物，我有一个具体的建议：关注三个人。当然这三个人很有可能就是一个人，我是为了分类才这样说的。

第一是值得同情的人。他身上可能是时代的负重，可能是命运的负重，可能是性格的负重。他可能是有缺陷的人，可能是命运坎坷的人。你设计了这样的人物，可以继存你的善念，可以打动普通的观众。当然，不是说每部作品都是这样。

第二是独具个性的熟悉的陌生人，这是十分困难的事情，比如阿Q，就是这样的人物。

第三是一个难以言说的"新人"。这对每个编剧来说都是挑战，昨天没有，前天没有，历史上也没有。他是在今天这个时代里产生的，当然他不是机器人和外星人，他必须带有这个时代基本的精神密码，具有这个时代独有的观念和处事方式，或者是独特的行为逻辑。这就要考验你对人性辨别的敏锐度和洞察力。

最后说一段话：戏剧的意义在于以自己的方式记录这个时代，向同时代的人贡献戏剧人独到的识见，帮助人们理解时代、了解社会。从而让人们看清时代和社会的本质，更加渴望并努力着手建设一种符合人性的生活，这是戏剧人最重要的任务。

谢谢大家！

# 孙祖平

**上海戏剧学院戏剧文学系教授**

长期从事戏剧（影视）剧作理论和实践的教学，创作（含合作）有舞台剧本《国家的孩子》《枫之恋》《风铃》等十余部，电影剧本《不肯去观音》《阳光小巷》等五部，电视连续剧本《天梦》《家在上海》《重返石库门》《人生有缘》《五妹》等七部百多集，广播剧本《青春热线》《白玉观音》等八部数十集。出版有《喜剧小品剧作教程》《忽悠主持》《风铃》等专著和作品集九种。作品曾获"五个一"工程奖、飞天奖、金鹰奖、中国校园戏剧节优秀剧目奖、田汉戏剧奖等奖项。

# 戏剧·小品剧作论

孙祖平

大家好！我今天跟大家交流的是"戏剧·小品剧作论"。戏剧和小品，两者中间有一个"·"。既讲戏剧，也讲小品。

先讲戏剧。戏剧讲什么？所有的戏剧理论都在讲戏剧，能讲那么多？讲最根本的，也关系到小品创作的根本。

成就一名职业的戏剧（影视）编剧至少需要掌握如下五种能力：一、禀赋优异的天资力；二、百科学养的文化力；三、人生历练的感悟力；四、剧作规则的掌控力；五、艺术创造的想象力。我们现在办有各种各样的编剧班，听各种各样的老师讲编剧理论，其实就是第四条。我提出的意思是，你如果想写出好的剧本，单单靠学技巧是不够的。也就是说，要写出好的剧本单单靠规则是不够的，还要有其他的诸种能力。我们现在剧本写得不好，不仅仅是剧作规则的掌控力不够，而是人不够聪明，缺乏生活的感悟。感悟是又要感又要悟的，材料要好，还要有思想提纯。等等。先讲第一部分"关于戏剧"。

什么是戏剧？

大家都在搞戏剧，大家知道什么是戏剧？康德说过"因为每一种艺术都以一些规则为前提条件，一个产品如果应当叫做艺术的，要通过这些规则的建立才被表现为可能的"。意思是说一门艺术之所以为一门艺术，取决于某种前提性的规则的存在。什么是我们戏剧生存的前提性条件呢？这个条件是要在和其他的艺术门类的相互比较中，才能得以完成的。我们知道戏剧是一种由演员扮演角色、当众表演故事情节的艺术样式。

演员怎样扮演角色？

就是借助于"动作"。2000多年以前，古希腊有一个当时学识最渊博的大哲学家亚里士多德，他写了一本《诗学》，里面提出悲剧是对行动的模仿。模仿的方式是什么？就是用动作，戏剧就是用动作模仿行动。所以，戏剧就是动作的模仿。我们的剧作为什么写动作？就是为了给演员模仿，你写了什么动作，演员才能模仿什么动作。所以作为戏剧，动作是戏剧生存的规则性前提条件。比如文学，他的前提条件就是语言文字，绘画的前提条件就是线条色彩，音乐的前提条件就是旋律和节奏，戏剧是什么？戏剧就是动作，用动作讲故事，没有动作就没有戏剧。

作为戏剧创造的术语，我们说的动作即是戏剧动作。既然动作是戏剧生存的规则性前提条件，那么，什么是戏剧动作？不知道大家考虑过没有，我一直想这个问题。这个问题10多年以前我以为我想明白了，我就按这个讲了。今年6月底7月初，我觉得又不对了。通常把动作看作是人的身体的活动，这个我们到字典里一查就有。心理学认为，动作是作为人的个体对环境的互动反应和行为过程，是人的运动器官、神经系统和心理系统综合一体的产物。对戏剧动作的辨析，国外有一个理论"戏剧动作就是生活动作"，因为戏剧是生活的反映，在戏剧和生活之间画上了等号；但有更多的人、更多的理论认为：戏剧动作类似于日常生活动作的动作，但是又异于日常生活动作的动作。

那么，什么是戏剧动作？中国最权威的解释是《中国大百科全书》戏剧条目里有关"戏剧动作"的释义。释义介绍了国外一些戏剧理论家对戏剧动作的解释，有的国外理论家把戏剧动作大致分为：外部形体动作、内部心理动作、言语动作（就是剧中人物说话也是动作）及静止动作，如果要加的话还有表情动作。他们指出动作具有直观性，要可以看得到；有揭示性，可揭示人物内心；还有就是流动性，动作是不断变化的。

在这个中国式的理解里面，还作了这样一些解释。比如，认为一个动作应该包含了为什么做、怎么样做、做什么。举的具体例子是喝茶、舞剑等。为什么做指动作心理动机，如为什么喝茶、舞剑；怎么样做是具体的动作方式，其中为什么做和怎么样做是紧密联系的，前者制约着后者。在剧本中，作家的提示一般只是做什么，所以演员演戏的时候都要搞清这三个东西，这是国内对戏剧动作的理解。

国外的呢？他们对动作的视域比国内开阔得多，比如他们认为动作是"身体的运动，通常通过演员的有意控制，创造或多或少的与剧本台词相关的或完全独立的视觉表意"。

戏剧动作有哪些属性？第一种观点认为，动作是情感表达的手段，是内在心理的表现形式，身体担负了与他者交流的使命；第二种观点认为，动作就像产品，认为动作通过外部情感表达内部心理是一个二元结构，而作为产品的动作超越二元，动作就是动作，是一种寻找、一种能看懂的表意书写符号的产品，是具有自身逻辑的一种活动形式。

戏剧动作的分类：

1.天性动作：与身体的姿势或运动有关的动作。我们走路，与人打招呼都是一种天性的动作。2.美感动作：艺术作品的创作性动作。舞蹈、哑剧、戏剧里的一些动作和日常生活动作完全不一样。3. 程式动作：戏剧动作就是程式动作，通过传播者和接受者都能够理解的信息作解释的动作。

国外还重视戏剧动作的社会性意义——社会性动作，以个性手法使用人体，具有剧种姿态面对他者的社会内涵。动作具有一种面对他人的姿态在里面了，他就有社会性了。至少这一点在国内的理解里面是没有的。

法国的一本《戏剧艺术词典》解释动作的时候，发出这样的感慨："动作长时间的连续表演，给切分动作单位带来很大的困难。"亚里士多德说"戏剧就是用动作模仿行动"。所以我们在看戏的时候，所看到的是演员扮演角色时长时间在做的一系列的动作，《词典》又说"动作的研究，如果想摆脱简单的美学评价并找回动作的深层尺度，它面临的道路是非常遥远的。"还有一句话说，就是我们至今未能较为客观、准确地解读戏剧的动作。要知道，戏剧的动作可是戏剧生存的规则性前提条件，而我们对这一根本性的规则却不甚了了，对戏剧动作研究所面临的道路之遥之远，亦即是我们当今对戏剧认知的实际写照。这个问题就有点严重了。动作究竟是什么？我们该怎么理解戏剧的动作？这跟我们写剧本、写小品有着直接的关系。本人不揣冒昧，尝试着缩短这段对戏剧动作非常遥远的距离。下面我跟大家说一下我对动作的理解：

戏剧动作是一种组织化的动作构成。

一个剧本，把它解析的话，就是剧中人物的一个一个的动作。演员上场，他就开始按照剧情的发展做动作，一个动作接一动作，直至剧终。怎么理解演员做的这些个动作？很多人理解动作就是剧中人物的一言一行，一颦一笑，一举一动，一招一式。你说错也不错，你说对也不对。因为我们现在所看到的剧中人物的这些个动作只是一系列单纯的琐屑动作，只有当这些个动作成为一个有机的整体，被组织化了，才是戏剧所需要的动作。怎么个组织法？具体地讲，一个戏剧动作呈现为三个纬度的动作构成：

一、戏剧动作是一种单元化的动作组合

单元就是整体中一个自成段落、系统，自为一组的单位。戏剧动作是戏剧行动的一个单元，戏剧行动是一组逻辑动作的整体。戏剧动作是一种由三个层面的动作构成的组合：

1. 意指性单元动作

戏剧动作是一个单元，这个动作单元的规模取决于动作意指的性质和力度。动作意指就是动作为某一种意志、意念或意图所控制的走向，这个意指走向的全过程即是戏剧动作的一个单元。意志、意念、意图所指的东西都是不一样的。戏剧动作是一个由意志、意念或意图指向的一个单元。这个单元即是戏剧动作最为基础的构成，它既是整体的一部分，同时又相对独立，就像我们学校的一个班级。一个班级既可以独立的，又是一个年级、一个系、一个学校的一个组成部分。每一个剧中的角色从头到尾都在做动作，以前我们很难切分怎么样算一个动作，我现在告诉你，一个动作就是一种指向，如果他有第二种指向就变成第二个动作了。

2. 过程性步骤动作

意指性单元动作内部的秩序切分。动作次第是指动作一个挨一个的次序；动作程序是指动作次序的逻辑过程。一个单元性动作被分切为若干个依照意指逻辑而次第衔接的程序动作，把一个意指性指向的单元动作切分成若干个逻辑部分——一个分为若干步完成的动作过程。当然，一个简单的单元动作也可以是一个一次性一步到位的动作，对于一个"复杂"的单元动作，则要若干步才能到位。

3. 系列性声形动作

一个意指性单元动作包含有若干个次第性程序动作，每一个次第性程序动作则由一系列具体的声形动作完成。声形动作就是剧中人物说话、歌唱等的声音和身体、表情等的姿态形象，表现为剧中人物的一言一行、一举一动、一招一式、一颦一笑。在戏剧的演出中，这些剧中人物最为具体的微小动作，绵密不断地贯穿始终，成组成套，依循着动作的程序次第，组织为动作的意指单元。

这样三个层面的动作组合才是一个完整的戏剧动作概念：意指性单元动作解决的是"为什么做"；过程性步骤动作解决的是"怎么做"；系列性声形动作解决的是"做什么"。这样的动作组合就是一个完整的"剧"的动作。

二、戏剧动作是一种突现状的动作强调

我们通常所说的一出戏有戏没戏，就是看剧中人物的动作突现与否。有一些学员的小品，他作品中戏剧动作的第一个纬度的动作可能还设计得不全，咱不说了。就算你第一纬度的动作设计不错，很有逻辑，但这个小品还是不好看，为什么？人物的动作不突现。今天我穿的衣服很普通、常规，如果我是穿着背心、趿拉着鞋、绷着丁字裤来上课，我这个形象肯定突现。所以我们要做的第二步就是要让第一纬度的动作突现出来。所谓动作突现即是让动作殊相化、特殊化，尽力让人物的言行举止与众不同，不同凡响。我看过许多戏剧小品，很多小品它第一个纬度动作的三个层面构成不健全，更差的是第二纬度动作的要求不达标，写的都是平常的东西。你说他写得不好吧，他的剧本写得很通顺，逻辑性很强，但不好看，动作不突现，不精彩。第一纬度三个层面的动作都需要突现强调：

1. 意指性单元动作的突现强调

在小品《朋友多了路难走》中，一个叫老路的违章者，逆向骑自行车，被警察罚款 10 元。他心里别扭，决定去找朋友通路子。通路子不能空手，他第一次送了 20 元一条的假烟，事没办成；第二次送了 200 元的两瓶洋酒，事没办成；第三次送了 800 元一套的化妆品，事还是没有办成——这三次送礼就是三个意指性单元动作。为了不被罚款 10 元，结果反倒花费了更多的钱财和精力，大大得不偿失——这三个意指性单元动作就具有了突现强调的品质。

2. 过程性步骤动作的突现强调

在小品《心病》中，医生给一位因彩票获奖而抽风的病人进行谈话治疗心理疾病的"谈话聊"——这是一个意指性单元动作。这个单元动作有着若干次第动作：拿一本杂志"老母猪的产后护理"，拿错了；又换一本，"萨达姆吹响了战斗号角"，又搞错了；说"人就像天上的流星，来匆匆，去匆匆，唰，说没就没啊"；说最后那个小匣子才是你永久的家——这四步次第性程序动作都极具突现强调的品相。

3. 系列性声形动作的突现强调

一出戏的声形动作绵密不断，贯彻始终，其中有一些微小动作突现，情节就有可能换新出彩。前一阶段电视台放一部电视剧《那年花开月正圆》，我是这部剧的追剧族，每天等着看，到网上调查后面几集的内容简介，它的故事好看，好多言行性系列动作都突现了。比如里面有一段沈星移买了织布局的股份，全买了。女主想让他分一部分出来，请对方吃饭，沈星移说亲一下给多少股份。女主想了想说，把眼睛闭上。男的闭上眼睛，女的在餐桌上拿了一个猪头亲他的嘴——这就突现了，亲你不突现，不亲你也不突现，拿猪头亲你这个就突现了，这就是"戏"。

第一纬度的意指性单元动作解决的是"剧"的问题，第二纬度的突现状强调动作解决的是"戏"的问题。戏剧动作是一种突现状的动作强调。我们有时候说这个有戏，这个没戏，好看不好看，有戏没戏，就在于你的动作突现不突现。我有了这个概念之后，有一次读了一本国外的文学理论书，里面说什么是好的小说，什么是好的文学，你知道他说什么吗？他说好的文学就是文字的突出，我想这个是跟我说一样的道理。关于戏剧动作的突现强调，这需要另作专门的详尽探讨。

三、戏剧动作是一种集合体的动作概念

有些戏在座的可能没有看过，比如《等待戈多》《秃头歌女》等等。这些戏也是某一种戏剧理论的产物。我们现行的编剧理论往往不提这些理论见解，因为这些理论见解和我们熟悉的编剧理论是互相打架的，甚至是背道而驰的。你最后会发现我们所看到的全世界那么多的戏，它们其实是些不同的戏，有的完全不一样，因为它们是归属于不同体系的戏。前些时候我们学校里请了一个戏

《酗酒者莫非》，一个外国大导演根据中国作家史铁生作品改编的舞台剧，演了四个半小时，中间休息两次，休息一次有人跑掉，休息一次有人跑掉。后来开个座谈会，说好的人说"这个戏比现在中国所有在演的戏都好"。说不好的说"这个戏是什么戏！"看了三分之一就跑掉了。为什么你说是好戏，而他说不好？因为人们站在不同的体系里面。我在这个体系里面我觉得这个戏太好了，我在这个体系外面看这个戏觉得这个戏一钱不值。有一次我看一个画展，是一个法国华裔大画家叫朱德群的。他画的是大幅的抽象画，一团一团的色彩。有一个参观的老先生看他的画非常冲动、愤怒："这是什么画！你们看得懂吗？这种还算画吗？"人家是画家，是个大画家，但是有人就一点不喜欢，所以"青菜萝卜各有所爱"，在艺术里面，他说他的，你说你的，有时候就是鸡同鸭讲。现在我们所讲的都是一种体系的戏剧作品。大家看过的《张三其人》不属于我们这个体系的戏。大家熟悉的《雷雨》和《茶馆》是两个体系的戏，这两个戏不能放在一个体系里研究。《雷雨》是个精心编织故事情节的戏，环环相扣，一波三折，激变突转；《茶馆》是个精心不编织故事情节的戏，没有那种贯彻始终、丝丝入扣的情节，它做的是精心地不编织。但不同体系的戏剧都讲动作。戏剧动作是各种不同体系的戏剧共同享用、却又有着不同解读、互为参照释义的一个集合体的动作概念：

1. 动作是各种不同体系的戏剧共同享用的一种概念

第一纬度的意指性单元动作，这个"意指"大有讲究。什么是意指？意志、意念、意图等的指向，都是意指。完全不一样的意指，意指出了完全不一样的动作。

2. 动作是各种不同体系的戏剧自行释义的一种概念

每一种戏剧体系都有自己的戏剧动作观，对动作构成和突现的理解都不一样。比如我们现在的编剧培训，老师们讲的基本是可以称之为亚里士多德式的戏剧理论，对动作的理解就是个性人物对生活动作的模仿，用天性动作模仿生活动作，贯串动作，等等，而表现主义戏剧、象征主义戏剧等等，它就是另一种动作观了。中国戏曲则是程式化的动作，完全不一样。

3. 动作是各种不同体系的戏剧互为参照的一种概念

我为什么这么释义动作，是因为有你的存在，我是对照着你的释义来阐明我的动作观，每一种动作观的存在都是以其他动作观的存在为前提，在相互间的参照中而存在着。

下面介绍一下戏剧动作的重要性。戏剧是一门用动作演绎故事的艺术，戏剧的叙事即是动作的叙事。会不会写戏就看你会不会写动作。

1. 动作的纵向序列叙事——一系列动作的逻辑衔接的行动叙事。一个一个动作的逻辑衔接，就是一个行动。动作是行动的单元，行动是动作的整体。动作的纵向序列叙事即是戏剧的行动叙事。

2. 动作的横向对立叙事——由一个、一对或一组动作和他者组合而成的冲突叙事。一个动作和另一个动作对立、对抗，一个动作和环境对立、对抗，或是一个动作激发人物内心的失衡，等等，动作就质变为冲突了。如果你也一组动作，我也一组动作，两组动作持续的对立、对抗，那就是持续性的冲突，成为戏剧的故事情节了。

3. 动作组接和组合的整体管控叙事——生发动作和终结动作、限定行动长度和圈划冲突疆域的情境叙事。动作从什么地方来的？动作始于情境开始，每一出戏都是一种情境，一出戏只要有情境就会有动作。情境生发动作和终结动作、限定行动长度和圈划冲突疆域，每一出戏都是一种情境的展示。情境是一个大的动作、行动和冲突的概念。情境是戏剧动作、行动和冲突的发动机、引擎。

4. 动作的时间空间叙事——在规定情境中，一个动作、一对动作或一组动作的时空化场面叙事。前面我们讲的一些概念都是平面化的论述，都是 2D 的，如果把动作，把冲突，把整个情景让他时间空间化的话，那就是戏剧的场面了。场面是对时间和空间的双重占有，都是立体的，可视的。


"动作"——戏剧生存最为本质的规则性前提条件，直接具化、衍生出行动、冲突、情境和场面这四种戏剧创造最为重要的规则性前提条件。我们可以延伸开来讲，没有动作便没有戏剧，没有行动便没有戏剧，没有情境便没有戏剧，没有场面便没有戏剧，这四大要素构成了排立在动作染色体上携带有戏剧遗传信息的全息基因系列，奠定了戏剧创造的基本格局。

一出戏剧（影视）即是一系列动作的组接、组合和时空演示；

一部剧本即是对一系列动作的想象、描绘和记录；

动作是戏剧创造的基础；

动作是支配戏剧的法则。"正如亚里士多德所说，动作是支配戏剧的法律。"（马克思：《印度问题》）

动作是戏剧（影视）创造的根本大法。任何一种文体，只要为动作所主宰，具有行动、冲突、情境和场面这四大要素，便拥有了"剧"的实相和真谛，也就获得了"剧"的遗传密码。正是在"动作"的意义上，舞台剧、电影、电视剧、广播剧、网络剧和游戏剧等，取得了"剧"的一致性。

跟大家交流了我今年关于什么是戏剧动作的一些理解和思考，仅供大家参考。我还会继续理解和思考这个有关戏剧生存的前提性规则条件，会对现在的理解和思考作出修订或是改变。

下面，我们讲第二部分"关于小品"。

我曾写了一本《戏剧小品剧作教程》的教材，二十几万字，专门谈戏剧小品的创作，其中用一个章节探讨了什么是戏剧小品。为什么探讨这个问题？因为戏剧小品作为戏剧的一种样式，成型比较晚一些，自"春晚"以后开始在中国大地上蓬勃兴起。以前也有小品，但是不成规模。以前最短小的样式就是独幕剧，我在我们学校开过独幕剧创作的课，讲到独幕剧特征的时候我会讲到短小、精悍、单纯、凝练、高度浓缩、高度集中，等等。后来讲小品创作，讲小品的特征，怎么讲？小品比独幕剧更短小、更精炼、更单纯、更高度浓缩、更高度集中？我抽出四个方面给大家作个介绍：第一、一个片段；第二、谋略聚焦；第三、临界背反；第四、殊相招数。

第一，一个片段。小品比独幕剧更短小、更精炼、更单纯、更高度浓缩、更高度集中——这个"更"怎么量化？无法量化。后来我动了很多脑筋，最后发现原来小品和独幕剧的不同，在于小品是一个片段的戏，而独幕剧是几个片段的戏。一个片段由若干个场面所构成。比如刚才我们看的小品《心病》就是一个片段。剧中的心理医生最多做了由 7 个动作贯串的一个行动，病人 5 个动作，病人的妻子 6 个动作，他们的动作构成了 7 个场面，这 7 个场面即是一个自成起讫的片段。如果是一个独幕剧的话最起码要有 10 多个场面，构成几个片段。我们现在这个系统的戏会有起承转合，对独幕剧来讲他的"起"可以是一个片段，"承"可以是一个片段，"转"可以是一个片段，有时候，"合"也可以是一个片段，也就是说，独幕剧的"起"可能会有两三个场面，"承"可能有四五个场面，"转"他最起码也会有三个场面。而小品的"起、承、转、合"，最少可以只有一个场面。一个独幕剧含有三四个片段。一个独幕剧只需一个片段。这一个片段什么概念？一般有五六个左右的场面就够了。刚才大家看的《心病》就七个场面。我们刚才看的《全都忙》也是七个场面，第一个场面，两个演员演戏把自己所演角色的名字都忘了，导演跟他们说戏；第二个场面男的 BP 机响；第三个场面女的 BP 机响；第四个场面男演员打电话；第五个场面导演 BP 机响；第五个场面实拍，拍砸了；最后导演一个人下去了，七个场面。七个场面可以说七组动作。小品篇幅简短，我们写小品时可以一目了然地知道自己写的这个小品有多少个场面，做到心中有数，超过十几个场面就变成独幕剧了。场面少也是可以的，最少的可以只有一个场面或者两个场面都可以，这些极小型小品一般出现在电视综艺节目中。

第二，谋略聚焦。有一个问题，为什么我们现在的戏这么多，好看的戏却不多？为什么？我觉得，主要是我们编剧的智力不够，智商不高，智谋不高，智慧不够。编剧应该是一个很聪明的人，我不是说你们，我也说我自己。我写戏很笨。很多年前，我的第二个大戏在排练的时候，因为是自己的戏上演，会跟着剧组帮点忙。其实人家看见你讨厌。我想帮他们改改剧本什么的。演员常常会抱怨剧本，一次说："孙祖平，你怎么一点想象力都没有，就这么个水平？"我是记忆犹新。包括今天下午我要点评的五个小品，其中这些毛病都是我犯过的。写戏要有谋略，我们以前写戏两方开始冲突了，动作有，矛盾有，不好看，因为没有谋略。

我们以前写戏都是这样，先确立冲突的一方，再确立冲突的另一方，然后让冲突的双方激烈地冲突起来，很多理论都是这么说，要强化矛盾冲突，而不是削弱矛盾冲突。这从理论上来说不错，实际并非是这样。首先，这个点我们要把他聚焦，我们这个系统的小品主要就是写一个点，然后双方向着这个点，但不是赤裸裸地直接碰撞，而是要把双方拉开距离，腾出一个空间，在这个空间里面做文章，这个空间里的折腾就是戏。

怎么折腾？

需要讲究冲突的谋略。有好几个办法：比如，选择一个"中介体"，聚焦一样东西，有一个小品《真假难辨》，讲火车站买票。从前，火车票紧张，很难买到。一个人买票，正好一个人要退票。买到票的很高兴，给了100元，不需要找钱了。那个卖的人想，这个人穿得破破烂烂的怎么这么大方，这个钱是假的吧？一个人说这么难买的火车票怎么卖给我的？这票是假的吧？其实，票和钱都是真的，但是都被对方认为是假的——聚焦的中介体即是一百元人民币和一张火车票，而不是两个直来直去的争斗。以前还有一个小品叫《张三醉酒》，也写得很棒。张三单位要精兵简政，张三吓坏了，怕被精简到自己，便买了一瓶XO洋酒拍科长马屁。事后他后来发现自己送去的是一瓶假酒，如果科长知道假酒的话那他肯定第一个下岗，所以这天他就匆匆忙忙赶到科长家里想方设法把酒要回来，这就是他的目的和动机。去了之后，正好科长把那瓶酒打开来，倒了一杯酒正要喝，他马上拿过来喝了，说科长祝你身体健康，科长再倒一杯酒，他又喝了，说科长祝你老婆身体健康；他想方设法不让科长喝到那瓶酒，直到最后他把这瓶酒全部喝完。科长看他今天不正常，问他究竟干什么来了？说出来，你不说出来我让你下岗！他这才说出原委，说对不起科长，我买了一瓶假酒。科长说你这小子，我今天喝的那瓶酒是我儿子送给我的，你那瓶酒我还没动呢。这里中介体就是一瓶酒。有一个小品叫《加急电报》所有戏都是围绕电报展开，有一个小战士因家乡发洪水而思家心切，自己给自己打了一份电报，说"家乡发大水，房屋被冲毁，爹被冲走了，盼儿速速归，落款爹。"这份电报反反复复出现好几次。这些都是个视觉中介体，有可视性，有的是听觉中介体，诉诸听觉，有可听性。我们看的第二个小品《全都忙》就是一个听觉中介体，拍戏时BP机接二连三地响个不停，这BP机的声响就是一个聚焦的中介体。所以我们写小品想方设法聚焦一种中介体，不要两个冲突对象直接碰撞。我下午要评的小品有的就是没有聚焦的中介体，就是两个人直来直去来回说道理。

还有复层体，有些个小品把戏设计成复层情节，表面上是正常的，实际上不正常，表面不正常的，实际上是正常的。比如有的小品写一个人到一个人的家里，或是去了另一个人的住所，期间发生了一些事情——这本身就是一个故事，最终发现，他是走错了地方。等等。

第三，临界背反。每个戏都是一种情境，这个情境的展示有一条界线，情节的发展一旦过了这条界线，情节就逆向反转。临界就是戏剧情节要发始于离这条界线很近很近的地方。小品《心病》编得很棒。这个小品的情节其实是根据外国一微型小说改的，小品比小说丰满。小品里病人的初恋女友就是心理医生的媳妇，外国小说里没有这一段。这一人物关系搭建得十分巧妙，这一人物关系的揭示，戏就反转过来了。还有一次，本来是我医生为病人治中奖就抽过去的病，谁知当病人感谢医生治好自己的病而要分给医生100万时，给病人治病的医生自己却抽过去了。这个矛盾的解决，真是反转得非常精彩。我们有时候写戏，情节的开始离那条界线很远，好不容易把戏写到界线前，已经没有篇幅了，不知道矛盾如何解决。这个体系的小品对反转界线非常在意，需精心设置。

第四，殊相招数。写戏要找到好材料，写戏成功与否一大半归结于材料好不好。这个材料好不好在于生活历练的感悟力。一个是感，一个是悟，感就是我感觉到什么东西，同时领悟这个东西他的意义何在，他的精神追求是什么，这两个东西捏在一起就是一块好材料，相当于你找到了一块"和田玉"，捡到了一块"翡翠"，这个作品本身有材料的价值，一半已经成功了。这个班的杨洵有两个小品，很出色，我都看过。有一个小品，女儿开网店，妈妈为了帮助她，不断地在网上订购女儿网店的商品，这个就很特殊了，这就是一个殊相，和殊相对立的概念是共相，就是一般性的大路货。我们这个体系的小品追求的是殊相中的殊相，就是极端的特殊化，就要跟人家不一样。寻找特殊的东西，寻找特殊的感悟。这个材料有了之后，然后再把他精心地编织，怎么精心编织？有招数。什么招数？就是把事物推向极致，想方设法把人物的动作行为和矛盾冲突推向极致，放招——高招、大招、妙招、巧招、狠招、绝招、神招。

这个招数用在什么地方？你看《全都忙》里面的小招数。这个演导演的演员是了不起的演员，你看他给自己设计得多好，说话结巴，结巴在这个戏里面绝对是个言行层面的出彩招数。一个剧组拍电视剧，演员居然剧本不带，演员居然连对方角色的名字都记不住，还有一阵一阵的 BP 机响这都是招数。以前我看过一个小品，也是讲一个剧组拍戏，演员都是档期很忙的大腕，飞到这里来赶场子，没有对过戏，没办法拍，台词完全不知道，就用数字替代语言，旁边助理提示大腕说多少个字，大腕就念几个数，正式拍戏时，两个人的对手戏，观众听到的全是一串一串的数字，看得观众哄堂大笑，太绝了。我们进剧场看戏总是在看演员说什么话，现在我们听到的全是一连串的数字，而且是带有动作表情的数字。真是一种非常奇妙的感觉！

《心病》也全是招数，做广告说"WW 坑你一点"，把舌苔说成轮胎、"小匣子才是你永久的家"、追问到底抽没抽，等等，都是大大小小的招数。上海东方电视台的《笑傲江湖》《欢乐戏剧人》，那些出彩的情节全是招数盛开的花朵。我也写了不少戏，在第一纬度的意指性层面上基本上没问题，总是有逻辑的，但是戏不好看。我开窍开得很晚，多年前去看"开心麻花"在上海的演出。演员在开场时候说，我们这个剧团的演出都是爆满的，从台上看下去观众像是挂在墙上，都满了。进去看戏的人都自费的，兴高采烈，不像我们写的戏大都是送票的。"开心麻花"也有一些问题，就是意指性单元动作做得不够，有的情节逻辑不顺，甚至不通，没道理，但是他们的次第性动作和言行性动作绝对漂亮，做得好。

一般我们群众文化系统参加比赛的小品，只要有个好构思，再有几个招数，一般都能入围拿奖。杨迥真的很棒，他还有一个小品，一套居民楼的一套住宅来了夫妻俩，是老板和老板娘，赚了一点钱要来买这个房子，一看房东是他们公司里的保安，这就是特殊的人物关系了。他绝在什么地方？从前，你这套房子是我的，我为了创业把这个房子卖了，卖掉之后我办公司创业，现在公司赚了钱，赚来的钱还不够买你这个房子！这是一个情境式的大招数，很有意思。

我们学生也搞过一个很好的小品，没写好，我帮他构思了，非常像杨迥写的《亲，还在吗？》。也是一个女儿开网店，女儿嫌妈妈烦，自己房间不要妈妈进来，妈妈说我帮你打扫，她也不让进，说住的这间屋子，我是付你房租的，这个房间是我的，你不能进来。一个女孩住在自己的家里给自己妈妈付房租，不让妈妈进自己的房间，这就很特殊了，这就是殊相。她办一个网店卖衣服，她卖的衣服都是现在很潮的女孩子穿的，衣服上这个洞那个洞的，妈妈会去补这些个洞。妈妈说我女儿怎么上当了，怎么买进这么破的东西，赶紧补，被女儿痛骂一顿，这就是一种招数的冲突。有一次，一件毛衣钩破一个大洞，老板把女孩痛骂一顿，因为是一件限量版的。她走投无路跟人家解释的时候，她妈妈会补针，把毛衣补得天衣无缝，这个洞没有了，怎么检查也检查不出来，母女就此就解决，这些都是高招妙招。

这是我这些年悟到的东西，写戏千万不要直接冲突，一定要想个办法，千方百计想个办法，我把他叫什么？逼着你"狗急跳墙"，本来这个墙跳不过去，一定要想个招，我现在写戏比你好一点的地方就是我知道少什么东西，虽然我还没有这个东西，但是我知道少什么东西。少什么东西要靠自己去找。平时的生活经历非常非常重要。

**学生：** 老师能否把您中介体的例子多讲几个？

**孙祖平：** 好。中介体我分了几种，冲突的不直接相对，你看《雷雨》里面周朴园和蘩漪的矛盾冲突。他让蘩漪喝药，中介体是一碗药，喝药过程有几个次第性层次，四凤请太太喝药，不喝；冲儿请母亲喝药，不喝；萍儿请你母亲喝药，还是不喝；萍儿你跪下请母亲喝药！这一招厉害了，我蘩漪就是为你周萍生的"病"，你现在跪下来请我喝药，我自己赶快喝了，喝完药赶快跑下去了。这不是又犯病了？

比如莎士比亚的《威尼斯商人》，夏洛克借钱给人家，违约不要你还钱，割一磅肉。到最后他不要还钱，就是要你一磅肉。法官说可以，给你一磅肉，但是不能见血，这就是绝招。我辅导过一个学生的作品，写戒烟的。一个爸爸回家烟瘾难熬，吃糖吃什么东西都不解决问题，他从床底下翻出一个盒子，里面有两条高级香烟，便高兴地拿出来抽。女儿回来了说"你怎么又抽烟了，爸爸你知道吗，你上次生病医院开刀，医生说你没多少日子好活了，妈妈买的这两条烟是准备你那天的时候到你坟上点的烟"。这多棒！这个男的马上把烟给扔了，那是给死鬼抽的，你看这个都是好招数。

有一部韩国电影《率性而活》，一根筋的办事非常认真的警察在执勤时拦住了一辆违规的车，里面坐着新上任的局领导。局长想惩罚他，想用演习整他，让他在银行抢劫案中扮匪。这个警察开始非常非常认真地演抢劫犯，他备课、看资料、看录像，做很多道具，第二天去银行抢劫，他非常非常认真。他聪明在什么地方？比如这个女的银行职员反抗，他说我把你强暴了，强暴是演习又不能真的，然后就给她额头贴上一张纸条，上面写着"被强暴"，他自己马上趴在地上做俯卧撑，这个多绝啊。他就假戏真演，不屈不挠，不让他们破案，因为他非常认真做劫匪，用招数跟你斗，最后警察局长也无法收场了。这些招我们想都想不到。编剧一定要比观众聪明，你越比观众聪明这个戏会写得越好看。现在大多数情况是编剧和观众一个水平，甚至还不如观众，你编出的戏谁还看呢？

就说这些吧。

# 周　光

中国田汉研究会会长。

  曾任中国文联戏剧艺术中心主任，中国戏剧家协会分党组成员、副秘书长，《剧本》杂志社社长。1980 年开始从事剧本编辑工作，后侧重小戏小品研究、教学与创作辅导工作。迄今为止，辅导创作《九品官上树》《局长家事》《步步高》《汇报咏叹调》等优秀作品 160 余件，举办全国性戏剧创作高级研修班、培训班 46 期。此外，发表小戏小品评论文章数十篇。

  曾经担任中国戏剧奖·梅花表演奖评委、中国戏剧奖·曹禺剧本奖评委以及中央电视台 CCTV 小品大赛第四、五、六、七、八、九届评委。

# 中国小戏小品的发展历程与现状

周　光

大家好，非常荣幸能够来到上海和大家见面，而且这里面还有很多是老朋友，很年轻就进入戏剧创作行列的老学生、老学员，看到大家感到很亲切。同时，我也看到我们有这样一个越来越年轻的创作队伍，而且数量如此之大，这也是我们戏剧界的一件盛事、一件幸事。

前些年，戏剧，尤其是戏曲，整个都处在一个比较低迷的状态。近些年，中央和国务院发了若干文件，尤其是习总书记召开文艺座谈会以后，文化方面有了很大的改观。现在无论是戏剧创作，还是其他各个门类的艺术创作，都是一个最好的时期。

最近两三年，文化部国家艺术基金支持的培训项目，包括戏曲、音乐、舞蹈、美术等各个门类的艺术培训项目越来越多，而且都是政府出钱，就是为了培养一批艺术人才、艺术骨干。国家下的决心很大，大家也都有这样的需求。

今天在座各位都是来自全国各地的基层创作单位。你们不是什么国家院团，也不是什么省级院团，基本在地市这一级，有的是区县一级的文艺单位，有的同志在搞创作同时还要兼任很多职务，要写总结、汇报、领导发言稿等等，很少能专门专职搞创作。

我刚才跟杨书记在探讨，"中国小戏小品的发展历程与现状"这样的题目，可能有点不太满足大家，所以今天上午我先把这些内容讲一讲，多留一点时间交流。大家在创作方面有什么问题可以互动一下。

一

小戏小品这个概念，小品大家都理解，而小戏则包括小戏曲和小话剧以及音乐剧、歌舞剧等等。但是我们今天讨论的小戏概念不包括纯粹的传统折子戏，而主要是指现代戏、新编古装剧以及经过较大整理改编、其思想与情感和今天生活关联更加紧密的传统折子戏（例如北京市河北梆子剧团的小戏《喜荣归》）。

大概在 20 世纪五六十年代，我们搞过全国性的戏曲汇演。那时候各个地方戏剧种都创作出了一批反映现实生活的小戏（比如李谷一演出的《补锅》等等）。那时候我还在上小学，父母都在戏剧院团工作。剧院里经常有一些小戏汇演的剧目演出，我很喜欢去看。虽然有些方言听不懂，但有些戏还是留下了印象。从那时候起，各地逐渐开始了区别于传统折子戏的小戏曲创作，其实这就是结合我们戏曲艺术的优势，为基层老百姓创作一批接地气、反映现实生活的小戏。从那以后，这类小戏的创作几乎没有停止过。

而改革开放以后，小戏创作更是出现了一个高潮。20世纪80年代初期，我在中国剧协《剧本》杂志社工作，来稿数量最大的就是各个地方剧种的小戏曲。当时各地都在用本地观众喜闻乐见的地方剧种编演现实题材作品，而且观众十分踊跃。那时候的创作都是编剧源于生活、发自内心的东西，即便是写个计划生育的小戏，也是从生活中发现的奇闻趣事，编成故事搬上舞台。非常生动，有生命力。

直到今天，我们全国各地各个剧种仍然在进行小戏创作和演出，尤其一些小剧种、濒危剧种，在"非遗"保护与文化传承的要求下，都在利用现存的力量从小戏开始进行剧种保护工作。

但是也不可回避，现在的小戏创作命题作文越来越多，长官意志越来越多。这样的作品基本上停留在宣传层面上，艺术含量低，题材撞车严重，甚至内容都大同小异，所以很难受到观众的喜爱。例如精准扶贫，大体上都是写农民达到小康了但是还想要扶贫款，于是变着法儿装穷；或者是扶贫干部一心为农村做奉献牺牲，把个人家中的困难放在一边；还有扶贫对象好吃懒做，扶贫干部帮助他们找项目找贷款还找老婆。其实生活是丰富多彩的，即便是精准扶贫这样的题材，也有着各种各样的故事。而一旦把创作作为一项任务了，编剧也就不大动脑子了，创作无非就是完成任务而已，检验者是领导，不是观众。

领导的作用是不可或缺的，但是在艺术创作上，这种领导作用应该体现在引导和倡导上面，而不一定要直接下达任务。否则就可能适得其反。当下小戏创作面临的题材撞车、把真人真事写得难以置信等等问题，都是和长官意志有关系的。

现在的小戏创作，还存在不懂戏曲写戏曲的问题。特别是现在创作队伍中占据主要地位的中青年编剧，戏曲知识储备严重缺乏，大部分一动笔就把小戏写成话剧加唱。小戏不是说把小品加几句唱词，拿上去演就行了。你得了解这个县（市）剧团里面有什么样的行当，是丑角强，还是旦角强，或者是生行厉害。即使在现代戏中，戏曲也是分生旦净丑的。你要按照行当来创作，你的剧本呈现在舞台上才能够活起来。由于编剧断代，所以小戏的创作这些年来显得比较式微。有一些老同志，五六十岁了，甚至还大些，在坚持小戏曲的创作，但是接他们班的年轻编剧越来越少。当然我也知道咱们这里有几位同志，比如在座的山东的臧宝荣一直在坚持写小戏曲。如果在座的同学都能潜下心来研究研究戏曲，今后在创作小品的同时去尝试小戏曲的创作，我认为你们的前景要比单纯写小品好得多。因为中国现在两千多个区县以上的行政单位，大部分都有个戏曲剧团，有的甚至有两三个，而专门演小品的文艺单位几乎是零。今后一阶段，整个戏曲艺术将会再次强势抬头，我们所需求的作品数量肯定也是越来越大。所以我认为你们可以在小品的基础上去尝试、去学习小戏曲的创作，有了这样的功底以后，还可以继续写大戏。现在让作品一举成功、作者一举成名的渠道少了，基本上就剩下媒体一家了。但是我们不要因为媒体不播放小戏就一味去创作小品，要对我们自己的艺术有信心，也要对自己有信心。潜下心来专门做一件事，终会有你大获丰收的那一天。

讲到小戏创作，以上两方面都是问题，但是还有一个更大的问题。文化部、中国剧协、各级文化管理部门，这么多年都一直努力在推动小戏曲的创作，近些年中央和国务院连续发文重视和支持民族文化、戏曲艺术。然而我们的一些主流媒体，它可以搞什么选秀，可以搞征婚，可以搞假话连篇的栏目，可以搞一夜成名的才艺比赛，可以搞生硬的喜剧和逗乐节目，但就是没有小戏曲一席之地。包括我们亿万观众瞩目的"春晚"，这些年哪个剧种反映现实生活的小戏曲在"春晚"上播放过？其实我们小戏曲有很多非常优秀的，思想性、艺术性、观赏性极强的作品，比现在"春晚"播的一些语言类节目要强很多，但主流媒体就不播。

就说山东吕剧，不是最大的剧种，却有很多很好的小戏，又有人物、又很有喜剧性，拿到媒体上去播出一定是多方受益的节目。但是好像有些人以扼杀戏曲为荣，"春晚"绝对不选；有些优秀的小戏曲，到他们手里以后觉得喜剧"梁子"挺好，于是就把唱词、身段、舞蹈等等全部拿掉，变成对白，变成小品，然后他们还很得意地说播出效果也很好，大有引以为荣的感觉。戏曲怎么就不好？无非就是唱的时间长一点，你的节目要 10 分钟，他可能演到 18 分钟，但是它好看，有那么多人欣赏戏曲艺术，有人就愿意看戏曲表演。我们有那么丰富的表现手段，在舞台上载歌载舞，而且又有完整的故事，为什么晚会就不能把中国戏曲原原本本的放上去？这就是没有文化自信。

我每次讲课都会提到罗怀臻老师的《典妻》。甬剧是一个小剧种，排演《典妻》以后大获成功。后来云南玉溪花灯团移植《典妻》，拿到国际戏剧节上演出。花灯也是小剧种，却在国际戏剧节拿了大奖。除了戏的故事情节、它所传达的价值观得到全世界的认同，它的艺术表现形式也受到国外观众认可。唱念做舞的基本功，帮助演员充分揭示了人物内心，这可是比西洋歌剧、话剧更有表现力和感染力的。因此，演出之后观众掌声不断，半小时还不退场。我们的戏曲多么有魅力！

在舞台上，我们的戏曲演员，你给她一块小手绢，都可以表现出内心好多情感。用来遮脸，这样一个小小的肢体动作，就能表现她的害羞；或者她用手绢一弹，可以表示出她的厌恶、嗔怒。你说这些国外有吗？这都是我们民族艺术的优势，恰恰把握着上层媒体的一些同志认识不到我们的优势。关于这一点，可能在座的学员将来也会不同程度跟你们当地媒体编导打交道。我觉得你们有些时候应该坚持一下，应该给他们也上上课，让他们知道我们的民族艺术优势在哪里。世界三大表演体系之一就是中国戏曲，这是世界公认的。斯坦尼、布莱希特我们都能学到，但中国的戏曲是外国人学不到的，这是我们的看家本事，我们应该引以为荣，我们应该利用各种各样的场合展示我们的美、展示的我们艺术。可是今天，恰恰是一些把持着媒体的年轻人把这些都忽视了，扔掉了，非常可惜。主流媒体，应该对民族文化艺术的传承有所担当，承担起自己应尽的责任！

## 二

小戏曲是这样的情况，小品呢？

小品第一次上央视，是在1983年开始的第一届央视"春晚"。1983年"春晚"出现了王景愚的小品《吃鸡》，1984年是陈佩斯、朱时茂的《吃面条》，这些作品目前在网上都可以看到。到1985年小品就多起来了，其中有的作品是从院校中走出来的，比如《卖花生仁的姑娘》。小品创作原本是戏剧院校的一种教学手段，编导演各学科都要学做小品。老师要求你做一个观察人物的练习，你下课以后就要做准备，凭着你的记忆也行，到大街上去看一看，观察人物，真实模仿也行。第二天上午一上课，老师就会要求，张三上来，李四上来，把你准备的作业在舞台上表演出来，老师和同学们都看着，然后对你的作业进行评判。你观察的是什么样的人物，你现在舞台上的模仿是不是像，这是戏剧教学的一个手段。当然还有其他各种各样的小品练习。

后来中央戏剧学院，在1983、1984年左右，组织一些比较成熟、比较完整的课堂练习小品，搞了几场毕业汇报演出，请戏剧界一些人士来看。当时我在《剧本》杂志社工作，跟着这些老师一起看，觉得很有意思。所有演出都是来自生活。演员虽然很年轻，但他就能演成一个老太太、老大爷。可能相貌上有点差别，但是神态上、形体上都是惟妙惟肖的。演得好，故事来自对生活的观察，也很有趣味，因而这些作品被陆续推荐到电视媒体，进而被拿到各种各样的晚会上。之后小品逐渐成为视频媒体不可或缺的语言类节目。从1983年开始，以后每年"春晚"上都有若干语言类节目，甚至有时候相声很少，小品更多一些。小品在这个阶段一下子火起来，到后面持续火了一段时间。这其中离不开一个重要因素，就是曲艺界人士的介入。

大家都知道，说书也好，说相声也好，曲艺界讲究铺平垫稳，讲究三翻四抖。当时相声一下子不行了，低沉了很多年。演员没事做，老段子说不过侯宝林、马季。那时候的创作能力也不如现在新起来的年轻曲艺演员那么强，所以很多曲艺演员都在等人家创作，没有什么好段子。这些人逐渐转行到小品，同时他们把曲艺界很多表现手段带到了小品里，让小品活跃起来、逗乐起来，非常符合当时基层观众的欣赏口味，所以它很快有了巨大的观众群体。

从那开始，小品创作形成规模，出了很多新作品，都在主流媒体播放。媒体的推动，曲艺界人士的介入，再加上小品本身戏剧属性所固有的结构魅力、人物塑造能力，形成了小品初期的繁荣。

小品的进一步繁荣是什么时候呢？是从若干奖项的设立开始。

1986年CCTV首届小品大赛，出现了中央戏剧学院的《雨巷》，解放军艺术学院的《芙蓉树下》。这两个作品大家都可以在网上看一看，那一届的小品大赛很多作品拿到现在都是经典。前两届央视小品大赛，是央视和中国戏剧家协会两家主办的，那时候有很多国家级院团，比如中央实验话剧院（现国家话剧院）、中国青年艺术剧团，都有作品来参与这样的比赛。第三届开始，央视自己独立做，逐渐就有了它自己对作品的一套衡量标准，它越来越多地追求喜剧的、逗乐的，甚至到后来不逗乐的它认为不是小品，很难入选到决赛。这种用曲艺标准、相声标准判断小品优劣的方法是一种误导，这个我后面会讲。但是这么大的媒体举办小品大赛，对于创作者来说无疑是一个展示自己的绝佳机会。因而许多编剧、导演、演员都投入了小品创作的行列。

还有一个是中国剧协创办的百优小品大赛。因为每年有好几千个作品报名，评出一百个已经是很严的。后来这个比赛改成"曹禺戏剧奖·小戏小品奖"，到2005年中宣部做了一次规范，更名为"中国戏剧奖·小戏小品奖"。我们以为中宣部会把这个奖取消，没想到还升格了。当时这个奖已经举办了十几届，小戏小品都是兼顾的，基本上小品略少一点，比如60个决赛作品里面，小品二十几个，小戏曲有三十几个。作为一个全国性的评奖活动，毫无疑问也促进了小品艺术的繁荣发展。

再一个是"群星奖"。2015年之前大概是两年评一次，但是每一次评大概都有七八十个获奖作品，这里面也包括"小戏曲"。但是有一个限定，小戏曲只准演出18分钟。这点不是太恰当，因为戏曲有那么多功夫要在展台上展现，尤其是唱功，戏曲没有唱，我们很多观众就不认为这是戏曲了。但是在18分钟内，大部分小戏曲确实没有办法展示自身的优长。好像现在"群星奖"规定，不管是小品还是小戏都是15分钟，这就更加不科学了。但那时候的"群星奖"，至少还有一定的数量，所以许多群文单位和基层创作者都从中得到了鼓励，提高了创作积极性。

从20世纪80年代中期开始的央视CCTV小品大赛，然后"群星奖"、"中国戏剧奖"，这几个奖，各有不同标准，各有各的规则，但是共同的效果是这些奖项推动了小戏小品创作的再度繁荣。这段时间里，我们小戏小品的创作势头非常好，因为有奖在，大家创作有一个目的和标尺。当然这本身不是一个正常的创作行为，但是艺术家生存在这样的一个大环境里面，每一级的政府、每一级的领导都要拿政绩。抓文化、抓艺术领导的政绩是什么呢？就要排个戏，通过拿奖得到认可，这就是他们的政绩。我们的体制，就使得负责这个行业的领导必须在这个岗位上拿出政绩。有了这些奖就有领导的积极性，领导有积极性，才能给你时间，给你人力物力财力把作品搞起来。评奖在那一阶段时间就起到了这样的作用。所以在那十几年时间里，小戏小品的优秀作品层出不穷，而且层层扩展，甚至到乡镇、街道的创作都有好作品出现。

这是第二阶段进一步的繁荣，靠几个大奖来支撑、引领，创造了这样一个阶段的繁荣。

从2015年以后，很多奖都没有了，包括央视CCTV小品大赛也停止了，"中国戏剧奖"也不评了，"群星奖"就剩了五个名额。很明显，这两年创作的新作品越来越少，新作品里面的精品越来越少。因为不评奖了，创作就变成个人行为。即便编剧对生活有所感悟，自己想写个剧本，可是写好了也没有出处。戏剧刊物又少，《剧本》《新剧本》等刊物以刊登大戏为主，一期也就刊三个剧本，再有一些文章、报道，基本就没小戏小品的篇幅。所以我们小戏小品创作从数量上、质量上和2015年以前相比是有所回落的。

设置奖项推动了小戏小品的进一步繁荣，也带来为了政绩而创作的弊端。而奖项的大面积削减也是一种损失，我感觉这是一种"因噎废食"的举措。评奖可能有些问题，可能会带来一些不健康、不公平、不公正的问题，但是你把它都取消了，对群众戏剧整体创作的鼓励与引导就缺失了一个重要手段。

不过这两年也有一个可喜的现象。我跟很多作者都很熟悉，经常有的人说周老师我新写了一个剧本，你帮我提个意见，几乎每天都有这种事。从这些人的剧本里，我感觉到我们的作者文化层次和艺术修养逐渐在提升，甚至是刚刚进入这一行的作者，他在文字表达能力上已经相当成熟。有些很年轻的编剧，20多岁、不到30岁，但是你看他的剧本，文字非常顺畅、语言特别讲究，是什么人物就说什么样的话。我们这个队伍整体素质在提高，这是可以感受到的。尤其是现在办各种各样培训以后，大家在技巧上也在逐渐提高。这两年从评奖停止以后，虽然创作数量上有所回落，但是我们作者水平的提升预示着小戏小品创作可能会在不久以后再次出现繁荣,那不是数量上的繁荣,而应该是质量上的大幅度上升。当然不是说一下子就有多少非常成熟的作品,但是从作者队伍的变化可以看出来这种趋势。

刚才说到曲艺元素的介入给小品舞台上带来新的呈现方式,有它积极的一面,但是它也给小品艺术带来了灾难。

第一,它让我们的观众以及许多基层文艺工作者、文艺爱好者误以为小品就是逗乐,把"艺术品"降格为"娱乐品"。

过两天李文启老师会来讲课。他是表演艺术家,排演了很多小品,很有成就。他说有一次他走在大街上,人家说看你眼熟,你是说相声的吧?现在搞得一般观众对小品和相声很难区分。李文启老师没有说过相声,但是由于曲艺元素的大量介入,让小品在舞台上的呈现方式有了很大变化,造成普通观众误认为小品和相声就是一回事。戏剧是大众的艺术,但它是艺术。相声从功能上讲是偏重娱乐的,如果相声不逗乐,那还是不是相声?曲艺的介入把小品这样一门戏剧艺术几乎改变了属性,让很多人误认为它就是娱乐的方式之一。

其次,它逐渐让所谓的包袱、尤其是语言包袱,取代戏剧艺术的一切原则。比如戏剧要有事件、有矛盾、有冲突、有悬念,要讲行动、讲生活逻辑、讲人物塑造。但是现在很多在主流媒体上出现的小品完全不讲这些,只追求娱乐,甚至搞小品比赛都要搞纯喜剧,不是喜剧的不要。上"春晚"必须都是喜剧小品,正剧都不能要。我们需要喜剧,但我们要的是真正好的喜剧,而不是脱离戏剧本体的"四不象"。那种娱乐到底、娱乐到死,拿语言包袱往上堆的所谓"喜剧小品",是非常失败的,也对我们的创作起了非常负面的引导作用。

我们来看一个春晚的作品。

(播放小品《真情永驻》)

这部作品是逗乐的,这样的作品在"春晚"以及各种晚会场合拿去营造一个喜庆、欢快的氛围,确实挺合适。

接下来我要说它的不足。

主要是不讲生活逻辑。一对农村夫妻从乡下跑到城里租个房子卖菜,一开始三轮车进菜,后来做大了弄了个卡车去南方进菜,但是从他们的交谈中能感觉到,进菜回来都是老公一个人卸车,还不到雇得起工人做老板的程度,这是一对处在社会底层还在努力打拼的年轻夫妻。我不知道在上海结个婚需要多少钱。在北方农村一般娶个老婆,基本上要欠几辈子饥荒,因为大多农民没有别的收入来源,就是种地、打工。东拆西借结了婚,说离就离了,舍得吗?离婚总有个理由,老婆担心不能传宗接代,主动提出分手,尚且可以理解她的好心。可是丈夫在离婚之前不问缘由吗？妻子提出来离婚他就同意了？如此轻易离婚，不像这样的人物可以做出来的行为。这种离婚可能在北京、上海、广州等地的高级白领阶层里存在，月薪两万、三万，谁也不依靠谁，说离就离。但一对底层卖菜的夫妻，结婚不易，轻易离婚更不可信。

还有更不符合逻辑的。离婚半年，这位女士跑到电视征婚栏目去了。是这位女士耐不住寂寞了吗？可是戏里又把两人感情写得那么好，两个人都为对方着想，结果她的行动却是跑去征婚了。观念到底应该相信她的语言还是相信她的行为呢？编剧是在夸她呢，还是骂她呢？再者，这位女士知道自己可能生不了孩子了，你去征婚、结婚，是不是想把断子绝孙的灾难带给别的男人？创作者对于生活逻辑、人物的心理逻辑一点都不考虑，整一大堆语言包袱怎么逗乐怎么来。最后怎么解决的呢？就是女士说了一个理由：我原来为什么和你分手的，因为我不能生孩子，我是为了你传宗接代而牺牲了我自己的幸福。然后，一下子整个戏剧矛盾就化解了。既然如此又何必当初呢？既然如此又怎会当初呢？戏剧应有的起承转合都没有，上来就是吵架、互相挖苦、讥讽，拿一大堆语言堆砌，倒是很逗乐，都是曲艺、相声的包袱或者手机段子。在"春晚"这种场合，这样的作品我们可以容忍。但是我们今天在座的来这里学的是戏剧创作，学的是小戏小品编剧，而不是专事娱乐的段子写手，我们一定要考虑到生活逻辑，不能生编硬造。

这几年大家都在开玩笑说编剧法，有种说法叫作：开始没事找事，然后把事搞大，最后还是没事。这个作品就是很典型的"没事找事"，他俩本来感情基础非常好，因为要写这么一个小品，一定要让他们离婚了。怎么离婚呢？一定找个事，让女士在生育上出问题，然后把事搞大，女的去征婚，两人见面吵来吵去，最后还是没事。很多编剧编出来的剧本都是这样的，这是不可取的。不从生活出发、不讲究生活逻辑，然后生编硬造，用一些语言包袱来博得一些廉价的掌声和笑声，这种创作是我们今后一定要注意避免的。当然，如果现在有个晚会，要求一个欢快的、喜悦的氛围，或者县里区里要搞个"春晚"，咱们弄点这种应景儿逗乐的东西，可以。但我们学创作，不能先学这个，不能把这类作品当成我们追求的标准。

这个小品也不考虑人物的语言。这是一对从农村出来卖菜的夫妻，编剧却不顾规定情境，生硬堆砌语言包袱。比如"孙悟空就一个，您听说他有弟弟吗""我是来接盘的""丈夫就是付账"以及"PM 二百五"等等很多台词，都不是这种人物可以说出来的。如果台词里有很多生动的语言，和他们卖菜有关系，和茄子、萝卜、土豆有关系，从这上面找语言包袱，至少我还能够认可。语言幽默的方式和内容要从人物身份出发去找，不能为了掌声笑声，堆砌不合身份的台词。

当然，对于这些问题，一般观众可能不会追究。我曾经有一两年不看央视"春晚"，后来我在朋友圈看到对于有些作品不同的声音，我说那我也看看"春晚"吧。这些年"春晚"的语言类作品创作越来越走下坡路。我们不反对喜剧，不反对幽默，也不反对在"春晚"这样的场合逗乐。但是你甚至要用八个月时间来准备"春晚"语言类节目，4月份就开始建组，11月就要开始一轮一轮审查，11月到大年三十还有三个月的时间，集中了这么多高端人才，应该会弄得很好，可最后就出来这种作品。这的确和我们的期望悬殊太大了。

现在我们人口文化素质在提升，有很多人不是学戏剧的，但觉得写小品很容易，自己也写一个。我们经常收到这样的剧本，背离生活一味堆语言包袱、搞笑、煽情。因为他没有范本可看，看到的只有主流媒体播放的那些作品，然后他就当成标杆去模仿。我们搞戏剧的同志要引以为戒，不要模仿那种变了形的、纯娱乐的曲艺创作方法。当然，曲艺元素我们不排斥，只要在坚持生活逻辑的基础上运用，它还是对我们有所帮助的。

我们再来看一个作品，还是《真情永驻》里面演员孙涛演的。

（播放小品《纠察》）

这是1995年"春晚"小品《纠察》，非常经典，戏剧性很强，完全按照戏剧编剧方法来创作的一部作品。来自生活的人物、来自生活的事件，按照生活逻辑来发展的戏剧情节，这就是我要谈到的现状的另一面。现在的上层，尤其是主流媒体的小戏小品创作令人不大满足，但是在我们的基层，我们今天在座的这么多编剧，我们的作品很多都是来自生活，有非常丰富的生活素材，非常生动的人物形象和语言，这些都是我们的"宝贝"，是我们的资源、优势。

简单说说《纠察》这个作品的来历。我们刚刚看到孙涛在这个作品中的表演如此轻松自如，比《真情永驻》舒服多了。这是1995年演出的录像，已经20多年了。那时孙涛在解放军艺术学院学习，这是他的课堂练习作业。老师留了观察人物练习作业，学生们就跑到北京火车站，去那儿观察。那时候还没有双休日，只有星期日。这一天就泡在火车站附近，看纠察怎么执勤。从上午到下午，在那儿认认真真观察一天，然后回去第二天交课堂作业。人物、事件等等完全是从生活中来的，而生活中发生的一切都是有着内在逻辑的、合情合理的，所以你看他演得特轻松，那是因为有坚实的生活依据。

从《纠察》这个小品的录像质量就可以看出，这是很早录的，而且是现场录的。那是在1995年，就在山东潍坊，所有观众反应，掌声、笑声都是现场真实效果，不像现在电视里面看到的观众的笑声、掌声都是专门录好的。刚才看的《真情永驻》，两个演员费了多大的劲在那儿喊，声音高到那样的程度，恨不得嗓子快喊破了，就是因为没有生动的故事，不是从生活中来的，就靠耍贫嘴、甩语言包袱、高分贝的吼叫来吸引观众。《纠察》这个作品是从观察生活中来的，但是也需要艺术加工和提炼。最初这个戏，尽管观察很到位，但主题并不鲜明。后来在学校老师和总政话剧团艺术家们的帮助下，增加了"退伍"的背景，增加了"钟声"之后纠察脱帽、戴帽的细节，笔墨不多，就让这个故事完整起来，主旨鲜明起来，并且把纠察这个人物一丝不苟、朴素耿直、爱岗敬业的主要个性特征清晰地勾勒出来了。

说到人物特征，这个纠察的爱岗敬业，他对这个神圣职业的崇敬和热爱，我们从哪儿感受到的？可能大家都会注意到他最后一段台词"再过5分钟我就要退伍了……"然后告诉女学员我们穿上这身军装多么不容易，这段台词很重要，表现出他对军人生涯、对这身军装的留恋。但是他这种留恋与不舍的情感实际上在开场的第一段台词就已经有了，就已经开始向观众渗透了。

开场，纠察："哎——那个学员！看什么呢，我说你的，你军帽呢？"女学员："我军帽丢火车上了"。纠察："丢火车上了，怎么没把你丢到火车上呢？"就这一句话，已经有信息了。他今天下了这班岗就要退伍了，但是他不情愿，他不开心，他是有情绪的，所以从他一上场就已经带有这样一种情绪。我们可能觉得这是一个年轻男纠察，面对一个漂亮的女学员，怎么说话这么不绅士？后面还有很多这样类似吃了枪药的台词，让我们感到这样的表现很不正常。再到后面说到他要退伍了，这时候我们才知道他为什么在开场时候是那样的情绪——那么烦躁。"我说不行就不行，怎么那么麻烦呢"，这句词纠察用过两次。那个女学员好心好意问：你在什么地方，我给你送票。他说"不用了，你怎么那么麻烦"，这都表现出他内心的一种烦躁。而这个烦躁恰恰源于他对军人生涯的留恋、不舍。作为编剧，无论是看戏还是写戏，这些地方都不要轻视，这都是在塑造人物，都是揭示人物内心、表现人物个性特征非常细微而又关键的地方，是能够让人物渗透到观众心里去的技术手段。

现在有些作品，水词太多，每一句台词怎么组织，起什么作用，作者自己都没认真推敲过。编剧在创作的时候没给人家，立到台上时候出了问题，就不是导演、演员的责任了。《纠察》这个作品从开始的台词就可以看到匠心，看到是在塑造人物。我们戏剧就是要用人物影响观众，或者感染观众，或者启迪观众，总要塑造一个典型的形象出来。

然后我再说这个戏为什么结构上好。我们戏剧讲究要有人物、事件，要把人和人通过事件纠葛起来，让他们形成矛盾。《纠察》这个戏的事件是什么？什么事情把纠察和女学员纠葛在一起的呢？其实这个事件发生在开幕之前，就是女学员把军帽丢在火车上了。如果没有这件事，小姑娘尽管画了眼圈、抹了红嘴唇、涂了指甲盖，这个纠察也很难发现，这些违反军容风纪的细节都是纠住女学员之后才在近距离发现的。由此可见，这个小品做得非常讲究，开幕之前这个事情已经发生了，并且因为这个事件把这两个人物纠葛在一起，一开场就形成矛盾，全剧的进入十分简捷。

形成矛盾以后，就导致人物的积极行动，纠察要纠正这个女学员的违纪行为，这个女学员要尽快摆脱纠缠。那他们的具体行动是什么呢？

我们现在经常看到一些作品，矛盾双方公说公的理、婆说婆的理，整出戏都在争来吵去。这是行动吗？也是行动，但这种行动大部分属于无效行动，不推动情节，也不影响对方的行动。我们看到《纠察》中这个女学员说：证件我不要了，我走！这个走的行动推动了情节的发展，这是有效行动，它引发了对手的下一个行动。纠察立即拿起对讲机就喊话：3号3号，我是4号，有个什么样的人朝你方向走去，没有戴军帽，把她拦住，带到咱们连部去！这又是一个推动情节发展的有效行动，下面情节是什么？女学员一听纠察的喊话又回来了，开始转变了一种行动方式来实现自己的目的。

这个小品的情节一直在这样流淌着、发展着、变化着。我们看戏要看的就是这些东西。为什么现场观众有那么多热烈的掌声，就是因为他看戏看过瘾了。很多人问，对于小品创作来说什么是戏？其实很简单，就是行动和行动碰撞所带来的意外场面和变化。女学员强硬地要走，纠察毫不示弱用对讲机一喊，然后就出现一个你没有想到的场面和变化——女学员和颜悦色地回来了（每到这里，剧场里就爆发出热烈的笑声、掌声、叫好声）。

前些日子在广西办一个班，江苏一位在小品创作上屡获大奖的顾学军老师讲了一个故事来说明什么是戏剧性、什么是意外，我觉得挺形象的。有一个城中村，因为它影响了市容，政府要统一规划，把这个地方搬走。但是在村里搞小加工厂的一些人，不愿意搬走，虽然政府有补偿，但搬到楼里面去，工厂就没法做了。现在有这样一组矛盾，搞拆迁的认为拆迁户都是刁民，拆迁户认为搞拆迁的人都是黑社会。城市规划是大趋势，一般的老百姓还是有大局意识、服从整体规划的。个人的利益可以适当要求一些、争取一些，但是不能太过分。这个城中村里的一些小企业主就很过分，死活不搬，给我多少补贴都不答应，我就不搬。于是政府就组成工作组挨家挨户去做说服工作。这部分钉子户的行动是什么？明天我出差了，你白天找不着我。那怎么办？工作组人员晚上去家里做工作。钉子户还是不愿意搬，第二天就找上面拉保护伞，比如认识哪个局长、所长，让他说说话，打个招呼。拆迁工作来回拉锯，拉了很长时间。最后市长说，这个地方暂不拆迁，明天让税务局、工商局、卫生局联合组成一个执法组到那里去查查这些企业有没有问题。结果第二天这些钉子户全都乖乖排队登记拆迁去了，因为这些私人小作坊经不起检查。生活中充满着这种你来我往的行动以及因此而带来的突变，观众在剧场要看的就是这些东西，看你用什么样的智慧战胜对手，让你的对手最后服服帖帖，按照你的要求、想法去行事。

《纠察》这个作品就是在你来我往的冲突中不断出现新的变化。女学员承认错误后，要求归还证件，并且询问能不能不要对她做记录。纠察说不仅已经记录下来了，还要全军通报，进学习班两个月。这下女学员又急了，她怎么办呢？女孩的本事就出来了，就地一坐开始哭闹。哭闹这个行动又推动了情节发展，这回轮到纠察开始慌了神。在一个火车站广场上，一个女兵坐在地上又哭又闹，那场面闹大了可不是一个小纠察能控制的。孙涛的表演非常准确，一看就是他紧张了，女学员这个行动奏效了。接下来纠察小声要求女学员"你别哭，别哭，别哭……你还想不想解决问题呀……"趁着事态没有闹大，纠察赶紧安抚女学员制止她哭闹，继而还把她逗乐了，化解了危机。但是这个纠察在原则面前是不会退让的，你给我耍横的也好，攀老乡也好，连哭带闹也好，纠正你的错误一丝不苟。直到这个女学员说"我真的错了，你没有白记我"，这时候纠察才说，你认识到你的错误我反而不记你了，我把它（记录单）还给你，给你做一个纪念，要你时时刻刻记得自己是一名军人……

我们说小品的结构大体上是一波三折，每个冲突回合都有变化和意外，观众才能看得津津有味。一波三折的结构怎么来的？就是靠矛盾中的人物积极行动带来的。《纠察》中每个人物都是朝着自己的目的采取积极行动，通过大体上三个回合的碰撞，最后纠察把女学员征服了，让她认识到了自己的错误。

这个小品它还有什么长处？那就是语言。《纠察》通篇没有一句像《真情永驻》里的语言包袱，都非常朴实，都是在人物身份基础上的台词，没有哪句是超出这个人物基本特征和素养的。比如纠察是一个当兵的，硬让他说了一句很高端的科学术语，或者开了什么非常幽默的洋玩笑，这些都没有。这里的语言都是围绕着一件事，每个人按照他的文化层次、基本修养、性格特征所讲的台词，塑造出来的就是这么两个非常鲜活的、真实的人物。而我们也看到了，就是这些朴实的语言，在好几个地方依然产生了强烈的剧场效果、引来了观众的笑声。

还有细节。我们看到很多细节都对这个纠察做了刻画，或者是点染、勾勒。比如女兵要把肩牌摘下来，让纠察帮个忙。他要四周先看一下，为什么呢？18岁当兵，当兵两三年，20出头一个小伙子，从来没跟女孩这样接触过，小伙子在这个年龄段的羞涩让我们看到了。然后摘肩牌他还要比一下距离，这是部队常规训练养成的习惯。这都是一些小细节，这对勾勒这个人物各个侧面都是有帮助的。如果没有这个羞涩，你就不能感觉到这个年轻人的清纯。通过他的一些标准化军事动作，你就可以感觉到这个纠察在部队里肯定是个好兵。依依不舍摘下军帽，最后再戴上军帽，在他的岗位上行最后一个军礼，这都是刻画这个人物各个侧面的细微笔墨。

我们每写一个作品尽可能要把人物写得立体。怎么立体呢？就像《纠察》，所有细节都不放过。像这样的经典作品我们多看一看，多学一学，然后多写，照着这样的标杆我们去从事自己的创作。

概括来讲，有技巧的缺乏生活，有生活的缺乏技巧，这就是我们现在小品的创作现状。

有技巧的缺乏生活，比如《真情永驻》这样的作品。这些作者以前写过一些出色的、优秀的作品，但是他的生活积累都用完了，还想留在这个位置不想退出，又不愿意再回到生活去进行艰苦的体验，那就要靠自己掌握的技巧来编造，用语言包袱的技巧来获取笑声以掩盖生活的缺失，争取我的名字在最大的媒体上多出现一次、两次。这都可以理解，因为谁都想站在高位上。

现在我们在座的有大量的生活经验、人物语言，我们缺的就是一点点技巧。我们这个班就是要解决这个问题，把大家所有生活积累调动起来，给大家一些技巧的灌输，使大家在今后创作当中，运用戏剧当中的一些基本元素，结合我们的生活积累写出更完整、更成熟的作品。各级政府都在推动文艺创作，但主要还是依靠各位作者的努力，通过我们辛勤的劳动去写出好东西来。


接下来咱们一起互动交流一下。

张雪莉让我讲讲小剧场。我们中国田汉研究会正在做小剧场的活动。

田汉先生早在20世纪大概二三十年代就开始做，最初在上海组织了南国社，并且开始搞小剧场演出，当时叫"鱼龙会"。他们认为一般的演员都是鱼，像周信芳这些名角都是龙，如果让观众买票看"龙"的演出，又买不起票看不到。怎么办？让鱼、龙在一起演出，让一般的观众能看到戏。他们做过这样的小剧场戏剧尝试并且反响很好。那时候小剧场的意义在于普及性、群众性。田汉历来强调戏剧要大众化，要给老百姓看，民众是田汉戏剧最主要的观众。田汉先生倡导戏剧的大众化，那是那个历史时期戏剧人的必然选择。因为在那样一个国家积贫积弱、民族历经劫难、百姓一盘散沙的年代，戏剧人和全国的有识之士一样，必须肩负起号召民众、凝聚民心、鼓舞士气、共御外侮的重任。

今天的小剧场带有一种探索性质，并不是说我们把一个100分钟的大戏压缩成60分钟就变成小剧场，不是这个简单概念。常见的小剧场戏剧在60分钟左右，包括小剧场的话剧、戏曲。当然也有70分钟、80分钟、90分钟，但是时间长度不是它的主要特征。

今天说的小剧场戏剧，主要特征是实验性、探索性。

现在在国内做小剧场的基本都是年轻人，他们都在探索。有一些探索是在某些理念上进行探索。创作者认为自己对生活有一种新的发现，想通过戏剧形式，把这个新发现传递给观众。

还有在舞台呈现形式上进行探索，努力让戏剧更加受到青年观众的喜欢、接受。例如我看过一个小剧场京剧，为了提升它的节奏来适应今天青年观众需求，创作者把过门儿拿掉，开口就唱。更多的小剧场剧目则是强调制造一种与观众之间尽可能贴近、尽可能亲和的演出环境。我特别欣赏年轻人这种追求，没有他们这样的尝试，戏剧就很难进步很难创新发展。

小剧场形式上，还有完全不用语言的，像过去看的默片似的。还有肢体剧，完全用形体去表现。他们的肢体剧跟我们看的哑剧不一样，哑剧虽然也是靠肢体表现，但是哑剧表现的内容类似于小品，表现生活一个小片段。而肢体剧就超过小片段的范畴，它是通过集体肢体、个人肢体组合去表现生活中的一部分，甚至承载一部大戏所能够表现的内容。

现在有一部分小剧场戏剧在探索的同时有一些极端自我的倾向，并且在形式上一味标新立异。这个发展方向可能会走向象牙塔，普通观众可能看不懂，演出就是圈里少数人去看，看完了可能谁都没看懂，可是都在鼓掌。我们中国田汉研究会鼓励小剧场戏剧，但是我们还是以大众化为前提的，我们要让戏剧发挥社会效益，而不鼓励极端自我的戏剧表达。

**黄立平：**我想问一下传统戏剧，特别是古装戏需不需要有时代感？还有怎么才具备时代感？因为经常听老师说，你这个戏应该赋予现在的一种思考等等。

**周光：**这是大家经常遇到的问题。比如改编一个传统戏或者创作一个古装戏，怎么和时代结合，使今天的观众愿意看？其实很简单，就是你戏里表达的思想、情感、价值观和观众有共鸣。我们在山东滨州连续做了十届小戏艺术节，完全是小戏曲的，每年一次，这其中有很多是新编古装戏。滨州沾化县有个小剧种——渔鼓戏，近些年被挖掘整理出来，新编了几个古装戏。首先主打出来的是三个写郑板桥的小戏。这里面有个《追龙缸》，写郑板桥帮着老百姓惩治腐败的地方官员。反腐戏，老百姓本身就非常欢迎。你写到一个古人身上，就可以有很多杜撰，也可以是戏说的。尤其写郑板桥，戏说的故事太多了，这个人物也允许你戏说，在他身上你可以做出很多有意思的戏。因而这个《追龙缸》以及他们创作的郑板桥系列三个小戏，都受到了观众的极大欢迎和专家的高度肯定。写郑板桥、范仲淹、苏轼等，这种古人你可以戏说他。当然我们说的戏说不是埋汰人家，我们戏说，是通过夸张的形式来表现这些人物关心百姓的优秀品质。

他们渔鼓戏还有一个小戏《审衙役》，是写郑板桥自省的。他在办案过程中，有屈打成招的状子。不是他打人，是他的手下为了破案对人家动刑。郑板桥要追究这个事，最后审出来是两个衙役做的。于是他让两个衙役打他自己20大板，以示对自己失察的惩罚，并且赶紧去给人家赔礼道歉平雪冤情。这种戏，就属于在思想、情感、价值观上和今天的观众够能有共鸣的。

别怕古装剧，找到跟今天观众有情感共鸣的东西以后，比写现代戏更容易。而且对戏曲演员来说，穿上古装戏表演，就比穿现代戏表演要舒服得多。

**尹露**：周老师好，我自己做了很多影视。像我们写剧本的时候，制片人都会给我们规定好，大概几分钟我要什么，分割得相对很细化。在小戏小品结构方面来说，咱们有没有这种比较经典的类似于黄金比例的程式，比如几分钟之内要做点什么。《英雄铁山》是我做的一个小品结构的小戏，我觉得这种比例分割上有时候我会把握不准，因为小戏、小品比例分割上有时候会不同，请老师解答一下。

**周光**：我没研究过黄金比例是什么，但是例如《纠察》这部作品，我们经常说作品一波三折，可以形象概括小品创作的规律。你把这"一波"认为是一组矛盾，然后让这组矛盾对立的双方在舞台上有三个回合的较量，基本上就够一个小品的时间长度了。我们刚才看的《纠察》，大的回合有三个。第一次我"纠"住你，你要走，我拿对讲机一喊话，你没有走成，这是一个回合。下一个回合是女学员套近乎：你是山东人，我也是山东的，咱们是老乡，今后你看戏可以找我；纠察说你少给我来这一套，"我要不逮着你你能认识我呀"；女学员实在没办法了，又哭又闹，把纠察搞得紧张起来，于是用逗乐的方法稳定她的情绪，这是第二回合。还有一个回合，女兵要给他送票，纠察不耐烦，后来意识到自己态度不对，就告诉她下了这班岗我就退伍了；这让女学员震撼了，对这位纠察肃然起敬，也深切地感觉到自己行为的错误。到此，矛盾解决了。基本上小品结构就是这样，一波三折。后面有一些笔墨，例如女学员让纠察帮忙摘个肩牌等等，都是丰富人物的，实际上主体部分在前面已经结束了。

**尹露**：有时间划分吗？

**周光**：如果一定按时间划分，最好在1分钟之内让观众知道发生了什么事件，因而引发了谁和谁的矛盾，其中谁现在要做什么。就像《纠察》这个戏，一开场就是女兵没戴军帽，纠察拦住她而她不服从纠察的处罚准备强行离开。不到1分钟就全部交代清楚了。后面三个回合，如果一定要平均分配，那就是三分钟一次，基本上就可以。

你刚才说的《英雄铁山》。我看过这个戏，这个题材不适合小品小戏表现。小品小戏是可以写大主题的，有些专家说小品主题不能太大，其实这个概念是错的。小品小戏可以写任何一个重大主题，比如爱情，比如爱国主义，这些重大主题都可以写，但是不宜写大事件。像《英雄铁山》这个事件就大了，一个小品十来分钟承载不了，好多事情还没说清楚，就得结束。

小戏小品避免写大事件，最好台上不要死人，一死人就是大事。台上有一个人死了，你要费多少笔墨才能把来龙去脉说清楚。然后再展开剧情就已经没有时间了，于是你只能把应该发生的故事变成叙述，或者把应该蕴含在故事中的思想变成直接讲道理。这样的戏一定是不好看的。

**尹露**：小品一波三折，3分钟一翻，小戏呢？

**周光**：3分钟一翻，不是恒定的。小戏有三翻最好。一个小戏就一个回合，有这样的小戏吗？有，我们有个京剧小戏《水涨船高》，原来是50分钟的现代京剧，后来到潍坊参加中国剧协的"百优小品大赛"，让他们压缩到30分钟以内。这部戏非常经典，就是一个大的回合。一个理发姑娘要乘船到集市去理发，划船的小伙子说你上船可以，交钱吧，现在涨价了，过去五毛钱，现在涨到一块。她上船以后船不走，为什么不走呢？小伙子说还得等人，我不能为你一个人开船。这女孩说我着急，我去晚了就占不到理发摊位了。船家说那行，你坐个专船。专船多少钱呢？五块。姑娘豁出去了，就给你五块！这个船开始划，划到河中央，这个小伙子又出坏主意，还想多挣点钱，说因为涨水，河宽了，我要多增加力气，所以一要再要五块。小姑娘没钱了，不过她灵机一动：你头发挺长，我帮你剃头。小伙子说行，你给我剃，这五块钱就免了。姑娘理发，先把他头发剪掉一撮，然后说得涨钱，现在理发从五毛涨到一块了。接下来又说，我登船给你理发，属于给你剃专头，要涨到五块。船家头发已经被削掉了一撮，只好答应。剃到一半女孩不剃了，船家问她为什么，女孩说你把船停在河中间，我就给你剃一半，你继续划，我就继续给你剃。结果是女孩剃一下，船家划一下，船到对岸，头也剃完了。这就是你先治我，我再翻回来治你的一个大回合。戏编得非常精彩，京剧唱念做打的表现手段全部都用上了，并且在18分钟就完成了，到今天这个戏都是经典。但是在这一个大回合中，局部都有——对应：乘船涨价，专船加价，船到河心抛了锚；剃头涨价，专头加价，剃到一半停了刀。实际上还是三个回合。

今天就到这了，非常抱歉，时间太短，很想跟大家多交流。我想以后我们还有各种各样的机会，谢谢！

# 毛时安

中国文艺评论家协会副主席
上海市人民政府参事，研究员

　　曾任《上海文论》副主编，上海市作家协会副秘书长，上海市艺术创作中心主任，上海艺术研究所所长，上海文化局局长助理，上海市文广局副巡视员，上海市政协常委、教科文卫体委员会副主任，音乐舞蹈史诗《复兴之路》宣传部主任。著有《毛时安文集》（四卷）《火焰与温情》《视野·说》等十余种。曾获上海市文学作品奖、上海市文学艺术奖、中国文联评论奖一等奖（榜首）、中国戏剧奖理论评论奖等。

# 我们的时代和艺术

## 毛时安

我看了学员手册。大家来自天南海北。从那么远的地方来听课，足见你们对自己从事的事业，以及对我们这个高研班抱有很大的期待。首先你们这个期待很对，你们可以对高研班所有的老师抱有期待，除我以外。

明代张载讲过四句传世的话，王元化先生认为，我们知识分子应该以张载这四句话作为安身立命的信条。第一句是"为天地立心"，找到天地和人关系处理的内在逻辑。第二句话，"为生民立命"，就是为老百姓树立价值观，为之代言。第三句话，"为往圣继绝学"，就是为历史上过往的孔子、墨子、老子那些圣人，他们的学问已经中断了，我们继承他们的学问。第四句话，"为万世开太平"，也就是我们讲的和平发展幸福自由。

我作为一个被大家认为是"知识分子"的人，对照这四句话我该做什么？"为天地立心"，这是哲学家、宇宙天体的科学家，他们研究古往今来，研究浩瀚的星空，研究宇宙的起源，我做不到，我不是哲学家也不是自然科学家。"为往圣继绝学"，就要求一个人皓首穷经，板凳坐得十年冷，青灯黄卷，去研究一门湮没、失传的学问。"为万世开太平"，像许多伟大的政治家那样做，秦始皇、汉武帝、唐太宗、康熙、乾隆……孙中山、毛泽东、邓小平、罗斯福、丘吉尔……我不是。我年轻时候确实读了很多书，这些书报给他们大家听听，《小城春秋》《红旗谱》《创业史》《平原游击队》《铁道游击队》这些书你们都没读过吧？恍如隔世。你们没读这些书，也过得很好，我读了这些书也不知道有没有用。

"为往圣继绝学"。我是平民出身，我自己在想，孔子很伟大，老子很伟大，庄子很伟大，我很不伟大。但是老子过了一生，孔子也过了一生，李白也过了一生，杜甫也过了一生，为什么要用我的一生去侍奉他们，研究他们的一生，我感觉不平等。为什么没有人研究我的一生呢？还比如鲁学，研究鲁迅的，红学研究《红楼梦》的，还有研究《金瓶梅》的等等。

我是很谦虚的人，但也是很自傲的人。谦虚是因为我知道这个世界上有那么多有知识的人，而且我越是接触这个世界，越觉得有很多不懂的东西要学，比如在座的各位讲出很多东西，我就不知道。孔子说，知之为知之，不知为不知，是为知也。知道就是知道的，不知道就是不知道，这就是真的知道，才是真正的知识。包括我们经常讲谁谁谁念了错别字，其实念错别字是不稀奇的事。汉字的生僻字层出不穷，除了研究文字的人，你一辈子认识三五千个汉字就够了。

讲课、写文章。第一，我不太引经据典。第二，我脑子不记事，一旦引经据典，我会洋相百出。所以凡是引用，我一定要拿出这本书来抄。我虽然记性不好，但是有一样，我记得重要的话在哪本书，在我的哪个书柜里放着。所以我想到这句话，就老老实实到书柜上把这本书拿下来，老老实实把这句话抄上去。这是一个没有知识的人的做法。我长年累月在所谓的"知识界"混饭吃，我很不敢很不屑于称自己为知识分子。第一我确实没有知识。第二，我看到有些号称自己有知识的人，其实包括有些博导也不太有知识，比我好不了多少，有的和我差不多。

有一次上海《新民晚报》采访我，问我对红学怎么看？我说红学就是"无学"。他说这是什么意思，难道《红楼梦》真的没有学问吗？我说红学不是没有学问的学问，红学是一门无聊的学问。为什么无聊？因为红学不给我们解决《红楼梦》艺术性怎么样？怎么刻画人物？小说结构为什么这么宏阔？却在研究曹雪芹某年某月和谁谁吃过顿饭，研究曹雪芹某年某月头上生出一根白头发，研究到最后非常无聊。

70年代发现两首曹雪芹的诗，红学家们拼命考证曹雪芹这两首诗写在什么时候，写的什么情况，这两首诗对阅读曹雪芹的《红楼梦》有什么意义，对于认识曹雪芹生平有什么价值，整个红学界趋之若鹜，形成一个很大的事件。到了最后，周汝昌先生实在按捺不住了，说你们千万不要这样闹下去了，这两首诗是假的，是我写的。那些红学家义愤填膺，说周汝昌的欺世盗名，这么伟大的诗你不可能写得出来。结果实在没办法了，周汝昌把他的手写原稿拿出来，才平息了一场轰动一时的学案。可想而知学问做到这样是多么无聊。

1982年以来我每年给我的三个老师拜年，没断过。一个是刚去世的钱谷融老师，一个是齐森华，他是搞古典戏曲的，还有我自己的导师徐中玉先生，今年是104岁。我每次去，钱先生都跟我说，他说毛时安你这么聪明的人，如果你做学问的话，肯定能做大学问。我没跟他说，其实我根本不喜欢做这个事儿，我不是做学问的人，我就喜欢在江湖上混过来混过去，看大家很年轻，跟大家说说话。而且我居然有一次有机会做学问，居然让我考钱先生的博士生。不瞒大家说，专业课考得很好，外语没有及格。钱先生那时候还活着，我说非常对不起钱先生对我的厚爱，我是个没出息的学生。因为我想想，我确实不能再做钱先生的学生，因为我已经有徐先生这位导师，我再做钱先生的弟子，一个人拥有两个名师，是不是太贪心了。

"为万世开太平"。确确实实，我有这样的心，但没有这样的力。一介草民，为万世开太平干吗？把自己家里事搞好就行了。老婆、女儿、女婿、外孙，五个人就把你搞得差不多了。

很有幸的是，由于我工作关系，我接触过中国文艺界、学术界、思想界最顶尖的思想家和学问家，比如说美学界王朝闻先生，他是《美学概论》主编，刘胡兰的塑像都是出自他之手。还有李泽厚、刘再复、王若水、高尔泰，等等。文学界我从巴老开始，几乎接触了当代所有的大作家，包括年轻时望之弥高的许多作家。戏剧界，我至少接触过三任主席，李默然、尚长荣、濮存昕；音乐界我接触过李德伦、黄贻钧、谭盾。贾植芳先生讲，他是社会中人，同时他一直讲要写好"人"字。因为是一个社会中人，所以我给《人民日报》写过一段很短的评论《文化评论要说人话》，为什么？我们都是人难道我们说的话是狗叫，是猫叫，是鸟鸣吗？不是，为什么要提说人话，因为我们说的大量话是空话、套话、假话、谎话。就像一位平庸医生开的药一样，吃不好，也吃不坏，用我的话讲就是"正确的废话"。比如说"你知道吗，太阳明天要从东方升起"、"孩子饿了要哭"、"嘴干了要喝水"……这都是废话，大量废话淹没了这个时代。废话、空话、套话、谎话。巴老是上海作协主席，也是中国作协主席，巴老一生就三个字"讲真话"。对于我来说，我讲的都是真话，没有假话。同时我也要说，季羡林先生讲过的两句话，"真话不全说，假话全不说"。我觉得季先生这句话对我们现实生活中的人更加实在。"真话不全说"，有些真话确实比较令人讨厌。鲁迅先生写过一篇文章——《立论》，讲了一个小孩过满月，大家去庆贺，一个人说，这个孩子将来一定要死，主人一顿乱棍打出去，但他讲的是真话。如果他说这个小孩可以长命百岁，那基本上是假话。

这里我再讲个小笑话。我原来在作协当秘书长，我们有个比较大的领导，平时讲话很清楚，一到有些问题争执的时候，叫他最后定论的时候，那个领导讲了很多话，几乎没一句话能听清楚。还有一回，这个领导说，事情要严肃处理，从严从快，那个领导说从轻从慢。结果这个比较大的领导，喝口水说，"我看，慢有慢的道理，快有快的道理"。快好，还是慢好，不知道，因为都有道理。但是呢，我今天回过头想这个世界可能就是这样，慢有慢的道理，快有快的道理。我现在70岁了，我就知道这个世界并不是说就这样是对的，就那样是错的。实际上我们要解决方法论的问题，可能这个也有它的合理性，那个也有它的合理性，就看我们能不能两者合理性综合起来，把两者的消极性消灭掉，没有什么事情是那么绝对的。

搞评论有一句话，"真佛只说家常话"。用最平常的事情，用最听得懂的话传递给听众和观众。让大家在最日常的事情中，最听得懂的话中，感受到它背后那些引导性的东西。我为什么提出文化批评要说人话，因为现在的文艺批评充满了各种各样极其绕口的术语。我有个非常要好的朋友，我也很赞同他的观点。有一年我参加社科评奖，当然我也通过了他的著作。事后我碰见他，我说你干嘛把这个文章写得疙疙瘩瘩。他就跟我说：你不知道，我们在大学要讲学术，把你听得懂的话讲得人家听不懂，这就有学问，一讲人家就听得懂了，人家就说你没学问。所以我认为我没学问，因为我讲的话你们都听得懂。

艺术当中的道理是很复杂的，没有很绝对化的。

我知道的东西你们也知道。只不过我这个人脑子比较稀奇古怪，想了一些比较怪里怪气的东西。因为我觉得有些人确实比较怪里怪气。比如我的外孙。他每天晚上缠着我给他讲故事。我那天讲岳云保护岳家庄。我讲岳云举着双锤，后面跟着一大群家丁。他问我"外公，家丁是什么"。我说："解放军战士、人民警察"，比画了好一会儿，他突然跟我说，"外公，家丁不就是小区的保安吗？"我想了那么远，居然没想到小区的保安。所以我们搞创作有一条是，要有童心，要没有顾忌，要展开想象力。我们现在给自己设立大量的禁忌，想象力的翅膀被束缚。

接下来我给大家读一段东西。"人要讲道理，人刚生下来都是好的，由于每个人走的路不同，有的人生活在坏的路里，他也可能变坏。人只要变坏，就不会再爱国，还会把他的孩子变坏。如果你的小区里有坏人，你还要认真读书哦，不要受到坏人的影响。读什么书呢？可以读《三字经》，或者一些寓言，因为每个故事都在讲一个道理，成语也可以读，不会的字在字典里找。可有一天所有坏人都到你家打门，这个时候你应该冷静下来，写书法，就可以让你静下来之后再想办法。"

这是我外孙写的，小孩有小孩的思路，我们大人有大人的思路。我刚才讲的就是，艺术中的道理，如果你只听一种，你会觉得这个道理非常对，但是如果你听另一个人讲，就会觉得那个道理也非常对。实际上每一个道理在它的范围里都是对的，一旦跳出这个范围你再去看看。比如我举个最简单的例子，小学时候写作，"今天晴空万里，阳光明媚……"老师讲，你要写得朴素、简洁、明快，不要啰里啰嗦。如果老师还读过几本书，老师还会说，契诃夫语言里"简洁是天才的姊妹"这句话对不对？很对。但是还有一类就是啰嗦，比如说我们有个作家极其啰嗦，谁？王安忆。上海女作家陆星儿活着的时候曾经跟我说，王安忆写得这么啰嗦，为什么有那么多人喜欢王安忆？所以我要讲的是，在艺术当中其实有两类天才，一类天才就是把千言万语变成一句话。我有次去银行讲课。他们说上午讲三个小时，下午讲三个小时。我想完了，六个小时我嗓子也吃不消。结果六个小时我讲完了，我发现只讲了开头。三个小时我讲完了以后，有个同学说"毛老师，我听下来可以总结为一句话"，我想这个人真是天才。还有一种天才，把一句话讲成千言万语，就是要让你听得兴味盎然。王安忆写弄堂写了十几页，当然啰嗦。当然大家要注意，不是把一句话讲成千言万语就是艺术，一句话讲成千言万语，让人家听得津津有味，这才是艺术。扬州有个说书老艺人王少堂。他说的武松，就十回，就这么厚一点，说成两本厚厚的大书，比《水浒传》还要厚。这是天才。比如评弹《唐伯虎点秋香》，秋香走楼梯，三级楼梯走下来，走一个楼梯他要说三天，说九天才走三步路。

为什么走一步他讲三天，而且听评弹的人每天都要听？如果不好听的话，人家马上走了。所以，艺术必须有趣味，有质地感，需要时细腻到极致。就像钱先生的作品，《〈雷雨〉人物谈》虽然是 50 年代的作品，你看他对《雷雨》的人物——繁漪、周平、鲁妈、鲁大海，每个人每一句台词，他都能说出一层意思，再说出一层意思，再说出一层意思，再说出一层意思，精细到无以复加的程度。这个台词放在你面前可能哗啦一下子就过去了，但在他面前就有那么多东西可说。

以上是开场白。接下来讲点正经话。这个正经话我是学习过的。我们刚刚开完十九大。我每年都要讲"我们的时代"。为什么要讲我们的时代？陆游对他儿子说"功夫在诗外"，就是说我们要明确意识到我们生活的是怎样的一个时代，怎样的一个世界，这个世界发生了什么。这个世界发生了什么，就意味着生活在这个世界上的人相应地发生了什么。那么我们艺术创作所要瞄准的就是这个世界上的"人"。

习总书记提出了新时代中国特色社会主义思想。很多人都没有意识到，我们今天已经进入到一个新的时代，这是一个很重要的概念。为什么这么说？在这之前我讲"我们的时代"主要讲一点——我们时代之变、时代之痛，这个时代急剧变化，产生心灵极大不稳定性，每个人内心都有一种沧桑和痛苦，每个人都充满了焦虑感。就像一件 T 恤衫，上面写着"烦着呢，别理我"，然后他穿了这件 T 恤。你问他，"小伙子你烦什么"，"不知道！""为什么烦？"不知道！""烦不烦？""烦！"，这就是这个社会普通的焦虑感。

第一，竞争焦虑。每个人竞争焦虑，没有人想当普通劳动者，所以现在提出工匠精神。我外孙刚六个月抱到外面呼吸新鲜空气，马上有个阿姨问我，说这六个月怎么不去读书。后来阿姨教育我，说他们的孩子在金宝贝早教中心，她的孩子比我们还小两个月，她的孩子 2+2 等于 4 都知道。我无论如何都想不通。后来我知道其实就像动物园马戏团训小狗，巴甫洛夫训小狗。我家的孩子小时候什么都不学，结果要上小学了就要考试，我们很着急。我们就拿个识字卡，宝宝你看认识吗？你认识了我们就不教了，不认识我们要临时抱佛脚。结果他认识400个字，我们很纳闷，你怎么认识的？比如这个"许"字，他说：天天到幼儿园，都要经过那条路。我问过外公这是什么路，说这是虹许路。其实小孩子不让他学他都会学，结果我们天天让他学，会把他学习的欲望活活掐死。我们要让小孩保持非常完整的童年，什么都不学。开始小学老师就另眼相看，结果一年级下来，成绩很优秀。老师刮目相看。你不让他学，他自己拼命地学，自己有欲望。现在我们望子成龙，望女成凤。中国那么多孩子，多少龙和凤遮天蔽日在飞着，这个日子怎么过？

第二，财富焦虑，把财富看成人生唯一和最高的追求目标。第三，金钱焦虑，人的所有价值评价和追求都以金钱来衡量，都要钱。第四，情景焦虑，每个人都焦虑、普遍焦虑。早上一起来老婆愁眉苦脸也很焦虑，女儿也愁眉苦脸，再一看女婿也愁眉苦脸，我一看我不正常了，我也焦虑起来了。全社会普遍焦虑，焦虑已经变成物理场。

习近平总书记说进入一个新时代，其实是真正进入新时代了。在座的比较年轻，"反右"的时候我懵懵懂懂，到"四清"我已经有点意识了，"文化大革命"我已经懂事了，我18岁。然后经过改革开放，一路走到今天。我是看着这个国家、民族一步步艰难走过来的。在这个过程中碰到各种各样的事情，有些时候甚至觉得这个民族、这个国家可能走不过来了，但居然我们走过来了，而且是越来越好。我一直跟我们这一代人说，我们要意识到我们已经落伍了，我们还拿着20世纪形成的"左"的观念、"右"的观念来看待这个世界，来处理这个世界。我说今天的年轻人，肯定比我们活得更健康、更加像人。用上海话来说，今天年轻人生活有两个信条，一是工作要干好，二是日子要过好。做好工作了，就能过好日子，要过好日子，必须做好工作。

大家要认真研究这个新时代。这个新时代在20世纪80年代、90年代之交已经开始孕育了。这个新时代是怎么形成的？美国记者写过一本书《世界是平的》，我要说的是世界是动的。这个世界不断在流动、变动、行动、运动的过程当中。而这个动的速度和动的节奏、动的幅度之大，都是我们以前完全没预料到的。

在这个动的世界里面有一些基本的东西。第一，世界的无序化。这个世界越来越混乱，越来越不清楚。比如俄罗斯和美国，大家概念中的俄罗斯和美国是势不两立，结果特朗普上台，奥巴马、希拉里说特朗普通俄。特朗普说已经掌握奥巴马和希拉里通俄的证据，说希拉里在做国务卿的时候，她和俄罗斯一个公司拉了很多钱给她丈夫克林顿基金会。美国司法部、检察院说这两天针对通俄门要抓人，两派都很纠结，不知道是抓特朗普的人，还是抓希拉里的人。特朗普上台，我们分析了很多原因，但没有专家分析到其中一个原因。虽然特朗普比希拉里年纪大，但特朗普属于这个时代的政治家。希拉里是过时的政治家。作为过去时代的政治家，她几乎是完美的。因为她有长期从政的经历，她丈夫是总统，她自己又是国务卿，很多财团支持希拉里，所有的主流媒体也倒向希拉里，包括《纽约时报》这样有全球有影响的大报。《纽约时报》直到投票那一刻民意调查还认定，希拉里将在选举当中胜出，一直到选票到一半以上，《纽约时报》才开始调整自己的民调，到 3/4 的时候《纽约时报》才发现整个民调已经扭转了。可以看到传统媒体已经完全落后于这个时代。而且最要命的是，她不知道她的命门在什么地方。她的材料叫助理全部销毁，结果没想到助手的绯闻丈夫全部捅出去，而且公开在网上。特朗普利用推特占领了年轻人，用推特占领了最大多数人的支持。共和党原来是精英党、贵族党、资本主义党，相对来说民主党是个平民党，是个非精英党，结果两党选举的人旗鼓相当。结果是什么？民族的撕裂！原来在欧洲，民粹主义、极端主义、纳粹主义都是老鼠过街人人喊打，没有任何社会地位、社会影响，现在纳粹都起来了，包括华盛顿的枪击案。

我 1999 年带领上海昆剧团到香港演出。当时全世界都觉得新世纪将十分美好。但回过头一看，21 世纪并没有像我们预想得那么好，2001 年发生了"9·11 事件"，2008 年发生了"金融海啸"，现在整个世界的经济发展问题都是由于"金融海啸"引起的，其严重后果到现在还没消失，仍然在起作用。

在 20 世纪 90 年代之前，这个世界称为冷战时代。这边是以苏联为首的社会主义阵营，那边是以美国为首的、欧洲为主体的资本主义世界，这个世界是平衡的。1989—1991 年苏联、东欧剧变以后，这个世界失去了原有的平衡，可以说到今天仍然没有找到一个平衡的支点。这是一个失衡的世界。在这个失衡过程中，有两个支撑原有世界的支柱倒掉了。一个是雅尔塔会议，二战结束以后当时在苏联黑海沿岸雅尔塔疗养院，斯大林、丘吉尔、罗斯福三个人瓜分世界。雅尔塔会议决定了整个世界的疆域和领地。二是金融支柱，布雷顿森林体系，美、英、法主要资本主义国家在布雷顿开了一个金融会议，决定了两条核心内容，一条是世界金融以金本位作为决算基础。因为，二战以后美国占据了世界 70% 的黄金；其次因为黄金移动不便，所以由美金挂钩黄金。所以，那时候美金和黄金是对位的，有多少黄金发行多少美金。美金在整个世界金融体系里是通用型、世界流动型的货币。随着这几十年下来，特别是 20 世纪 70 年代，由于长期负债，美国中央银行的黄金大量流失。然后，美国就宣布一条，美元和黄金脱钩。这样一来就形成了今天的货币宽松政策，它大量印钞票，造成通货膨胀，美元信用度急速下降。欧元开始是雄心勃勃的，但是美国为了保持美元强势地位而打压欧元，导致现在欧元一蹶不振。一个是政治的支柱，一个是经济的支柱，这两个支柱在进入21世纪后，基本上失去了原有的功能。

去年习主席被大家推为党的核心，我说这是势使之然，不是人使之然也。"势"就是无论主体和客体都有这样的需求。如果这个需求不能实现，就会产生许多其他相对的衍生问题。所以中国传统文化有许多非常特殊的概念是西方没有的。世纪之交，学术界有两个比较大的争论，季羡林先生讲到中国文化复兴，就提出"三十年河东，三十年河西"。当时周有光先生很不赞成，周先生提出"我们不能用中国的眼光看世界，要用世界的眼光看中国"，他否定十年风水轮流转。今天回过头来看，季羡林的语言被证实，周有光的否定被证伪。"以世界的眼光看中国"以及很多年前提出来的"走向世界"，这当中蕴含着一些内在的不足。为什么我不赞成"走向世界"，因为"走向世界"首先意味着中国不在这个世界里；第二，意味着除了我之外还有另外一个世界；第三，中国本身就是世界的一部分，不存在中国走向世界或世界走向我。而且最重要的，所谓的"走向世界"，实际上并不是一般意义上的"走向世界"。中国学者的"走向世界"偷换了概念，变成了"走向欧洲""走向美国"，他把世界等同于西欧，等同于美国。这个观点是错误的。现在应该讲文化自信，就是"我是世界的"。

2008年以后，全世界经济唯一比较向好的就是中国，这一点非常了不起。世界银行指出，中国经济对世界经济拉动贡献30%。仍有不少国外的朋友对中国横竖不看好，我建议你到中国来看看中国。你们出于简单的政治需要，需要我们这里乱掉。我坦白告诉你，现在中国共产党最大的贡献就是让13亿人在960万平方公里的土地上安居乐业。1968年当时30万越南难民，把欧洲搞得鸡飞狗跳。如果今天中国乱掉，放出两亿难民，全世界都没有好日子过。

这个世界发生了很大的变化，在这个时代下我们应该去写什么？关注些什么？2000年领导开会讲"我们开会的时候，上海200座地铁站正在地下开工"。现在上海是全世界拥有地铁公里数最多的城市，这当中遇到很多困难和严峻的挑战，但我们都走过了。今天中国取得的成就，归功于13亿中国人民的每一个人，所以首先要感谢人民，感谢每个人。他们为这个国家作出了贡献、努力，甚至是牺牲。我曾经写过一篇散文"历史不能忘记他们"。上海在转型过程中，前前后后有两个"一百万"：一是经济转型，一百万工人下岗；二是城市交通改造，一百万人从上海最热闹的地方搬到当时的远郊。由此我编了一本书《正在消失中的上海弄堂》记录乡愁。有一个上海弄堂的老居民，搬迁临走的时候还买了一本《正在消失中的弄堂》，把门牌号包好，离开了几十代人居住的上海弄堂。

我曾给电影节写过一篇文章，主要写了中国的作家艺术家至少有两个条件是全世界没有的。第一，中国是素材大国。我接触了大量欧洲作家，对我们十分羡慕："你们作家居然不要干事，国家还给发工资；而且你们生活的变化太大，事情太多了"。比如马云30年前拿着名片推销台湾电脑时是什么鬼样，现在你看马云一出去，特朗普、奥巴马、奥朗德……全出动会见他。第二，中国是市场大国。《战狼2》56.8亿，单片单个国家全球第一。当然我也沾《战狼2》的光，《解放日报》采访我，做了一个网络新闻，刚发出去的时候10万，最后到30万，没想到结束的时候150万。新闻记者高兴得不得了，因为他的奖金和点击率连在一块。这个市场别国没有。

这是个新时代，这个时代碰到的问题，取得的成就，都是我们年轻时候从来没有遇到的，甚至是压根儿一点点都没有想到的事情，居然都发生了。你怎么能想象30年前台湾来一个朋友，送我一支圆珠笔，我们没见过呀，那个激动，不舍得用。40年前我第一次吃虾条，怎么那么好吃，现在算是垃圾食品了。《锵锵三人行》许子东穿牛仔裤、喝可乐，那时候是我们的时尚。现在我们知道可乐也是属于垃圾食品。牛仔裤是当时外国平民穿的，引进来成为时尚，当然牛仔裤又发展了，现在穿有破洞的牛仔裤，这就是新时代。

相当长一段时间，我们文艺处在比较困难的时期，原因是我们对自己的民族文化完全没信心。有一年我参加辽宁艺术节，《沈阳晚报》登出一则消息，说明天要演出京剧名家名段演唱会，读者可以凭报纸到剧场门口领票，先到先领，仅送800张，送完为止。一场演出总共也就一千多张票，就送了800张。我们面临的最严峻问题是没有观众，没有市场。好戏"台上不动台下动"，例如音乐剧《猫》《悲惨世界》久演不衰，台下的观众在不断更新。而我们大量的戏是"台下不动台上动"，新剧目很多，昙花一现，而看戏的永远那么几张熟脸。我们的演出是，台上号啕大哭，台下哄堂大笑，台上声嘶力竭，台下无动于衷。演员笑是皮笑肉不笑，哭是猫哭老鼠假惺惺，没办法感动观众。为什么？艺术是你投入了多少情感，它就会传递给观众多少情感。不能怪观众不喜欢，不能怪市场冷酷，我们艺术创作者自身有很大的责任。

我们这个时代曾经出现的许多问题，都是因为我们的文化没有尽到应尽的责任。文化实际上既不能吃，也不能穿，饿了，它不能充饥，冷了，它不能御寒。文化说到底没有实际用处，但是文化又是这个世界上最有用的东西。莫言说："文学是无用之用"。我也说过"文艺、文化是无用之用"。这个"无用之用"出自老子讲的一句话"有之以为利，无之以为用"。这个世界上看得见、摸得着，实际存在的东西，就是"有之以为利"，它是和你的利益结合在一起。

那些看不见、摸不着、不是实际存在的东西，它才是真正作用于人的心灵，影响人一生的价值，决定我们最后成为一个什么样的人的东西。有句话叫"以文化人"，它长期作用于你的内心、灵魂，最后决定了你走一条什么样的道路，所以叫"无之以为用"。

从"文革"十年到今天50年间，一个曾经无序的时代开始有序，我们正在弥补一个无序的、充满撕裂感的时代。这个社会曾经出现的精神病灶大家都不陌生，冷酷、平庸、见死不救等。现在正在建立新的社会秩序，所以这个时代很重要的特点是"有序化"和"弥补撕裂感"。这个过程中，我们需要一个走向未来的战略的精神定力，包括审美的钥匙。文化在这样的时代正在发挥无可替代的作用，使冷酷的心变得温暖，使坚硬的心变得柔软，使平庸的心变得诗意，使贪婪的心变得节俭，使卑下的心变得崇高，使荒芜的心变得丰饶，使空虚的心变得充实，使浮躁的心变得沉静，使脆弱的心变得坚强。

艺术就是要让心得到享受。我们天天忙于工作，有谁想过我年轻时候怎么恋爱的，有谁想过我跟小学同学发生过的纯真感情？艺术就是把这些最美好的东西进行诗意化处理，用新批评派的讲法是"使陌生的东西产生陌生化的效果"。这些生活经过艺术处理以后就具有一种审美的意味，具有了诗意，变成了一种全新的、可以让你享受的东西。

我想举一个典型例子《牡丹亭》。你看《牡丹亭》中杜丽娘做了一个梦，看了书生柳梦梅走过来，半个小时在舞台上这样走过来、走过去，瞄过来，瞄过去，什么也不说。它就是把你恋爱时怦然心动的感觉，通过戏曲表演的形式放大开来并充满诗意，借此重新唤起你自己曾经有过的对生活的美好感受和向往。再比如中国有个成语"暗送秋波"，波是什么？湖水，波浪，弯弯曲曲，向很远的地方荡漾过去，而且这个"秋波"不是"泼"过来的，是"送"过来的。怎么送呢？是暗送，把少男少女春心萌动难以抑制和欲言又止的状态表现得淋漓尽致。现在年轻人谈恋爱讲"放电"，特点就是快，与之类似的词是"闪婚"，当然还有"闪离"，缺少诗意。聂卫平下棋早年为什么下得好？因为他有一种审美的大局观。他曾经有一段时间在黑龙江农场生活，每天天不亮就起来去另外一个农场找一位高手切磋棋艺，穿过一望无际的黑土地，看尽一轮红日喷薄而出，所以他的棋下得很大气。后来他离开那里，棋也下得越来越臭。

我们的灵魂很荒芜，因为我们只知道赚钱。网上有句话"要和有趣的人交朋友"。什么人有趣？有文化的人有趣，有知识的人有趣，要和有趣的人交朋友才会使自己的心丰饶起来，充实起来，坚强起来。这一条很重要啊！现在的孩子碰到事情就选择轻生，结束自己。比如有一年，富士康发生了青年农民工连续自杀的事件。除去管理问题，青年农民工到城市务工，首先就应该有足够的思想准备，这是一个全新的、陌生的环境，你没有任何积累，你是来打拼的，打拼就要经得起挫折。还有合肥工业大学校一个团委副书记，因为没选上书记就自杀了。《南方周末》总结说"干部制度"如何如何，这么好的团员干部不选拔上去，所以害得他自杀。这个道理可能是对的，但是还有一条道理，一个大男人选不上团委书记就自杀，你对得起你的妻子吗？对得起你的孩子吗？对得起你的父母吗？甚至你对得起你自己吗？我们每个人的生命都不完全属于自己啊。我建议家里有男孩子的话，要让他看《三国演义》《杨家将》，要培养一些英雄气。男人第一要有事业心、有追求；第二要有责任心；第三要有承受打击的能力，百折不挠，这是非常重要的基本品质。

我马上要出一本戏剧评论《野百合的春天在哪里》，其中收录了一篇2005年得了中国文艺评论一等奖的文章。文章的观点成为全国文艺界经典的观点，我说我们的戏剧"三缺"：缺血、缺钙、缺想象。我们来具体分析一下。

第一条，缺血。我们生活中发生那么多变化，我们相当一部分艺术作品和现实非常隔膜，没有任何联系，现实生活的血液涌不进艺术创作当中。其实文艺创作，即使是历史题材，也要能听得现实的回声。尚长荣的新编历史剧三部曲就是这样的。第一部《曹操与杨修》，正好是我们改革开放落实知识分子政策的时候，他就通过曹操和杨修的关系，揭示知识分子的生存状况。第二部《贞观盛世》，正好是建国50年，他就给盛世一个提醒，执政党要能够接受批评。第三部《廉吏于成龙》，讲的是反腐倡廉。三部历史剧都有现实思考的依托。

这种艺术和现实的关系不是口号，不是标语，不是开大会作报告，是车尔尼雪夫斯基讲的生活和艺术之间的审美关系。这当中要有对人性的发掘，对超越现实那种发散性的精神的开掘。《曹操与杨修》也反映了一个知识分子的内心。有些人内心既有一个曹操，又有一个杨修。在下属面前，他就不知不觉扮演了曹操，妒忌下属贤能，在上级面前，他不知不觉露出杨修的本性，他觉得自己很有能力，总是抱怨怀才不遇。

第二，缺钙。思想是支撑整个艺术创作的骨架，所谓缺钙就是缺少思想。艺术作品一定要用思想去统筹。罗怀臻写了《班昭》，他借班昭反映了20世纪90年代中国经济大潮涌动之际，中国知识分子的心路历程，从灵魂追求到自甘沉沦，再到重新起来。罗怀臻在90年代也一度想下海，也曾经有老板叫他做什么经理，他自己也怦然心动过。他就把那个时代知识分子的命运沉浮，塑造成班昭这个人物。

《哥本哈根》讲了两个物理学家，海森堡和导师波尔在哥本哈根的见面。

什么戏也没有，没有爱情，唯一带点情感的是波尔的儿子死掉了，他也没有过多渲染。这当中提出了一个思想，就是科学家自身的伦理观、价值观。一个科学家在复杂动荡冲突的时代应该做什么样的选择。二战后期，德国法西斯原子弹临近成功，如果当时波尔把原子弹所有原理给海森堡，也许是德国走在美国前面，最早实验成功原子弹，这个世界将会怎么样？当然世界是不承认如果的，世界就是世界，走到今天就是今天，我们只能在今天基础上往前走。

我们大量作品没有思想，或者是有思想也很正确，但没有经过自己的再思想、反刍、吸收，成为我们自己的思想。比如习总书记的思想很重要，但是我们必须认真学习，成为自己的思想。我们经常讲"西化"问题，如果我们现在有文化自信了，我们也可以"东化"，但不管东化、西化，关键你自己要有能力消化，消化了以后同化。

第三，缺乏想象力。艺术和现实生活的差异就是艺术，艺术表现的是生活但不是生活，而是放在你对面的一个审美的对象，它不是自在的生活，是一个外在的东西。

大家看过《三毛流浪记》。其中有一个片段是三毛看电影《贫儿流浪记》。这个电影描写的所有事情都是三毛经历过的，捡垃圾，被人白眼，被人呵斥。但是三毛在生活中没有流泪，唯有在看电影的时候落下泪来。为什么？它是一个审美的对象。还有一个欧洲电影，讲小偷去看小偷电影，他看得津津有味，完全沉浸在小偷偷东西的电影当中，也就是沉浸在审美的情景中，忘记了自己就是个小偷，被警察抓了。戏剧要构成一个虚拟的情境，让观众进入这个情境以后忘记现实的生活，回去以后他还能思考、回味、想象，那这个戏就没白看。

席勒说艺术家要有三种冲动：第一，感性冲动。这个事、这个人是以活生生感性的形态打动了你。那么指令性的创作能不能创作？我个人认为完全能创作，但是在这个过程中，你必须在指令性创作题材中让人物、事件生动起来。可惜我看到很多作者把它作为一个任务来完成，而不是做艺术。第二，形式冲动。这个人做事情的某个细节，还有他给你袒露内心那些细枝末节的东西形成的形式冲动。因为当你接收到这个素材的时候，它是很飘忽的，它就像天上的云一样无形，你必须赋予它一种在舞台上能呈现的，有形式感的存在。《贞观盛世》当中有一段非常好的唱段。李世民和魏征，君臣在月光下心灵沟通，这段唱腔非常舒展。《廉吏于成龙》中于成龙和康亲王斗酒这段，短短一句唱经过于成龙和康亲王的演绎，就变成非常华彩的、非常具有戏剧张力的舞台呈现。舞台有舞台的要求，所以你必须找到一种恰到好处的形式。第三，游戏冲动。做艺术就像孩子做游戏那样很投入、很自我。我跟尚长荣一起工作过，他进入工作以后非常激动，就像孩子一样。他会盯着这个人物和剧本，天天在琢磨，天天在想，今天是一句台词，明天是一个动作，后天是某个词语当中改动一个字，他都会欣喜若狂。

人物进入艺术以后，有他在艺术中遵循的逻辑。托尔斯泰写《安娜卡列尼娜》，有人指责他"你怎么让这么高雅的女士卧轨？"托尔斯泰说："我也没办法。"还有普希金写达吉雅娜和奥涅金，达吉雅娜是乡村女孩子，很淳朴，很娴静，她很心动奥涅金那种贵族气质，结果奥涅金冷眼相看。若干年以后到了彼得堡，达吉雅娜已经是上流社会的贵妇人，奥涅金又来追她，达吉雅娜拒绝了他。也有人追问普希金为什么，普希金说这不是他的错，这是人物的选择。

习总书记在2014年文艺工作座谈会讲到一句话"以人民为中心的创作导向"。这句话在中国作协九大开幕式上又讲了一遍。这不仅是领导的一种号召，也是我们必须具备的一种创作理念。我们必须把这个号召、理念转化为我们的创作实践。

关于创作实践是怎么回事儿？习总书记又讲了"人民不是抽象的符号，而是一个一个具体的人，有血有肉，有情感，有爱恨，有梦想，也有内心的冲突和挣扎"。而我们创作中，往往把人民作为一个抽象的符号，伟大、高尚、献身、牺牲、爱国，越是这样写越是没有血肉，没有情感，没有爱恨，只有虚假的梦想，不像个具体的人。后面半句话"都有内心的冲突和挣扎"，我认为非常经典。我们写的人物就是要写他内心的冲突和挣扎。2016年这句话仍然被沿用下来，但是做了一个修改，"都有内心的冲突和忧伤"。"忧伤"更加诗化一点。

我的老师钱谷融把自己对文学的理解概括为高尔基的话。他说"高尔基把文学当做人学，意味着不仅要把人当做文学描写的中心，而且要把怎样描写人、怎样对待人，作为评价作家和他作品的标准"。他提出用一种尊重人、同情人的态度来描写人、对待人。我们落实到创作，必须把自己所有的经历都用到人的塑造上，用到人的内心开掘上。只有写活了人，写饱满了人，写丰富了人，你的艺术作品才会有真正的活力。最近几年出现了大量描写英雄模范人物的作品，令人感动的却没有多少。《离开雷锋的日子》我感动了，河南豫剧《焦裕禄》我感动，但还有大量现实中曾经非常感动我们的模范人物，在戏剧中失去了原有的感动。这些感动到底在哪里失去的？这是非常值得我们探究的。这是一个很重要的艺术美学问题。我们必须把生活的感动转化为艺术的感动，同时转化为在剧场里看戏的观众的感动。这样一层层的转化是非常难的，这就对我们艺术家提出了很高的要求。

还有一个价值观的问题。比如有的作品写一个人很有才华、很有理想，他原来是穷乡僻壤出来，大学毕业以后回到自己家乡发财致富，从头到尾这个作品就是怎么发财致富……他带领乡亲们种果树，眼看树长大了，结果那年刮台风，全部的果实都吹到泥里，乡亲们很悲痛，他登高一呼，乡亲们我们要怎么怎么……继续来！然后养鸡养鸭，眼看鸡鸭要好了，禽流感来了，大家很悲惨，他又振臂一呼，又开始做农副产品，编箩筐、编包，最后皆大欢喜。结果外国人就看不懂，除了要钱、要钱，没有讲别的东西，这还是艺术吗？生活中这样的故事很多，但艺术品不是依葫芦画瓢，它要站在生活另外一面提醒大家。美国有不少作品讲西部淘金，但这些作品表达的是对这种做法的批评和提醒，对金钱、财富的追求异化了人的情感、人的关系。人类所有进步的思想家、作家、艺术家对追求金钱和财富都持批判态度。《威尼斯商人》《欧也妮·葛朗台》都是这样。我们这个时代的艺术作品，要让观众得到审美的享受，更要确立人生的精神定力。

经常听到"钱是没有问题的"，但钱并不能解决所有问题。艺术首先是灵魂这棵树上长出来的，钱只是水和肥料。如果这颗种子是劣种，再洒水、施肥，长出来的仍然是棵歪脖子树。这个时代给我们提供了材料，这个时代需要艺术，我们要做一个真正意义上的艺术家，然后真正地把艺术作为艺术来做，才能不辜负这个时代，不辜负自己作为一个艺术家。

# 王晓鹰

中国国家话剧院导演，常务副院长
中国戏剧家协会副主席
中央戏剧学院博士生导师
导演学博士
国家一级导演

中央直接联系的国家级专家，全国宣传文化系统首选"四个一批"人才；政府特殊津贴专家；荣获"优秀话剧艺术工作者"及"新世纪杰出导演"称号。

主要导演作品：话剧《兰陵王》《大清相国》《人民的名义》《伏生》《理查三世》《哥本哈根》《简·爱》《红色》《离去》《1977》、等；歌剧《这里的黎明静悄悄》《钓鱼城》，舞剧《十里红妆》，京剧《伏生》，黄梅戏《半个月亮》，越剧《赵氏孤儿》，评剧《半江清澈半江红》等。为国外剧团导演了《高加索灰阑记》（澳大利亚）、《庄周戏妻》（美国）、歌剧《游吟诗人》（丹麦），并为香港、澳门导演了《盲流感》《屋外有花园》等。在创作实践的基础上同时进行导演艺术理论研究，已出版《从假定性到诗化意象》《戏剧演出中的假定性》《戏剧思考》等论著。曾多次获得各种全国大奖。

# 中国意象　现代表达

## ——从《霸王歌行》到《兰陵王》

王晓鹰

一

话剧作为一种发端于西方的舞台艺术，自 1907 年传入中国，至今已经有 110 年。"中国话剧民族化"的理论思考和创作实践一直伴随着中国话剧 110 年的发展历程，这似乎是中国话剧与生俱来的宿命式课题。

当今中国的话剧舞台丰富多彩且有许多深度创作。我们已经在现实主义的坚实基础上扩展出了广阔的伸展空间，已经具有了成形的现代样态、开阔的国际视野，当然也具有了像样的娱乐身段。但中国话剧从文化意义上真正成为民族的艺术，或者说中国的文化底蕴、戏剧传统在现代话剧艺术中的体现和延续，还远没有达到"浸润其中"、"整体呈现"的程度和境界。

过去很长一段时间里，国际演艺舞台上外国观众看到的多是中国的一些传统艺术形态，如戏曲传统折子戏、地方剧种民俗小戏、民族音乐民间歌舞、杂技魔术木偶皮影，等等。有一种说法，"越是民族的就越是世界的，越是传统的就越是现代的"。这话貌似有道理但其实并不真的说明问题。人们常常把"越是民族的，就越是世界的"这句当作"鲁迅名言"来引用，但是据鲁迅研究专家考证，翻遍《鲁迅全集》，也找不到这句话。鲁迅说过"有地方色彩的，倒容易成为世界的"这句有具体语境的话，不过它不能简单地变成"越是民族的，就越是世界的"这样有普遍意义的论断。因为所谓"民族的"，如果没有广泛的普遍性、深刻的人类性，就不可能是世界的；所谓"传统的"，如果没有当下的生命活力和与本文化圈之外的文化进行交流的能力，就不可能有现代性。世界可以通过中国文化艺术、中国舞台演出所传递传统文化信息、传统艺术形态，来认识中国文化艺术的底蕴深厚、源远流长，但世界并不会由此认识中国文化艺术的现代发展和现实活力。所以，应该让中国当代文化艺术、当代戏剧演出既保有深厚文化传统又能进入国际文化语境。

中国话剧自 20 世纪 50 年代开始进行"民族化"的实践探索，包括焦菊隐、黄佐临、徐晓钟在内的许多前辈艺术家进行了大量的创作与深入的论述，至今已经有60多年。这些先驱、前辈们，对于戏剧（话剧），有个共同的价值认识——"戏剧是诗"。

我们有时会在无意间忽略一个重要事实：戏剧不只是对现实生活的外部模仿，也不只是形式展现和技艺炫耀，更不只是廉价煽情和嬉戏耍闹。奢侈的"视听盛宴"有时可能是"心灵快餐"，浅薄的"娱乐休闲"往往会带来"思想休眠"。戏剧的本质是诗！戏剧演出中蕴含的诗情、诗意、诗性思想、诗化意象，永远是最温暖、最有美感、也最有震撼力和启发性的艺术魅力之所在。而中国的传统文化中从来就不缺诗，无论是诗文、字画、舞乐，抑或戏曲，内中都有诗魂。焦菊隐为话剧注入的中国魂魄或者他所谓的"话剧民族化"，就是建立在"戏剧是诗"的观念基础之上的。他正是要在"诗"的这个定位上打通西方话剧和中国传统之间的内在关联。黄佐临的"写意戏剧"、徐晓钟的"表现美学"，包括焦菊隐之前的余上沅的"中国戏剧的写意"，他们无一不是在"戏剧是诗"这个观念基础上做的文章。

真正的艺术是"发自内心深处又抵达内心深处"的，只有丰富的情感和深刻的思想浸透在形象化的舞台表达中，戏剧演出才会产生深刻的"意象"。从"诗"到"诗意"，从"诗性戏剧"到"诗化意象"，这是在观念与创作之间、剧作文本与舞台呈现之间本质性的贯穿，而所有的形式技巧或者说"舞台假定性"处理手段，都只是由"诗性戏剧"通向"诗化意象"的艺术途径。

多年来，我一直在自己的导演创作中追求"从假定性到诗化意象"的境界，我希望在前辈们的成功创作和深刻阐释基础上，进一步拓展中国话剧走向更深入、更广阔的"民族化 + 现代化"的可能性。在这个理念之下，近十年来，我发展出了新的创作思考和相关的创作实践，我追求创造一种"中国文化结构中的现代舞台意象"，或者叫做："中国意象现代表达"。

我所说的"中国意象"，是建构在中国传统艺术的元素、手法、意境、美感基础之上的整体性的舞台意象。这些中国传统艺术元素可以包括绘画、书法、音乐、服饰、面具，等等，当然还有戏曲。中国传统艺术中的"意象"，可以从诗歌和绘画中找到无数例证。我的导演创作中的所谓"中国意象"，会含有中国诗歌的情调但并不仅仅是文字意象的视觉转化，也会含有中国绘画的意境但并不仅仅是静止意象的动态转化。它更多地建立在中国传统戏曲写意象征、虚拟联想的艺术语言系统上，它呈现出来的结果肯定不是戏曲本身的程式化状态，但却通篇浸透着中国戏曲的美感，整体传递着中国艺术的意韵。

我所说的"中国意象"，是一种戏剧性、行动性的舞台意象。它出现在戏剧演出的场面里，融汇在戏剧行动的进程中，凸显在戏剧冲突的高潮处。当这种"中国意象"被强化渲染的时候，常常同时具有强烈的视听形象冲击力和戏剧性情感震撼力。它是一种饱含诗情哲理的象征性舞台形象，是一种戏剧演出中的"诗化意象"。

我所说的"中国意象"，应该体现出现代审美的特质。它由现代艺术的创造机制所组合，传递着现代的文化信息，即所谓"现代表达"。"现代表达"的关键在于，这个"中国意象"要体现具有现代性的人文观察和生命思考，要传递具有现代性的情感哲思。

总之，我希望在话剧舞台上创造一种集"传统意韵"和"现代品味"于一身的诗化意象。

## 二

我在《霸王歌行》《理查三世》《伏生》《兰陵王》等多部导演作品中作过"中国意象现代表达"的整体性尝试。这些演出几乎完全由意象化场面和意象化表演结构而成，其中一些最有代表性、给人留下最深刻印象的舞台处理几乎都与中国传统戏曲有关。但因为有现代的舞台语汇结构和现代的情感哲理内涵，这些舞台意象显然比中国戏曲的传统表达有更复杂强烈的情感和更丰富深刻的思想。有些更是具有中国戏曲的神韵却出离了中国戏曲的外形。中国的戏剧传统与中国的音乐、绘画、诗歌、古舞、傩面、服饰，等等，共同构成一个完整的中国文化艺术的氛围语境。

在2007导演的《霸王歌行》中，我首次尝试同时使用中国传统艺术的多种元素和语汇与现代话剧表演对接组合，让京剧演员以京剧"唱念做舞"的方式与话剧演员直接交流，用古琴现场为表演伴奏，在宣纸上制造中国绘画式的渲染效果，在演出进程中制造各种意象化效果，等等。《霸王歌行》让我初步看到以"后现代"艺术观念在不同艺术形态之间直接"跨文化"对接并产生"中国意象现代表达"艺术效果的独特美感。最有实验意义的，是邀请京剧青衣演员饰演虞姬，让她以京剧"唱念做舞"的方式与话剧演员同台表演、直接交流，这可以说是在话剧艺术与戏曲艺术之间的一种"跨文化"。

演出中给人印象最深刻的"中国意象现代表达"处理，出现在大家非常熟悉因而也在观剧中非常期待的"别姬"一场。扮演虞姬的京剧演员，一边演唱着脍炙人口的唱段"劝君饮酒听虞歌"，一边将仅穿白袜的双脚浸入一池"血水"，边唱边舞，在由宣纸铺成的白色地面印上一串串鲜红的脚印……

## 三

2012年，我受邀参加英国莎士比亚环球剧院为伦敦奥运举办的以世界37

种语言演出莎翁全集 37 个剧目的 "Globe to Globe" 戏剧节，排演了中国版的《理查三世》。

这次我不仅大量使用中国传统戏曲的舞台时空结构方式，再次邀请了京剧演员与话剧演员同台表演，而且尝试使用中国式思维——"阴阳太极"理论来解释和表达对理查三世这个邪恶人物的理解。

由于莎士比亚的世界性影响力，理查三世内心的狂野残暴与身体的残疾丑陋几乎是尽人皆知的，但《理查三世》这出戏肯定不是只有一种解释和处理的方向。我认为，"一个喜欢耍阴谋，弄权术的人，一个对掌握权力、享受权力怀有强烈欲望的人，是不需要任何生理上的理由的"！从这个角度理解复杂人性中的险恶和残忍，理查三世也许可以被视为一个外部健全而心理残疾的人。我并没有把莎士比亚为理查三世打上的"残疾丑陋"这个标签简单地完全丢弃，而是把理查三世塑造成一个具有中国式思维特点的象征性艺术形象：分别用两种状态来表现他的外部健全和内心残疾。这两种状态的区分机制是"对白"和"独白"。莎士比亚为理查三世写的"独白"几乎全部都在鲜明强烈地表现他内心的邪恶念头，我们据此建立了一个有充分戏剧合理性的状态转变机制："对白"状态时，理查三世面对的是他人，交流对象是外部世界，剧中人和观众共同看到他展现给世人的外部形象，俊朗洒脱，自信强势，思维机敏，能言善辩；而当他处于"独白"状态时，理查三世面对的是自己，交流对象是自己的灵魂，此时观众能够看到世人所看不到的理查三世的另一种令人惊悚的形象——肢体的扭曲痉挛直接投射出他内心的丑陋凶残！当"再现人物正常外表"与的"表现人物丑恶灵魂"这两种表演方式在演员身上交替出现并刻意往两个方向尽力扩张时，当"健全"与"残疾"在同一个人物身上形成对立并多次转化时，这个中国版理查三世的形象就呈现出了一种非常有中国意味的"阴阳辩证"的状态，就像一个"太极图"，有阳面的白，有阴面的黑，两者相互对立却又相互依存，你中有我，我中有你，共同构成一个具有独特完整性的艺术形象。

在中国版《理查三世》的演出处理上，我给自己定了两个原则：一是全剧的舞美、服装、化装、面具、大小道具、音乐音响，都尽量挖掘中国历史文化中的造型形象和艺术语汇，但剧本的情节故事和人物身份绝不改到中国来；二是在整个演出进程中尽可能地糅入中国传统戏曲各方面的演剧元素，但绝不能排成一个"戏曲式的话剧"。

用中国传统戏曲的艺术语汇和中国传统文化的造型方式演出《理查三世》，有两个非常有利的先天条件。其一，《理查三世》的戏剧情节基本发生在宫廷氛围之内、王室人物之间，这与中国戏曲的"帝王将相"戏有着相近之处；其二，也是最具本质性的，莎士比亚戏剧的场景灵活多变，没有长时间集中固定的时空环境，场面意义基本随着人物上下场的变化而随时定义，其间还穿插着许多主观表达的独白段落，这种叙事方式和时空结构，与中国戏曲有异曲同工之妙。

于是，我们制定了从戏曲的"一桌二椅"演化来的"二桌四椅"舞台空间设计方案，再加上后区一个王座，除此之外再没有任何其他道具。中间一个由宣纸加"英文方块字"组成的条屏背景如同戏曲的"守旧"，两边是"出将入相"式的上下场口。如此，舞台便形成了一个非常能动的结构空间，其环境性意义是完全开放的，或宫廷、或内室、或街道、或战场，完全随着演员的表演而确定，或者说随着演员的上下场而变化，一如中国戏曲的"景随人移"。中国版《理查三世》舞台空间构成实现了剧情的紧凑衔接和场面的流畅转换，这是中国戏曲式的，同时也是莎士比亚式的。在这样的舞台空间中，中国戏曲的表演方式和程式技巧自然成了其中最大量也最重要的艺术构成，而所有那些来自戏曲又经过创造性演化而不全像戏曲的舞台处理在演出进程中不是一时一处的点缀而是贯穿始终的整体构思，这使得中国版《理查三世》通篇都"浸润在中国戏剧的艺术精神之中"。

《理查三世》是通过"经典与当代""话剧与戏曲""中国与莎士比亚"多重跨文化戏剧实验来实现"中国意象现代表达"的。

## 四

2014年我导演的《伏生》曾参加了第六届戏剧奥林匹克的演出。

1. 对文化的再认识

生活于两千多年前的儒学传人伏生，以特殊的方式在"焚书坑儒"的浩劫中保存了儒学典籍《尚书》，秦朝灭亡之后又终生讲学使《尚书》得以流传。所以史上有"汉无伏生，则《尚书》不传；传而无伏生，亦不明其义"之说。也就是说因为中国历史上有伏生，中国文化中才有《尚书》。我们演出的《伏生》，把历史真实的"壁藏《尚书》"改成了"腹藏《尚书》"。其根本用意在于，我们的创作并非只是为了讲述一个两千多年前的孔门嫡传大儒如何传承儒家文化的故事，我们希望通过围绕《尚书》建立起的伏生与李斯二人的生命对峙，表达我们对文化问题的一些思考。剧中伏生的文化理想是宽容相对、多元并存，不以一时一势的功利需要而取舍存废，这也许出自伏生本人曾经经历过的先秦文化"百家争鸣"的盛况，但我们所借此表达的却是对现代文化观念的思考和感悟。

2. 对生命的深挖掘

任何文化都是"以人为本"的，戏剧中的"文化"更是以人的深刻甚至惨烈的生命体验来表达的。《伏生》剧中伏生以单薄的个体生命担起沉重的文化责任。他以为"腹藏《尚书》"万无一失，而当他的生命本身面临危机时他才发现真正的灭顶之灾正等着他。为了他的"满腹诗书"，伏生所作的选择带来的是自己亲人的离去甚至牺牲，也是他的声誉、美德的彻底损毁。他更难以承受的是心中无法排解的情感自我折磨和道德自我控诉。这是一种生命无法承受之痛，是一种比生死抉择更艰难的生命困境，因为他不能一死了之，否则之前的惨剧都将成为无谓的牺牲。为了他的"满腹诗书"，他必须活下去，他甚至必须像一只老鼠、一只蚂蚁那样坚持活下去，因为只有伏生在，书才不会亡。这种痛楚，这种惨烈，这种为了文化信念将自己送上祭坛的精神牺牲，形成了《伏生》最震撼人心的悲剧力量。

3．"中国意象"的现代表达

《伏生》的"中国意象"，具有中国戏曲的神韵，却出离了中国戏曲的外形。在演员尤其是伏生扮演者以及歌队演员身上，分明可以看到戏曲形体技巧的功底和戏曲龙套程式的影响，但却全然没有完整意义上的戏曲化外部形态。观众看到的是演员对伏生复杂激烈的情感活动的淋漓酣畅的表演，看到的是舞台时空在演员的表演中空灵且充满机趣的流动。《伏生》中还有大量的中国传统面具、传统服饰、传统发式、传统音乐，但统统经过了现代化的变形处理而成为现代化的整合表达。

更典型的"中国意象"出现在那些戏剧情境尖锐、冲突强烈的场面，出现在人物内心复杂、情感激荡的段落，譬如：表现焚书，表现坑儒，表现伏生极其艰难的生命抉择，表现伏生为了向临刑前的李斯揭开一个"惊天秘密"而背诵《尚书》……

"中国意象"在《伏生》的演出中比比皆是，浸透内外，贯穿始终。这就像布景后部那堵由考古发掘现场重新组合拼装的厚重大墙，用中国文化的传统碎片，构成了现代艺术的完整表达。


五

2017年的《兰陵王》，是一次向中国戏剧古老传统回溯和重组的尝试，也是我最新的一个践行"中国意象现代表达"的导演创作。

中国人好像都很熟悉兰陵王，但近来主要是通过电视剧甚至手游知道他的。"兰陵王"这个名字似乎更多地成了一个娱乐符号，它内中的文化含义反而被忽视了。

历史上的兰陵王本名高长恭（541—573年），又名高孝瓘、高肃，神武帝高欢之孙，文襄帝高澄第四子，生母不详，南北朝时期北齐宗室、将领，封爵

兰陵王。(封地兰陵，今山东临沂兰陵县有兰陵故城遗址)

关于兰陵王，有个十分著名的传说：他相貌过于柔美，不足以威慑敌人，因此每每戴面具上战场，无往而不胜。但究其真实历史，并未有兰陵王因面貌过美而戴面具的记载。《北齐书》等史书明确记载他戴的是头盔不是面具。而兰陵王的美貌倒确有正史记载，《北齐书》《北史》中都说他"貌柔心壮，音容兼美"。

为歌颂兰陵王在邙山之战的赫赫战功，将士们创作了《兰陵王入阵曲》在皇帝举行的宴会上表演。武士头戴面具，扮作兰陵王指挥、进击、刺杀之状，甚是雄壮。《兰陵王入阵曲》这个乐舞到了唐代，发展成一个歌舞戏名叫《大面》，在民间的影响深远且广泛，容易让人以讹传讹地误以为兰陵王就是戴着面具上阵杀敌，再加上对兰陵王"音容兼美"的描述，人们产生他因自己貌美而特意戴上狰狞面具的浪漫想象也顺理成章，这增加了故事的传奇性，更导致其广泛流传。

现在日本的一些祭祀活动中还会上演最原汁原味的中国唐代乐舞《兰陵王入阵曲》。世上最古老的兰陵王面具也珍藏在东京国立博物馆。

兰陵王的传奇故事中人与面具的关系更隐含着一种象征意味，所以"兰陵王"作为一个历史人物的名字远不如它作为一个文化符号那样涵意丰富。由罗怀臻编剧、我导演的这个《兰陵王》，对于"兰陵王与面具"有两个重要思考——

思考之一："兰陵王与面具"是一个"文化母题"。

一些历史久远的艺术作品、神话传说，所表达的主题不仅表达了超越社会、时代、国家、文化的差别而蕴涵着具有普遍性的人类感情，而且触及了更深刻、更复杂的"人性难题"或者说"人生困境"。它难以回答、难以解决而又普遍存在、无法回避，因而能够被反复挖掘，反复延展，反复演绎。这个主题就可能成为所谓"文化母题"或者"戏剧母题"，如面对"命运"的敬畏、抗争和牺牲，如"to be or not to be"式的终极思考，如"仇恨"与"爱情"的两难，如"复仇"与"宽恕"的抉择，如"权利诱惑"与"人性堕落"，如"欲望膨胀"与"人格扭曲"，如"坚持尊严"的崇高(古典主义悲剧)；如"咬牙苟活"的悲壮(现代主义悲剧，活着比一死了之更艰难但更有必要)，如"罗生门迷局"(不可知、多侧面、多含义)，等等。

《兰陵王》里关于"真实面容与假面遮掩"意涵，同样具有"母题"的意义，这也是今天的艺术创作甚至亚文化中经常可以看到兰陵王身影的原因，只是不同文化产品对这一"母题"都有各自的破解和各自的表述。而我们这个《兰陵王》所作的，是从一个极富传奇性的历史故事中发展出了极具象征意味甚至带有魔幻色彩的全新剧情：兰陵王因年幼时目睹齐主"杀父娶母"、"篡位登基"而深受仇恨和恐惧的双重煎熬，为了避祸自保封闭了心灵，给自己的人格带上了一个秀美柔弱的女性面具，而后在母亲的诱导下戴上了先父留下的威武大面，顷刻变成一个男子气十足的神勇英雄。他所向披靡、战功卓著却心中充满仇恨，应验了先父的魔咒而无法摘下大面。深爱兰陵王的郑儿说："真正的兰陵王不是女人装扮，真正的兰陵王不是威武大面，真正的兰陵王，是你自己。"最后因母亲刺出心头之血而得到救赎的兰陵王，摘下大面，脱下戏装，抹去化妆，一脸迷茫地面向观众发问："孰为羔羊？孰为豺狼？"这是表现兰陵王在柔美女面和威武大面之间人格迷失和人性反省的最后一笔，这也是让这出《兰陵王》从一个"美丽真容与狰狞假面的传奇故事"升格为一个"关于灵魂与面具的现代寓言"的最后一笔，同时也完成了这出《兰陵王》里"中国意象现代表达"的最后一笔。

思考之二："兰陵王与面具"是中国戏曲的源头。

《兰陵王入阵曲》头戴面具、载歌载舞的形式，是中国传统戏曲"以歌舞演故事"美学特质的初露端倪，它被认为是中国传统戏曲的源头之一，而《大面》更是中国戏曲中最早的使用面具的记载，它后来发展成中国传统戏曲中的各种面具乃至后来各个剧种都有的脸谱。

为此，我在导演《兰陵王》时必然要追求在表演中融入大量古老的演剧因素如傩舞、傩戏、地戏、踏歌等。戏曲的元素也有大量进入，如龙套、靠旗、厚底、耍枪、水袖、水旗等等，但使用中都对它们进行了大幅度的变形，使其与古老质朴的傩舞、地戏在表演风格上更接近、更协调，并由此而达到"中国意象现代表达"的整体效果。

这其中最重要的当然是面具。面具对于《兰陵王》的意义，不像《理查三世》和《伏生》那样只是一个导演处理的形式手段，它原本就存在于兰陵王的故事之中，所以面具在《兰陵王》里即是讲述方式也是内容本身，这让我在面具使用上进入了一个新的层面。

作为一种演剧形式，面具通常有三种功效：

1. 基本功效——"替代真容"，这是在演员和角色之间建立一种"扮演"机制，是一种彰显"演戏感"的表演形式。

2. 常见功效——"超越真实"，以夸张变形方式将某种表情放大强化而形成一种表现性艺术语汇。

3. 特殊功效——"遮掩真心"，以象征性的方式表现隐秘复杂的人格内涵。而这正是《兰陵王》所刻意追求的。

《兰陵王》的演出中出现了三种面具：

1. 朝堂上的大臣、出征的士兵戴的是傩戏面具。

2. 三次《杀宫》戏中戏，伶人戴的是地戏面具。

3. 兰陵王先后戴两个面具："秀美女面"来自中国戏曲的旦角脸谱。"威武大面"来自日本收藏的古代文物。

戴上面具这个舞台行为本身就是一种非写实的表演处理，演员的表演状态需要利用肢体的夸张和声音的放大与之配合。在《兰陵王》里，为了表现兰陵王戴上大面后威武气质，甚至给他用微麦和混响处理他的声音。随着人物戴上和摘下面具，表演状态随之改变。兰陵王每次戴上面具和摘下面具的表演状态的变化和对比，都形成强烈的表现性艺术语汇。

"兰陵王与面具"这个文化母题如何破解和讲述，"兰陵王与面具"这个中国戏曲源头如何挖掘和发展？这两个思考支撑起了我在《兰陵王》中的全部导演创作。

《兰陵王》导演的话（节选）：面对不同的境遇，身处不同的位置，人们常常会为人性戴上不同的面具，或逆来顺受、恭迎奉承，或颐指气使、生杀予夺，其实效果只有一个：不见本心。故作卑微时固然是蒙蔽真心，享受霸道时又何尝不是迷失本性，两者同样悲哀，也许后者更甚。兰陵王最终的"浴血回归"，是对叩问人性、追寻本心的呼应，从此刻开始，兰陵王驻进了我们每个人心中……

## 六

中国的话剧舞台需要对民族文化传统与现代艺术表达有更多思考和更多践行。中国话剧已经有了 110 年的发展历史，再用"舶来品"三个字来定义这门艺术或者来进行自我推托已经没有了实际意义。日本、韩国同为东亚近邻，同处汉字文化圈，他们的话剧艺术与本民族传统戏剧融合同时与现代戏剧演出接轨的创造成果，已经在当今世界戏剧舞台上产生了广泛的文化影响力，相形之下中国话剧的"民族化＋现代化"的进程还远没有达到预期目的。

"中国意象现代表达"，毫无疑问要从中国戏曲中汲取丰富营养，但又不是仅仅停留在简单套用中国戏曲表演程式和形式技巧的层面上。不能只是有一些韵律感的台词处理和有一定程式化的形体动作，不能只是一个局部色彩、一个装饰点缀，不能只是一个"中国戏曲"的概念符号。

"中国意象现代表达"要在讲述故事、塑造人物、表达情感、传递哲思的完整过程中体现中国传统文化艺术特别是传统戏剧的美学意韵，要充满中国情感和中国文化内涵，要在中国传统艺术、传统美学中浸润。"中国意象现代表达"更要在现代化、国际化的文化语境中进行表达，要表达当代观察和当代哲理思考。

　　只有在这个层面上，"越是传统的就越是当代的，越是中国的就越是国际的"这句论断才有实际意义。这也是对习近平总书记在十九大报告中重申的弘扬中华优秀传统文化的基本方针"创造性转化　创新性发展"在戏剧创作层面的贯彻落实。

作品辅导

# 剧本《寻美记》《带我起飞》《车位》《龙湖水上是我家》《岔道口》创作辅导

## 主讲 陆 军

今天下午我们进行剧本创作问题讨论。因为是讨论，我会说得更坦率一点。上午我评价一些获大奖的作品，也是有好说好，有差说差，直抒己见，毫不讳言。所以，作为同学们的习作案例的讨论，我可能会更尖锐一些。待会儿你们的作品在这里朗读的时候，我的有些评价可能会让你感到很难堪，"怎么把我说得这么差啊？"我希望大家能理解，更希望大家能记住，在上海戏剧学院，曾经有一个老头当着很多同学的面，对我的作品做过十分尖锐的批评，令我非常狼狈。我一定要争口气，写出一好剧本来，让那个老头看看。若干年后，当你成了有名的剧作家，你可以在剧作获奖以后说这样一番话："上海戏剧学院有一个老头，不知道他还在不在，当年曾对我的作品做过极为尖刻的评价。"

接下来的课怎么上？我个人比较喜欢与同学们互动交流。我曾经在一个金融总裁班讲课，都是戏剧影视投资商，几亿几十亿身价的人。我上课时就采用学员提问题我回答的办法。课间休息时，一位学员说，我们听了这么多课，发现今天这样的交流是最有收获的。我相信那个老板说的是真的。因为我也没钱，他不需要讨好我。所以，我也想尝试用这样的办法与你们交流。你们提问题我来回答。除了宗教问题、西藏问题、台湾问题、军事问题以外，有关艺术的一切问题我们都可以讨论。当然，我不懂就会说不懂，不会瞎说。

前几年到西藏上课。我去的那天感冒了。朋友说去西藏感冒有生命危险。我上车的时候犹豫了一下，后来还是决定去，死在西藏也是一件很悲壮的事情啊。在座很多人可能没有去过西藏。当天晚上因为感冒吸氧，整个晚上眼睛都看着天花板，天也暗不下来。第二天挂盐水。第三天开始上了整整一天课，我居然挺过来了。更不可思议的是，当天晚上，文联主席请我们在一个极具民族风情的酒店吃饭，我居然也喝了二三两白酒。所以西藏之行尤其难忘。怎么讲这个话题？因为今天我的学生来了，西藏剧作家尼玛顿珠，创作很有成就。大家有机会可以和他交流一下。他家里有一个院子，楼上楼下，而且不是违章建筑。这个房子放在上海的话可以卖五千万，在西藏那儿大概也要五六百万吧。

上午有同学说，戏核和戏眼还没有搞清楚。那我就再简单说一下吧。我创立的百·千·万字剧编剧工作坊，训练的关键就是这四个字：戏核和戏眼。戏核就是百字剧，戏眼就是千字剧。我曾经讲过一个观点，这个训练方法，很有经验的编剧和第一次搞编剧的人是在同一起跑线上。我曾经创造过一个奇迹，在这幢楼的207教室，从上课第一天到最后演出三场千字剧小品，一共用了18天。

创立这个工作坊的理由上午已说过了。最重要的是，我发现有的学生在戏剧学院学编剧四年，加上研究生一共七年，竟连戏剧本质的东西都还没有抓住。编剧工作坊可以解决这个问题。另外，我现在带哥伦比亚大学黄哲伦教授的研究生，如果拿不出跟美国不一样的训练方法，就会愧对美国学生。

我现在再简单说一下，所谓百字剧，就是寻找戏核。就是将你的剧本蓝图用一百个字讲清楚。

一百个字讲清楚，还要符合几个条件。第一，你这个百字剧给我，我现在交给这个女孩，她到隔壁教室就可以写了，前提是她要有兴趣写。即同行看了有创作冲动。

第二，你的奶奶或外婆从来不搞戏剧，但你这个百字剧一讲，她们觉得有意思，还要你继续讲下去。即外行看了感兴趣。

第三，来了个制作人，他一听你的百字剧，就说这个构思我要了。即制作人看了愿意与你签约。

百字剧还有几个要求。第一是剧。剧就是要有动作和冲突。第二要有生长剧情的能力。第三要独特新颖。第四要有人物。第五要有意思。

我这个工作坊在校内外已先后训练了十轮，但很遗憾，几乎没有一部百字剧构思能通过的。与本班同时在进行的是文化部委托市文广局举办的云南编导班。因为他们结业时要有小品汇报，最后我勉为其难地从他们的一大堆百字剧中挑了四个。其实没有一个人通过也很正常。百字剧通过了，说明你已拥有一个好剧本的构思了。

什么是好剧本的构思？我随便举一个例子。老员外要死了，临死放不下年轻美貌的妻子，托一个见了女人都抬不起头的邻居老秀才看管，说万一她跟别的男人有事情，你到坟上烧纸，我用厉鬼的方式报复他。结果，那个老秀才监守自盗。这就是一个好构思。再说一个。一个名叫克莱尔的女人成为了亿万富翁，她捐十亿巨款给曾经养育她的那座破败的城市，但她有一个条件，请把曾经抛弃我的那个男人尼尔的脑袋交给我。于是，一座城市沸腾起来，包括尼尔的老婆孩子，晚上都无法入睡……这样的构思，一听就知道有生长剧情的能力，好比汽车的发动机，有了它，就可以一路狂奔。而把这个东西抽掉，就支撑不起一个戏了。这就是戏核。

据说海明威写出一部最短的小说，六个字："待售：童鞋，崭新。"我后面加两个字，"疯抢"。就变成"剧"。但是它还没有生长剧情的能力，我再加几个字，"待售：童鞋，崭新，疯抢，使两个人成就了一段婚姻"。这样，就已经提供给你大致剧情前行的方向了。但这还不够，还要写出人物来。"两个都是很善良的人，同时又都想控制对方"。是不是有些人物性格的轮廓了？最后，还要有意思。"原来童鞋就是你和我"。这样一来，故事尽管有些荒诞，但是它体现出来的主题意义与人物的情感，其实跟我们的许多人生体验都息息相通。其实，构思剧作，有一条常常被我们忽略，那就是，无论是什么题材，什么风格，你的作品一定要考虑到尽可能让读者与观众产生共鸣。这是必须要时刻提醒自己的一个剧思原则。

百字剧训练，说白了就是寻找戏核。建议大家回去做几件事。第一件：找十个你最喜欢的戏剧，当然，电影、电视剧、小说也可，但最好是戏剧，用百字剧的方式进行概括。这样你就可以把戏剧里面最重要的东西提炼出来。慢慢地，你会发现，原来一个戏的所有表达，都是围绕这个最重要的"点"展开的，而这个"点"就是"戏核"。第二件：就是把你已经写过的所有作品再检查一遍，看看里面有没有"戏核"？如果没有，能不能补上去？如果能补上去，是不是整个戏的格局、品相、气质都不一样了？第三件：构思，要用一生的时间去构思百字剧。

总而言之，戏核是最初的一个剧本的蓝图，一个构思，有时候只要一句话就可以把你的剧本未来有可能产生的艺术力和思想力表达出来。就像我上午举过的例子，麻嫂家的两只母鸡，不让母鸡抱窝就是一个很好的戏核。我把戏核比作为桃树的核，有了桃核才能长出桃树来，而且这个桃核也不可能长出李树。

关于戏眼，实际上是指剧本中最精彩的场面。我认为，写戏有三个关，过了这三个关你才可能写好剧本。第一关，叫把不可能变成可能。戏剧，用一句话讲，就是你设定一个人物，为了完成一个常人可以理解的但又十分艰难的目标，去战胜各种各样的障碍，包括自然的、社会的、心理的，等等，障碍越险峻，戏剧性就越强，最后把不可能变成可能。即兴举个不恰当的例子。尼玛顿珠是我学生，一个有才华的剧作家，人品非常好。但是我告诉你，今天晚上我要带着他吸毒。记住，我不是用枪对着他，也不用其他恐怖手段，是常情常理前提下的劝说。一个对家庭非常负责，对未来充满期待，对戏剧还要作出巨大贡献的人，他要去吸毒，或者是改成带他去贩毒。你想，这可能吗？写戏，就是要把这个不可能变成可能。在这个过程中，还要注意，不是让你编制一个一个惊心动魄的情节，而是要你善于研究人物，从人物心理纠结中衍生情节，才有可能写出非常棒的戏来。

我设计的戏眼训练，也即千字剧训练，第一个要求是，把不可能变成可能。作业练习题"借钱"。十年前张三问李四借了十万块钱。李四年年问张三要，他就是不还，总算说好今年年初十来还钱。幕打开，李四在家，门铃响，张三进来了，但他不是来还钱而是提出再借十万。十年前的旧债未还，你现在还来借？让李四还活不活啊？张三能借到钱吗？不可能如何变成可能？我们的学生很聪明，写出了各种各样的可能，有些设想很棒。这个训练非常有效果，一些第一次写戏的学生的作品，也不一定比有经验的剧作家用常规的思路编出来的戏差。我们曾经做过很多实验，可以证明这一点。

第二，简单的事情复杂化，有一个题目《一片韭菜叶》。张局长中午食堂吃饭的时候牙齿上面沾了一片韭菜叶，搞得办公室里的主任、秘书、实习的大学生等十分不安，不知道说还是不说？说又怎么说？每个人心里衍生出的情节与动作都是不一样的，由此开辟了一条非常有意思的途径。简单的事情复杂化了。

第三，没事找事，或叫无事生非。我设计的题目"邻居"。张三和李四住在门对面，十年没有打过招呼。今天端午节他们一起叫车，就在车站上发生了一件难以想象的、充满了戏剧性的事情，可以是悲剧，也可以是喜剧。每一个戏剧片段，我要求一般是 1000 字以上，实际上同学们都要写到 3000~4000 字，这就是戏眼的训练方法。

总之，过了三个关，有了这样的创作能力，你所有的戏剧影视剧作品都可以尝试写了。事实上，一个有特色的大的剧作框架完成以后，即有了很好的戏核以后，接下来就是有重场戏的较量了。

我们哥伦比亚大学的学生有一个特点，他们写一部话剧，可以写二十场三十场，重场戏的概念比较弱，所以我要训练他们写作千字剧的能力。从某种意义上说，经典古典小说《三国演义》《红楼梦》《西游记》《水浒传》重要章节也就那么几回，也就是戏眼的另类表达。

所谓万字剧，实际上是一种结构形式。要记住，只有一种结构形式最适合于你的剧本，所以，要努力寻找最恰当的叙事形式来讲述你的故事。我有一本已完成初稿的教材《中外戏剧结构的 16 种模式》，很可惜一直没有时间改，到现在还没有出版。这本教材将回答这个问题。

万字剧训练因为需要时间，只有在学校里系统上课时才有可能做到。我刚才说戏核和戏眼，你们回去以后可以做一件事，用 100 字构思剧本，讲给别人听听，重要的是别人听了你的构思会感兴趣，有想偷过来写的愿望。

我举一个例子。我有一个学生说，我有一个构思，老师你听听。一个女孩，每天爸爸带她去幼儿园。有一天，女孩突然跟爸爸说，你不要到门口来，你就站在对面，你要是走过来，我就哭。因为那个女孩的小伙伴爸爸妈妈都是开豪车来的，而女孩的爸爸只是小区里的水电工，穿着工装送完孩子直接去上班。小小的孩子就懂这种虚荣。爸爸一转身难过得哭了。再次见面时，女孩已经在中学。什么原因？穷爸爸要改变家境。有什么办法呢？没有受过良好的教育，没有背景，市场那么残酷，早就过了发财的时候，所以爸爸只能用可以想象的办法去获取财富，当然，成本是巨大的。一直到女孩读中学，有一天从校门口出来看见爸爸在对面的树下，苍老憔悴，不忍目睹。父女抱头痛哭。学生讲的故事到今天为止我还是很感动。这个故事是不是很有张力？总之，百字剧是训练剧思，千字剧是训练写重场戏的能力。

大家现在要交流什么问题吗？

**学员1：**老师好！我是上戏2017年高级导演班的，之前在浙江电视台做编导。我不算是完全的一个编剧，也有一些视频作品，在情节设置上面总是有一些障碍，在设置一些冲突和矛盾的时候，会有自己的顾虑在里面。如果这个冲突设置出来，那这个人物形象"三观"是不是不对，会有一些莫名其妙的想法，导致会有很多的顾虑，会自己否决自己，经常有这些东西。我想知道这样如何打消？

**陆军：**这种情况有两个可能，一是技术问题，一是内容问题。可能是你构思的时候出发点不对。因为你在设置情节时，是为了表达某种理念，你不是从人物出发来设置一个情节。高尔基说过，情节是人物性格的历史。也就是说情节的产生不是作家、编剧加上去的，而是人物在戏剧冲突中，按照他自己的性格逻辑、行为方式以及他与别人的冲突或性格冲撞中产生的。比如说今天我请你吃饭，其实你今天晚上有很重要的事情，但是你可以有三种或者五种表达方式来拒绝我。因为性格不一样，你与交流的人的关系不一样，就决定了你表达的方式也不一样。一个女孩很有礼貌。她要拒绝一个她认为不应该出席的宴会时，她会说，老师对不起，今天晚上我有别的安排。这样吧，下次我再请你。其实没有下次了。总之，同样一个问题，不同性格的人会有不同的回应，于是，不同的情节就产生了。戏剧不能通用一种常规方式来构思。因为同样的人物关系和同样的情节，你在写，他也在写，如果没有比他更深一步考虑的话，你写出来跟他一样。陆老师抱歉我今天没空，改天我请你，你能不能找到跟他不一样的东西。那就要停下来研究。重要的人物和重要的情节要做这样的研究，不是一下子就可以写得洋洋洒洒。回过头来看这个地方是不是可以写出人物，写出内心的奥秘。刚才说的是情节。当你设置情节的时候，会怕影响这个人物。那么好，你不要用情节来证明一个人物，要从人物出发，产生情节。总之，情节设置要从人物出发，是一条重要经验。

内容问题，就是没有"三观"的讨论，只有人物的讨论。这个人物有没有正确的"三观"，或者价值观对不对，这不是你讨论的问题。当然，所有作品跟"三观"有关系。写一个人物，他在戏剧里面担任的任务可能是毁"三观"，可能是立"三观"，完全按照人物性格、人物图谱、人物关系来设置。可以肯定的说，你现在还不是编剧，但你可以学习编剧。因为你在思考这个点的时候，你还没有把人物作为自己笔下最重要的关注点。这一点你以后要注意。

学员2：陆老师，您能再讲一下万字剧吗？

陆军：万字剧，看来《中外戏剧情节结构的16种模式》这本书还是要早点出。我现在合同订得很多，都是画的饼没完成。上海人民出版社一直在催我。万字剧前面已说过，是指剧作叙事模式。编剧采用了某种模式，比如说误会法，进入这种模式以后它有指定的结构重点你必须要完成。你没有过这一关，没有经过这些路径，就不符合这个结构的要求。最简单的比喻就是你们去看看房子，欧式的建筑，中式的建筑。房子的建构如戏剧结构，这里必须有一个阁，那里必须有一个门洞，等等。好的形式就是内容。我经常讲曾经看过一部戏叫《崩溃》，它的形式本身已经是内容了。好的形式一旦确立，它有自己的运行规律，有自己的生命诉求。即使内容有些平庸，它仍有可能是一部值得重视的戏，当然，达到这样的水平是要有一定功力的。所以，我不建议大家现在就训练万字剧。你首先把百字剧、千字剧做好。你有了一个非常棒的构思，总有一天可以写出一部很好的戏来。

学员3：改编小说怎么入手更快一些？或者短篇小说怎么入手快一些，使之成为话剧？

陆军：这个话题过于宽泛。但有一条是肯定的，这个小说打动你的是什么东西，要清楚。这是一。打动你的部位有没有张力能支撑起一部戏剧，这是二。第三，你在理解这部小说过程中，有没有高于小说意蕴的新的解读？第四，你在把这篇小说改成戏以后，能不能找到与同类题材不一样的地方。第五，有没有可能在完成最终改编过程中，总结出属于自己独有的体会，这种体会和经验可以让你沉淀为自己的财富。你看，当你改编一个作品的时候，你要完成这么多建设。当然，核心是什么东西打动了你，打动你的东西是不是已有人表达过。你写一个作品，我要先问你，比如写一个茶杯，我们已经有多少个戏剧作品表达过了，你跟人家不同的创新点在哪里？你用什么方法完成你的创新点的表达？就像写文学硕士论文一样，这个课题人家已经研究到什么程度了，要清楚。创作也是一样。再强调一下。你要改编小说的话，首先第一点，打动你的是什么，你有没有跟人家不一样的地方，有没有能力用戏剧的形式把你认为很好的小说进行戏剧性的演绎，有没有对原著不一样的解读？还有一个很重要的是别人也是这样改的话，你跟他们不一样的地方在哪里？按照这个过程改编，就有可能获得成功。当然，如果谈具体作品的话，我可以给你更多的建议。

我个人比较强调原创。我改编过一个沪剧《石榴裙下》，不用原著一句话，我做到了。因为《石榴裙下》情节核来自日本小说，我就用了它这个核。这个改编比较有挑战性，人家已经有了，你必须有所超越。莎士比亚绝大部分作品都是改编，真正好的改编是很重要的创作。

好，下来我们就看同学的作品《寻美记》。

（学员朗读圆圆剧本《寻美记》）

**陆军**：我们首先让他们讲一下自己的想法。

**同学**：因为现在社会很多人都在说现在的女孩儿怎么拜金怎么现实，看中男方的都是条件、钱，其实事实上很多男人比女人更加现实。我想用一个这样的作品表达这个，并不是说只有女人现实，有时候男人也现实。就是这个意思。

**陆军**：你觉得这个作品好在哪里？不好在哪里？

**同学**：满意的是阿拉灯神丁，这个角色还蛮有意思的，其他都不太满意。

**陆军**：每个人都评点一下，说说读剧以后的感觉。

**同学**：我觉得这部戏还是蛮有意思的，特别是后面那段李小钢穿越回未来那段。缺点是感觉转变有点快，那些话并不是那么容易让他转变观念。

**陆军**：你是编剧还是导演？

**同学**：我是编剧。

**陆军**：讲的蛮好的。请大家继续。

**同学**：我说一下问题，和刚才一位同学感觉有点一样，是结尾转变快。我觉得结尾转变快的原因是因为是三段式，事实上是讲三个故事，开头、结尾和中间两个穿越。这三个故事少了一点层次感。他们之间的联系，你只是说了三种女人，但是这三种女人没有对李小钢转变过程产生化学反应。它应该是一步一步的。第一个女人是这样的状态，他明白了这些事情，这些是王美丽不具备的。这样的话，对转变就不会感觉到突兀。应该加强之间的联系，应该有这样的过程。李小钢最后感情上有点找不到了，突然间正经起来了，有可能是让神丁带的。

**陆军**：你们两位都讲得很好。

**同学**：这篇小品给我的感受是，人活着不要太凑合，也不要太挑剔了。

陆军：教育意义达到了。

同学：我也读得出教育一点，守得住艰苦的今天，才可以到达美好的未来，且行且珍惜。可能没有到舞台上演出，前面这两个，西施和夏雨荷勾引不到我。李小钢这个角色，我觉得这两个角色应该可以刺激他，他才能反过来看王美丽的好，就像是在心上挠痒痒。现在挠得太轻了。

陆军：大家请坐，都谈得很好。

我再请几个人进一步评价。注意，要毫不客气，因为这是案例分析。於国鑫你说说看。

於国鑫：语言比较生动，形式感比较强。这个作品刚才好几个人都说了，我想说的是因为编剧一开始没有交代李小钢需要什么，这一点没有给，后面无论是出来西施也好，特朗普女儿来了也好，都不管用。因为他不知道自己要什么，我不知道为什么转变。上来要交代李小钢要什么，或者他为什么让女人离开自己。我要讲的话，李小钢不愿意让女人离开自己，他可能没有钱，没有车，他不希望女人跟他过苦日子。都离开自己的话，他想体验一下有钱有房有车不劳而获的生活。体验之后发现，其实苦难的时候有一个人陪着你走，这样更好。还有人有另外一种心理，我们往往不珍惜自己得到的和拥有的。我如果自己编剧，就会在这两个方面找。

陆军：讲得很好。赵煜君说一下。

赵煜君：对这个戏最大的感觉，其实今天上午陆老师您讲几个类型的时候已说了，我觉得这个戏里没有找到发现，这个发现是编剧给观众的发现。如果没有发现的话，那么这个剧本就会少一点东西。

陆军：《寻美记》这个作品可以在社区演出，说不定也有一定效果（其实在社区演出的作品也要讲究艺术性）。这样的作品一旦进入分析研究，我的心里就很难过。因为我们在全国各地看到的绝大部分作品都是这个水准。如果今天是由我来指导你的创作，那么我是不可以原谅你的。因为我一原谅你，很有可能三四十年以后你写的作品仍然是这个水平。

我戏剧学院毕业后曾在松江文化馆工作了十三年，回校教书时，在松江留下十几个学生，其中有一个写了无数的作品，但是很遗憾，他作品的水准永远是停留在三十年前甚至五十年前的水准，永远不可能有突破。其实他有文字能力，有一定的想象力，也有技巧，但是他没有思想。结果，很多年轻学生的作品一下子就超过他了。所以，如果没有对生活的发现，没有对生活的痛感，你写出来的作品仅仅是戏剧技术的把玩，即使能有机会演出，也是不值得高兴的。你们今天所有的同学都是世界上最善良的观众。我很不客气地说，尽管圆圆同学很美丽，但是这样的作品没有意义。我要提醒你的是，这个作品没有价值。为什么这样讲？首先，我们要给观众一根拐杖。观众进入剧场以后你要给他一根温暖的拐杖，你要让他对剧中的人物产生牵挂，或者产生共鸣，这个很重要。你剧本中的这个男人一上来那么龌龊，那么无礼，那么没有教养。世界上有这样男人的话应该拍死他，怎么可以跟女孩子说这样的事情。这个女孩子也太傻了！明明是男人的问题，却说我改！怎么可以你改？改的是他，不是你！这个女人有很大的问题。两个极不可爱的、经历了一段没有太大意义的纠葛之后，那个男人变了，那个女的也接受了他。这就是这个剧本的全部内容，无论从哪个方面看都是没有价值的。就像刚刚国鑫说的，首先看不到这个男人要什么？我们写所有的男人女人，所有剧中的人物，最好可以打到女人、男人、老人、小人即所有观众的心里去，可以让我们能够体会到他的喜怒哀乐。生活当中可能有这样的男人，问题是你进入梦境之后，即进入阿拉灯神丁设置的三个幻境以后，完成了什么样的思想、观念、情感上的哪一点历练？让我们从中悟到了什么？你没有。

还有，莫名其妙的是，他已经抛弃她了。他不要这样的女人，他怎么还是跟她在一起？这段经历绝对不应该在戏里面出现。因为阿拉灯神丁就是观众、道德、伦理、良知，作者希望通过这个载体来教育坏男人。但是你设计的三个故事都打不到点子上。阿拉灯神丁也是不可爱的人物。最后那个女孩还是接受了他的爱。两个观众毫无兴趣的人物，发生了一段毫无兴趣的经历，完成了一个尽管大家朗读的时候充满激情，真正在小区里面演出的时候说不定会有掌声的剧本，但从教学的要求来说，我必须狠狠地掐死你，目的是希望你重生，至少像国鑫那样。首先要定位清楚。比如我上午讲的《丈人家的狗》，它可以触及很多人的心。你选择的人物背负着时代的抱负，可能是家庭的重负，也可能是命运的重负。这个人一出来之后，他可能是你的表弟，可能是你高中的同学，可能是你舅舅的孩子，可能是大学的老师，也有可能是你过去的恋人，总之要让人产生共鸣。

你要通过这部戏告诉我们什么？圆圆说想告诉大家的是不要认为女人很物质，男人也是一样。这个不是主题，这是生活现象。要考虑你到底想表达什么。想好之后从人物出发，再来生发出一些戏剧情节。总之，你是我的学生，我不跟你讨论，到这里就掐死你，通不过，重新想。把人物想好，这个作业给你30分。

顺便再说一句。穿越，只有在现实主义无能为力的时候才可以用这个方法，用了这个方法成本已经在里面了。什么成本？成本就是你用了这种方法，我就要用这种方法来要求你，你要高于生活，对生活的本质有深刻的理解。而实际上我们的作品基本上都是在看图说话。我要写一个人，贴一个情境上去证明一条道理，再贴一个，再证明一条道理。很遗憾，园园第一个作品就这样摧残你，也可能后面同学的作品更惨。我一直讲一个观点，怎么有这么多人喜欢编剧？编剧是一项很严肃的工作，很不容易，当然也不是高不可攀。只有你对生活有独特感悟，想清楚你要说什么，否则你永远在第一类的第一态。很抱歉。希望你写出好的作品。

现在朗读第二个，陈丰的《带我起飞》。

（学员朗读陈丰剧本《带我起飞》）

**陆军：**每人讲几句。

**陈丰：**我跟大家稍微介绍小品的背景。艺术扶贫工程是我们2004年就开始做的一个项目，做了十几年，中间涌现了许多感人的事迹。小品里面所有的事例都是真实的。大家听完以后会有一种堆砌的感觉，戏剧性这方面可能缺少一点，大概是这样的情况。

**同学1：**艺术扶贫是一个很伟大的项目，因为我也做过，能够理解。但是从戏剧上来讲，首先是前后脱节，前半部分和后半部分没什么联系。前半部分是讲脚坏了，后半部分是给老师过生日，讲艺术扶贫的伟大。这个地方让观众觉得莫名其妙，如果说孩子们一开始不放老师走的原因是不想让老师走，原因是老师脚骨折了，是围绕这个展开。这个戏看似是两件事生生联在一起。我认为这个戏剧性的问题在这儿。再有一个很多台词顺着说，我觉得没有产生真正的冲突。

**同学2：**我跟一鸣的看法差不多，我认为前面的点特别好。艺术扶贫的39号的鞋，不是给她要的，她是给她爷爷领的，这个点我认为特别好。以这个点这个戏可以是非常好的戏，但是后面跟前面应该是两个故事。

**同学3：**我是觉得这个戏有一点像主旋律，人物优点太多没有缺点，感觉他是一个脸谱化的一个人，没有他自己的个性，看起来不好看，就是这种感觉。

**同学4：**我个人认为最主要的在于我们程老师人物本身可信性的问题。是什么驱动他多年来这样教育孩子，这方面我一直想看到，最后他只是说了一个艺术的力量，这个还不够达到的。打个比方，如果说这个孩子天资高到很高的程度，甚至比儿子还要高，他是喜欢这个孩子的天分，不希望这个天分被埋没，如果没有决定性的理由的话，这个没有办法让我相信。如果这个孩子天分很高的话，他们戏中会有冲突。最后送鞋子是机会，因为最好的天赋在山区里面没有机会展现，他需要有一个机会。现在的小孩子他们那边天赋可能比你更高，但是他们没有机会出来，送鞋子可能具有一个象征性的意义。

**同学5：**我刚才听了觉得一些细节，一开始他要给他爷爷那双鞋的细节蛮打动我，整个剧来说我觉得有戏剧冲突在，但是张力不够，人物都有点像符号化，没有人物特有的东西在里面，小孩子没有特别和贫困山区不一样，没有赋予他们个性，没有赋予他们一些背景。感觉儿子身上，虽然是最后有变化的，但是他的理由也是一种，这是一件正确的事情，我被你们感动了，我要去做。就是感觉很顺着走，很伟大，故意在抬高人物的感觉。

陆军：时间关系，我简单说几句。陈丰的戏是主旋律，文化馆经常承担这样的任务，宣传扶贫或先进模范。看剧本，我认为作者有一定的编剧能力。刚才同学讲到39码鞋是很重要的细节，还注意到儿子的转变。他的转变比圆圆的本子稍微好一些。圆圆设计的三段经历没有道理，这个有一些道理，被乡村热爱艺术的孩子打动了。

我讲两个观点，一是说说戏剧冲突的质量。大家想想看，两个小品的戏剧冲突是不是都没有质量？陈丰现在写冲突是跟儿子的冲突，写儿子对母亲的理解。母亲是著名的舞蹈家，居然连续十年到乡间帮孩子们上舞蹈课，开发他们的艺术能力。儿子特地追到那个地方，因为母亲的脚受伤了，他不忍心。你想想，这个人物真实吗？

第一，这个舞蹈家十年后到这里来上课，而儿子有腰伤半个月却没有看出来，可能吗？

第二，她是舞蹈家，当然知道39码不是她一直辅导的学生穿的鞋子，她怎么可能不问问个清楚，就按照孩子的要求去买鞋？要么这个舞蹈家真的是马大哈，所以他会忽略儿子，也不在乎鞋子的大小，很无知。当然我相信编剧不是这样想的。

第三，正常情况下买一双舞蹈鞋100块左右。一个乡村的爷爷从来没有穿过鞋子，小摊上三五十都可以买到鞋，为什么一定要穿这个鞋？如果孩子要表达孝心的话，完全没有必要买舞蹈鞋。

第四，舞蹈鞋有男鞋和女鞋，没有和老师说，老师也没问吗？

第五，更重要的是，舞蹈家脚受伤了，她知道自己脚受伤对自己专业所产生的影响，这连她儿子都知道，她难道不知道吗？

总而言之，我们作品中的人物经常是弱智的，包括刚才圆圆的作品也是，以为只要有戏就可以了。这个戏还有一个大问题，到底是什么东西打动了儿子，让他转变过来？是孩子们对老师的爱的表达吗？但这种表达并没有新鲜的东西啊！孩子们想到老师的生日，给老师采花，就成为打动儿子的理由，可能吗？他怎么从反对妈妈到一下子我也要加入这个团队？显然，这个主题是无法实现的。

这样一部戏，有些戏剧性，主题也不错，但是因为它的不真实，因为冲突质量不高，仅留于生活表层，所以，很遗憾，分数也不高。

我说一点建议，因为是即兴的，不一定对。第一个小品，我们可以想象，谈恋爱的女孩，可能已经有了一个优于那个男朋友的新的选择，但她尚未作出选择。所以，男朋友决定与心爱的女孩分手。他提出分手不是嫌她不漂亮，而是他觉得自己不能带给女友很美好的生活。而这个女的知道他的男人是因为自卑而离开她。当这个男人要离开女的时候，不是你有阿拉灯神丁吗？女的说你分手可以，我现在让你去延安西路门口取一个我的快递给我。而那个男的要去取快递一定要经过红楼前的草坪，经过端钧剧场，经过综合教学楼。你就设置好这三个保留着他俩甜蜜记忆的场景，每到一处，都让他难以割舍曾经的美好。他突然悟到，尽管我不能给她财富，但是我必定能给她充沛的爱。他过了这三个场景，与女孩再见面时，实际上他已经无法离开这个女孩了。但是他仍然咬咬牙想分手。女孩让他打开快递，没想到里面的东西给了他一个非常重要的自信，就是我不会答应你轻易离开我，这个女的也真的爱他。这个时候，就要借用国鑫的音乐，男人就要去追那个女孩了。

实际上生活中也有这样的事情。我们邻居家楼下有小车库，有一段时间租给外来打工的一对年轻人。他们太年轻了，大概二十三四岁，很早结婚就住在一起了。还有一对夫妻年纪大概三十几岁，带了一个孩子。夏天，一到晚上，两个男人不穿上衣，喝啤酒，当然也有很简单的菜，女的在旁边陪着他们，说说笑笑，这个场面非常温暖。我看到这个景象总是会和他们聊天。我想如果我没有考上大学，也一定是这样的场景。在城里打工，租着这样的车库，可能我赚的工资还没有他们多。不穿上衣，吃着简陋的饭菜，但是这种感觉很好。中国人穷的时候可以相依为命，有了钱之后世界观和价值观都变了。你可以写得很温暖，很多美好的情感都来自最艰难的岁月。在物化的社会里，很多人都有自己的世界，看起来人都是独立的，但相依为命的东西已经没有了。我觉得一些底层粗糙的爱情，写一个男人朴素的情感，他在生命经历当中难忘的片段，使他割舍放飞心上人让其过上更好生活的举措，他在这个过程的心理纠结，由此衍生戏剧场景，产生戏剧动作，认为自己可以跟他分手，真正分手的时候他舍不得，但已经说出去了。没想到这个女人其实洞察了他内心的一切，毫不犹豫给他了一个支撑。然后完成你作品的表达，这样改的话至少这个作品还可以活几天。

另一个作品，你可以保留现有的构架，坚持到乡间十年扶贫的人，要的就是刚才杨迥说的理由，这个村里有一个艺术天赋极好的孩子，老师是一个舞蹈教育家，盯了他十年，她每次过来都要有一个合理的解释。不仅仅是这个小孩很优秀，而且一群小孩都优秀。更重要的是，因为她的到来，改变了这个村庄的生态。在这个过程中，不一定是儿子，儿子跟妈妈吵架还是在家里更适合。现在的儿子与父母也没这么亲。比如说改成他的男友无法理解，你一天到晚在这里，到底是什么东西吸引你？他可能要怀疑乡间是不是有比我更有价值的东西。到这里来了之后，发现牵挂的是一群人的艺术生命和他们的未来，更重要的是她带来的不仅仅是舞蹈的技能，而且使这个村庄充满舞感。男朋友也好，儿子也好，他的转变一定要有理由。什么理由？这个村庄能让老师留下来的精神力量，一定要足以打动今天来的儿子或者男友。如果你没有的话，常规意义上唱支歌，跳个舞，送个花，这些还是没有用。

不管怎么说，这两个作品都先天不足，冲突虚假，或冲突质量不高。对两部作品的未来你们自己也不要抱太高的期望，能完成作业的修改就可以了。

注意：在剧本创作过程中，要重视冲突质量，重视人物转变的合理性。一部戏开端和结尾一定要有变化，人物要完成转变，转变一定要有绝招。你们两位同学的作品就说这些，谢谢你们。

（学员朗读剧本陈杰《车位》）

陆军：谢谢你们的演绎，请入座吧。陈杰，您说说看，你写这个作品，想传递给我们什么？

陈杰：这个是政治任务。前段时间我们馆举行廉政小品比赛，我就写了这么一个小品，因为单位车位比较紧张，想到了车位能不能和职位连在一起，就写了这么一个小品。

陆军：你没写过戏吧？

陈杰：没有。

陆军：我没弄明白这个作品究竟要写什么。跟前面的剧本一样，当然你这个问题更大，就是严重的不真实。想想看里面有多少不真实？

第一，我们以为小品只要好玩就不可以顾生活逻辑，那是赵本山带来的负面作用。我们没有赵本山这样的表演能力，但是把他惯用的东西用到我们没有准备好的作品里面，就变成我们作品的肿瘤。赵本山可以，我们不行。因为赵本山一出来就是一个人物，人物一建立以后他所有的调侃，荒唐的东西都变成人物一朵朵花和叶子。我们把他的叶子和花放在我们不成立的树上，没有形成生命质感的东西，它就变成了一个怪胎。你们很多作品都有这个问题，这个更明显一点。怎么可能看到车子停在我的车位上，拿起锤子就砸？一听是局长的，就马上为他擦车？怎么可能要写一个条子告诉局长？局长你好，这个车位是我的，你要我就送给你。局长就在院子里，他怎么可能用这样的方式？当然，看起来很好玩，实际上不可能在这里讨论车位和官位。保安一会儿说，这是一个女人的车，一会又说是一个男的停的车。局长更是莫名其妙，上来讲了几句莫名其妙的话。这哪像个局长？局长最后说，小王表现不错，可以当科长。看来你这个局长也是假的。这个作品从头到脚都不真实。

第二个问题，这个车位跟职位毫无关系。局长以抓阄的方式分车位，小王夫妇要送车位，让全局人知道夫妻两个人要拍马屁，不是弱智吗？所以这个情节不合理。

很抱歉，你的作品我没有看到优点，它不具备再生的能力，构思早期就是一个死胎，救不活的。只有一点是蛮有意思。干部大院里面停车从来没有分车位，党风改变以后，局长他做了一个举措抓阄，抓到好的就是好的，坏的就是坏的。王科是副科长，他在局里一直觉得非常委屈，唯一一件觉得公正的事情就是因为我拥有了通过抓阄获得的比局长好得多的一个车位。这种心理，他在停车的时候，他找回了跟局长、或者局里的人一样优越的感觉，把这种心理放大。他的车位跟人家的不一样，比如说他爱自己的车位，他买了一个"车桩"都比别人漂亮。他油漆的线也比人家好看。这个车位是他在局里唯一可以比别人多一点优越感的东西。由此衍生的心理情节就很有意思。中央电视台有过一个小品《车位》。除夕夜，两个老人守在那儿等一个车位。为什么？儿子要回来了。一个动作就把老人对孩子的牵挂，除夕夜有可能产生温暖的场景写出来了。你这个《车位》要改很困难，不改完不成作业。那就建议你写一个独角戏，写小王拥有车位以后的心理感觉。他觉得有了这样车位以后，我原来的车实在是不配了，我要考虑换一个车。非常重要的是旁边这个车太好了，他非常愤怒。"他的车20多万，我只有5万。"他心里非常不高兴。由此衍生关于局里的生态、关于局长和科长等一连串的问题的心理纠结。抓阄这件事，是唯一一次让他获得一种平衡感，通过一个车位进行放大、变形、透视，可能会找到一点新鲜的东西。不一定写两千字，就像人物素描一样，挖掘人物心理。写这样一个东西试试，可能也有意思。目前来说，都是漏洞，出来一个人物不像人物。很抱歉，我这样打击你，目的是希望你少走弯路。希望能理解。再一次表示抱歉。

（学员朗读蒙莉莉剧本《龙湖水上是我家》）

**陆军：**谢谢你们的朗读，请入座。这个小品比较完整，生活气息较浓厚，是喜剧的写法。开始和结束都是两只鸡。一对小夫妻因为家里经营观念不一样就离婚了。是真的离婚，在一起又是吵吵闹闹。这样写农民，不准确。那么随意的离婚和结婚，发生了那么简单的一件事就又在一起了。我建议不要写离婚，分居就可以了。一上来两个人就有较量，两个人都不服输。事实上女的在暗中观察自己的丈夫，发现他在转变。男的也在观察女的，蛮有农民的味道。女人发现男人在外面学技术，人也变了样，她聘请他做助手。男的不服气，认为你应该到我这里做我助手。这样，通过有趣的民间性很强的情节与细节就可以表达人物对美好生活的感受。这里面有一个导游，观察到这对小夫妻缘分还没有断，他就在里面起到穿针引线的作用，这个人就有了存在的理由。他在暗中帮助一对人，最后让他们走在一起。总之，你这个作品还比较容易改，时间关系就不多说了。下面请朗读最后一个作品。

（学员朗读张红霞剧本《岔道口》）

**张红霞：**这是一个真实的故事。这个老人叫老刘头，他还有三年要退休的时候捡了这么一个孩子，一共收留这个孩子六年，因为他爸爸判刑了三年。通过这个老头找回了他的爸爸妈妈，把孩子归还给家庭。我想要表述的是老刘头自己的孤独。老伴儿没有留下一男半女。这个孩子是通过家庭的抛弃，家庭的孤独，通过特定的除夕这一天，选择在这个环境。这个老头最后一班岗，爱岗敬业，发现了这个小孩，小孩无处可归，到处流浪，发现了老人。他对老人有爱心，让老人找到了依靠，他同时也找到这个老人为寄托。我想突出和谐大主题和亲情大主题，我是这么想的。谢谢老师。

**陆军：**谢谢。因为时间关系我就不征求大家意见了。我粗暴地谈一下看法。这个作品文学性最强，或者说最有戏剧构思。但是它也有非常明显的问题。你们想想看，花了这么大成本，设计了一个有丰富人生经历的老人，特定时间是今天晚上 12 点以后他就要完全离开这个奋斗了一生的平凡岗位，变成一个赋闲在家的老头。老伴儿没有给他留下孩子，也没有任何亲人，他的生命就是在道口上度过的。这段人生经历，这个特定的除夕夜，将会发生的故事或人物，跟他这个经历有什么关系？这是作者必须要考虑的问题。一个男孩子进入这个家庭，如果没有老头这段经历的话，所有的内容不是照样成立吗？如果照样成立的话，那么这段经历放在里面是为什么呢？换句话说，你设计了这样特定的人物身份和特定的经历，就要作用于矛盾冲突、主题表达、情节结构。现在显然没有。

举一个例子，印度有一个微电影《女人的一生》，选择了一个非常好的时间契合点。一个女孩 13 岁要戴上面纱，今天 12 点戴上面纱以后就不能跟自己一起长大的男同伴玩了，所以她跟奶奶说，让我再去玩最后半小时，因为 12 点钟还没到。11 点半她提出这样的要求，妈妈不同意，奶奶说让她去吧，反正最后一次。给了她一根木棍，让她插在沙地上，当阳光照下来影子叠在一起的时候，说明 12 点钟到了，你戴上面纱后说明你和所有的男人都没有关系了。选择这个时间点就非常有意义，因为后面的情节都跟这个设计有关。而我们选择这个老人，他的经历，包括他身世，似乎缺少理由。

第二，作者想要表达，不要轻易拆散一个家庭。这一个道理，从古到今都是对的，问题是我们在戏里面描述的故事，并没有什么是非。母亲也好，奶奶也好，姥姥也好，要拆散这段婚姻，至少在戏里我看不出是对还是错，所以不存在"岔道"的问题，因为我没有从你作品当中看到这是错误的婚姻，必须拆开这个家庭才能幸福。

第三，夫妻离婚，父母的劝告、提醒、要求甚至命令也好，都不是今天这个社会所流行、或者认同的，几乎都是孩子们自己的事情。不是旧社会，长辈说的就算了。归结于母亲或者奶奶，粗暴地用搬岔道口的方式拆散家庭。因为你没有给我进入这个家庭的拐杖。不能够说母亲不对，我觉得没错。摊上一个赌鬼，你很简单写了一笔，老婆后来发疯了。老婆是不是因为妈妈劝他分手很思念老公，把我的家庭拆散了？不管怎么样，主要矛头在戏里面指向母亲是不合适的，也无法判断。你要告诉大家不要轻易拆散家庭，要珍惜缘分，或者珍惜已经有可能破碎家庭的重合的机会，这个提醒是对的。但这个作品目前提供的情节和结构都没有完成这个任务。

你生活中讲的事情很有意义。这样一个孤独的老人，六年以前收养了一个孤儿。孤儿的父亲在监狱，母亲在外面。他收养以后用他的力量进入孩子父母亲的生活，让父母重新走到一起，成为一个完整的家庭。我们要看的其实这一刀应该切到这里，应该用什么样的方式使一个已经拆散的家庭，最后重新走到一起。这是我们编剧开笔的地方，很遗憾你编的故事，走了岔道。

还要提醒大家注意，就像车位和职位，两件没有关系的事情放在一起，一个扳道口的工人与扳生活道口没有任何关系。我不相信这个老头有能力搬回这个家庭的生活道口，因为你在这个情节和人物命运里面，没有提供一个关于扳道口以后造成这个老人今天的智慧，今天的经验，今天特有的精神财富。一个快退休的老人，来了一个孩子，带来了另外的故事，两个不相关的故事，作者用相同的愿望凑在一起。结构、主题、人物都没有完成一部剧的建设，唯一的好处是这部作品文学性比较强，作者也有戏剧思维，选择了一个戏剧性的场景，这些都是一个编剧必要的准备，但是现在的构思却还没有完成。一句话，我不相信老头会给孩子带来幸福，能做到的是老人的工资和家里的东西可以跟孩子分享，因为他很孤独，小孩很可爱。但是他无法进入小孩家庭，没有改变孩子命运的可能。

很抱歉，因为时间关系不能做更多的阐述，没有能给同学们更多的机会。感谢刚才五位同学，我恶狠狠批评你们是因为我为了让你在创作上重生。因为我研究戏剧创作，我的职业决定了我必须要用这样的方式来提醒学生少走弯路，这是必须要跟大家说清楚的。

最后还是想再强调一下前面说的，写戏要有对生活的发现。

我们这里有一位同学赵煜君，最近在《剧本》月刊上发了个小剧本《爷爷的记忆》。爷爷是抗日战争的英雄，孙子要求他写回忆录，你当时是怎么跟鬼子较量的，你怎么在困难的情况下坚持革命的意志和信念，你怎么样出生入死又不怕死的？这种故事显然有些多了。但是她写的这个老人不一样，写他深深的愧疚。他活在世界上，当时在一起战斗的战友，为了保护他，在他身旁死去。他一生都走不出愧疚，一生都在自责，所以一生也很自律。今天当他孙子要把他的英雄事迹变成宣传材料，告诉所有人，我爷爷为了我们今天幸福生活作出了巨大的贡献，用这样的方法挖掘老人身上故事的时候，爷爷就非常反感。爷爷已经走到生命的尽头，孙子无意中看到了爷爷写的检讨书，当年不是你救了我，我不会活到今天。在这个世界上我什么东西都有了，家庭、孩子、财富、荣誉，而你什么都没有。我还经常把你忘掉，我心里很难过。孙子从这个角度走进老人的心里，不是我们今天看到的挂着很多奖章，穿着八路军的衣服。写戏，就要求进入人物的心灵，不是表层的演说，这个老人的心理描写是不是与同类作品有不一样的地方？我说的发现就是指这个。再伟大的英雄，当你仔细打量这个人物内心世界的时候，当你进入他的情感领地的时候，你就有可能挖掘出跟人家不一样的东西。这就是编剧要慢下来研究和表达的地方，可惜我们正好忽略了。上午我就说过，我们很粗心，胆子又大，把很多情节堆在一起，看起来很有戏剧性。其实你有什么权力把人类最美好或最丑陋的东西放在一起？这么低的编剧门槛，难怪人人都可以做编剧了。可能吗？不可能！所以每个人都要严肃对待自己的任何一部作品的创作过程。

　　时间关系，今天就说这些。谢谢大家。

# 剧本《圆梦》《纪检与宣传》《酒吧奇妙夜》《糊涂亲情》《礼物》创作辅导

### 主讲 孙祖平

下午我点评五个小品。大家都看过这几个小品吗？我仔细看了，有的小品我可以出一点点子，但有的小品，也真出不了什么点子，想了半天也想不出什么。

一

第一个小品是《圆梦》。这个小品有一个不错的情境。我们这个体系的小品里面讲究情境的设计，情境设计里面有几个要素：一个事件，要出点事情，还有人物关系、环境的设置。这个小品它有一个聚焦的点，东家女儿有点气势，给小保姆气受。她和小保姆是同学，这样就建构了一种人物关系。人物关系有几层：第一是社会关系，比如一个是东家女儿，一个是小保姆，这两个人社会地位有点不一样；在那边又是同学，而且那个小保姆同学还比她学得好，这两层关系放在一起就会产生纠葛效应，各种关系叠加在一起，产生了相互间的利害关系。在学校里想帮这个人，在家里却在欺负这个人。我说的是理想状态，因为现在这个点的设计有点牵强，这个原本应该凸显的情节点被过多的无效的细节和情节给淹没了。

小品开始时，小保姆拿出东家女儿扔在字纸篓里的作文本，修改作文，奶奶夸奖她修改的作文。女儿回来看到小保姆修改自己的作文，很不高兴，然后以此为理由，偷看了小保姆笔记本。笔记本里有一封小保姆写给家里的信，把小品最为重要的情节点给抖出来了。按这样处理，作文就成主要的情节成分了。其实这个小品的要点不在作文里面，而且作文这个东西不合理，又不是小学生，都考取大学了，写什么作文？作文在小品里面不起重要作用，却误导了读者、观众的关注方向。小品里还有好多这样那样的信息：扔掉的裙子、明星写真、考大学"一本""二本"，本来可以考取"一本"的、笔记本、信件、录取通知书、20件文具、又是10条裙子、5件T恤衫……都是些无效信息。我上午讲冲突可以借用一个中介体，现在来了这么多中介体，挑什么好？这是一个问题，聚焦点被淹没了。

还有这个小品的情节较为平铺直叙，忙于交代各种冗杂繁杂的信息，把重要的情节都提前曝光，漏气了，比如小保姆和东家女儿是同学，这样重要的人物关系应该放到最后才能揭晓，现在提前到女儿偷看笔记和信件就知道了，缺少悬念，一览无余。这个小品的主角是谁？

**作者：** 都成主角了。

**孙祖平：** 写一个小品要明确以哪一个人物是中心，要把这个人物说清。现在你的主角其实是那个女儿了。

**作者：** 应该是小保姆。

**孙祖平：** 对，因为她动作最多。动作是要人来做的，现在动作都是女儿的动作。她咄咄逼人，比如一回来就让小保姆脱裙子、脱鞋，偷看她的本子，统计物件，最后一一送给了小保姆。这个人物主宰了情节走向。其实你潜意识里想塑造的是这个小保姆，可她却没有做什么事情，只是一个别人动作的接受者。她做什么了？她没有做什么。所以这个小品的设计要以小保姆为中心，想想小保姆应该做一些什么事情，第一个动作、第二个动作、第三个动作……特别是到后面高潮部分，要有一个有力大动作。怎么找这个人物的动作？我的建议是：先明确小品的主题思想。你想表现的是什么东西？你现在想表现什么东西？

**作者：** 人和人之间的亲情，帮一个没能上成大学的人圆一个梦，从两个人相互矛盾的关系到一个很和谐的关系。

**孙祖平：** 我看这个小品，我不知道你想表达什么东西。

**作者：** 我可以先说一下我写这个本子的原意。我专业不是搞创作的，我是表演出身的。我创作这个作品，当时我在艺校是老师。在我们学校里，孩子的贫富差距比较大，有钱的孩子特别有钱，没钱的孩子上不起高中去读了艺校，农村孩子也很多。当时我给他们布置一个作业，感受不同人物身份，可能我会让一些家庭比较好的孩子试演一些贫困孩子，贫困孩子试演一些比较富有的，只是一个很简单的练习。有一次孩子准备有一个汇报演出时，听到了一个故事，在我们当地那个地方有两所高中为了争一个孩子，免学费，给他奖学金的政策。我才想到把这个给结合一下，就加一个人物。开始本来想写一个老师和一个富有的孩子和农村孩子的结合，最后觉得老师的关系有点不好去体现，所以想到了以一个退休老师的身份写这个本子。我没有学习过创作，可能中间的矛盾冲突，还有老师说的主次都想表现出来，反而混淆了本子里面的一些主次关系。这次过来看到很多老师的大作，我觉得还要从头学起。这是我之前写本子的用意，很感谢老师给我的点评，希望能在此有所提高。

**孙祖平：**就现在这个小品，我的建议是这样：

我们重新确立一下情境。现在情境可以是这样的：小保姆考取大学了，大学现在都要交学费的，她还没凑够学费，她一直在女儿的奶奶家里帮佣，今天可以拿到工资了——你现在写的是女儿妈妈给的工资，而这个妈妈又不出场，你不会让奶奶给他一千块吗，为什么要兜一个圈子呢——所以她很感谢奶奶。戏一开始的时候，小保姆就在踩缝纫机，帮奶奶修改一套裙，这套裙是名牌，价格昂贵，是国外亲友给东家女儿的。她穿了几次就不要了——我在网上看到一个花边新闻，有一套名贵的外国时装，大约一万、两万的，而且只能穿几次，有个女的买了之后穿了两三次就褪色了，她去店里理论，说这套装是假冒伪劣，店员说我们这个服装就是穿两三次的——奶奶比较喜欢这个小保姆，想把孙女扔掉的套裙送给小保姆，因为小保姆的身材和套裙不是太合适，奶奶就让小保姆按奶奶的要求把这套裙给改了。当她改完之后她才告诉她，套裙送给你了，你穿着正好，反正是孙女扔的，这是一条线。

这时，刚入学报到的女儿从学校回家取套裙，现在学校里正在给一位缺学费尚不能报到的学生凑款上学（不一定是个状元学生，就是一个考取大学交不上学费的学生），女儿也想献一份爱心，在网上把套裙卖了，现在她回来要拿这件套裙，而且这件套裙和买家的身材正合适。她回家一看套裙给改了，还穿在小保姆的身上，很是恼火，说出来的话就难听了。奶奶说是我让小保姆改的，女儿说不管奶奶的事情，是她改的，非得让她赔，所以小保姆只好把刚拿到的工资赔给她，这就成为矛盾冲突了。名牌套裙即便是二手的，也价格不菲。小保姆拿奶奶给她的工资来赔偿，不够，怎么办？女儿紧紧相逼，小保姆换套裙时，她翻过小保姆的挎包，看见里还有一叠钱（学费），先前她已经把学费凑得差不多了，满心以为可以上学了，现在没办法了——这个小保姆也很硬气，把这些钱全部甩出去了，她也有性子，我就赔你了，大不了到最后不上大学了。女儿很感意外，说你怎么上大学，上什么大学，她说上海戏剧学院，她问你是谁，这才发现，眼前这个在她家当小保姆的女孩就是她在学校想帮助的同学！这个就出来了。小保姆很硬气，最后把钱全部拿出来了！现在剧本中小保姆给妈妈的信、养弟弟这些都是老套的东西，都可以不要。这样，作为主人公的小保姆就有了塑造自己形象的动作。可以写小保姆在离开这个岗位的时候做一些事，比如给奶奶做最后一次按摩，她平时对奶奶比较体贴，所以奶奶非常感谢她，同样你和我们家孙女同岁，完全两回事情，一个那么懂事。最后女孩发现原来要自己帮助的人正是在受自己欺凌的她，人物因此而有所感悟，这就是人物间的纠葛和主题的关系。

我们学校的戏剧文学专业有剧本写作课，老师会跟学生谈剧本作业。老师也不是样样问题都能解决。学生写个东西，老师说个意见，学生有时候可能不同意，他反驳我，然后我说一，他说二，我说三，他说四，我说五，火花就碰撞出来了。我们脑子也没这么好使。这个小品就这样了，可以吧？

**作者**：谢谢。

**孙祖平**：设计人物的纠葛，然后你把这个聚焦点聚焦在昂贵的套裙上，它本来很贵，现在被你一改就不值钱了，对方都不要。比如两万多买来的，虽然是别人送的，卖掉的话还可以卖 8 千块。现在有二手包店，二手包也很贵的。

**作者**：前面的作文、后面的信，就不要了？

**孙祖平**：都不要了。有，那就中学生了。裙子只要一套就行了，干吗新裙子，旧裙子？再来十条裙子，东西多了。她这个小品有太多道具。我为这个小品写了个文字短评：关于小品《圆梦》的感评（编剧：湖北省十堰市群众艺术馆　杨茜）——

这个小品有一个不错的情节支撑点：小保姆杨洁受东家颐指气使的女儿张雅琴的欺侮，后者却不知前者是她钦佩和想帮助的同伴室友（虽然这一设计有些人为牵强），然而，这一原本应该凸显的情节点却被所展示的过多无效信息点给淹没了——纸篓里的作文、扔掉的裙子、明星写真、新裙子、考大学"一本"和"二本"、纸盒里的笔记本、信件、录取通知书、10 条裙子、5 件 T 恤、20 件文具……

情节平铺直叙，忙于交代各种冗杂繁复的信息，明明可以制造戏剧悬念的当口，都被提前漏底泄气，一览无余，缺少足够的吸引力。

这个小品的主角是谁？应该是小保姆的杨雪，可现在给人印象最重的却是她的对立面张雅琴。张雅琴做了一系列咄咄逼人的"动作"：要杨洁脱裙子、取拖鞋、偷看杨洁的本子、要杨洁统计物品，将物品赠予杨洁等，主宰了情节的进程，相反，作为主角的杨雪却几乎没有做什么动作，她只是别人动作的接受者。

我的建议：

1. 明确小品的主题。现在小品所存在的问题，根本原因在于主题不明确，不知道想要表达什么。

2. 重新确立中心事件——今天是杨洁帮佣的最后一天，奶奶要杨洁帮她修改一套被张雅琴扔掉的套裙，改完后才知道是奶奶送给杨洁的；张雅琴回家找被她扔掉的套裙，她已在网上出售这套套裙，为的是筹款帮助一位因经济困难而不能按时报到的新生；因套裙已被修改，她逼杨洁用刚拿到的保姆工资买下套裙，最后真相大白……

3. 为杨洁设计动作，她做了些什么，尤其是她主动做了些什么。

4. 大量删减那些冗杂的无效信息。

## 二

**孙祖平**：第二个小品是《纪检与宣传》，你说你这个小品怎么样？

**作者**：整个戏剧链条还是比较完整，人物也有。三个人物在小品里面人物很清晰，人物个性，三个人目的性也很明确。基本上完成了孙老师要求的应该具备的条件。

**孙祖平**：这个小品的戏核还不错，我说他这个戏核不错不是剧本写得好，而是戏核的设置有潜力。他写了拾金不昧和奖金的分配，从中可以提炼出一些不错的情节，但是现在的戏核还有待开掘，东西是不错，但是它还要开掘。情节的走向也需要调整，我的建议是这样：

第一，我认为戏的情节方向走偏了。现在写的是记者报道作假，两万变成二十万，明明失主还没找到，却已经作完成式报道了，这个造假不合理。最要命的是像"春晚"有过的那个小品《英雄母亲的一天》，现在你是按照记者的思路来报道了。这个主角是谁？所以需要调整。我的建议是你把每个人的性格再提炼一下，写那个经理他沽名钓誉，司机拾金不昧，司机的性格是本真、直爽。

**作者**：要改吗？

**作者**：现在这个人物性格是直爽的，最后的行为因为他的性格造成他愿意这样做。我现在打算把他改成这个司机是一个斤斤计较的、什么事情都要跟你算账，并算得清清楚楚的这样一个性格，完全改过来，从原来一个大大咧咧的，从一个北方性格改成一个南方性格，这样说有点不太准确。

**孙祖平**：我觉得大大咧咧挺好，这个女的大大咧咧，这个经理倒是斤斤计较。

**作者**：现在是这么写的。

**孙祖平**：还要再把它聚焦得准一点。比如经理，他一上场拿了两个袋子，说司机捡到了2万块，再多一点，改成3万块，再把3万块改成29500，总之要少个500块，司机捡到了29500元，领导上奖了两千块钱，今天还要请记者来采访。一般来说拾到的钱就放到上面领导那里去了，因为今天要拍电视所以要把这个钱再拿过来，都在经理手里。奖金他数了两千块钱，我的员工之所以有这么好的品质完全靠领导教育得好，所以这个奖金我应该有一半。记者就要来了，记者不能空手走，要给他一个红包吧，给他个500吧，500有点拿不出手，给800吧。"发"？行！我一千，记者800，司机200，他都分好了。等记者采访的时候，经理时不时地凑到镜头前要表扬自己。他是表扬和自我表扬相结合的，可老是会被司机揭穿，因为司机说的是实话。比如经理说我们是如何如何抓紧学习，每个周至少一次政治学习，可司机说我从来没参加过，他所有说的话都跟经理拧着，釜底抽薪。司机说的都是实话，经理说的全是假话，这就是一段相声，就是逗跟捧。

当司机知道记者的网络视频有这么一个直播功能，为找失主，他就把视频发出去了，后来失主通过手机和他们联系上了，这个失主要的是三万元，他说他丢的是三万元钱，但是司机报的是29500元，有500元让司机拿了，或者多一点800元也是可以的。于是经理以为司机不老实，私底下搞贪污，后面你就要重新编个故事了：昨天晚上，这个南通的女司机要下班了。夜深了，拉到一个客人，这个客人醉酒，问他到哪里去，他说上海。其实，他住上海路，喝醉了，说是到上海，司机就把他拉到上海来了，到上海找不到目的地。这时客人开始清醒了，问你怎么把我拉到上海来了，他说我住在上海路，不是在上海，这样一来一回就几百块钱了。回到南通，醉客已经完全清醒了，一看这么多车钱，找个由头下车溜了，却把钱包落在车里了，这样就有一个理由了。来回的车钱500元，司机就扣了500元，他留了车票，和2950元加起来就是3万元，这样，这500元就是一个聚焦点，贪污了500元，不管数字大小，无论如何司机就不配被表扬，经理振振有辞。后来司机说你们没有搞明白，我有一张车票在里面，因为他没有付车钱，我也不能受损失，我就收了他500元，开了张车票放在钱包里面——这个戏核就有意思了，可以做点文章——结果就是闹了一个乌龙，经理说他贪污，要整他，最后有一张小票在里面。

到最后这个司机他说无论是500元还是3万元，只要不是我的钱我一分都不会拿，3万元等失主领钱，29500元是他的，这张小票也是他的，3万元请他清点好，然后这个司机说你给我的奖金我也不会拿的，我去退给领导。他要退奖金，经理就着急了，领导发的奖金是2千元，司机退还的是200元，真退回去就出大洋相了，赶紧又把给记者的红包又要回来。3万元钱和那个奖金全是戏。女司机一定要快人快语，办事干脆利落；记者不要弄虚作假，记者不需要弄虚作假，因为这是事实，他发现原来这里面还有猫腻，拍得更加起劲。

**作者：**我知道了。

**孙祖平：**这样两包钱都派用处了。这个小品有点看头，有点好玩。特别是他最后要把奖金全数退上去，那就将了经理一军了，经理拿了一千，给记者800，给了司机800，退回去他就出洋相了，着急得要命，追司机追得鞋跟都掉了。这样修改可以吧？

**作者：**可以。

**孙祖平：**也为这个小品写了文字点评：关于小品《纪检与宣传》的感评

（编剧：於国鑫）——

这个小品的戏核不错——拾金不昧和奖金分发完全可以构成戏剧性情境和由此生发的情节，但现在的戏核尚须再作提炼，情节的走向也需调整方向，要紧紧围绕拾到的钱和奖金，以及两者的关系作文章。

我的建议：

1. 情节走向偏了方向。现在写的是记者的报道弄虚作假，有点像"春晚"小品《英雄母亲的一天》了，需作调整。可写经理沽名钓誉，明明是司机拾金不昧，却要把原因扯到自己平时教育司机有方，却每每遭到司机直言直语的兜底揭穿（比如经理说他每个星期都会召集一次学习会，司机说，计划上有，可一次都没有学习过等），写一段类似相声中逗哏和捧哏的戏。2. 司机捡到的是 3 万元，可她上缴的是 29500 元。昨晚有一醉汉打车，胡乱指点方向，车跑了许多冤枉路，到目的地后，醉汉有点清醒，一看车资 500 元，找个借口，溜之大吉。拉下随身小包，里面有 3 万元；司机捡到小包，从 3 万元中抽去 500 元车资，放上一张 500 的车票；醉汉看到网络视频，打电话来要回 3 万元，经理误以为司机"贪污"，欲惩罚司机，结果闹了个乌龙。3. 经理私自克扣奖金是个好设计，但尚未用好——让剧终时司机高风亮节，不要奖金，自觉要将奖金上交，这就给经理来了个釜底抽薪，不但慌忙交出私吞的 1000 元，还要讨回给记者的红包。4. 剧名过于直白，主题也不明朗，原因在于视角尚未踩踏上审美高度。老老实实开车，老老实实做人，就很有意思。5. 记者可以是个男的。

## 三

**孙祖平**：下面是《酒吧奇妙夜》，先请作者说说你这个小品。

**作者**：原来这个故事我第一稿完全不是这个样子，我在公安系统工作了四五年，所以才会写一个想表现警察心理或者警察家属心理的戏。您看一下如果按照我第一稿有没有改的可能性。第一稿我设计了三个人物，酒吧老板、女醉客，一个男警察。开始我想设计一个悬疑，一个深夜女醉客说杀人了，老板想报警，报警之后来了男民警，经过层层了解之后一个悬念，她说他杀了人，但是她说的这个人是谁？警察的工作一定要核实这个情况，最后发现她所谓杀了的人是她殉职的老公，也是一个警察，开始想这样设计。最后这个女醉客作为一个妻子今天是个特殊的日子，她自己有愧疚，过于支持老公的工作反而导致他殉职。她觉得她自己有责任，想通过男民警来解开她的心结，这是我最开始的小品版本，当然和现在完全两副面孔。排的过程中，我发现可看性不高，说是个悬念，但是一点就破了，第一稿可能是这个问题，但是在煽情方面是可以做到的。时间很短，在可以改的情况下我改成了现在的版本，我也知道我这个版本的问题在哪里，人物过于简单了，矛盾冲突说白了挺小的，结局我自己并不是非常喜欢，但是放在舞台上可看性真的还行，因为它演出过了。

**孙祖平：**我看过这个小品的演出。这个小品开场有悬念，一辆警车过来了，老板和女醉客骗女警察到酒吧，但骗招被女警察揭穿之后这个小品基本就没戏了，它就没有聚焦点了。下面所有的事情都是两个人你说我说，说的都是他们平时说过的话，情节就在原地踏步。男女抒情，你指着我说，我指着你说，但是没发生事情。照我上午讲的，就是缺少一个中介体，两个人就这么说，却没有发生什么事情。三个人物的动机目的都不够清晰。男的什么动机？我就要把你骗来，我找你你不来，我现在报警，我这里发生案子了，你来了。这只是一个引子，来了之后干什么？现在来了之后没干什么，还是以前的那些事情，没事情。这个戏三个人都缺乏动作性。后面女警察说自己请假什么的，都是无理的。女警官当场没有动作，女警花上场之后三个人都没有动作。现在的冲突难以构成戏剧冲击点。要找一个点，这是五个小品中最叫我伤脑筋的一个小品，我想替这个小品出些点子，想了半天也想不出。他们两个人之间会发生些什么事情呢？我们观众主要是想看他们不知道发生了什么事情的事情，现在舞台上的戏没有什么变化。我想了半天想不出什么好点子。我甚至想，能不能这样——如果女警察她是公务员，她认识个开酒吧的，可家里总觉得酒吧老板是不三不四的人，女警官说这个人是个好人，家里父母说怎么会是好人，这是你们警察要抓的人！这就是个矛盾点了，这个女的要跟男的分手。为了证明自己是个好人，男的是不是就把酒吧给卖了？要出一个事情。他把酒吧卖给那个一开场就在的女的，今天是最后签字，他打手机请女警官来酒吧见证。女警官不来，他心情烦恼，以顾客的身份点酒，喝着喝着喝醉了。这个酒吧老板从来不喝酒的，为什么不喝酒？酒精过敏。今天把酒吧盘掉了，最后签字之前这个戏就是一男一女搞酒吧签字，左等右等女警官不到场了，临到签字一刻，男的醉酒，不行了，要盖章了，他盖不了了。买方就报假警骗女警官来到酒吧。女警官来了，一看这情况，说我妈说得一点不错，你就是这种不三不四的人！后来那个买家却倒过来说，开酒吧的是我，不是他。他今天是顾客。买家不知道去的那个女警官是他女朋友。这个男的还有半点清醒，醉意醺醺地一股脑倒出心里的所思所想。买家听不明白，女警官却一清二楚。了解了事情的来龙去脉后，他把这个酒吧卖了，不做酒吧老板，为了要跟女警官结婚。女警官为之感动，当机立断，把这个酒吧转让签约合同给废了。她陪着男的一块喝酒：我妈妈算什么？我妈妈算什么？你结婚又不是跟我妈妈结婚，是跟我！我！最后女警官也喝醉了。这样还有一点事情发生。醉酒中，男的坚持要出售酒吧，女警官冲着他吼，你不做酒吧老板，我还要做老板娘呢，这样更好玩，至少比现在有事情。我也为这个小品写了点文字，关于小品《酒吧奇妙夜》的感评（编剧：惠烨）——

小品开场很有悬念，老板和女醉客设局演戏，骗女警花到酒吧，然后给女警花揭穿花招，但花招被揭穿后，这个小品就没有戏了——全是两个人你说我说，观点立场之争，舞台上基本没有发生什么事情，两人所说基本都是他们平时说过的话，情节原地踏步，停滞不前。

三个人物的动机目的都不够精确，如果仅仅是让女警花到场，没有那个女醉客，也是完全可以达到目的的啊。

三个人的所作所为都缺乏动作性，他们都没有要做的事情，女警花请假旅游都是无力的动作。

戏的编织有点做作牵强。

两人为平时见不见得到面的冲突，难以构成过程性的戏剧情节，可能需重新设计矛盾冲突，要找到一个冲突的纽结点。

## 四

孙祖平：下面一个是《糊涂亲情》。大家看了这个剧本感觉怎么样？

学员：好。

孙祖平：作者自己说说。

作者：《糊涂亲情》原来不叫这个名字，这个作品也不是为文化馆写的。最早这个作品事实上是给辽视"春晚"写的小品，原来叫《外卖风波》。送外卖的小哥是小偷，来到这家人家，正好老人有点老年痴呆症。小偷既然知道他有这个毛病了。通过对话发现他时而糊涂，想从他身上得到银行的存折和密码。后来他就进来了。这个比较有趣味性，现实意义比较少，更注重趣味性地最后拔一下高。这个是"春晚"小品的一种感觉。后来这个小品因为种种事情搁浅了，正好他们文化馆那年评"群星奖"没有本子，问我能不能找这样一个群文风格特点的东西，所以我把小偷的角色变成了一个曾经有过犯罪前科、现在已经变成了勤勤恳恳的外卖小哥给老人送饭。在编制这个故事的时候，是在听了孙老师的上半学期的课的时候写的。前面按照孙老师的要求感觉走场面，一个个场面过，后来形成了这么一个张大力、老人和女警察的关系。女警察是新上来实习的女民警。这个老人时而糊涂，时而明白。我想体现的中心主题是这个老人并不是真的糊涂，而是他在装糊涂。事实上他是孤独的。他希望能跟这个年轻人多说话，所以他有的时候故意认为他是他孙子。他知道这不是他孙子，因为他喜欢这么叫，因为他觉得他和这个年轻人说话时不感到孤独，所以他有时候维护他；但是有时候也糊涂。我也不知道他是真糊涂，还是假糊涂。

也许界定在真糊涂和假糊涂两个之间是最有意思的。这个作品原先也不是这样的，因为文化馆的领导也希望参与到作品创作中，就提了很多意见。因为他是导演，我也是按照导演的意见进行了后期的修改。市里过了之后，到省里之后，由评判专家、《祖传秘方》的编剧来帮我稍微地修改了一下，里面加了一些段子和其他东西。总体而言，我不满的地方是后面实在是大段话太多了，到最后没有一个巧妙的方法把它解开，只是用抒情性的语言，或者内心独白的语言把它凸显一下。这个作品到最后也不算是特别成功吧。我今天挺忐忑的。班主任给我说这个本子，我还没听过，我也是挺忐忑的。

**孙祖平**：这个戏想表现什么意义？

**作者**：事实上就是讲一个老人。本质上内容是一个老人戏，就是讲这个老人孤独。可能从我爷爷身上感受的，长时间不和人说话，有的时候会感觉到我不知道我自己是活着还是死的，不知道自己是清醒的还是不清醒，我醒来时不知道是不是真的存活在这个世界上。没办法，领导的意思。

**孙祖平**：我死了还是活的，这是心理戏，这倒是另外一个体系的戏，不是这个体系的戏。

我的感觉你写的《糊涂亲情》这也是一个糊涂小品。这个小品讲什么？不清楚。老人为亲情装糊涂，年轻人因为有前科去献亲情，两个人的动机目标对不上号，冲突对不住。我需要亲情，我需要你的信任，而且老人需要亲情，像这种构思太多了，已经共性化了。老人孤独，需要与人说说话，年轻人以前犯了错，我现在需要有一个表现自己的机会，这两者都有点共性，还缺少一点个性的东西。我上午讲了缺少一个有谋略的聚焦，你现在没有这个聚焦的东西。我想出一个点子：老人和年轻人过世的父亲是好邻居。年轻人父母过世了。年轻人是个锁匠，很好的一个小伙子，不学好，赌博，赌输了，欠了很多钱，人家追着讨债，怎么办？俗话说兔子不吃窝边草，他就吃窝边草了，入室盗窃了老头家。老头不知是年轻人干的，报了警。警察查案查到他，抓进去判了刑；现在刑满释放出来了。年轻人出狱之后，他和老头之间的人物关系就形成了。老头想你偷我家东西，我报了警抓了你，现在你回来了还会不会偷我家东西？因为你会开锁。这个孩子他从小看着长大的。他知道他心里不坏，但是又怕他再次撬自己家的锁报复。老头怕自己家的锁不安全，就不断试探他，每每都被年轻人破了锁，所以老头要想对付的法子，装新锁，研究锁，都快成研究锁的"锁长"了。这次他又研究出一把新锁，他装病，在家里歪歪唧唧地哼哼，等着你来"开"门。小伙子今天怎么也打不开这把锁，进不去了。老头高兴得要命。年轻人实在没辙了，只能撬锁；正好给女警官看见，以为他旧病复发，又入室盗窃，最后才发现闹了一场误会。老头本来没病，这次却兴奋过度，心脏不行了。他说这把锁可以申请专利了，老头正是研究锁的"锁长"。这个修改就有一个聚焦点了，一个矛盾冲突点，而且是一个殊相。老头天天等着你来撬门，天天换锁，他自己研究自己改造，今天终于撬不开了。他躲在门旁边整天叫不行了，那个男的着急，这样就有戏了。

**作者**：确实觉得这个小品应该重新写。

**孙祖平**：聚焦点就是锁。老头说我不行了快救我，小伙进不去不敢撬门，老头说你不是什么锁都能撬开吗？老头装病是考验小伙，每次都是这么考验他，一次又一次。

**作者**：原来有一个这样的点就是吃饭，导演意思就没了，所以这个就没有了。

**孙祖平**：这个《糊涂亲情》就是锁住亲情。也有一段书面点评：关于小品《糊涂亲情》的感评（编剧：钟一鸣）——

糊涂亲情，糊涂小品。

这个小品想表现什么？意义何在？

老人因孤寂，为获得张大力的"亲情"而装糊涂。张大力为自己曾经的前科，为有个进步的好表现而对老人献"亲情"。两者的动机、目标和动作都显得一般化，不少小品都做过类似的情节构思，缺乏独一份的特殊性，而且两人的动机、目标和冲突对不上号。换言之，一老一小，两个对立面人物的设计和动机目标的设定都存有问题。

如果给一老一小设计这样一种人物纠葛关系：

老人和张大力过世的父亲是同事加朋友。张大力是锁匠，交上了坏朋友。他在他们威逼下，兔子吃了窝边草，撬了老人家的门锁。老人失窃报警，女警查案，逮住张力和同伙。张大力被判刑。两年后，张大力刑满释放，对老人满怀愧疚，痛改前非，对老人照顾有加，而老人对张大力则充满疑虑。他怕张大力再次撬门。老人心有余悸，常假装心脏不适，大呼小叫，逗引张大力撬门入室，以此检验门锁是否保险。老人一次一次换锁，都被张大力一一解锁而入。这次老人用的是自己改造的锁，张大力无论如何也解不开锁，老人开怀大笑，反而引发心脏病……再加上女警花搅局，这个戏就热闹了。

一场游戏。

主题讲人与人之间的信任。

<h2 style="text-align:center">五</h2>

**孙祖平**：第五个小品《礼物》。这个小品的作者我上午碰到她了。她说写的是街道先进人物。这个小品属于自娱自乐和先进表彰的层次。小品创作有三

个层次：第一个层次自娱自乐。自娱自乐挺好，大家写写小品，自己演演小品，挺好的。第二个层次就是宣教功利层次。宣传教育的功利第一。我也写过这样的。有一次为写一个电视剧，去派出所采访。采访完毕，那个派出所的女副所长说，帮我们搞一个小品吧。我不好拒绝，人家帮过我的忙，所以我就帮人家搞了一个小品。那个社区里面有外国人居住。一个外国人报案，说自己遭到抢劫，钱包、手表、西装、裤子统统没有了。警察接案后一调查，原来昨天晚上他喝酒了，自己回家时在小区把衣服脱了，这个脱了，那个脱了，最后光着身子睡在草坪上，第二天早晨以为自己被抢劫了。为这件事写个小品，警察自己演出。这个小品等于是娱乐层面加功利层面，自己演出，挺好，但距离艺术审美就有差距了。现在这个小品完全是表彰好人好事，最大的问题是这个老阿姨是个令人讨厌的老作女，太作了，没事找事，一定要等杨书记来，老了老了还发嗲，太没有道理。今天要他来非得杨书记来，又没什么事情。报社记者也是一个脑残，见风就是雨，大惊小怪，缺乏最起码的正常判断。居委会的社工唯唯诺诺，没个主心骨。从构思上讲，这个小品唯一可取的就是杨书记没出场，这个挺不错的。我要着力刻画的一个我想歌颂、表扬的人物反而没出来，挺好。这个构思挺好。但是现在缺少人家对他的"表扬"，没看出这个杨书记做了些什么事情。这个小品没有"戏"，缺少一个审美的构思。什么叫审美的构思？一个好看的戏剧小品，第一，要有人物形象；第二，要有精神追求；第三，要有叙事趣味，要好玩。首先要有人物形象。你现在的人物形象是谁？杨书记树不起来，老阿姨树不起来，记者树不起来，社工树不起来，所有人物都树不起来。想表现什么？表扬杨书记？有时候，无论是表扬还是自我表扬都是一件很尴尬的事，你只看到我好的地方，没看到我坏的地方。你看到我孔雀展屏很漂亮，你到我背后去看看？孔雀开屏都漂亮，但是你到背后看看？

　　你这个小品我想了半天。我的建议是：可以还是这三个人物，但是需要做一个人物关系的相互调整——如果今天是老阿姨的生日，杨书记说好的给老阿姨过生日。现在小孩子、老人可以过生日，中间不过生日，不让阎王爷记得你。过了80岁你就可以过生日了，10岁以前可以过生日，中间就不要过生日了。老太太今年80岁，杨书记答应来了，如果今天杨书记没来，那他到哪里去了？你写的是真实的人生病了，作品中的杨书记到哪里去了？社区有一个新的敬老院开张，他到那里去了，所以老阿姨就抱怨他说话不算数。还可让老阿姨告他杨书记的状，我儿子的车停在那边，他就非不让停，有一次停在那里被他推走了。邻居家的车可以停，我为什么不可以停？我不是小区居民吗？我不是人吗？每句话都掷地有声，真心地控诉，怨天尤人，因为他杨书记说话不算话。如果今天是老阿姨的80大寿，如果杨书记去看新开张的敬老院，如果老阿姨抱怨这个，抱怨那个都是真的，这就得到了记者的强烈共鸣！这是一个方面，另一方面——一个更为重要的方面——如果杨书记是老阿姨的儿子呢？

杨书记是老阿姨的儿子！

这样，人物关系就出来了。这个儿子的妈妈对自己儿子的不满，什么话她都可以说，说什么话都不过分。杨书记上次推的车是她小儿子的车，把弟弟车推走了让别人家停车，因为是干部的家属，所以我们要吃亏。今天为什么不能过来为老妈过生日？因为忙，要去敬老院看望老人。他委托小社工带礼物给老阿姨，连小社工也不知道老阿姨是杨书记的母亲。让记者眼见为实，看完全是真的，这个书记就是个很强势的、不讲道理、不讲亲情的人。这个老阿姨对杨书记的"恶评"更多，说他打小就这样。记者路见不平，要向上级领导反映这个情况。见外人批评儿子，老妈不干了。自己的儿子自己可以骂，别人骂，不行！记者这才发现杨书记是老阿姨的儿子，戏就出来了。如果这样改的话，这个小品是不是也不一般了？这叫欲扬先抑。前面是欲抑先扬。车位让给别人，但他没说是她儿子，就是你不讲道理。杨书记可以做很多不讲道理的事情，对自己家里人要求比较严。这个记者他发现真是有问题了，而且这个老太太如数家珍，什么时候的事情都记得，对自己的儿子骂是疼，骂是表扬。要有一个误会，这戏就出来了。这个小品这样改改很不一样了吧？关于小品《礼物》的感评（编剧：王娇）——

这个小品尚处于社区自娱自乐和先进表彰的简单直白层次，需作重新的审美构思。

这个老阿姨是一个令人讨厌的老作女，报社记者是一个脑残，居委会社工是一个唯唯诺诺者，唯一可取之处是没让那个好干部杨书记出场，但很可惜，这个人物也没有成为全剧的冲突焦点。

缺少一个审美的构思。

可以还是这三个人物，但需要作一个人物关系相互纠葛的调整——如果今天是老阿姨的生日，如果杨书记去看望社区的敬老院了，如果老阿姨的抱怨引得记者的共鸣，如果杨书记是老阿姨的儿子，如果社工也不知道老阿姨是杨书记的母亲……

如此这般，这个小品是不是有点不一般了？


六

**孙祖平**：我们写的小品基本上或绝大部分是一个体系的小品。这个体系的传统有两千多年，我现在讲的都是这个体系的理论。这个体系就是讲人物性格的突出，讲故事情节的编织，怎么铺垫，怎么呼应，讲环环相扣，讲丝丝入扣，讲层层推进。此外，还有另外体系的戏都散掉了。小品里面有很少一部分小品不是像我们现在所追求的，虽然这些小品也编得很好看。我们毕竟还是喜欢精彩的故事，像《欢乐喜剧人》里面的故事情节都编得很精彩，它会给你刺激。另外有些小品也有很棒的，比如契诃夫写过独幕剧《天鹅之歌》，其实就是一个小品。他写一个老演员，一直演小丑。他老了，这天是他喝醉了酒，独自留在后台，表演了一场没有观众的莎士比亚的戏，里面没有什么情节，这就是另外一个体系的戏了。

既然我们写的是这样一个体系的戏，那就要"编"了，里面很重要的因素就是情境。情境需要开创，戏一开始是不发生情况的，所以写戏的时候开始时就要有一个人，出现一种动作，来打破这种平衡。你让它不平衡就需要一种动作先期破坏平衡，动作出来之后就会引起反动作，从这个点开始，我们说的戏也就同时开始了。我有一个比喻。每一个情境好比是一间屋子。这间屋子没有门和窗，你就要破壁而入，要从外面打个洞闯进来。怎么打洞？用榔头、锤子，就是死命地撬，撬出一个情境来。戏在破壁时候你不能离得太远，不能跑老远，要离得很近，马上要想出一个动作来破壁进来。进来之后，最后你这个戏还要破壁而出，要跑出去，撬进来和跑出去之间，就是故事情节，给观众看的就是这块东西。你要进来、出去。进来要有一个动作，出去也要有一个动作，两者之间那个房子就是情境，在房子里的所作所为就是情节。用亚里士多德的话来说，就是系结解结，前面你要有一个系结，最后要有一个解结。到后来，系结和解结之间就成一个情境了，两个标志性的所在。写我们这个体系的戏要这样写，开始系结，最后把它解开。系结前面的过程越短越好，系结后面的过程越短越好，我们这个体系的戏就写这个。情境之前和情境之后，都是情境之外的东西，所以要短。一出戏只要有了情境，里面肯定有冲突，就会有戏。按照黑格尔的说法，有一个动作去袭击了另一方，你就会引起另一方的反击，这样就引起了动作和反动作，这个就是冲突。一般我们总是喜欢看冲突，但对冲突有很多不同的理解。戏剧要说的东西很多。我对五个小品都做了点评，五位作者感到怎么样？有什么疑问吗？

《糊涂亲情》作者：我可以写一个新的小品。

孙祖平：还是那三个人物？

作者：换了一个新的概念。

孙祖平：把锁作为焦点。

作者：以前人物设置比较老套。

《糊涂亲情》作者：老师您刚才给我的小品提的思路非常好，已经成了一个新的小品。我有很多新点子，想创作一个新的跟所有关系的锁、老人相关的小品。孙老师，我有一个疑问：小品是构建在一个很短的环境当中，它是片段，它是一个时间点，前面的故事和后面的故事都是为了中间展现的地方，为它服务。如何具体体现出他们之间一次又一次换锁？是在小品过程当中体现，还是在老人独白当中体现？如果老人心脏没有毛病，强行破坏了这个锁，后来警察抓起来了，这个老人只需要走出来解释一下，这个就结束了，是不是少了一点？

**孙祖平：** 出来之后可以把它交代清楚，前面人家都不知道的，前面可以交代一半，老头为什么这样做后面可以把动机写出来。

戏剧讲究人物的动机，讲究人物的目标。动机和目标之间就是动作。我前面讲了动作，这是意指性单元动作。这个就是个单元，里面有一个意指。对我们这个体系来说，它要有动机。大动机大目标是行动的动机目标，小动机小目标是一个单元动作的动机目标，用一系列的小动作去达到这个目标。中间可以是些小的动机，这个小的东西目标是不变的。其实你说的目标是小目标，这个动机是个小动机。这个目标实现了之后会产生一个新的目标，然后又会产生第三个目标，情节就这么出来了。比如我们上午看的《心病》，一开始赵本山做广告，意指性就是做广告，做完广告有人来了；第二个就是妻子上场说病情，医生要不要接这个话；第三个就是谈话疗；第四个就是崩溃疗；第五个追问抽没抽。最后他自己抽过去了。每一段都有一个单元性目标。所以，相比较而言，小品比较好写就是这个道理，因为它小，比较简单，把一个故事情节分解成6段左右的戏就可以了，一般就6段左右，5、6、7。我分析过好多小品的场面，他们的格式都是5、6、7个场面，演出时间就15分钟左右。你要再长就是独幕剧了。

这些办法对这个体系是有用的，而对其他戏剧体系的创作，我们今天专门讲的那套规则都是不适用的，他们有另外一套体系的观念和方法。我们中国老百姓还是喜欢看传统体系的小品。国外商业市场的戏大都是这样的故事。但是传统故事已经跟我们通常理解的戏不一样了，因为它们也在发展。这条体系最为源远流长，它跟生活有着密切的联系，它在发展过程中也把人家好的东西吸收进来，所以它现在也是很完美的，跟以前的戏还是不一样。大家还有什么问题吗？

**学员：** 开锁这个小品已经在构思了。但是构思过程中有一个问题，它最后是破坏这个锁，他破坏这个锁到底应该在这个小品当中的前三分之一，还是在后三分之一？

**孙祖平：** 这个我很难把握了。我上次看到上海群文系统有一个戏，这个戏也是跟一般的戏不一样的戏。一般的小品情节非常集中，一个时间、一个空间、讲一个故事。它不是，它讲了五六段的事，好像叫《关门》。一栋居民楼的大门，有的人开门轻轻的，有的人开门不是，乒乓响。它是一个一个片段，时间空间的结构跟常规的小品不一样。

我们写剧本要想办法，想手段。我在学校讲一门课《剧作规则》，现有25个章节。前面有一个序言，序言就叫规则，最后有一个结语，结语叫违规。因为这个规则是人制定的，是我以为大多数人以为戏是这样写的，所以我讲的不是绝对真理，不一定是对的，所以，违背这些个道理也是可以的。有的人就是不要听你讲什么编剧理论，有的人你跟他讲理论他坚决反对，可不可以？可以的。不一定听我的理论，他不听也可以写，只要他写出来他认为好，有人看，都可以。规则这个东西是人定的，既然是人定的，就可以有人来违规。

我们为什么一定要亦步亦趋地循规蹈矩？我们为什么有的时候不能破坏一下规则？我们破坏一下固有的规则不是弄出新的规则了吗？写戏要想办法，要遵循规则，也可以破坏一些规则。有的人就是不按照既定编剧理论写剧本，你那么做真的可以。因为我们即使照着既定理论做的戏，这类戏已经很多很多了，大部分都是很平庸的。有的人可以从看戏、看电影中，凭感觉掌握到剧作规则的规则，这是可以的。

你的这个戏，开锁一段，又开锁一段，然后重点一段，那也挺好的。中间怎么过度？用叙述性的方法，它是连贯的，这也挺好的。我现在讲编剧理论，以前被我否定的那些理论现在我全捡回来。从前说不可以这么写，现在也可以这么写，有什么不可以？只要在台上演出来的就是戏，而且有时候可能会写出好戏来。那种东西也可以有好戏，看你怎么搞了。

《圆梦》作者：《圆梦》那个作品中您提了很多很好的建议，比如套裙的矛盾冲突。我在想这样结尾他们俩到底是和好如初，保姆跟她的同学一起去上学了？还是继续留在老人的家里呢？这个结尾我一直在纠结这个问题。

孙祖平：这个结尾是到具体了，写完最后会变的。

《圆梦》作者：因为家里还是很贫困。

孙祖平：最后把钱还给她了。她的钱能不能帮她交学费了，这个我不知道，这个情节发展到最后，有时候会想得明白，有时候想不明白。凡是在生活里面让你感动、激动、感兴趣的东西就别放过它。只要你写作，只要你一直写戏，迟早能成为你写作的内容。

构思上要有特点，要有亮点，要炫耀，要找殊相，找事物的特殊状态。有些事物的特殊状态是要作进一步发展的，要再去虚构它，否则就没有想象力。想象力就得靠虚构。虚构可以是凭空的，可以从实有的东西去想象，可以从思想立意上想象。

我上午讲到戏剧的场面。场面就是一个动作，一对动作，一组动作的时间、空间化，因为它具体了，变成 3D 了，就是时间、空间化。场面可以分类。第一我把它叫做必须场面，第二叫过渡场面，第三叫升华场面。戏剧创作一定要有场面。必须场面有一个条件，是双向命题，也就是有冲突了，它一定是一个冲突场面，所以有冲突的场面一定是必须场面。必须场面包括戏剧主要场面，包括戏剧的转折场面，包括戏剧的高潮场面。最精彩的戏全是必须场面，所以一部戏以必须场面为主。如果不是必须场面的话，你要改造它。

　　第二就是过渡场面。过渡场面就是属于介绍性、铺垫性、过程性的，不是主要的东西，因为戏剧不能都是很紧张的，它还有不紧张的地方，有起伏的。

　　第三个就是升华场面。升华场面就是抒情和议论的场面。我就把所有的场面概括为这么三大种类。我这个概括很简单，必须场面、过渡场面、升华场面。升华场面可以跟在它们后面。如果你是在必须场面后面抒情，你也是必须场面，冲突完了抒情，这个戏上去了。如果这个场面跟在过渡场面后面，你跟错人了。它前面是不紧张的，你跟在后面不紧张就更不紧张了，这个戏就往下塌了。冲突了就上去，不冲突它就下去了，这个下去是以什么东西来判断？看能不能给观众以刺激。我们去看戏，观众是让戏来刺激神经元的。你给我的神经元刺激越深，我就越兴奋，我就对你的戏有关注。如果第一次没刺激，第二次没刺激，我就对你反应不起来，就疲沓了。比如一个小品写了 6 个场面，你可以把这几个场面分一分。我看你们小品的时候我就在剧本上画一条线分切你的剧本。这是第一个场面，这是第二个场面，一个场面就一个动作、一对动作或一组动作，它就是一个意指。它的意愿、意念、意图就在这里完成了。它要完成第二个，连接起来，最后连接起来就是大的动机和目标。一连串的小动机完成一个大动机，一连串小目标完成一个大目标。你自己也可以作分析，我这个剧本有几个场面，场面是必须场面是过渡场面还是升华？比如像《心病》开始，赵本山做广告，这是什么场面？这就是过渡场面。第二个场面妻子说病情，它也是过渡场面。这个戏真正的情节是从第三个场面谈化疗开始的，但前面两个场面很短，所以在没戏的时候，场面应该很短。过渡性的场面就要把它简短化，让它趣味化。做广告那个场面多有趣味！大家千万别小看这个趣味。我们老祖宗教给我们这个趣味化的本事。用什么方法？插科打诨。李渔把它叫做人参汤。笑一笑精神提起来了。我上午讲的突现状太重要了，几乎都可以达到这样的标准。如果我们写的戏不突现就不要写了，没什么好写的。过渡场面是次要的场面。过渡场面要写得短，有趣味，要动点脑筋。

　　差不多了，大家还有问题吗？你们现在年轻，有兴趣爱好那就写吧。

# 俞志清

国家一级编剧
中国剧协上海剧协（虹口）
小戏小品创作基地主任
俞志清海派小品工作室负责人
中国文联志愿者协会会员
上海戏剧家协会理事

　　1989 年毕业于上海戏剧学院群文干部专修班，主要从事小戏小品创作。代表作品《寻找男子汉》《调解明星》《拉链夫妻》荣获中国戏剧奖·小戏小品奖；《回家过年》《牵手》荣获国家文化部中国艺术节·群星奖；《一句话的事》登上央视虎年春晚；《回家过年》入选 2013 央视元宵晚会并被全国七个地市级电视春晚选用。

　　先后荣获上海市劳动模范、全国文化先进工作者、文化部"群文之星"、"2015 中国文化馆榜样人物"等称号。

# 剧本《我不当贫困户》《等待阳光》《牧羊女和旅行者》《党小组会》《为健康加油》创作辅导

### 主讲　俞志清

　　在所有授课老师当中，我有别于其他的各位老师，因为我跟在座的一样，作为戏剧创作爱好者，一步一步走过来。我这一辈子没干过别的事情，就干了一件事：搞小戏小品的创作。在这里谈不上上课，主要是把自己的创作体验和实践经历跟大家作一个交流。

　　因为前期作品选拔是我组织专家一起进行的，所以我认真拜读了大家的作品。在座的能够参加这个班也是很难得的，因为你们的作品是从两百多个作品中选出来的。虽然作品相对来说有好和坏之分，但我觉得都是有提升余地的。

　　总体上这次入选的作品和学员水平参差不齐。一些边远地区的作者，带有很浓烈的地域色彩。就像地里长出的庄稼一样，作品也一样，你在这个土地上生活，你多多少少带有这个环境给你塑造的作品色彩。但无论如何，作为创作者，在创造这些作品当中，必须具备一种比较良好的心态。我听说了前几位老师对作品的评价，提出了一些修改意见。每个老师对作品的评析各有自己的特点。我争取做一个救急扶伤的医生，尽量在骨头里挑点肉，对我们的作品尽量找出一些办法来进行修改。

　　说到修改，我这里讲一点我的体会。我从1984年创作到现在30多年，有一百多个作品的累积，其中也上过央视，上过"春晚"、元宵晚会，获得过"中国戏剧奖"、获得过"群星奖"，出版了四本个人专集，举办了两次个人作品展。这些作品从成型到最后能获得这些奖项，有个很重要的因素就是修改。我是这样体会的：没有修改不好的作品，没有不可写的题材。不是每个人都乐意、擅长去修改作品的。

　　常听一些创作者说，我要修改还不如重新写一个。但是一个好题材，因为你创作上艺术处理上的不足，需要修改是很正常的。2011年央视"春晚"导演马东看中我一个作品《调解明星》。我在"春晚"剧组经历了很痛苦、很煎熬的修改过程。我平生第一次一个小品剧本改了16稿，非常煎熬。老师提出一些修改意见，我觉得很有必要。我们可以当成一次很有意义的实践。

今天首先把我们要负责的五个剧本进行一次讲评、分析，提出一些修改意见，接下来我再就我几十年的创作实践经验、体会、感受，跟大家作一次这方面的交流。

我们这里有五个作品。我们不读剧本。我们请作者把自己的作品跟大家作一个介绍。我希望介绍得透彻一点，包括你创作的东西，包括你自己目前对这个作品有什么修改想法。

第一个作品《为健康加油》的作者是哪一位？请谈谈你的创作初衷和剧本内容，跟大家做一个介绍。

**杨莹**：我是云南人，住在云南和四川交界处，所有的生活习惯、方言接近四川，所以文本里使用了四川话。二筒是我们单位一个真真实实的人。创作这个作品初衷是因为我们当地每年要搞元宵晚会，可以称作当地人的"春晚"。大家很喜欢参与这个活动，每次在广场演出有几万人参与。我们当时想通过这样一个平台去唤起大家对健康的意识。因为在文化馆各种各样的班上发现，重视锻炼的是老人还有孩子，中青年妇女参与很少。通过了解，这个年龄段的妇女觉得上有老、下有小，加上工作生活，没有更多时间参与，对自己的健康问题心有余而力不足。文化馆专门办了健身操班，在晚上7点以后免费开，主要针对中青年妇女。她们挺喜欢，就是时间上不够。我们是四川生活习惯，喜欢打麻将。因为参加了健身操，戒了麻将，跳一段时间觉得身体好了，找到健康，找到自信了，但还有很多人没有走进来。我就想借元宵晚会这样的平台，通过节目唤起女性的自信和健康。我们在"打造健康绥江"这个主题，晚会上有单纯的健身操节目还不能表达我的思想。我就从语言这块入手，二筒加上小女孩串在一起，通过语言形式表达出来。让大家有个健康意识，不仅有老有少，还有中青年妇女。

修改方向我不是太明确。这几天我反复看我写的剧本，觉得有很多地方不足。这个小品已经表演过了，效果也蛮好。二筒本来就是演喜剧小品的人，全县人民都认识他。但是觉得还有很多细节上没考虑清楚。希望俞老师和同学们给我提出宝贵意见，进行更好的完善。

**俞志清**：我先说一点。每个地域、每个城市，观众对文艺作品、对小品的认知程度、认知力是有差异的。刚才这位同学讲，在当地演出有一定的剧场效果。如果在上海有这样的作品出来，我个人认为未必能造成很好的剧场效果。就像人们对戏剧的一种认知一样，我觉得这里面有差异，我们先不做观众层面上的评价。我们先对这个作品本身。大家有没有什么想法？

你为了这个晚会专题创作了一个作品。我认真看了一下，我写了一些评语。这个作品讲述了老婆喜欢打麻将，给老公取名二筒。二筒领导给他任务，为自己单位挑选元宵文艺节目，而要选拔的节目对象恰恰是在老婆和女儿之间。我写了三点意见：第一，女儿和老婆节目只能二选一，这种巧合和偶然不是很合理。为什么？一家人，一个屋檐下可以随时沟通。即便是打埋伏、刻意隐瞒，像剧本所说的给对方一个惊喜，但是剧本没做任何铺垫。

第二，二筒是个"妻管严"，怕得罪老婆，又怕伤害女儿，就想公平竞争。让二筒没想到的是，老婆的健身舞跳得那么好，但剧本中对老婆跳健身舞居然毫无所知。原来老婆喜欢打麻将，现在爱好健身舞蹈，这本身是好的转变，就像剧本里写的一样，没有理由不当作喜讯告诉丈夫。这种埋伏显然是不合理的。还有打麻将本身，不知道你们那里怎么样，在上海这里也有很多，打麻将很多，是邻里之间的娱乐活动。在剧本中说得可能过于严重一点。

第三，这种不太符合生活逻辑的戏剧情境设置，影响了矛盾冲突的合理性。平常百姓的烟火人生应该是亲密无间的，二筒和妻子可能曾为她打麻将有过争执，现在爱好的转变，是在二筒作为下，还是妻子为了家庭和睦的自觉醒悟？家长里短的矛盾冲突，大多是生动而富有情趣的。陈旧的题材，也不是不可以写出新意。这个小品需要修改、提高的不仅仅是情节的合理性，还有人物塑造、行为逻辑、语言台词、作品的风格样式等等。最主要的是小品结构过于松散，既然是二选一，那就要考虑如何在公平竞争中，富有戏剧性地做到一波三折。

戏过于平淡，过于松散。我刚才说了这几方面，就意味着这个作品要重新修改，可能要兜底翻，要来一番全身心的改造。当然这个题材本身有多大的社会价值和文学意义，我们可以重新考虑。相对来讲，这几个人物也比较模糊。当然我刚才听明白了，这个作品是为了一个晚会定制的。在现场我们讲究现场效果。这个作品本身也是针对地域的一些实际情况，迎合观众，没有从作品的本身出发，所以我觉得要好好再重新把人物的行动、生活的逻辑梳理一遍。现在的人物相对比较模糊，他的行为、心理，到底怎么在二选一问题上作出自己的判断？我觉得这个戏的结构点在哪里呢？在二选一。在这个问题上下工夫，增加它的可看性、合理性。

我说过了，生活远远大于我们的想象。我们不能局限于自己的想象，应该从生活出发。这个作品目前来讲，我觉得要考虑的是如何把它改头换面。它的修改价值到底在哪里？局限于二选一这个点上，写出来它有多少新意？

接下来讲第二个题目，《党小组会》。

**杨玉萍：**这是我们当时结合"两学一做"搞的一个作品，演完之后老是感觉这个矛盾点不够突出。请老师在这块做一个指导。

**俞志清**：你是为了完成任务吗？

**杨玉萍**：不是完成任务。这个故事在当地也是比较真实的故事。在新疆比较缺水，发生争执之后怎么解决问题，也是每个领导面临的事。我们想通过这种方式宣扬一些正能量。

**俞志清**：大家对这样作品有什么好的想法？我今年去了好几个地区做讲座，下面的学员没有像今天在座的学员如此专业、有实践，都是从事以及爱好这行的。其实一个好的剧本，要对剧本倾情投入，分析别人的作品，也是对自己的启发和提高。你有什么好的想法可以提出来，答疑解惑，或者你有什么想法，可以在这里交流。

**赵煜君**：我说一个自己的疑惑。第一我不是党员，第二我也参加"两学一做"。我看这个作品感到很亲切，因为我们每周雷打不动要学习。当我看到这句话我内心产生小小的疑惑，就是在第297页。他的媳妇跟他说，"啥时候了你还在开会。我们家的棉花已经连续七天高温暴晒，都要旱死了，你还有闲心在这儿开会？"说到这儿我有个小疑惑。他们因为缺水，自己的棉花地没有浇水，把水给那边棉花地了，所以自己的棉花地就不用管了，因为这也是他家的经济来源。我觉得要从另外一个地方想办法，而不是就不管不顾。第二，他说为什么浇别人家的地。他说是因为是沙土地棉花又矮。我不理解，别人棉花长势更不好，这时候把水放到那边长势不太好的棉地，主要原因是那家人更可怜，需要更好的棉花长势来帮助他。这样我想到另外一个点，如果水是无限的，地是无限的，是不是应该把珍贵的资源用在更好的东西上，比如用产地更好的棉花上，能够多产，我给他捐钱，或者其他的帮助，这也是一种帮助。这是我随便想的，不好意思。

**李伟东**：我有自己的一个想法。《党小组会》场景选得把人们圈在固定的场所，人物太静止，缺少戏剧行动。比如党小组会能不能改成现场会？比如在劳动现场，在研究棉花地的现场，这样就多一些戏剧行动。当然这里面有很多好的东西值得学习。我觉得太静止了，反而就不叫小品？我感觉有点像相声。我跟我同学说，如果说这样有点像群口相声。然后在一个场所可能围绕一个矛盾，展开一个戏剧行动。这是我的想法，可能说得不对。

**俞志清**：说得很好，这个作品首先比较难能可贵。新疆同学写小品这是非常难能可贵的。今年我看了很多剧本，做了很多评委，确实没有新疆的，所以这位来自新疆的作者，特别难能可贵。从这个作品可以看出来是边疆地区党小组会的真实写照。如果党小组会发生在一线城市某一个单位这个可能性不大，但是在边疆地区，以农业为主体的，我相信可能会发生。生活气息比较浓，几个人物形象比较鲜明，而且很具有特色。作品讲述了党员夫人大闹党小组会，拉着老公要解决棉花地浇水，而丈夫为了感恩，高风亮节，主动谦让，这让老婆不理解，产生矛盾冲突。

第一，整个矛盾冲突解决了，都在说理，是个口水戏，动作性比较弱。第二，问题解决的过程比较简单。平铺直叙，手法比较单一，没有将矛盾推到极致，相对缺少可看性。艺术作品本身要高于生活，从生活当中提炼出来要进行艺术的加工。

所以我的建议是：一、我觉得这个作品要增加地域特色，人物形象、语言要更贴近百姓生活。新疆的风土人情要在作品当中得以呈现。这个作品如果将来争取参赛，人们对这点还是看得蛮重，所以你可以加一些新疆元素，因为别人加进去可能不合理，但是你加进去是合理的。二、刚才我讲了生活远远大于我们想象，特别是家长里短的夫妻矛盾，远比剧本呈现的更加精彩。老田在浇水问题上的谦让，如果有难言之隐，一定会让夫人马翠花造成一定的误会，而误会和夸张恰恰是小品创作常用的基本手段。这种手段的运用可以让作品一波三折，让作品展开想象的翅膀，在生活中挖掘寻找，使想象鲜活，使故事精彩。

我同意李伟东的意见，在现有的环境中，这个戏很难行动起来，你已经行动了，打、拉、推、拽全用上了，但这个用的仅仅是人物的肢体语言，没有使矛盾真正激化、推动、提升。矛盾的提升是需要往上走的，一翻、两翻、三翻。在这个点上折腾来折腾去，折腾就是戏，戏就是要折腾的。所以我觉得这个作品可以加工，有余地，但是你要重新考虑这个戏的结构。因为这里面有一个误会在里面。这个老田为了感恩，所谓的感恩就是他们家着火了，后来旁边的邻居帮了他，所以他为了感恩，所以水就让给他先浇，所以他们之间有误会。误会，我们要智慧一点，我们就误会而误会吗？所以我觉得你要动动脑筋。

我们如何让他在这个环境当中增加舞台的行动呢？我觉得改变环境可能更好。但是现在这个局限在哪里呢？它是一个党小组会。从某种意义上讲，也是一个命题作品，为了"两学一做"写的一个作品，所以它还是有局限的，很难脱离这个主题。我很少看到这样的作品题目，因为这个题材比较敏感，但是它很真实，这是它的特点。你目前有没有对这部作品改编的想法？

**杨玉萍：**我想把这个民族团结元素加进来，毕竟是有地域特点的。

**俞志清：**你可以把民族团结结合进来是可以的，这样可看性也强，比如有些误会来自文化上的差异。这样领导看了也开心，观众看了也开心。我觉得有余地，可以改好。

第三位《我不当贫困户》，来自四川。

**罗丹**：我先介绍一下这个作品背景。我们蓬江是国家贫困县，从2010年至2020年之间是脱贫的时间。现在我们脱贫有两种方式，一种是基础设施建设，第二种是互相脱贫。在这个过程中有问题了。因为现在的贫困户，我们一个村30家、40家，特别的贫困不一定很多。但是有一家选不上不开心，最后都想选上贫困户，都想占这点扶贫的好处，包括有的就不愿意脱贫，甚至有的觉得贫困挺光荣，丧失了三观，为了这个事情县上干部很头疼。这是我的出发点。我的标题《我不当贫困户》，当然写这个东西有政治色彩。另外一个考量，也是我自己的一个观点，一个国家不是扶起来的，它靠民族自信、艰苦奋斗。这是我大的思想。这个作品想法是这样的，所以就塑造了一个狗娃。这个村里40岁、30岁单身男人很多，由于各种原因造成贫穷。以前比较封闭，有人出去打工，一年出去能带回两三万元，有一定的信心，他就有憧憬了。但是留在这里的人就是争取当贫困户，因为这里被评上很不容易。通过一个很复杂的过程终于评上了，然后他想讨一个老婆、组建家庭。

这几天在这里学习，觉得这个本子越来越不是我想要的感觉了。第一个是三者关系，关系陈旧，比如狗娃和舅舅。我现在想，这个干部能不能是他的同学？当时我们是同学，现在你是贫困户，我怎么帮扶你，这会是什么样的故事。第二，现在在想一些事情，但是没有聚焦点。我想狗娃衣服是穿还是不穿，在这个点上思考一下。因为穿上之后他的自信会受到冲击，不穿会怎么样，穿还是不穿？以上是我的一些思考，请俞老师点评，也希望得到同学们的帮助。

**俞志清**：这个作品是你从生活当中观察到、发现的，还是凭空捏造的？

**罗丹**：这里面80%的人都是真实的，因为我就是扶贫干部。

**俞志清**：你对自己作品的质疑，我觉得这种心态值得提倡，敢于不断否定。我们创作的时候就应该有这种心态，我觉得我的作品还有什么问题。所谓不断否定就是说我们要对一个题材、创作故事，不断把它完善。我一直讲，我们创作者对自己形成的构思和题材要举一反三，不断论证。所以这种状态是对的。

第二，我们可能拿到一个新题材，你从创作角度，甚至怀疑自己会不会创作。其实这是一种好的状态。我待会会说创作状态的重要性，特别是哪一种人更适合从事这个职业。不是每个人都可以写作，他需要一定的素养，包括具备成为好的创作者和编剧的那些素质。

大家对《我不当贫困户》有什么看法吗？

**学员：**我说一下，我一开始看到罗丹老师的剧本，觉得这个题材比较常见，我觉得里面写的这些方言比较有趣味，我觉得这个冲突稍微弱一点。是不是改成"我当贫困户"。狗娃是大龄青年，一直没找到西服，他穿的花里胡哨就是要相亲。舅舅帮他争了一个贫困户名额，到干部来家里的时候知道今年不给钱了。他舅舅就说，算了不当贫困户，然后才知道给他们技术，帮他们脱贫。然后他说我要当贫困户，我要脱贫，要娶媳妇。这样是不是矛盾性更强一些？

**钟一鸣：**我看了这个，有个想法。咱们说这个题材我以前见过。以前是一个县要当贫困县。我看了这个语言挺好，我觉得冲突不够的地方就像刚才说的一样，没有把三个人的扣在一起，是两两对话。如果是两两对话就像相声，产生不了矛盾。我觉得不如让他舅参与到这块。他说贫困户这块。三个人互相搅在一块，这样更有戏剧冲突，也能产生更多的元素，更能达到一种效果。

**汪圆圆：**这个作品，刚才作者也说，他对几个人物设置比较质疑，人物关系比较陈旧。我刚才想了一下，如果把这个狗娃设计为今天正好是有一个，比如外乡或者什么人给他说了一门亲，他准备相亲，所以穿成这么花。然后他舅舅又说你要当贫困户不能穿这么花。正在这个时候，帮扶干部来了。这个帮扶干部是个女的，狗娃就以为这个是他相亲的对象，中间产生了一个误会。他舅舅有个什么事情出去了。狗娃以为这个干部是相亲对象，然后在干部面前夸夸其谈，说自己家庭条件挺好的。舅舅来了以后，把这个误会解开、戳穿了。这样矛盾是不是更激烈一点？

**俞志清：**这个说法是动了他的结构，增加了情节，可能会出一点新意。就这个作品本身而言，它是结构小品。这类题材我看得比较少，我看的城市题材比较多一点。

这个作品是生活气息浓烈的喜剧小品。舅舅为了帮狗娃争当贫困户排演了一场喜剧，而狗娃为了面子抹不开，在扶贫干部面前想假戏真做，最后在李干部语言刺激上抖出了实情，把伪装卸下后，狗娃表达了自己内心要努力致富、摆脱贫困的志向。

就作品本身来讲，它的喜剧风格比较浓烈，人物语言比较风趣幽默，人物形象也具有地域农民的特点，呈现出来它可能是个比较好看的喜剧小品。但是问题在哪里？是作品设置的矛盾冲突点，在宁可做懒人继续要扶贫款还是靠自己努力，奋发图强、摆脱贫困问题上，作者没有将矛盾递进推到极致，而是顺理成章轻易化解，这样就落入一般小品的套路。

听了大家讲的以后，我目前建议有所增加。现在一个建议是，扶贫干部熟知被扶贫对象的套路，而狗娃的舅舅也了解李干部的套路，在你来我往的解套当中，将矛盾不断递进，不断折腾，而不轻易把矛盾圆满地化解。这是这个戏本身之间的冲突。刚才你讲了一点，我觉得首先你思考了，从人物上它比较老套。这种戏我可能在很多作品当中已经有过这种人物塑造，有过这种情节展示。刚才讲的女朋友弄上来，他穿得花里胡哨，这个戏重新结构它，我觉得也可以。

目前要把这个戏破一破。这个戏看比较规整。"我不当贫困户"，"我不是贫困户"，本身这个狗娃目前不当贫困户的理由我觉得站不住。就目前来说，他因为要找一个心仪的女朋友，要面子。这个面子其实也是没有充分的理由。所以我觉得作者不妨设计几个修改的路径。我可以这样改，还是那样改，还是在原来的基础上改。我们"破"它，主要是想把这个作品再提升一下，特别是十九大以后，关于这块我们有很多新的方针政策，能够融入到当地地区农民，对贫困重新解释。如果再矫情一点，"贫困"的涵义未必仅仅是物质，这上面我觉得可以做点工作。

现在李干部的言语刺激，狗娃就马上表示他不愿意做贫困户，是他舅舅让他充当这个角色，这个过于简单。就这个点我们结构它，必须要继续解套。这个解套肯定要好看，不好看的套路就没有意义。

我希望今天讨论的作品，作者回去思考，能写出一到两套修改方案，不要局限今天讨论的，打开思路，这对我们将来创作很有帮助，也就是刚才罗同学讲的不断自我否定，可能有更好的办法。

戏，矛盾冲突一定要写到极致，极致有很多方法和技巧。小品创作是个技术，它有技术含量，所以我们要学编剧。当然这不是唯一，还有很多可以提高作品的思考。

接下来讲一下《牧羊女和旅行者》。读了作品我就以为是个女孩子作品。

**尼玛顿珠**：我是西藏话剧团的。我以前一直用藏语写作，汉文表达很差。我平时跟大家一样主要是完成任务，写很多命题作文。这个作品表面看起来是个环保题材。为什么写这样的作品呢？我从去年开始涉足到儿童文学创作，开始关注儿童的世界。我特别想表达一些藏北草原上非常偏僻地区生活的小孩。那些小孩表面上脏兮兮，满脸都是污垢，实际上心地极其干净。为什么？他们很少得病，一旦得了病，吃一点点药马上痊愈了，说明他们非常干净，没有污染，血液非常干净。我想表现这样一些小孩的心态。他们是如此善良，如此跟自然接近。这是我们藏民所谓的性格也好，民族的心理状态也好，这跟宗教有关系。现在要淡化宗教，所以我写到环保上。保护动物是可以提的，所以跟这个结合起来，写了这么一个东西。

这个作品矛盾冲突没有推上极致，解决方法非常简单。请老师提意见。

**学员：** 首先对尼玛顿珠老师表示一下我的敬佩。我非常喜欢这个作品。这个作品透露出精神上的纯净，这肯定跟很多作品都有关系。因为看过阿来一些作品，这里面稍微提点自己的意见。

第一，这个小女孩一开始有一个动作，就是她能够和小羚羊沟通。我觉得后面再扣一下题更好。因为它贴近儿童文学，我觉得可以再魔幻一点。你觉得冲突不够的是牧羊女，这毕竟是她的地盘，除了放狗以外，她可以用更多的方法把旅行者耍得团团转，因为这是基于一个误会。两个人都想保护藏羚羊，小女孩的坚持，这样一种方法，我觉得可以用更多的方式"折磨"他、"捉弄"他，用一些方式，比如她熟悉的，吃草药。最后再放狗，这样可以增加趣味性。因为我们那边也搞了一个儿童文学，所以我特别喜欢这个作品。

**尹露：** 我觉得这个小品不是一个矛盾冲突特别强烈的小品。主题可以定在这种纯净是有净化功能的，这个主题比矛盾冲突要好。别的表述上，这是技术层面上的问题。它的主题可以再大一点。

**张雪莉：** 就像刚才两位老师说的，保持它的纯净就已经够了，不需要编造太多的冲突，刻意编造的东西少一点会更好一些，而且它最终反映的也不是这两个人的冲突，最终还是歌颂搭杰、凸显出搭杰，最终这个戏想歌颂的主题——为了保护藏羚羊而牺牲自己。

有一个地方我觉得有点提前露底了，124页，旅行者说，小姑娘你知道吗，小羚羊受伤了，如果不治疗，伤口会感染。这句话提前说了，他俩之间就没有冲突了，小姑娘就可以完全放下警惕，这儿可以先包起来。先别说他是来救小羚羊的，我觉得更好。

**学员：** 这个小女孩可以把藏羚羊的名字起名搭杰，就是他叔叔。他们一直好朋友的关系，今天它受伤了。

**於国鑫：** 老师好，我之前看的时候觉得挺好。但尼玛顿珠介绍了创作动机后，我觉得他想表达的东西和他描写的东西有出入。他的初衷是写一个血液都纯洁得能净化自己生命的小女孩，但文本里的这个小女孩出现了多个不纯洁的细节。她不是一个连血液都很干净的小女孩。她充满了各种世俗常见的猜忌与警惕，甚至里面有"死了会下地狱"、"你杀了它，它会报仇"等等语言。这些是为了矛盾，但现在的女孩就不会那么纯净。如果我写这个故事，这个游客就是一个普通的游客。他担心这个女孩会怀疑他，所以极力掩饰自己。这个女孩相信世界上的人是好的，那些下地狱的人终归有神灵会惩罚他。我特别同意尹老师的意见，这个作品不要加太多矛盾，围绕一个小点：我以诚待你，从这个女孩身上去感受大自然的美,去感受人最原始、最纯净的一种状态。我特别喜欢这个作品。这个作品文学性特别强。

张宝琦:我有个大胆的想法。我不知道藏族那边普通话普及是什么样的。看了这个小姑娘应该是十多岁的小女孩,有没有那种可能,这个小姑娘听不懂普通话?她可不可以不说话,或者用藏语,跟这个旅行者有个冲突。我不是恨你们,我的血液是清澈的,但是我害怕,我害怕出现那种危险,是因为我舅舅就是保护藏羚羊去世的。这样旅行者的话就要多一点。他们两个在没有共同语言的情况下交流,然后把环保主题体现出来。就像音乐一样无国界,环保也是无国界的概念,最后再体现民族大融合。

於国鑫:建议这个作品围绕"我不愿意相信你是坏人,但是我害怕你是坏人"来写。

学员:这个小品是我非常喜欢的小品。有三点:第一,改掉狗这个可不可以?第二,旅行者可不可以出现一个情节,他为了让小女孩相信他,他让小女孩把自己绑起来。他示意她拿着药敷药。第三,这个小女孩在翻包过程,看看他包里有没有其他伤害小动物的东西。我要检查一下,然后发现了那张照片。

俞志清:好,大家讨论得很热烈。我觉得这个戏还是蛮有说头的。在我们选择当中,要有一个来自西藏的作品,我就认定这个尼玛顿珠是个少女,而且写了这么温馨的作品,而且题材又是这样的环保题材,这个题材在我们作品当中确实不多见。所以就作品本身来说,这个作品风格、题材内容,决定了我们对这个作品重新认定。

大家谈得很好,我觉得刚才有一点很重要,刚才说到"我不希望你是坏人,但是我怕你是坏人"。这个在她的行为当中,以及她所有下意识的动作、行为都要改变了。

我的批语是这样的:来自西藏的作品。来自一个内地的游客,实为野生动物保护者。为了保护藏羚羊,因为误会而产生冲突的故事。

旅客为了寻找一只受伤的小羊,要进入牧羊女的帐篷中。牧羊女认为他可能就是为了利益来到草原的偷猎者。矛盾冲突,设置很简单。但是小品能把观众带入藏北秀美的异域环境和不为许多人所知的野生动物保护的戏剧情景,所以难能可贵。化解冲突的原因是因为旅行者的一张照片,而照片上就是为了保护藏羚羊而牺牲的牧羊女的叔叔,这完全是一个偶然巧合发生的事情,使得情节戛然而止,也使作品相对平淡、简单。

刚才同学提了几个小的建议。这几个小的点子不足以解决问题。首先它是格局比较大,讲生态,讲野生动物自然保护,来自藏族和汉族之间的作品。

除了刚才大家讲的以外，我觉得还有一个形式上的突破，大家看可不可能。我建议此剧可以突破原来小品表演方式，采用动物拟人化的表演。把动物和藏羚羊都参与进来，这个戏一下子就活了。让人和动物在大自然环境中，就保护动物生态环境、人和动物互相依存、和谐共处，设置生动有趣的虚拟情景，可能会使作品更打动人心。

如果我来制作这个作品，我想它的舞美，所有的道具一定要做到位。这个作品排练出来了吗？

**尼玛顿珠**：没排过。

**俞志清**：我相信大家喜欢这个作品是有理由的，我们可以找到很多修改的方法，但是要保持它原来的风格，不要人为制造很多冲突。这个人物很重要，牧羊女形象塑造很重要。

刚才尼玛顿珠同学说得很对。我去年4月份为了"春晚"创作一部作品，叫《不定期失踪》。我去了青海藏区。上海有个青海援助项目，每年要派人到青海地区，在这里待三年。我在4200米高原上住了一个星期，跟央视两位导演。这个作品命题是他们出的。他们想把这个作为"春晚"藏汉民族团结的作品。我也去了，我深深体会到西藏同胞的淳朴，走近他们确实是这样。

我想这个作品可以继续把它做好、打造好。首先刚才大家讨论的这些意见，我觉得都很宝贵。这几个人物很重要，如果把它拟人化，我怎么有机地把动物，包括藏羚羊。狗要不要不知道，狗在那里是不是把戏份冲淡了？我没想过，你可以好好想一想。我是想形式上我们能不能突破。在座的各位对这里生活还不是很了解的。最近我看了一些东西，感触很深。内蒙所有放牧的人，家里没人的蒙古包大门是敞开的，敞开的目的是为了给过路人喝一碗水。很多人都知道这个规矩，所以很多人到了那里就去进蒙古包，知道主人会留水、留奶茶，因为要赶路，没水会有生命危险。但是近几年他走到蒙古包都锁门了。为什么锁门？因为蒙古包东西被盗窃了。很多人知道蒙古人有这个特点，人家家里也有贵重的东西。所以美好的愿望和美好的心灵就像牧羊女一样，似乎也会慢慢改变。她有怀疑，她有不相信，这个似乎有象征意义。

接下来是《等待阳光》。

**袁汝桀**：我先说一下我的作品《等待阳光》不是命题作文，所有的压力都是我给自己制造的。当时我准备参加"群星奖"天津选拔赛，初衷是自己一点小小私心。我想做一个跟其他所有参赛作品不一样的作品，想偷一个巧。但是这个巧怎么偷，让我苦恼很长时间。有一次同学聚会上，我有一个干公安的同学给我分析了一个案情。他说有许多盗窃上升到了抢劫，发生了血案，但是行凶一方往往不是穷凶极恶，他也许就是想拿点东西，这跟《天下无贼》说的一样，抢劫没有任何技术含量了。当他被发现时是因为害怕。一个血案的发生是因为害怕才发生的血案。这个我有点惊讶。这个就触动了我。我想是不是写这方面的东西。

我记得写这个作品的时候，我忽然想能不能反其道而行之。我把作品场景设置在一个居民住宅里，攀爬入室的窃贼，他跟居室主人相遇了，可以说他们力量是不对比的，可以说正义是相对弱的一方，但是如果正义不战胜邪恶，这说不过去，但要战胜邪恶，难道非要以暴制暴？我就想到为什么不能以柔克刚，甚至我想理想化，能不能感化这个窃贼？像孙悟空在如来佛祖手上都想撒尿，可是他见到观音菩萨永远是规规矩矩，为什么？不是说观音菩萨法力比他高出多少，而是观音菩萨以他的圣洁、光辉感召着孙悟空，我不知道我这样的感觉对不对？但是的确是这种感觉让我把这个窃贼与盲女形成一个角色定位。从情节上说，盲女没有喊叫，也没有求饶，讲了自身的故事。她说你不要伤害我，我的父亲也跟你一样，为了治我的眼睛铤而走险，结果被人发现，惊慌无措。他杀了抓他的人，结果被判死刑。然后她说我不希望你伤害我，因为我的被伤害，会使你的亲人失去你。

作品最后，窃贼放弃了行窃，准备从窗户开始走。在这个戏里盲女态度一直是平和的，到盲女大声喊你不能从那儿走，天黑，危险，你再等一等，等阳光出来的时候，我开门，你从这儿走回家。等待阳光出来，就是盲女看不到阳光，她自身需要阳光，她从自己内心的关怀照到窃贼内心世界。窃贼放弃了偷窃的念头，不管后续窃贼怎么样，至少这次他放弃了偷窃的念头。

**学员：**我看过这个作品，好像是？

**袁汝桀：**央视小品大赛。

**张红霞：**我觉得这个作品非常美，主要写窃贼对弱势群体的同情和关爱，也是写人性更深层次的爱心，所以我觉得这个作品非常好。

**陈杰：**我来说几句，我看了这个作品真的很感动。我觉得他写作技巧方面不同于别的小品，他从心理活动来写的。我有个想法，能不能在人物戏上改一下，让盲女父亲杀死的是他的父亲？这样矛盾冲突会更加深一些，这样可以表现缺少父爱的孩子心理、等待阳光的那种社会效果。我不知道想法对不对，这是我个人的想法。

**郑娇娇：**这个作品我在电视上看过。我觉得这个小品跟我看过的小品不一样，这个构思非常巧妙，一个是眼睛看不到，尤其是这个窃贼一直不说话，在舞台上都是表演，没有语言。我觉得这个作品提升了空间感舞台感。是我学习的对象。

**学员：**我想说一下，我终于遇到了真人。我之前排小品的时候，会排央视小品大赛的作品，很荣幸的是这个本子给我的学生排过，没想到这个作者本人就在这里。当时相当于模仿，把这个本子完全模仿下来。当时我看这个作品的时候，觉得用的特别巧的地方是那个围巾，是人和人之间桥梁的沟通。我觉得作品能上 CCTV 应该是很完美的作品。我也想知道这个作品能不能再升华一下，看老师能不能提出好的建议，也可以让我带着好的素材，带给孩子一些好的提升。

**於国鑫**：我也觉得这个小品文学性很强，是很好的作品。有一个问题我要问一下，我没有看过录像，你们二度创作的时候，第 158 页"你如果不急的话，能听我说会儿话吗，我眼睛看不见，平时没事很少出门，也没朋友来我家，很少有机会跟别人说话"，这个演员是怎么翻过去的？家里来贼，保命是第一。

**袁汝桀**：这个情节已经推动到那儿了。

**於国鑫**：有没有演员翻不过去的问题？

**袁汝桀**：是这样，其中还有动作。上课的时候，孙老师提过，如果动作能解决，尽量不用台词。窃贼的反应是把椅子碰倒了，舞台上有声音，而且盲女有句交待，她说你不用挪，在没有灯的情况下，你不如我。然后盲女说"如果你有手电就打开吧"。在挤压式的空间里，一切都是在盲女的掌控之内。

**於国鑫**：这样我只能理解编剧、导演、演员共同创造了这样一个人物。如果我给我的演员排，我认为演员肯定翻不过去。我做全国残疾人文艺汇演接触过盲人群体。因为不能看到，所以他们比正常人警惕性更高，提防性更高。如果是我写，在这个地方一定是首先要自我保护。你现在说的"父亲"是提出来，我写的话，我可能写"你去拿钱，在哪个抽屉"，然后贼拿到钱的时候，旁边是父亲的相片，再提到父亲。

**袁汝桀**：这个作品当时在也有这样的设计，就是听到手表的嘀嗒声想到父亲，这是最原始那版。

**於国鑫**：很多时候我们是想创造一个完美的东西，但一定要符合正常的、真的一样的东西。

**俞志清**：我跟大家一样，我也参加了央视小品大赛，那个导演我也很熟悉。这个戏有年头了。如果你们过来就是听好话，就不让你来了。刚才那位同学讲的有一定道理。首先大家对这个作品给予了很大的肯定。这个作品比较完整，是风格上比较另类的一个成熟作品。但是这个作品缺一口气，这个"气"缺在哪里呢？就是它的合理性。我是鸡蛋里挑骨头。我觉得作品还有提升的空间，所以我对它花的时间和功夫比较大一点。

这是人为痕迹比较重、但又充满温馨的作品。一个盲女和小偷的对话。它扯开了一个生活的合理性，走进人物内心。小偷全剧只说了两个字"阳光"。阳光的意义是走出黑暗，走向光明。但是这个盲女行为合理性可能让观众质疑。你刚才讲了后面改了一稿，这个我没看到。

我就目前作品来讲谈一下个人的观点。因为我也是一个创作者，跟大家一样，从作品本身出发。我来鸡蛋里找骨头。从整个盲女行为角度来看，她是会保护自己的，但从人的本能角度来讲，她的从容和豁达又缺少理性的支撑。这个文本中许多对话，我个人认为不是生活中极端情况的人物语言，而是作者理想化的人物代言。遇到这种危及生命财产的极端情况下，人的第一反应应该是报警、阻止、呼救，这是下意识的本能反应。这种将生命财产置之度外，苦口婆心，可能随时会危及自己的性命。

我记得天津有个作者写过一个叫《妈妈的小屋》，像这种表现样式我觉得是相对比较少的，大家看了以后也觉得非常有味道，是另外一种感觉。

所谓的缺"一口气"，当然我不知道当时评审怎么谈这个作品的，就我们创作从人物出发，盲女所有的反应，包括刚才有的同学提出来想留他，没人跟她说话。这个生活逻辑上稍微有一点牵强。

我个人认为，这个作品需要作者在小品题材确定后，在设置有戏可写的戏剧情景上举一反三。盲女主动想通过聊天来挽救他，非常理想化，可是小偷随时可能危及她的生命，这需要非常强大的内心。

我是这样想的。你不让小偷说话，确实这个演员太省力，同样拿劳务费，但不用背台词。但是我们把它还原到舞台上做一个非常实的戏来写，又改变了它的风格样式，有人又喜欢它这个味道。这个戏跟我们前面说的《牧羊女和旅行者》有相似之处，它的表现形式、风格，决定了现在的舞台呈现形式，但是它最大问题是缺少合理性。盲女所有的行为是作者给她的，而不是真实人物所产生的反应。

我提了几点意见。这几点意见很不成熟。我希望钱老师可以给作者看一下，供你参考。我觉得《等待阳光》是个基础好的作品，可以继续磨炼、打造，主要是让观众能接受、信服。这个改动不是很大，这个风格要继续保持，但是要把戏怎么做得更好。盲女所有的行为没有任何理由和铺垫，缺少一个基础，我觉得这个作品可以继续再打磨。

**俞志清**：11 月 1 日，各位同学可以到我这儿看一台我们制作的海派小品。首先非常感谢大家光临我这里来看这样一场演出。上海小品创作有上海小品创作的风格特点。我专门写过一篇东西，关于海派、北派的差异。由于文化差异、地方差异，所以在创作上也有不同。现在给大家看一下 2013 年央视元宵晚会的《回家过年》。这个央视版本是"春晚"剧组要求我们增加的一个版本。我们先看一下，看完以后再讲一下我的想法。

（播放视频）

原来这个戏有个版本，是2013年元宵的时候，这个作品为了可看性，加入了上海一个喜剧演员王汝刚，是上海曲艺界的一个领军人物，加入以后把戏岔开了，这是为了演出效果。

接下来我抓紧讲一讲我创作中的体会和感受，跟大家一起交流、分享一下。我刚才讲了，我有别于前面的专家老师。他们从编剧理论角度讲一些编剧的技法。我从个人的角度讲。我跟大家一样，是个实践者，这辈子创作了一百多部作品，一辈子也做了这样一件事，其他的也做不了。我也了解创作者的甘苦，知道大家不容易，所以我把我创作的感受跟大家分享一下。

我就讲一些干货吧，例子尽量少举一点。

我觉得有"四性"决定了小品的基本特征：第一，凝练性。戏剧高度集中。第二，片断性。片断性是小品的很重要的特征，不可能是娓娓道来，不可能铺垫得很足，它的前史一定简单。如果这个戏要花5分钟时间来交待背景，那这个戏就不是小品，这是我们通过实践得到的经验。这在北方小品用得比较多。第三，精巧性。但也要符合逻辑。第四，喜剧性。

我是如何选择创作题材的？每个人都会碰到困惑，都会碰到创作瓶颈。一，我一般选择的题材要有社会意义和思想价值。要看这个作品有没有价值，有没有艺术感染力，所以不是每部作品都可以做成小品的。作品本身立意要透出作者想要表达的思想。作为我来讲，我会选择一些老百姓比较关注的社会热点问题。题材突破、题材创新，作品的一半就成功了。二，了解和熟悉感触比较深、内容比较熟悉的题材，离自己生活比较近，离老百姓也比较近的题材。三，尽量选择短小单一的事件。戏剧小品创作是掘井，大戏是开河。开口小，挖掘深，这是它的特点。

几个题材不可取。从我的经验出发，一，不熟悉的题材、离自己比较远的题材不可取。我曾经为东方卫视晚会写了航天员的题材。这个真的很难写，因为离我太遥远，我也不了解他们的生活、内心思想。作为主观创作，像这样的题材尽量避开。如果要写命题作文，一定要下工夫熟悉生活。我一直讲百姓生活是我们文艺创作的源头活水，一定要深入生活、观察生活。二，简单而重复的题材不可取，除非有突破，找出新意。有些题材很多人写了很多次，很难突破，你还在为这个题材津津乐道，你花的功夫事倍功半。你在旧题材当中找出新意来、能突破的，这是可以的，但是我们一定要找我们没有写过的，或者是社会热点题材。三，晦涩、不健康、不文明题材不可取。我们国家文艺创作中有"反三俗"，像有些俗气东西尽量不要写。最早央视小品大赛，《实话实说》前身有句台词：他老婆说，现在有些男人，进门手机就删，上床呼噜震天，经常短裤反穿，"短裤反穿"这个在舞台上有一定的要求，但是到央视这个点一定要改掉，这个笑点不能要。

哪些题材比较合适？一是跟百姓生活息息相关的社会热点题材。二是较为熟悉的生活题材，和自己的日常生活、工作相关的。三是作者要沉淀过的，有独特见解的社会现象。我在2006年写过一个作品《寻找男子汉》。当时我们国家娱乐行业风靡选秀，男人不像男人，女人不像女人，所谓的中性美。我通过自己的作品表达了自己的观点。这个作品也是当时专家评价比较高的作品。它讲了所谓的中性美，将来都按照这个来打造，那这个审美就缺失了。这是我自己觉得有创作冲动、有生活质感的小品题材。

现在上海文艺创作提出既要有高原，又要有高峰。现在有"高原"，但没有真正的"高峰"。我们呼唤有温度、有高度的作品。

我的选择题材的几个路径：第一，我的亲身经历。每个作者都是一样，亲身经历过。像《一句话的事》这个戏本身就是生活当中来的。我有个朋友喜欢打麻将，我这个导演朋友，他是很成功的地下工作者，竟然瞒了二三十年。他总是找我开会、导戏、吃饭，其实他是有打麻将爱好的老人，结果老是拿我做借口，做挡箭牌，什么事情都往我身上推。要打麻将了，他跟我事先说好，要我跟他老婆说开会。我说不能老开会，换个花头。你说开会或者吃饭、导戏。导戏有问题，产生劳务费要上交的，你钱呢？他说没事，钱是我管的，我说那行。这是我自己碰到的，从生活当中来的。像这种题材，我自己搞了那么多创作，我的体会是很难得。好题材就是它的作品具有很高的典型性，每个人都能找到例子。虹口有个小品《张三其人》，我一直说这是海派小品里程碑的作品。它把人与生俱来的弱点集中在一个人物身上，这个人物的影子每个人身上都能找到。这是一个境界比较高的作品。这个作品也是改出来的。

第二，耳闻目染。别人的社会生活经历和经验。比如刚才看的《回家过年》，因为受了启发，进行了交流。这个题材说白了，是有个语言节目《我爱满堂彩》，它的制片导演下的一个任务让我写的，很遗憾没有上2013年"春晚"，上了元宵晚会。同样我是耳闻目睹。我看到我一个同事的妹妹，是山东人，到了这个点上夫妻就开始干仗，去谁家过年，同城的人在一起也会碰到。你说今天过年了，我们一直都在上海。上海的年夜饭到谁家去吃，这是一个问题。我觉得这个作品有一定的社会意义。这个节目播出第二天，我看到一个福建女孩写的微博。她说结婚七年，年年回他家过年。她说我看了小品，我觉得应该争取一次。我父母年纪大了，为什么我没有争取回父母家的权利呢？可见小品的影响力还是挺大的。

第三，道听途说。我说的道听途说，是指媒体提供给我们的一些东西，报纸、广播、电视，以及我们的聊天。我可能跟专业老师讲的有些差异，这是实践中得来的。我觉得题材索取可以有各种各样的通道。我举一个最典型的例子《生死不明》。我讲了一个单位发福利。一个退休老人领福利，领完福利兴高采烈要回家，感谢小胡干事。小胡干事说你不能走，他说你要给我一个证明。什么证明呢？证明你还活着，因为现在冒领的很多。他说我还要什么证明，我人在面前，生龙活虎的。报纸里写了这个人死了几年，还照样领工资。我觉得这个比较好的小品题材可以做成喜剧。小胡说你到居委会开证明，他说居委会去了八次，这个证明怎么开，小胡说你要开这个证明，你就要让你单位开一个可以证明你要开这个证明的证明。小胡说你配合一下，我打的电话说一下这个证明开不出来，后面胡干事说通过了，赶快去开吧。然后他就去。开完了，胡干事又跟他说，这个证明不能去居委会，必须到公安局开证明。他说这个礼品我不要了，他说不要还不行，不然我任务完不成，你要拿走必须开证明。他说算了，我身体不好，你这样折腾我，直接到火葬场吧。那也不行，到火葬场也得有证明，没有证明，人家还不给你烧呢。这是个喜剧小品，我们得了观众最喜爱的作品奖。两个演员演的还是不错的。我举这个例子就是想说明，一个社会新闻抓到了，也挺好的。

第四，我们所谓的学院派经常闭门造车，这也是一种创作路径，就是从一点出发编一个故事。这个故事想表达作者自己所有哲理思辨的过程。比如《好人坏人》，一个南方好人，一个北方坏人。两个人互相看看好人怎么好，坏人怎么坏，他们不期而遇在中间一个地带，为了喝水。所谓东西理念从哪出发呢？刘再复说，人性一半是天使，一半是魔鬼，就是做了这样一个小品。当时我觉得这个小品是孤芳自赏，很难推到市场上让老百姓认同，因为它太小众了。老百姓未必有这样的认知力，跟你的思想一直思考。十年以后我转变这样了观点，我觉得我们要打造受众的欣赏角度和习惯。

怎么处理选择的题材？一，在座的学生当中，这次来的作品也有，就是简单还原生活。"还原"肯定不是我们艺术创作的要素，因为艺术把生活原材料拿过来以后，你要像烹饪大师那样进行艺术加工和提炼，当然这其中有技术问题，更重要的是我们创作观念问题。二，不能避重就轻，我们写戏要把矛盾冲突点推到极致，不能将冲突作为简单的叙事过程。三，不能虎头蛇尾。我们小品创作有些作品开头很大，后面草草收场。虎头、猪肚、豹尾，小品应该是这样的，而且小品不同于小戏，小品结尾应该还有最后一翻，这也是操作和技术问题。这一翻就是保证的"豹尾"。

我简单说一下我创作中的经验有九个要素，希望大家有所启发。

第一，取材。刚才讲了，就不重复讲了。

第二，刚才还讲了前史要简短，皮要薄，入戏要快。小品的特点从戏的高潮入手。如果我们把它比作温度，小品应该是什么样的东西？一上来这个水温就已经烧到90度，它从高潮入手，不是娓娓道来，这跟我们大戏还是有很大的差异。我的《调解明星》曾经给专业院团排练。我刚才讲过了，我修改16稿，后来到"春晚"五审，我跟他们是第一次合作。第一次合作我就感觉到他们路子跟我们有差异，因为剧团演员寻找生活的逻辑性、合理性，他带入这个情绪的时候必须要有铺垫。小品不允许，它从30度开始往上走，走到50度戏就结束了，它的时空属性制约了你。所以我们不按"春晚"要求来做戏，就凭我们自身对小品的理解，上来水温就是90度，冲到100度戏就结束了。100度里面，曲艺讲三翻四折，小品讲一波三折。所以最后这个《调解明星》没有上，这是2011年的事情。

第三，要有好的结构点。北方人从专业角度讲就是戏的梁子，就是它的框架结构。我们要设置有戏可写的戏剧情景。这个情景设置是能够递进的，能够形成戏剧矛盾冲突三翻的，而不是说这个问题把自己堵到死胡同上去，那这个戏就延伸不上去了。折腾来、折腾去，戏要折腾。

第四，坚持喜剧风格。戏可看不可看，你的戏意义再大没有受众，我觉得这个戏也就失去了价值。即使是一个悲剧也要悲喜交加。我们用喜剧来解释它的悲剧命运，这才是一个比较好的作品。

第五，解构作品的时候要举一反三，不断否定自己，做到语不惊人死不休，找到最后的结构点。结构点很重要，而且这个结构点不能结构了以后这个戏开始冲突了，很圆满结束了，这个戏不行。这个戏要从极致上走。所以我刚才讲写戏的人不能太务实，不能直线思考。你生活中可以老实，但是你作为创作者不能太过于老实，要有智慧。

第六，要找到最合适自己剧本创作的表、导演。这很重要，一个好剧本未必将来成型就是一个好作品，因为这里有二度创作，有表、导演介入。我觉得表、导演符合作品，而且提升作品，可以把你的作品加以完善。我团队有我的导演，我的作品还是蛮幸运的，我的作品基本都是提升的，用了两个，一个是老的，一个80后，老的搞传统的，几个大戏导得比较好，但是现代戏找一个年轻的。

第七，小品人物语言是作品中重要组成部分。人物语言一是推动情节发生，二是产生语言包袱，所以尽量提炼出艺术化语言，而尽量减少交待性琐碎的语言。即使是交待性的语言也尽力进行艺术处理和包装，使之成为有剧场效果的语言包袱。语言要贴近人物接地气，切忌假大空的语言。很多作品为了迎合政治需要，说的话不由衷，假大空的语言很多，这是小品最忌讳的。

第八，处理好小品的可看性和合理性之间的关系。既要构思奇巧，又符合生活逻辑。当然如果不好看，合理性也就没有意义了，但也不能为了好看撒狗血，为喜剧而喜剧。《劝捐者》《一个人的独角戏》这是非常好的，但是也不缺撒狗血的。

第九，创作者要有归零心态。在专业上绝不要居功自傲，或者得过什么奖，觉得自己就是会写戏的人。在没有想好之前不要轻易动笔。轻易动笔，我们都走过弯路，所以要沉下心来反复推敲。有时会自我怀疑，怀疑什么呢？我会不会写作品？这其实是好状态，会提醒你创作作品的时候，能够反复斟酌，最好将熟悉的题材陌生化，这点很重要。你熟悉了以后就想当然。其实我刚才讲了，生活远远大于我们的想象。题材陌生化能跳出熟悉的环境，远距离感受和观察。

我们经常会"不识庐山真面目，只缘身在此山中"，就是这样的道理。每个人都一样。

我啰里啰嗦讲了很多，不知是对大家有没有用，只是个人一些创作感悟。跟专业老师之前讲的东西可能有一些不一样。如果有不一样的地方，以他们的标准为主。另外留几分钟，大家有什么问题可以交流。

**尼玛顿珠**：我们西藏那边有西藏电视台，每年有藏历新年晚会，跟央视"春晚"一样的热门节目。从 1998 年一直到现在。我每年都写小品，但是我现在最大的困惑是，很多小品一说情节他们知道，说了名字他们不知道。所以小品的名字怎么能起好？

**俞志清**：你提了一个很专业的问题。小品名字太重要了，不能随便写。取名字要跟内容很贴切，而且听上去不一般。

"国五条"，夫妻为了避税假离婚，我的剧名《拉链夫妻》比较形象，他们觉得不错。这个小品名字取了七八个，最后定了它。这个起名字要慎重一点。去年我给聋哑人艺术团搞了一个肢体剧，也是一样，这个作品不错，得了上海市一等奖。我们在采访时提到了一个问题，如果给你一次发声的机会，你最想说什么？他们有个人就说了，"我是聋哑人，我生孩子了，我最关心的是我的小孩会不会说话，将来会不会像我一样是哑巴"？还有小女孩说，我最想告诉我父母，"爸爸妈妈我在这里"，因为我听不到他们呼唤，哪怕到商场里我走失了，听不到，我不能喊，后来我起了剧名，《借我一声》。起小品名字很重要。有的剧名是贯穿整个剧情的。所以我们起剧名不能起完了就完了，我们要好好想一想。

　　起剧名的方法，不要把它先起好，你要多起几个。比如《谁动了我的爱情》，这是个肢体剧。我想了三天。所以创作状态一定要保持，在你进入创作状态的时候不要松懈，保持好，跟练功一样，进入状态是很难的，但是一旦进入了，就像发功一样，这是蛮重要的。

# 毓 钺

中国戏剧家协会　编剧、编审

**主要作品：**

舞台剧：京剧《宰相刘罗锅》《关圣》《胡笳》等，话剧《官兵拿贼》《戏台》等。

电视剧：《李卫当官》《李卫辞官》《非常公民》《重案六组》等。

# 剧本《验驴》《古戏台前》《喇叭声声》《火龙袍》《父母心》《老兵》创作辅导

## 主讲 毓钺

**毓钺**：今天纯粹是谈剧本、谈剧本文学。我一直不相信理论这个东西，靠理论指导创作，我总觉得是一件不靠谱的事情。因为理论的规模是一种归纳，先有了现象之后才有理论。纯粹以理论作为前提，作为一个指导，恐怕不行。

理论哪来的？真正创作的理论，是创作现象的归纳和总结。没有现象、没有实践，没有我们自己的创作，理论是空的。所以我们拿出作品来，先去写，先去靠着自己感觉去蒙，写着写着你就会自然而然发现需要的理论了。我就有这个感觉。我真正看理论书籍是我写了不少东西以后。不管是谭霈生先生的《情境论》，还是斯坦尼、布莱希特、威廉·拉切尔这些编剧法，一看，人家说得真对。这些路我都走过。我后悔怎么早不去看呢，其实早就看过，没用，不呛几口水，不写出废纸三千来，比如像莎士比亚，一辈子都在剧团，慢慢地有了大量失败经验才逐渐需要一些理论的指引，否则不会刻骨铭心。

首先我要说一下，我不是搞理论的，就是搞创作的，跟大家一样。我所说的只能是我自己的经验、体会。

我觉得今天这种讨论方法非常好。咱们拿出作品来说一说。我尽可能讲一些具有通病的问题，因为你们都是有实践的。有实践和没实践完全不一样，特别是作品拿到舞台上以后，你自己在台下看自己作品的时候那就更不一样了。

接下来讲第一个作品。每个小品之前，请作者先说两句。

**史赟慧**：我这个小戏是去年山西省吕梁市脱贫攻坚，文化局安排写的类似题材的作品，根据要求就创作这么一个小剧。当时因为周围的第一书记特别多，对他们的生活比较了解，又查阅了相关资料，但是这个戏确实是虚构的。用假驴当真驴哄骗第一书记，这个情节是虚构的，其他的元素是比较真实的。这个戏主要利用杨红梅挡着赵书记不让进屋，一挡、二挡、三挡，挡了三次，出点喜剧效果。但是我又不想把这个人写坏。我看过的作品，经常把贫困户描述成懒汉、不愿意奋斗，或者说占国家便宜。我这里把贫苦户的无奈刻意写了一些。贫困户也不是他愿意贫困的，他也有他的无奈，做了一些合理解释。这是我的初衷。

**毓钺：**难为你们，这是任务戏。一个政治任务下来，前面都是扶贫，前面还加了两个字"精准"。今天主要是围绕技巧来谈。

接下来我们就谈谈《验驴》。你想出这个点子很不容易，而且它是一小戏的点子，它具有戏剧性。把扶贫的钱还债了。人家要来验，没买驴来装个驴。你的想法，首先是个小戏的想法，还是一个小喜剧的想法。我一直对小戏有一种认为，因为小戏伸展余地小，小戏剧不宜过于凝重，适合比较轻松、轻快、风趣的东西。你们自己去查验一下经典的小戏，我们目之所及的小戏。话剧就算了。留下来的都是很轻松的戏，比如《刘海砍樵》。小戏承载不了太沉重的东西。当然不能一概而论，创作决定权全在你们。

《验驴》这个戏具有小戏的品格。就这个假驴蒙人这么一件事，而且是无奈。他写的这对老夫妻拿了钱第一时间还债，还债后要验证怎么办？装驴。这个戏无论是外延，还是内核，都具有可观性，而且具有小戏自身的品质。应该说真的难为你了。要在这么一个命题、"精准扶贫"的大帽子下，你居然头撞南墙撞出这么个作品，真不容易。越是这种任务戏，你们越要想到一白遮三丑的方法。编剧不能太老实。我老跟他们说，编剧要肚子里有坏水，老实巴交的人干不了编剧。所谓"坏水"无非就是一种与常人不一样的思路，就是活跃的思维、不安分的心理。没有这种思维写不了这个戏。我认为史赟慧同志，交了一份满意的卷子。

这个戏有好玩的地方，它也有犯了"规矩"的地方。所谓犯了"规矩"是什么？小生、小旦、小丑，为什么固定成三小戏？因为他们在同一个智力水平上才能折腾起来，才好玩，必须得是同类项。举个例子《空城计》。诸葛亮的空城计给谁设？只能司马懿设。两个人都是机关算尽的聪明人，所以这个空城计才能成。诸葛亮这个人一生谨慎，从不弄权。诸葛亮对司马懿也了解极深，人家三思，九思。所以用了空城计。如果对方是李逵，这事就完了。《三岔口》都黑着灯打才能打起来，如果其中有一个戴着夜视镜，这《三岔口》就没法演。

回到你的戏。一对夫妻用这么一个臭招在屋里装驴，只能蒙一个比驴还笨的人。你这里写聪明的干部，你用假驴蒙他，蒙不起来。这个戏好玩在哪儿？好玩在三个人转磨似的。你得把人蒙住，然后想办法，这个驴是不是该喂草？这三个人，两个出臭主意的人，蒙一个傻子，这才能转起来。你上来就捅破了。因为这三个人智慧不对等，对象错误，所以你想这么一个好招儿没用上。如果是一个糊涂村长，而且是把钱还给他，这就有戏了。同样是扶贫的问题，你既然在扶贫上做戏，就要做圆，做成三小戏才好玩。

现在所有留下来的传统戏，很少唱大出大出的戏，剩下的都是折子。你们谁看过全本的《四郎探母》？没有吧。最凝练、最跌宕、最好玩的留下来了，留下来的绝对是戏剧的精华。精华的前提是符合规律。刚才我讲的这些，跟你空谈理论是没用的。比如你写个作品，你说这挺好的招儿，怎么不好玩呢？你写着写着就写不下去了。没辙，比如书记一上来就揭穿了。好戏根本不需要揭穿。

现在我给你讲，设置人物必须是同量级。孙悟空面对的必须都是神仙。这个戏千万不要放弃。我建议改成"傻村长"，在真驴、假驴间翻出三翻来。另外这个戏还犯了一个忌讳——开药方。这是要切忌的。越是社会问题剧，越切忌开药方。你开出的药方是这个第一书记自己拿出两万块钱给他。这个纪委得查查他。这是要不得的办法。比如我设计这样一个故事，一旦发现要开药方了，这个戏就失败了，绝对失败。为什么你开药方？因为你前面戏没演起来，你得解决。戏剧不是用来解决问题的，戏剧是用来展示人物和冲突的。

你这个问题（现象）很普遍，人物设计不自觉，好想法不能延续，好点子只能停留在一翻上。我进场看到这样的戏，作者无以为继。比如看到这个点子真好，但不会写了。为什么？肯定是犯了规律性的问题。所以这里有两点提醒大家：第一，设置人物一定要精心。既然是编剧，人物和人物的搭配极其重要。在台上是演人和人的关系，不要轻易地需要一个人拉上来，需要一个人拉上来，当符号用。有时候甚至一个小戏十几个人。一出小戏在台上的人不能超过三个。先给你硬碴儿的问题，你先练吧。第二，写社会问题剧，不要到开药方这里收手。

大家也可以说说、交流一下。

赟慧，我希望你这个戏别放弃，改出来。这么一个难写的戏，你能想出这么一个点子来，不容易。小戏也好，小品也好，最值钱的是点子。它不像大戏，不同的戏剧题材、不同的戏剧形式要有不同的思维模式。

汪曾祺曾经写过一篇文章《用韵文想》，说的是写戏曲要用韵文想。这个"韵文"绝对不仅仅是和仄押韵的韵文，它是整个戏剧思维的韵文化。不会用戏曲思维结构去解构戏曲，而是用话剧思维去解构戏曲，于是结果成了话剧加唱。

这里仅仅是举一个例子。话剧、音乐剧、歌剧、戏曲、小话剧、小戏曲、小品，都有各自不同的思维。你想的时候，从开始启动这根筋的时候，就要用它本身的思维去想。这个小戏写着写着变成一部电视剧，再改改成一首诗了，严格来讲是不可能的，是什么就是什么。当我们决定要写一小戏曲，必须要坐在小戏曲的这把椅子上，只能用它的思维去想。现在我们的大戏，大量作者用电视剧思维去写。用电视剧的思维去解构戏剧，痕迹极其明显。戏没法看。

你这个作品有一点是好的。你有一点戏曲思维。你感觉你这个戏在舞台上有戏曲的感觉。就是你这个是三小戏的胚子。当然导演也很重要，好的导演是把这个戏转起来、动起来。所以你在"一度"上一定要把这个提供足了。戏曲思维——干什么，吆喝什么，这很重要。要学会用这个题材的思维、方法来思考这个题材下面的作品。这是在原始冲动中就要它融进去。在你原始启动的时候，除了启动题材、故事，还要启动相对这个题材的思维方式。

今天我讲的是技能。现在对编剧一个提法很好，管咱们叫故事界。我觉得这挺对。我们就是提供故事。故事讲好了，思想都在里面，没故事什么都白搭，故事是根本。"唐三千"、"宋八百"说的是什么？人家在讲故事。我们要学会讲故事，用特定的题材方法讲故事。

刚才我说了人物设置的问题，不能开药方，还有一点，写什么要用什么样的思维去想、去融入，甚至是一种创作状态，是一种笔下的状态。

接下来咱们要说一下《古戏台前》。

**臧宝荣：**同学们好，我这个小戏的缘起是因为我在 2013 年到 2015 年做了一个事，在做这个事情的过程中，遇到两个小细节让我产生写这个戏的冲动。2013—2015 年我做了一个抢救濒危剧种——东路梆子。1967 年东路梆子剧团正式解散以后，那个地方再也没有正规剧团了。这是我老家的剧种，我从小对它有渊源，因为我亲姑父就是唱这个戏的。2013 年做了之后，采访过程接触了大量的民间艺人和剧团的艺人，碰到一个细节。无论是走到济南章丘，还是滨州的老惠民那些地方，发现一个共同点。他说你到六月六来，六月六我们开箱晒箱，你能看到我们存的那些东西。在民间剧团始终保存这个传统，六月六他们要晒箱，只有这一天来你能看到。第二个细节，惠民县戏箱保存得特别好，一看这个戏箱至少有年头的。我来到老村长家里。老村长人高马大，当年一定是风云人物。在惠民这个地方，大部分戏箱都在"破四旧"时烧了、砸了，唯独在他们村里保护下来了。因为他当年就是干这个的。他就是带头"破四旧"的人。他们村里的戏箱他爱，就没有砸，足以看出这个老村长是什么样的人物。我又发现一个细节。村长家院子非常好，但是戏箱放到小屋。我说想要看，他说得叫箱倌儿来才能打开。这个细节我很触动。这么一个人物说一不二的，居然他家放着的戏箱他不打开，而是请箱倌儿过来开的。我们就等，一个驼背、弯腰、很土，没有一点气质的人，颤颤巍巍打开，一看上面有个毛主席像，这个像已经很斑驳了。他对这么一个人物的尊重，让我很触动。

有时候我在看到一些文学家、大家在说，给卑微者以尊敬，不要忽视弱小者的存在，冷漠、践踏。你刚才说小戏承载不了沉重的东西，我努力不沉重，但是没办法。中国历朝历代老百姓什么时候被尊重过,什么时候能从从容容地过生活?就像有一个作家说,不要照着本来生活去写你认为的生活应该是什么样的,而是照着理想的生活去写。也许我写的这三个人物,表达的是我理想中对箱倌儿的尊重,对最基层、最普通的老百姓的尊重,让老百姓无论在什么情况下,让他有一份从容。

谢谢老师,谢谢同学们。

**毓钺:** 宝荣写这样的题材不是第一个,因为她做过地方戏保护工作,而且她有渊源,这是她的一份情结。每个人都有自己的情结。她这个情结挺好玩。我们说这是民族的沉重文化的沉重,或者说是对消失东西无奈的哀婉。她是挺有悲剧气质的人。她心思很重。她对古戏台这个题材研磨了很久。十年前她就做这样的题材,而且我听她考古、抢救文物,做了很多这方面的事情。

这件事本身对我是有触动的。就跟现在的城市一样,以前还爱溜溜,现在能不进城市就不进城市。因为从机场一进城以后,就再也不知道这是哪个城市了。一模一样,方块楼、水泥楼、开发区、街心花园、标志性建筑、各种形象工程,必须有一个文化中心,花很多钱盖一个大剧场。其实我们有这么多的民族,这么多历史文化背景,我们希望一个城市景观让我走到哪个城市都是不一样的。这是后工业文明的代价。作为文人,心中都会在这个问题上有自己的极深的一点涟漪,只是不说而已。她是针对古戏台。我们都有针对。如果没有这点情怀,我们就没有文字了,我们就不用坐在这里,我们就不会拿起笔来写东西了。如果一个文人连一点触摸痕迹、触摸往事、触摸文化伤痕、触摸我们祖先灵魂的能力都没有的话,都没有一点感味的话,都不知道如何伤感的话,那么我们的文字是干嘛的呢,是写段子的吗?这是一个母题,就像原罪这样的母题一样。其实我说的"轻松"是小品小戏的一种品格,但是它不妨碍我们作为有一支笔在手的文化人应该有、也必须有的一种文化负载,一种文明的伤怀,一种对于我们来路的追索。这是作为一个编剧,从事文化工作的人不可或缺的一种底色。我们对着落日,跟别人对着落日应该不一样的。所以很理解宝荣的这种情怀,当然我们并不是一味地怀旧,而是一种对文化自觉的反思和承担。比如你说古戏台,北京的城墙,60 年代我还爬过城墙,捉过蝈蝈,那是一种回忆,我不是因为捉蝈蝈而失落,也不是因为一个文化遗产的失落而伤感、失落。我真正是想在这后面更多的是一种命运的东西、一种宿命的东西。我们和宿命关系的问题,它是一种高变性的历史承载,之所以说这些东西,也就是它是极其大的宏大母题,而这个古戏台是具有代表性的母题中的一角。这种沉重我们在任何一个民族的生存中都会有的,只不过是不是成为一种自觉。

我要肯定你的思想能力,对古戏台锲而不舍的努力。你看到的一个意象,我相信在座看到的不是"古戏台"，它是符号。其实我们想到的更多。当我们有了这些想法以后，我又有一个疑问——它是不是戏剧题材？如何成为戏剧题材？不是所有感人的东西都能写成戏。这是一个非常残酷的悖论。我们经常看到作者犯一个错误，拿非戏剧题材来写戏。这个东西说起来可能有点悬乎，但是如果作为作者，你们有个想法，有个深深的探索，如果这时就拿起笔来写戏，这是危险的。我们必须审视一下它有没有可能转化成戏剧，如何转化戏剧。这是一个很重要的技能。我们要审视评判即将要写的对象。这个对象可能是一个人，也可能是一种思想，也可能是我们的一种情怀，等等。我们要拿过来看看，它是不是可以入戏，它是不是可以成为戏剧题材。有些东西可以写小说，有些东西可以写电影，有些题目可以去写诗，有些东西可以写戏，它总有在某一个体裁上有最佳表现形式。你们自己审度一下，我感兴趣的这个本事，它的最佳形式是不是戏剧？这是没法跟任何人去讲的，只有你自己琢磨。

宝荣这个戏就存在这个问题。对一种"古戏台"的情怀固然无可挑剔，但是一旦拿出来写戏，你的办法就挪开了。你现在为了使这个戏成戏，弄一女儿、女婿。这个女婿是第一书记，来拆这个戏台，偷偷摸摸来拆这个戏台，还要爬墙，没有钥匙，这都是你想的用以成戏的手段，但是它跟主题有什么关系？何况，如果你真的要拆一个古戏台，它在红线区之内，市政府决定要拆迁，一个老头能不能守住？作为一个执行人他用不用爬墙去拆？这都是因为你感觉到这个老头守住古戏台是没戏的。它是你心中的一首挽歌，你一定要把挽歌写成戏，就要找东西。于是你找了儿子、女儿、女婿，为了拆戏台，跟这个老头这么闹。这么一闹是有戏剧模式，爬墙等等这是《西厢记》的手段。可是你想，不管是执守一方，还是拆迁的一方，你设计的这个这东西是根本不存在的。

当失去戏剧功能的话，失去成为戏剧的可能性之后，你越使劲越觉得有些游离和滑稽。因为它不在戏眼上、戏口上，它缺乏形成戏剧的机制。守住一个古戏台，如何成为一种戏剧机制？于是你就要用别的办法来凑。这也是我觉得大家希望写戏的时候要想的。当你写这个戏本身已经失去故事的时候，你们要抓外部因素塞进来凑戏的时候，基本上这个笔可以停住了。我挺惋惜你对老头的这种感觉。后来我想该怎么去做。它是一种挽歌、一种情怀，怎么升华成戏剧呢？恰恰刚才你说的这件事我觉得特别好玩，你没写。一个红卫兵、当年"砸四旧"的人，孔府都砸了，砸的东西多了。一个老红卫兵，可能上北京砸过颐和园，去上海砸过城隍庙，顺带把大家"四旧"砸了，行过"大恶"。当然他们也是无辜的，被一种罪过裹胁。最后他无意识觉得这个箱子不值得砸，他觉得可砸的太多了，就留下了几口箱子。我见过红卫兵的一本书里面夹的全都是古钱币和邮票，因为古钱币和邮票红卫兵不认识，这些价值连城的古钱币、邮票就这样留下来了。这几口箱子可能就是他当年砸"四旧"没看上的。风云流转，它最后成了东路梆子这门几乎要绝迹的剧种的宝贝。最后你可以把它写得神一点，你可以写成东路梆子传人的行头箱。一个当年犯了这些"罪行"的红卫兵，最后变成文化保护者，这比守古戏台要有内涵得多。来寻找能够开箱的人，最后来了，他的腰就是被红卫兵打断了，恨死他们了，再也不唱戏了。人物复杂，一个毁坏的人物，最后不仅要把箱子打开，还要把自己最后的一个心扉打开，要告诉曾被自己打成这样的人，请你把这个箱子打开。一个赎罪者这样的形象，他又是罪恶的肇事者，我们不说谁谁，也不指向谁谁，一个灵魂、个性的挣扎，远比泛泛的社会批判来得更有意义。你这样演下来，你不必去告诉观众"我这是宽容、尊严"。

你们理论对不对？也对。比如最经典的理论，主题要在情节中自然流露。但你们写写试试。如果你看看剧本，你怕人家听不明白，直接写上去了，你们是无能。希望你们以后审查一下自己，不能糊弄自己。不许把你们要说的话，出现在剧本文字中，要让情节自然流露出来，让观众看完走出剧本知道作者写的是这个意思，写出来不算本事。什么叫宽容？宝荣你要好好想想。如果这两个人物塑造出来，不单单是宽容问题。历史对他宽容，他对自己宽容了吗？我们企图得到一份从容，我保护的什么东西，我企图得到一个灵魂的从容，我从容了吗？都是在挣扎中去演绎，不用你去解释。你想想刚才讲的故事，不破坏你的全部情愫，不破坏你的母题，但会有戏。为什么？每个人都有着跟自己产生的矛盾。

戏剧矛盾无非有三种：跟对手的矛盾，跟环境的矛盾，跟自己的矛盾。最好的矛盾就是跟自己的矛盾。最经典是哈姆雷特"to be or not to be"，是活着好，还是死了好？这样的矛盾到极致的时候，它就是千古矛盾了。以前谈剧本爱给人出主意，现在我发现出主意是非常傻的事情，就你聪明吗？一个作者有自己那么长的生活经历，那么多辗转反侧。你看了一下剧本就给人家出主意，这是对自己不尊重，所以我现在给人出主意极其谨慎。

我知道宝荣这个戏剧想了很久，是你的一个情怀。刚才你说的，我眼睛真的猛得亮了一下，我觉得真好，是戏剧的东西。你用这么一个幼稚的办法——第一书记带头爬墙去拆，这是不合理的。你设立了一个不成立的前提和戏剧环境，使得目前这个样子不成形。你刚才一口带出一个故事，你之所以有带出，是因为它触动了你。戏剧第一个触动的人必须是你自己。

**毓钺：**接下来一个作品是李伟东的《喇叭声声》，请作者讲一讲。

**李伟东：**这是我早上晨练的时候，看到早餐点卖馒头的人被城管追。卖馒头的人用喇叭喊，城管追他也用喇叭喊。卖馒头是生活所迫，摆地摊也是出于生活无奈，城管也有他的需求。他们两个人的喇叭声，给了我这个晨练者一个灵感。听了老师讲的课，可能我这个底收得不是太理想。我这个底虽然没"开药方"，但是有点拿"体温计"的感觉。希望老师多多指正。

毓钺：这个戏，我认为是一个很像戏的戏。这个戏好，恰恰不是城管，也不是卖馒头的人，最重要的是旺嫂，这是个戏剧人物。如果大家都看了这个戏，这应该是今天我讲的五个戏里最成坨儿的。为什么？你塑造了一个好玩的人物，塑造了一个真正属于戏剧范畴的人物。她产生了跟自己的矛盾。她一开始最烦卖馒头的人，吵，而后来真正卖馒头的人就藏在她那儿，看着一个可怜兮兮卖馒头的。这个刁婆子应该像《功夫》那个收租婆一样头发卷着，应该是特别厉害的，她应该看到卖馒头特别吵，过去她肯定会骂，结果藏着这么一个可怜兮兮的人物。那个城管，旺嫂也应该是讨厌的，但是城管到这里，她还卖给他电池。这是人物有趣。凡是好戏必有规律可循。她在一个小戏里完成了一个复杂人物的塑造。她嚷着骂着"你这个短命鬼"，跺着脚骂；城管追着他，她把他藏起来了；城管再来，电池还卖给他了；他说没有电池，别人听不见，就这么一个刁钻婆的最温馨的人性，你把这个人物抓住，这个戏就活了。不要放弃，这个戏很好。现在这个戏的问题在于层次。写戏是有层次的，12分钟的小品也必须要有层次。我们老说技巧、技巧、技巧，饭碗、饭碗、饭碗，技能、技能、技能，当你发现一个好的人物以后，怎样经营出一个层次来，需要笔下有技巧，不能一股脑堆上去。现在你有一点点乱，乱在你自己没把层次想清楚就动笔了。

刚才刘振峰告诉我，他说小戏写一天，大戏写三天。我有点担心。李渔写戏要袖手于前。什么叫袖手于前？我们写戏的人都知道，看着稿子、琢磨、想、腹稿，一层一层打腹稿，写什么，怎么写，人物怎么安排，极致到这个戏怎么铺开，人物怎么写。袖手于前的时间一定要多，腹稿打的时间要长，不要急于落笔。我们老说写东西，一旦你拿笔写的时候是最幸福的时候，不怕你写，最怕的是想。

你这个动因很好。你本能抓住了这么一个戏剧人物，这是非常可贵的。戏剧最重要的、最需要经营的是人物，"人物"是戏剧这个皇冠上最亮的明珠。你们找到了人物，这个戏就成功了一半。像我刚才说宝荣，一个打砸抢的红卫兵、"作了孽"的红卫兵，最后保住了戏箱，有人物了。你这里旺嫂这个人物非常亮，好戏最亮眼就是人物。根据人物心理历程往外延伸戏剧，这都是有机的。用人物去凑戏，那就是"臭戏"。人物不是做功能用的，人物是作戏剧灵魂用的。失去了人物就失去了戏剧，好戏无一例外是人物的成果。

公认的好戏，戏的"发动机"是人物。我建议这个戏，旺嫂这个人结结实实写好，层次递进，先写哪个，后写哪个，谁先出场，卖馒头先出场，还是城管先出场，他第一翻跟旺嫂是什么样的交集，城管什么时候出场，跟旺嫂什么交集，再出场是两个人碰到，还是再分别出来。我现在不能想那么细，但是你要想清楚。这个恨，恨不得揣你一脚，但是还得电池卖给你。你不用告诉观众，观众比你聪明多了，只有你写不出来的，没有他看不出来的。

这次我们弄这个《戏台》我突出感觉到这一点。我觉得我们这个戏太小众了吧，但从演出第一场，收到戏的评论，人家比你强多了，你说什么人家都能看懂，这不是评论家，就是观众。他们很聪明。所以要把最终的结论留给观众，别自己在那儿抖这个聪明。

还是那句话，主题不要说出来，把要说的话放在情节里。这个戏很好，我就不多说了，我就告诉你层次、层次，把层次理出来就是好戏，不要丢掉人物。

接下来是《火龙袍》。

**黄立平**：我是广西百色的。我本身单位是做地方戏曲小戏的，所以想针对传统戏曲，排一些地方的戏曲剧种。正好壮族有个传说，所以就编成这么一个戏。

**毓钺**：这是个阿凡提故事。民间这种故事很多。你也想了一些办法。我相信原始故事可能是个非常简单的故事。他说干活出汗，他说是火龙袍，于是把财主给骗了。这个戏中有好玩的地方，比如在磨盘上睡觉，用一种偶然的办法蒙过财主。这些设计都是好玩的。我觉得这个戏可以经营，可以写好，因为这种小戏放在哪儿都可以演。弄好以后，剧团排出来，也可以登堂入室到下面演出，热热闹闹非常好玩。我建议你要"一戏一试"，这就是李渔说的。当我们有创作实践，你回过头再看这些理论才觉得那么准确，剪头绪、立主脑，这六个字说清一个戏重要的东西。

火龙袍蒙财主是一个事情，他喜欢个女孩子也是一个事情。你为了这个戏撑够时间，这个女孩子肯定是你设计的，于是这个戏分叉了。你是火龙袍骗财主呢，还是为了迎娶这个女孩子？如果按照你这么写，这个人就很成问题。我看家里东西很好，这个女的也很好，我要了。这种对女性的态度对民间故事是不允许的。或者两个人就是青梅竹马来要回这个女的，他用火龙袍的办法来救这个女孩，这是好的，或者纯粹就是阿凡提的故事。这两个你要二选一。你这一个小戏转了几次场，这是不允许的。小戏"高台定车"，就定在这儿演。

另外这个"火龙袍"是他刻意地拿这个骗财主，还是全都是误会的，歪打正着？这个要想好。这牵扯到一个戏的风格。如果好玩，应该是他无意的，要是无意的话就无意到底，不能中间明白。这都是编剧应该有的一种本领。他一直没认为自己这是真火龙袍，在磨盘上睡觉的那段是好的桥段，它指向无意。几件事情都是无意中给财主以错觉，到最后给他那么多钱换走他衣服怎么回事，他都不知道，这是被动式的。阿凡提是主动式的。这种东西在一个戏只能是一端，你要想它被动就被动到底，你要想它主动从开头就要主动，这个戏剧脉络才能清晰。戏剧机制在一个戏中必须是统一的，不能一半是阿凡提，一半是沉香救母，没这个故事。

这个戏很有地方趣味，很适合小戏的题材，可以演、可以唱、可以舞。别看这件破衣服，它也可以成为舞蹈的一部分。戏曲是以歌舞演故事，这是王国维说的。好的小戏曲必须要在台上能够动起来，才好看，它的锣鼓、音乐才能进入。做功就是一折，那叫唱功戏。尤其是现在戏曲再想找到特别好的演员也不容易，再想按照京朝大戏那样搞得很隆重也不好看。要就目前戏曲状况和演员、剧团、手段的可能性来使我们的东西好看。有些人认为戏曲没法跟电影抗衡，就是因为它失去了好看的魅力，除非像京剧、越剧那些铁杆票友。你要想在今天的舞台上不完全靠票友来支撑，必须使这个戏曲好看。我们现在没有马谭杨溪，没有梅尚程荀，演员的魅力甚至有时候可以忽略不计。我们要在一度创作中，经营出一种使舞台好看的方式，附带着这个任务。要使舞台好看起来，要在舞蹈中、歌舞中，给舞蹈提供更多手段中，使已经不好看的戏曲好看起来。我们要用这个脑子。除了想创作规律之外，你还要想这个戏外观上好看不好看，《火龙袍》提供了一个会好看的可能性，所以你不要放弃，两个选项只能选一个，是明白就明白到底，是糊涂就糊涂到底。这是规律，不能中间变折。这几个条件满足，这个戏绝对是好看的戏。观众喜欢看笨蛋戏弄聪明人的，这永远是戏剧的好梗儿。一个傻子把聪明人玩了，永远是好梗儿。

你再想一想，我希望把你这个戏做好、做出来，这是完全有可能的。

接下来是《父母心》。

**丁杰**：这个戏当时是常州要搞一台"家风家训"的晚会，也是一个宣传品，要写一个家训的小戏。其实是镇领导干部当时给我的一个任务。我根据地方志写的一个故事，讲了一家人帮人家治病，不计报酬，也不顾辛劳，他教育他做官的儿子，如果治病不谨慎就会耽误一个病人，如果你做官不谨慎，就会耽误一县的人民，所以我就写这么一个小戏。

**毓钺**：我开始以为写的是反贪戏。这个戏夫人从家里回来，带回来了父母对这个官员的家训，其中有一个重要的环节，那个童儿做的一个动作。用一个小戏写反贪剧太难，因为"贪腐"是太大的话题，倾全党之力尚且积重难返，用一个小戏把它讲清楚恐怕很难。这个戏的问题是，戏是演出来的，不是说出来的，所有的故事必须发生在当下，戏剧的故事必须发生在舞台上，而绝不是后面发生的故事在舞台上来说，这也是一个铁律。演在当下，为什么叫演戏呢？要把故事演在当下，事情发生在当下，你这个戏全部是"说在当下"。如果要这样，干脆把诸子治家格言拿出来朗诵一遍不就行了。你看童儿一个动作，它会启动戏曲行为，可是你没有，是不是他趁官员不在藏了这个东西，可是你这里没有，扔了。只剩下夫人对老头老太太说的应该怎么当官说了一遍。

写戏曲，连好的唱词都得是说具体事情的唱词。如果说是大戏，以唱功为主的戏，比如淮剧，或者越剧，需要几十句唱词那另说，这是需要卖弄演员唱功的除外，好的唱词都要求是在故事中具体说事情的唱词，而不是拿出来跳出故事来生发、来抒情，来说思想，来说我怎么想的。过去老唱本为人所诟病的，所谓的拉抽屉刨瓤子，就是把演过的事情再说一遍，那是没办法，或者要撑时间，或者给演员组织长短，严格来讲这不符合戏曲规律。我们说的都是新创作，现在不可能再有周信芳、余叔岩，那是演员有魅力。这是我们创作者需要思考的东西。何况我们现在还没有这种演员，我们就必须要老老实实遵循着戏剧的本来规律来写，包括唱词，我希望大家写戏曲唱词不要空泛抒情，不要在那儿写心思、写景色、写"我本是"，要写在实在的事情上，好唱词要推动情节发展，而不是停下来干抒情，小戏曲更是这样，惜墨如金。就那么短的篇幅，哪有时间让你停下来唱108遍"我本是"？好的唱词在于实，而不在于虚。

当然这里我还想提醒一句，必须得有李清照、苏东坡作为底子。泛化出来以后，变成一种深深的诗韵，落在我们骨血里。"云中的神、雾中的仙，神姿仙态桂林的山"多么浅白的话。"情一样深，梦一样美，如情似梦漓江水"，你别看这几句，他有多么深厚的七言律诗的底子，它是化出来的。贺敬之也是这么一个人物，腹秉大才。那是唐诗宋词的笔，但是化在戏曲里面，要明白如话，不失韵味，句句写在骨头上，写在肉上，这是戏曲追求的唱词境界。

这个戏要改。把发生什么事情体现在台上。比如你这个手是干嘛了，如果他真趁老婆不在，藏一笔赃钱会怎么样，那就要藏起来，让观众看到他藏起来。老婆用什么智慧把钱拿起来，这是行为、动作。戏要发生在眼前，发生在当前，发生在舞台上，不能说在舞台上。包括话剧说话，那更是句句是肉，是人物的语言、性格的语言，而不是作者的语言。

另外我再归总说一下唱词。刚才说到宝荣的唱词有味道。她就是从山歌里面化出来的，这就是一种浸润，写唱词的本领是一种浸润。她肚子里首先要有那种韵律和韵味。但是我看这个本子的唱词，大部分不好，太随意、太水，太缺乏戏曲应有的文学性。我反对以老唱本为标准。有些人到现在还有赏析之类的文章，赏析传统老唱词，那是不值得赏析的，因为过去的老唱本都是一些打本子的。剧团没有专业编剧，于是口述出现很多很多极水极水的词，到极致比如有"走着走着我站起来走","待孤王上朝来，我比官"。这些并不美妙。

戏曲是一个瑰宝。它的瑰宝是这个门类所呈现的样式。它高度程式化、虚拟化，这么成功地把一个生活的原型虚拟化、程式化，到那么一种出神入化的程度，任何一种生活的形成都可以用舞蹈来表现，吃、睡、哭、笑、惊、喜、怒，它都有很多程式。要学这些，但不要直接从它里面搬词汇。

我们许多写中国戏曲唱词的人，我们的唱词好的没学来了，这种"水"学来了，"不讲究"学来了。除了广西，不敢要求你们韵脚，福建也不要求你们韵脚，声儿都不一样。但是如果是以北方语言为基础，起码一三五不论、二四六分明总得有吧？上句是平声韵，下句总得仄声韵吧？如果都是仄声韵，咱们得一仄到底吧？我不要求你们楼上楼，通体押韵有点费劲，但是二四六分明总得有吧？还不要说把诗词融入现代语言。食古不化也不行，要更好地化一化，但必须要到"食古"这一步。"食古"不是看老戏本的"古"，要看唐诗宋词，尤其要看律诗、绝句，古诗中的近体诗，唐以后的。严格来讲平平仄仄，七律、七古、五绝、七绝，要知道平平仄仄。你去读读宋词，去看看唱段据韵是什么样的，读读散曲，如果想干这一行这点功夫是要下的。我们哪怕把它作为枕边书，去体味一下它的韵律。古诗的韵律要在心中有埋藏，不然就写成"走着走着我站着走"。

最后一个戏《老兵》。

**刘振峰**：老师好，我是戏曲创作的小学生。我先自我批评一下，我这个戏有几个问题。第一，人物关系开场交待不清楚。第二，最后的转折发现是一个"硬发现"。第三，主题、题材比较沉重，但是我又喜欢写这样的。这样感觉比较有力量。山东人说话比较直接，但是"硬发现"这个转折我实在没办法。希望老师出出主意。

**毓钺**：说到这种戏，我是本能的会有同感。我不瞒大家，我参加过自卫反击战。1979 年上前线。当然我带着任务。我当时在总政作为创作员深入前线到云南，然后回来以后转到西线，又在那里待了很久。整个战争全过程我是参与者。也不敢说我经历了多大的战争。我作为战地记者，也经历了很多。1981年，老山、法卡山、扣林山我全去了，1979 年西沙海战我也过去了，除了中印边境反击战那时候还太小，可以说 70 年代以后部队有战事我都去了，要说感触我比你多得多。但我非常对不起大家，我也非常对不起培养我的部队，带着任务下去，回来要写戏。但是去了这么多次，我没拿出一个像样的东西。我非常惭愧。回来弄了一个小戏，但是很不好，自己不敢回头看自己写的。感动的很多，我可以聊好几天，可是我没想写出来。不仅我没写出来的，战争题材的，徐怀中写过《西线轶事》，这是小说；李存葆《高山下的花环》，不是正面写战争，是写还债。这说明什么？我不知道用小说、电影表现战争如何，用戏曲去表现一种战争情怀的东西，真的很难。当时多少人跟我一块去的，徐怀中、彭荆风、田川等等一大帮人，也包括写《农奴》的黄宗江，他们也没写出来。我们在一起讨论很久，怎么就出不来？最后发现用戏曲表现战争的确是极难的事情。情怀有没有？我感触比你多了，但情怀不等于戏。你说你愿意做这个事情。你说一个老兵守一着座孤坟守了70年，我们听上去是多么执着、多么伟大、多么孤独、多么神圣，我相信有。

多少年后我回广西去给我们战友去扫墓，这样的事情我也看到过。可是它如何成为戏剧行为？情怀不能代替戏剧行为。情怀是深深印在我们心中一种灵魂底色，这是不可或缺的。如果在座的人没有这么一点点灵魂的关怀，那我们连坐在这儿的资格都没有。任何一个东西都能勾起我们的情怀。比如我看到一个小猫在舔那个小鱼，我觉得那是一种神性，那是一个掠食动物和被掠食事物产生的东西。如果我们不被点点滴滴触动的话，那我们做什么文化人？但是情怀和作品之间横亘着一个材料、题材鸿沟，不是什么情怀都可以直接拿来写戏。像你这个怎么组织这个戏，他守70年，只能说出来，"我就守在这儿，你推着我都不走，除非你把轧死，否则就要等着，你不要动这个墓"。好了，到此结束。你后面也说，我找办法，居然把老班长的孩子找到了。血衣的帽子里发现了这个战士的信息。这跟你的情怀有关系？你是在给情怀找出路，这个戏就完了。你的情怀一句话说完了，其实这已经不是你的情怀了。情怀不等于直接的戏剧。问题就出在这里。你为了使这个戏延续，于是你借用了一种戏剧中非常忌讳的事情——偶发事件。我们编剧在没辙的时候出现偶发事件，必定是编剧没辙了。不管是大戏还是小戏，我们都要避免偶发事件。

为什么你会用偶发事件？因为你的情怀一句话说清楚了。你为了使戏延续，你就要用别的东西填补它。任何填补都是无机的，都是你愣给的。遇到这种问题，我们刚才说过这种命题是不是可能成为戏剧行为，需要审视。包括宝荣，你的命题是对这个古戏台热爱至此，它怎么能成为戏剧行为？我说手艺、手艺、手艺，这是手艺的一种。这个材料是做什么就是做什么的，不能硬做，不能以自己的喜好、以自己的认定来强行把它形成它不应该形成的东西。比如你在叙述一件事时，这就不要写戏。戏剧永远不能叙述。电影可以叙述，电视剧可以叙述，小说更可以叙述，戏剧拒绝叙述。

当年布莱希特和斯坦尼有过很多的争论。布莱希特认为戏剧不需要带入很多戏剧情境，就是讲述、叙述，排斥戏剧矛盾冲突。起码今天的实践告诉我们布莱希特是不对的，还是莎士比亚、斯坦尼是对的。现在谁还看布莱希特的戏？已经淡出我们的视野。为什么？他不够戏剧。当你情怀满满，当你坐那儿想哇哇大哭，别急着拿笔，要想想它能够写成什么？比如你这个写成电影非常漂亮，但是写戏你会发现在这个舞台上没有手脚，伸不开腰。这样的戏不能较劲，你有这么深厚的情怀，我太能理解了，可是我知道这样写不行。最后的情怀，我觉得用那个歌词《再见吧，妈妈》《血染的风采》表现最好，那是找到戏剧风格最好的形式。还是要选取恰当的载体，不能硬来，不能霸王硬上弓。

**学员：**您能聊聊《戏台》方面的情况吗？

**毓钺：**这个20分钟说不完。其实《戏台》没有任何蓝本，它是各种元素的积累。如果说最早的动因，把舞台搁在幕后，我们的天幕是观众的天幕，最早印象是这样。最早有个话剧《舞台》一直有这么一个意象。我觉得它有一种寓言性。我从后面看舞台。至于故事，这个故事是编的。其实这个故事真的不难。咱们是故事界的人，干的就是编故事。如果一个编剧告诉我老编不出故事，你就别干了。我们第一个本事就是编故事。我这个故事写的时间不长，一个月就写成了。难的是袖手于前部分，怎么经营这个程序，这个人物怎么摆弄才合适，你的情怀在舞台上怎么才能最佳呈现，你有没有明确的目标走向？以前有个作者跟我说，"大戏压着写，小戏发着写"。我一直不明白，后来我写了这么多以后我发现是对的。大戏压着写，是向一个最高目标挺住，永远不能失去最高目标，从高潮看统一。小戏发着写，小戏想出一点来就够了。比如你的旺嫂就够了，把它发开就是小戏。只有你实践以后，你弄一些成功的、不成功的作品之后才发现，这个道理就是这样的。这个故事就编，到编故事的时候我们不怕的，但是要编什么、怎么编，这个揣摩是最难的，我觉得很多学员缺少袖手于前的时间。多悟一悟。真正悟通以后，下笔编故事就快了。

**学员：**老师您好。我刚刚进入编剧的学习。对于一个专业人士来讲，可能我看的戏不是特别多。我今年刚去看了南京京剧节，当时我觉得看了很多好角儿，但是没看到好戏。老师跟我说这是中国戏曲的常态化。很多地方院团的戏，更多是这个演员适合唱什么，他的舞台表现风格是什么，就把一个主题往他身上安。作为编剧在这么一个大环境下，怎么能做到像你说的把情怀和手上这支笔结合，以及怎么适应现在的剧团青年艺术家需要，编出适合他们的戏，这个尴尬要怎么解决，将来编剧该怎么走？

**毓钺：**当这个演员演得不好，因为这个剧本不好，这都是托词。《四郎探母》谁都能唱，杨派是杨派的味儿，马派是马派的味儿，没人说这个本子是给哪个演员写的。大家不要想这些东西。规规矩矩写出剧本，拿出来谁都演。女演员什么行当不行，花旦就是花旦的行当，青衣就是青衣的行当，只要你写的是青衣戏、就是青衣演。所以这个姑妄言之，姑妄听之，那是托词。

今天谢谢大家！

# 李文启

国家一级演员，导演
中国戏剧家、电视艺术家协会会员
中国田汉研究会理事

　　原中国人民解放军总政话剧团国家一级演员、导演。曾任全军艺术指导委员会委员，享受国务院特殊津贴。与赵丽蓉、黄宏、郭达、蔡明、郭冬临、巩汉林等合作，数次参加央视春晚及多部电影电视剧演出。

# 剧本《开往春天的列车》《送礼新高度》《卖鸡蛋》《温暖驿站》《价值》创作辅导

## 主讲　李文启

**李文启：**昨天跟大家见过面了，用很短的时间给大家拉了一个作品排练的架子。组委会让我点评五个作品。作为编剧来讲，我并不是专家。我本行是演员和导演。演员和导演严格来说不是理论的艺术，它是实践的艺术。导演和演员都属于二度创作，必须得在舞台上摸爬滚打才能演好戏。也不是说科班就能演好戏，中央戏剧学院一个表演系的班三十几个人，真正能出来几个就不错了。有些人没上过学但能出好戏，李雪健没上过，赵丽蓉没上过。

另外，干咱们这行，倒不是吹牛，真能干出点什么名堂来，天赋占很大一部分。平时注意模仿，注意生活，慢慢地日积月累能够在舞台上搞出成绩来。作为一个作品来讲，特别是小品，对演员的依赖性很大。一部大戏篇幅长，它允许在两个小时内，演员不断展现自己的演技，慢慢地这两个小时能让观众留下深刻印象。而小品12分钟，让观众记得住，这就说明对演员的依赖性很大。但是不是编剧不重要？不是，非常重要！第一车间。所以在我们这行有两个说法，一个叫"人保戏"，一个叫"戏保人"。所谓的"人保戏"，就是对演员的依赖性很大；另外一个是"戏保人"，这个戏好、剧作好，差一点的演员来演也能得到很好的效果。编剧是第一车间，戏剧是行动，编剧是行动的提供者，导演是行动的组织者，演员是行动的体现者。你就要给导演英雄用武之地，再好的导演、再好的演员，如果没有一个好的剧本，也是巧妇难为无米之炊。

作为一个小品，该怎么评价它？从目前来看小品也有二三十年的历史了。从我参加第一届央视小品比赛到现在已经30年，从1987年我参加第一个小品《无题》，讲的是一个胖子在公园里睡觉，不断遇到人问他现在几点了，他很烦，总告诉人家九点。等到两个人问了以后，又来第三个，他真烦了，想怎么老有人问我，于是他写了一个纸条"我不知道几点"。结果有个知识分子把他捅醒了说"我看了以后，我来提醒你"。当时写作的背景是1987年，我们国家改革开放，才仅仅七八年的样子，之所以叫"无题"，你看了以后可以对这个作品进行多义性的解释。我的初衷是什么？社会正在进行伟大的变革，而有些人还沉醉于过去的舒适，社会停滞。实际上在他周围的世界已经在五彩缤纷了。社会在进步，他总是停留在九点。小品现在有30年的历史了，到现在我没看到非常好的理论支撑，但是规矩还是有的，比如大家所熟知的：

第一，篇幅要短。小品篇幅小，两三千字足矣。

第二，进入矛盾要快。惜墨如金。正因为时间很短，不容你做一些无谓的铺垫、交待。推门就进，见酒就喝。

第三，要有很好的人物关系。大家看看《雷雨》，还有我昨天讲了一个小小的例子，《三爷也是兵》。这也是一个很好的人物关系。中间的变化，和我们今天评论的这五个作品也有一定的关系。

第四，人物性格。从某种意义来说，戏剧是塑造人物形象的，有很多戏就因此给人留下深刻的印象，所以塑造人物性格很重要。以上是小品的基本规律。当然还有一些机智的语言也是不可缺少的。但是喜剧光看语言不能成立。相声是语言艺术，话剧不能管它叫语言艺术，它是视听艺术，是表演艺术。有人把小品归到曲艺里，我不敢认同。因为它本身就是一个戏剧的派生物、衍生物，怎么能成曲艺呢？有人说赵本山原来是演曲艺的，比如说拉场戏、二人转什么的，所以他演小品，小品就归曲艺。我说这是胡说，赵本山还演过电影，你能说电影也是曲艺吗？这不值一驳。

另外，央视也把这个搞乱了，弄《曲苑杂坛》，是曲艺方面的栏目，非得弄好多小品在里面演，所以大家就分不清楚它到底是不是曲艺。央视曾经还搞过一个专题片《小品二十年》。其实它写的《中国小品二十年》。本身这个题目就不对，说实话部队在全国小品当中获奖占半壁江山，基本上一等奖、二等奖全是部队的。因为部队小品特别讲究"三性"，思想性、艺术性、观赏性，特别是思想性。你这里并不包括军队的小品，这怎么叫"中国小品二十年"？中国解放军不在中国之内吗？这是一。其二，中间的串联人是评书表演艺术家单田芳。对单老师我是很敬重的，但由他来主持属于戏剧的栏目我觉得不可思议。为什么？因为小品具有戏剧的特质。昨天我讲过服、化、道、灯、景、效，这几个是戏剧艺术手段不可或缺的。曲艺可以不要这些东西，说相声的，可能不需要其他艺术手段的烘托和表现，所以它不能算是戏剧。另外我们说矛盾冲突，相声可以不要矛盾冲突。"今天我们两个人说个相声，叫'说一不二'，只准说一，不准说二。没错"，你说这个说来说去能有什么矛盾冲突？没有。

人物是贯穿戏剧全程的，张三就是张三，李四就是李四。我演过几个小品。我在一个小品里扮演几个人物，但都是以人物出现，还不是以演员出现。而相声里的人物是跳进跳出，"我说一下，我昨天探家的事""您说吧""我到家以后，我妈一看我，哎哟儿子啊，你瘦了，你看我妈这一说掉眼泪了"，你看他跳进跳出，一会儿模仿他妈妈，一会儿又恢复演员的身份，所以这个人物是不贯穿始终的。为什么要把小品作为曲艺，我就不明白了。我倒不是争这个"馒头"是谁家的，不是这个意思。因为什么呢，如果我们划定一个艺术形式属性以后，我们就会把握住这个艺术形式特质来进行创作。混搭和借鉴不是一回事，你可以借鉴，但是搞混搭就说这是创新，就跟现在的京剧。京剧的传统是看角儿、听唱，现在排京剧请一个话剧导演来，于是满台的实景。这是创新吗？传统的、戏曲的味道没有了。我不知道外地怎么样，北京过去不说看戏去，叫听戏。听戏主要是听唱、看角儿。所以我们要弄清楚一种艺术形式的特质，这很重要。

第一个剧本是《开往春天的列车》。这个作品看了以后，我觉得给了我一段刚刚知道的生活。前一阶段我看了一个新闻，就是这个绿皮慢车为当地老百姓服务，几百公里，十几个站，想快也快不起来。那条新闻很有意思，一个农民赶着十几头羊上火车，还有一个农民提着几只活鸡上火车，其中采访一个乘客"你觉得这个火车慢吗"？他说"不慢，村村都通，我希望一辈子都有这个车，下辈子都有这个车"。这是新闻所披露的一段。这个作品故事是成立的，特别是乘客有急事嫌车慢，于是发生了冲突。作品是正能量的，为什么我说是正能量的？最近十九大我是听了全文的，讲到脱贫攻坚，一个不能少。一个不能掉队。他生活在偏僻的山村，他们生活主要行动，全靠这列慢车，赶集、上学、走亲戚、卖点小东西，这列车非常便宜，有的全程 25 块，有的上车是两块钱。这实际上是一种扶贫，使他们能够过上和全国人民一样的生活。都要改革开放的红利，要照顾一些少数人的利益。所以这个作品还是有价值的。描写了铁路部门为人民服务。作者也想努力塑造人物性格，比如乘客的口头禅"完美"、"我的天"。他遇到不可理解的事情，就是"我的天呐"，凡是遇到好的就是"完美"。这个口头禅也是帮助塑造人物性格语言上的手段。

我觉得这个剧本最大的问题：第一，要尊重铁的生活逻辑。这句话说起来非常简单，生活是有逻辑的，不管大事、小事，都是按照一定的逻辑在继续前行。"中戏"老院长徐晓钟老师曾经举过一个例子，说一个人吃糖饼把后背给烫了。大家都吃过糖饼，如果放红糖、白糖，热的时候一咬，糖会流出来非常烫。他一吃烫手就舔，结果举起手往手肘舔，热的糖就流到后背去了。那么看这个作品，比如说这个乘客为什么嫌这趟车慢，最终的理由是什么？

**郑娇娇**：因为他有急事。

**李文启**：对。因为他孩子要动手术，在医院，这是他心里主要的承载，他唯一惦记的就是这个，所以他在列车上所说的某些话，离他的内心太远了。比如关于快慢的那段叙述，"慢就不好吗"，他喜欢快，实际上他希望这列车快点到泰安，然后换车马上到深圳，看他的女儿动手术，这么一个急迫的事情。他说"谁不喜欢快呢，寄信要寄快递，拍照片要立等可取，坐车最好是高速高铁坐飞机，最好是直航，做事最好是名利双收，创业最好是一夜暴富，结婚最好是现房现车，快是聪明、是英明，快是能力、是水平，快是时间、是声名，快是财富、是资本，快是资本、是技能，快是机遇、是机会，快是效率、是收获，快是享受、是追求，在现代快节奏讲速度的年代，这样一趟比蜗牛还慢的火车，竟然还厚颜无耻地存在，根本就是在给铁路蒙羞，扯中国速度的后腿"这样一大段台词，我以为跟他心里所惦记他女儿的手术离得太远了。在这么一个规定情境下，说这么一段显然是不合适的。这是谁要说的话呢？这是作者。所以我们写戏难就难在每一句话都应该是人物所说出来的，而不是作者推开人物自己站出来说话。这段我觉得是作者站出来讲话，这是你对目前社会时代快与慢的一些体会。规定情境是戏剧很重要的概念。有时候剧本提示，有时候演员要根据剧本所赋予你的分析规定情境。

什么是规定情境？比如昨天那个戏。有两个环卫工人站在旁边。这个女的发牢骚给她丈夫，为了要到舞台那一角去说那个话，因为当时的情境是不希望这两个环卫工人听到她说的话，这是规定情境。现在人物的心里也有规定情境，这个人物的规定情境是"我女儿要做手术，我赶不上做手术"，谁不希望快呢，快可以救人一命，快了女儿可以见到爸爸妈妈……他的所思所想要和人物行动相符。

另外，人物语言一定要推敲。什么人物说什么话，不同的职业、不同的文化程度说的语言是不一样。我原来没感觉，后来我和潘长江拍电视剧《男媒婆》。这里的演员主要有潘长江、张庭、李明启、冯远征、马莉。我们经常在剧组里泡，我找了一个助理跟着我。这个助理是北京南城一个胡同里长大的、文化程度并不高的小伙子，但是挺勤快。后来他跟我说了一句话："我觉得你们说话都那么文雅"。其实我们都是这样说话，并没有故作文雅。我第一次听到人家说我们这个群体说话不一样。我们的讨论也是如此，不会说那些粗言秽语。说明人物不一样，语言风格是不同的，而且你想表达的思想、情操、精神，你应该渗透到人物语言里。

诸位可以看看老舍的作品。老舍这么一位大家，在国外用英文写小说，但是老舍的《茶馆》。你们看看他通过什么样的人物，哪个人物说什么样的语言，来塑造了什么样的形象。所以大家要熟悉群众语言，即使你会背古诗词，唐诗宋词倒背如流，但是你也得会骂街，你也得会说脏话，因为你的剧作里可能有的人物就会说脏话，所以要同各类人交朋友。我跟赵丽蓉演小品的时候，问她你演戏你脑子里怎么想？她说我没怎么想，就是脑子出小人。她就想这个人物是我们见过的谁谁谁，她从社会里找模特，所以千万不要作者站起来说话。

还有小的地方。舞台空间设置，以哪个空间为主，次要空间可以虚化，可以用灯光划定两个表演区。但这里有个问题。比如学生和姓官的老头、淄博的村民，上场之后进入车厢有很长时间的对话。列车员怎么办？列车员还站在门外。我脑子里设计的是，靠近前台是列车的门，然后演员上来进入车厢，一般列车员就在门口站着，等着他们上列车。他可能不像动车、高铁这么规矩。现在是演员在演戏，列车员就这么站着，怎么办？我觉得找个理由处理一下，别让他在场上。要不然他也跟着上去，拿一扫帚，或者拿个什么东西，稍微整理一下，清扫一下，动起来，然后台上其他人演戏，否则演员很难受，在那儿没词儿始终站着，还在表演区的前区。所以编剧要熟悉舞台，你才知道这个戏在舞台上能不能呈现。

第79页，怎么有两句"我本来没打算坐这趟火车，我要去泰安乘坐12点35的火车，我本来没打算坐这趟火车"，为什么要重复两句，是打印错了，还是怎么回事儿？

**郑娇娇：**没有打印错误。我当时在写这个的时候，有那种想法。他很着急，所以前面有个舞台提示是：机关枪般的快速，是想表示这个意思，他有点说话语无伦次。

**李文启：**因为他的心情急迫，所以有点语无伦次，说话速度快。

**郑娇娇：**因为淄博是有这么一辆小火车。这个乘客和这个故事是我自己解构出来的，我设定的是他在山区里面突然接到家里孩子要做手术的信息，他着急，就坐上这趟火车，没有想到比较慢，所以他会愤怒。

**李文启：**第二，为什么要连人带车一块投诉？人怎么他了？他对这个列车员有什么不满？"我要投诉，我要投诉，要求7053加速，加速"，然后说"不管是你，还是你们列车都有份"。为什么投诉列车员？这没有道理，应该说"我投诉的就是你们列车"。像后面有些多余的可以删，像最后学生的台词"列车慢，慢出了列车员与山里百姓的生活情感，慢出了千家万户的生活方便，慢出了绿皮火车的传承佳话，慢出了中国铁路的精彩剪影"。这不是人物的话，这又是作者的话，这是你对列车的理解。我知道你想写一个学生。学生有点小清新，有点小文艺，他喜欢说一点这类的词，你给了这样的台词风格。但是到了最后，说这个话有点不太符合人物，有点作者的话。千万不要作者站出来讲话。

接下来是《送礼新高度》，这个主题也是清晰的，事件也是清晰的。

**龚党英：**李老师您好，我是广东韶关的。

**李文启：**这个有很强的时代感觉，人物和人物关系设置也是合理的。我希望这个房地产的老板和这个人的父亲是老同学，这个人物关系能够再近一点，使被求的人觉得实在推却不过去，可能会更好一些。

另外这里也有作者站出来说话。还有一点，这丈夫得给他改名，千万别叫"钟纪委"。这个丈夫不但接受了人家的礼物，本身又有点行贿的意思。你叫他钟纪委，这犯忌。

我昨天给张宝琦改了一句词，"现在工资本来就不高，养家还养不起，"还不如说"哪还敢乱买东西"，"养家还养不起"。这就深了，牵扯到五年改革问题。这个作品可以排练演出。

这里还有一个细节，香蕉皮装钱，我不知道怎么在舞台上实现的？

**龚党英**：做道具，有一半香蕉是真的，有一半是利用道具中间是空的，里面是钱。这个老板提钱上去，然后局长要吃水果的时候，丈夫会剥开给她，一剥的时候才看到里面的钱。

**李文启**：我把香蕉掰开了，里面是钱。装的时候把香蕉拿掉，把钱放到里面，再把香蕉皮合上？

**龚党英**：这是道具来的。

**学员**：他是一箱子香蕉。

**李文启**：你演的是戏，观众看的是真实生活，真实的生活怎么复原这个香蕉？你在舞台上要学会掩盖。拿出一个或者拿出两个，大家一看到，够了。然后手都在箱子里"哎呀！这里都是钱"，不要让观众看到自己的手，让箱子挡住呢。所以我们在设计的时候，我觉得这个很新鲜，怎么弄，我想了半天这怎么送钱？因为我这辈子也没给人送过钱。你还是要从生活出发想一想，舞台上能实现的。

**龚党英**：谢谢老师。

**李文启**：我刚才说的作者不要上台讲话，其中有一段他的女人回来以后，听说他接受了一栋别墅，看见了别墅的钥匙。之后她说了一句话"我是共产党员……"这类话还是要思考，特别在家庭里要说人话。我曾经看过一个小品，在家里丈夫居然跟妻子说"江主席教导我们……"谁在家里这么说？即使说这个事儿不能做，顶多也就说"别干这事，老江可讲过这个话"。一定要用人物的语言来说这个话。所以我为什么让你们看看老舍的作品就是这个道理。

《卖鸡蛋》是李杰创作的，写了一个生活趣事，宣传生产安全，采用了这样一个小故事，有人物的纠葛。具体的我不讲了，还是要遵循铁的生活规律。这个人物和卖鸡蛋的认识不认识？显然不认识。不认识的话，有些话的推进有点重了，没说几句就说人家"混蛋"，可能你这里用的方言。混蛋是"hong dan"，但是"guang dan"是"滚蛋"。山西人说话鼻音很重。此时此刻两个人物刚接触，这个女主人说不出来滚蛋、混蛋，这是很重的话，所以我觉得真的要话赶话，矛盾尖锐起来，必须要有话赶话的话，如果没有，直接骂人，这是不符合生活逻辑的。演出的时候是用普通话还是方言？

李杰：方言。

李文启：这个没有更多说了，是成立的，演出效果应该是不错的。但是要注意，有一个女主人也跟着喊起来了，一定要把卖鸡蛋的推到旁边去，离开她所在的房子旁边。否则为什么卖鸡蛋的喊，她不让喊，而她自己却在那里喊起来？这边说卖鸡蛋，那边说卖煤了，这都得喊，要符合生活常理。为什么他不可以在这儿喊，而你喊卖煤了，却可以大声喊？所以我自己的经验，无论写东西也好，还是导演，或是演员，心里始终装着观众。观众能不能看懂，观众会不会产生歧义、误解，这都要排除。影视、话剧带有强制性，我让观众听什么意思的台词，一定得让他听、接受的就是这个意思，而不是误解。所以你的一切调度、表演都要想着观众，因为我们的戏是演给观众看的。

《温暖驿站》不说了。昨天也说了，后面也做了一些小改动。最使我费脑筋的是《价值》，据说这个作者现在不在。这个戏到底说的什么？说实话我读的次数最多的就是这个戏。第一，这种事情是可能存在的，是现实主义作品，在生活中并不荒诞，是可以存在的。

我顺便讲几句关于荒诞的问题。我们的话剧有正剧、喜剧、悲剧、悲喜剧、闹剧、荒诞剧。我在讲课中常常举这个例子。什么是荒诞剧？荒诞剧就是世界上从来没发生过、也不可能发生的事情。描述这样的事件是透射出一种哲理，一种影射、辐射，更多在于作品内涵所挥发的张力。比如有个荒诞剧《犀牛》。有一个小镇，一个人头上长出一个角，镇上的人都吓坏了。等到第二天又有三个人长出了角，人们就不那么恐惧了，但是议论纷纷，这是怎么回事儿。不止他一个，是不是咱们这里有什么水土，或者他们吃了什么不应该吃的东西。等过几天，全镇的人都长出角来了，只有一个人没有长，大家又开始议论，为什么他不长呢？就这么一个世界上不可能发生的事情。他写的是异化。就像我们社会上的进展，就像我们过去出差，没说出差到哪儿旅游，开会就是开会，办事就是办事，还得交粮票，等回来按天数报销，一天一块多钱出差费就完了。后来慢慢形成了，第一你到哪出差吃饭不花钱，还要组织旅游，开始大家觉得白吃白喝还能旅游、看看风景，不错，慢慢整个社会都这么做了。如果有一次开会根本不组织旅游，吃饭还得交钱，你又觉得奇怪了。

《价值》这部戏并不荒诞。作者想推崇的、想提倡的、想宣传的价值到底是什么？我得不出结论。你要说它没有矛盾吧，它有矛盾冲突。它有夫妻之间，丈夫顾不上家和妻子要顾家的矛盾，买卖双方对价格要求不同的矛盾，要求看房与不必看房的矛盾，保安的妈妈卖房事件上卖与不卖的矛盾。我们分析剧本的时候要分析清楚都有哪些矛盾。但是戏的结论是什么？作者给我一个打印本，前面有一句剧作提示说"努力永远赶不上房价，那么我们的努力还有什么价值"。这句话是什么意思呢？是自己的牢骚，还是向人们提问，还是提问以后告诉你，你看到我的戏就知道努力有什么价值了？这到底是什么意思，我没看懂。中间事件发展倒是一波三折，写得很符合戏剧规律。当初男人为了创业把这个房子卖掉了，随着社会的变化，地铁修通了，房子值钱了，他要买回来。等到要买回来的时候，一看这个房子房主是公司的保安，原来值200万，现在是600万，几年间翻了几倍。保安的妈妈说将来要变成学区房，将来更贵了。卖房的说你先看看我这房子。买房的说不用看，你那边有个天井我知道，阳光可以射进来了。他怎么都知道，原来这个房子当初就是他的。最后保安的妈妈来短信，说不卖了，这个房子还要涨价，于是引发买房者妻子的牢骚。你成天说工作、创业，你还不如一保安，你还得买房子，人家住600万的房子。于是丈夫说，我发展、我创业，我给社会创造多少就业机会，缴了多少税。我通过我的人脉发展交了多少朋友，难道这不是价值吗？然后妻子就说，你知道我这么多年怎么过的？我上顾老下顾小，你的事业我都支持。我心疼你，你身体这样透支怎么得了？于是男的醒悟了，后悔了，闹半天所有的东西都不成为价值，觉得最有价值的是我找到这么一位好老婆。这有点乱套了。我不知道这个作者到底提倡宣传的是什么价值。

你说给社会多交税，在生意场交了很多朋友，当然是价值，可是后来妻子一埋怨，他又觉得很对不起老婆，自己这么多年没顾家，顾家才是真正的价值。那到底多缴税、多创造就业机会算不算价值？又说不清楚了。他不断肯定，又不断地否定。另外这个作品演出的时候要慎重。因为习近平最近一句话："房子是用来住的不是用来炒的"，这个戏的主要事件是炒房。

我们作者不是在文化馆就是在群众艺术馆，这都算是体制内，体制内该写什么，该怎么写，自己要清楚。我一看就是炒房，而且通过炒房还发现了自己的价值，你这不是歌颂炒房吗？

刚才我说的这些，请这位同学转达意见。

学员：我有一个问题，这是我个人的一个小问题。这个作品在今年上海市拿了新人新作第一名。就我个人来说，我有时候也会很疑惑这个问题，因为我跟这个委托人是同班同学，我对他前面一个作品持肯定态度，就是《亲！你还在吗》。但是针对这个作品我给李老师提一个自己的意见。我觉得这个作品没说清楚，为了写"价值"而去套一个东西，我是有同感的。我觉得很疑惑的是，为什么这个东西明显有这个问题，还会取得这么好的成绩？

李文启：评委和评委审美取向不同，很可能出现不同的意见。还有一个选手，比赛得了金奖。结果演出以后，我觉得问题很大，连规定情境都不注意，里面是病人，外面是大声说话。我说演员没有情境规定的概念。听到这一点，剧组和演员拂袖而去。我也见到过很好的作品，但在有些地区没有选上，有的比较差的作品得了奖，我也觉得很奇怪。我觉得这都是正常的。我今天说的，你就转达，这是我的意见。

这个作品矛盾冲突是有的，一波三折这都是不错的，但是主题和主题思想让我很迷茫。我不知道他说的是什么。

《价值》讲的是通过房子买卖，引出"价值"问题。怎么水到渠成引出"价值"问题，这里没有。什么价值是肯定的，什么价值是否定的，这里说得不太清楚。

除了这些问题，还有一些小的台词。编剧要排除观众的误会，就别让台词自己捣乱。比如开始的一句话，这都是小细节，他妻子说"看，就是这一片网上在传，要造新的生活广场，消息如果确定，这房价又要上涨，所以这房今天必须拿下"，这里有个"今天这房必须拿下"。接着她丈夫打电话对另外一个人说，"通知所有兄弟们晚上一起加班，这个项目今天必须拿下"这两句话有点干扰。这个台词要改。观众会误解这个丈夫打电话说这个项目必须拿下，和妻子刚才说的这个房今天必须拿下是一回事还是两回事？这就有些干扰。这个词要改，尽量不要干扰你的主要事件。主要事件是要修新的生活广场，所以这片房子要值钱，那么今天必须拿下。下面一句话，比如他电话说："通知所有兄弟们，晚上一起加班，总结一下当天的工作"这样一句话，就对前面的台词减少了干扰。我们写台词的时候一定要注意这个问题。

还有一句，这里为了支保安下场，这个保安说"要么你们先商量一下，我去梳头"。这句我不理解。一个男保安，怎么把梳头当做一个理由，我觉得这个理由找得有点太牵强了。比如可以改成"要不你们先商量一下，我给你们泡杯茶"。有客人了，这个客人又是他的老总，这里泡杯茶是很正常的。昨天拍的小黄人，观众很难理解指的是"黄色"。不要让观众产生歧义。

接下来留一点时间给同学们。你们有什么问题要问，可以提出来，我们当场进行一些交流互动。我要说的这几个作品，因为昨天排了一个作品，实际上是四个作品。

张雪莉：李老师您好。我来自上海越剧院。昨天看了您排的小品，我特别有感触。跟传统的戏曲程式化排法不一样，在小品上我没有更多的心得。但是您刚才提到了老舍先生。来之前我看了老舍先生当时的几个座谈会，给工农兵创作人员讲的话。就像您说的，老舍这么一个大学问家，可以用英文写作的喝过洋墨水的人，看他写的作品，特别有那个时代的味道。老舍先生的《茶馆》，我最早看的是电影版本，后来我找了《茶馆》舞台版的剧本。我发现台词是有变化的。所以我想请教李老师，在您感觉当中，是人艺舞台上的《茶馆》还是后来咱们看到的电影版《茶馆》更经典，拍电影那个时代的剪切和老舍先生文本的剧本，以及人艺还在演的版本之间有变化吗？

李文启：对于《茶馆》，搞话剧的人是比较熟悉的。用老舍的话说，"埋葬了三个时代"。而且这个作品是京味作品。最近四川人艺好像要排个川味的《茶馆》。有一个年纪大的女演员给我微信，征求我的意见。她说我倒是很想演话剧，但是我这个年龄可能只能演老年的康顺子，耽误那么长时间值不值得，您觉得用四川话演合不合适？我觉得首先这个要考虑。如果有些人物用四川话演，四川是没有的，比如太监。而且太监大部分是河北的，这是他们谋生的一个手段。在农村很苦，但据说到了宫里以后，在皇上身边生活就好了。只有在北京才有这种太监。到四川弄一个太监就不太合适。另外还有一个娘娘。这个娘娘是清帝退位以后最后一期了。这个娘娘只有在北京城里，宫里才能出现。所以我觉得够呛。另外，康顺子本来到了老年戏不多，就那么几句话。"老掌柜您硬硬朗朗的"。具体到电影《茶馆》我没看过，但是我看了舞台上的《茶馆》。我觉得还是以舞台上的《茶馆》为准。第一，千锤百炼，演过很多场了。第二，原始的剧本就是于是之老师在表演，和老舍亲自在一块切磋、研究的。老舍还有一句话，版权所有，文责自负，改我一句，男盗女娼。后来是谢添导演的作品，虽然是用原班人马拍《茶馆》，但是影片的长度和舞台上的长度不一样，可能是结合当时观众怎么比较容易理解，他稍有改动，但没有大动。我比较信服的是舞台上的《茶馆》。

你们回去以后不光做编剧工作，可能编剧以后排演、导演都是你。你就要指导演员怎么表演。演员要精心设计，随意体现。这是于是之的话。于是之在演《茶馆》的时候，三幕设计的手势都是不一样的。第一幕出场，年轻气盛，买卖如日中天，所以他挺胸、快步。（老师示范）手为什么这样？因为他在柜台上经常打算盘，所以手是这样的。等到第二幕，他已经到中年了。年轻的时候腰上还系个带子，显着利落。到中年就穿个大褂儿。他给茶馆正贴标语"莫谈国事"。当时因为军阀混战，怕惹上事，所以他正在贴标语，手上糨糊，所以说话是这样的。就好像我们有些家庭妇女正和面呢，家里来客人了。等到老了，一个手揣到一个棉坎肩里。棉衣袖子比较长，手藏在里面，因为他怕冷，已经贴着边走了。因为他开茶馆开惯了，一辈子以此为生，桌子有点水他也看不过去，所以他用一个手指把水划拉下去。这些都在于是之回忆录里写了，他是精心设计，随意体现。最后上吊也是。买卖全完了，茶馆完了，自己也活不下去。他原来有个系腰的布带子搭在椅子上。最后三个老人，自己为自己送葬。常四爷从街上捡了一点出殡的纸钱。三个人撒着纸钱绕圆场看起来令人心酸。最后那两个人离开茶馆了，就剩他一个人。他觉得活不下去了，往里屋里看了看，这椅子背上搭着他的那条布带，他决定自尽而亡。他先看了看那条布带，然后一下子抓起那条布带，抬起头紧闭双眼绝望地向幕条里走去。全场鸦雀无声。然后演员一谢幕，掌声雷动。他的每一个动作都是经过推敲的。

**学员：**有个问题请教您。这是我们的命题作文，为春节晚会写的小品。领导交待，能不能大胆一点、创新一点，别像原来中规中矩的小品。我想了很长时间。这个背景正好是今年鹤岗开发建设一百年，然后我写了一个小品。我称它为情境小品，也是过年的氛围。我把小品和舞蹈相结合。我大概说一下情节，您看看合适吗？我构建了三个人物。一个人物是 80 多岁的老爷爷，工作在鹤岗，一个老伴，还有孙女。大年三十他们吃饺子。刚开始是爷爷特别爱吃饺子，孙女讨厌吃饺子，她不明白她爷爷为什么这样。她奶奶也说不知道为什么爷爷爱吃饺子。这个爷爷就展开了一个叙事。说了三段。在抗日战争时期，他们家很穷，要吃这个饺子很困难。这个时候我就不让他说话了。舞台是分 A、B 两个台。圆桌包饺子是 A 面，另一面是舞蹈，用舞蹈表现出被日军迫害。这段过去了，抗战胜利了，太高兴了，杀猪、包饺子。说着说着就说到 50 年代。我们那儿有个东山竖井是全国第一例，攻破这个难题非常难。这个老人参与了工程设计。然后是奶奶说，我生你爸爸、你姑姑，你爷爷都不在身边。还有两人相遇也是用舞蹈的形式表现出来。我们有个矿务局，他们俩在那儿相知相识，也是因为吃饺子。他们那个时候乡亲特别保守，男的在前面走，女的在后面跟着。爷爷把饺子包着给她吃，也是通过舞蹈表现出来。东山竖井阶段，爷爷经常不回家，奶奶特别孤独，也是在矿务局形象下，是个独舞。这时候爷爷突然感到，我那时候不在家、不帮忙，现在想起来也是有点愧疚。他们两人也是比较动情，但是这么多年了，他们也没办法再回到矿务局。这个孙女说，你们不就是想再看一眼？这里有魔幻的因素在里面，孙女帮他们脑补了一个烟花、矿务局的情境。他们两个老态龙钟的一个舞台形态，这个戏剧就结束了。

这个设计符不符合小品的格式？再者，这个形式可不可以？大概的内容就是这些。如果可以的话，您觉得有什么可以更亮、更吸引人的地方吗？谢谢。

**李文启：**关于鹤岗的沧桑岁月，一百年，我认为还可以，不错。因为她没有直白地叙述这个城市从诞生到发展，它通过吃饺子这样一个贯穿事件，引出几个阶段的生活，来展示人们的思想、情感以及城市的变迁，我觉得是可以的。但这里有一个选材的问题。选材要精当。你可以看一看你们鹤岗的历史，你们是地级市还是县级市？

**学员：**地级市。

**李文启：**可以查查你们的县志，或者市志，哪一年发生了什么东西，然后在这个县志里选取典型的东西来进行展现，让你感到这条线还是连着的。有些细节对城市的发展可有可无，这些要舍去。有些东西比较重要的，比如你说一个矿务局，原来一个很老的建筑，现在还在不在？

**学员：**在。

**李文启：**作为台上，也可能是视频上，它是一个主要的标记，因为它是标志化的建筑，在它周围发生了许多事情。但是这个矿务局应该在大画面上高高的，其他的变化都在下面，让人感觉有主线，不要感到零乱。所以你一定要查你们那儿的县志、市志。我觉得形式是好的，而且通过吃饺子，这是北方人特有的。来了客人要吃饺子，过年过节要吃饺子，有个喜事要吃饺子。这个形式我认为可以。

通江县是县级市还是地级市？

**学员：**县级市。

**罗丹：**我来自四川通江，我叫罗丹。我们以前没有听过课，这一次听了几个老师的课。各种思想、各种理论全部在我的脑海里，有点打架了。比如我在生活中发现了一个很好的故事，很想写这个故事，包括我亲身经历的事情，有些是很刻骨铭心。这个故事一旦想到之后要开始构思。在构思过程中，人物关系、故事情节、技巧能力、社会价值、巧妙构思，我们究竟该先干什么？在整个创作流程中应该怎么考虑？

**李文启：**创作是很复杂的，所以中央提出百花齐放、百家争鸣，没有一个固定的程序说先干什么。第一，你要描写的生活你熟不熟悉？一是你熟悉的，另外一个是你听说的。你要熟悉生活，你不熟悉那怎么写？要从生活中来，要比生活更典型、更集中、更普遍。第二，创作方法，一定要有主要事件，而且小品的事件要单纯。比如《温暖驿站》，就是以两位环卫工人要不要请到家里来取暖，要不要对待他们像亲人一样，就这么一个简单的事情。它的写作是挖井，而不是挖湖。第三，要集中，要有矛盾冲突，要有行动，不要在台上去说发生的事情。你要把它演出来，当然并不是一点不说。

什么叫事件？在戏剧上有事件和事实之说。比如我们讲课，他咳嗽一声，这是不是事实？是，但是他咳嗽一声，并不影响我上课，不影响我们的行动。但是如果就在我们课堂的后面失火了，这就形成事件，因为改变我们场上的行动了。大家一听到说"着火了"，就会想"怎么回事，有没有灭火器"，就顾不得再听课了，"救火"变成场上新的行动。所以事件和事实是有区别的。所以你得有主要事件、有矛盾冲突。刚才张宝琦说要写鹤岗一百年的历史。她是从吃饺子开始的。如果我们从一件衣服开始，也并不是不可以。当年我穿的是一件补丁的衣服，第二场可能就没有补丁了。原来不能穿破衣服，现在好多裤子都是破的，现在破的又成了美的而且有时代感。

宝光寺有副对联。上联是：天下事了犹未了何妨以不了了之，下联是：世外人法无定法然后知非法法也。就像鲁迅说的，小说法全是骗人的。无定法。只要你写出来，你创作出来是好的，是群众能够接受的，并且经得起实践考验的，你那个就是"法"。所以没有固定程序。你觉得怎么写好，不妨就这么试着写。写完了、排练。如果观众欢迎，效果很好，这方法就很好。没有定法，通过实践去检验，这就是好的。

主持人：感谢李老师！

# 武丹丹

*副编审*
*中国评论家协会会员*
*中国戏剧家协会《剧本》月刊*
*副主编*

　　发表及出版作品有戏曲《萧史弄玉》《落梅吟》（合作）《唐宗归晋》（合作），长篇小说《花季的秘密》，编著《年方九十——周巍峙文集》（全四卷）、《曹禺剧本奖获奖作品选》(3、4卷)、《孟冰剧作集》(5、6卷)、《中国戏剧创作白皮书》，另有散见报纸杂志散文、随笔十余万字，戏剧评论文章若干。中国戏剧奖·曹禺剧本奖评委，中宣部"五个一工程"评委。

# 剧本《明镜岭》《一封休书》《梅岭明月》《惊魂记》《爱心传递》创作辅导

## 主讲　武丹丹

**武丹丹**：大家都知道，近几年关于戏曲、传统文化各种利好政策很多，但是戏曲人才培养不是一朝一夕可以完成的，所以在座的各位对于我来说都是极其珍贵的。不可否认，创作的队伍中，由于前些年的戏曲本身生态不太景气，从业人员大量流失，使得我们面对的作者都是比较年迈的。

《剧本》编辑部在 2013 年编过一本《中国剧本创作白皮书》，堪称中国舞台剧本创作和剧作家现状的一次全面调查和反映。这本书的最后一篇总结性的报告题目是——"到了最危险时候"。我们剧团演出，第一重要就是剧本。所谓"剧本剧本，一剧之本"。而当时我们统计到专业的编剧人才是极其少的，而且这当中年龄偏大。年轻孩子也许是按编剧的编制进来的，但是在单位做的基本不是创作的事情。2013 年出版的这本书，让我们深刻地认识到，关于戏剧创作，最重要的是人才，最紧缺的也是编剧人才。

这次请我给大家点评作品，我很痛快就答应了。首先是我对各位心怀崇敬，在这样一个时代坚守这一份职业很难得。第二我对大家心怀期待，因为你们中间有不少人已经在我们《剧本》月刊发表过作品，希望你们中间有更多人能够把自己的作品在更加年轻的时候拿到我们杂志上去。说句实话，我们和各位作者关系是唇齿相依，某种意义上来说是我的衣食父母。一个刊物以内容为王。如果没有各位支持，如果没有各位坚守这份职业，拿出好作品，可能我们刊物存在的意义也不大。

《剧本》月刊从 1952 年创刊到今天已经 65 周年。南京大学曾经统计过一组数据，1949 年以后所有大小剧作应该是一万多部，其中八千多部由《剧本》月刊推出。可以说一部《剧本》月刊的创刊史也是一部当代戏剧史。所以我们作为编辑很有责任搭建好这个桥梁，在这个平台上和大家共同进步，共同成长。

现在说五个作品。

**尹露**：我之前做过专业比较多。最早是跳舞、当兵，做过演员，做过场记、副导执行然后转行到编剧，也当过老师，可能做得比较多，因为身体原因回到淄博以后，觉得自己必须要写戏曲。之前写过电视剧本、电影剧本、小品，在"中戏"学的表演，对小品的结构还算了解。后来转行做小戏。因为当时在淄博没有老师教我。我很想写，但是不知道怎么写。然后我就开始看。这是2010年写的小戏，写什么当时很矛盾。我19岁就出去，在外面这20多年可能遇到的事情相对多一点，有很多熟悉的、陌生的人都帮助过我。于是我就想写一个感恩的故事。有些陌生人你根本不可能再去找到他的足迹，再去做一些感恩的行动。我在想，他们开始帮助我的时候他们要的是什么？可能就是一份善意的传达，而我报答他们的方法就是我把我自己更多善意传达出去，哪怕是不认识的人、陌生的人。所以我就有了这一点点冲动，然后就写了《爱心传递》。

经过将近8年的时间，现在回过头看，确实觉得自己当时写得很稚嫩。我有一个很坏的毛病，就是我写过东西不愿意再回头看。所以当时报的时候报了两个本子。当时这个本子入选的时候，我觉得肯定老师看到了它一点点闪光的东西，我很感谢。特别希望丹丹老师指导。想回去改得相对好一点。谢谢丹丹老师。

**赵煜君**：我觉得我的作品《一封休书》相当于是将原有的题材转换一个角度写了一下。写这个戏的初衷是这样的：因为我没有写过戏曲，然后买了一本戏曲教程的写作书读。其中第一个训练是让写一段唱词。写了之后看完作品，我特别好奇，也特别想知道把老管家性格改一下，没有直接当着少爷的面斥责他，而是在各种原因之下他来到了这个桂英面前，天天盼自己家书的人碰到这封休书后他的变化以及心理的转变。

其实是因为我在读经典作品的时候，对于桂英这个人物我可怜她，又觉得特别可气，或者说我又觉得她很可惜。可能这是经典作品，在旧时代女性在遭受到丈夫的抛弃之后要选择的就只有打神告庙。我写每一个作品不希望放在抽屉里。万一有一天每一个作品能够有观众去看的话，我在想那么我的台下可能坐的是更加年轻，或者不是年轻观众也是拥有现代思维的观众。他们在看过去题材作品当中希望能有一点现代的，或者我自己的一个反思在里面，就希望这个桂英能够拥有一定的勇气站起来。其实自己写的时候因为唱词很难写，很多意思没有表述得很透彻。我自己的感觉就是，一个卖身葬父的女性内心一定是有勇气。后来她能够从良再嫁给落魄书生王魁时内心还是有希望的。有勇气有希望在经历绝望之后一定要求死吗？这是我内心的疑问。我从这个角度，从人物性格角度希望她能够再站起来。

这个作品的最后，我觉得这个情绪变化还是有一点快，就是从愤恨到一下子转变说我还可以如何的时候。其实在这一段我自己也是有一点点心里绕不过去，希望这个戏可以相对好玩一点，具有一点幽默的东西在前面，所以就做了误会。整体在写的时候就是希望。就算大家知道剧情是什么，也希望看他们来回打闹，来回玩笑的感觉。

杨婷：我写《惊魂记》这个作品当时是为了参加一个比赛。我就特别记得当时有位老专家告诉我说，你们都是年轻人，为什么你们交上来的作品动不动就是村长、乡长、小组长。我不知道其他同学有没有这种情况。在云南，我们只说小戏，大家就很自然想到农村题材。那位老师告诉我说，其实你们对农村生活根本不了解。我们想要看的就是你们经历的生活和想要表达的东西。当时我自己也在想，对！我对农村生活不了解，我就写一些自己想要表达的东西，就写了《惊魂记》。第一稿其实不是这样。我可能在里面融入的东西有点多，因为参加这样比赛多少带政治色彩，所以就想融入法治、诚信。后来就发现其实小戏容量是有限的。就那么一个小戏，你赋予太多线条可能就理不清楚。后来发现就抓一个点写，就写一个点，宁愿把这个点尽量地说透了，把我想表达对于这个点的观点、看法说透了。

人性有很多不确定性，而且人性是最有戏的点。我就写人性当中某一个点，就抓着他写，就写了《惊魂记》。当时写的时候也是找不到自己满意的故事，我感觉给它披了一个自己不太满意的外衣，是一个通俗故事。彩票中奖了，是据为己有？还是保持诚信还给自己朋友？这个外衣自己不满意，但是里面的内容，我想讲的就是面对这样的浮躁社会，可能每一个人都会有些面对巨大利益诱惑时的纠结、选择。剧中的人物我是把他们撕裂开，一个作为现实生活当中人物，一个就是心魔。人物在心魔再次怂恿下贪欲战胜自己，但是这种情况下他自己内心受到谴责，然后有巨大的心理压力导致自己崩溃，一夜醒来之后才知道自己需要选择什么，结尾也没有点明最后作的决定是什么。所以就有这样的呈现。

这个剧本还是有很多可以改进的地方，但是又不知道改什么。

莫非：当时写《明镜岭》就是为了参加一个评奖。

**武丹丹**：你们评奖是反腐倡廉主题？

莫非：不是。

**武丹丹**：你参加的是小戏还是中型戏。

莫非：就是小戏和小品，可能太长了，就是想写反腐倡廉的作品。但是这种作品一般是人物离不开法律的制裁。我想除了这种之外，或者是人物自己的醒悟，通过亲人劝他悔改之外，能不能从内部有一种惩罚方法？然后就设置了这样的一种误会，想达到自食其果这种效果。但是写的时候，这个结局本来没有特别想好，最后通过这样的误会分道扬镳。我想了一下我们市里面前几年正好市委书记有这么一个事，就是最后杀人的地方设置一个爆炸案把他的情人在车当中爆炸。我们市里非常震惊。前几天听李老师说，台上不要出现死人。本来是想写小品，因为小戏我经验不是很多，后来越写越长了。形式上唱词写得比较粗糙，还是请老师多多指点。

张雪莉：《梅岭明月》是一个命题作业，当时是说这是大戏中的一场。讲到这个戏的感想，其实给我印象最深，这个戏给到我的点，就是"上昆"的《景阳钟变》，这个点给我很多启发。今天来，希望老师用最严厉的方式指导我，帮助我。因为这是我写的第一个越剧剧本。希望在这条路上我的第一步可以稳一点，可以踏实一点，方向不要跑偏。希望同学多帮助我，谢谢。

武丹丹：我基本知道你为什么写这个了，这个小戏其实是一个大戏的片断。但是我还是因为这个戏找了一些史料以及包括像你说的本身的史可法，后来罗周写了同一个题材，我还专门给她写了评论。

我已经了解了各位。我希望和大家进行有效沟通，是因为你们今天表达，包括你们的叙述方式，以及讲话时的眼睛都会传达给我一些信息，帮助我不断修正对你们作品的看法。我看这些作品感觉不太满意，不满意的时候也找了一些跟你们类似的，就是你这个作品想表达的东西，表达的方式，给你们找到一些类似作品。到时候都会告诉你们可以参照谁谁谁，可能不完全对，但是跟你的模式有点像，可以学一下。

分给我五部作品，有三部是现实题材，两部历史剧，其中一部改编的，一部按照自己素材去写的。两部历史题材反而更加具有现代性。这五部作品当中的问题比较多。我待会儿会把大到创作观念，小到细节、节奏，大到创作方法，小到唱词的问题都给大家列出来。但是同时可能不会拘泥于你这个作品。我会根据你们的作品当中的问题讲一下创作观念。比如刚才我说的两部历史题材更加具有现代性。什么是戏曲现代性，我们怎样做出符合今天审美、今天想法、今天品格、今天潮流的作品？其次，因为我的工作面对全国作者同时还面对大戏小戏，就是大小作品都是在我的视野范围之内。你们中间有些人可能今天交给我的是小戏，十年以后可能成为我们国家的大戏中坚力量。所以我也愿意给你们传达信息，有效地跟你们沟通。不拘泥于小戏，而是一种创作观念，是一种对于题材把握、选择。你怎么剪裁，你需要一双什么样的眼睛看待同样题材。比如史可法。我把这个史料放在大屏幕上，要求你们每一个同学写一段它的戏。30位同学至少20位同学是不一样的，这就涉及你们每一个人看待这个题材的眼光，你怎么处理它？这些都是一些具体问题。这五部作品给我很奇怪的感觉，五部作品给我的感觉有三部是话剧作品。这是为什么？话剧加唱的痕迹太重，或者说你根本没有用戏剧思维在构思作品。

小戏创作和小品创作不一样。小戏创作需要有戏曲思维，要留很多空白，需要唱、需要抒情的点。这些点在哪里需要清楚。这一次听说增加导演课，我觉得是特别好的课程，因为我们太多作者，尤其现在年轻作者比如 90 后就没有上过舞台，不像 50 后、40 后作者。过去很多 50 后、40 后作者是从戏班子出来，你不用讲，他对这个戏就有概念。他在舞台上摸爬滚打过，他可能念书的方面不如今天的作者，但是他对于舞台非常熟悉。他知道哪里需要节奏控制一下，哪一个地方演员要去化妆，或者是哪一个地方演员需要下去喝水，所以他写剧本的时候就可以做到张弛有度，就会把这个空隙给留下来。我们有的作者，今天的作者就是写得很满，生怕演不到 20 分钟。结果到舞台上导演就说没有办法用。编剧也不肯删掉。说每一个唱词都下功夫，怎么可以删呢？等音乐来了，音乐也说不行，要大段地删，要不然没有地方。

现在我们评奖少了，同时跟过去比时间也短了，就是小品时间过去有时候到 20 分钟，现在 18 分钟、15 分钟；戏曲以前半小时，现在缩到 20—25 分钟。所以大家脑子一定有一根弦。这个舞台上的时间是非常宝贵的，所以你在舞台上不要有任何一句废话。做每件事情，每一个人上场一个动作都必须有作用，如果没有，请你删掉。舞台如此珍贵，篇幅如此宝贵，你什么东西都在舞台上正面去表现是不可能的。

对于《惊魂记》这部作品，我非常理解作者本身想法，而且我对于她做这样题材的勇气很钦佩，因为这样的东西写不好，很容易写砸。

我想每一位年轻学员都发出年轻声音。我非常喜欢这次作品中的《惊魂记》和《一封休书》，因为他们有自己的想法，当然都很不成熟，但是有你们自己新鲜的东西。彩票这种东西在小戏小品当中经常用，不是因为你构建一个庸俗故事。因为彩票本身带有偶然性，带有突发性。它这种偶然和突发容易让人相信，生活中有这个事情。如果你说别的，海外遗产让你继承六千万元是不可信的，如果你说今天谁谁彩票中了，可能大家会相信，本身带有偶然性和突发性可以打破既有的戏剧情境。

我想请问您，您现在给我的既有的戏剧情境是什么？

**杨婷**：我之前想的是巍子这个角色是一个普通人，甚至生活有一点潦倒的失意青年，但是这个彩票出现就真的有可能改变他后半生，所以他才会出现剧中体现的纠结、摇摆。

**武丹丹**：不只你认为，我认为六千万元可以改变所有人后半生，我想请问你给我提供的戏剧情境？

**杨婷**：好像没有。

**武丹丹**：彩票的作用是打破既定的生活，这个既定生活你没有描绘出来，所以你没有既定的生活情境。之前看到一个新闻，夫妻俩在看彩票开奖，然后两个人百无聊赖，就在聊如果我们两个人中五百万元怎么办。然后男的想买车，女的说换房子，可能想想又不够，然后更加具体的，给你妈妈多少钱，给我弟弟多少钱。最后两个人吵起来了，吵到更加深层次家庭矛盾。你们家结婚的时候彩礼给得不多，这五百万元拿过来不应该给我爸妈吗？然后那个人说，我对你爸妈比我爸妈好，等等。最后彩票没有买，两个人离婚了，大家注意，彩票没有买，只是看电视在播。我刚才说的是有场景的，家里有电视、沙发，一对百无聊赖的夫妻，但是他们平静生活下面埋藏很多琐碎矛盾。那么你有吗？这个人上来以后就是光听中奖，他的境况、人生遭遇有吗？你不仅在戏里没有，在心里也没有。我要跟大家很认真地说这个问题，我们的小戏小品作者有时候做功课不如大戏作品，觉得大戏十场八场，要把前世今生想清楚了，小戏就觉得这么一个故事，舞台上演几分钟很简单。事实上你们做的功课很不够。

这个戏十分钟，因为这个细节没有想明白，下一个镜头就过去了。演出就是这样的，不像我今天你把剧本交到这里来，这段没有看清楚，然后再看一遍，没有这样的机会。所以我对你们的要求，不管写什么把人物来龙去脉搞清楚。

再说巍子。他比较潦倒，他的人生经历、人生遭遇是什么？就是让看不起我的人向我低头赔笑。但是曾经看不起我的人这个舞台上没有展现，也没有感受，只是他叙述。第二个问题，永远不要把叙述当成过程。你叙述给我的是一个结果，而我要看的是一个过程。如果我需要的都是叙述结果为什么看舞台艺术不看小说？舞台艺术就是给我展现过程，过程很重要！我们今天的作者最大的毛病就是叙述，总害怕观众不清楚。其实给我们提出了更高要求就是可以在最短时间、最小空间之内拿出你的智慧来解决这些问题，而不是简单偷懒地说这个人就是看不起我的人，要让他向我低头赔笑，然后我过得不怎么样，这个彩票是老刘让我买的。那么为什么没有展现？上来接电话应该是老刘给他打电话给他记彩票号码，可以给大家这个印象，这么重要的情节，六千万元归谁的重要问题，你一句话带过了。有的观众没有听明白，还不知道咋回事，这个戏已经结束了。所以要注重有效沟通和抵达！不管你的表达方式是什么样，你跟这个人的沟通方式，跟观众的沟通方式要简洁明了，并且有效抵达，有效是非常重要的。你给我写20句台词，观众只记住一句，那你有用的台词只有一句。

刚才你们每一个人都向我介绍作品。我会从你们的声音、表情、形态来接收你全方位信息。你的作品也是这样，你需要你的演员全方位展示你想给大家的东西。第一传达方式要多样，第二一定进行有效的抵达，第三你有效抵达还必须是准确的。

还有一个问题。刚才我问你，你这些人怎么处理？是两个主要人物，六个次要人物。一般院团不会拿出这么多人。一个文化馆要八个人，估计八个人全体演员都上了，不可能，能不能舞台上做得简洁一点，心魔分裂成路人、妻子什么的？我现在还说一点，众人有一堆职责，财迷心窍、不仁不义，让他坐牢什么的，你过于概念和想当然了。你刚才跟我讲了你希望写人性，人性黑暗是无法想象，但是人性善良和美好也是无法想象。人性复杂更是我们舞台艺术，包括我们从事艺术工作者为之着迷的地方。你这个地方是否处理得比较简单？如果你们身边有这样的人，或者你家里有一个人拿了六千万元回来，或者在纠结时刻，我不相信大家的思想会如此的统一，都在说爸爸是骗子，老婆你别走我不想离婚。我就想说我凭什么走？离婚有三千万元给我。今天的人不是这个想法了。你是拿一种观念在套，而且主题先行地觉得一定是错误的，一定是不对的，不道德的，一定是财迷心窍，就是不仁不义的小人。这些太简单了。

**杨婷**：你刚才说的我意识到了。为什么这么写？其实这些人物并不是在现实生活当中大家就会这样指责，而是他自己内心的一种想法。他想别人会不会这样看他。是他自己内心滋生出来的东西，而不是现实生活当中大家就是这样。

**武丹丹**：我明白您的意思，因为这些人是他内心的镜子，可以照出来他自己。但是有一个问题。这个评判标准是有问题的，财迷心窍、不仁不义的小人，这些我都同意你刚才的处理，但是我不同意现在给他的台词。我认为这个台词可以不这么单调。还有一个问题就是这个点你究竟打在哪？我想知道六千万元最先改变的是谁？

**杨婷**：应该是他自己，他自己的生活。

**武丹丹**：对！六千万元最先把他自己打晕，最先改变的是他自己。所以你要把他打晕的状态写出来。比如说他会觉得我的初恋还没有结婚，当时嫌我穷我现在有钱了。比如说孩子一直想上国际学校……你要有这些东西。不是说钱还没有拿到手在做半天忏悔。还有一个问题。不是没有钱吗？他现在有六千万元得想想自己怎么花，把我们老家房子翻盖一下，门楼比对门的那家要高，我弟弟怎么办、我妹妹怎么办，等等。目前的剧本里六千万元对他的冲击没有展示出来，所以你后面就没有力量。比如说六千万元对一个人生活改变，对人性扭曲在贪欲上没有一个展示。你完全在叙述，包括他的心魔。前面篇幅太多了。这些话不用讲，观众会知道。

我非常赞成不要一写小戏就是农村生活。我同意你这种题材，但是希望这种题材来源于生活，有高度提纯生活本身的东西，而不只是说我想应该是这样的。你对细节的铺垫完全没有。细节是极其重要的。不管你写大戏还是小戏，细节非常重要。你有没有抓住这个人细节？包括他的习惯动作，带着多年工作给他人生留下的痕迹。所以演员在体态上完全不一样。比如你一直是服装厂工人，多年踩缝纫机的，他的体态也不一样。

这个人可以是发小广告的，也可能是卖楼的，还可能是机关小公务员，都有可能。但是你笔下是这个人完全没有特点。所以我就觉得《惊魂记》对自己内心的东西挖得太浅了。六千万元对他个人生活改变，对他打击，对他怎么样，你这个地方是简单化的处理了。

你这个戏排到舞台上，不知道演的效果怎样，但是非常考验观众的专注力。这个人物上来不鲜明，没有记住他。演员长好看一点可能记住。他出了什么事情，这个事情对他的改变，重要东西没有交代，没有交代完了之后很快就过去，然后下面各种道德批判，自己内心对自己的要求。而且还有你对自己的要求，要注意节奏，不能一边倒，什么是纠结？是有一个拉扯的过程，纠缠的过程。我只看到你直接一边打倒过程。大家都在说见钱眼开、背信弃义，然后下一个人可能会帮他说一句，他不是有意的，就是让他买的。这样可以看到彼此挣扎的过程。每一个人上来打他一棒子，让他死在那里。这个戏写得太简单，没有放到两难境地。你把他放在特殊戏剧情境里面没有？如果开始有一个特殊戏剧情境，特别需要一千万元的钱，或者五百万元。钱对他来说多重要？这些钱可以解决此刻困境，但是会跌入另外一个困境，而不是今天闲来无事弄了一个材料，然后自己内心风暴了一番。这个不需要在舞台展现，没有必要。如果这个戏想经营下去，首先需要生活细节，再写内心的东西，才可以真正站住，可以留下的印象是生活本身。我们的作者应该学会从生活里面抓到各种细节，学会积累自己的东西，就像小时候的小猪储蓄罐。可能这个小戏用不到，你放在那里。珍贵东西记下来一定对大家将来有帮助。

**武丹丹**：关于《梅岭明月》，我是这样想的。我觉得写了史可法最后一夜和夫人诀别，我很赞成。这一点至少你给了时间上的戏剧情境，而且在夫妻之间发生彼此的交流，所以这种特定人物关系已经把范围聚焦很小了。但是我就想请问您，既然说有特定的人物关系就必须有特定的故事，也就要求有这两个人独特的故事以及夫妻之间的表达方式。

你对这两个人的背景是否了解？对于这两个人性格特点、心理的这种形象我不知道是怎样的。不知道你是否了解？因为性格决定命运。用你这里的话来说，其实你做了一个守城还是弃城抉择，最后一夜夫妻两个人在做最后的抉择。这个戏对你来说难度是非常大的,而且我还想知道他生命当中最重要的决定是怎么做的?请注意不是这个决定是什么,而是怎么做的,谁促使他下了最后的决心?他们彼此之间有没有独特的表达方式,独特的交流方式,独特的相处之道?还有因为当时大兵压境,四处援兵不至,不管弃城还是守城,尤其守城是死路一条。人之将死又是非常极致的情境。你怎么处理这个人物?我不知道我刚才说的这些有没有给你最后框定一个东西。个人觉得你到越剧院来的时间比较短,所以对于文学上的东西你是没有问题的,但是对于戏剧舞台上的一些东西我觉得可能不是很清楚。这个题记没有看明白。他作出生命当中最后一个决定,死战!我建议尤其是初学者能够找到一个核心的动作,这个动作比较具体,让你的人物有支点,你写剧本也有支点。当时一出场,史夫人在缝补战袍、聆听箫曲,后面为什么没有了?

**张雪莉:** 当时构思这个场景,是想让他们就这一个袍子展开。整个故事就是从这个袍子开始的。这个袍子设定的是新婚之夜夫人送给他的袍子。当时史可法给夫人写信的时候说,你到扬州来,把那件袍子带过来。所以夫人是带着这个战袍来看他的夫君。当时史可法没有说你到这里来跟我一起殉国,只是把这个袍子送过来。但是夫人看到这个信以后就明白先生的意思,就把袍子带来了。最后这个夫人说这个袍子是当初我亲手为你缝的,当初穿这个袍子走的时候就希望你有所建树,结果是伤痕累累,就像当时的大明朝一样。我就带着这种想法。

但是也担心这个片段如果在一个大戏中,会不会太小了,可能会跟其他几场戏构思不同。最后这个史可法怎么出去?前面可能还有南明皇帝,和其他几个大臣戏,这个放在里面太小。所以后来就变成了只能往史料上找。我个人对这个开场特别喜欢,就保留下来,但后面就往大的方向走,就很空。

**武丹丹:** 很好。因为我们做一个完整的小戏而不是做哪一个场的片断,按照你说的想法就非常好,只给我写这个战袍,把这个战袍写清楚就行了。

我想跟大家说的是,舞台是绽放我们编剧想象力的地方。一定要有充分的想象,不要跟我讲这个可能不太容易发生。特别在史可法问题上说一下,扬州李政成排《不破之城》第三场有个戏,叫《宴敌》。史可法和当时统帅多铎两军对垒之后,战事一触即发。罗周就写这个人,前面写史可法的风采,大将风范,但是在这个地方写史可法在家里,多铎前来劝降。两个人一无座,二无酒,两位名将各为其主,心思不一。但是两个人同登城楼,列数扬州城的24桥,且好山好水好风光,山光云影两相宜,让人有一种一日千年的感叹,但是也有万千河山如何壮美,种种皆负断壁残垣的痛心。当时写评论的时候我就特别赞赏这一点。写什么?大兵压境,多铎马上就进来夺城,史可法四处求援,没有援兵，一个人孤军奋战。这个戏的胜败是非常清楚的。大家想一下，战败是一定的。但是史可法最后的时候登楼在干什么？他在凭吊扬州每一寸土地。作为守城的将领，他内心的这种东西虽然不说但是非常悲凉。多铎来干什么？他来提前看一下自己的战利品。所以这两个人手拉手厌敌观城，也是祭城。祭奠不止是毁灭而是扬州城永远不会毁灭的丰厚祭奠和风范的气度，以及扬州城的千年文化。舞台是编剧绽放想象的地方，盛开想象之花的地方，我们不是写已经发生的事情，而是可能发生的事情。而且把多铎这个人物写好对史可法这个人物很有帮助。大家一定要写好你的对手，写好对手才可以把重要人物写好。建议你看一个剧本，刚才你说绣战袍的事情我就想到一个戏，就是冯玉萍主席排的评剧《孝庄长歌》。写孝庄皇太后的戏很多，宁夏也写过孝庄皇太后。但是这个评剧写的是孝庄皇太后和多尔衮青梅竹马，每一年都给多尔衮做一件战袍，但是从来没有拿出来过，一直到多尔衮最后坠马而死，她把认识这么多年每年每一件战袍都拿出来。

因为你说绣战袍这件事情，刚才给我的表述比你给我的文本好！不要觉得小，你这里是一个片断，因为我看不到前面，看不到后面没有办法评定这个剧本。如果你刚才说的这个点子希望你可以写成一个完整小戏。就写一对夫妻临别的时候，尤其写一封信说把我袍子带来，并没有说更多，但是知夫莫如妻，他知道要干什么。你的想法非常好。尤其是战袍更像大明王朝，可能很破烂，但是是属于自己的东西。我非常赞成你的想法。

我想说的是，我们的作者对于一个题材判断，对于一个题材怎么选择？需要动用你的文学修养，你的文化素养。你们多年的学习经历都不一样的。我希望你们在面对题材的时候能够把眼睛抬高一公分。

尤其写大戏。希望你们除了这种文学方面的要求，对自己要有哲学方面的要求。你对自己有哲学方面要求的话，在这个标准下建立的主题思想就不会太低，哪怕你没有达到，但是一定超越你原来的思想。

要学会规划你的人生，要学会规划你作品。规划作品其中有一个关键点就是出手稍微高一些，在你可能达到的范围之上再跳一下。你们应该是可以做到的！

关于《梅岭明月》作品剧本。希望能够看到刚才你跟我介绍的你的想法，这是第一。第二，希望你们能够写一些你们真正可以写，自己真正想写的东西。

**武丹丹**：关于《一封休书》，每一部作品本身是一块内容，从作品延伸出去的内容比作品本身更加有意义。可能90后小孩处理这种题材是不太一样。刚才讲了我对于这个作品比较肯定的一点在于戏曲现代性的问题。

我面对的你们是在我的作者群当中是比较年轻的，所以希望年轻作者有一些年轻想法，能够有一些现代性的东西。首先跟大家讲述一下，我所说的这个戏当中的现代性在哪儿。并不是说现代戏就是有现代性的，可能很多现代戏或者是写现实题材的戏处理得非常陈旧。现代戏的现代性可能不是一个时间的概念。我说我只是觉得《一封休书》这个戏很有现代性，大家可能会奇怪这明明是历史剧、古装剧。我为什么觉得这是这批作品当中最具有现代性的一个？戏曲的现代性这不是时间概念，是一种价值趋向和审美认同、品质认同。我们很多今天做的戏是现代题材，十九大报告专门提出希望偏重现代题材，反映现实生活、讴歌时代、讴歌人民、讴歌英雄，这是我们最新的创作重点。但是现代题材甚至现实题材的作品并不能与现代意识和现代性简单画等号。表现古代题材、表现历史故事甚至有些上古传说反而很有现代性和现代感。举一个最有名的例子就是明朝的《牡丹亭》，到今天来说依然是有现代性的。它的价值取向是什么？是写人，是对人和人本能欲望的尊重。与我们看到的很多传统戏理念不一样。现代性体现在什么地方？体现在价值取向上。颂扬了人性的伟大和人的生命意识的崇高。明代的《牡丹亭》即使放到今天的舞台上也是非常有现代性，不存在宗教、语言和国界的障碍，因为它涉及的是普遍的人性，所以具有永恒审美价值也有极高的艺术品质。

刚才在介绍作品的时候就说到这个问题，就是说希望这个戏的作者是年轻的，怎么才能够共通，打通和年轻观众之间的隔阂，如何通过你们的作品让台下观众引起共鸣？这是我们要面临的课题。你怎么把你的价值取向传达给观众，而不是说台上演台上的，我在下面闭着眼睛听好听那一段就行了。过去真正老戏迷不看故事情节，就靠着舞台旁边坐，也不看舞台，凳子给他靠在那里，他闭着眼睛就知道演到哪。现在的观众不是这样。现在观众审美包括选择跟那个时代完全不一样。我们的作品必须有现代意识，必须有现代性，必须能够接受人类普遍的文明，必须能够尊重现代人的价值取向和审美风尚，必须融入时代并且保持独特。

保持自己独特性也是我对大家的要求。希望大家能够保持独特性，哪怕写精准扶贫也写独特的精准扶贫，能够带着你个人标志、个人气质的作品，能够在一堆作者盲选作品当中选到这个作品并且知道大概是哪一个作者写的。如果可以做到这一点，那么你就成功了！

这个戏最大的价值是敫桂英说，轮不到他来休我，我来休他。好女休夫！这个戏有好的点子，好的结尾，但是前面没有写好。建议你看一个戏。青编班的，跟你年龄很近，屈曌洁的《绣球记》。她讲的故事跟你的故事差不多。王宝钏等了薛平贵18年，每年都绣一个绣球，绣进她的等待，她的坚守，因为她等了他 18 年，舞台上出现 17 绣球，还有手上一个。后来薛平贵回来了，不仅回来，还带了一个玳瓒公主回来了，反正你为大，她做小。她就觉得我这么多年的等待，我不是等待一个皇后的位置，我的人生价值我的坚定不移并不是要你光宗耀祖。你带一个玳瓒公主回来，她就把绣球都剪断了。你走你的，各走各的路。建议你看看这个剧本。我觉得你这个戏最大的亮点就是刚才我讲到的戏曲的现代性问题。有现代的女性意识的觉醒，也有从原来改编的价值。这个题材是有价值的，就跟前面史可法的战袍一样有价值。所以我觉得你们要好好经营一下这个题材。

我想请问一个问题。你前面有很大的篇幅，转折之前有很大篇幅写了和老管家，和莺儿，我同意。但是你对桂英心理安排有铺垫吗？

**赵煜君：** 我是这么想的。因为原剧里面一直说她是很贤德的人，我挺想体现她的贤德。我在想，为什么休她？是有原因的。即使要写一封休书，虽然原剧没有说休书内容是什么，那么王魁一定要找一个原因休她。这就要在其中找一条。我是希望通过老管家和桂英在前面交代，让我们发现其实她没有任何错误，想去休她纯粹是机遇的问题。

我看一个版本是有这么一段的。就是王魁自己内心很纠葛，也许她这个青楼女子是享受不了状元夫人福分的，他最后有两百两银子给她。我对她还不错。有这样的内心纠葛。但是我想前面铺垫主要是桂英自己内心对这个人的情深义重，然后再到她的内心，原来这就是所有的情义的付出是不值得的，然后再到最后她的那种怅然。就是自我否定。我希望先是有一个自我的否定，然后在自我否定当中自我肯定。我当时写的时候是希望达到这样的效果。或者希望这个女性想走的是所谓的主流女性应该贤良淑德，为家、为夫作出奉献、作出牺牲，但是发现这个路走得不公正。这个时候有一种自我的反省。

**武丹丹：** 我认为这个事情探讨到这个问题。一个负心男人不会因为你贤惠而回头，所以这里写她的贤惠是没有意义的。其实王魁就是不想要她，所以你不需要大部分笔墨写在这个点。不应该写在我如何贤良淑德，如何不离不弃。你应该写除了贤良淑德之外更加坚硬的东西。她卖身葬父，从青楼出来，她人生经历不止是贤惠。

最后，好女休夫这个地方是一个亮点。但是前面却退缩了，前面都是用一种很传统的方式来写她如何贤惠。我觉得一个女人再贤惠，碰上王魁这样负心的人之后这些都没有意义。你在前面必须有一个充分空间展示这个女人除了温良贤淑有情有义之外内心敢于担当放下的东西，这个对你提出的要求比较高。敫桂英有一个著名的《打神告庙》。这是多么刚烈的女人。延续这个人物性格，往前推应该是一个什么样的人，而不是现在写得特别好，特别美，特别贤惠，王魁你怎么可以休了她？问题重点不是休她的问题，而是如何面对这封休书。你可以写在家里一个人生活怎么面对独自生活艰难，也可以写对她情感憧憬、相守。你前面写得很弱，到后面休夫这个地方转不过来。我有我的好，我知道我的好，我今天的坚守并不是因为你得了状元就怎样，我今天坚守是因为我们彼此的爱情，如果这个情感没有了，我们在一起前提没有了，就再见了。这个女人是这样，而不是现在写的。还有老管家给他介绍对象这个也不对，你写了一些表面上的东西，写她不爱钱财，不贪图颜值，写她如何贤惠，你能不能写出这个女人逆境当中如何与人风雨同舟，写她如何战胜她生活里面的困难，她心理多么强大。一个多么强大的女人的后面才有一个转折。我把他休了，配不上我，觉得你是状元就配得上我？你今天这个德行就配不上我。有这些东西，你的戏就成功了。我说的很简单，但是这需要你有很多细节和情节对接起来。这一块要好好做功课。建议你把《王魁与桂英》所有资料，看过的都弄来。弄来之后好好地找找，看哪些可以用的素材，哪些可以用的唱词，哪些可以用的人物情感轨迹。

现在的女孩子不会因为这个男的抛弃我了，我就否定我的所有。过去写的就是因为这个女的多么好然后这个男的否定我，我就不行了。现在的女孩不是这样的。你要拿出现代的观念做这个事情。你对情感尊重，过去是这一辈子嫁给你，这一辈子要奉献给你，你得对我负责。今天时代这个女性是怎样？这里面写到休夫。第一是不后悔。我不后悔我曾经所有的付出，我觉得我有价值。我今天发现你不再值得，配不上我的好！我觉得你要写这个东西。结果在前面写，我是多么贤惠，这个情节就有问题。

还有桂英是什么人物？有没有考虑到，卖身葬父之后在青楼生活，什么样的人没有见过？你要考虑这个人的人生轨迹是什么。你可以把点放在她早就知道真相，老管家那样跟她说，她不太习惯，得装傻。还有家书和休书这个地方处理简单。

比如说，莺儿说我刚跟夫人认识字，我来看看。开场就应该教莺儿学字。为什么？还是得有点文化，就是对自己是有要求的女人，而不是你作者对她有要求，学会用现代意识处理这些人和事，要不然你后面凭什么休她？自己在家里很贤惠，贤惠是解决不了问题的。你把这个人写得特别好，特别贤惠，我们有这样的。写《长嫂如母》，家里兄弟几个都是这个嫂子带大的。这个嫂子做了所有一切的牺牲，然后就没有然后了。这是我们过去作者常写的。我以前看过一个电影叫《九香》，后来改成戏曲，里面有一个道具用得很好。这一个寡妇含辛茹苦带着孩子度日。村里有一个人一直对她很好，她孩子不同意，天天捣乱。那个人家里过得很穷，就送了一把木头梳子给她，她觉得很温暖，很贴心，就拿回来。第二天这个梳子被人掰成两段，是她儿子干的，有一个特写的镜头，然后她拿着半边梳子一个人无声地站在窗前。她的眼泪，这个就没有了。没有了之后她不再跟这个人来往，知道孩子不同意。这个戏结尾的时候城乡搬迁，那个人就搬走了。她已经很老了，满头白发，拿着半把梳子一直在寻找当年的人。而她的孩子，其中一个儿子也拿着半把梳子找当年的人。我在讲道具运用。你们怎么能够想到一个道具能够让你觉得特别生活，但是又特别能够打动人，它在生活里面不突兀，不是那种一看编剧非得让他干一点什么的。

我们的小戏要学会用好道具，用好舞台上的一切东西。比如《惊魂记》写得不是很成功，但是点子可以借鉴一下。你写桂英，你给我好好梳理一下，她可以为了王魁出生入死，但是也可以死了以后绝对不放过你。你在这里面应该怎么处理？给她一个准确定位，把这个定位定准确她的人物语言、行为才是对的。因为这里面有三个人物，而且人物表里莺儿跟她姐妹情深。那么我想请问她们彼此的交流是什么样的？我同意刚才说的小戏弄得好玩一点，可以的，玩笑当中可以见性格。我没有看到桂英的性格，没有摸到这个人身上的刺。我可以为你变得温柔、贤惠，但是不代表刺猬就变成了绵羊。刺猬烫完头发也是刺猬，不是绵羊。这个人有棱有角，现在写得跟汤圆一样，这不行。所以修改方式：第一希望这个题材不要放弃，好好经营，这个点还是很有价值的。其次这个难度非常大，因为你是根据《义责王魁》改的。这个故事耳熟能详。所以需要在有限的空间里创造一些东西不容易。希望你可以做到修旧如旧。整个人物风格，人物台词跟以前保持同一风格，在大家集体记忆故事当中写好这个人。不要写成敫桂英，还是往内心写她，写内心的强大，写对生活的态度。这一点很重要，也需狠下功夫，尤其是情节编织和细节使用。

另外，你刚才讲了这是对唱词的训练。希望唱词上还是需要多下功夫。

**武丹丹**：关于《爱心传递》，刚才介绍这个戏不是近年创作的，这点我看完之后就知道。你们作品送到我这里就可以判断你这个戏什么时候写的，你这个戏技术含量多少，情感含量多少。这个戏，还是比较下功夫，比较完整的戏，我就想说一下含情量和含金量的问题。因为写这类题材我个人觉得含情量就是这个作品的含金量。非常喜欢刚才你站起来说的，受到很多人帮助，愿意把这样的感恩故事写出来，把这种善意传达出去。我觉得这是一个非常好的将爱传递的方式，这是一个非常好的点。但问题是，我不太同意你这个剧情简介。事物要多角度、多方位评判。这个和《爱心传递》没有联系起来。目前是一个很温暖的主题，所以我认为写《爱心传递》是没有问题的，而且每一位感受到爱心奉献授予者接受那份情的时候在想如何送出一份爱，我认为这个是好的。但是我也不同意你"横看成岭侧成峰"，这不是一回事。

这个戏有一条，就是换位思考还有谅情。换位思考在哪？就是我接受别人的善意，接受别人的爱，我学会感恩，在我有能力的时候就要转换我的位置，来给别人更多的帮助。社会还是需要这种正能量的东西，因为这个社会节奏太快，焦虑的人比较多，所以非常喜欢看一些有情感的作品。这个戏排过吗？

**尹露：**当时排过了。在2009年写的，2010年排的，2011年拿了山东省地方戏的三等奖。

**武丹丹：**演了多长时间？

**尹露：**28分钟左右。我们的地方戏是五音戏。导演、演员相对比较成熟一点，弥补了很多剧本上的缺失。这是第一个戏。当时可能主要是想台词和唱词之间区别，小品和小戏之间的结构区别，然后在唱词上导演对我要求比较低。说你写吧，不管怎样都能弄回来。我说好，就尝试写了，还好。反正起点比较低，大家比较原谅我。

**武丹丹：**你这个故事还是比较完整的，但我觉得这是一个表演唱，而不是一个戏剧作品。这是非常重要的。我刚才讲了，如果你只是说把这个故事讲清楚，我受到帮助，小英受到捐助然后继续捐助小军，如果简单写这个事情，是一个表演唱，而不是戏剧。戏剧要有戏剧矛盾，就得有冲突。你这个理论冲突在我看来就是伪冲突。其实老师开始就知道这个人是谁，小英和小军上来大家就知道，这个戏前后构建还有什么意义？不如我们都知道，然后集体跟他抒情好了！刚才你说不是因为起点对大家对你要求低，而是因为这个故事本身写得很完整，而且写这样的戏本身非常不容易。为什么？因为越靠近现实生活的题材越难，捐助，爱心捐助这种事情更难，所以舞台上稍微有点疏漏，就会被观众指出来，说生活里不是这样，明显违背生活常识。这个戏你就把观众想得太傻了，你觉得故事情节没有问题，但是实际上经不起推敲，这个剧本看前面就知道后面了，其实观众现在很聪明的。我就对你提出一个要求，对你唱词有要求。导演我不管他怎么想，我对你唱词有要求，而且希望是情感抒发，这种情感可以唱得很动人。

刚才听你讲述之后对于这个作品有了充分了解。因为我觉得每一个作者你们今天在我面前交了这个作业可以让我看到你们之前经历是什么？每一个编剧基本上都写自己的人生经历。你可能会写历史人物，但是折射出来一定是你在这段时间或者之前人生里对你影响最大的东西，一定是的，一定能够从你这个作品当中看到你下多少工夫，是一个什么样的人。

没有来之前就要求这五个作者照片拍一下我看一下，所以我来之前还是做了功课。我更加愿意充分了解大家，更加愿意在我讲座当中有一个谅情，可以站在你们的思维角度体会你们创作心情。为什么对你提出这个要求。就是个人觉得其实你早上讲述你这个作品，对我的触动，比作品本身触动更大。说一句实在话，我们做多年编辑的人在这里，你的作品放到我面前，我可以看出来你是用多少感情在里面，你是用了多少技术在里面的。所以我对于你这个作品的肯定，就在于我感到这个作品不管是哪一年写的，我都觉得你是非常用感情写的，而且很由衷的，这是非常重要的。虽然我并不认为这个作品有多么成功，甚至我觉得还有一些陈旧，但是我看重的就是在这个作品当中你的诚恳、真切。不管是谁，我觉得你在跟他们安排这些唱词，安排他们故事情节，安排他们人物走向的时候，你是真诚的。可以通过你的作品感受到你的真诚，这是你最重要的一点，我想也是写作当中最大的优势。所以希望下一次见到你作品的时候，首先是新创作不要这么陈旧，第二是希望能够把这些东西隐藏起来，把你自己隐藏起来。

大家注意，无论编剧还是导演，尽量把自己藏起来。你想传达给我的，传达给观众的，请你让你的人物告诉我。你要把你的想法艺术地，通过你的脑袋智慧处理，拿出一个方案放到你人物身上。而且这个人物是足够吸引我，我足够相信他，而不是人物没有说清楚就我自己在前面站着说一顿。千万不要这样。你笔下人物一旦开始写就并不是完全属于你了。他有他的人物命运，有他的生命轨迹。希望大家尊重自己笔下的人物。你这个笔下的人物可以做得很简明。你要让人物说你想说的话。但是这个人物语言必须是这个人物本身的，带着这个人物性格，带着这个人物特点。而我说的这个特点不是说上来就是东北话，上来就是地方方言，而是带有这个人物本身性格的特点。你能不能为这个人物寻找到他鲜明的特点，这是一个技巧，也是多年积累。你有没有下过功夫，是可以看到的。我们太多编剧不肯下功夫，生怕编辑没有看清楚，生怕我们没有看清楚。我把这个故事讲一遍，全是叙述不是过程。

这个作品好在不全部叙述，而是展现这个过程，包括小英从小受资助到经理这个过程。它展现一个农村孩子的成长过程，虽然篇幅不多，但是有这个意识就很重要。观念陈旧是一个大问题，关于创作观念问题，前几个作品当中已经给大家提出要求了，可以对照一下。

**武丹丹**：《明镜岭》这个戏演过没有？

**莫非**：没有。

**武丹丹**：有别的同学看过没有？能不能说一下，为什么起这个题目？

**莫非**：因为当时就想扣这个主题。

**武丹丹**：扣这个主题？这个主题是什么？

**莫非**：就是反腐主题。用象征的东西体现一下主题。

**武丹丹**：看标题《明镜岭》，我以为应该是一个古装戏，结果不仅不是古装，而且内容相当丰富，有老少恋，有小三，有谋杀，有医疗回扣，容量有多大。第一点，大家要清楚，小戏小品能够承载多少东西？我不管你想写反腐倡廉也好，你想写回扣，你想写老夫少妻的生活现象，这些都无所谓，但是你写一点就可以了。

这个作品的内容是一个30集电视剧的容量。小戏小品可以承载多少东西，一定要明确。你这个小戏写什么要明确。还有什么是你擅长写的，你要明确。为什么？因为小戏小品跟别的不一样，需要人物语言、台词、唱词完成这个故事。如果你不熟悉这些，不是你最熟悉的东西，那唱词写不了，语言也写不了。为什么刚才说让他把王魁资料调出来，就是为了让他熟悉这个语境，熟悉这个人。史可法也一样，你这个也一样。你找的这个点怎么写他，一定要拿出你真正擅长的东西写。如果就擅长说写表演唱三句半可以，就把题材处理这样。如果想写小戏也搞不清楚唱词怎么弄，那么这个题材不是你可以驾驭的。

第二，情节快速推进和平铺直叙交代结果有天壤之别。因为时间的问题，所以有时候需要皮儿薄，开门见山，情节快速推进。开始就知道怎么回事，舞台上几个人什么关系，什么情境，第一时间要知道，但是快速推进是要展现在我面前这个过程，而不是说你随便跳出来一个人讲述前面演了什么。这些都是在叙述结果。

第三，《明镜岭》比较突出的就是你价值观上的问题。对《明镜岭》我提出了一个问题。你把什么展现在舞台给我们观众看？你这个作品是想写什么，又展现了什么？舞台上展现和文字上叙述是不一样的。也许社会新闻里发生了很多小三小四的事件，也许局长把情人杀了，或者情况更加恶劣都会有，但是是否一定要搬到舞台上，正面演给观众？我想观众更加愿意看到尹露的作品、舞台上的东西的价值取向。什么东西可以搬到舞台上，这个非常重要。因为对于你们来说，有的时候是生死线。

你们身上是要有一些社会责任的。生活里稀奇古怪的故事有很多，尤其你翻开晚报社会新闻，会发现没有最奇葩只有更奇葩。但是哪些东西可以搬上舞台，我们要作一些选择。选择过程当中如何能够把自己的创作观念放进去，这是很重要的。希望大家能够注意。比如说这里面这两个人，彼此欺骗没有关系，写男女彼此欺骗也没有关系，可最后一个人把一个人推下山崖，然后立案侦查了，这不是一个小戏可以承载的。你告诉我怎么展现？

还有，包括B超机器出现问题了。先不说故事不合理性，就算这个故事当社会新闻来看，也许真的有这样的事情。但是你作为一个小戏、小品是没有办法展现的。我们都非常清楚，不是所有的东西都能在舞台上展现的。我想写这个，还得考量一下这块材料是写小说更好，还是写成小戏更好，是写成大戏更好还是写成话剧更好。一定要有一个判断。有些东西没有办法搬上舞台，所以这一点就说一下大家的社会责任感。

还有观念陈旧问题。娜娜是小三，老少恋。故事也许在生活里有原型，但是这两个人物生活中一定有他们的语言。我看完以后就觉得你离这些人的生活太远了。你一定是一个特别守规矩的小孩。你写不了这样东西。刚才一再强调你要找到这个点，同时找你最熟悉的方式和最熟悉的表达来做。因为你不熟悉他们的生活，你就写不了他们的生活。你把这两个人写得狗咬狗，我同意，没有问题，但是还有一个咬的方法。不是两个人相互攻击在医院打起来了。这个故事编织得很离奇。我们说无奇不传，但这不是活报剧。你要搞清楚小戏小品可以做成什么样子，有多少面，能摊成多大一块饼，要想清楚。要不然一会儿面多、一会水多，最后锅都放不下了。所以每一个人在写戏之前一定心里有一个考量。你想参加比赛也好，参加征文也好，一定要有一个规划。我用什么样的材料才能够写好？写你熟悉的东西，或者你不熟悉的题材就要设法了解他们，去让它变得熟悉。

有一个剧作家说过，我在我写作之前一定跟我笔下的人物进行沟通。而所谓的沟通不是面对面的沟通，而是我觉得我需要一件隐性的衣服，附着在他身上，跟他笑、跟他哭，跟他共同经历，跟他共同感受。我觉得大部分在创作室工作的人会涉及一些问题，比如劳模，市里出来一个劳模，领导一拍脑袋，你不是搞创作的吗？你们写一个。领导觉得太简单了。如何可以做好？我希望你能够跟你的人物同呼吸共命运，感受一下别人感受不到的东西，解决好含金量和含情量的问题，才可以完成你的工作。而且我也希望大家能够把自己的思维和想法打开一点，开阔一点。学会张开双臂拥抱你的人物，打开你的心跟他对话，才可以写好。

我知道创作是一件很艰苦的事情。我也愿意在这条路上和大家风雨同舟。